凤鸣绝响

于凤至大传

张国庆
张健
于艳华
著

河南文艺出版社
·郑州·

目　录

第一章

一

滚滚的冒烟儿雪,呼号的西北风,关东大地千里冰封万里银白。西辽河就像是静静躺在辽西大地上的一条僵龙,在中午阳光的照耀下,不时地泛出冷飕飕的寒光。然而,这年的气候特别反常,忽然一夜春风刮来,虽然不是千树万树梨花开,西辽河却爆发了一场令人惊奇的"武开河"。住在郑家屯的人们半夜里就能听见河畔那边发出的"嘎巴、嘎巴"的爆裂声,而且这声音越来越响越来越大,一阵轰鸣接着一阵轰鸣,几乎惊天动地,震撼山野!

第二天一早,人们就来到西辽河岸,观看"武开河"的壮观场面,那些解冻的冰块千姿百态。忽而堆积成山,忽而分散开来,忽而你追我赶,忽而并肩争流。冰块撞着冰块,激流冲着激流,喧闹着,翻腾着,河水裹着千百个冰块,汹涌澎湃地向下游奔去。

河开了,郑家屯于家"丰聚长"粮栈存了一冬天的十万斤稻谷,准备用船队通过大辽河运往营口码头,然后再从营口转运到朝鲜。于家大少爷于凤彩、二少爷于凤翥带着十几个家丁、船工来到西辽河渡口,准备将堆在码头上的一万斤稻谷装船。

船工们刚刚把一批稻谷装到船上,突然家丁于德慌慌张张地来报告:"有一支马队,带着十几辆大车从西边赶来,他们可能是巴布扎布的队伍,看样子是前来抢粮的!"

于凤彩大惊失色,赶紧吩咐二弟于凤翥:"凤翥,赶快回去向老爹报信!"

于凤翥不敢怠慢,转过身飞步上马,向镇里跑去。于凤彩立即指挥家丁抄起枪支藏在粮垛后面,准备迎敌。

于家老掌柜于文斗是一位有真知灼见的能人。他非常清楚:当今社会兵荒马乱,要想在郑家屯把产业做大,光靠几十个家丁,难以看家护院。为此,头两年他就主动找到当时奉天督军徐世昌,自愿出资献银供养一支驻在郑家屯的军队,保护家乡平安。徐世昌不想让于文斗控制军队,只答应让于文斗拿一部分军饷,资助吴俊升的洮辽后路巡防营,以保护郑家屯、怀德、洮南一带的安全。

别看吴俊升大舌头,一说话"呜啦、呜啦",开口就是"奶奶个孙子的",却非常重感情讲义气,真把郑家屯当成了他家的后院,时常派兵来这里巡逻。昨天,他刚刚在洮南剿灭了一伙土匪,现在又马不停蹄地来到了郑家屯。刚刚翻身下马,就听到于凤翥的报告,巴布扎布一伙来到了大辽河码头,准备抢粮食。

吴俊升把鞭子一扬,野野地骂道:"他奶奶个孙子的,我估计巴布扎布这个兔孙子要趁火打劫,今个儿他还真他妈来了,咱就打他个王八羔子!"

大辽河码头上于家的家丁跟巴布扎布带领的匪徒已经交火。家丁们躲在粮食垛后边,冲着扑上来的匪徒猛烈射击,匪徒也疯狂地逼近码头,一时间子弹呼啸,枪声似爆豆。

巴布扎布一看于家家丁顽强抵抗,索性改变战术,指挥匪徒们散开,对隐在粮垛后边的家丁三面兜抄。巴布扎布这招"包饺子"战术果然奏效,家丁们三面受敌,首尾不能兼顾,战势岌岌可危。

就在这时,吴俊升率巡防营飞速赶来,他指挥士兵们拉开大网抄匪帮的后路。一时间,巡防营跟家丁里应外合,匪帮腹背受敌,有几个土匪饮弹倒地,他们乱作一团。巴布扎布觉得战势不妙,立即率领匪帮冲开了一道缺口,夺路而逃。

匪帮被打跑了,于文斗杀猪宰羊大摆宴席犒赏吴俊升的队伍。席间,于文斗举着酒杯,向吴俊升致谢:"吴统领,亏你来得及时,要不然我这一万斤稻谷就被巴布扎布抢走了,家丁少不了也有重大伤亡。"

吴俊升粗声大嗓地说:"于老哥,我巡防营虽然是官军,可是,你们于家也算是我们的东家,队伍每年都吃你们'丰聚长'给的军饷,身为军人,不能占着茅坑不拉屎。"

于文斗称赞地说:"其实,今天你们不仅保住了我们的稻谷和家丁,也保护了整个郑家屯哪!"

"是啊!"大管家张杏天接下去奉承说,"他巴布扎布抢粮食那是准备打仗用的。我听说他们要占领郑家屯,然后攻打奉天城,还要建立一个什么满蒙帝国。"

"妄想!"吴俊升"啪"地一蹾酒盅子,粗野地骂道,"奶奶个孙子的,让这个兔崽子做梦去吧,有我吴大舌头在,别说攻打郑家屯、占领奉天,他要敢碰你于府,我就让这个王八羔子脑袋开瓢!"

"吴统领,有你这话,我这心就更有底了。兄弟,我敬你一杯。"于文斗一仰脖子,一盅酒一滴不剩地干到肚里。

吴俊升一高兴丢开酒盅,索性抱起酒坛子,"咕噜噜"地大口喝了起来。

二

吴俊升打退匪帮给郑家屯带来了暂时的安宁,西辽河畔恢复了往日的平静。然而,巴布扎布没抢到粮食,反而被吴俊升的部队打得落花流水,他不甘心失败。为了再找机会到"丰聚长"粮栈大抢一把,他派插签子(侦察)的土匪七十三到郑家屯去踩盘子(探查)。七十三乔装打扮成一个商人,二番脚又来到了郑家屯。

这天是农历四月十八,东北地区素有"四月十八,奶奶庙上祈娃娃"的说法。西辽河的人们三五成群地来到郑家屯奶奶庙烧香拜神,祈求多子多孙。

当时,郑家屯是西辽河畔的一个重镇,隶属奉天省管辖的辽阳县。县长贺子章是个晚清秀才,喜欢舞文弄墨吟诗作赋。为了招聘县公署的职员,他独出心裁地在县公署门前张贴一张告示:"本县要遴选县公署职员三名,县长贺子章出一条上联:'七间红阁,天天都是诸阁亮';如果对出下联,则可以进公署笔试,本县将按民国政府《行政官员俸法》录用。"

逛庙会的人听说县公署张榜公布要招聘职员,纷纷来到县公署门前小广场上围观,人头攒动,熙熙攘攘。面对看似通俗实则晦涩又暗藏玄妙的对联,人们摇头咂嘴,你看看我,我看看你,无人回应。

这时,一个小姑娘领着两个女仆从人群后边挤出来。这姑娘十四五岁的年纪,上身穿着乳白色的学生装,下身穿着黑裙子,往那儿一站,亭亭玉立,楚楚动人。她看了一眼墙上的告示,放肆地伸手要摘。

"别动!"公署秘书板起面孔大声训斥,"这个小姑娘,纯粹是个愣头青,小小年纪竟敢如此大胆。这是招聘县公署职员的告示,你也敢扯?"

小姑娘毫无畏惧:"怎么,告示上的单联不是让大家对答的吗?"

"是让大家对答,可你是个小姑娘啊!能到县公署当职员吗?"

"小姑娘怎么啦?那上面说小姑娘不能答单联吗?"

"哟嗬……"秘书仰起脸来一声嘲笑,"这联倒是可以答,不过你这个黄毛丫头,也敢在关老爷面前要大刀,在圣人面前卖字画?"

小姑娘不卑不亢:"哼,你别从门缝里瞧人,把人看扁了,俗语说,'自古英雄出少年'。官爷你不相信,就让学生试一试。答对了大家讨个欢喜,对不上就算学生凑个热闹,你也不搭啥嘛!"

秘书不屑地看了她一眼,指着眼前的那些个文人墨客,趾高气扬地说:"你抬眼瞅瞅,这些个文人墨客都没敢对,你一个小小的丫头也敢逞能?别自找没趣儿了,赶快回家玩去吧!"

这时,那个插签子的土匪七十三装作看热闹的来到这里,一见人们吵吵嚷嚷,立即凑上前去,看着这个气度不凡的小姑娘。

一个谢顶的文人好奇地说:"官爷啊,既然小姑娘这么自信,别屈了她的材料,就让她对一下又有何妨?"

另一个高瘦的文人也开玩笑地说:"常言说'是骡子是马得拉出来遛遛'嘛。对不上,她就知道自己几斤几两了,不用撵,她自己就退了。"

又有几个文人随声附和:"是啊,马粪蛋子还有发热的时候呢,让这个小姑娘试试吧!""对不上就算大家看耍猴的了,大家看看笑话也好啊。""对,让她试试。"

小姑娘生气地一跺脚,转身刚想走,被秘书叫住:"哎,小姑娘,既然大家想看看你的文采,那你就对一下吧。"

小姑娘听了方才那些三七疙瘩话,心里十分反感,为了出口气,她今天决心要对上单联。她与两个女佣低声嘀咕几句,转过身来,不卑不亢地走到告示前。女佣杨梅赶忙拿出笔砚,捧到她面前。小姑娘抄起毛笔把墨蘸饱,然后笔走龙蛇刷刷点点在告示下方写出了一条惊人的下联:"六孔黑洞,夜夜只有二孔明。"

秘书顿住了,文人们惊呆了,热闹的场面顿时鸦雀无声。一道道惊诧好奇审视的目光,齐刷刷地注视着这个姑娘写的那条下联。

小姑娘似乎很自信,似笑非笑地等待人们的评论。场上依然一片寂静,几乎能听到人们的喘气声。

仆人杨梅、柳叶茫然地看着还在发愣的人们,担心他们说三道四。

那个谢顶的文人突然爆发似的喊了一声:"好,这个联对得好,对得绝,对得妙!"

顿时,场上爆发了一阵热烈掌声,小姑娘两眼一亮,闪出一丝微笑。

那个高瘦的文人也大声称赞:"姑娘,你对得太精彩了,他是'七间红阁',你是'六孔黑洞';他是'天天都是诸阁亮',你是'夜夜只有二孔明'。结构对应,环环相扣,严丝合缝,太妙了!"

有个人站出来提出质疑:"上联写的是诸葛亮,她对的是二孔明,二孔明是何人,这诸葛亮跟二孔明是对不上的。"

未等小姑娘回话,那个谢了顶的文人抢先辩解:"哎,此言差矣。诸葛亮的字就是孔明,上联写的诸阁亮,中间的'阁'字并非是原来意义的葛字。姑娘对的是二孔明,也不是原来意义的孔明,而是二孔明。所以'诸阁亮'和'二孔明'这两个词汇完全对应,合情入理!"

秘书高兴地问:"小姑娘你尊姓大名?"

小姑娘平静地一笑:"我叫于凤至。"

有人在旁边插了一句:"她就是'丰聚长'老掌柜于文斗的女儿。"

站在一旁的七十三不禁惊喜地想:"啊! 她是于文斗的女儿。"

秘书也惊喜地"啊"了一声:"你是于家的大小姐,太好了! 走,赶快到县公署见见贺县长,职员你当不了,奖励你十块大洋。"

于凤至客气地说:"谢谢,请你转告贺县长,这十块大洋我就不领了,用这笔钱救济穷人吧。"她回头又朝着两个仆人叫了一声,"杨梅、柳叶,咱们走。"

杨梅和柳叶拥着于凤至不声不响地低头走开。

在场的人们朝着默默走去的于凤至,再一次鼓掌喝彩:"这姑娘真是个奇才呀!"

七十三就像穷汉子得了狗头金那般惊喜,他眼看着于凤至主仆三人走出人群,若有所思地咬了一下嘴唇,鬼鬼祟祟地转身追去……

三

于凤至的父亲于文斗,是大辽河一带赫赫有名的富商,晚清年间,朝廷下达垦荒令,于文斗带着一家老小一路奔波,来到辽河岸边的怀德县,在一个水土肥美、名叫大泉眼的村子落了脚。通过管理这片土地的主人——内蒙古科尔沁右翼中旗的达尔罕亲王那木济勒色楞,买下了这块充满商机的土地,史无前例地开发了水田。由于八大泉眼水源丰富,水质优越,种出来的大米,玲珑剔透粒粒皆香,不仅成了北洋政府的贡米,而且由自家船队,通过大辽河运到紧靠渤海的营口,再由营口运往日本、朝鲜、俄国。此后,于文斗相继在郑家屯创办了"丰聚长""丰聚久""丰聚永",有酒厂、货站、粮栈,并兼任郑家屯商会会长。虽然称不上是富可敌国,在东三省却是屈指可数的富商。

本来,前几天巴布扎布叛匪来码头抢粮,被吴俊升的部队打得落荒而逃,已经让于家大喜过望。今天女儿于凤至又在县里对对联一举夺魁,更给于家壮了脸提了气,全家人喜上加喜,乐不可支。

然而,就在全家人一片赞扬大夸于凤至的时候,坐在主桌上的老掌柜于文斗,脸上却没有一丝笑容。

聪明的于凤至一眼就看出来父亲的冷落表情,不解地问:"爹,女儿给你露脸了,你为什么不高兴啊?"

于文斗淡淡一笑:"你是露脸了,可麻烦也就来了。"

于凤至惊异地一顿:"麻烦,什么麻烦呢?"

于文斗告诫女儿:"凤至啊!如今我们东三省兵荒马乱土匪横行,有些人把咱们于家看成一块肥肉,眼巴巴地盯着咱们呢!他们知道你是于家的掌上明珠,又有文采,这回你一露脸,说不定有人要打你的坏主意呀!"

"老爷,咱们闺女给你露脸了,你应该奖赏啊,干啥说得那么邪乎大张、吓人倒怪的!"于凤至的母亲钱氏(人称八奶奶)不以为然地说,"再说了,咱们家闺女大门不出,二门不迈,整天不是读书就是画画,就算有人打坏主意又能咋样?谁还敢来咱们家里边抢人哪?"

"还是小心点为好。"于文斗再次提醒女儿。

于文斗如此担心女儿的安危并不是空穴来风。其实,巴布扎布一直在挖空心思打于家的主意。他原是西边外土默特旗的一个蒙古族人,几经钻营当了奉天省彰武县的警察分局局长,但是他不甘于此,一心想出人头地。1911 年他率千人先投靠了库伦(今蒙古国乌兰巴托),后又委身沙俄,折腾几年就混不下去了。

这时,日本田中内阁上台,抛出了一个《满蒙计划》,妄图把东北及内蒙古东部从中国的版图上分裂出去,成为日本人的属地。巴布扎布又变换嘴脸,卖身投靠日本人,组织并建立了一支所谓的满蒙复国军,自称总司令。

巴布扎布的复国军,其实就是一伙叛匪。然而一般的土匪打家劫舍砸窑抢店,为的是填饱肚了分赃得财,而巴布扎布虽然也抢粮夺马烧杀掠夺,可他们是为攻打郑家屯、占领奉天而准备战略物资。前些天西辽河码头一战,让巴布扎布损兵折将,丢盔弃甲。他带领残部快马加鞭逃回到他的老巢——西边外土默特旗骆驼营子。

这天,巴布扎布在老巢召集四梁八柱开会,合计下一步去什么地方抢粮。插签子的七十三给他献了一条妙计:目前郑家屯"丰聚长"的十万斤稻谷已经运走,另外还有吴俊升的巡防营保护,再要明目张胆地抢粮食就难! 不如去绑票。

"你想绑谁呀?"

"于文斗的闺女于凤至。"

"绑他闺女?"

七十三津津乐道:"那于凤至可是她爹于文斗的掌上明珠啊! 大辽河出了名的才女。如果把她绑来做人质,用不着动枪动炮就可以逼于文斗交出十万大洋。我们建立满蒙帝国的复国军可就大有资本啦!"

大炮头乌里吉高兴得一拍大腿:"太好了,绑于文斗的闺女就能逼出十万大洋,不用动枪动炮就能换一千担稻谷、两千支快枪。"

"好!"在场的土匪纷纷赞成。

巴布扎布向来行事谨慎:"七十三,你认为绑于文斗的闺女有把握吗?"

七十三信心十足:"我摸底了,她每天都去学堂念书,中午在学堂吃饭,咱们派人到学校,趁着中午没人就能得手。"

二炮头朝鲁有点急不可待:"总司令,就让七十三领几个弟兄快去,把那个小丫头片子抓来吧!"

巴布扎布阴笑着摆摆手:"七十三是踩盘子的兄弟,要是露面绑票,以后就不能踩盘子了。"

朝鲁:"那你说让谁去合适?"

巴布扎布慎重地思索着……

四

这天清晨,风和日暖。于德、于林两个用人赶着马车,护送于凤至上学。马车来到学堂门口,于凤至拉着杨梅、柳叶跳下马车,当即吩咐于德、于林二人回去。

于德、于林知道,于凤至是于文斗掌柜唯一的女儿,全家的掌上明珠,父母疼爱,哥哥呵护,嫂子谦让,府里上下都把她当成至尊的公主。何况临出门时老爷有话在先,嘱咐绝不能让她出事,作为下人,怎么能丢下于凤至擅自离开呢?

这时,朝鲁带着几个弟兄早已来到学校门前。他们有扮成卖香烟的,有装成吹糖人的,有装成卖糖葫芦的,在学校门前门后东走西窜,一边兜售一边盯着学堂。

于德和于林二人表面上在门口溜溜达达,其实,也是在门前巡视。

吹糖人的小匪,来到卖香烟的朝鲁身前假装对火,小声地问:"二炮头,有两个家奴在这儿,咋办?"

朝鲁悄声地说:"按大当家的第二个方案进行。"

小匪心领神会,转身走开。

上午第三节是图画课,老师出了一道题,让学生们以题作画。画题是"穷在大街无人问",学生们按照老师的题目画了起来。于凤至心明手快,不到半个小时,她就把图画交给了老师,老师一看图画,喜形于色地夸赞道:"同学们,你们看看于凤至画的'穷在大街无人问'。她画了一个乞丐在大街上讨饭,街上没有一个行人,只有一只小狗扭着脖子对乞丐理也不理。用一个讨饭的乞丐和一只狗,便画出了'穷在大街无人问'的情境。连狗都不搭理乞丐,何况人乎?"

学生们兴奋地看着老师手里的画,交口称赞:"画得真好,画得太有意思了。""用一只狗画出了人间冷暖。真是入木三分啊!"

学生们投来欣赏的眼神,于凤至矜持地低下头。

一直在门外坚守的于德、于林边走边聊,在门前转悠着。

突然,一个扮成乞丐的小匪慌张地跑到他们面前,假作惊慌地说:"兄弟,那边失火啦!"

于德抬眼一看,远处一片树林子里亮起了火光,就和于林向那边跑去。

朝鲁见于德、于林被骗走,立即带着两个人走进学堂。

时至中午，家住附近的学生们都纷纷回家吃午饭去了。朝鲁问一个学生："于凤至在哪儿?"

那个学生告诉他："就在后边那间教室。"

朝鲁几个人匆匆地向后院奔去……

中午，还没有回家的于凤至正与柳叶吃着家里带来的干粮。

突然，杨梅呼哧带喘地跑进来，朝于凤至急声急气地说："小姐，外面有几个人找你。"

于凤至一怔："啊? 什么人找我?"

"是两个男人，他们说找你有事，看相貌不像好人。"

于凤至纳闷："两个陌生人找我干什么呢?"她当即想起了父亲的告诫，"有些人把咱们于家看成一块肥肉，眼巴巴地盯着咱们呢!"

杨梅催促道："小姐，老爷说的话你没忘吧? 你快点躲起来吧。"

突然，教室的门被一脚踢开，朝鲁领着另一个小匪，一闪身闯进屋来。屋里几个人惊呆了。

朝鲁满脸假笑不疾不徐地问："你们谁是于凤至?"

柳叶问："什么事?"

朝鲁诡谲地一笑："贺县长找她，说她在四月十八庙会上一展其才，要给她发奖。"

柳叶："什么? 县太爷要发奖?"

朝鲁："你是于凤至吗?"

于凤至刚要回话，被杨梅一把拉住。

柳叶响当当地说："我就是于凤至。"

"你?"朝鲁两只绿豆似的眼睛盯着假作镇定的柳叶，"你不是。"

柳叶心里猛地一跳，想了想还是爹着胆子干脆地说："我就是，我就是于凤至。"

"你。"朝鲁一把抓住柳叶的衣领，"你敢跟我撒谎?"

站在一旁的于凤至心里一阵狂跳，她生怕自己那颗惊恐的心要跳出来，立即用手捂住胸口。

柳叶虽然心慌却不改口："不信你问问她们我是不是于凤至。"

朝鲁回过头来问："你们说她是于凤至吗?"

一个同学战战兢兢地说："她是……她是……"

"她到底是谁？快点说！"朝鲁一把拎住那个同学的衣领，目光凶恶地逼问。

那个同学："她……她不是于凤至……"

杨梅一步跨到朝鲁面前："我是。"

朝鲁一顿："你是于凤至？"

于凤至的良知驱使她不能再装聋作哑了："不，我是于凤至。"

朝鲁与几个匪徒立即把目光投向于凤至："你是？"

杨梅走过去，猛地挥手给了于凤至一记耳光："臭丫头，县太爷要给我发奖，你竟敢抢尖卖快！那奖是发给我的，你有资格去领吗？"

于凤至用手捂着被打疼的脸，一时瞠目结舌："你……"

杨梅："你赶快给我滚一边儿去！"

朝鲁目光凌厉，几乎要把杨梅看穿："你真是于凤至？"

"我不是于凤至敢打丫鬟吗？"

朝鲁就像审贼似的围着杨梅转了一圈，又细细地看了杨梅一眼，高兴地说："你就是于家小姐，太好了，总算找到你了！走吧，我们这就去县公署。"

杨梅："贺县长既然要奖励我，就到我家去发奖，我不去领。"

"少说废话！"朝鲁顿时变了脸，伸手抓起杨梅的手腕子。

杨梅担心于凤至自己承认身份，有意把朝鲁他们引开，大叫一声："我不去！"猛地推开朝鲁，几步蹿到门外撒腿就向远处跑去。

几个匪徒立即冲出去，气势汹汹地追赶杨梅。

呆愣的于凤至惊醒了，她猛地推开柳叶和那个同学要前去追赶，承认自己就是于凤至。柳叶与那个同学一把将她拉住并推到墙角，尽管于凤至奋力挣扎，几个人紧紧抱住她，死死不放。

五

于凤至领着柳叶泪眼婆娑地返回于府。全家人听说歹徒绑走了杨梅，顿时慌作一团："这个世道太烂了，大白天明目张胆地绑票！""他们是哪个山头的胡子呀？老爷说有些歹徒已经盯上咱们于家了，难道现在他们真下手啦！""这是什么世道，大白天地抓人，还有没有王法了。"

于凤彩火冒三丈，骂于德和于林："我爹一直叮嘱你们保护好我妹妹，你们两个人可倒好,把她送到学校就撒手不管了,一天就光溜达,有什么用啊!"

于凤翥也满脸怒气地说:"这是把杨梅绑走了,要是把凤至绑走了,你们担得起吗?"

于德一脸窘促地解释:"当时那边着火了,我们两个人去救火。"

"现在才知道,那是歹徒故意放火。"于林主动揽责任,"这事怪我,当时我们不应该离开学堂。现在杨梅被绑是我们的责任。大少爷、二少爷,你们要打就打,要罚就罚吧!"

于凤至揩了一把眼泪,哽咽地说:"你们就别说这些后悔的话了,杨梅被绑走了,现在还不知道是死是活,不赶快商量怎么救人,在这里打嘴仗有什么用啊!"

八奶奶心里更是着急:"我估计一定是巴布扎布那伙人干的,前些日子他们到码头抢我们的粮食没抢去,这回又来报复。"

这时,大管家张杏天手里拿着个风筝,神色匆匆地走进来:"老爷,绑匪给我们放过来一只风筝。"说着他把那只带线的风筝交给于文斗。

于文斗接过风筝一看,只见上面写着:"你家姑娘在我们手里,限你明天中午到西辽河的杨树林子,交十万块大洋赎人,不交就撕票。"

于凤彩、于凤翥急忙拿过父亲手中的风筝,互相看了看,于凤彩惊惧地说:"他一张口就要十万块大洋,胃口太大了!"

张杏天看着于文斗:"老爷,这十万块大洋可不是一个小数,仅仅一天半的时间,拿不出来呀!"

于凤翥:"我看立即找吴俊升,请他们部队埋伏在杨树林子,等那伙人来取大洋的时候,就把这伙人一网打尽。"

于凤彩摇头:"这个办法不行,绑匪既然指定要在杨树林子里交钱赎人,他们肯定事先做了防备,吴俊升的巡防营一露头他们就会发现了,还能放人吗?"

这突如其来的消息,让本来安静的于家,顿时变得风声鹤唳鸡犬不宁,人们长吁短叹七言八语。有的担心不拿出十万大洋,土匪一定撕票;有的认为杨梅是个仆人,土匪一旦知道,杀她也不是没有可能;还有的认为用十万大洋换一个家奴不值得。

于文斗虽然内心焦灼却并没有立即表态,他伸手拿过一个水烟袋,用火点着"呼噜呼噜"地抽着。那"呼噜呼噜"的抽烟袋声,那么刺耳,让人心急。

心急火燎的于凤至忍不住了,朝着父亲发火:"爹,杨梅还在绑匪手里,不知道遭多大罪呢! 你咋不说话呀! 赶紧想办法救人哪!"

一位老者摇摇头对着于凤至苦咧咧地说:"凤至,我们的意思不是不想救人,可绑匪要价也太高了,这十万块大洋,要买地都能买二十垧,要是买黄牛也能买一大群。"

"这黄牛怎么能与活人相比呢?"于凤至怒不可遏地反驳,"黄牛有价,人命无价呀!别说要十万块大洋,就是要二十万块大洋,该拿的也得拿,一定要把杨梅赎出来!"

"她可是一个仆人啊!"

"仆人咋的了?仆人也是人!"于凤至索性一口气说下去,"她应该有主人一样的尊严,她的命也是人命!再说杨梅十五岁到咱们家,无怨无悔地伺候我,如今为了保护我,她不顾危险冒名顶替,被歹徒抓走。要不拿出十万块大洋,他们可能就要撕票。你们想想,杨梅要是有个好歹,我于凤至能活得下去吗?我活着还有什么味儿啊……"说到这里,心里一酸,啜泣起来。

于凤至的母亲八奶奶催促于文斗:"老爷,为了杨梅,也是为了咱们闺女,麻溜拿十万块大洋去赎人吧!钱是人挣的,花了还能挣回来,人就一条命,死了就回不来了,救人要紧哪……"

管家张杏天叫苦说:"八奶奶,老爷不是不想拿这十万块钱,是时间太紧,凑不齐呀!"

于凤至顿时发火:"别说了,这钱你们凑不齐,不用你们了!我就去杨树林子里等着,等绑匪来了,我就把杨梅换回来,让他们把我绑走!"说着一把揩去眼泪,气冲冲地向外走去。

于凤彩上前挡住妹妹:"凤至,你别胡来!"

八奶奶疾声劝阻女儿:"闺女,你可不能去呀……"

"杨梅还在土匪窝里头受苦,我能待着吗?别管我!"于凤至猛地一把推开大哥,心急如焚地向外跑去。

"凤至!""闺女!""姑奶奶!"全家人撕心裂肺般惊慌喊叫,呼啦啦地追了出去……

第二章

一

杨梅替于凤至遭绑架,就像一颗炸弹落在于府,一时间人心惶惶。心地善良的于凤至不忍心让杨梅替她遭罪,决心自投罗网换回杨梅,家里老少追上于凤至左拦右挡,死活不让她走。

这时,于林快步走过来,向于文斗报告了一个惊人的消息:"老东家,奉天二十七师师长张作霖带一个团来了,眼看就到大院门口了!"

于文斗一惊:"什么,张作霖带队伍来了?"

"听说他们是来剿匪的。"

"哎呀,太好了!"这个从天而降的消息,让于文斗喜出望外,当即指使张杏天以郑家屯商会的名义,给张作霖的部队张罗住处,一定要安排妥当。

张杏天答应一声,率家丁于林匆匆离去。

于文斗稳了一下神,回过身来安慰于凤至说:"凤至,这回张师长来剿匪了,我一定请他把杨梅救回来,你就回屋去等着吧。"

于凤至含着眼泪说:"张师长要是不能救她,我就去换回杨梅。"

"小姐,这回杨梅有救了,回屋去吧。"柳叶拉着于凤至走进后堂。

于文斗赶忙走出大门,把张作霖引进客厅,热情地接待这位率队而来的救星:

"张师长,你不辞辛苦来到敝乡剿匪,保一方平安,我于某人万分感谢啊!"

张作霖一撸光头,豪放地说:"他妈了个巴子的,当官的拿着官家的俸禄,吃着老百姓种的大米白面,眼看土匪烧杀抢掠你都不管,朝廷养你这群活兽图希啥?"

"话是这么说呀!现在有些当官的,哪管老百姓的死活呀,你这里都出人命了,人家该吃吃该喝喝,谁管你哭爹喊娘的事啊!"

"吃人饭不拉人屎的官多啦!我张作霖也是从黑土地里爬出来的,知道老百姓日子不好过。"张作霖毫不客气地拿出长杆大烟袋,一边装着烟一边说,"咱们不说这些了,你还是先说说这群土匪咋回事吧。"

于文斗赶紧划火柴给张作霖点着了烟,然后坐下来,把巴布扎布先抢粮食后绑票的经过从根到梢地说了一遍。末了,他又告诉张作霖巴布扎布的老窝就在西边外的骆驼营子。

这时,张杏天领着旅长汤二虎走进来。五短身材的汤二虎说话大嗓门:"师长,咱们的人张管家都安排好了,一部分住在于家的烧锅大院,一部分住在镇里的客栈,还有一些人分派在老百姓家里。"

张作霖把烟袋锅子一叩,虎起脸厉声说道:"你告诉那些住在老百姓家的小子们,一定要遵守规矩,哪个人敢欺负老百姓,他妈了个巴子的,我就让他大头朝下!"

汤二虎说话更狠:"师长,你就放心吧,我已经下了命令,谁敢欺负老百姓,调戏老百姓家的娘们儿,我就把他那玩意儿割下来喂狗。"

张作霖一声笑骂:"妈了个巴子的,你个汤旅长比我这个师长还狠啊!"

"哈哈哈……"于文斗和张杏天也捧场地随之笑了起来。

代替主人受罪的杨梅,已经被朝鲁一伙押到土默特旗骆驼营子的土匪老巢。七十三一眼就认出她不是凤至,而是于府的使唤丫头。眼看到口的一块肥肉,没想到突然变黑发霉成了一块臭肉。朝鲁羞愧难当,匪徒们顿时炸了锅。他们埋怨朝鲁瞎猫抓了死耗子,就算于文斗再讲仁义,能用十万大洋赎一个没有多大价值的奴仆吗?

巴布扎布这伙叛匪,虽然烧杀抢夺,但也有一条规矩:怕沾上晦气,不许土匪们奸污妇女。然而,跟着巴布扎布苦熬几年,连女人都没摸过,对女性如饥似渴的狂徒,岂能放过一个换不来钱却又白又嫩的黄花姑娘?

在场的几个小匪喊道:"司令,就给兄弟们开个荤吧,大伙轮班,撒欢尥蹶子地玩她几天!""等祸害够了,再把她扔到大甸子喂野狼!""司令啊,让大伙尝尝鲜吧!"

巴布扎布咬着嘴唇想了一会儿,大手一摆:"不,先把她押到秫秸房,谁也不许碰她,怎么办以后再说。"

<h1 style="text-align:center">二</h1>

杨梅身陷囹圄,吉凶难料,于家上下心急如焚。然而,令人不解的是:张作霖的人马吃饱喝足之后,不是在屯子草地上操练,就是派人去外巡查,再不就坐在屋里开会,看不出一点要动枪动炮的迹象。于文斗虽然心急火燎,却不好意思硬着头皮去找张作霖。

一直担心杨梅安危的于凤至却忍耐不住了:"爹,杨梅还在绑匪手里受罪,张师长为什么还不去救人呢?"

于文斗无奈地摊开两只手:"我也着急,可是张师长一直没有动静啊。"

"你不好意思问,我去问!"于凤至顾不得许多了,转身向屋里走去。

"凤至,凤至……"于文斗叫了几声也没有叫住。

于凤至几步跨进屋里,朝着坐在椅子上一边抽烟一边沉思的张作霖开口就问:"张师长,恕晚辈冒昧,剿匪大军已经来两天了,为何只坐在屋子里开会不去打土匪?"

张作霖从嘴里拔出烟袋,惊异地看着这个落落大方的小姑娘:"你是谁?"

"我是小老百姓啊!"

张作霖揶揄地吐了一口白烟:"哟嗬,小老百姓这么大口气? 我寻思你是天上的王母娘娘下凡了呢!"

于文斗走进来,拱手抱歉:"张师长,她是小女凤至,孩子不懂事,冒犯了。"

于凤至依然毫无惧色:"我想问问官军为什么不去剿匪,这话有错吗?"

"没错啊。"张作霖笑着解释,"闺女,你不知道这个悍匪巴布扎布是什么鸟吧?"

"我就知道他是土匪。"

张作霖正色说道:"闺女,于掌柜,这伙土匪并不是一般的土匪。据我所知,这个巴布扎布想要满蒙独立,他知道光靠他的两千兵马还不行,必须有各地的蒙古王公支持才能如愿以偿。所以,除了公开抢粮掠财以外,还偷偷地派人到科尔沁左翼中旗找到了达尔罕王,挑拨蒙汉关系。说我们奉天的官军,想把蒙古族的王公打跑,要占领科尔沁草原。为了防备官军进攻,蒙古族人必须联合起来一致对外,坚决不能让我们这些汉军进入科尔沁左翼中旗。"

于文斗理解地说:"是啊,我也知道这个巴布扎布过去一直拉拢达尔罕王。"

"如果现在动手围剿巴布扎布,势必会引起达尔罕王的抵触甚至反抗,可能会引发蒙汉冲突,所以,我们才不敢轻举妄动。这两天我一直在琢磨对策。"张作霖说着,把脸转向于凤至,"明白吗,闺女?"

于文斗听后却胸有成竹地说:"张师长,你不知道,达尔罕王是我的老朋友了。我的这些土地都是从他手里买来的或者租来的。他们吃的那些大米,喝的那些烧酒,都是我们'丰聚长'供应的。只要我带你跟他见面说清情况,王爷一定能明辨是非,保持中立,不会与你们作对。"

张作霖高兴地一拍大腿:"我哪儿知道你跟达尔罕王有那么深的交情啊。那好,明天你就领我去见达尔罕王。"

"行。"

门被"砰"地撞开了,汤二虎提着一根马鞭子,一脸懊丧地走进屋来:"师长,我惹祸了!"

张作霖、于文斗同时一惊:"惹祸了? 惹什么祸?"

汤二虎半垂着头嘟哝道:"我看你这几天,又是练兵又是开会,太劳累了。我知道你喜欢吃野味,就到草原上打野物。可那大草甸子上野草长得太高了,一眼没看准,把达尔罕王家小王子的一条大青狗给打死了。"

于文斗大惊失色一拍桌子:"坏了,汤旅长啊! 你不知道,蒙古族人爱犬如命。你打死他府中的一个家丁都不要紧,要是打死他家的一条狗,他就会跟你势不两立。更何况,你是把小王子最爱的大青狗给打死了,弄不好他会跟你拼命啊!"

张作霖呼地起身骂道:"你这个汤二虎手爪子也太欠了,于爷一天好吃好喝地供着咱们,还吃他妈什么野味? 刚才我和于爷还正想找达尔罕王去谈事呢,你把他家的狗给打死了,你这不是没等做饭就把锅给砸了吗?"

一时间,屋子里的空气都变得沉闷起来。张作霖抱怨,于文斗叹息,汤二虎苦不堪言。

"咯咯咯……"沉闷的气氛中,突然响起于凤至朗朗的笑声,"哟,你们几个大人,怎么让这么点小事难住呢? 不就是想进达尔罕王府的大门吗? 要是我领你们去,他们不仅要打开大门,还会好酒好肉待承你们。"

"哦?"张作霖举目细看眼前的小姑娘,她眉下一对亮晶晶的凤眼,闪着智慧的光芒,"姑娘,你不是说大话吧?"

"你要不信,我们拉钩。"于凤至一脸戏谑地看着张作霖。

于文斗觉得女儿有点冒失,赶紧申斥:"你这孩子,怎么说话呢!"然后,又向张作霖解释,"张师长,小女不懂事,别见怪,别见怪。"

于凤至天真无邪地一笑:"我是来给师长出主意的,见什么怪呀!"

于文斗制止她:"凤至,不得无礼!"

"哎,你让她说。"张作霖一摆手制止了于文斗,很有兴致地朝于凤至说,"闺女,你有什么计策我倒想听听。"

于凤至得意地双手一背:"那就请张大人听小女子慢慢道来……"

三

历史上,达尔罕王在辽西和东蒙一带,是个举足轻重的人物。只要这位那木济勒色楞王爷吆喝一嗓子,一些旗王就会看他眼色,跟着他走;他一跺脚,这里的大地都会颤抖。

巴布扎布非常清楚,如果张作霖把达尔罕王拉拢过去,他巴布扎布就失去了一面挡风的大墙。他在东蒙做事,没有达尔罕王的支持,想攻打郑家屯,占领奉天,实现满蒙计划,就是断了脖腔骨也难以取胜。所以,在得知张作霖来到郑家屯的时候,他捷足先登,对达尔罕王摇唇鼓舌,说什么张作霖的目的就是要把西边外变成汉人的天下。他一旦进入了你这水草丰茂的科尔沁草原,这藏金储银的达尔罕王府,就将面临一场灾难。这大清朝留下来的亮红顶戴的六品王冠,还有那些一呼百喏的旗下百姓,都会变成张作霖的下酒菜。最后,他咬着牙根威胁道:"王爷,千万警惕呀!你和你的王子都会变成他们的阶下囚啊!"

"啊!"巴布扎布的这番挑唆,像一支令人改变思维的精神毒剂,让达尔罕王的脸由红变白,由白变青。

达尔罕王正在惊惑之际,小王子包布领着几个家丁,抬着一只满身血渍的死狗,气哼哼地走进客厅。包布把狗放在达尔罕王的面前,气急败坏地说:"阿爸,张作霖的部下把咱们的大青给打死了,你得给它报仇啊!"说着,一屁股坐在地上,摸着那条死狗"哇哇"地大哭起来。

早已经被巴布扎布收买的王府管家道尔吉乘机挑火:"王爷,张作霖一伙就是要跟咱们蒙古族人作对,更恨你这个王爷。他们刚刚来到郑家屯,就给你来了一个下马威,说不定以后还会捅出什么大乱子呢!"

巴布扎布又趁势起哄架秧:"王爷,怎么样?我没说错吧?这张作霖刚到郑家屯就不把王爷放在眼里,这要是进了你的达尔罕王府,还不得抓人哪!"

包布愤慨地嚷道:"阿爸,大青狗是我的命根子,他们打死大青狗,那就是要杀我,你得给我报仇啊!"

巴布扎布愤愤地说:"报仇,报仇! 小王爷放心,王爷一定给你报仇!"

达尔罕王咬着嘴唇,拳头攥得嘎巴嘎巴直响……

巴布扎布自认为他无事生非挑拨离间的把戏成功了,怀着一种志在必得的喜悦离开了王府。

达尔罕王立即召集负责王族事务的有关头目,商议如何对付张作霖。这时,一个府丁急匆匆地走进客厅:"报告王爷,张作霖带着一支秧歌队来了,眼看就要到寨门了!"

"秧歌队?"达尔罕王诧然一怔,"他们干啥扭秧歌?"

道尔吉说:"他们明面上是秧歌队,背地里一定暗自带着枪炮,要打进王府啊!"

达尔罕王劈手一挥:"立即关上寨门,子弹上膛,长刀出鞘。他张作霖要敢硬闯寨门,就给我打!"

"是!"家丁立即抽身跑去。

张作霖带着秧歌队,锣鼓喧天地来到达尔罕王府的寨门之外。张作霖、于文斗两个人骑着高头大马走在最前头。后面是二十七师的步兵连组成的秧歌队,他们左手舞着彩绸,右手耍着彩扇,踩着锣鼓点儿,随着唢呐的节奏,撒欢儿地扭着。队伍后边的汤二虎扮成"推车老汉"扭着秧歌步,一摇一晃地推着一辆彩车前行。

达尔罕王和小王子包布,还有管家道尔吉带领着几十个府丁,站在寨门两侧的马道上。府丁们架起快枪对准了门前的秧歌队,气氛十分紧张。

张作霖和于文斗来在寨门前翻身下马。

于文斗仰望寨门扬声高喊:"王爷,我是你的老朋友于文斗。我和奉天二十七师师长张作霖一起来拜见你啦,请你打开寨门吧!"

达尔罕王冷冷地高声回话:"于掌柜,要是你自己来,我不仅要打开大门,还要红毡铺地,迎接你这位贵宾。可他张作霖是哪路神仙哪?我那木济勒色楞的眼睛不瞎。恶狼假装成绵羊我也能看出来他肚子里有几根黑肠子。"

于文斗赶紧解释:"王爷,你是不是听到什么闲话了?张师长真是来拜见你的,还带来了一件小王子最喜欢的礼物。"

"哼,黄鼠狼给鸡拜年,也会装成笑脸儿。"

张作霖立即抱拳拱手:"王爷,我的部下汤玉麟一时不慎打死了小王爷的宝贝,今天我带着汤旅长赔礼道歉来了!"他回头指指推着彩车的汤二虎,抱歉地说,"你看,他就是打死你们家宝犬的汤旅长,今天特意来府上负荆请罪。"

汤二虎放下彩车,背着鞭子,跪在地上:"王爷,兄弟只是一时看走了眼,错把你家的大青狗当成野狼给打死了。今天我负荆请罪,您要是有气儿就狠狠地抽我一顿,二虎甘愿受罚!"说着拱手作揖。

于文斗恳求说:"王爷,杀人不过头点地,一个堂堂旅长都跪在地上请罪了,你就高抬贵手吧!"

张作霖也恳求地:"王爷赶快开门吧!我要进去赔礼。"

达尔罕王依然是一腔怒火:"草原上不欢迎你们这样的恶人,快滚!再敢走近一步,我就下令开枪!"

彩车的帘子撩开了,一身新装的于凤至,抱着一只乖巧的京巴走下车来。她朝着站在寨门上的达尔罕王扬声殷殷地喊道:"王爷,官儿还不打送礼的呢,张师长带着这只千金难买的京巴前来送礼,你怎么也得让我们进府吧?"

站在城门上的府丁一愣:"来了个小丫头?"

管家道尔吉说:"她是于掌柜的闺女于凤至。"

于凤至又向前走了几步,朝着站在寨门上的小王子喊道:"包布,你不是喜欢我的京巴吗?今天我带来了,你快下来看看吧。"说着猛地拍了一下小狗的屁股,那条小狗仰起脖子"汪汪汪"地几声甜叫。

小王子包布刚刚流过泪水的双眼顿时放出光彩:"啊,是京巴!"

原来,在去年夏天,达尔罕王领着小王子包布来到于家"丰聚永"烧锅拉酒,恰好于凤至牵着那只戴着一串铃铛的京巴"丁丁零零"从一旁走来。爱犬如命的包布,一见这只活泼可爱的京巴,就像发现珍宝一般,惊喜地走过去又摸又抱又亲。京巴那甜甜的叫声,几乎让包布神魂颠倒。他立即拿出五块大洋,死皮赖脸地非要买于凤至这只狗。于凤至也是刚刚得到这只宝贝,爱不释手,不肯转让。包布急得哭了一场。现在,他日思夜想的尤物已经被于凤至送到了门前,小王子赶紧恳求父亲说:"阿爸,那只京巴是于小姐最喜欢的宝贝了!去年我花大价钱她都不卖给我。今天送到咱们家门口了,咱们可不能不要啊!阿爸……"

一个管带也劝解道:"王爷,这支秧歌队没带枪也没带刀,咱府上有两百多府丁,放他们进来翻不了天。何况又有你的朋友于掌柜在一边求情,怎么的也得给这个面子。"

达尔罕王动心了,闭着嘴巴凝目沉思。包布急不可待地说:"你不开,我开!"他转身跑下去。

两个门丁左右阻挡,立即将他拦住:"小王爷,不能开!"

"滚一边儿去!"包布猛地推开门丁,伸手拉开了门闩。

四

经过王府管带的劝说,达尔罕王终于把张作霖、于文斗、汤二虎让进了客厅。为了得到达尔罕王的谅解,天不怕地不怕的汤二虎,屈尊俯就向达尔罕王请罪,承认了自己错杀大青狗,并且抢起马鞭子要责罚自己。

于文斗走上去一把夺下马鞭,丢在一边。情绪缓和了,张作霖又向达尔罕王开诚布公地说:"王爷,咱们蒙汉一家,头上顶的是一片蓝天,脚底下踩的是一块土地,多少年就是结成帮连成块的民族兄弟。你们喝的是汉人种粮食烧的酒;我们吃的是蒙古族人养的牛羊。我说句粗话,左腿右腿都是人身上长的家伙事儿,缺少哪一条都是个瘸子。"

达尔罕王虽然没那么大火气了,但心里对张作霖仍然有戒备,他倒想看看这个张师长葫芦里到底卖的是什么药。

别看张作霖没念几天书,说起话来却是有情有理:"王爷,我们二十七师里边有很多蒙古士兵,他们参加奉军二十七师,就是为了保护咱们奉天和西边外这片土地。这手心手背都是肉,谁能那么没心没肺打自己的兄弟呢?你是不是听了巴布扎布的鬼话,把朋友当成冤家对头了?"

仿佛是一股热流,让达尔罕王戒备发冷的心有了一点温度。

于文斗接着说:"王爷,你还不知道吧?半个月前,巴布扎布到前郭尔罗斯八郎屯抢走我家一万多斤粮食。前些天又派人到大辽河码头踩盘子,还想抢我家的稻谷,被吴俊升打跑。最近,他又指使手下绑了我府上的丫头。他哪是什么复国军,纯粹是一伙土匪。"

达尔罕王一震："有这事儿……"

张作霖趁热打铁："王爷，有些情况你可能还不知道，其实巴布扎布是受日本人川岛浪速的唆使，组建了什么勤王复国军，还想攻打郑家屯占领奉天，然后成立满蒙帝国。一旦这帮小子的阴谋得逞，东三省就得变成日本人的天下。什么满蒙帝国呀，其实是给日本人当傀儡。那些日本人会收你的税，开你的矿，发你的财。那些受苦的百姓必定给日本人当亡国奴，你这个大清朝以来有名的扎萨克（蒙古语"执政官"的意思）就甘心当汉奸，跟民国政府作对吗？"

达尔罕王的脑袋仿佛被敲了一下，立即清醒了许多："啊，原来巴布扎布要建立满蒙帝国，是让我们蒙古族给日本人当亡国奴啊！"他立即吩咐管家道："道尔吉，立即设宴，招待张师长和于掌柜。"

道尔吉顿了一下，不情愿地："啊……是是……"

王府的接待厅里摆上了酒席，扭秧歌的人都纷纷落座。达尔罕王陪着张作霖、于文斗还有于凤至坐在首席。霎时间桌子摆上了肥嫩的手把肉、焦黄的烤羊腿、乳黄色的奶酪，还有精薄的奶皮子、喷香的炒米等蒙古族的美味佳肴。

达尔罕王热情地跟张作霖、于文斗推杯换盏。

经过于文斗的劝说、张作霖的解释和汤二虎的赔罪，这位王爷看清了巴布扎布要分裂东北的狼子野心，不仅解除了心中的敌意，而且把张作霖看成是朋友，当即表态：支持张作霖围剿巴布扎布，还要献出一百只羔羊为部队做补给，张作霖高兴得一下子喝了一碗白酒。

自古汉夷和亲都是统治者笼络外族的一种政治谋略或手段。张作霖为了安抚达尔罕王，借着酒劲儿激动地冒出了一句不该说的酒话："王爷，我看你家小王子包布生龙活虎的，我家二姑娘张怀英也是一表人才呀！咱们两家就做亲戚呗？你要不嫌弃她就嫁过来给你当儿媳妇。"

达尔罕王轻轻地一笑："张师长，是不是酒话呀？"

张作霖舌头根子都有点发硬了："这是哪里话？我张作霖吐口唾沫都是钉，放屁都当当响。"

恰在这时，小王子包布抱着那只京巴走进屋来，听到这话，顿时喜出望外，当即双膝跪地，朝张作霖磕了一个响头："包布拜见老丈人！"

"对，是老丈人。"达尔罕王"哈哈"大笑，"好，这回我跟张师长真成了亲家了！"

"老丈人？嘿嘿嘿……"于文斗一声干笑,他没想到包布突然来了这么一手。

"老丈人？嗬嗬……"张作霖一声苦笑。这时他有点清醒了,后悔得一拍脑门子,但是,说出的话也收不回来了……

五

第二天早上,张作霖带着队伍出征了,何时才能打败土匪,解救杨梅呢？只能看最后结局。于凤至知道:杨梅家里就剩她妈妈了,这位母亲过去就得过痨病。杨梅所以来于府当用人,就是想挣点钱给她妈妈治病,如今杨梅被抓了,她老人家一个人在家怎么活呀!

想到这里,一种无法排解的愧疚让于凤至椎心泣血,经过思索,她下定决心:要离开这个"衣来伸手,饭来张口"的家,要去柴门土炕的杨家伺候杨母。她甚至想:如果杨梅遇到什么不测,她绝不能丧良心,要做杨家的女儿,一辈子伺候那个苦命的老人。

一听于凤至要去杨家,柳叶极力劝阻不让她前往。于凤至决心已定,并且严肃告诫柳叶:"我走了以后,对家人只能说是外出散心,绝不许告诉他们我去了哪儿。"

尽管柳叶极力劝阻,于凤至主意已定,还是背着全家人偷偷地走了。

那是个阴暗的早晨。野外,苍茫天空中滚动着似雾非雾、似灰非灰、似尘非尘的雾霾。走在乡间路上的于凤至心里比这天空还要阴沉。她平常在家养尊处优使奴唤婢,今后,她将踏进柴门伺候一个家奴的母亲,她不曾体会到这是一种什么滋味。然而,为了报答救命恩人,弥补她心灵上的亏欠,她只能屈尊俯就了。

七里地不算远,不到一个时辰,于凤至就满头大汗地来到了杨家。

杨母病恹恹地躺在炕上,炕上只有半截苇席,炕沿儿上放了一个碗。呼号的东北风犀利地吹着大窟窿小眼子的窗户,发出"刺拉拉"的尖叫。

于凤至心里很酸,她缓缓地走过去,低声叫道:"婶子,你病了?"

杨母支支巴巴地想坐起来,于凤至立即将她扶住。杨母惊惑地看着满脸温柔的于凤至:"小姐呀,你怎么来了?"

于凤至殷殷一笑:"杨梅不在,我来伺候你啊!"

曾经收取三十块大洋,把女儿卖给于府的杨母,从来也没有什么奢望,如今女儿"替主遭绑"那也是命该如此。她流着眼泪哀哀地说:"小姐,你这不是折杀我吗？我一个穷老婆子,怎敢劳驾你这样的大小姐来伺候我呀!我不用你,你回去吧。"

于凤至坐在杨母身边,拉着她那干枯的手,苦笑着劝慰:"杨梅是为了保护我,才被歹徒抓走的。你有病了,杨梅不能回来,我要不来伺候你对不起杨梅。"

"杨梅还能回来吗?"

"能。我爹说了,就是花十万、二十万大洋,也要把她赎回来。再说,奉天张作霖的二十七师来了,他们已经去打土匪了,一定能把杨梅救出来。婶子,你想吃啥我给你做。"

"小姐,别别……我不饿,饿了我自个儿做,可别脏了你的手啊!"

于凤至看了一眼放在炕沿儿上的半碗米汤,心疼地说:"婶子,看样子你今天还没吃饭,怎么能不饿呢?你先歇一会儿,我这就给你做饭去。"说着又安慰地拍了拍杨母的肩头,走到外间。打开米缸一看,缸里只有一瓢小米,她又到屋外四下寻找,残垣断壁的院子里没有干柴。尽管趴在炕上的杨母再三阻拦,于凤至还是拿起镰刀快步走出了院门……

第三章

一

古人有句话:"兵者,诡道也。"这些年,巴布扎布之所以能混迹于俄日之间,还能拉起千儿八百人的大绺子,说明他绝不是一般人物。他知道如何拉拢友人,如何对付敌人;更知道张作霖的队伍兵强马壮,作战勇猛。战事一开始,他假装反攻,虚晃一枪。然后,来一个欲擒故纵,故意露出破绽引诱张作霖的部队一路追杀进黑帝庙。然后,又来个四面包围关门打狗。被围困在黑帝庙里的张作霖指挥部队打了一天半宿,也没能突围。危急之时,于文斗闻信,带着于凤鸶冒着瓢泼大雨赶奔洮南府深夜搬兵。刚从黑龙江回来的吴俊升听说张作霖在黑帝庙被困,立即拉出队伍,连夜西征。

这时,被围在黑帝庙的张作霖他们是人困马乏,几乎弹尽粮绝。如果不来援兵,只能是鱼死不可能是网破。

突然,黑帝庙南侧连声炮响。张作霖振臂高呼:"援兵来了,给我打!"

张作霖趁势反扑,吴俊升后路猛打,两支部队里应外合,巴布扎布腹背受敌难以应付,最后被打得仓皇逃窜。

张作霖与吴俊升在黑帝庙胜利会师,被土匪关押了六七天的杨梅被解救出来,随着凯旋的队伍兴高采烈地返回郑家屯。正好,于凤至被八奶奶从刘家堡子叫了回来。于凤至一见杨梅破衣烂衫、蓬头垢面,她激动地扑上前去:"杨梅,你受苦啦……"

杨梅含泪一笑:"没啥,只要小姐安全,杨梅受点苦算得了什么?我这不是被救出来了吗?"

"那些土匪没有欺负你吧?"

"没有。"

"太好了!"于凤至百感交集,紧紧地搂着杨梅喜极而泣……

张作霖凯旋,于文斗喜不自胜,立即派人杀猪宰羊备酒买菜,招待灭匪得胜的将士。然后,陪着张作霖、吴俊升、汤二虎等人来到客厅歇息喝茶。

张作霖端起茶杯喝了一口香茗,对吴俊升说道:"吴大哥,兄弟这回在黑帝庙蒙难,奉天总督鞭长莫及,多亏你发兵救援。不光让我张作霖捡回了一条小命,还把巴布扎布这帮鳖犊子打得稀里哗啦,你真够朋友啊!"

吴俊升豪爽地一抹嘴巴:"你说哪儿去了,要感谢,你得感谢于掌柜。他听说你在黑帝庙被困,冒着大雨连夜跑到洮南去搬兵,搅得我跟娘们儿都没睡上囫囵觉,就连夜出发了。"

于文斗半开玩笑地说:"说实在的,当时我还真有点担心,吴统领正搂着弟妹睡觉呢,我求你出兵,怕你给我撂脸子。"

吴俊升笑道:"于掌柜,你可是我们巡防营的财东,我哪敢跟你这财神爷撂脸子呢?"

这时,院外突然传来了一阵欢庆的锣鼓声,张作霖霍然一惊:"咋回事儿?"

管家张杏天快步走来,向于文斗报告说,县公署的贺县长来了,给咱们家送来一块光荣匾。

张作霖"呼"地站起,一拍大腿:"送匾,咱们看看去!"

辽源县的县长贺子章原本是个才子,后来弃文从政,一跃成为一县之长,除了靠他的文采,更靠他审时度势善于逢迎的本事。他知道,张作霖在奉天的地位如日中天,将来肯定有权有势。现在趁张作霖来到他的属地,应该展示一下他的政绩,也许日后能够飞黄腾达。为此,他制作了一块金匾,借着奖励于凤至"答诗对联"的机会拜见张作霖。

于府门前,人马云集锣鼓喧天。一块刻着"辽源新秀"的金字牌匾悬挂在门楣之上。县署秘书找来于凤至,要给她身上披红,跨马游乡夸功显才。一向沉稳大方的于凤至,被这突如其来的荣耀弄得有些局促和尴尬。她不想张扬,三把两把解开红绸子丢给秘书,捂着羞红的脸跑回院中。

贺子章一看张作霖、吴俊升、于文斗从院子里依次走出来,赶紧一路小跑迎上前去,朝着张作霖、吴俊升躬身施礼:"张师长、吴统领,本县贺子章拜见来迟。"

张作霖抬眼看看门楣上那块"辽源新秀"的金字牌匾,惊喜地问道:"这是你奖励给于掌柜闺女凤至的?"

贺子章躬身一笑:"师长大人,你们不知道,今年四月十八奶奶庙会,本县张榜招员。我出了一条上联,让试者对答。郑家屯三十二个文人、五十六个墨客,都没人敢答,于家小姐却一鸣惊人,对得十分精彩。"

张作霖问:"什么样的一副对联那么难对呀?"

"上联是'七间红阁,天天都是诸阁亮',于凤至姑娘对的是'六孔黑洞,夜夜只见二孔明'。"

张作霖自嘲地一笑:"妈了巴子的,难怪那些文人字匠答不上,我这一听脑子都迷糊了。"

汤二虎迎合道:"可不,这闺女肯定是文曲星下凡哪!"

吴俊升趁势夸奖:"我早就看出来,凤至这姑娘有出息,那些文人墨客都对不上的联,她对得那么出彩儿,这是大辽河飞出的金凤凰啊!"

贺子章走了。于家的后厅里,摆起了一桌子丰盛的酒席。张作霖、吴俊升、于文斗,还有汤二虎等几个人,围坐在桌前开怀畅饮。已是酒过三巡,张作霖脑袋里忽然闪出一个念头:前几天,于凤至为了帮助他拉拢达尔罕王,不仅主动献计,还献出了她的爱犬,让那个被巴布扎布蒙蔽的达尔罕王明辨了是非,支持他打败了巴布扎布这伙叛匪。他觉得这姑娘深明大义,实在难得。今天,贺子章送来的那块"辽源新秀"金匾,让他更感到于凤至这姑娘年纪虽小,却经纶满腹出类拔萃。能不能让于凤至做他的儿媳呢?借着酒劲,他索性开门见山:"于大哥,凤至真是个好姑娘。我的长子张学良也是个好小子,你看,能不能让这两个孩子喜结良缘呢?这样你我兄弟就做成亲家啦!"

于文斗受宠若惊:"这……能跟你张师长结成儿女亲家,那可是我于文斗求之不得呀!"说到这里他又自谦地一笑,"不过,如今张师长门庭显贵声震四方,我一个小小的郑家屯商号掌柜,怕是跟你门不当户不对,岂不是高攀了。"

张作霖不以为然地扬扬手:"于大哥,什么门庭显贵啊!人和人肩膀头一般高

26

就是兄弟。只要孩子的命数相合,管他什么门当户对呢!更何况,你这个'丰聚长'也是大辽河畔赫赫有名的商家呀!"

于文斗谦卑地一笑:"兄弟,你可能不知道,我家凤至比学良大三岁,怕是……"

吴俊升赶紧打圆场:"哎,女人三抱金砖,女人大点更好,姑娘大了懂事多,知道心疼小女婿。只要你们哥俩儿愿意,我吴大舌头甘愿做老红媒!"

宴席上,汤二虎撮合,吴俊升成全,你夸张学良文武兼备是将门虎子,他夸于凤至才貌双全是凤命千金。张作霖提议,于文斗默许,本来是一场祝贺剿匪胜利的庆功酒,却变成了订婚宴。

最后,张作霖霍地站起来,一巴掌拍在屁股上:"妥!咱们喝下这杯定亲酒!"

吴俊升:"张师长,你拍屁股这是啥意思啊?"

汤二虎"嘿嘿"一笑:"你不知道?屁股也叫腚嘛!张师长有个习惯,他要决定啥事就拍屁股。所以我们二十七师里边流传一句话:'张师长拍屁股——腚(定)了。'"

张作霖说:"这话让你们这么一解释,反倒给整埋汰了!"

在场的人"哈哈哈"一阵开怀大笑。

二

于凤至虽然出生在辽西河畔的乡野,然而,秀才不出门便知天下事。当时北京、奉天等大城市盛行的婚姻自主风潮也波及了山乡僻壤,打开了她的心扉。她也想像大城市的女孩子一样,找一个投心对意的郎君,你恩我爱卿卿我我,过着那种崭新的自由自在的夫妻生活。没想到父亲竟然没有征得她的同意,擅自决定把她许配给张作霖的儿子张学良。张学良是人是鬼是丑是俊都不知道。一听父亲答应了这门婚事,任性的于凤至索性拒婚。

头一次,于文斗让大儿子于凤彩来找于凤至,于凤至躺在床上一动不动。

第二次,于文斗要二儿子于凤翥前来叫门,于凤至干脆大被蒙头。

第三次,两个嫂子又来招呼。于凤至一骨碌爬起来,朝着窗外发出了狠话:"嫂子,赶快回去,我的事跟你们没有关系。你们要是非要逼我,我就离开这个家。"两个嫂子无奈,只好乖乖地退回。

就在于文斗跟家人商量女儿的婚事遭到于凤至抵触的时候,张作霖跟家人提及这门婚事,也同样遭到了家人和张学良的反对。

这时,五姨太寿夫人还没嫁进将军府,几位姨太有点不明白:在奉天城有文化长得俊的姑娘有的是,干吗非得在乡下背旮旯儿子找个土大妞。

张作霖反驳:"什么土大妞啊!于家在郑家屯可是屈指可数的大户,光大买卖就有三处,还有车队、船队,另外还有几百垧水田,用八大泉水灌溉的大米都出口朝鲜、日本、俄国了。就连北京的大总统袁世凯吃了都说好,已经把它当成贡米了。"

卢夫人等几位姨太纷纷表态:"爷呀,咱们要的不是亲家的钱财,要娶的是他家闺女。""说得是呢,奉天城不缺好姑娘!""人都说:'一过辽源府,一天二两土,白天吹不够,下晚给你补。'郑家屯那个地方,一天大风小号刮鼻子刮脸的,还能刮出什么秀女来?"

"你们别那么说。"张作霖得意地一笑,"那于凤至还真的长得有姿有派,身材、眉眼就像古画里的美人似的,十个人看了,得有九个半都夸她长得俊。"

卢夫人依然担心张学良本人的态度:"帅爷呀,如今这民国讲的是婚姻自由。你给孩子找媳妇,首先不得征得小六子同意?我这个当养母的可做不了他的主。"

张作霖朝着门外叫了一声:"喜顺,你把小六子给我找来。"

门外应声,下人喜顺快步走进屋子:"老爷,大少爷方才听说你给他定亲,一生气就走了,不知道去哪儿了。"

张作霖生气地骂道:"不知好歹的王八羔子,他这是有意躲着我呀。"

将军府上下听说张作霖定下了这门婚事,差不多人人咂嘴、个个摇头:"咱们家老爷干啥非得给小六子找一个比他大三岁的大村姑呢?""是啊,有多少城里的豪门小姐大家闺秀要嫁小六子,他能看上一个大村姑吗?"

于凤至拒绝,张学良逃避,将军府的人说三道四。让张于两家仅靠父母之命达成的这门婚事陷于僵局,张作霖心想:反正现在张学良和于凤至年纪还小,暂且放放吧。

于凤至在郑家屯学堂读完《论语》《中庸》,又考入奉天女子师范学校,于文斗派女佣杨梅伴读。因为于凤至不想嫁入张门,一再嘱咐家人,不要跟张作霖说自己在奉天上学的事。如今她已经在奉天住了一年,大帅府那边半步没近,更不想见那个根本就不想嫁的张学良。

这天晚自习之后,于凤至回到宿舍。一个同学拿了张照片,向同学们显摆:"你们看看,这是张作霖的儿子张学良,多有派呀!"

几个同学立即凑上去,争着抢着看这张照片。

人就是这么奇怪,大家都说羊肉好吃,他本来不想吃,却偏偏要尝上一口,品品腥膻的滋味;本来不喜欢某个人,可偏偏还要打探一下那个人最近在干什么。于凤至也不例外,她口口声声说不去将军府,不见张学良,可心里却痒痒,总想听听有关张学良的消息。现在一见同学拿着张学良的相片,她悄悄地走过去,躲在同学们的后边,想看看张学良是何许人也。

这是一张街头照片,日本领事馆门前,聚集着不少手持小旗到大街上游行的中国青年。张学良英姿勃发地站在一个高台之上讲演,满脸豪情。虽然这是一张平面照片,可在于凤至的心里却掀起了无法控制的波澜,仿佛能听到张学良那铿锵有力的呐喊。

接下来,那位同学声情并茂地讲起了张学良的"街头讲演"内容。

原来,民国大总统袁世凯为了当皇帝,竟然忍让日本人对中国的吞食,签订了一个丧权辱国的二十一条。奉天城内的爱国青年闻讯后,立即组成几百人的游行队伍,打着横幅,喊着"二十一条是出卖中国主权的条约,必须废除"的口号,浩浩荡荡在街上游行,受到了日本军警的无理阻拦。张学良及时赶到,跳上平台激情地讲演,游行队伍的声浪一浪高过一浪,气焰嚣张的日本军警连连后退。然后,他带领青年们理直气壮地拥进了日本领事馆,吓得日本人赶紧关窗、关门不敢出屋。

张学良英俊的相片、女同学感人的陈述,让于凤至心潮起伏。杨梅偷偷地捅了一把于凤至:"小姐,这个张学良不仅长得帅气,还是个热血青年呢!"

于凤至悄悄地捏了杨梅一把,带着一丝不易察觉的笑意悄然离开。

三

张作霖这两年官运亨通,顺风顺水。由奉天督军、省长又兼蒙疆经略使,实际已经掌握了奉天和内蒙古的大权,成了名副其实的东北王。帅府迎娶了貌美、身材玲珑、有文化的五夫人张寿懿,也称寿夫人,可说是官运、财运、桃花运好运连连。他的几个兄弟也随之水涨船高,张作相、汤二虎、张景惠也相应地提升到了师长、旅长。救他一命的吴俊升更是加官晋爵，一跃成为黑龙江省的督军。

一切安顿好之后，张作霖一拍脑门子想起张学良的婚事。如今，两个孩子都不小了，凤至都十九了，六子也上讲武堂了。常言说儿大不由爷呀！奉天城是个花花世界，好看的姑娘遍地都是。万一哪个浪丫头要是跟小六子王八瞅绿豆对上眼了，那个风流倜傥的儿子再给你领回来一个花枝招展的儿媳妇，他这个一言九鼎的张大帅怎么跟老于大哥交代呀？

当天下午，张作霖就把张学良叫回了家，让他去郑家屯找吴俊升，到老于家相亲。

虽然张学良经过父亲的训教、老师的启发，身上的臭毛病改了许多，但他已经看惯了城市女孩的轻盈风姿，听惯了时髦姑娘们的燕语莺声，闻惯了靓妞们身上的胭脂香气。更何况于凤至还比他大三岁，一个元帅府的大公子岂能娶一个乡下的大姐做媳妇？然而，他又不敢明目张胆地违抗父亲的旨意，便耍了一个小阴谋，假装抱病在床。张学良买通了堂弟张学成，用山楂糕做了几贴膏药，谎称自己胯骨疼，贴在腰上，声称不能走路无法下乡。

张作霖听说后半信半疑前来查看。刚一进屋，张学良就喊疼装病："哎呀，我胯骨扭了，像刀剜似的贼拉拉地疼啊！哎呀，疼死我了……"

张作霖走到床前，伸手掀开被子，看他后腰上贴一贴膏药，斥责道："妈了个巴子的，你胯骨疼干啥把膏药贴在腰眼子上？"

张学良胡编个理由："腰和胯骨都是一条筋，治病不都找根儿吗？"

"腰是腰，胯骨是胯骨。屁股疼，往脑瓜门上贴膏药，那是治病还是变戏法？"张作霖又问张学良，"还有膏药吗？"

"有。"张学良从床上拿出一贴膏药递给父亲。

张作霖揭开膏药上的面纸一看，这膏药黏糊糊的，一点没有中药味，索性用舌头舔了舔，然后，恶作剧似的把膏药揉成了一个药丸子，递给张学良："你把它给我吃了！"

"吃它干啥？"

"治病啊？"

"治啥病啊！"

"这又酸又甜的山楂糕治馋病！"

"爹，你说啥呢……"

"我眼睛里不揉沙子，你竟敢把山楂糕当成膏药来糊弄我！"张作霖抄起一把笤疙疙瘩瘩,"小兔崽子,连你爹都敢糊弄,我今天非打你个鼻青脸肿不可!"说着举起笤帚疙瘩向张学良打去。

张学良见事不好,"扑棱"一下子坐了起来,鞋都没顾得上穿,撒腿就跑。

张作霖边追边骂:"你赶快去相亲,要不去我他妈打扁你!"

四

胳膊拗不过大腿。屈于父亲的压力,张学良只好由堂弟张学成陪着,拧着鼻子来到郑家屯。他先到吴俊升的公馆,恰巧吴俊升有事不在家。吴家的二姨太要领他们到于家相亲,张学良趁势推托迟迟不去。头一天他领张学成去看西辽河,又看东辽河。第二天两个人又踏游了郑家屯的大架坨子山。第三天又去游览七星湖。二姨太看着他们闲逛三天不去相亲,有些着急,再三催促,张学良依然一推再推。到了第四天,张学良领着张学成一身便装来到郑家屯大街上,游览商场店铺。张学成提醒张学良:"大哥,能不能娶于凤至那是另外一回事。不过,我看你必须去老于家了。你要不去相亲,我老叔可饶不了你。"

张学良想了想也对,就是走过场,他也得去相看一把。不这样,对吴大伯也不好交代。他问张学成:"咱们去于家也得讲究点礼貌啊,是不是得给那个于凤至带个什么礼物呢?"

张学成说:"我听说于凤至喜欢画画,要不买点文房四宝,那可是体面的玩意儿,就怕郑家屯没有卖的。"

"走,先到街上看看。"

于凤至已经从奉天师范毕业返回郑家屯。一个乡下女子考上了省城大学堂,虽然算不上金榜题名,那也是名声大噪。更何况于凤至在县公署答诗联一举夺魁,更是受乡里乡亲的推崇和青睐。

郑家屯画店的赵老板画了几张画,这天,特请于凤至到画店给他配诗。几个顾客一看于凤至来这里给画配诗,就好奇地来围观。第一幅画画的是身着戎装的陆游在行军路上,望着苍茫的大漠感慨万千。

于凤至看了画,想到陆游的《诉衷情》,就在画上配写了那首诗:"当年万里觅封侯,匹马戍梁州。关河梦断何处?尘暗旧貂裘。胡未灭,鬓先秋,泪空流。此生谁料,心在天山,身老沧洲。"

在场的人看于凤至那清秀流畅的几行小楷和满怀壮烈的配诗,脱口喝彩:"好!"

这时,张学良与张学成开门走了进来,见一个姑娘在为画配诗,心生好奇,便悄悄地站在一旁观看。

赵老板又拿出第二张画,画上面是战国时期楚国大诗人屈原绝望地站在汨罗江畔,仰天长叹。

于凤至略思片刻,又挥笔写下了屈原的两句诗:"举世皆浊我独清,众人皆醉我独醒。""身既死兮神以灵,魂魄毅兮为鬼雄。"这次,她的笔力遒劲,颇具风骨,充分表达出主人公的悲壮与刚烈。

一旁的张学良看着眼前这位灵秀清纯、充满书卷气和知性的姑娘,觉得比起那些城市时髦的靓女还多了几分质朴和贤淑,竟然情不自禁地随着大家一起鼓掌。

老板脱口称赞:"好,好!诗画匹配,正合我意!"

张学良有意在众人面前显示才华,走上前笑道:"这位姐姐,你的字写得很有力道,诗也挺有韵味。不过,我认为这两句诗是屈原自己的,应该用别人的诗来歌颂屈原比较合适。"

于凤至微微一怔,抬眼看看这个陌生的年轻人,似曾相识又想不起来在哪儿见过,她客气地一笑:"这位小哥,看来你对古诗词很有造诣,请多加指点。"

张学良大言不惭地说:"指点谈不上,我可以说说看法。"

于凤至温婉地一笑:"有道是:诗言志,词言意。屈原怀着一腔怨恨自尽投江,可他的爱国情怀却永世长存。所以,我用他留下的诗,表达他的遗愿,鼓舞后人把爱国的精神发扬光大,没有不妥吧?"

张学良依然不肯认输地说:"大姐,恕小弟直言:不如用鲍照的《参军集》里的诗,'危时见臣节,世乱识忠良。投躯报明主,身死为国殇'。这多么贴切呀!"

"这……"于凤至想了想,虽然是反驳,却口气平和,"小哥,这首诗是南宋诗人鲍照模仿曹植的《艳歌行》写的。当时南宋外敌入侵,社会战乱,壮士赴死,以身报国,所以这首诗与屈原投江的背景不符,当时楚国并没有时危,也没有乱世,屈原与朝廷本是政见之争!"

见小女子撅了自己的面子,张学良有点酸溜溜地说:"你这个大姐,自认为满腹经纶,还挺自信的呢!"

站在一旁的杨梅气愤地顶了他一句:"你这个人,怎么能这样不懂礼数?赵老板请我家姑娘配诗,你半路插哪门子嘴呀?"

"哎,你说谁呢?"一旁的张学成撸胳膊挽袖子与杨梅大吵起来,而且吵得吐沫星子直飞。

一向知书达理的于凤至,知道在这种场合跟一个陌生人吵架有伤大雅,她向老板说了一声:"赵老板,告辞。"便领着杨梅稳步走开。

第二天一早,吴府就给于家捎过信来,说张学良今天来相亲。八奶奶一看女儿没什么准备,赶紧催促于凤至:"闺女呀! 张学良要来相亲了,你咋一点动静也没有啊?"

于凤至似笑非笑地说:"妈,你不是怕张学良跟他爹一样娶三妻四妾吗? 怎么也同意我跟他相亲呢?"

"不管咋说,他是张作霖的大儿子,几百里地赶来的,成不成那是以后的事,咱们不能不给面子不是? 你不打扮打扮,土里土气的人家还不得笑话咱们于家呀!"

杨梅提醒说:"小姐,在奉天咱们不是看过张学良的照片吗? 那模样长得也挺英俊的,又是一个爱国的热血青年。不管怎么的,你也不能在他面前丢份儿呀!"

于文斗在一旁鼓励女儿:"我闺女别说在郑家屯,就是在奉天城也是一表人才。个头、相貌哪点也不缺彩儿。杨梅,你们快回去把闺房收拾收拾,让他看看我们老于家的姑娘是不是农村的土大妞!"

其实,自从在奉天看了张学良那张"街头讲演"的照片之后,于凤至对张学良已经有了一点好感,母亲的劝说,她并没有执拗。杨梅趁势拉了她一把:"小姐,走。"于是,二人转身走出房门。

中午时分,吴俊升领着张学良、张学成来到于家大门前,翻身下马。一个侍从立即接过马缰绳,把马拴在一旁。

张学良一眼就发现了门楣上那块刻有"辽源新秀"的金字牌匾。

吴俊升趁势夸耀:"这是辽源县长贺子章赠给于凤至的金匾,你知道是什么意思吗? 这就是说啊,在郑家屯和洮南府这一带,再也没有比于凤至更有才的人了。呵呵,她是大辽河的金凤凰啊!"

张学良含混地笑了笑,随着吴俊升走进了院门。有道是:姑爷上门,小鸡肥猪没了魂。于府杀猪宰鸡准备了酒席,热情接待张学良这个准女婿。

张学良来到于家后堂,跟于文斗客客气气地唠了几句家常话。吴俊升就提议,让张学良跟于凤至到一起相看,唠唠他们的婚姻大事。

于文斗说:"那就让学良去闺房吧。"

吴俊升一高兴,说话不过脑子:"对,我过去当过马贩子,要买一匹马,还得到马棚看看槽口干不干净呢。这是娶媳妇……"说到这儿,他觉得这话有点走板,又改口掩饰地说,"呵呵,我不过是打个比方,让学良到闺房看看,再见识见识凤至的文才。"

于凤翥媳妇朝着张学良客气地说:"兄弟,我送你们过去。"于是,引着张学良走过一段长廊,路过一个花池子,拐弯抹角地来到于凤至那充满书卷气的闺房。

闺房里布置得颇为清雅,没有豪华的装饰,只有一幅清代女画家陈书的《秀女图》和一盆滴青流翠刚吐蕊的君子兰。

于凤至和张学良刚见面,一下子愣住了:"是你!"

他们都没有想到,昨天两个人在画店里闹了一场唇枪舌剑的诗词之争,几乎惹得张学成与杨梅都要动手了,原来是大水冲了龙王庙,一家人不认一家人。一对素未谋面的对象先期碰撞,现在两个人见了面觉得可笑而又尴尬。

于凤翥的媳妇有点莫名其妙地说:"哎,原来你们两个早就认识啊!"

于凤至红着脸说:"啊,昨天我们两个在画店里边儿还闹了个半红脸儿。"

张学良"哈哈"一笑:"不打不相识嘛。昨天我真的见识了你这个才高八斗、孤芳自赏的于凤至。"

于凤至也似笑非笑地反驳:"是啊,昨天我也见识了你这个自以为学富五车、好为人师的张学良。"

"得了,既然你们都认识我就不打扰了。"于凤翥媳妇悄悄地捅了于凤至一把,"凤至呀,你可要好好地待承我家的姑爷呀!"说着,"呵呵"一笑,转身离去。

张学良、于凤至窘促而又会意地一笑。这一对原来颇有抵触、现在略有认同的未婚男女,开始了他们非正式的谈婚论嫁……

五

张学良从郑家屯回来以后,改变了对于凤至的看法,他觉得于凤至不仅博览群书很有文采,而且人也长得端庄秀气,遗憾的是缺少大城市豆蔻年华姑娘那种靓丽艳姿和浪漫时尚。既然父亲已经决定,只能如此了。

张作霖担心夜长梦多,当即拍板,逼张学良尽早成亲,张学良半推半就答应了这门婚事。不久,张作霖选定日子,派喜顺去郑家屯给于家送喜帖。于文斗接到喜帖之后,召集于凤彩、于凤翥以及他们的媳妇,一起商议如何送凤至出嫁,陪送什么嫁妆。经过全家人商量,一致认为:现在张作霖是奉天的督军,又是东三省巡阅使,不仅家财万贯,而且在奉天他家的商号至少也有半条街。为了体现门当户对,不让于家丢脸,不仅要陪送金银首饰、绫罗绸缎,而且要陪送九个用人随女出阁,到帅府去伺候小姐。这样丰厚的陪送在关东已经是绝无仅有了,于文斗还觉得这些并没有显示出于家的富豪和大气,竟然令人意外地提出要陪送营口、锦州两个钱庄给于凤至壮脸扬威。

两个儿子虽然有些迟疑,但是屈于父亲的威严和对小妹的呵护,最后还是同意:"也对,让老妹子钱袋子满满的,婆家人就不敢小看咱们于家姑娘。"

晚上,于文斗把于凤至叫到自己的房里来,跟女儿话别:"凤至啊!你要出阁了,你心里有什么准备吗?"

于凤至平静地一笑:"爹,我知道:到了奉天,我跟张学良一成亲,就是张家的人了。"

"你到了奉天,不是成亲这么简单。你这是进京赶考啊!"

"进京赶考?"

于文斗提醒女儿:"大帅府那是奉天城里最高贵、最富有的名门望族。张作霖有五个夫人、七个儿子、五个姑娘,还有百十号下人。他们当中,可能有人亮起眼睛要看看从郑家屯来的于家姑娘是个什么样的人。能不能孝敬公婆,能不能处理好妯娌、叔嫂、姑嫂关系,能不能撑起这个家。"末了,于文斗又重重强调一句,"我觉得你女婿张学良和主事的寿夫人就是你的主考官。"

"主考官?"于凤至心里霍然一震,双眼忽闪忽闪地看着父亲。

于文斗神色凝重地说:"你想想啊!那个张公子虽然同意了这门亲事,他能不能把自己的那颗心交给你还不好说。另外,据说那个寿夫人在大帅面前非常受宠,现在是帅府的内务总管,在帅府说一不二。你嫁过去以后是帅府的大少奶奶,况且年龄与她相仿,她会不会担心日后你会取代她,对你产生戒备呀?"

"爹,这些事,女儿都考虑过了。孔圣人说:男子汉大丈夫要修身、齐家、治国、平天下。我是一介女流,不能叱咤风云,也治不了国,更平不了天下。但我应该修身、齐家,把自己管好,把家庭关系处理好,让他们认为于家的姑娘是个好媳妇,不给娘家丢人。"

"你是个知事达理的孩子。但是,由于我和你妈的娇惯、哥哥嫂子的呵护、下人们的奉承,你脾气有点任性,容不得别人说三道四,事情稍不顺心,就赌气发火,到帅府当了媳妇就不能这样了。"

"爹呀,这些毛病我都知道。小时候我不懂事,现在年龄大了,我也知道是非里表了。你放心,我能改掉这些毛病,我一定改。"

这时,八奶奶手里拿着一个红包走进房里来,可能是因为舍不得女儿的原因,她脸上隐隐约约露着酸楚与苦涩。

于凤至爱怜地看了母亲一眼:"妈,这是你给我做的离娘肉啊!怎么还用红布包着呢?"

八奶奶把红布包送到女儿手里:"看看吧。"

于凤至打开一看,大感不解:"怎么是一包黑土啊?"

"你要出阁了,妈也改规矩了,不让你吃离娘肉了,送给你一包离娘土吧。这可是咱们八大泉眼的黑土啊!"

于凤至感到不可思议。八奶奶缓缓地坐在炕上,接下去说:"你的公爹是奉天城里大名鼎鼎的张作霖,我听说他手下有二十多万军队。你女婿学良有他爹的提携,日后备不住有大出息,人心不古啊!财势发达了,人就变了。妈担心你日后飞黄腾达、高高在上的时候,忘了生你养你的大辽河,忘了咱们的郑家屯,忘了咱们的大泉眼村哪!"

仿佛火一样的感觉从于凤至的心里掠过:"妈,你女儿啥样你还不知道吗?我到什么时候也不能忘了我的爹娘,忘了我的家,忘了咱们郑家屯的父老乡亲。"

于文斗意味深长地说:"你妈送给你这包土,没别的意思,你是从黑土地里走出去的,无论世道如何变化,千万不能忘本啊!"

于凤至双眼潮湿了:"爹、妈,这包黑土是咱们家送给我最贵重、最有价值的东西,我要把它带走。让它永远提醒我,于凤至是西辽河的女儿,是郑家屯的女儿,无论走到何时何地也不能忘了根!"她随之跪下,朝着父亲和母亲伏身叩头。

八奶奶心头一阵灼热,起身抱住女儿,这对十九年的亲骨肉,眼看就要远隔一方,禁不住百感交集相拥而泣……

第四章

一

这天是个好日子,云彩都蔫不悄地躲到远处,天空水洗一般瓦蓝瓦蓝的;秋风也知趣地蛰伏下来,不敢出来闹事;几十只排列有序的大雁,贺喜似的"哏嘎"地鸣叫着向远天飞去。辽西大地晨光明媚,绿野五彩斑斓。

于家今天送亲了,这可是郑家屯一带最壮观最隆重的婚嫁。马车铜铃叮咚,披红挂彩,赶车老板手里的长鞭子都系着红缨。前边的车上坐着于凤至和杨梅、柳叶,后边的马车上坐的是其他七名用人,有厨子、裁缝、钱庄管家和杂工,于家一共陪送了九个用人。最显眼的是立着的"锦州钱庄""营口钱庄"两块铜牌子,熠熠生辉。送亲队伍仿佛是一条流光溢彩的长龙,随着唢呐锣鼓声,沿着平坦的乡路向南驶去,路旁的人们驻足观看这盛仪威行的送亲队伍。

坐在喜车上的于凤至掀起窗帘,眷恋地回头看去。郑家屯已经渐渐地淹没在薄薄的晨雾之中。眼前出现了那条波澜壮阔的西辽河,奔腾翻滚的河水,裹着白色浪花汹涌地向东方流去。

河岸上斑斓多彩的庄稼地一片秋景,火红的高粱,金黄的谷子,雪白的荞麦,碧绿的白菜,仿佛也在高仰笑脸,欢送这位即将远嫁的大辽河姑娘。

于凤至看到眼前的一切,又摸摸妈妈给她的那包"离娘土",心里涌起一阵酸楚。今天,她离开这块生她养她的土地,将要走进一个陌生而又难以预料、不知道是甜是苦是难还是福的新世界。不知道张学良是不是真正爱她,她也不知道那主事的五妈妈——寿夫人是否能接受这个跟她年龄相近的儿媳,更不知道其他几个婆婆和兄弟姊妹是否欢迎她这个来自北大荒的外姓女人。想到这里,心里更加惆怅和迷茫,忽然她想起了唐代诗人高适写的一首诗:"千里黄云白日曛,北风吹雁雪纷纷。莫愁前路无知己,天下谁人不识君?"她安慰自己,"世上没有过不去的坎儿,未来的道路自己闯吧。"

这时已经日出三竿了,送亲的车队加快了速度,飞转的车轮碾着古道上的黄沙快速前行。

于家送亲史无前例,大帅府这场婚礼,更是隆重热烈超凡脱俗。大门悬灯、二门挂彩,整个帅府亭台楼阁处处披红。为了炫耀喜气,帅府还特地雇了两支乐队,一伙是本土的鼓乐班子,一伙是铜锣洋号的洋乐队,分别列在大门两侧演奏。本土的鼓乐班用唢呐演奏卡戏,吹着《小老妈开谤》《傻柱子接媳妇》这些东北人耳熟能详的乐曲。洋乐队吹打铜鼓洋号,"咕嘎咕嘎"地吹了一段《婚礼进行曲》《圆舞曲》,人们对外国的洋音乐听不懂,但是它的嗓门大声势高。他们比笙管、斗唢呐、赛锣鼓,一个曲子接着一个曲子,一个高潮连着一个高潮,赛着伴儿地吹打,土乐洋乐争欢斗奇,赢得围观的人们阵阵喝彩。

于家送亲的队伍来了。主事的寿夫人赶紧把于凤至接到青砖亮瓦、朱漆廊柱的三进院眷属私宅中,让她和张学良按着老规矩拜堂。

拜堂之后,新娘子于凤至被帅府的人拥着进了那间地毯、红烛、锦帐罗帷、喜字生辉的新房。

五姨太寿夫人、张学良的养母卢夫人、三姨太戴夫人、四姨太许夫人,还有张学良同父同母弟弟张学铭,同父异母弟弟张学思,帅府的老妈子、仆人纷纷来到新房,都要看看这个从大辽河来的新娘是什么模样。人群中,油头粉面描眉画鬓的女人姜亚凤也愣充婆家亲戚,站在一旁半阴不阳地看热闹。

于凤至本来就是一表人才。她高挑的大个儿,苗条的身材,一颦一笑楚楚动人。今天,她头戴凤冠霞帔,身穿一套锦绸红袄。秀气的脸颊闪着一片不浓不淡的红晕,似羞非羞似笑非笑,一看就知道是个雅气十足的大家闺秀。

卢夫人首先夸赞:"我家媳妇长得可真俊啊!"

又有几个人随声赞叹:"真是个美人儿。""真是个美人儿……"

姜亚凤鄙夷地撇着嘴,又抢尖卖快地对寿夫人说:"老姑,是不是把新娘的鞋扔到地上,看看她第一胎生男还是生女呀?"

寿夫人知道这是老风俗,东北人要娶新媳妇,都要把新媳妇的鞋脱下来扔到地上,鞋底朝上,日后生的就是男孩;鞋壳朝上,生的就是女儿。她当即招呼张学良的二弟:"学铭,快把你嫂子的鞋脱下来,扔到地上,看看生男还是生女。"

只有十岁的张学铭腼腆地摇摇头,扭捏地闪在一旁。其他的几个兄弟,年龄都小,谁也不肯抢这个风头,纷纷退去。

"怎么的? 都不敢给你嫂子扔鞋呀?"

"我扔!"愣头青似的张学成挤过来,到炕前一把脱下于凤至那只绣花鞋,"啪"地扔在了地上。

卢夫人一看,那只鞋鞋壳朝上,大不满意地说:"哟,第一胎是个丫头片子。"

姜亚凤阴笑着撇了撇嘴,小声地说:"哼,就那个农村的土大妞,能生出来什么好孩子?"

寿夫人:"再扔一次看看。"

张学成又脱下于凤至的另一只绣花鞋,扔到地上,这次鞋底朝上,在场的人们一片欣喜:"小子,第二胎是小子,儿女双全哪!"

卢夫人是张学良的养母,希望张学良多子多福:"一个儿子孤单点,最好是一对儿。"

那个不怀好意的姜亚凤,索性从于凤至身边的布包里又拿出一双鞋,一下子全扔在地上,这一次扔鞋却出现了令人惊喜的奇迹,两只鞋都是底朝上。

人们爆发出惊叫:"好! 都是小子,都是小子!"

卢夫人笑颜大开:"好哇,我的孙儿三男一女,我家媳妇旺子旺夫啊! 哈哈哈……"

在场的人们祝贺似的鼓起掌来,于凤至兜着她的红唇秀口,笑不露齿。姜亚凤那张脸却拉得老长……

晚上,华灯初上的新房,满屋生辉,喜气洋洋。桌子上四根红烛,跳动着旺旺的火苗。人都说灯下看美人,于凤至原来就是红扑扑的脸颊,被烛光一照,更显出一片桃花般的红晕。她孤零零地坐在床上,充满期待地等着新郎的到来。

大厅里喜宴刚刚结束,亲朋好友们说说笑笑都走了。张学良趔趄着走进房来,把脱下来的外衣往床上一扔,一仰头倒在沙发上。

于凤至看了他一眼，缓缓转过身去。

张学良一说话舌根子有点发硬："哎，大姐，我听说你在床上坐福的时候，他们扔鞋，说你日后有一个闺女三个小子？"

于凤至不冷不热地反问："你怎么叫我大姐？"

张学良说话喷着酒气："大姐是尊称，有什么不好吗？"

仅仅是这个称呼，于凤至心里微微一沉，她似乎感到：她与张学良虽然成亲了，人近在咫尺，可情却还有一定距离。她安慰自己："也许两个人刚刚到一起，感到很陌生，来日方长吧！"

于凤至想起了那个挑动扔鞋子的姜亚凤，迟疑地问："那个嘴尖舌快姓姜的女人跟你们老张家是什么关系啊？"

"你说那个姜亚凤？"

"就是她。"

"她跟我们家没什么关系，只不过是跟五妈妈有点八竿子打不着的亲戚。"张学良坐起来喝了一杯热茶，从根到梢讲起了这个他最讨厌的女人……

这个女人姓姜，名亚凤，以前在小西门舞厅里当过坐台的领班。她整天花天酒地、浓妆艳抹、打情卖俏，在肮脏的圈子里沾染了一些攀龙附凤、笑脸逢迎、抢先卖快的恶习。她总想改变背时的命运，让她那个在奉军里当文书、比排长还小半格的丈夫官升三级，所以，常来帅府套亲戚，动不动就生拉硬扯，说是寿夫人的娘家大哥的小舅子的外甥女。靠着这个八竿子打不着的关系巴结寿夫人，一心想把她那在落子戏园里唱戏的妹子嫁给张学良。

于凤至明白了：姜亚凤想把妹子嫁到大帅府，没能如愿，现在她于凤至捷足先登，引起姜亚凤嫉妒。想到这里她暗暗地提醒自己："看来帅府不仅有两个主考官，还有躲在暗处的冤家对头啊……"

二

按照帅府的规矩，第二天吃完早饭，张学良要领着于凤至给几位婆婆请安。张学良告诉于凤至，府中的几位后妈基本是各自为政，她们之间也很少往来，也不互相传闲话。二夫人卢妈妈，心慈面软少言寡语。三夫人戴妈妈，性情孤僻。四夫人许妈妈，为人随和。只有五夫人寿懿妈妈与众不同，她虽然是个女人，却有着男人的侠义和爽朗,也有官场达人那种成熟豁达,是帅府的女中之魁,凭借着她的人气儿,在帅府可以呼风唤雨。

于凤至有所领悟地说:"我知道了。"

杨梅、柳叶带着礼品跟随,这对新婚夫妇第一个拜见的是二夫人卢氏,请安之后,赠了礼盒。然后,拜见了戴夫人、许夫人,也赠了礼盒。最后来拜见寿夫人。

寿夫人知道,今儿早上于凤至要到各房给婆婆们请安,为了表示对于凤至的重视,一大早她就特地做了精心准备,不仅在桌上摆了四盘糖果,还有四个女佣手持鲜花站在门口迎接于凤至的到来。

于凤至和张学良领着女仆杨梅、柳叶走进房间,寿夫人的四个女仆非常礼貌,躬身施礼:"少奶奶好。"然后走上去,把一束康乃馨送给了于凤至。

于凤至接过鲜花递给杨梅,然后朝着寿夫人跪拜问安:"五妈妈好。"

寿夫人十分客气:"凤至啊,论年龄你还大我半岁,你来看我就行了,干吗还要行大礼呀?"

于凤至一笑:"五妈妈,你年龄再小也是我的长辈,作为你的儿媳就应该跪拜请安。"

张学良也随声附和:"是啊,在咱们帅府我是你的儿子,凤至是我的媳妇,怎么能不拜婆婆呢?"

"好了,坐下坐下。"寿夫人拉着于凤至的手坐在桌前,满是亲热地说,"来,吃苹果还是嗑榛子? 这苹果是熊岳产的,味甜又脆;这榛子是我从铁岭买的,又大又圆,吃上一个满口留香啊! 汉卿你也吃点。"

张学良点头一笑,抓了一把榛子,有一搭没一搭地吃着。

于凤至从柳叶手上拿过一幅画,呈给寿夫人:"五妈妈,凤至娘家住在荒僻乡野,没什么山珍特产,只画了一幅画,表示对您的孝敬,望您多多指教。"

寿夫人接过画缓缓展开,只见洁白的宣纸上画了一朵红牡丹,色泽艳丽,玉笑珠香,旁边题了四句诗:

　　　春华做主艳无双,
　　　国貌天姿婷紫黄。
　　　香色亭亭丰韵满,
　　　高标奇秀百花王。

寿夫人微露喜色,既是夸赞也是点评说:"凤至啊,你这幅画,浓淡相宜,疏密有致,实在是画技可嘉呀! 只是这首诗有点过奖了。我知道你是想赞扬我。不过,

'高标奇秀百花王'的说法我不敢当啊。在帅府,帅爷才是顶梁柱,我怎么能有此殊荣呢?"

于凤至笑着解释:"五妈妈,爸爸是奉天督军,也是奉天城甚至整个东北三省的顶梁柱。你在帅府整日为家事操劳,把大帅府管理得井井有条,让大家和谐安定,生活快乐温馨,难道你不是高标奇秀吗?"

"那也过了。"寿夫人又提出了质疑,"咱们帅府之内这么多能人,我又怎么能称得上'春华做主艳无双'呢?"

于凤至受触动,暗想:"难怪父亲说我嫁到帅府,是进京赶考,寿夫人就是主考官,果然不出他所料,这第一天请安就这样较真儿,看来我这个答卷儿她不满意呀。"

张学良赶紧打圆场:"五妈妈,凤至大姐刚刚来到帅府,对你不熟悉,对你的评价可能不够准确,反正她非常敬重你,把你看成女人的典范了!"

寿夫人谦和地一笑:"凤至,我不过是顺便说说,你别介意呀!这幅画我一定当珍品保存。"

于凤至心里虽然有些忐忑,但依然是满面挂笑,躬身施礼:"谢谢五妈妈!"

拜过几个婆婆,张学良和于凤至回到新房。张学良一屁股坐到于凤至的对面,不解地问:"我真是纳了闷儿了。你一没有在我们家待过,二我没给你专门介绍过,你对我们家为什么这样了如指掌呢?"

"你想知道吗?"

"想知道。"

于凤至莞尔一笑:"我不仅知道帅府这几位夫人的一些情况,还知道老爹的生活习惯。他平时不喜欢吃海鲜、兔子肉,最喜欢吃北京的王致和臭豆腐和开源的大葱,还有大石桥的豆瓣酱。你呢,最喜欢吃炸铁雀儿、红烧肉。不过,给你做红烧肉不能放红糖。"

"神了!"张学良惊喜地赞了一句,又问,"你说实话,这些事你是怎么知道的?"

于凤至幽幽一笑:"无可奉告。"

张学良霍地站起身来,围着于凤至转了半圈,像是欣赏一盆玫瑰花那样左瞧右看:"大姐,你都赶上神探狄仁杰了。"

于凤至又玩笑说:"你可要多加小心,如果在外边拈花惹草,一定逃不过我的眼睛。"

"我就拈你这枝花,惹你这根草!"张学良纵情扑上去,把于凤至按在床上,猛地亲了一口,于凤至俊俏的脸上立即涌满春潮。

"哈哈哈……"张学良放声大笑。

于凤至也大笑起来,这是她婚后第一次大笑,笑得灿烂开心。

三

世上有多少种花草,就有多少种女人。女人有谦虚的,有骄傲的,有搬弄是非的,也有乐善好施的。姜亚凤不仅抢尖卖快、搬弄是非,还有个怪脾气,盯上一个人肯定死缠到底。本来她想阻止于凤至嫁到大帅府。可是于凤至不仅明媒正娶轰轰烈烈地嫁到帅府,而且刚一进门就礼到情达精彩亮相,让几位夫人交口称赞。就是被她挑拨的寿夫人,也被于凤至应对得心悦诚服。姜亚凤依然不到黄河心不死,还没脸没皮地来到寿夫人这里,摇唇鼓舌:"老姑啊!你这个儿媳妇怎么样啊?听说今天早上给你们几个婆婆请安了?"

"是啊,不仅请安,还给我们几个人赠诗献画,我那三个姐姐都夸凤至是个好媳妇。"

姜亚凤奸虚地一笑:"这女人手段可真高啊!"

寿夫人一脸不悦:"你咋这么说话呢?"

姜亚凤翘着嘴巴一撇一咧:"我的姑奶奶呀!你是明白人,怎么有时候也糊涂呢?于凤至刚进帅府,就把那几个婆婆拉住了。另外给你一个甜枣,把你的嘴堵上以后,她再耍手段笼络那些孩子、丫鬟婆子,帅府上下全成了她的人了!再有大帅在上边撑腰,帅府的天下就是她的啦!"

寿夫人从容地一笑:"于凤至要真是一个能人,我就把帅府的事交给她办,让她管理,我还真想清静清静。"

"你想清静?就怕她不让你清静。"

"咋不让我清静?"

姜亚凤趁势起哄架秧:"老姑啊,你没听老话说嘛:'大老婆,小汉子,韭菜盒子两半子'。那于凤至是于家的老姑娘,从小娇生惯养。小六子又好风流,两个人能过到一块儿吗?"

寿夫人顿时拉下脸子:"给我闭嘴,这话也是该你说的?我还有事儿,你赶快走!"

"老姑……"

"走……"

姜亚凤到寿夫人那里挑拨碰了一鼻子灰,却不觉得脸脏,又假装看新娘子,厚颜无耻地来到于凤至新房里。张学良一见珠光宝气、满身艳香的姜亚凤走进房来,讥诮地说:"哎呀,是什么风把你刮来了? 是不是又来给我介绍你那个唱花旦的妹子呀?"

姜亚凤嗔怪地丢了他一眼:"看你说的,你都把媳妇娶到家了,我这当表嫂的再缺德,也不能撬行啊!"

张学良假装失望地咂嘴:"真后悔,没让你当上我的大姨子。"

姜亚凤弯眉一挑:"你们小两口都拜堂成亲了,咱们亲戚里道的,我能不给你们道喜吗?"

"你是来道喜的?"

这时,张学成快步走进来:"大哥,我老叔叫你去前厅,有事要跟你商量。"

"啥事?"

"可能是你上保定军校的事。"

"去保定军校的事我爸答应了?"

"我老叔是想跟你商量什么时候走吧。"

张学良笑着吩咐于凤至:"你把我的衣服收拾好了,装在箱子里,我一会儿再拿。"说罢随张学成走出房门。

于凤至端着一杯清茶放在姜亚凤面前,不冷不热地说:"嫂子,喝茶吧。"

"好,好。"姜亚凤假惺惺地点头,毫不客气地坐在于凤至的身旁,像八辈子老姑舅亲似的一把抓住于凤至纤细的手,"妹子,说实在的,我们家跟张家是老亲啊!学良从小我就喜欢,他就像我弟弟似的,被蚊子咬一口我都心疼,可我就怕他风流啊!"

于凤至沉沉一笑,未置可否。

"妹子,你不知道,这奉天城里一些大姑娘小媳妇又野又浪,张学良那么帅,又喜欢跟女孩子打成帮恋成块的,要是被比你漂亮的女人勾搭过去,可咋整啊?"

"我看他不是那样的人哪。"

姜亚凤假装关心地给于凤至淬火加温:"妹子,嫂子怕你们过不长啊! 张学良就喜欢那些时髦洋范儿的烂丫头片子，他本来嫌恶你岁数大，以后再添个二房，你还有好日子过吗？"

于凤至知道对待这样的搅屎棍子，要是给她好脸，她就蹬鼻子上脸，只能是毫不客气地给她点颜色看看："嫂子，实话告诉你，我既然嫁给了张学良，就坚决跟他携手百年风雨同舟白头偕老。日后不管他飞黄腾达，还是日暮西山；不管他忠心对我，还是在外面风流，我都是他张学良的恩爱妻子。有的人就别再打坏主意了，喜鹊来占凤凰窝那是痴心妄想！"

姜亚凤那张涂着脂粉的脸，就像霜打的倭瓜叶子似的，顿时抽巴得很难看。

于凤至不客气地喊了一声："杨梅，送客！"

姜亚凤那张不知害臊的脸比铜盆还厚，临走时还给于凤至丢了一句："妹子，你可得小心点哟……"

于凤至望着远去的姜亚凤，眼里闪出一团烟雾……

四

多日以后，张作霖与几位夫人还有儿媳于凤至围坐在桌前吃饭，已经怀孕的寿夫人挺着微微隆起的肚子，开场白似的说："今天我让凤至带来的厨子做了一顿晚饭，咱们全家尝尝于家的饭菜好不好吃。"

于凤至谦逊地说："我们郑家屯也属于北大荒，够不上什么菜系，做的就是庄稼院的家常饭，也不知道爸爸和各位妈妈喜不喜欢。"

张作霖说："我去过郑家屯，亲家给我准备的饭菜，我吃着不错，挺合我的胃口。"

卢夫人、许夫人连连称赞："不错，庄稼院的饭菜挺可口的。""我愿意吃农村的杀猪菜。"

"那就好。"于凤至抬头叫了一声，"杨梅、柳叶，上菜！"

门外应声，片刻之间，杨梅、柳叶和厨子们端来四六八碟放在桌上。另外，还特意把一盘臭豆腐、两根大葱，放在了张作霖的面前。柳叶还给张作霖端了一大盘子颜色焦黄的油煎年糕饼。

张作霖开心地说："还有年糕饼子？"

于凤至说："这是用我从郑家屯那边带来的大黄米做的年糕饼子，既筋道又适口。"

张作霖夹起一块放在嘴里吃了一口,脱口赞道:"筋道,好吃,好吃。"

卢夫人夸赞道:"凤至啊,你可真细心,知道帅爷喜欢吃这个玩意儿,特地从娘家带来。大家都尝尝吧。"

众人抄起筷子,各夹了一块年糕饼子,津津有味地吃了起来。

这时,张学成慌慌张张走进屋来,走到张作霖跟前,低声低语地说:"老叔,达尔罕王派人送来信了。"

"什么信?"

张学成小声地说:"是怀英姐……病了。"

"怀英病了? 啥病啊?"

"她……疯了……"

张作霖惊得双手一抖,一双筷子"啪"地落在地上,全饭桌的人都惊呆了。

张学成说的这个怀英,就是几年前张作霖率队剿匪,为了团结笼络达尔罕王,一时激动许配给小王子包布的那个二女儿。

这个张怀英性情素来贤淑,对父亲张作霖百依百顺。后来她听说包布性情愚钝有点犯虎,苦苦恳求不想出嫁。吐口吐沫都是钉的张作霖身兼蒙疆经略使,办事岂能出尔反尔无故悔婚?包布领迎亲队伍来到大帅府时,张作霖拿起一把菜刀要割肉抵亲!张怀英当即双腿跪地:"爹呀,我知道你是为了东三省,别说是包布他还是个人,就是一条狗,我也嫁了,行不?"

怀英嫁进王府之后,达尔罕王把她视为亲生女儿,给她身边配了八个女佣伺候,还把王府内的银库钥匙交给了怀英,让她掌管王府的财务,当时怀英过的是王妃般的优越生活。然而,她的丈夫傻小子包布,却是个四六不懂的男人。白天,他牵着那只京巴在外边游游逛逛,夜晚陪着那只爱犬睡在他特意修造的狗屋里,很少与怀英同床。张怀英实在忍不住了,只好找公公诉苦。达尔罕王一气之下,把儿子骂得狗血喷头。从此,包布把怀英视为仇敌,轻则破口大骂,动辄挥鞭抽打。怀英那娇小的躯体,被打得条条鞭痕、道道伤口。

怀英痛苦万端,她趴在炕上哭了一宿。第二天醒来,突然变疯,一大早就披头散发,光着脚跑到院子里大哭大叫。达尔罕王上前劝慰,她竟骂公公是条老狼,骂包布是条疯狗。老王爷也经不起折腾,心脏病发作倒在床上,大管家道尔吉立即将他送到北京,住进了医院。

"老猫不在家,耗子上房笆。"从此,包布更加肆无忌惮,他怕怀英闯祸,把怀英两手捆着关在屋里，一天只给送两顿饭。怀英从此疯疯癫癫，成天就像哑巴一样，不说一句话。

　　亲生女儿在王府遭罪，令卢夫人痛苦至极。张作霖立即安排卢夫人去达尔罕王府接女儿怀英。可万万没想到，那个混账的姑爷，非但不让她见怀英，反而虎话连篇："当初张大帅口口声声说，要把最好的女儿嫁给我。没承想，用一个嫁不出去的疯姑娘来糊弄人！""你们要接她也行，那就把你家好看的姑娘再送来一个给我当媳妇，我就放怀英回家！"

　　卢夫人气急败坏地跟包布讲理，包布一气之下把这个丈母娘赶出了王府……

　　现在张怀英已经疯癫，如果不赶快接回来，怕是生死难料。在场的人焦急慌乱，不知所措。张作霖更是火气冲天，背着手在屋里走来走去。

　　卢夫人抹了一把眼泪，埋怨张作霖："当初我就不同意把怀英嫁给包布，可是你非逼着怀英成亲不可。眼下，我女儿遭这样的大罪，接又接不回来，这样下去，她还能有好吗！呜呜呜……"

　　许夫人说："是应该把怀英接回来，可是你这个丈母娘去了，都被那个傻姑爷给赶回来了，再去人，恐怕门儿都不让进啦！"

　　寿夫人："我去。"

　　许夫人："老五，你现在身怀有孕，这么远的路怎么受得了啊？"

　　寿夫人说："为了咱老张家姑娘，就是上刀山下火海，也没什么大不了的，我高低要把怀英接回来。"说着刚要起身，突然"哎哟"一声，呕出了一口酸水。

　　"夫人！"使女小秋赶紧上前将她扶住。

　　张作霖陡然停下脚步："妈了个巴子的，我不能让我闺女在那儿受罪，没人去我去！"他朝门外招手，"喜顺。"

　　喜顺应声快步走进屋来："帅爷。"

　　张作霖："赶紧备车，我去达尔罕王府。"

　　张学成当即提醒张作霖："老叔，昨天你不是跟日本驻奉天领事馆的约好了，要去他们那里谈购买枪炮的事。"

　　张作霖一拍脑门子："我还真把这事给忘了，日本人答应卖给我两万支快枪、三十万发子弹，明天就去验货。"

　　一直默默坐在那里的于凤至不疾不徐地站起身来："爸，我去接二妹，你看行吗？"

张作霖:"你?"

屋里人的目光集中在于凤至的身上,眼神中有惊疑惶惑也有希冀。

寿夫人劝阻:"凤至啊,你去也合适。你不仅说话有章法,办事还妥帖。不过,你进帅府不过半年,还是个新媳妇啊!几个老的都不去,让你一个新媳妇去捅那个马蜂窝,万一有个磕磕碰碰,外人还不得笑话我们老张家不知道心疼儿媳妇呀!"

于凤至何尝不知道那个傻妹夫四六不懂,她更知道西边外的大漠多么凶险,但在这个人命关天的时刻,她义无反顾义不容辞:"五妈妈,你们几位妈妈都去不了,爸爸又有事,我不去谁去呀?"

寿夫人:"我看,要不给小六子打电话让他回来?"

"汉卿刚到保定军校没几个月,不能让他耽误学习。"于凤至又解释,"五妈妈你不知道,我家过去跟达尔罕王府常有来往,我家的土地都是从他那里买来或者租来的,他们吃的大米,喝的烧酒,都是从我们家拉过去的。那个包布过去就常到我家,我跟他还有点交情。"

张作霖一脸希冀地说:"你还别说,凤至去还真合适。当年,我去达尔罕王府,达尔罕王说什么也不让我进去。后来还是凤至抱着一只京巴狗领着我们到他的王府,包布一下子就打开了寨门,要是没有凤至献狗这个事,达尔罕王也不能跟奉军和好。"

卢夫人惊喜地说:"那就让凤至去?"

寿夫人依然有些迟疑:"那个包布驴行霸道的,把你这个丈母娘都撵出来了,她一个大嫂算个啥呀?一旦出点什么乱子,咱们咋跟老于家交代呀?"

"得了,别乱呛汤子了。"张作霖果断地一摆手,"凤至去,我再派一个排的马队在后边保护。"

"爸呀!"于凤至笑着委婉谢绝,"我要去一兵一卒都不带。如果要是带兵去,包布一定以为我们要抢人。这样的话,不但怀英回不来,恐怕还会闹出什么大事来的。"

"那你也不能一个人去呀!"

"我只带杨梅、柳叶,再有喜顺给我赶车就行了。"

寿夫人:"凤至,你就别逞能了,你就带两个丫头有啥用啊?"

于凤至殷殷一笑:"五妈妈,我去接姑娘,又不是去打架,有两个丫头就足够了。"

寿夫人感到凤至有点逞能,不冷不热讪讪一笑:"凤至,我真小瞧你了。你去吧,我等着你的好消息。"她回头叫了一声贴身丫鬟:"小秋,我有点挺不住了,扶我回房。"小秋立即走上前扶起寿夫人,寿夫人一蹭一挪地向外边走去。

于凤至心里隐隐一跳:"难道今天我出风头了,惹得五妈妈跟我撂脸子?"

五

于凤至带着杨梅、柳叶坐上喜顺赶的马车,沿着荒凉的古道走向风沙滚滚的大漠。当时她信心十足,就凭她过去跟包布的"爱犬之交",包布怎么也会给面子。然而,她没有料到,那个跟张作霖有生死之仇的巴布扎布,在她去之前就插了一脚。

自从黑帝庙惨败以后,巴布扎布犹如一只被老虎咬得遍体鳞伤的困兽,领着残兵败将一路逃到了中蒙边界,龟缩在一个寨子里偃旗息鼓休整疗伤。两年之后,他医好了伤疤,调整了人马,又返回了骆驼营子,想东山再起,目前最缺的就是钱财和粮食。

昨天,插签子的七十三向他报告:张作霖要派人去达尔罕王府接女儿张怀英。听到这个消息,巴布扎布顿时双眼放光。他认为这是一个难得的机会,不管是张家的什么人,趁达尔罕王不在家绑了他的票,逼张作霖拿出二十万大洋,他们就可以买枪买炮。当天下午,巴布扎布就派七十三领着几个匪徒,快马加鞭奔向了达尔罕王府。

七十三几个人来到了达尔罕王府,对包布先是巧舌如簧挑拨离间,说张作霖根本就没安好心,把一个根本就嫁不出去的疯丫头嫁给了你,目的是让你们父子为他卖命,分裂我们。然后,他又用亲情拉拢诱惑:你没媳妇不着急,我有个妹妹,是科尔沁草原上的一朵花,只要你能帮助我们,我保证把妹妹嫁给你,她可比汉族姑娘强百倍啊!昏了头的包布,最近由于张怀英发疯,本来对张家就疑神疑鬼,现在听了七十三的挑唆,特别是听他要把妹妹嫁过来,当即满口答应。

这时,王府二管家来报告,奉天大帅府的少奶奶于凤至来了,七十三喜出望外,没想到张作霖能给他送来这么一个肥美的羔羊。他赶紧嘱咐包布,千万不能放走于凤至,然后躲在一旁。

于凤至坐着马车刚刚走进王府院中,包布就率几个府丁,气势汹汹地逼上前来,拦住马车。

于凤至一看眼前的阵势,不禁微微一抖。旋即,她镇静下来:"妹夫,我今天来你们王府是探亲的,听说你那只京巴死了,我给你送一只牧羊犬。"

"牧羊犬?"

"你看!"于凤至回头叫了一声,"喜顺,把狗牵过来。"

喜顺从车后牵出了一只体态矫健的牧羊犬走上前来,包布顿时高兴地说:"啊!牧羊犬,太好啦!这简直就是一只神犬哪!日后,我就玩它啦!哈哈哈……"

于凤至一见包布对狗十分喜欢,又摸又看,趁着他高兴,就说:"妹夫,怀英在哪儿呢?我想看看她。"

"不行。"包布顿时拉下脸来,"她,她现在有病不能看。"

于凤至极力把话说得平静:"二妹有病了,我看看她是什么病,能不能拉她回城找个大夫看看呢?"

"她不能回城。"

于凤至依然和颜悦色:"妹夫,你也有一年多没去奉天了,正好二妹去看病,你也去奉天玩玩。捎带看看帅府养的比火车跑得快的德国黑背,长得像白雪公主似的英国的皇家犬,一口能咬死老虎的喜马拉雅藏獒。"

"我是该看看那些狗长什么样!"

"那好啊!我去看看二妹,然后咱们一起回奉天。"于凤至想趁着包布情绪稍缓和的时候,赶紧把怀英拉走。她招呼了一声,"杨梅、柳叶,走。"便迈步向上房走去。

几个人还没走上几步,突然,七十三和那几个小匪就从旁边冲了过来,疯狂地拦住于凤至:"站住!"

于凤至一惊,抬眼一看凶巴巴的七十三,仿佛眼前跳出了一条大蛇,令她本来就惶恐不安的心一阵"突突"猛跳:"你……你们想干什么?"

七十三冷酷地一笑:"干什么?请你跟我们走一趟。"

"去哪里?"

"去哪里你就不用问了。"

于凤至问包布:"妹夫,这是你的意思吗?"

包布无所适从地挠着头:"这个……我……"

七十三:"嘿嘿,你不要问包布,我们已经是近亲了,他全都听我的。"

于凤至急了:"你们还想绑票?"

"少废话!"七十三恶狠狠地回头喊了一声,"来人,先把她押走。"

几个小匪冲上去,要抓于凤至。

喜顺吼道:"住手,你们放开我家大少奶奶,我跟你们去!"

杨梅和柳叶也夅着胆子说:"你放了少奶奶,我们都跟你们去……"

七十三穷凶极恶:"哼,几个下人能值多少钱!你们回去告诉张作霖:只要他交出二十万块大洋,我们就放张家的少奶奶回去。不然的话,就再也见不到帅府的少奶奶喽!"

两个小匪徒冲上去,伸手狠狠地抓住于凤至:"走!"

包布惊呆了。两个丫鬟跪在地上,泣不成声……

第五章

一

儿媳妇于凤至一去达尔罕王府音信皆无,张作霖一上火两眼通红。他十分担心那个虎了吧唧的傻姑爷,万一犯浑干出不仁不义的事儿,给怀英造成悲惨的结局,那将是不可挽回的伤痛啊!他再也坐不住了,立即吩咐张学成赶紧备马,哪怕是碰得头破血流,也要把姑娘和儿媳妇接回来。

这时,门开了。张学良风尘仆仆地走进房来,人们一阵惊喜。

"这回怀英有救了!"

张学良摘下军帽,擦了一把额头上的细汗,然后告诉家人:"军校放了十天暑假,我回家看看。"

寿夫人赶紧说:"六子,你回来得正好,凤至到达尔罕王府去接怀英去了,六天了还没回来,把你爹都急坏了。你休息休息,赶快去把她们接回来吧。"

张学良埋怨地说:"我进院有人就跟我说了,你们怎么会让凤至去接怀英呢?包布那小子是个混球,一旦出点意外怎么办?"

寿夫人既是解释也是抱怨:"那天我劝凤至别去,可她非要去。我担心那个六亲不认的傻姑爷什么事都干得出来呀!"

张作霖急道:"别说那些没用的,该不该去也去了,后悔药上哪儿买去?六子,你也别休息了,赶快领人去科尔沁达尔罕王府。"

张学良拿起帽子转身欲走,突然外边有人喊叫:"少奶奶回来了!"

大家闻声欣喜地朝门外看去。这时,一脸疲惫的于凤至和杨梅、柳叶扶着披头散发的张怀英走进房来。人们一见怀英那可怜的样子都惊呆了。

张怀英狂乱呆滞地看着屋里的人,恐惧惊狂地喊叫:"这是哪儿啊?是狗窝吗?我不进狗窝,我不进狗窝!我不跟你们做伴儿!"挣扎着准备跑掉。杨梅和柳叶赶紧上前把她拉住。

"孩子,这是你的家,这是你的家呀!"卢夫人扑上去,痛泪横流地一把搂住女儿,"怀英,你不认识妈妈啦……"

寿夫人、许夫人赶紧说:"二姐,快把怀英扶到后房休息吧。"

杨梅刚要伸手扶,怀英儿步冲到张作霖面前,手指父亲歇斯底里地说:"你……你是阎王爷,让小鬼把我抓到地狱了,我要出去!出去!"她一边狂叫着一边转身跑去。

张作霖痛心疾首地敲着自己的脑袋,苦不堪言。

卢夫人和杨梅、柳叶几个人七手八脚硬是拉着怀英回房了。屋里就剩下张作霖、张学良还有其他几位夫人。张作霖重重地打了个唉声,关切地问:"凤至,包布没难为你吗?"

于凤至苦笑一声,讲起了在达尔罕王府惊心动魄的经历。

当时,七十三命令小匪穷凶极恶地抓住于凤至,然后把她塞进一个大口袋中,二人抬着口袋搭在马背之上。

眼看土匪们把张家少奶奶押走,喜顺急中生智,用手拍了拍那条牧羊犬。都说狗通人性,那条牧羊犬立即扑了上去咬住了七十三的大腿。七十三抢起马鞭子狠狠地抽打,那条通人性的牧羊犬死死地咬住,任凭怎么抽打也不肯松口,七十三一怒之下抬手就是一枪,把牧羊犬打死了……

爱犬如命的包布一看七十三打死了牧羊犬,立即召集家丁把七十三的人团团围住。七十三见势不妙,不得不丢开于凤至骑马逃走,于凤至有惊无险地逃过一劫。

张学良轻轻地舒了一口气:"好险啊!"

许夫人后怕地说:"太吓人了,凤至要是被绑走,还说不定遭多大罪呢!"

寿夫人奉承地拍了一下于凤至的秀肩:"凤至啊,你真是我们家的好儿媳妇啊,这回你立了大功啦!这几天你也折腾得够呛了,刚才还咳嗽呢!你赶快回房去休息吧。"她摸了摸肚子,又回头叫了一声,"小秋,我们回房。"

人都走了。张学良刚要离开,被张作霖叫住:"六子,你坐下。"

张学良看着一脸严肃的父亲,缓缓地坐在他的对面,嬉皮笑脸地说:"啥事呀,这么严肃,像法官审案似的。"

张作霖一本正经地板起面孔:"凤至进咱家也有半年多了,大家都夸她是个好媳妇。眼前这码事儿你也看见了,就在你二妹受苦遭难的时候,别人都不敢去,是她冒着危险把怀英接了回来,还差点叫土匪绑了票。她真有胆有识。六子,我没给你找错媳妇吧?"

"爸,你的意思我明白了:不就是想说你很有眼光,给我找的媳妇没看走眼吗?"

"别他妈的跟我扯犊子。"张作霖虎起脸,又发出告诫,"我可告诉你:凤至是你明媒正娶的夫人,你他妈别在外边扯三拽俩地玩风花雪月。"

"我什么时候在外面扯三拽俩了?"

"换句话说,你不许偷偷在外边打野食儿,也不能再娶女人。"张作霖接着又撂下狠话,"你小子,要敢把别的女人领到家里来,我打断你的狗腿!"

晚上,张学良回到了自己的房间,既是关切也是责备地问于凤至:"大姐,你胆子也太大了,怎么不带一兵一卒就去达尔罕王府呢?"

于凤至说:"二妹妹在那里受苦,几位妈妈去不了,我不去接还能让她在那里受罪呀!"

"你能!"张学良嗔怪地丢了夫人一眼,"多险哪!要不是那条狗把七十三咬住,他打死了狗,包布也不会翻脸,你就可能被他们抓走!"

于凤至无所谓地殷殷一笑:"就是被抓走我也认了。你说过,是卢妈妈把你们姐仨养大的,怀英从小就把你当成亲哥哥。她遭遇不测,我能袖手旁观吗?"

张学良嘻嘻一笑:"难怪老爸说你是张家的好媳妇,让我今后好好地待承你。"

于凤至笑殷殷地试问:"那么说,你以后不会在外边拈花惹草了?"

张学良顽皮地说:"男人哪有不拈花惹草的呢?"

于凤至娇嗔地噘起小嘴:"你想拈惹谁就事先告诉我,我给她让地方。"

张学良打着哈哈说:"我就拈你这朵花,惹你这根草了!"

"真的呀,汉卿!"

"放心吧,亲爱的。"

"哈哈哈……"二人拥在一起,张学良就势把于凤至按倒在床上,猛地亲了一

54

口,于凤至那俊秀的脸上立即闪出幸福灿烂的笑容。

二

时光荏苒,花开花落,一晃到了1918年。这两年,张作霖借着"郑家屯事件"带兵北上,一举消灭了巴布扎布这伙叛匪,逃到巴林左旗的巴布扎布,被当地官兵打死,结束了罪恶的一生。他的满蒙复国军也旗倒兵散,东三省进入了暂时安宁的日子。于凤至在1916年初为人母,生了大女儿张间瑛,之后又生了大儿子张间珣。张学良有了后人,张作霖喜乐开怀,特地雇了三个奶妈伺候他的大孙女、大孙子。

这天,大孙子间珣已经三岁整,帅府摆下家宴为他庆生日,牙牙学语的间珣,在全家人的眼里几乎就是帅府的命根子,奶奶抱,叔叔逗,姑姑亲。奇怪的是这孩子生下来就一脸淡漠,对谁都没有笑模样。

家宴刚结束,奉军参谋长兼军工督办杨宇霆向张作霖报告:英国的铁路工程师伊雅阁带来一位英国军火商,已经到了天津,要谈卖飞机给奉军的事。他想代表张作霖去天津跟英国的军火商谈判。

当时张作霖的奉军分为三派。张作相、汤二虎、张景惠这些老将都是张作霖的拜把子兄弟,土匪出身,说打就打,脑袋掉了碗大个疤,被看成是土派。张学良等一批年轻军官是军校毕业,年轻气盛,被看成是少壮派。杨宇霆是日本士官学校毕业,懂军事、熟悉战术,被看成奉军的新派。杨宇霆自认为是奉军的翘楚,他趾高气扬,傲视群雄。张学良一直对杨宇霆印象不好,他看不惯杨宇霆飞扬跋扈,因此,不同意他去天津谈这笔军火生意。杨宇霆要去的理由虽然很充分:"我是奉军的军工督办,买飞机就应该我去谈判。"张学良的理由更胜一筹:"我是奉军的航空筹备处主任,我已经跟美国飞行员学习开了几个月的飞机,比你懂得飞机的构造、原理和性能,去天津跟英国人买飞机,我去不是比你更合适吗?"老谋深算的老鹞鹰没斗过羽毛刚丰满的小麻雀,张作霖是肥水不流外人田,最后拍板任命张学良为这次谈判的奉军代表。

三

第二天,张学良领着翻译徐启东、副官谭海,还有航空筹备处的冯克昌三个人坐车来到天津。天津的官员陆鹏安排他们住进了津门大酒店。徐启东是奉天督军署英文科科长,英语说得非常棒,张学良的英语就是跟他学的。常言说,人有当日之灾,马有转缰之祸。徐启东到天津那天晚上就患了急性阑尾炎,冯克昌和谭海将其送进天津医院治疗。

按照国际惯例,中国政府及有关部门要跟外国人正式谈判,都要有翻译官做翻译。尽管张学良也会英语,但是没有翻译在一旁有失国格。为难之时,陆鹏提出了一个想法:他有个小姨子,原来在哈尔滨乡下教书,后来回到天津,在英国的一个教堂帮助英国牧师教英语,现在能说一口非常流利的英语。张学良一听非常高兴,立即派谭海和陆鹏把这个女人请来。

门开了,飘进了一股扑面而来的香风,一个人高马大、红颜丰姿的女人走进房来。张学良一见双眼忽地一亮:"啊!"

陆鹏指着女人介绍:"这就是我的妻妹谷瑞玉,她是个混血儿。"

张学良仔细一看,不禁一怔:"你是在哈尔滨乡下教书的那个女老师?"

谷瑞玉倍感欣喜地说:"少帅,难得你还认识我。"

原来,去年夏天张学良率队去黑龙江剿匪,在一个日落星稀的夜晚,攻打土匪老北风一个响窑。老北风领的六十几个兄弟,凭着老掉牙的土枪拼命地顽抗了一阵子,凌晨时分,土匪们的子弹快打光了,如果再扛下去就会全军覆没,他拼死一搏,率人打开一个缺口,仓皇远逃。

张学良率队冲进院子,搜索中发现一个披头散发的女人坐在地上号啕大哭,经过询问知道她叫谷瑞玉,外人都叫她"大洋马",原来是哈尔滨郊区一个小镇的教师。老北风进攻这个小镇时,发现了这个高鼻梁、白皮肤、黄头发、人高马大、性感的混血女人,不禁垂涎三尺,当即生抢硬夺把她拉到土匪窝中,逼她做压寨夫人。谷瑞玉自认为是高贵血统,岂能嫁给一个土匪头子?所以,她又吵又骂死活不从。因为土匪被官军追得居无定所,老北风暂未下手,而是走到哪里都把她带到哪里。这天,土匪进了一个响窑,这里防御设施不错,外无追兵,内无纷扰。夜深人静,闲下心来的老北风兽性发作,他像一头野驴一样硬要上弓,给这个含苞待放的大洋马破身。谷瑞玉不从,老北风就扬起皮鞭子抽她,正在谷瑞玉受辱蒙羞又无法逃脱之时,响窑外枪声大作,张学良的队伍从空而降四面包围,老北风对谷瑞玉还未完全得手,就在激烈交战的枪声中逃之夭夭。

一向怜香惜玉的张学良,听了谷瑞玉这骇人听闻的血泪陈述,不仅找来郎中为她疗伤,还一直把她护送到哈尔滨。眼下,站在他面前的已经不是几年前的那个披头散发、鞭痕满身的女人了。

她穿了一身十分得体而又半透明的纱裙,微微隆起的双乳,既有韧度又微微发颤,浑圆的肥臀充满性感,楚楚动人,一双毛嘟嘟的大眼睛一转一闪,更是诱魂牵魄。历来喜欢女色的张学良艳羡地看着谷瑞玉:"谷小姐,想喝什么茶?"

谷瑞玉大大方方地坐在张学良对面,毫不客气:"少帅,这里有咖啡吗?"

"啊,我从来不喝那东西。"

"有啤酒吗? 喝杯啤酒也行。"

"他们服务台有啤酒,我现在就去拿。"谭海说着走出,很快拿回了四瓶啤酒、两个杯子,打开了酒瓶盖放在桌上。

张学良笑着问:"你过去学过英语?"

谷瑞玉猛地喝了半杯啤酒:"两年前我就能说流利的英语了,我在基督教会办的学校教一些青年学英语。"

"我们可以说几句试试吗?"

"可以。"谷瑞玉说着拿起酒瓶,分别给张学良和自己倒了一杯啤酒。没用张学良劝让,她拿起酒杯"咕嘟咕嘟"喝了一大杯。

张学良笑吟吟地说:"你先说一句,我听听。"

谷瑞玉说了一句英语。

陆鹏打趣地说:"她说的什么呀? 我是鸭子听雷。"

张学良笑着解释:"她说,你这位年轻的军官长得真帅。"

"可不是咋的呢!"陆鹏趁机吹捧张学良,"人们都说少帅是民国四大美男子之一呀,长得能不帅嘛!"

谷瑞玉笑着看看张学良:"少帅,我听说你也会英语,你也说一句,看看我能不能翻译过来。"

张学良弦外有音地说了一句英语,笑着问陆鹏:"听出我说的是什么意思吗?"

陆鹏干笑着摇摇头。

谷瑞玉笑着解释:"他说的是,这位姑娘太靓丽了。"

陆鹏从他们二人的对话中发现了彼此有好感,就势顺水推舟:"你们可真是一对儿才子佳人啊!"

"哈哈哈……"几个人都开心地大笑起来。

第二天下午,伊雅阁领着英国军火商贝尔来到津门大酒店,与张学良会晤,张学良带着谷瑞玉、谭海和冯克昌正式进行谈判。由于双方都有诚意,张学良明智,冯克昌懂行,再加上谷瑞玉说得一口流利的英语,使这次谈判沟通顺畅,进展顺利。张学良一下子签下了购买一千万大洋的枪炮,还有二十架飞机的订单。

晚上,在酒店的小餐厅,张学良备了一桌盛宴,款待贝尔、伊雅阁,谷瑞玉、陆鹏、谭海、冯克昌也出席陪酒。

谷瑞玉不仅是个合格的英文翻译,而且是个十分称职的陪酒员。她以盛情和令人陶醉的劝酒词,把英国军火商贝尔、伊雅阁灌得烂醉如泥。张学良也跟跟跄跄地回到了房间。

酒不醉人人自醉。不知道谷瑞玉是真的酩酊大醉,还是装疯卖傻,反正已经是醉意趔趄。有意给小姨子拉皮条的陆鹏借花献佛,把谷瑞玉安排在张学良房间的隔壁,给他们的接触提供方便。

半夜,张学良酒醒了,他坐起来打开电灯喝了一杯凉茶。刚想躺下,门外突然发出"笃笃"的敲门声。张学良立即披上衣服,走过去打开房门。带着一股酒气的谷瑞玉一步跨进来:"少帅,你有安眠药吗?"

"没有,你怎么啦?"

"这都半夜了,说什么我也睡不着。"

"那就让谭海到街上去买药。"

"大半夜的,药店都应该关门了吧。"

谷瑞玉索性放肆地倒在床上。

张学良看看谷瑞玉身上半裸半露的双乳,又看看她那闪着艳笑的双眼,还有那双藕一般光滑的大长腿,一阵心猿意马。

谷瑞玉放纵地抓住张学良的手,一下子放在自己的太阳穴上,娇嗔地说:"少帅,我有个习惯,睡不着觉一按摩就好,你给我按摩按摩呗!"

已经有一阵子没有沾着女人边儿的张学良,春心荡漾,目光里闪着男人那种渴望。谷瑞玉再也控制不住了,伸出白胖胖的手腕子猛地勾住张学良的脖子,一对风流男女坠入爱河……

四

张学良在天津谈判成功之后,立即给张作霖打电话,要求父亲在两天内拿出五百万大洋的银票作为订金,火速派人送往天津。

这两年奉军征兵扩容、建设营房、添加装备,又在葫芦岛建设军港,花去了上百万的真金白银。两天内拿出五百万大洋,别说现借,就是派人去抢也抢不了这么多。张作霖叼着他那个长杆大烟袋,急得在屋里直转磨磨。

这时,于凤至漫步走进房来,朝着咂嘴皱眉的公公和声细语地问:"爸爸,你让汉卿去天津跟外国人买飞机,是不是需要一笔钱哪?"

张作霖从嘴里拔出烟袋,重重地打个咳声:"现在奉军的银库里头没钱了,我正发愁呢?"

"需要多少钱?"

"五百万大洋吧。"

于凤至仗义地说:"爸,别发愁,这五百万大洋我想办法。"

"哦!"张作霖陡然一顿,"你想办法,你能想什么办法? 你想跟娘家借钱呀?"

"爸,你忘了? 我出嫁的时候,娘家不是陪送了两个钱庄吗?"

"那两个钱庄,虽然是陪送过来的,可那是老于家的买卖。如果咱们家自己用钱,可以先拆借拆借。这是给奉军买飞机,是公家的事,怎么能动你的钱呢?"

于凤至温和地一笑:"我已经嫁到大帅府,人都姓张了,那两个钱庄还能姓于吗? 再说了,我出嫁的时候,我爹说过:这两个钱庄是爹陪送你的,你公公领着奉军保护咱东三省,日后有什么困难,你可以把钱拿出来,支持他们。只要东三省平安,咱们郑家屯有好日子过,这钱拿出去就值!"

于凤至的这番话让张作霖心里一阵发热,他自内心感叹:"我的老亲家呀! 你比我张作霖的境界都高啊! 女儿出嫁陪送钱庄,你心里装的是东三省啊!"

于凤至深明大义地说:"爸,东三省不强大,这里的老百姓能有好日子过吗? 老于家的商号还能保得住吗?"说完,转身欲走。

"等等!"张作霖摆摆手把儿媳叫住,走上去低声地问道,"凤至,小六子有没有对不住你的地方啊?"

于凤至平静地一笑:"爸爸,汉卿对我很好。"

"你没发现他在外边跟女人扯三拉四的？"

"没有。"于凤至极力安慰公公，"爸，汉卿非常关心我，我要是身上有点不舒服，他可心疼了。出差在外，差不多每天都给我打电话。"

张作霖重情重义地说："他要是对你不忠，你就告诉我，我打断他的狗腿！"

"没有，他没有。"于凤至激动得一汪热泪涌上了眼帘，她噙着眼泪，迅速地扭过身去，匆匆走开。

第二天，张作霖把全家人召集到老虎厅，召开了个让全家人为之一震的家庭会议。一开场，他就开诚布公地说："今天我说点儿家事。昨天晚上我跟老五商量，现在帅府的事情太多，她一个人管不过来，想让凤至帮她一把。"他回头看了寿夫人一眼，"还是让老五说吧。"

寿夫人站起身来，挤出笑容说："是呀，现在帅府的商号也多了，生意也兴旺了，我一个人确实管不过来。我跟帅爷商量，今后集中精力管那几个商号，凤至协助我管理府中内务。所以，今天我就在这里正式公布：从明天起，府里的内务就由凤至管理了，你们有什么事就找她吧。"

在场的人们没有关注于凤至，却把目光集中在寿夫人的脸上，想看看她是真心还是虚情假意。

寿夫人脸上依然是殷殷的笑容："大家怎么这样看我呀？你们同意不同意？如果同意就鼓掌欢迎。"

屋子里顿时爆发出一阵热烈的掌声。尽管寿夫人脸上带着笑意，然而睿智的于凤至，一眼就看出她伴笑的目光里深藏着一丝不易察觉的阴影，于凤至心里微微地一沉。

张作霖："凤至，你表个态吧。"

于凤至收回目光，一脸谦逊地说："爸，五妈妈把一个帅府管得井井有条，我真没有那个能力，就别给五妈妈添乱了。"

寿夫人不温不火地说："凤至，帅爷看中你了，大家又这么拥戴你，你就别推辞了，出来帮我一把吧。"

"五妈妈，我真不行，不行。"

寿夫人笑着极力奉承："说实在话，你的气魄比我大，能力比我强，我还想把整个帅府都交给你管呢。"

"别别别……"于凤至赶紧摆手拒绝，"五妈妈，帅府不能没有你这个主心骨呀！你千万别这样！"

张作霖不容分说地一拍屁股:"大家都鼓掌,这事儿就这么定了。"

散会以后,寿夫人回到房里,一阵心烦意乱。她想抽烟理顺一下思绪,可刚抽了几口又觉得烟的辣味刺人,索性把烟掐灭丢在烟灰缸里。

这时,姜亚凤幽灵似的飘进了屋子:"哟,老姑,咋的啦?今天脸色咋这么难看呢?"

寿夫人瞥了她一眼,端起茶杯抿了一口凉茶。

"是不是叫人家夺去了半壁江山,心里憋屈呀?"

寿夫人没好气儿地说:"你是不是不说点坏话心里就刺挠!"

"我说老姑啊!我早就说过,这个于凤至,进府来就是要跟你争个高低上下的。你想想,她刚一进帅府就赠礼送画,把几个夫人都拉拢住了。接着又去达尔罕王府,把张怀英接回家,本来就压了你一头。现在,她又从于家带来的钱庄里拿出了百万大洋支持大帅买飞机。你说,买不买飞机那都是官家的事儿,你一个张家媳妇跟着掺和啥呀,这不明摆着就是要跟你争功吗?"

寿夫人没有反驳,她抓起瓜子嗑了两个,又没心拉肠地丢在一旁。

姜亚凤看寿夫人像是被她打动,趁势进攻:"老姑啊,于凤至为啥要嫁给你们张家呀?就是要跟你争夺半壁江山。日后,她要支棱起来,更得飞扬跋扈,非把你赶下台不可!"

"住口!"寿夫人火冒三丈地抓起茶杯猛地摔在地上,蹦起来的碗碴儿崩在姜亚凤的脸上。她"哎哟"一声,立即用手捂住冒血的嘴巴,狠狠一跺脚,不服地走出屋去……

五

1922 年,第一次直奉战争开始了,张作霖任命张学良为东北军第二梯队司令,让他上前线从东路攻击直军。张学良对自己的指挥能力没有把握,向张作霖提出,让讲武堂教官郭松龄任副司令,并肩作战共同灭敌。

张作霖看着一脸认真的儿子,"嘿嘿"一笑:"我儿子可真出息了,还知道自个儿是半斤还是八两,其实,我这是试试你,看看你是不是还像以前似的那么猖狂自信。原来我打算让杨宇霆给你当高参。"

张学良当即反驳:"杨宇霆理论上是一套一套的,实战经验不行,他更多的是纸上谈兵。他要跟我干,也不一定能听我的。"

张作霖知道张学良跟郭松龄的关系不错,想了想:"也罢!搭伙干事儿就得心投意合对把子,两个人别别扭扭的,也许还没跟敌人打起来,自己就窝里反了。"他一拍屁股,"就这么定了。"

很快,张学良的第二纵队就开到了山海关,在一片开阔地安营扎寨。一间干打垒的房子,便是前线指挥所。郭松龄、张学良等围着沙盘研究战况。

这时臂上戴着救护队袖标的中年女人——韩淑秀(郭松龄的妻子)快步走进屋来:"汉卿,门外有个女人找你。"

"师母,她没说姓什么吗?"

"她只说是你的朋友,找你有事。"

话音刚落,谷瑞玉穿着一身褪了色的旧军装英姿飒爽地走进来。

张学良一怔:"你怎么来了?"

谷瑞玉开口就说:"汉卿,你上前线怎么也不告诉我一声啊?我去奉天找你,听说你到了山海关就急忙赶来,我要随你参战!"

"你还想参战?"张学良哭笑不得,"我的姑奶奶哟!这打仗,可不是用嘴皮子翻译英文。到时候子弹横飞,炮火连天,这不是女人来的地方!"

谷瑞玉指着一旁的韩淑秀质问张学良:"这位大姐不是女的吗?"

张学良:"啊……我还忘了介绍了,这位是郭松龄,我原来的教官,现在的副司令。这位大姐是郭教官的夫人,我的师母韩淑秀。"

韩淑秀谦逊地说:"别叫师母,叫大姐。"

谷瑞玉客气地:"郭教官、韩大姐你们好。"

张学良又指着谷瑞玉介绍:"她叫谷瑞玉,是我在天津认识的,当时我跟英国人买飞机谈判,她做我的翻译,事情办得很成功。"

谷瑞玉在郭松龄夫妻面前有意透露她跟张学良的关系:"我们是朋友,是最亲近最好的朋友。"

韩淑秀心领神会地一笑:"我知道是怎么回事了。"

张学良脸色微微一红,又跟谷瑞玉解释:"这位韩大姐是救护队的队长,领着救护队员在敌后搞救护,她不是打仗。"

"我也是来搞救护的。"谷瑞玉拍拍身上背的红十字挎包,"我这里有纱布、药水、绷带,还有急救药。"

韩淑秀笑盈盈地问:"妹子你学过救护吗?"

"过去没学过,听说汉卿上前线,我特地到医院拜一个护士为师,学了几天急救。一般的包扎上药我都会做。"说到这里,谷瑞玉伸手从背包里拿出一个注射器,"我还学习扎针,怕扎不好,我就往自己身上扎针试验,你们看看。"说到这儿,她一把挽起衣袖,胳膊上有十几个针眼儿。

郭松龄感动道:"汉卿,难得瑞玉姑娘这片诚心,我看就收下吧。"

韩淑秀也帮腔:"就让她留在我们救护队,给我当助手。"

突然,远处传来一声剧烈的爆炸声。一身戎装的张学成急忙跑进来报告:"大哥。不,总司令,敌军开炮了!"

郭松龄不等张学良说话,果断下达命令:"命令一团,立即从北边进攻,二团暂时不动!"说罢,领着韩淑秀快步走去。

张学良朝着谷瑞玉说:"你先歇着,我和郭教官到前面看看。"说着转身欲走。

谷瑞玉一把将张学良拉住:"你别走啊!我几百里地赶来了,就是要陪你在前线打仗,你怎么能丢下我呀!"

"我说了,战场不是女人应该来的地方,这儿有危险。"

"我不怕!我已经对你以身相许,你走到哪儿,我就跟到哪儿,为了你,我宁可死在沙场。"

张学良感到犯难了。本来就是一夜风流,没想到谷瑞玉是个抓住人参就不撒手的主儿,为了跟张学良长期厮守,不仅特意到医院学救护,又几百里地风尘仆仆找上门来,这样一个黏度高的女人,他能甩得掉吗?

这时,外边又响起了一阵轰隆隆的炮声。

张学良想趁机回避:"不好,前面打起来了,我得马上去前线。"说着,转身快步向门外走去。

谷瑞玉疾声叫着追了上去:"汉卿,等等我,汉卿……"

第六章

一

第一次直奉战争,由于奉军准备不足,更关键的是两个梯队与前线、后方配合不好,最后以失败告终。张学良与郭松龄懊丧地率队撤到了绥中县城暂时休整。

张学良由于心情不好,吃不下饭睡不着觉。经过"火线恋情"的谷瑞玉对张学良更加体贴入微,端茶倒水洗衣端饭,卿卿我我不离床前。

其实,张学良不是不爱于凤至,谷瑞玉也不一定就比于凤至漂亮到哪儿去。张学良之所以违背自己对于凤至的诺言,出自他的风流性情。在爱情世界里,他喜欢激情、浪漫和狂热。在他的感觉中,于凤至就像一潭静水,他可以在这静静的水中稳稳徜徉;而谷瑞玉就像一股奔涌的激流,在这激流中,他可以翻波踏浪,肆意宣泄,玩得淋漓尽致。更何况,谷瑞玉冒着枪林弹雨,在前线跟他摸爬滚打朝朝暮暮,让张学良这个重情的男人有一些感动。

在家一直恪守妇道的于凤至,这期间又生了两个儿子间玗、间琪,说不上是八年前"扔鞋问子"的灵验,还是机缘巧合,果真是三男一女。如今于凤至全身心地照料几个孩子,来人去客需要她应酬,府里的诸事她要料理,几个婆婆的事情她要打点,忙得不可开交。

晚上,秉烛而坐的于凤至想起了远征的丈夫,心潮起伏,提起笔在一张白绢上写下了一往情深的《思君》："恶卧娇儿啼更漏,清愁冷月白如昼。泪双流,人穷瘦,南望天涯揾红袖。鸳鸯枕上风波骤,漫天惊怕怎受。祈告苍天保佑,征人应如旧。"写到这里,她心中不禁泛起一丝苍凉。

这时,张学成开门走进屋来:"大嫂,我大哥回来了,他让我告诉你,他今天不回家住了。"

于凤至赶紧拭去眼睛上的泪花,惊喜地问:"他回来了,还忙啥呢?"

"这……大部队刚归来,他太忙了,除了安排部队,还有别的事。"

"还有别的什么事?"

张学成诡谲地一笑:"这事你就别问了。"

"跟你嫂子还藏头盖脑的呀?"于凤至说着,倒了一杯茶,"学成,这两年,嫂子没亏待过你吧,你怎么跟我还藏着掖着的呢? 你也知道,我跟你大哥是一对真正的相好夫妻,有什么不能说的呢?"

其实,张学良和张学成虽然是叔伯兄弟,两个人最近却产生了摩擦。张学成凭着他副团长的权力,常常对下级揩油,竟然发展到只收钱不办事的程度,被人举报,张学良一怒之下撤销了他副团长的职务。为此,张学成对这个不讲亲情的大哥心存不满,现在面对于凤至的追问,他索性压低声音打小报告,说张学良又有了女人,这个女人叫谷瑞玉,原来是土匪老北风的小老婆,在天津把张学良缠住了,还追着撵着去了前线,现在她已经住进北陵。

仿佛是一声炸雷响在于凤至头上,她双手一抖,茶杯落在地上摔了个粉碎。

二

有人说:功劳就是一顶官帽子,多少人一见功劳脑袋削个尖儿上去抢;失败就像一只绿豆蝇,什么人也不想沾它的边儿。就在张作霖召集奉军将领开会、总结失败教训的时候,各路诸侯在功过面前都现了原形。

第一梯队的司令汤二虎,把失败的原因推了"天时不利"。

后援部队总司令张景惠把失败的原因推给了"地利不佳"。

郭松龄却把失败的原因归结为"人马不和",把责任扣到杨宇霆头上,说杨宇霆作为后勤的主帅,战备物资调度失调,后勤补给不及时到位。前方的子弹都打光了,后方的子弹还没运上来! 实在无奈,只好放鞭炮吓唬敌人,这在中国战争史上都很荒唐！

杨宇霆是这次大战的总调度，兼管后勤。郭松龄的发言冲了他的肺管子，他沉着脸厉言反驳，声称他们后勤有五辆大卡车，成天往前线运送补给，运送弹药。光给你们第二梯队的子弹至少有五十万发，不知道你们这些子弹都打哪儿去了，敌人根本没有多大伤亡，你们却败下阵来，这如何解释？两个人唇枪舌剑地吵了起来。

张作霖凌厉地吼了一声："妈拉巴子的！你一巴掌、我一脚地乱踩狗爪子。是商量事情，还是打嘴架呀！别自己腿肚子疼，还埋怨灶王爷。叫我说，这次打了败仗，你们都有责任。你们一、二梯队不互相配合，你这头开枪了，他那头还蹲在战壕里头闲崩坑呢，能打好仗吗！"

一直坐在角落里的张学良，气哼哼地闭着嘴，一声不吭。

张作霖缓了一下口气又指责地说："杨总长调度也存在一定问题。你是这场战争的总调度，不应该瘸子打围坐地喊，应该到前线去亲自沟通。缺子弹、缺粮草要及时送到，这样互相配合，才能打好仗。"

张作相、张景惠默默地点了点头。

汤二虎唉声叹气地："这一仗没打好，大家都有责任，该打该罚，大帅随便吧。"

张作霖所以能从一个半拉兽医一跃成为称霸东北、权倾奉天的东北王，肯定有过人手段。他知道，这些人现在在火头上，如果追责、惩罚势必火上浇油，于是反其道而行之，当场宣布杀猪宰羊，犒赏三军！另外营长、团长每人发三十块大洋；旅长、师长、军长每人发五十块大洋。

汤二虎不解地："这打败仗了，咋还发钱呢？"

"这不是奖励，是辛苦费。我听说，郭松龄的大衣在前线被直军的子弹穿了个眼儿，再给他加上二十块大洋的惊吓费。"

在郭松龄眼里，张作霖给这个辛苦费、惊吓费，比骂他八辈祖宗还让他难受，于是当场拒绝："大帅，我觉得这是对我的羞辱，这钱我不要，绝对不要。"

"什么，给你发钱还是羞辱？"

"反正我不要，你愿意给谁就给谁！"郭松龄抓起帽子扣在头上，转回身悻悻地走出去。在场的人们一片惊嘘。

张作霖愤愤地一拍桌子："妈了个巴子的，打了败仗还有理了。敢跟我尥蹶子，你他妈的长能耐了！"

开会的时候，张学良像个霜打的茄子，一直龟缩在墙角生闷气，一言不发。散会之后,他一脸抱怨地走回房来。

于凤至昨天听了张学成的小报告,心里已经燃起了一蓬大火,甚至想在张学良回来的时候,跟他大吵一架。然而,于凤至突然觉得,张学良这次打了败仗,心情本来就不好,老帅对他又是一阵痛骂,如果再跟他闹,更让他无地自容了。这个贤达善良的女人,又心疼起丈夫来了。她极力压住内心的气愤,把张学良干净的内衣内裤,板板正正地放在床头,另外还特别为丈夫准备了一盘最喜欢的安阳白梨,为他消火。

张学良肩头搭着衣服,无精打采地走进房间。于凤至就像什么事情都没发生那样,还是那样热情,吩咐杨梅赶紧给张学良端来饭菜,请他用餐。杨梅从厨房里端来一盘张学良最喜欢的红烧肉,放到桌子上。

于凤至坐在丈夫对面,温存地说:"这都啥时候了,可能早饿了吧? 这是特意给你准备的红烧肉,里边没加红糖,快点吃吧。"

张学良干涩地一笑:"谢谢大姐。"说罢,抄起筷子,没心拉肠地一口一口慢慢吃了起来。

于凤至安慰道:"这些天你也累了,吃完饭,早点休息吧。"

"嗯。"张学良慢慢地扒了几口饭,似乎没有胃口吃不下去。

这时,柳叶抱着闾琪走了进来。后面跟着六岁的张闾瑛、五岁的张闾珣、三岁的张闾玕。闾瑛一见张学良,扑过去一把搂住张学良的大腿:"爸爸,人家都想你了,你怎么才回来呀?"

闾珣望着张学良只是呆呆地傻笑。

张学良动情地把三个孩子揽在怀里:"爸爸这不是回来了吗? 来,吃块红烧肉。"他夹起一块红烧肉,送给闾珣。闾珣立即用手捂住嘴巴,表示拒绝。然后,像是害怕他似的转身钻到桌子底下,两眼畏惧地看着张学良。

张学良奇怪地问于凤至:"这孩子,半年多没见面,怎么这样啊,为啥躲着我?"

于凤至打个咳声:"近来他就这样,成天一句话也不说,总是一个人呆呆地躲在墙角,看见陌生人吓得就跑。"

"我也不是陌生人啊。"

于凤至嗔怪地看了丈夫一眼:"你这半年多都没回家了,电话也不打,别说孩子,连我都感觉陌生了。"虽然她话里有话地敲打丈夫,却是忍而不发,以静制动。

这时,张学成快步走进屋来:"大哥,你的电话。"

"谁打来的?"

"你去接不就知道了吗？"

张学良思忖片刻，立即站起身来，说了一声："我有事。"拿起衣服披在身上，转身就走。

张学成一边走着一边回过头来，话外有话地跟于凤至打招呼："大嫂，我大哥有事，今儿晚上又不一定回来了。"

于凤至的心里顿时掀起了一片波澜，难道又是那个叫谷瑞玉的女子找他？她用幽怨的目光看着越走越远的丈夫，心里一阵酸楚……

于凤至分析得果然不错，电话真的是谷瑞玉打来的。本来，张学良把谷瑞玉安排在北陵的一个住宅，让她暂时住下，可缠着他不放的谷瑞玉却把责任怪罪到于凤至的头上。我也是跟张学良睡了半年觉的女人，凭什么不让我进大帅府。她想去找于凤至理论理论，张学良好说歹说才把她按住。又和她约法三章：一、消消停停地在家待着，别跟邻居东家长西家短地闲扯。二、不要进帅府，有事给他打电话。三、不要跟奉军中认识的人联系，以免暴露她的住处。谷瑞玉为了能留在奉天，也只好违心地答应下来。

然而，几天之后，她又感到寂寞无聊，一个人待在那空旷的屋子里，不能跟人聊天，不能去帅府，不能与熟人联系。她又不熟悉奉天城的街道，不能上街去闲逛。每天面对的是空室冷壁，还有一只不会说话的老猫。这哪是金屋藏娇啊，纯粹是冷宫软禁。她实在熬不住了，就给张学良打电话，张学良不接。她又给张学成打电话，让张学成转告张学良：如果他要再不过来，我就要进帅府去找于凤至。如果于凤至对我横眉冷对，我干脆搬进帅府当西宫娘娘。张学良听后害怕事情闹大，所以连他最喜欢的红烧肉都没吃上几口，只好乖乖地跑到北陵。

哲人说过：男人征服女人靠舌头，女人征服男人靠眼泪。张学良刚一进屋，谷瑞玉就立即伏在他的怀里委屈地哭了起来。这柔情加抱怨的哭声，悲切伤怀，把张学良的心哭软了。张学良爱怜地摸着谷瑞玉的头发，劝她别哭、别哭。

谷瑞玉流着泪说："这都快把我憋死了，你把我丢下就不管了，你是不是要抛弃我？"

"怎么会呢？这些天我太忙，几乎就是脚打后脑勺子，没有时间过来看你。"

"不对！"谷瑞玉又猛地抬起头来，"一定是被于凤至管住了，她不让你出来。"

"没有，没有。她根本就不知道咱俩的事。"

"她真的不知道？"谷瑞玉又淌着泪笑了，"那好，要不知道我们俩的事，你今天就陪我,别回去了。"

"不……今天晚上我爸还要跟我商量大事呢,不能不回去啊!"

"晚上还商量什么大事?"

张学良一把抓住她的手腕子:"我的姑奶奶,你先在这儿待着,以后我再想想办法……"

三

又是一连五天,张学良人不来电话也不通。谷瑞玉猜定是于凤至从中作梗,决定到帅府去找于凤至当面摊牌。她穿上衣服刚要走,又改了主意:我找她干吗? 直接去找老爷子有多好,只要他老人家发话,你于凤至算老几呀? 她打定主意,找了一辆车子,拔着腰板走进大帅府,面见那位素未谋面的"公公"——张作霖。

坐在老虎椅子上的张作霖不屑地瞭了一眼谷瑞玉:"你是谁呀? 啥事找我?"

谷瑞玉毫不隐讳:"我是你的儿媳妇——谷瑞玉。"

"你是谁的媳妇?!"

"你儿子张学良的媳妇。"谷瑞玉接下去跟张作霖解释,"张学良我们俩是在天津认识的。当时他跟英国人谈判,我给他当翻译。后来直奉战争,他在前线指挥打仗,我又参加了救护队,在战场上抢救伤员。大帅,我们可是真心相爱呀!"

张作霖一脸怒气地从老虎椅子上跳下来:"他妈了个巴子的,我早就说过不许他娶二房,这可倒好,打仗的时候还恋着女人,整到前线勾搭连环、风花雪月去了,我说他怎么吃败仗呢!"

谷瑞玉向张作霖报功:"大帅,我在前线可没有风花雪月呀! 炮火连天的时候,我到战壕里救护伤员。有一回我从战场上背一个伤员离开阵地,到了救护营地我就累倒了,摔在石头上,这腿上至今还有伤疤呢!"说着放肆地撸起左腿裤管。

张作霖抬眼一看,谷瑞玉左腿上确实有一块肿得老高的大包,他又心软了,不管咋说她也是个女人,能冒着炮火上前线救护伤员,还受了伤,也算个巾帼英雄。便一口答应给她十根金条,让她回天津老家找个好人家过日子。别看谷瑞玉生性狂荡,可她追逐张学良不是为了几根金条。

"我不要金条,我要张学良!"

"你想赖在帅府不走啊?"

为了打动张作霖,谷瑞玉索性改了口:"爸,你就让我进大帅府吧!我一定伺候好张学良,孝敬您老人家!"

　　"住口!"张作霖顿时火冒三丈,"你这个野丫头片子,敢到大帅府耍蛮,还赖着不走!"他抬头叫了一声:"来人!"

　　喜顺和两个侍卫应声走进来。张作霖命道:"把这个丫头给我撵出去。"

　　喜顺和另外两个侍卫迟迟未动。

　　张作霖暴怒地吼道:"你们聋啦!赶快把她给我轰出去!"

　　喜顺与两个侍卫上去拉住谷瑞玉。谷瑞玉挣扎地喊道:"爸爸,我已经是张学良的媳妇啦……我是张学良的媳妇啦!你不能撵我,过两年我就给你生个大孙子!你……不能撵我……"

　　"快把她撵走!"张作霖一屁股坐在老虎椅子上,手按着胸口,呼呼地喘着粗气。

　　于凤至满腹怨恨,张学良不该在外边找女人,还把人拉到前线搞"火线恋情"。然而,贤达聪明的人,恨有多长爱就有多宽。她一转念又心疼起了丈夫:"他可能是一时冲动,被这个女人拉下水的。如今他架在我与谷瑞玉中间,本来就是上天无路,入地无门。我再用烟熏火烤,他受得了吗?一着急也许崩溃呀!这时候,绝不能再火上浇油,只能慢慢疏导。"

　　张作霖找不到张学良,直接来找于凤至:"小六子呢?"

　　于凤至一看满脸怒气的张作霖,笑着回答:"爸,他不在家。"

　　"去哪儿了?"

　　"他说部队那边有事亟须处理,可能去部队了。"

　　张作霖爱怜地看看儿媳妇:"凤至呀,六子找了一个女人,你知道不知道啊?"

　　于凤至有意替张学良掩盖:"爸,我已经了解了,这个女人是主动拉拢汉卿,是汉卿拒绝她。可她又偷偷地跑到奉天来了。"

　　"小六子要不勾搭她,她能追到奉天吗?"

　　"汉卿要撵她回去。"

　　张作霖看着这贤达宽仁的儿媳,心里一阵热辣辣的。他万没想到,儿子已经把她的情敌引到家来,她还替丈夫讲情,她的心胸几乎就像一座大山那样,什么样的豺狼虎豹都容得下!想了想,他感叹地说:"凤至啊,我张作霖烧八辈子高香了,娶了你这样一个好儿媳妇。他小六子做了对不起你的事,你还这样宽容他、护着他。真是难得呀!你放心:小六子如果不撵走那个野女人,我也把她撵走!我还是那句话,六子绝不能娶二房!"

于凤至一激动几乎涌出眼泪,但她还是一脸苦笑地劝慰公公:"爸,你别上火。汉卿能撵走她,能撵走她。"

四

这天,于府的老管家张杏天一脸悲哀地来到帅府,告诉于凤至她的妈妈八奶奶已经病危。本来就心情不好的于凤至,被这个噩耗震倒。张学良找不到,她只好带着杨梅和柳叶随张杏天坐火车返回了郑家屯。

于凤至走进家门,八奶奶已经奄奄一息了。她微闭双目,颤抖着拉起女儿的手,用她仅剩的一点气力,说出了平生最后的一句话:"你公公这些年打打杀杀的,死了不少人。你和学良要做善事、好事,千万别……别……"

于凤至双眼噙着泪水:"妈,我一定做善事,做好事,绝不做对不起你的事。"

八奶奶还想说什么,嘴巴动几下,慢慢闭上双眼,一动不动,全家人扑上去放声大哭……

八奶奶下葬后眼看要烧头七了,于文斗把于凤至还有于凤彩、于凤翥及儿媳妇叫到自己的房间,另外还有八奶奶的亲侄子钱辅廷也参加了家庭会议。

人们刚刚落座,于凤彩就问妹妹:"我听说张学良在外边挺风流,又找了个女的?"

于凤至怕娘家人担心,她矢口否认:"那都是瞎传。"

性情有点暴躁的于凤翥给妹妹撑腰:"学良那小子要是对你不好,你就回来,我们养得起你。"

于凤至赶紧把话茬岔开:"爸爸要跟咱们商量事儿,还是说说正经事儿吧。"

于文斗提醒女儿,明天是八奶奶的头七,买什么祭品送她早日升天。于凤至觉得母亲为他们兄妹几个操劳一辈子,临走留下一句刻骨铭心的话,嘱咐他们今后要做好事善事。如果能做一件有惠于民的事,那就是对老母亲最好的悼念。

"你想做什么善事?"于文斗问女儿。

"我想办个学堂。"于凤至一扫脸上的悲切,开门见山地说,"上次我回家,一进郑家屯,就看到有些穷人家的孩子撕皮掠带地在街上打闹,无所事事。当时,我就想,给这些穷孩子办一个不用花钱就能读书的学堂该有多好。"

"你想的真是好事呀!"于文斗十分赞同,"你出费用,我出校舍。咱们西北街有五间房子、一个院套,一直闲着。要是办学堂,至少也能收一百个学生。"

于凤彩说:"这是好事,我赞成。不过教书先生上哪儿去找啊?"

钱辅廷说:"我们伊通有两个老秀才闲着没事,我可以把他们请来教学。"

"太好了!"于凤至高兴地说,"辅廷,你明天就回伊通,把那两个秀才请来。"

"行,明天一早我就走。"

几天后,于德、于林两个人骑着马敲着铜锣到各村招生:"少帅夫人于凤至,要在郑家屯西北街办一所平民学堂,现在招生。""凡是自愿入学的平民,不用交学费,不用买文具和书本,就可以上学来读书了。""明天就可以到学堂报名了! 乡亲们赶快去呀!"

尽管于德、于林一天走了八个村子,几乎把铜锣敲破了,把嗓子喊哑了,可到学堂报名的只有五六个学生。

于文斗莫名其妙,于凤至也大惑不解,为什么让他们免费上学,那些穷人家的孩子还不来报名呢? 第二天,于凤至领着杨梅、柳叶,来到近郊了解情况。她们几个人刚刚走进一个村子就发现一个破衣烂衫的女孩子,蹲在地上用小木棍在沙土上写"天地"两个字。

于凤至惊奇地问:"小妹妹,你怎么不上学呀?"

女孩子抬头看看于凤至,顿时抹起了眼泪。

于凤至赶紧俯下身子,亲切地说:"小妹妹,你怎么哭了? 别哭,有话好好说。"

小女孩只顾低头抽泣并不回答。

这时,一个中年女人从院子里走出来,惊喜地说了一声:"你是于家的大小姐吧?"

于凤至:"你认识我?"

"于家大小姐谁不认识。"这位大嫂一脸愁苦地告诉于凤至,"大小姐,你不知道,这孩子非要报名到学堂去念书,可我供不起呀!"

"一不用交学费,二不用买书本文具,怎么还供不起呢?"

"我家男人原是二十七师骑兵团看门的,前几年郑家屯闹事,日本人到骑兵团抓人,我男人不让他们进,日本人一枪就把他打死了。"

"原来你丈夫是在郑家屯事件中牺牲的。"

大嫂流着泪说:"虽然之后部队给了点抚恤金,可也只能是糊口,我们娘俩儿只好每天到街上卖菜挣钱。要是这孩子上学念书,没人帮我,这日子可怎么过呀?"

于凤至心头一阵酸楚,没想到一个烈士,家里却穷得交不出学费,不用花钱买书本、买文具,孩子也念不起书。难道这个社会就这么冷酷地对待平民吗?她当即慷慨地说:"大嫂,从今往后,我每个月给你五块大洋。你就让孩子上学吧!"

这突然到来的惊喜,几乎让这位大嫂心花怒放:"这是真的啊?"

于凤至嘱咐杨梅:"先给大嫂拿五块大洋。"

"唉。"杨梅掏出五块大洋捧给大嫂。

大嫂受宠若惊,不敢伸手去接:"这……我不是在做梦吧!啊……"

"拿着吧,大嫂。今天下午,你就让孩子到学堂报名。"

杨梅立即把大洋塞到了大嫂手中。大嫂激动得满眼泪花,转头对那个孩子说:"还不给于家姑奶奶磕头!"

小女孩抹了一下眼泪,快步走到于凤至跟前,双腿跪地就要磕头,被于凤至拦住:"孩子,别……别……"

于凤至带领杨梅、柳叶在村镇走访了大半天,回来后做了出人意料的决定:凡是上学的儿童,每月发给两块大洋,她要花钱雇孩子念书。在中国历史上,孩子上学念书大都是自掏学费,免费上学只能成为一种幻想。如今于凤至不仅让孩子们免费上学,还要花钱雇学生们上学读书,简直就是石破天惊的奇闻。两天后,竟有一百多名学生到学堂报到。于凤至的平民学堂,犹如大漠里的一盏明灯,照亮了那些贫苦孩子的心,他们背起书包,欢天喜地地走进学堂,开启了做梦也不曾想到的人生之旅。

五

于凤至从郑家屯回来了。午后,张学良神色慌张地回房,进屋二话没说,摸摸这儿,翻翻那儿,在床上心急火燎地翻找东西。

于凤至似笑非笑地问:"你找啥呀?"

"我找一件东西。"

"什么东西?"

张学良沉吟片刻:"怀表。"

"我捡到一个。"于凤至从兜里掏出一块怀表，对着张学良晃了一下，张学良刚要去拿，她又把怀表背在身后。

"快给我呀！"

于凤至不疾不徐地问："怀表盖上那张相片里的女人是谁呀？"她打开了表盖，亮出相片给张学良看，"是谷瑞玉吧？"

张学良像本来就有一道伤疤，又被人用手指戳到了一样，本能地一抖："这……"

于凤至并没有发火，依然心平气和地告诉丈夫，她不仅知道这个混血女人叫谷瑞玉，还知道她长得非常健美又性感，所以人送外号"大洋马"，黑龙江的土匪老北风就是看中她的人高马大才把她绑到土匪窝做老婆的。她看张学良歪着脑袋不吭声，顿时火气爆发，字字如刀："汉卿啊！你是奉天城万人敬仰的少帅，誉满全国的民国四公子之一，堂堂正正的奉军军团长，为什么色迷心窍，讨一个被土匪祸害了的女人？你就不怕玷污帅府门庭，你就不怕成为天下人的笑柄吗？"

于凤至这番话是厉言相劝，声声灼耳句句动魄，让这个掌管几万人的奉军军团长、张作霖的大公子很挂不住面子。张学良额头上的青筋根根暴起，脸上的肌肉不断抽搐，他忍着气反问："如果我要收留她，你想怎么样？"

于凤至斩钉截铁："那咱们就离婚。"

张学良顿时恼羞成怒，掏出手枪"啪"地放在于凤至面前，"你不用离婚，一枪把我打死好了。"

于凤至气不可遏，说出了绝情的话："你不用逼我，我回娘家，把房子让给谷瑞玉还不行吗？"她回头招呼一声，"杨梅！"

话音刚落，杨梅领着间瑛、间珣、间玗，抱着间琪走进屋来，几个孩子痛哭着叫着："妈妈……"立即抱住于凤至的大腿，"别走啊，妈别走……"

张学良喘着粗气，看着一脸严肃的于凤至，她仿佛一尊台风都吹不倒的石像。

第七章

一

于凤至虽然跟张学良因为谷瑞玉的出现大吵一架,几乎分道扬镳。但是,夫妻之间毕竟有爱的基础,更何况孩子们那令人心碎的哭声是最好的灭火剂,足以让他们偃旗息鼓。

夜里,夫妻躺在乌云笼罩的象牙床上。张学良因心情烦躁睡不着觉,一阵阵翻来覆去,压得床板"嘎吱嘎吱"响。于凤至以为他这是有意挑衅,抱起被子走到客厅要在沙发上过夜。实在睡不着,想找本书看看打发时间,却找出了十年前张学良去郑家屯相亲时,她亲手赠给张学良的《临江仙》诗稿:

古城亲赴为联姻,
难怪满腹惊魂。
千枝百朵处处春,
单元怎成群,
目中无丽人。
山盟海誓心轻许,
谁知此言伪真?
门第悬殊难知音。

劝君休孟浪,

三思定秦晋。

于凤至缓缓坐起来,手捧诗稿暗自拷问自己:三思定秦晋。当初你跟张学良定亲,没有三思吗?在奉天师范你看过张学良"街头演讲"照片,以后你又特别去奉天找那个女同学了解张学良的品行以及帅府的情况,你是经过反复的思考才决定从嫁的呀?现在两个人不仅成了婚,而且生儿育女,难道就因为他找了另外一个女人就分道扬镳吗?

于凤至手托香腮思忖着,忽然想起了母亲最让她难忘的两句话:"女人就是拴马桩,什么样野性的男人也要拴住;女人就是过河的船,什么样调皮捣蛋的船客,也要把他摆渡到河对岸。"更何况,他现在口口声声叫她大姐,既然是大姐,就应该帮助这个有点撒野的弟弟。也许他年龄大了,成熟了,就会收敛他的花心。想到这里,于凤至那颗愤愤不平的心渐渐趋稳:"唉,来日方长,还是用真情和厚爱征服这匹脱缰的野马吧……"

二

第一次直奉战争,直系获胜奉系败北。直系首领曹锟、吴佩孚"得胜的狸猫欢似虎",强势操纵北京政府免除张作霖的职务,把这个"东北虎"一撸到底。然而,"败阵的凤凰不如鸡"的张作霖是个永不言败的主儿。你开除大爷,大爷正好脱离你北京政府的控制另立山头呢!他调整人马重整旗鼓,伺机东山再起。在张作相、杨宇霆、汤二虎、张景惠等人的拥戴之下,又召集孙传芳、张宗昌、谢雨田等人来天津开会,宣布独立。

张作霖和杨宇霆住进了天津的"恒聚德"军衣庄。会议开得还算顺利,很快组成了反直联盟,要共同反对在北京称王的曹锟和吴佩孚。

别看外人都叫张作霖是"张小个子",短小精干其貌不扬,可他的精力却十分旺盛。会议刚结束,竟有闲心要开心取乐。当地官员谢雨田投其所好,让天津的"天宝班"送几个戏子陪张作霖喝酒。其实,自从娶了五姨太寿夫人以后,张作霖的往日风流也收敛了许多。然而,今天陪酒的五个姑娘当中,有一位个头高挑的令张作霖非常垂涎。她鸭蛋形的脸,柳叶秀眉,两只水灵灵的杏眼顾盼生辉。特别是那安详、恬静的旺夫之相,足以让男人春心萌动、欲血奔涌。

这个名叫马月清的姑娘，为"天宝班"落子园演青衣的戏子，科班出身唱做俱佳，是正在崛起的戏曲新秀。张作霖这次天津之行可以说是权、色双收，除了成立反直联盟，还把这位年方十八、"天宝班"未来的台柱子揽入怀中。前几年，张学良在天津纳了个谷瑞玉，现在他的老父亲也是在天津猎获了马月清。

几天之后，张作霖满心欢愉地与马月清坐着火车返回奉天。途中，不知是哪根神经提醒，他那色迷心窍的脑壳"呼"地一下子清醒了："哎呀，这事我干得有点冒失了啊！现在我已经有了五房女人，虽然她们都已年过青春，但还不是人老珠黄，更何况我那个心肝宝贝似的张寿懿（寿夫人），不仅在帅府中芬芳吐绿一枝独秀，也是办事有方的贤内助。万一我领马月清回去，她不肯接受，帅府就算不会天塌地陷，至少也得闹个鸡飞狗跳不是？"思谋再三，他没敢把马月清直接领回大帅府，也像儿子张学良一样，在小河沿不远给马月清安排了一处住宅。

世上没有不透风的墙，张大帅在天津纳妾的消息，鬼使神差地传到了帅府大院。下人们好像听了爆炸新闻似的，躲在伙房里窃窃私语："你听说没听说呀，大帅从天津领回来个戏子。""这可真是奇了怪了，大帅、少帅爷俩儿怎么都在天津找女人呢？是天津女人浪还是奉天的爷儿们骚啊？""不是天津的女人浪，而是奉天的爷儿们棒，人家大帅、少帅有才有貌、能文能武，哪个骚丫蛋子、浪荡娘儿们不愿意往身上贴呀！"

对于纳妾之事，因为张作霖还没有跟夫人们挑明，卢夫人、许夫人得到了这个消息之后，说也说不得，劝又不能劝，只能是唉声叹气，任其所为。

三夫人戴氏原来就是被张作霖胁迫嫁到帅府的，成亲后并没有度过多少男欢女爱的日子。最近这几年，她根本就没跟张作霖同过床，现在一看张作霖喜新厌旧纳了个老六，更是心灰意冷，索性削发为尼，遁入庵堂。

寿夫人可就没有两位姐姐那样的好性子："你张大帅就算是东北王，有五房女人也就够风流了。现在找了个六房，听说她比小六子还小，你让孩子怎么管那个戏子叫妈呀？"她虽然是一腔愤怨，却不敢明目张胆地跟大帅生撞硬顶，借着有风湿骨病，领着女佣小秋到抚顺汤岗泡温泉澡、糊热矿泥，明日有病休养，实际也是给张作霖点颜色看看。

在帅府放个臭屁都有人说香的张作霖，如今成了一块左挤右压的"豆饼丈夫"，他一股火也病倒了。他把自己关在老虎厅，别人有事找他，他脱口就骂："妈了个巴子，这么屁大点事儿都来找我，用你们干啥？有事找小六子去！"

最近，于凤至的父亲于文斗患了肺炎，她去郑家屯探望有病的父亲刚刚回来，张学良一脸怨气地走进房来，拿起茶杯"咕嘟嘟"地喝了半杯温茶，一屁股坐在沙发上发牢骚说："嘿，我这个爸呀！他过去咋教训我的？哪怕你在外面打野食儿也不能再找偏房啊！这可倒好，去了一趟天津就领回来一个戏子，他都有了五房，还想有六房，你说谁花心！"

于凤至诧然一怔："你说什么呢？"

"我说咱爸又从天津领回来一个戏子叫马月清，她比我还小呢？咱们都得管她叫妈！"

于凤至心中忽地一跳："这是啥时候的事儿啊？"

张学良气呼呼地告诉夫人："前几天你不在家，他把马月清领回奉天。大帅府差不多都炸窝了，卢妈妈、许妈妈在一旁生闷气，戴妈妈出家，五妈妈一赌气跑到汤岗子养病去了。那个马月清也是一股火，吵吵着要回天津。可他倒好，耍脾气、使性子、撂挑子了，成天什么也不想管，谁找他他开口就骂，帅府都乱套了！"

听到这些，于凤至当然也有愤怨：欧洲早就实行一夫一妻制了，中国的时代先锋也在大力提倡女权，废除一夫多妻。然而，那些能左右中国权势的官僚、政客、财阀、豪门还沿用这个践踏女权的陋习，把女人当成尤物，这是社会的悲哀呀！当时，她真想劝劝那个住在外宅的马月清，不要当这个没有夫妻名分的小妾。她也想联合寿夫人及几位妈妈，抵制这种侵犯女权的婚姻。甚至，想把自己变成一把大锤，砸碎这豢养女人、令人不齿的陋习。但是，身在豪门，在这个诸多诱惑和烦恼交织的矛盾体中，她没有回天之力，也不能超凡脱俗地冲破窠臼、改变世界。

就在这时，已经嗅到帅府风头不对的马月清，通过喜顺找上门来，鼻涕一把泪一把地讲出了她的苦衷。她知道，戴夫人因为她来奉天已经出家，寿夫人因为她的出现生气躲到一边去了。更知道张作霖一股火，病倒在床上。他是东三省的顶梁柱啊，万一有个好歹，谁来支撑东北的大业？但是，马月清从天津走出来的前一天，她的师傅——"天宝班"的班主，特地为她摆下了送亲宴，师姐、师妹们连连祝贺，赠送礼品送她出阁，她还有什么脸面返回天津？她今天厚着脸皮走进帅府，是想请求于凤至为她找一个尼姑庵，她也要削发为尼了此一生。

于凤至那颗愤愤不平的心被马月清那一串串晶莹的泪水软化了："这是个通情达理的女人，她把清白之身献给了一个男人，又害怕那个男人为她倒下。她宁可下半辈子遁入空门，也不想让那男人因为她而贻误国事，真是可悲、可叹、可怜。"于凤至改变了主意：为了这个帅府，也是为了公公的霸业，她只能违背良心做封建婚姻的卫道士，出面给公爹和马月清圆下这场鸳鸯梦。

于凤至第二天便领着杨梅去抚顺汤岗子找寿夫人："五妈妈，你是最能量事的人，帅府上下谁不说你是宽宏大量、远见卓识。你想想：刚从布店买了一块布料，已经用剪子裁开了，还能退回去吗？既然是退不回去，还不如把这块布料做件好衣服，穿在身上不是更体面嘛！"

其实，寿夫人之所以反对张作霖纳妾，并不完全是担心本人失宠，而是担心张作霖名誉扫地、跌落神坛，失去在东三省的威望。另外，她生气出走，是气张作霖，这么大的事儿不事先跟她商量一下就把生米煮成了熟饭。

于凤至接着又给她出主意："五妈妈，我的意见你不如顺势而为，你亲自去小河沿，把马月清接进帅府。然后，再大大方方地给他们圆房。马月清感谢你，甚至感谢你一辈子。我爸更佩服你，把你当成贴心的大棉袄，两头都好，何乐而不为呢？"

于凤至这番话，仿佛阴云密布的天空突然射下了一缕阳光，让寿夫人心扉大开。第二天，她和于凤至前往小河沿把马月清请回大帅府，还特意在她的房中给马月清安排了一个房间，表面上让她先当用人，实际上就是侍妾。张作霖隔三岔五就来到马月清的房里偷睡一宿。

不久，寿夫人向大帅府全体人员宣布："马月清，人品端正，性情温顺，对人体贴。我们老姐几个年龄大了，没有太多的精力伺候帅爷了，我们与帅爷商量，同意把马月清纳为偏房，从今儿起，她就是帅府的六夫人。哪个人要不敬她，别说我翻脸不认人！"

一场纳妾风波就这样圆满地解决了。马月清顺利地由侍妾成为名正言顺的六姨太。曾经在天津偷情的张作霖也顺理成章、体面地明媒正娶。原来怄气作梗的寿夫人就坡下驴，有里有面地一跃变成了老红媒，这一举三得的美好结局，又让大帅府风平浪静了。

此后，寿夫人产生了一个让贤的想法，于凤至又聪慧又有人缘，让她主管帅府的内务，肯定风调雨顺花好月圆。更何况，她的二儿子张学英年纪还小，需要照顾，自己身体又不怎么好，有点儿力不从心，便主动向张作霖提出让于凤至接替她掌管帅府的全部内务。张作霖也觉得寿夫人并非虚情假意，更何况，从"王府找妹"到"拉马劝寿"系列事件上，足以看出这个儿媳妇是办事的天才，便痛快应允。于凤至却百般不肯，最后寿夫人心悦诚服地劝说，几个妈妈真诚地拥戴，张作霖拍板，于凤至不得不从寿夫人那里拿过接力棒。

有人说："千年的大道走成河，多年的媳妇熬成婆。"于凤至凭着人品与气度，成了帅府内务的主管。过去常来帅府巴结寿夫人、搅水兴波的姜亚凤，现在一看于凤至成了帅府的女主人,仿佛失去了靠山那样,六神无主,惶惶不安。

寿夫人刚刚回到自己的房间,姜亚凤"刺棱"一下钻了进来,耿耿不服地说:"老姑,你咋把大权交给那个于凤至了呢?"

寿夫人烦躁地瞅了她一眼:"你眼睛瞎还是耳朵聋啊!凤至的品行能力谁不佩服,这两年我身体不好,把帅府的事交给她,大家都放心。"

"你这不是败在她手下了吗?"

"我从来也没想与凤至争个高低上下,都是你背后无事生非,唯恐帅府不乱。"

"你……"

"闭嘴!"寿夫人板着面孔申斥,"姜亚凤,我今天正式告诉你:今后你要再到帅府说长道短嚼舌头,我就叫人把你赶出去,你下半辈子也别进帅府的大门!"

姜亚凤苦咧咧地:"老姑啊,我这不是……"

寿夫人凌厉地下了逐客令:"你快走,我没空和你扯闲篇!"

姜亚凤像斗败的老公鸡,"哏喽"一声,夹着尾巴懊丧地走了。

三

1924 年 9 月 17 日,直军首领吴佩孚任总司令,对奉军发起猛烈进攻,第二次直奉战争爆发。张作霖立即任命张学良为军团长、郭松龄为副总指挥的第三军团向直军主力开始反击。这次直奉大战,奉军一雪前耻大获全胜。一来奉军从英国购买了五十架飞机和大量的先进武器,足以同直军抗衡;二来郭松龄、张学良认真地总结上次失败的教训,抓住了直军的软肋,采取新战术,把直军主力打得丢盔卸甲。接着,乘胜追击,所向披靡,以风卷残云之势,打败了直军的精锐部队,为奉军的全面胜利开辟了有利的道路。随着战争深入,奉军已取得绝对优势。直军连遭惨败,将领分崩离析,有的掉转枪口追随张作霖倒戈反直,致使直军一败涂地。

郭松龄领导的第三军团,不像第一次直奉战争那样一脸懊丧地败兴而归,而是以胜利者的姿态盛仪威行地返回奉天。

在郭松龄看来,上一次张作霖在战败后发奖他坚决拒领,那是因为他感到耻辱。这次直奉战争他的第三军团打出了威风、打出了气势,功不可没。如果张作霖再发奖,他一定理所当然地拔得头筹、获得荣誉。

然而,让郭松龄想不到的是,在庆功会上,张作霖大肆论功行赏却没有他的份儿。吴俊升原来是黑龙江省的督军兼省长,张作相原是吉林省督军兼省长,汤玉麟为热河省的督军,张景惠为东北交通委员会的督办,姜登选接管安徽督军。就连没有去前线督战的杨宇霆,也因为运输战略给养有功,被任命为江苏省省长、督军兼奉天军工督办、奉军总参议。

在场的有一多半人热烈鼓掌,虽然也有些人没拍巴掌,却被那些热烈的掌声掩盖了。

给这些获奖者颁发任命状之后,张作霖表面上安慰,实际是报复上一次郭松龄"拒奖不领"赌气罢会之仇:"大家静一静,我还有一件事要向大家宣布,这次直奉战争中,第三军团的副总指挥郭松龄,作战有方、指挥得力,直奉战争的胜利,也有他的一份功劳。不过,这次就不嘉奖了。原因有二:第一,郭松龄过去曾说过,'我打仗是为了国家,绝不争功';第二,上次直奉战争后,我对他奖励,他一甩袖子就走了,我怕这次奖赏他再晾我的台,所以,留到下次一并奖励,来日方长嘛!"说到这儿,他又朝郭松龄以笑压人地问,"郭军长,你说是不是啊?"

郭松龄紧闭着嘴巴一声不吭,张作霖又开了空头支票:"茂宸啊!好饭不怕晚,你就等着吧,以后我一定封赏。"

郭松龄的口气比上一次还强硬:"你金口玉牙,说啥算啥。"他立即戴上帽子,头也不回地悻悻走开。

在场的人们一片惊嘘,张学良立即追上去:"茂宸,茂宸……"

郭松龄赌气回到家中,饭也没有吃,一头扎在床上。韩淑秀深知丈夫的脾气,他一旦生气,你要问他也不回话。她立即给丈夫沏了一壶龙井茶,轻轻地放在床头。

突然,有人敲门。韩淑秀走过去打开房门,张学良和于凤至走进来。

韩淑秀赶紧热情地让座:"你们二位来了!快坐,快坐。"

张学良一见坐在那里生闷气的郭松龄,笑着问道:"郭教官你怎么不说话呢?"

郭松龄倔烘烘地:"因为我不想见你。"

"咋的?你对我怎么那么反感呢?"

"哼,有其父必有其子。"

"你是不是想撵我走啊?你要是烦我,我马上就走。"张学良说着假模假样地站起身来。

"汉卿,郭教官跟你开玩笑呢!"于凤至赶忙拉着丈夫坐下。接着,温婉地说,

"郭教官,汉卿是你的学生,你们又是挚友。韩老师是我大姐,咱们一家人就别说两家话了。其实,父帅对你的看法一直不错。"

张学良立即插话:"这都是杨宇霆从中鼓捣的。"

于凤至不想让张学良提杨宇霆,立即把他的话挡住:"真的,父帅当着我们的面儿夸你多次。说你为人正直,有勇有谋。不过,古人有句话,叫'亲者严,疏者宽'。他所以奖赏汤玉麟、姜登选等人,因为他们是外人。你跟汉卿属于自己人,汉卿不也是没得到奖励嘛!我说句不好听的话,对外人封官晋爵是一种拉拢;对自己的人呢,早一天晚一天都能提拔,没挑。"

郭松龄反感地冷冷苦笑:"凤至呀!杨宇霆跟大帅是形影不离,应该算是大帅自己的人吧?"

"也应该是……"

"可这次不仅封他为江苏省省长、督军、军工督办,还兼着奉军的总参议,他一人兼任四职,这又如何解释?"

郭松龄这句话一针见血,还真把于凤至问得张口结舌。

张学良觉得,这个时候再说父亲如何器重郭松龄,那是睁着眼睛说瞎话,郭松龄会更加反感。不如用友情拉近关系,淡化他与父亲的矛盾。他从讲武堂郭松龄对他的谆谆教诲,讲到大练兵郭松龄不厌其烦地传给他战术;从第一次直奉战争中风雨同舟,讲到这次战争中师生并肩作战。末了,他推心置腹地说:"其实,咱们两个人既是师生又是兄弟,一损俱损,一荣俱荣,老帅绝不会亏待你,下一次他要是不给你封赏,我就不认他这个爹!"

张学良、于凤至一唱一和,句句真情字字暖心,还真把这个宁折不弯的犟驴心中的满腔火气驱散了一半。没想到,一波未平一波又起。这时,一个副官走进来报告:"郭军长,方才杨总长来电,说让你去帅府一趟,有事。"

郭松龄:"让我去干什么?"

副官小声地说:"据说,张大帅可能要把你调走。"

"调走?"

"加点小心吧……"

"你去吧。"郭松龄把副官打发走了,转身冷下脸子问张学良,"汉卿,你们夫妻这里给我送好话,背地里大帅要把我调走,你们爷儿们配合得挺好啊!"

张学良赶紧解释:"茂宸,你又误会了,父帅绝不是那个意思,要不然他怎么会让我们来看你呢?"

郭松龄站起身来目光霍霍："你就别装了！我还真以为是大帅回心转意派你们跟我透话呢！现在一看，我全明白了，你们爷儿俩这是要我呀！"

"郭教官你误会啦！"于凤至赶紧安慰道，"郭教官，汉卿根本就不知道这事儿。再说了，就算父帅要把你调走，也得跟汉卿商量啊，怎么会不经商量就把你调走呢？我认为这极有可能是误传。"

"别说了。"郭松龄朝着韩淑秀吼了一声，"送客！"

韩淑秀为难地说："茂宸你……"

郭松龄起身走进里间"啪"地关上房门。不管于凤至、张学良如何呼叫，郭松龄躲在屋里闷不作声，两个人见劝解不成，反倒惹恼了郭松龄，只好败兴而归……

张学良回到帅府，气呼呼地来到老虎厅，质问父亲："我跟凤至到郭松龄家里已经把他劝好了，你怎么又把他调走呢？我们在一个军团，你要调走他，怎么也不跟我商量商量？"

"怎么的，谁说我要把他调走？"

"不是吗？"张学良乜斜了站在一旁的杨宇霆一眼，"那么说一定是有人从中捣鬼！"

"哼，你还别说。"张作霖轻轻地一拍脑门，"妈了个巴子的，你这句话还真提醒我了，如果真能把他调到一个有职没权的地方，他就是有三头六臂，也不能支棱八翘地跟我要猴犯蹶子了！"

"你真想这么做？"

"哼，郭鬼子一身反骨，我不提防着点，日后要吃大亏。"

张学良气急败坏地跟父亲大吵。张作霖一气之下把张学良又痛骂了一顿，张学良狠狠地瞪了杨宇霆一眼，悻悻走开。

杨宇霆转过身来阴阴地说："大帅，我看这个郭松龄算是死硬到底了，对这头犟驴可不能手软哪！"

张作霖问杨宇霆："郭松龄那个电话是不是你打的？"

杨宇霆矢口否认："我怎么能给他打电话？一定是郭松龄无事生非。"

四

张作霖与郭松龄两个人之间发生的矛盾,可以概括成一句话:麻秆儿打狼——两头害怕。张作霖原来也不想整掉郭松龄,他担心的是郭松龄如果造反,将引起东北大乱。郭松龄原来也不想推倒张作霖,他担心的是杨宇霆背后跟张作霖鼓捣事,早晚要吃大亏。因此,双方矛盾愈演愈烈。

就在这个时候,一心想打倒张作霖的冯玉祥,又派人来找韩淑秀,鼓动郭松龄反张:如果郭松龄能倒戈,冯玉祥将全力支持。一直被压制的郭松龄几经徘徊,最后下定决心倒戈。他竟然放出了狠话:"要是扳不倒张作霖,清不掉杨宇霆这个奸臣,我死不瞑目!"

几天之后,他在河北滦州召开一个誓师性的会议,宣布反奉。提出"清君侧""老帅下台,少帅上台"这些震惊朝野的口号。然后一声号令,十万大军向北进发,一鼓作气打过了溪中。

郭松龄倒戈反奉的消息一传出,东三省一片哗然。有人反对,说郭松龄吃了张大帅的饭,反过来打张大帅,不讲究;有人不解,说郭松龄从一个落魄的小军官一跃成了军团长,干吗还要造反呢;有人支持,说郭松龄有骨气,舍得一身剐,敢把皇帝拉下马;还有人傻子放火不怕大,倒要看看这头犟骆驼能不能斗过那只东北虎。支持郭松龄倒戈的人群当中,张学良的"二夫人"谷瑞玉就是郭松龄的超级粉丝。前几年她被张作霖赶出帅府,一气之下返回天津。她二姐谷瑞华曾经想给她另找一个如意郎君。然而,痴迷张学良的谷瑞玉,认为张学良是她的唯一,无人能比。她在天津住了一段时间,又神不知鬼不觉地偷偷返回奉天,找了个地方悄悄住了下来。谷瑞玉虽然抱怨于凤至,但更恨的是张作霖。听说张作霖纳了个六姨太,更是气不打一处来:你张大帅娶了五个老婆还不够,还娶第六个。张学良两个都不行,还冷酷无情地把我扫地出门。有朝一日,我一定要出口恶气!这天,谷瑞玉突然从报纸上看到了郭松龄倒戈的消息。特别是"老帅下台、少帅上台"那句响当当的口号,几乎让她心花怒放。第二天上午,她迫不及待地坐着火车来到了河北滦州找郭松龄。

当时郭松龄刚刚举旗倒戈,军队还没有整编,军心也比较乱,忙得不可开交,无暇接见谷瑞玉,只好让夫人韩淑秀代劳。

韩淑秀对谷瑞玉非常热情:"瑞玉,你大老远地赶过来,有什么事说出来,大姐帮你。"

谷瑞玉像抓住一根救命稻草一般,紧紧地拉住韩淑秀的手:"大姐,我就是想见见郭军长,对他倒戈表示支持。"

"好哇!"韩淑秀高兴地说,"如果我们起义成功了,少帅主政东北,你就是理所当然的夫人了。"

谷瑞玉脸上闪出久违的笑容:"大姐,郭军长太忙了。我担心见不到他,就写了一封信给他,你替我交给他吧。"

"你的信都说些什么呀?"

"我的信里只有四句话:'松龄起义攻奉天,扶正压邪万民欢。只要老帅能下台,少帅上台就平安。'"

"太好了!"韩淑秀做梦也想不到,张作霖的儿媳妇竟然跳出来支持郭松龄打倒张作霖,这就证明:张作霖倒行逆施已经搞得天怒人怨,郭松龄倒戈反奉的义举天经地义符合民心。她激动地一把搂过谷瑞玉,二人紧紧拥抱在一起。

五

郭松龄的队伍举旗起义,将官们态度坚决,士兵们齐心协力,打起仗来势如破竹,仅用三天时间,就打过了巨流河。稍事休整,又准备向锦州进发。张作霖听说巨流河失守,跳着脚骂张学良:"这个败家的小六子,今天夸郭鬼子为人正直,明天夸郭鬼子有实战经验。我听了你的话,把他从一个讲武堂的教官提为团长、旅长,又当了第三军团副司令。如今他跳出来反我,还叫嚣'老帅下台、少帅上台'。小六子,你这个混蛋啊!你不知道郭鬼子给你捧臭脚,目的是把我打倒。他郭鬼子要上台,能抬举你这个张作霖的儿子吗?"

这时候,张作霖的日本顾问町野武马,突然出现在张作霖面前。町野武马假作关心地说:"大帅,关东军司令部长官白川大佐听说郭松龄谋反,对大帅的安危十分关切,派我来慰问,不知道大帅是否需要我关东军的帮助?"

张作霖客气地一笑:"谢谢白川司令官,我现在挺好,不需要什么帮助,以后需要我再去讨教。"

町野武马挑明:"白川司令官让我转告你,郭松龄带的这支队伍,是你们奉军的精锐部队。他们一鼓作气,很快就会逼近奉天。如果你们怕家眷不安全,可以到我们大连租借地避难。另外,如果需要兵力,我们也可以出兵。"

"我再一次谢谢白川司令官的关心。"张作霖婉言谢绝,"我们家属可以去大连,避不避难是小事儿,到海边溜达溜达,开个心倒是可以。至于借兵之事嘛……那就免了。郭鬼子造反,是我们内部的事,日本朋友就不用插手了。"

"大帅,我再奉劝一句,你不要指望你手下的二十万奉军。眼下奉军有一部分人同情郭松龄,不想跟自己的兄弟开战。所以,郭松龄很快会打到奉天。别因为一念之差,丢了你的性命,丢了你的家底儿。告辞!"町野武马摘下他那顶帽子,恭恭敬敬地给张作霖行了一个礼,然后转身走去。

一直不动声色的杨宇霆缓缓地走过来:"大帅,你对町野的话有什么想法?"

张作霖:"为了家人不受威胁,我想让家眷马上去大连。"

"你去不去?"

"我要是走了,那就是自动下台,还用郭鬼子打吗?"

"你不想借他们的兵吗?"

张作霖沉沉一笑:"你知道日本人胃口有多大呀? 我买他们点枪炮,他今天要在这里盖房子,明天要在那里修铁路,还要往东北移民、开矿,没完没了。我要是借兵,那可就是手插磨眼了,你想拔都拔不出来。"

这时,喜顺神色匆匆地走进来报告:"大帅,方才接到前线电报,郭松龄的部队已经攻打锦州了。"

"啊,他们已经攻打锦州了?"张作霖惊愕地一震,目光霍霍地嚷道,"前线那些人手里拿的是烧火棍吗? 妈了巴子怎么不打呀!"

喜顺说:"咱们的部队不忍心打自己人,下不得手啊!"

"他们下不得手,可郭鬼子却下死手了!"

杨宇霆着急地说:"大帅,不能迟疑了,锦州离奉天不过二百公里。郭鬼子的部队用不了两天就可以打进奉天。你调吉、黑、热河三省的部队,远水不解近渴,到那时,你再想借兵就来不及了。"

张作霖抟掌着手,为难地说:"如果我借日本人的兵进攻郭松龄,这可是利用外力打自己人哪!"

"郭松龄还算自己人吗? 自己人为什么还攻击自己人,逼你下台呢?"杨宇霆一脸正义地说,"大帅,你好好想想,如果郭鬼子打进奉天,把你赶下台,那张作相、吴俊升、汤玉麟、张景惠他们能答应吗？一旦他们起兵再反攻郭鬼子，东三省那不是大乱了吗？"

"这……"

"大帅，留得青山在，不怕没柴烧。等把郭鬼子打败了以后，日本人借兵的事，咱们再想办法对付。你不想卖国，我杨宇霆更不想当汉奸，我这完全是为了保护东三省的安全呀！"

张作霖焦灼地在屋里打转转。"借兵灭郭"与"让步下野"两种命运、两种前途在他脑袋里激烈地搏斗。

杨宇霆又急声催促道："大帅，不能犹豫了，再不借兵，郭鬼子就打过来了，千钧一发呀！大帅！"

张作霖一屁股跌坐在沙发上，一只手捂着脑袋，仰天长啸："郭鬼子，你这个王八犊子，你这是逼我张作霖下死手啊！"

第八章

一

郭松龄的倒戈部队来势凶猛,已经突破锦州,大有一举拿下奉天之势。大帅府人心惶惶一片混乱,张作霖决定让全家人搬到大连日本租借地避难。各房的夫人神色慌张地收拾自己的金银首饰、细软。她们生怕贵重的东西被打进来的郭军抢走,一个个翻箱倒柜忙得焦头烂额。

于凤至没有收拾东西,她一个人坐在床上冷静地思考。她该不该走,如果她也走了,帅府留下这个烂摊子谁来经管?

寿夫人慌张地走进来,催促于凤至赶快收拾收拾东西上车!于凤至跟寿夫人说,让杨梅她们带着孩子们跟大家一起走,她本人要留在帅府。寿夫人担心万一郭鬼子打进来,把儿媳抓了去当人质。于凤至沉沉一笑:"郭松龄也不一定能打进来,就算他能打进来,我一个女人既不主政,又不带兵,抓住了有什么用啊!再说了,大帅府的人都走了,也不能不留一个管事的人吧。"

丫鬟小秋急忙走进来朝寿夫人急声急气地说:"夫人,各房带的东西太多,外边的车辆都装满了,咋办呢?"

"我去看看。"寿夫人刚走几步,又回过身来催促道,"凤至,你实在不想去我也没办法。不过,孩子不能留下,快让他们上车吧!"

"好。"

于凤至正准备出去,喜顺快步走进来:"少奶奶,大帅和杨宇霆要去樱花栈旅馆见日本关东军司令官。"

"见他干什么?"

"可能是跟日本人借兵吧。"

"让日本人出兵攻打郭松龄?"

"可能是吧。"

于凤至愕然一震,她清楚:"郭松龄这次倒戈是奉军内部的冲突,虽然郭松龄与公公的矛盾十分尖锐,但不至于你死我活、鱼死网破,如果有人出面调停也许会停战。日本人要参战,这场战争可就变了性质。不知道有多少人会死于战场,不知道最后是一个什么样的结局,更不知郭松龄要是战败,东北的形势将要发生怎样可怕的变化。"想到这里,于凤至心急火燎,她赶紧从衣架上摘下一件大衣,披在身上快步走出。

外面,棉花套子似的大雪纷纷扬扬。于凤至走到院中,看见一辆小车快速驶出大门,她赶紧追了几步,抬眼一看,那辆小车已经消失在雪雾里。她脚步沉重,缓缓站定:"晚了,晚了。如果日本出兵,那将是日本人和中国人的一场血战。不知道有多少士兵要流血呀!"

纷纷扬扬的大雪,把屋顶、树木、墙瓦都染白了。雪花落在于凤至的身上、脸上,很快又化成雪水顺着于凤至那清秀的脸颊流下来。她目光哀哀地站在那里,望着茫茫的大雪,心里似乎比大雪还冰凉……

这时,张学良从一旁走过来,于凤至缓了一下情绪,赶紧走过去:"汉卿,咱爸去找日本人借兵,你知道吗?"

张学良无奈地说:"这都是杨宇霆鼓动的,日本人要伸手,这将是一场血战。"

"我们不能挺着! 咱们两个人赶快去找郭松龄,劝他罢战议和吧?"

"你去干什么呀? 我自己去就行了,我跟他毕竟是师生一场,要知道日本人伸手他还敢打吗?"

"不,我还是跟你去,咱们两个人劝他不是比你一个人更有说服力吗?"

这时,杨梅抱着一脸苍白的间琪慌张地走过来:"夫人,小少爷病了,你看,咳出的痰里有血。"说着她拿出一块洁白的手绢,上面有一摊殷红的血渍。

张学良催促说:"赶快送孩子去医院吧,别耽误喽! 我走了!"说着转身快步走开。

于凤至伸手抱过间琪，一看孩子那苍白的脸和病恹恹的双眸，心疼地叫了一声："间琪，你别害怕，妈妈这就抱你去医院。"

二

张作霖虽然是靠日本人起家发展壮大的，却对日本人的狼子野心早有提防。张作霖知道日本人主动借兵，是黄鼠狼给鸡拜年——没安好心。但是，眼下郭鬼子来势迅猛，大有兵临城下之势。张作相、吴俊升、汤二虎等驻守外省，远水不解近渴，他不得不考虑保住东三省大帅的宝座。张作霖在来樱花栈旅馆之前喝了半碗白酒，自己觉着酒味还不够浓，又让喜顺往他身上喷了几口白酒。连杨宇霆都不知道张作霖这是搞的哪一出。张作霖带着杨宇霆走进樱花栈旅馆，不知道是装的还是真的喝过量了，他满脸通红脚步趔趄。

日本关东军司令官白川大佐朝着张作霖似笑非笑地问："大帅，你今天是不是喝酒了？"

张作霖一笑："啊，我这个人有个怪脾气，一会见外国朋友至少也得喝他半斤烧酒。"

白川大佐揶揄地说："你这是酒壮英雄胆吧？"

"不，一听说白川司令官要出兵帮我，心里高兴就喝了半瓶酒！你们愿意出兵帮我解决郭军之危，还奉天一个太平，我能不高兴吗？"

白川俨然一副财大气粗的老朋友要营救一位即将遭受灭顶之灾的患难兄弟的样子，说了一套表面上冠冕堂皇实际上却气势逼人的鬼话，张作霖言不由衷地连说了几声感谢。白川认为张作霖已经被他收买了，这才抛出撒手锏。

这是一份杀人不见血的密约，上面写的四项约定，是让张作霖出卖主权：一、日本侨民在东三省和内蒙古东部地区均享有商租权；二、间岛地区，也就是延边地区行政权转让；三、吉林敦化铁路延长，并与图们江以东的朝鲜铁路接轨联运；四、洮昌道（指奉天省洮南至昌图）所属各县，准许日本人开设领事馆……

张作霖一看文件，不由得暗暗倒抽了一口凉气："这哪是什么解围呀，分明是要从我张作霖身上割肉啊！以上四条要实施起来，日本人可就控制半个东三省了！"

然而，郭松龄的部队已经打过锦州，也许用不了几天就会兵临奉天城下，到那时候东三省就会易主,张作霖和他的大帅府将是沉舟灭顶、玉碎宫倾。现在除了跟日本人借兵,再也没有其他选择了,前边就是火坑他也得先跳下去。尽管如此,他还是不愿意签约。

町野武马乘机规劝:"大帅,你还犹豫什么呢? 为了保住你的性命,保住大帅府,你就签吧! 这四项要求只是个意向,又不是马上让你落实,只要你有个态度就行。"

张作霖年轻时在赌场擅长推牌九,眼下要破釜沉舟一决输赢,他眼睛一转,似在下决心:"行,我签。"然后,故作醉态地打了一个趔趄。

白川:"大帅,你酒喝得太多了,还能签字吗?"

张作霖一笑:"我们中国人有句话,这酒喝人肚子里没喝狗肚子里,我心里明白得很。"

"明白就好。"

张作霖果断地拿起笔在密约上面写下了自己的名字,然后在名字下边画了一个勾(√)。

白川狐疑地问:"大帅,你怎么还在名字下边画了个勾(√)呢?"

张作霖诡谲地一笑:"嘿嘿,我老张兽医出身,是绿林大学毕业,除了会写名字,就会这个了。"

杨宇霆赶紧打圆场:"哈哈……白川司令啊,在我们中国,勾(√)就是对号,对号就是承认的意思。"

"哟西。"白川得意地大笑起来……

三

在白旗堡郭军前沿指挥所里,郭松龄正召开一个别开生面的战前动员会。奇怪的是,他没有激励人心的报告,也没有惊天动地的誓言,而是拿出了谷瑞玉的效忠诗念给大家听:"松龄起义攻奉天,扶正压邪万民欢。只要老帅能下台,少帅上台就平安!"

在场的将领一阵惊疑:"这是谁写的呢?""他也欢迎老帅下台少帅上台?"

郭松龄得意扬扬地说:"写这封信的,就是张作霖的儿媳妇,张学良的二姨太……"

"啊,谷瑞玉……"

郭松龄就像得了一本天书那样喜形于色:"大家想一想,连张作霖的家人都跟他决裂了,支持我们起义,这就证明,张作霖在东北搞得天怒人怨,不得民心!我们的行动代表的是正义、真理和良心!我们是得道多助,一呼百应;他张作霖是失道寡助,一败涂地!"

虽然谷瑞玉这首效忠诗仅是个语言浅白的顺口溜,可对倒戈的将士来说,那就是一面激励军心的战鼓。在场的将领们立即振臂高呼:"坚决打倒张作霖!""一定拿下奉天!""让东北三省改旗换号!"那激越兴奋的呼喊几乎爆棚!

"报告!"老营长慌张地跑进门,"郭军长,你快到门外看看!"郭松龄立即走出屋子,拿起望远镜对着远处望去。望远镜里,出现了骑着快马过河朝这里奔来的张学良。

郭松龄放下望远镜,命令:"挡住他,别让他过来!"

老营长跑到远处,冲着纵马狂奔的张学良大声呼喊:"站住!不许往前来——"

张学良高声回答:"我要见郭军长——"说着,不顾一切地只往前走,尽管老营长几个人举枪阻拦他,他还是顶着枪口走到了郭松龄面前:"郭教官,学良劝你就此罢兵吧!我敢用脑袋担保,不让父帅伤害你和全体将士!"

"不行!我意已决。既然起兵,成则老帅下台,败则松龄末日。听我的话,赶快回去,要不然你我师生只能用枪炮对话了!"

"郭教官,你是我最敬重的教官,也是我最信赖的老师!你和弟兄们拥我上台,我实在是愧不敢当啊!"

"我等拥你上台,实行新政,有何不可?"

现在已经到了生死决战的时候,张学良只能告诉郭松龄:"不!郭教官,我昨天得到消息,杨宇霆拉着老帅已经跟日本人借兵了,你再不停火,怕是要……"

郭松龄义无反顾地说:"让日本人来吧,我要血战到底!"

老营长疾声说:"郭军长,张作霖伙同杨宇霆求日本人派兵杀你,他的儿子又跑到这里扰乱军心劝你投降。他们张家父子软硬兼施,是想把咱置于死地呀!郭军长,不能放过他!"

官兵们气愤地吼道:"绑上他!用少帅做人质,逼张作霖退兵!"说着,一齐扑上去,七手八脚地绑上了张学良。

郭松龄怒喝:"放开汉卿!"

老营长:"不能放啊郭军长!拿住他,就能保住咱们的阵地呀……"

"放开!"郭松龄走过去亲手解开绳子,动情地说,"汉卿,受委屈了……回去吧。既然到了这一步,我郭松龄说什么也不能停火,你就死了这份心吧……"

张学良又苦苦地劝道:"郭教官! 你能放我走,可学良咋回去呀? 我是为了你才来的呀……"说着,"哗"地扯开衣襟,"你坚决要打,就冲我开枪吧……"

"郭军长,不能听他的鬼话。"老营长和几十个士兵激愤地喊着,"扑通"一声跪倒在地,"郭军长,开弓没有回头箭,我们一定要打到底呀……"

四

日本人一直想找个突破口趁机出兵打垮中国的反日势力,郭松龄就是他们要打倒的第一个目标。如今,终于如愿以偿了。12 月 19 日,日军第 10 师司令部由辽阳移动到奉天,第 63 步兵联队、旅顺炮兵一队、公主岭骑兵一队均随第 7 师司令部集中在奉天大本营。23 日,日军又做出增兵东北的决定,将驻扎在朝鲜龙山的三千五百名日军调往奉天。同时,南满铁路沿线两侧二十里边界的村落都挂上了日本国旗,作为不准郭军靠近的标志。实际上是告诉郭松龄:敢从这地方过,日本人就会出击围剿,将他全部消灭。

郭军反奉,几乎在东北历史上演绎了一场惊天动地的黑色惊变。张作霖虽然在日本人的重压之下草草签约,却在围剿郭松龄的战斗上找回了自尊。他组成五万多人的反郭大军,从兵临城下、准备下野的颓势,一跃成为拥兵自重、全力反攻的战斗姿态。通过与日军"两翼夹攻",使孤军奋战的郭军踯躅难行,为增援的外围部队赢得了时间。郭军虽然组织了三次激烈的猛攻,终因多面受敌,被打得落花流水,一败涂地,旗倒兵散。郭松龄和夫人韩淑秀不得不坐上一辆马车仓皇出逃。

郭松龄的倒戈部队大败无疑,让压抑多日的大帅府露出了曙光。张作霖如释重负地出了一口长气,但他不知道抓没抓到郭松龄。

这时吴俊升虎步狼行地走进来,他还没有坐定,就粗声大气地报告:"大帅,郭松龄在老达房子被我们抓住了!"

张作霖一巴掌拍在大腿上:"太好啦! 妈了个巴子,马上给我枪毙这个死爹哭妈的犟种!"

吴俊升顺手拿出一个包袱放在桌上:"这是我的部队追他的时候,从他的车上掉下来的东西。"

张作霖一看那个鼓鼓囊囊的包袱:"是他带走的细软吧?"

"不是,是别人给他写的效忠信。"

"效忠信?"

"大帅,你猜这些信是什么人写的?"

"那还用说吗? 一定是支持他的狐群狗党呗!"

吴俊升一脸鄙夷地一笑:"你一定不会想到,写这些信的,其中就有小六子的二媳妇——大洋马。"

"谷瑞玉?"

"对,就是这个野娘儿们。奶奶个孙子的,郭松龄要赶她老公公下台,她不生气不说,还抱郭松龄的粗腿,这他妈的混蛋到家了!"吴俊升说着,把那封信递给张作霖。

张作霖草草地看了看,两眼顿时跳起愠怒的火星:"妈了巴子的,'只要老帅能下台,少帅上台就平安'。现在我明白了,小六子、谷瑞玉、郭鬼子他们穿着一条连裆裤子,就是想要把我老张鼓捣掉蛋儿,他小六子就变成东北王了!"他怒不可遏地大叫一声,"来人!"

门外应声,张学成快步走进来。张作霖命令张学成:"你马上带一伙人,到街里去搜查,看看那个谷瑞玉住在哪里?"

张学成为难地说:"奉天这么大,城里城外住着十几万人,我怎么查呀?"

张作霖愤愤地一拍桌子:"你他妈的脑袋叫驴踢了! 警察局下面不是有上百个派出所吗? 你让他们下去查,就是掘地三尺也要把她给我抠出来!"

"明白了。"张学成匆匆走出老虎厅。

谷瑞玉自从向郭松龄递交了那封效忠诗以后,一直坐在房里异想天开地编织她的王妃梦:如果郭松龄打进奉天把张作霖赶下台,一来报了她的一剑之仇;二来也是她时来运转。有郭松龄的支持,如果张学良上台主政,她谷瑞玉就会仰着脸堂堂正正地走进大帅府,指点上下、使奴唤婢,甚至一言九鼎,那不比于凤至还有权威吗?

然而,令人没想到的是,她的美梦还没做完,突然得到了一个让她一落千丈的坏消息。郭松龄的倒戈部队失利败北,郭松龄夫妻在老达房子被抓生死难料,把她吓出了一身冷汗。这天上午,她想出去问个究竟。突然,张学成带着几个扛枪的士兵,气势汹汹,破门而入。

谷瑞玉惊诧地一怔："你们这是干什么?"

"抓你呀!"张学成说,"我的小嫂子,你没想到吧,大帅亲自下令让我抓你进帅府。"

"大帅为啥抓我?"

"为啥? 就为前些日子你给郭松龄写的那首效忠诗。"

谷瑞玉顿时两腿一软,要不是扶住桌子几乎就瘫倒在地:"兄弟,当时我是一时犯浑,写了那封狗屁信,看在你哥哥的面上,你放我一马吧。兄弟,嫂子给你跪下了。"说着,她跪在了张学成面前。

张学成心里明白:别看张作霖仇恨谷瑞玉,可这女子与大哥张学良也是一日夫妻百日恩哪! 上一次向于凤至报告谷瑞玉来到奉天,张学良知道后把他一顿臭骂,至今对他还吹胡子瞪眼。这次再抓了谷瑞玉,张学良不得扒了他的皮呀?思谋再三,善于耍心眼的张学成玩了一个"捉放曹"。不仅没抓谷瑞玉,反而将她偷偷放走了。

回到帅府,张学成跟张作霖撒了个弥天大谎:"谷瑞玉早知道了,昨天就逃走了。"

张作霖愤愤地一拍桌子:"快把小六子给我找回来!"

杨宇霆从一旁走过来,阴阴地说:"我听说汉卿去老达房子给郭松龄收尸去了?"

张作霖:"妈了巴子的,郭鬼子要打倒我,他还有工夫去给姓郭的当孝子贤孙!"

杨宇霆半阴不阳地挑火:"大帅,你别忘了,汉卿跟郭鬼子是师生关系啊! 姓郭的要把你打倒,推汉卿上台,这个恩情汉卿能忘吗?"

张作霖暴跳如雷:"妈了个巴子的,就是五花大绑也要把小六子给我抓回来,快去……"

五

最近,于凤至一直在医院看护闾琪。孩子患的是严重的大叶肺炎,三天好两天犯,反反复复折腾两个多月,让于凤至满脸憔悴双目无光。方才,她接到喜顺打过来的电话,说谷瑞玉写信鼓励郭松龄反奉,张学良去老达房子给郭松龄夫妻收尸,老帅知道以后大发雷霆,派人去抓张学良!

仿佛是一声霹雳击在于凤至的头上,使她周身颤抖。

喜顺在电话中提醒她:"帅爷都气疯了,我看……要发生大事,恐怕少帅危险了……"

"啊……"于凤至的心一阵狂跳,身上顿时出了一层凉汗,她想了想,吩咐杨梅照顾好闾琪,披起上衣匆匆走出房门。

离开帅府去大连避难的人们都回来了。寿夫人准备前去医院看望闾琪,这时,于凤至神色慌乱地走进房来,"扑通"一声双膝跪地:"五妈妈,求你救救汉卿吧!"

寿夫人扶起于凤至:"快起来,这是怎么啦?"

于凤至眼含痛泪告诉寿夫人:"郭松龄在老达房子被枪决,汉卿出于师生情谊去给他送葬,父帅一怒之下要抓汉卿!五妈妈呀……帅府今天要发生人命关天的大事啦……"

这突如其来的消息让寿夫人浑身颤抖:"这怎么办呢?有什么办法呢?"

"五妈妈,只有你能救汉卿。"

"快说怎么救?"

"发动全府上下到老虎厅求情,劝父帅饶了汉卿……五妈妈,求求你,救救汉卿吧……"于凤至伏在地上,泣不成声。

老虎厅里,张作霖坐在首席,杨宇霆、张作相等分坐两厢。屋子里弥漫着沉闷而压抑的气氛,仿佛有团团浓雾萦绕在人们的心头。

张学良神色匆匆地走进大厅,张作霖瞪着一双狐眼,凌厉地盯视着儿子:"妈了个巴子的,这两天你干什么去了?"

张学良理直气壮:"我去处理一下郭松龄的后事。"

张作霖气得两眼冒火:"你这个吃里爬外的东西,郭鬼子差点要了你爹的老命,你还给他收尸,你到底是谁的孝子贤孙?"

张学良不服地说:"不管怎么说,郭松龄是我的恩师,他也为我们奉军立下了汗马功劳。现在,人已经死了,又何必把事情做绝呢!"

"混账王八羔子!对他这种人就得赶尽杀绝!"张作霖火冒三丈地一挥手,"你赶快派人把他的尸首从坟里抠出来,丢在奉天街头,曝尸三日!"

"爸,杀人不过头点地。人都死了,你还要挖墓掘坟,你就不怕日后有那么一天,没人给你披麻戴孝啊!"

张作霖气得浑身发抖:"你不戴孝,我也不绝户。我还有七个儿子呢!你心里根本就没有我这个爹!"

"你心里要是有我这个儿子,也不至于在我去劝郭松龄罢兵议和的时候,去请外国人出手,让人家骂我张学良不是人。"

"你还以为你是人吗?你要是人,也不该伙同郭鬼子反我,让我下台你上台!"

杨宇霆劝阻他:"大帅,消消气儿,消消气儿。"

张作相制止张学良:"六子,别说了。"

张学良由于气愤过度,已经失去了理智:"不,我说就说个痛快!爸,你把事情都做绝了!你这样误听奸佞、陷害忠良的干法不得人心。你把忠于你的人都毙了,你就离下台不远了!"

张作霖几乎号叫道:"把他拉出去,给我拉出去,就地枪决!"

喜顺等人也是慌乱无措,不知如何是好。张作相、杨宇霆赶紧上前劝阻:"大帅,消消火啊!""大帅,六子可是你的亲生儿子!"

张作霖暴怒地一拍桌子:"快把他给我拉出去!"

喜顺等人刚要动手,于凤至、寿夫人领着全家人拥进老虎厅,齐刷刷伏身跪在地上,丫鬟、婆子、厨师、杂工几十号人都跪在门外。

寿夫人两眼涌满泪水苦求张作霖:"帅爷,你就听寿懿说几句话吧!汉卿年轻气盛、脾气倔强,可他对你始终都是一片真心啊。每当危难关头,他总是为你不畏艰险、冲锋陷阵。你有病,他几天几夜不睡觉,守候在你的床边,帅府上下,谁不说学良是个大孝子。难道就因为谷瑞玉那封破信你就断了骨肉之情吗?你咋不想想,杀了张学良,还有几个人能为你遮风挡雨呀!帅爷……"

张作霖的心仿佛被什么东西扎了一下似的,身子不由得微微一颤。

于凤至跪爬半步流着泪说:"爸,不孝的儿媳给您老人家赔罪了!"话刚一出口,她又抑制不住哭出声来,边说边从兜里掏出个红兜兜,"爸,这是我结婚以后,你亲手交给我的红兜兜。你告诉我:想当年土匪金大麻子要抄咱们的家,想把咱全家杀死。是你用它把汉卿裹在怀里,冒着枪林弹雨从家里逃了出来。当年,仇人的子弹没有杀死你的儿子,可今天却让他死在你的枪下,你下得去手吗?爸,你若想出气,就把凤至杀了吧!我好赖给你们张家生了儿女,我对得起你们张家祖先了。你就杀我吧,我愿意替汉卿去死!"说着,跪行来到张作霖跟前,举起那个红肚兜,泪水滂沱地说,"红兜兜你收回去,只要能留住汉卿一条命,我死在阴间也不会怪你,你就杀我吧……爸……"她一边说着,一边伏地叩头泣不成声。

张作相老泪横流:"大帅呀,凤至这是要以命抵命啊!你就不心软吗?"

卢夫人、许夫人、马夫人再也控制不住了，满眼痛泪地苦苦哀求："帅爷，你就饶了六子吧……"

卢夫人跪爬半步边哭边说："帅爷呀！当年大姐去世，你把六子交给我，我屎一把、尿一把地把他养大，才留下张家的长子。一个活蹦乱跳的大儿子，你就忍心动手杀了吗！"说着，朝张作霖磕了一个头。

许夫人抽泣着说："帅爷，虎毒还不食子呢！你那么大个人物就容不下自己的儿子吗?"

马夫人苦求："帅爷，今后我们姐几个心甘情愿在你手下当牛做马，你就饶了六子吧！"

张学铭、张学曾、张学思，以及张怀英、张怀卿、张怀曦等七男五女，齐刷刷地跪在张作霖的面前，几乎是同声哭叫道："你要杀就把我们都杀了吧，有你一个人在就行了，你的儿女都没有用，杀吧！你就把我们几个一块儿杀掉吧！"

张作霖看着维护张学良的这群儿女，嘴巴哆哆嗦嗦地颤抖着。

这时，大孙女闾瑛、大孙子闾珣、二孙子闾玕跌跌撞撞地跑到张作霖身前，一把抱住他的大腿痛哭失声。闾瑛流着泪说："爷爷，你要是把我爸爸杀了，我就没爸爸了，你想让你的孙子、孙女做一个没有爸爸的孩子吗?"

"爷爷……"几个孩子伏在张作霖身上号啕大哭。

张作相落泪了，汤二虎哭了，杨宇霆也双眼潮湿了。屋里所有的人都哭了，整个大厅是一片撕心裂肺的哀号，那悲怨、痛楚、爱怜的哭声，犹如一股暗夜中的沉雷撞击着人的心灵。

张作霖额头上的青筋根根暴起，脸上的肌肉不断抖动，他的心就像刀剜一般剧痛，"啊"的一声痛叫，一个趔趄瘫倒在老虎椅上。

在场的人们一迭声地呼叫："爸!""大帅!""爷爷!"

张学良立即扑过去："爸爸……"

第九章

一

虽然"张门斩子"这个震惊奉天城的事件已经平息,但是狂风暴雨之后,笼罩在帅府上空的乌云却迟迟不散。本来是热热闹闹的帅府,一下子变得寂静清冷。张作霖、张学良父子二人成了路人,见面不说话,吃饭不同桌,不管有多大的事情,两个人也不到一起商量。

张作霖整日都郁郁寡欢,又陷入了两年前跟寿夫人怄气的那种恍惚状态。

于凤至看在眼里,心里十分着急。她非常清楚,张作霖精神状态好坏、生命力兴衰,关乎东三省大局。如果郁闷下去,酿成疾患,势必给对东三省虎视眈眈的日本人提供可乘之机。怎样才能让他们父子和好如初、共兴东北大业呢?这个睿智的女人,想了多时,终于想出了一个主意。

这天下午,由于凤至导演的"开心游戏"开始了。花园里,错落有致的假山旁的广场上,于凤至和寿夫人邀请张作霖和他的七个儿子、五个女儿,还有孙子、孙女围坐一圈儿,搞了一场别开生面的游戏。于凤至及寿夫人,一个打鼓,一个敲锣,击鼓传花。

于凤至说了一声:"开始。"两个人便敲起锣鼓,一朵用红绸做的大红花,从二儿子张学铭手里顺时针往下传,当绸花传到张学思手上时,于凤至停下了鼓点。

寿夫人说:"学思,该你出节目了。"

张学思红着脸站起来,想了想说了一个绕口令:"南边来一个姑子,手里拿把梳子。北边来一个秃子,手里拿串珠子。秃子撞到了姑子,撞掉姑子手里那把梳子。被撞倒的那个姑子,撞掉秃子手里那串珠子。秃子扶起姑子,帮她找那把梳子,姑子起身寻找那串珠子。也不知道秃子找没找到那把梳子,姑子找没找到那串珠子……"

张作霖不耐烦地说:"什么姑子、秃子、梳子、珠子的,都听乱套了,分不出个数来,别说了。"

张学思笑着反驳:"爸,我说得不好,你给大伙说一个呗。"

张作霖:"轮到了我,我就说。"

"好,接着往下传。"寿夫人和于凤至两个人继续打鼓、敲锣。

当那朵绸花传到了张作霖手上时,鼓点陡然刹住。众人兴奋地喊:"该爸爸(爷爷)出节目啦! 爸爸(爷爷)快出节目!"

张作霖站起身来清了清嗓子,有板有眼地说了起来:"日落西山黑黝黝,场院正把黑豆收。一场黑豆没收完,黑妈生了个黑丫头。长大后,爹也愁,妈也愁,唉声叹气睡不熟。这一天,黑丫头下地挖黑菜,黑筐里放个黑刀头。那边有个黑小伙,黑土地上放黑牛。头上戴个黑草帽,身上衣服黑袖头。黑鞭杆儿,黑鞭由,黑驴戴个黑笼头。黑丫头说,你黑我黑难配对,不如搭伙过春秋。黑小子一听真高兴,骑驴走进黑门楼,接亲来娶黑丫头,黑哥黑姐天地拜,咣当当地磕黑头。这就是黑丫头嫁夫一小段,有个白字算我丢。"

"好好好!"在场的少爷、小姐们热烈地鼓掌。

张作霖又朝着儿女孙子们半开玩笑地说:"我说的是黑丫头,你们这些白丫头可不能给我找个黑姑爷呀!"

人们一阵开心大笑。张怀瞳、张怀卿、张怀曦等几个姑娘掩嘴偷笑。

张作霖落座,于凤至、寿夫人继续击鼓传花。当那朵绸花刚刚传到间玕手上,锣鼓点又停了。张学铭推了一把间玕:"间玕,该你了。"

间玕心里没底,小声问张学铭:"二叔,就照你教给我的说呀?"

张学铭悄悄地说:"就照那个说,别怕。"

"我说句顺口溜。"间玕壮着胆子站起身来,拍着节奏风趣地说,"我爷爷是张大帅,能文能武有气派,骑大马,挎洋刀,打完关里打关外。爷爷哪样都挺好,就是说话有点怪,脏话不用花钱买,妈了巴子张口就来。两分钟就说五六遍,我听了都有点下不来台。"

在场的人们解嘲地大笑,接着发出一阵爆豆似的掌声。连外围的丫鬟、婆子也随之热烈地鼓起掌来。

张作霖虎起脸问:"这顺口溜是谁给你编的?"

阎玗下意识地看了看身边的张学铭,怯怯地说:"是我自己编的。"

张作霖:"你这个小兔崽子,把我这砢碜话都编成顺口溜了,你可太有才了!"

阎玗:"你不是更有才吗?我昨天给你数了,两分钟,你就骂了六个妈了巴子。"

"哈哈哈……"在场的人们又是一阵开心大笑。

张作霖也忍俊不禁地大笑起来。这是"张门斩子"后,张作霖第一次大笑,而且笑得前仰后合。

二

为了大帅府,几乎操碎了心的于凤至把老帅哄笑了,还得哄少帅。用什么办法让他打开心结呢?她忽然想起了一个人来,就是曾经救过张家父子的郑三姨。这个郑三姨当年曾救过张家父子的命,跟张家有生死之交。只要她出头,定能修复张家父子之间的关系。于是,于凤至编个理由说她要跟张学良回娘家看看。满腹郁闷的张学良也想出外散散心,痛快地答应:"我去!"

第二天张学良开着车拉着于凤至来到了郑家屯。

于凤至领着张学良回到了娘家,当天就想去找那位郑三姨。可全家人都不知道郑三姨住在何处。恰好于凤至的表弟钱辅廷来了,他知道郑三姨的住处。第二天他领着表姐于凤至和表姐夫张学良来到了伊通河畔郑三姨的家。

郑三姨本名叫郑月英,人高马大,外号叫郑大脚,原来是辽东三界沟的人。过去,因为她跟日本人有杀父之仇,才上山为匪。不过,她专打洋人,不打家劫舍。以后官府派兵剿匪,她下马为民。为了避难,她先来到郑家屯,以后又搬到了伊通河。

郑月英虽然年近五旬,依然是英姿勃勃,满身江湖之气。剪的是齐耳短发,腰中系着红腰带,走起路来一步三尺,双脚生风。一见张学良顿时热泪盈眶:"小六子,你还没忘了郑三姨呀!今天还领着媳妇看我来啦……"

张学良见到救命恩人,几乎是五体投地:"三姨呀,我经常想念你老人家呀!"

"哎呀,小六子,你出息得我都不敢认喽!"郑月英拉着张学良的手稀罕得不肯松开，"听说你现在当了军团长了？你爹可没白疼你呀！他张雨亭（张作霖字雨亭）用在你身上的心血可没有白费呀……"

于凤至一看张学良两眼潮湿了，觉得这个时候应该让郑三姨敲开他那苦闷的心。于是，请求说："三姨，我们想听听你当年在大苇塘救汉卿的事儿。"

郑月英拉着他们坐在铺着苇席的土炕上，有声有色地讲起了那个血雨腥风的往事。那年，张学良刚刚两岁，辽西土匪金大麻子跟张作霖结下梁子。一天夜里，趁张作霖回家，金大麻子带着几十号人包围了他们家。外边的枪声惊醒熟睡中的张作霖，他一骨碌爬起来，从枕头底下摸出手枪，躲在门后反击。好虎架不住一群狼啊！张作霖的妻子赵春桂苦求丈夫，让他带着张学良快逃。为了保儿子一条命，张作霖把张学良揣进怀里，冲出院子杀出一条血路，纵马出逃，一气跑了一百多里地，来到三界沟大苇塘。金大麻子恶狗扑食似的飞马赶到，眼看张家父子就要落入敌手。突然，郑月英率领几个弟兄从芦苇荡深处冲了过来，把金大麻子一伙人打得丢盔卸甲，落荒而逃。

郑月英讲到这里，打开老板柜，从里边拿出当时张作霖穿的一件留着弹孔的黑布上衣，动情地说："当时，你爹怀揣着你逃到大苇塘，我一看你爹瘫倒在地，胳膊上已经挂了花，还流着血，立即解下了我的腰带给他包扎。你躺在你爹怀里哇哇大哭，身上裹着的红肚兜上全是你爹的血呀！我把你抱回家，找了个保姆给你喂奶。六子，这就是你爹当时穿的那件血衣啊！看看，上面还留着弹孔哪！"说着，颤抖着把那件血衣放到张学良面前。

张学良的心里一阵热辣辣的难受，他痛苦地摸着那件有弹孔的血衣，哽咽地说："这事情我还有记忆，我爸经常告诉我，不要忘记了郑三姨的救命之恩。"

郑月英满眼泪光苦苦地一笑："我算个啥呀？当时要不是你爹豁出脑袋保护你，冒着枪林弹雨抱着你逃命，你还能有今天？"接着，她又满怀深情地告诫张学良，"六子，以后的路长着呢！你从小到大，为了让你出息，你爹给你找学堂、选教官，提着小辫往上拽你。你这么年轻就当上军团长了，那不都是你爹给你搭的桥哇？要不是你有个好爹，熬一辈子都不见得能当上这么大的官，你可不能让你爹白费心哪！"

张学良心灵受到极大的震动，心里一酸，痛苦愧疚的眼泪"吧嗒吧嗒"地掉在血衣上。

于凤至导演的这一场"请姨劝夫"的戏，让张学良重温了他们父子之间生死相依的过去，唤起张学良的父子深情。张学良回到大帅府，第一时间就去拜见父亲张作霖。

这时,张作霖仰在沙发上闭目养神,一见来人是张学良,顿时坐了起来,双眼一瞬不瞬地看着他的儿子。张学良脚步沉重地来到父亲跟前,一脸自责地看着父亲。张作霖不知道儿子要干什么,他惶惑的目光里含着苦衷。张学良嘴巴颤抖着,伸手从兜子里拿出那件留着弹孔的血衣:"爸,这件衣服你还记得吗?"

"啊!我的衣服?"张作霖认出来了,"你是从哪儿淘弄来的?"

"是郑三姨给我的。"

"你去找郑月英了?"

"郑三姨给我讲了当年金大麻子抄咱们家,你抱我出逃的往事。爸,你揣着我骑马跑了一百来里路,胳膊都受伤了,我却毫发未损地活了下来。爸,你的恩德我永远不会忘记……"

张作霖心里一阵酸楚,泪水涌上眼窝:"你他妈说这个干啥呀?当时我要不是抱你跑出来,咱爷俩儿都得死。"

张学良愧悔地叫了一声:"爸,当时是你保住了我的命,学良忘了你的恩情,对不起你。这些天我不应该跟你作对,有些事情应该跟你讲清楚,学良是混蛋,你要有气就再打我一顿吧,爸……"

张作霖的心如同被一团火烤了那样,也愧悔地说:"六子,当时我是生气,一心想在你身上发泄,所以才对你发疯。其实,我哪能舍得杀自己的儿子呢?我是做给他们看的。六子,你就原谅你这个一时糊涂的老爸吧……"

"爸……"

"六子……"

张学良扑上去和父亲紧紧抱在一起,父子热泪涌流。几十年来,从来都没有哭过一次的张作霖,今天在儿子面前却破天荒地痛哭失声……

三

自从日本关东军司令部借兵给张作霖打败郭松龄之后,司令官白川曾经几次派人找张作霖,要求他兑现承诺的四项密约。张作霖采取一推二拖三敷衍的策略,用各种借口迟迟不肯落实。日本人这时才发现,原来张作霖是个集狡猾、诡道于一身的角色,难对付。为了加强奉天特务机关的工作,协助军方迫使张作霖做日本人的应声虫,白川特地把北京西坂特务机关侦查科科长土肥原调到奉天,任特务机关长。

土肥原是个老谋深算的特务头子,号称"满洲的劳伦斯"(劳伦斯为英国的著名间谍),他个头不高,一副人丹胡子剪得精巧、俏皮,更善于在阿谀奉承之中使用阴谋诡计。无论什么地方,只要他沾边,就会出乱子。土肥原使用阴谋诡计已经到了炉火纯青的地步,到任不久,军方与特务机关便开了协调会议,商量统一步骤对付张作霖。

土肥原问落实密约的阻力在什么地方,张作霖的日本顾问町野武马告诉他:阻力首先来自张作霖。他这个人老奸巨猾,翻手为云覆手为雨。过去答应咱们很多事情,一件也没有兑现。但更可怕的是他的儿子张学良。

"张学良?"土肥原对张学良很感兴趣,"你能说说张学良的情况吗?"

町野武马介绍道:"这个年轻人,初生牛犊不怕虎。对于我们日本帝国,他从骨子里有一种仇恨。前些时候,郭松龄事件之后,大帅府竟发生了张门斩子事件。"

"张作霖要杀张学良?"

"是的,张学良反对他父亲跟我们日本帝国借兵。他认为跟日本借兵就是请外国人屠杀中国人。因此,在对待郭松龄的问题上,他们父子产生了很大的矛盾。"

"目前,张学良是个什么状况?"

"张门斩子事件之后,张家父子在暗地较劲,两个人谁也不跟谁说话。最近张作霖稍有好转,张学良还是耿耿于怀,有时候会出去喝酒跳舞寻开心。"

坐在一旁的板恒征四郎凶巴巴地说:"我看,趁这个机会把张学良灭了。"

土肥原老谋深算地稳稳一笑:"中佐阁下,杀人不一定要用子弹。"

"那你用什么?"

土肥原缓缓地站起身来,用手摸着他那标准的人丹胡子,阴阴地说:"我们应该灭其心智,以其昏昏,使人昭昭!一个人心智堕落了,活着也是行尸走肉。"

"你这个杀人不用刀子的计谋很好。"几个人就像如获至宝似的,"哈哈"大笑起来。

四

于凤至去伊通"请姨劝夫"之后,张学良虽然痛哭流涕地向父亲赔礼认错,但是由于心里受伤过重，留下的伤口仍然没有全部愈合，每日忧心忡忡，很难看到他绽出开心的笑容。

这一天，张学良的下属吴敬安要结婚，晚上办了一个婚礼舞会邀请他参加。如果是以前，于凤至担心他拈花惹草，一定想法劝阻，今天却十分反常，不仅支持，而且找出一件笔挺的西服，主动帮他穿好，又给丈夫系上一条鲜红色的领带让他去跳舞开心。临走时，张学良紧紧抱住于凤至什么话也没说，用手轻轻地拍打于凤至的后肩，那意思是让她放心，他不会再拈花惹草。于凤至也暗示地拍打着丈夫的后背，表示对他的信任，她很放心。

这是一个比较豪华的舞厅，虽然够不上流光溢彩、金碧辉煌，也是五彩缤纷、华灯齐放。正面的小平台上，挂了比人还高的双喜字，一个穿着粉纱衣裙衣着暴露的歌手，站在麦克风前，搔首弄姿唱着祝婚的歌。

大厅里衣着华丽、穿金戴银的俊男靓女都静静地站在那里等候贵宾，町野武马和一个穿着入时的德国女人站在人群后边，翘首以待。

有顷，戴着胸花的新郎吴敬安携着身穿白纱的新娘子朱淑筠，陪着张学良刚刚走上楼梯，人们簇拥上去热烈地鼓掌，一阵欢呼。一个戴着"贵宾"胸条的女人，甜甜地叫了一声"汉卿"立即奔了过来。

张学良抬眼一看，欣喜地叫道："湄筠，你也来了？"

这个叫朱湄筠的女人，排行老五，外号叫"朱五"，早就是张学良的舞友了。

朱湄筠说："我姐姐出嫁，我怎能不来呢？"说着扑过去毫不忌讳地拥抱张学良。

吴敬安朝着朱湄筠笑着说道："五妹，陪少帅舞一曲吧。"

"好。"朱湄筠毫不忸怩，拉着张学良的手进入舞池，随着优美的旋律潇潇洒洒地舞了起来。

彩灯闪耀，轻歌曼舞。大厅里一片欢腾，可能是张学良心里受伤，身子虚弱，几曲舞过后，有点精疲力竭，满头虚汗，他疲惫地坐在沙发上，一口一口地喝着饮料。

这时，一个三十出头、头发微黄的女子走过来，她穿着入时、打扮得体，比起那些烟视媚行的舞女更显得沉静清雅。她走到张学良跟前，十分礼貌地款款一笑："少帅，我能陪你跳一曲吗？"

张学良认识这个女人，她是德国人在奉天开的德仰医院的护士，名叫贝莉，平时对人十分客气而又不失温度，很讨人喜欢。张学良客气地向贝莉表示歉意："贝莉小姐，你看我额头上的细汗，今天太累了，跳不动了，对不起。"

"我看你没跳几曲呀?"

"最近身体不太好,有点气虚。"

"吃点药就好了。"

"什么药也不会立竿见影吧。"

"少帅,我有一种药,你吃了十分钟之后立即就能精神百倍。这个药叫'必速',是我们德国人制的一种奇药,世界出名。"贝莉一脸诚恳,说着,从兜里掏出一个小纸袋递给张学良。

张学良看了看,纸袋里面装着两枚白药片,问道:"现在就可以吃吗?"

"可以吃,十分钟你就精神了。"

张学良端起一杯饮料要吃,却被贝莉拦住:"不能用饮料吃药。"她回头叫了一声,"服务生。"

一个男服务生走过来:"小姐,请问有什么事?"

"拿一杯白开水来。"

"好嘞。"服务生答应一声,片刻之间送上了一杯白开水,张学良拿起药片就白开水一口吞了下去。

舞曲又开始了,贝莉坐在张学良身边,两个人东拉西扯地闲聊一阵。舞会进入了高潮,那些达官显贵、太太小姐抱着自己的舞伴在舞池里旋风般地旋转。优美动听的旋律,犹如一股春风,掀动一条条飘扬的彩裙,一双双擦得锃亮的皮鞋,在光滑的地板上翻飞。舞友们的脸热情洋溢,台上的乐队摇头晃脑地演奏着。

三曲舞过去,张学良精神焕发,眼睛似乎比以前更亮,脸色也显出一片灿烂,身上的每根血管、每条神经似乎都在涌动着力量,张学良"呼"地站起,觉得身子轻了许多,身上有一种跃跃欲试的冲动。这时舞曲又响了,贝莉展开双臂搂住张学良,二人随着悠扬的旋律飘进了舞池……

张学良哪里知道,贝莉已经被奉天特务头子土肥原收买,为了拿下张学良,她跟踪他许久。今天她给张学良的两片"必速",不是什么提神药品,而是裹着糖衣的炮弹,心情刚刚好转的张学良又跌入土肥原设计的毒渊……

五

郭松龄倒戈以后,张作霖更加认识到,加强奉军的装备建设是强军的重中之重,不过要购买武器,再也不能找日本人了。日本人一定会趁机勒脖子,或者是狮子大开口。为此,他想派张学良去天津再找伊雅阁商谈从英国买军火的事。

张学良自从吃了那"必速"之后,头两天感觉挺好,到了第三天,身体倦怠,没有一点精神头。副官谭海见张学良这两天脸色灰暗,走路有气无力,劝他休息休息再去。张学良说不行,买武器的事不能延误,早日买到新式武器,我们的军队就早强大一天。就这样他极力振作精神,坐上轿车前往火车站,准备乘火车前往天津。当轿车来到车站时,张学良刚一下车,就打了一个趔趄,觉得浑身无力,双眼冒金星,他扶着车门,紧闭双目停在那里。

谭海劝阻他:"少帅,你身体不行,去不了天津了。"

"我是怎么了?为什么比以前更虚弱了?难道真的去不了天津了?"

"你去不了啦,回家休息吧。"

张学良态度依然坚决:"奉军那些兄弟都等着要新式武器呢!我不能让大家着急呀!"他推开谭海,咬着牙关走了几步,顿时双腿一软,几乎跌倒在地。

谭海立即将他扶住:"少帅,不行我们回去吧!"

张学良离开家两三天了,大儿子闾珣破天荒地问于凤至:"妈,我爸怎么好几天不回来,我都想他了。"这仅仅是一句平平常常的话,落到于凤至的耳朵里几乎就是久阴的雾天突然响了一声春雷,令她欣喜若狂:"我的好儿子,你想爸爸啦!我的儿子真好……"她泪光闪闪地捧起闾珣那张泛红的小脸儿,猛地亲了一口,"你爸去天津了,过几天就回来了!"

闾珣喃喃地说:"让他快点儿回来吧!妈,我真想他了!"

"我这就给你爸打电话,让他快点回来!"于凤至把闾珣交给杨梅转身快步到老虎厅找张作霖,张作霖不在,她找到了喜顺问张学良在哪儿,喜顺悄声告诉他,张学良因为身体不适,没有去天津。现在在哪儿,他不知道。于凤至第一个想到的就是谷瑞玉,郭松龄事件之后,谷瑞玉害怕被张作霖提拿,偷偷地逃回了天津,后来看平安无事,又返回奉天偷着跟张学良来往。

喜顺不知道谷瑞玉住在哪里,于凤至又去问张学成。张学成告诉她,张学良可能是在谷瑞玉那里,她住在皇姑区昆山路28号。

于凤至带着柳叶敲开了谷瑞玉的房门。谷瑞玉虽然没有跟于凤至见过面,但是在相片上见过于凤至。今天,这对情敌初次见面,还真的应了"不是冤家不聚头"这句话。

"你就是大姐吧?"

于凤至极力镇定，表面上还很客气："我是于凤至，今天来看看你。怎么样？住在这里还好吧？"

谷瑞玉话里有些带刺儿："我是一个从草窝里飞出来的野雀，进不了大树林子，有个草窝也将就了，还说什么好不好的。"

于凤至十分巧妙地反讥："不是大树林子不能收容一只野雀，是那只雀不应该落到大树上，因为这里已经有了一只老家雀了。"

"所以嘛，那只老家雀差点把我撞得半死，我不得不在外面找个窝住下。"

"妹子，我今天不是来找你吵架的。我听说你最喜欢吃老边家的饺子，特意让饺子馆用大虾做馅儿蒸了一屉，你趁热吃吧。"

柳叶打开提笼，拿出一屉蒸饺放在桌上。

谷瑞玉惊惑地一顿："你怎么知道我喜欢吃老边家的饺子？"

"我还知道你喜欢吃杨麻子大饼。"于凤至似笑非笑地说了一句，又问，"汉卿在哪儿？"

谷瑞玉的口气不那么强硬了："我还想问你哪！他在我这里住了两天就走了。大姐，你怎么会让他去跳舞？他在舞会上吃了一种药。"

于凤至闻之一怔："他吃了什么药？"

"他吃了一种叫'必速'的药，吃了当时精神倍增。过一段时间，比原来还疲劳，一点劲儿都没有，几乎晕倒了。本来应该去天津开会，由于体力不支，没有去成……"

"你怎么知道的？"

"是汉卿告诉我的。那天你让他去跳舞，有个德国女人给了他两片药，吃下去以后，他连跳几曲都不累，可是，过了两天就不行了。大姐，你本来知道他经不起女人的诱惑，为什么还让他去跳舞？"

似乎一根凭空飞来的大棒重重地打在于凤至的头上，她两耳一阵轰鸣："别说这些了，他到底在哪儿？"

"他没回家吗？"

"他根本就没回家。"

谷瑞玉惊慌地一拍大腿："他一定是去了那个地方！"

"什么地方，快告诉我！"

原来，张学良那天参加吴敬安新婚舞会，用了德国女人贝莉所谓的"必速"药片以后，精神极度亢奋，一连跳了三曲舞，气不长出，面不改色，甚至想跳个通宵。然而,两天后又比以前更加倦怠,更加虚弱,头脑发昏浑身无力,甚至走路两条腿都难抬起来。他先是在谷瑞玉那里休息了两天,还是不见好。就在这时,那个表面斯文的贝莉主动找到张学良,告诉他还有一种长效的"必速",吃了一周都不会感觉疲劳,精神倍增。如果真想用,她可以领张学良去铁西区一个叫"驿站会馆"的地方去买。

张学良为了更快恢复精神,急于寻找灵丹妙药,便和贝莉去了"驿站会馆"。这个所谓的"驿站会馆",其实是日本商人基木开的大烟馆,里边有棋牌室、茶房、客厅、歌厅,二楼还有极其隐蔽的吸烟室。有几个外国女郎陪着顾客吸食鸦片。

张学良一进这个吸烟室,顿时面呈惊疑:"怎么能来这地方? 不行,走!"

然而,这个时候他身上的气力仿佛已被掏空,两腿像是坠上了千斤锁,再也抬不起来了。

贝莉一脸甜笑地劝慰:"少帅,你就吸一口这个'长效必速'吧,打起精神来你再走,不然你怎么回去呀?"

一个意大利女郎犹如一条美女蛇,浪荡地上去将他缠住:"先生,吸一口吧,只吸一口恢复一下精神,以后就可以不用它了。先生……"

张学良真想拒绝,但当时他已无力挣脱,就像个失去自主意识的孩子,鬼使神差地被那个女郎拉上了烟榻。这个大帅府铁骨铮铮的少帅,刚刚走出家庭危机的阴霾,又坠入了日本人设下的陷阱。

今天他已经是第三次吸烟了。那个陪烟女郎在烟枪上装上烟泡,张学良刚刚吸上几口,于凤至、谷瑞玉破门而入。于凤至一看躺在烟雾腾腾的烟榻上、嘴里叼着烟枪吞云吐雾的张学良,仿佛被雷击了一般,周身震颤目瞪口呆。

张学良仿佛是触电一般,惊愕地愣在那里。

陪烟女郎忽地站起来,惊惑地问:"你是谁?"

张学良赶紧解释:"我的夫人!"

"夫人?"陪烟女郎立即下地,朝着一脸铁青的于凤至和谷瑞玉低眉顺眼地说,"夫人请坐,告辞……"说罢,她像一只见到猫的老鼠,夹着尾巴灰溜溜地走了。

于凤至抚平了心中的恐惧和愤怒,目光凛冽地射向张学良:"你怎么吸上了这个东西?"

"我……"张学良脸色一阵尴尬,"我太累了,想用它解乏。"

谷瑞玉一脸怒气:"你不知道它是鸦片吗? 吸了它早晚会变成烟鬼的!"

一种莫名的恐惧让张学良本能地一抖:"我今天吸一次就不吸了,我绝对不吸了。"

"鸦片就是魔鬼,你沾上它就别想甩掉了!"于凤至内心充满愤怒,但还是极力克制,"汉卿啊,你是大帅府的少帅呀!也是东北军的顶梁柱啊!全家老少的祸福和东三省的安危,都系在你们爷俩儿身上。你就是不考虑自己,也该想想家人,想想你那四个孩子,想想东省的老百姓啊!你这样下去,不仅毁了自己,也毁了东三省!"

张学良被这些椎心泣血的话,震慑得几乎成了一棵勾头大麦。

谷瑞玉愤怨而又爱怜地看了张学良一眼,规劝他说:"汉卿,把烟枪丢了,跟大姐回家吧。就是下半辈子你也不能用这个东西!"

张学良的烟瘾已经发作,就像一个不能断奶的孩子,再不吮吸两口就活不下去了:"瑞玉,让我把它吸完了吧!吸了这一回,以后就再也不吸了。"

谷瑞玉锐利的目光灼灼逼人:"你赶快走,马上回家!"

张学良几乎是哀求:"你就让我再吸一口不行吗?"

"不行,必须马上回去!"于凤至气不可遏地上前一把抓住烟枪。

张学良坚决不肯撒手:"你就让我再吸一口,就吸一口。"

于凤至使劲一拽,从张学良手中把烟枪拽了下来,随即双手攥着两端,奋力往桌上一磕,"咔吧"一声,烟枪立刻折成两截。

谷瑞玉一巴掌将烟灯打落,那个熄灭的烟灯"稀里哗啦"摔在地上。

张学良犹如一头被咬伤的困兽,本想发作,又失去了勇气,发出一种既不像人喊也不像狗吠的狂叫:"啊啊……"突然伸出巴掌狠狠地打了自己三个耳光。

谷瑞玉被张学良这种暴躁的自虐惊呆了。于凤至心里一阵剧痛,扑上去抱住张学良痛哭失声……

第十章

一

世界上的事犹如变幻莫测的魔方。本来于凤至与谷瑞玉是一对冰火不同炉的情敌,为了制止张学良吸鸦片,却结成了盟友。她们不仅双双大闹烟馆,而且又像闺蜜似的坐在一起商量如何帮助张学良戒烟。谷瑞玉向于凤至表示,她要把张学良领回她的住处,一定劝学良悬崖勒马。于凤至觉得当前挽救张学良是重中之重,两个人的力量总比一个人的强,爽快地答应了谷瑞玉的请求。

夜深了,天上悬着一钩银月,惨淡的月光透过纱窗洒在床上。躺在床上的于凤至望着窗外那片清辉,几乎是一夜未眠。前思后想,责问自己:"于凤至呀,你心太粗了!要不是你让他去参加舞会,怎么会遇见那个德国女人呢?不遇见德国女人,怎么又会发生这种事情呢?"她脑子里已经乱成了一锅粥,翻来覆去怎么也睡不着,迷迷糊糊地挨到了天亮。第二天吃罢早饭,于凤至刚把闾瑛、闾珣打发上学,她的表弟钱辅廷领着他的好友杜尚臣来了,向她报告了一个令人气愤的消息。

最近,日本驻在郑家屯的铁路守备队,肆无忌惮地在近郊农田里搞军事演习,打枪放炮,围攻冲杀。结下苹果的果树被他们炸倒了,田野里散放的牛、羊被他们打死了,已经半熟的红色高粱穗被他们践踏了,被打死的牛、羊他们当成胜利品拉回去吃掉了。郑家屯郊区农民义愤填膺,推举钱辅廷和杜尚臣两个青年找日本人讨说法。蛮横无理的日本人非但不赔偿,反而骂他们是穷酸无赖。性情刚烈的杜尚臣一气之下扯住一个日本军曹,要他到农田看看现场。那个日本军曹恼羞成怒,挥枪打破了杜尚臣的前额,钱辅廷担心穷凶极恶的日本人再下毒手,把头破血流的杜尚臣强行拉走。

于凤至听了后几乎是心肺欲炸,她真想立即跟他们回到郑家屯找日本人算账。可冷静一想她又收回了想法:我一个女流之辈,既没有军权又没有官职,回去跟日本人硬对,那不是鸡蛋碰石头吗?怎么办呢?公公张作霖有事去了吉林,还是把汉卿找回来,让他想办法吧。也许这次郑家屯的"军演事件"是呼唤他的灵魂、激发他的斗志的契机,日本人已经明目张胆地践踏你的家乡了,你还能事不关已地躺在烟榻上抽大烟吗?想到这里,她立即给张学良打电话。

张学良这几天一直想要戒烟。但是,人一旦变成了瘾君子,想要戒烟,要比从他身上割肉还难。他想不明白:前些天他确实身心交瘁,力气难支。为什么不想点别的措施,非要吸那个鸦片呢?这个时候,他恨起那个德国女人贝莉了。她为什么非要给我吃那个药片儿呢?之后为什么又把我领到了那个所谓驿站的大烟馆呢?是她无意中的好心还是另有图谋?想到这里,心里不禁猛地一紧:"难道是幕后有人伸出黑手想拉我下水?那么这个黑手又是谁呢?"想起自己在奉军的责任和重要担当,他心里越发沉重。他一个堂堂的东北少帅,如今竟被历史的旋风打成了烟鬼,是既可耻又可悲的人性堕落,以后如何指挥千军万马?如何振兴东北大业?张学良为了弄清真相,到德仰医院去找贝莉。院长告诉他:"昨天贝莉已经辞职,不知去向。"张学良断定:这里一定有阴谋,不然,贝莉为什么要走呢?

这天下午,张学良突然接到于凤至的电话让他回家,他怀着一种深切的负罪感,两手捧着那根被凤至磕碎的烟枪回到家中,就像一个犯了错误的孩子,垂着头向夫人请罪。他估计于凤至不是暴跳如雷,也会把他骂得狗血喷头。然而,令他意外的是,于凤至不仅没有发一点脾气,而且和颜悦色地捧上一杯香茗:"这几天你折腾累了,坐下休息吧。"张学良狐疑地看着面无血色的结发妻子,于凤至伸手从一旁拿出四个盒子放在张学良的面前。

"这是什么宝贝儿?"张学良惊愕地伸手揭下盖在上面的红布,不禁诧然一震。原来,一个盒子放着半拉苹果,一个盒子放着一穗烟熏火燎的苞米,一个盒子装着被日本人打死的鸡雏,还有一个盒子放着一块血染的药布。

"这是咋回事儿?"张学良大惑不解。

于凤至当即把钱辅廷、杜尚臣请过来，两个人向张学良讲起了日本人在郑家屯大搞军事演习、毁庄稼、伤民众的恶行，以及他们如此嚣张的缘由。

去年，日本商人与军人勾结，巧立名目征收农民的土地。把土地看得和生命一样重要的农民，怎能出卖他们赖以生存的命根子呢？日本人见农民不肯出卖，又使坏招想把农民赶走，就搞军事演习恐吓农民。他们在田地里打枪、放炮，苹果树被打倒了，苞米穗子被烧焦了，山上放的牛、羊被打死了。杜尚臣指着自己额头上染着血色的绷带眼含痛泪告诉张学良："我去跟日本人讲理，日本人蛮不讲理，用枪托子打伤了我的额头。少帅，就在我们自己家门口啊！山是我们的山，水是我们的水，地是我们的地，这被外人欺负的日子怎能过得下去？"

钱辅廷也愤慨地说："大姐夫，日本人在咱们国家土地上这样胡作非为，你就不管吗？在老百姓的眼中你可是我们的主心骨和父母官哪！"

由于极度气愤，张学良的双手颤抖，他走到桌前抓起电话："给我接王以哲。"电话接通了，张学良下命令，"以哲团长，你立即集合一个营跟我去郑家屯，我们马上出发！"

对方答应一声，张学良放下电话。

钱辅廷要求道："大姐夫，我和杜尚臣都想去当兵，你能收下我们两个人吗？"

张学良："你们两个都想去当兵？"

杜尚臣恳求道："少帅，我跟钱辅廷是同学，上学的第一天，老师就教我们学'人'字。他告诉我们：为人在世，要做一个爱国、爱乡、爱家的人。现在日本人要霸占我们的土地，侵犯我们的家园，我们还能像小绵羊似的任他们宰割吗？就应该拿起枪来保卫我们的土地，保卫我们的家园！"

钱辅廷、杜尚臣二人的控诉，仿佛是一面大鼓在张学良的心中震荡，张学良一巴掌拍在杜尚臣的肩上，果断地说："你们马上穿上军装，跟我们去郑家屯。"

"谢谢姐夫（少帅）！"钱辅廷、杜尚臣惊喜万端地向张学良敬了似像非像的军礼。

于凤至没有责怪和告诫丈夫，甚至坐在一旁没有吱声。通过钱辅廷和杜尚臣对郑家屯军演的控诉，唤起张学良被烟毒侵染而一蹶不振的斗志。望着激昂离去的丈夫，她感到久违的欣慰："太好了，汉卿总算没有倒下，汉卿你振奋起来吧！东北的大业还等着你接手呢……"

二

张学良、王以哲率领一个营的兵力雄纠纠地来到郑家屯,要在铁路守备驻地附近搞军演,他们摆出一副"不报此仇不罢休"的架势。守卫队队长吉野知道:张学良可不是办事圆滑的张作霖,这个虎小子对日本人有一种与生俱来的憎恨。如果强硬对抗,势必发生严重冲突,引起更大的麻烦。只好鸣金收兵,向张学良承认他们军演越轨,伤害了农民,并表示对受损失的农民做适当的补偿。张学良带兵前来,不过是想敲山震虎,一看日本人退兵认错也就点到为止。他义正词严地对吉野发出警告:"下不为例,如果你们再到农田里打枪、放炮,那我们就把部队拉到你们驻奉天领事馆搞军事演习,引起争端由你们负责!"

吉野虽是不服,却不敢发作:"不会的,少帅,再没有下次了,请少帅放心。"

张学良从郑家屯回来,带着胜利而归的豪气,精神振作了许多。张作霖知道他去郑家屯报了军演之仇,高兴得夸他的儿子有种。第二天,恢复了往日雄风的张学良遵照父帅的吩咐,前往天津去购买军火。不过,这次他没有带谷瑞玉做翻译,而是通过下属吴敬安找他的小姨子朱湄筠(朱五)做翻译,跟英国人谈判。

这个英国军火商的名字叫杰克,是个经商老手,油滑老练、善于周旋,谈了两次都没谈下来。原来是他一直要高价,每门山炮要价二百块大洋。如今,张学良再也不是交易场上初出茅庐的雏儿了,经过几年的磨炼,有了谈生意的经验,交易中学会了过招。他开始只要五门山炮,杰克讲十门山炮可以降价百分之五。张学良又改口要二十门山炮,要求杰克再降价,他不肯降价,第一次谈判停滞了。

第二次杰克松了口,二十门山炮可以降价百分之十。张学良又改口要四十门山炮,杰克激动了:"这一次你要能买五十门山炮,我降价百分之二十。"

张学良一拍桌子:"我买八十门。"

杰克:"那就降价百分之二十五。"

张学良当即拍板,杰克后来一算被张学良给耍了。八十门山炮降价百分之二十五,他吃了大亏。但是说出去的话、定妥了的事情就不能更改。为了庆贺张学良谈判胜利,天津当地官员特地举办了一个鸡尾酒会,招待杰克与中间人伊雅阁。

杰克不喜欢狂飙式的探戈,他喜欢那种绅士风度的轻歌曼舞。为此,主办方只请了一个轻音乐队。每支舞曲都用钢琴,造出一种高雅时尚的气氛。

舞会还没有正式开始,钢琴平台上坐着一位十来岁的小姑娘,她身上穿一套雪白的连衣裙,头上是学生式的短发,就像一棵出芽绽蕾的白玉兰,静静地坐在那里弹奏"舞前曲"。

她就是本书第二个女主人公赵一荻。

张学良、伊雅阁、杰克、朱湄筠等几个人走进舞厅,张学良一眼就看见坐在钢琴前的赵一荻,不禁心头一震。一直被人们称作风流倜傥的少帅,曾多次在美女堆中穿梭,见过许多贵妇、名媛的曲线丰姿,闻过多少靓妹闺秀的香风艳气。然而,坐在钢琴前滴青流翠的赵一荻却让他一见倾心。

其实,张学良与赵一荻并不是头一次见面。前年,他去天津,曾在蔡公馆与她相遇。只不过那时候,她还是一朵没有绽放的花蕾,带着少女的青涩。仅仅两年,她出落得这般俏丽,如出水白莲,清新丽姿,世尘未染。张学良艳羡的目光一直投在赵一荻那娇嫩的脸上,久久未能移开。

主持人走过来说:"少帅,开始吧。"张学良才红着脸收回目光,点点头。主持人当即大声宣布:"今天是由奉军的张学良将军,为欢迎英吉利贵商杰克先生举办的舞会,现在开始!"

场上一片热烈的掌声。正在弹钢琴的赵一荻立即抬起眼睛向张学良那边看去。只见,张学良穿着一身白西服,身材挺拔,英武潇洒,一派骑士风度,不禁一时惊喜:"啊!张学良现在是东北的将军!"

音乐响起,朱湄筠陪着英国商人杰克率先走进舞池。大厅里没有狂飙,没有激流,仿佛一缕温馨的清风吹拂着,人们在舞厅里轻步曼舞。

一曲终了。张学良随着朱湄筠来到钢琴前。朱湄筠向他介绍:"这位弹钢琴的女士,是天津大佬——赵庆华的女儿赵一荻,人称赵四小姐,我的同学,今天是我请来的。这位是奉军少帅张学良。"

赵一荻殷殷一笑:"我们见过面。"

张学良走上前亲切地握了一下赵一荻的手:"一荻,你越来越漂亮了。"

赵一荻轻盈地一笑:"你是夸我。"

"真的,你已经长成大姑娘了。"

朱湄筠劝赵一荻:"绮霞,陪少帅跳个舞吧。"

赵一荻:"我今天是伴奏员,主要是为你们伴奏的。"

音乐又开始了,朱湄筠拉起张学良步入舞池。

赵一荻坐在那里,一边弹着钢琴,一边不时地看着翩翩起舞的张学良。在她的心目中,张学良比以前更成熟、更潇洒了。跳起舞来,既有军人的英武又有雅士的风度,仿佛是一只健硕的雄鹰,在彩云飘飘的舞池中潇洒地翱翔。

舞曲终了,张学良和伊雅阁回到酒桌前,倒了一杯威士忌,浅浅地喝了一口。张学良本来还想去找赵一荻叙旧,刚要起身不知哪根神经提醒忽又顿住。几年前与谷瑞玉在天津邂逅的记忆浮现在眼前。就是那次,他没有遏制的欲望让他坠入爱河。之后闹得帅府风波迭起,一直到今天,造成的家庭损伤还无法愈合。前些时候,又一时不慎,被那个德国女人贝莉拉到烟馆吸毒,对于凤至造成的心理伤害刻骨铭心。他无论如何也不能再往于凤至的伤口上撒盐了,他不能再让邂逅谷瑞玉的历史重演了。他告诫自己:张汉卿你长点儿记性吧,就算赵一荻是天上的七仙女,你也不能沾,不能沾!

舞会结束了,人们三三两两地走出舞厅。张学良从来对女人最讲礼貌的,这次竟然失礼,都没跟赵一荻说声告别就迅速走开。舞厅的人基本走光了,赵一荻一个人坐在钢琴架旁,依然对着空旷的大厅,弹奏着小夜曲。她似乎要将她的激情都倾泻在弹奏当中,为自己释怀。她低着头痴迷地用两只纤细的手在键盘上飞跃弹跳,充满柔情蜜意的旋律在大厅里悠悠飞扬……

一个清洁员走过来催促:"小姐,散场了。"

赵一荻根本没有听见,依然如醉如痴弹奏。

清洁员提高了半个调门儿:"小姐,你该走了!"

赵一荻飞快地弹出一串余音,然后,趴在钢琴上像陷入沉思……

清洁员无可奈何地看了她一眼,转身走开。

三

1926 年春,由蒋介石领导的国民革命军开始北伐。张作霖抢先一步,纠集了奉军、直军、鲁军的首领吴佩孚、孙传芳、张宗昌以及各地的代表在天津开会,商量如何联合起来对抗蒋介石的国民军。被北伐军打败的孙传芳捐弃前嫌北上妥协,表示愿意听张作霖的调遣。不久,由孙传芳、张宗昌等人带头,联合十五省督军,一致推举成立安国军政府,拥戴张作霖出任安国军陆海军大元帅,主持北京政府,实际就是中华民国的大总统。

张作霖做了北京安国军政府大元帅，不久他就把妻室、儿女从奉天移到北京，住进了顺承王府。几位夫人灯红酒绿，穷奢极欲，享受着娘娘般的日子。孩子们也纵狗玩猫、锦衣玉食，过着王孙公子般的生活。素不忘祖的张作霖告诫夫人和儿孙，不要得意忘形，应该节衣缩食、克勤克俭。他下令："儿孙们每一顿饭只能两菜一汤。"

少夫人于凤至没去北京，和她的四个孩子留守奉天大帅府。如今的张学良已经是响当当的陆军上将、奉军的军团长了，又被社会公众誉为民国四公子之一，令人瞩目。

自从上次在天津与张学良邂逅之后，不知为什么，张学良那潇洒的身影、英武的面容，以及朗朗的笑声，就像电影回放一样，一次次地出现在赵一荻脑海中，挥之不去，她甚至有一种遗憾：当时为什么不跟他跳一支舞呢？

时间已经到了7月，学校放暑假了。赵一荻的二姐、三姐要领着她到香港旅游。她却不去，竟鬼使神差地来到了北京香山度假。

在北京香山，赵家开了一座假日酒店。说是酒店，其实就是民国年间的娱乐城，有京味餐厅、下榻的旅馆、网球场、高尔夫球场、弹子房。赵一荻住进香山假日酒店之后，一直想跟张学良联系。不过，一来她跟张学良仅仅是两次相遇，不是老熟人，不便直接沟通。二来她不知道张学良住在何处，又不知道他的电话，也无法联系。

这一天，赵一荻实在烦闷，一个人来到酒店不远处的一块绿地散心。她踏过了一条鹅卵石铺就的甬道，走上了人工湖上的一座廊桥。站在桥头她向远处望去，发现高尔夫球场那边有几个人在打球。在民国，打高尔夫球是一种新时尚运动。赵一荻没有玩过，她想看看高尔夫球怎么个玩法，便走下廊桥向绿茵茵的草地奔去。

赵一荻刚走进高尔夫球场，就发现一个熟悉的身影，正挥动长杆猛地一击，那小球呼地飞起来画出一条弧线，"骨碌碌"地落在了她的脚下，她立即用脚把球踩住。

打球的张学良快步跑了过来，朝着头戴面纱的赵一荻不悦地问："小姐，你怎么挡我的球啊？"

赵一荻透过面纱看了一眼张学良，顽皮地一笑："不是我挡你的球，是你把球打在我的脚下了。"说着伸手摘下面纱，露出她那清纯秀美的笑靥。

"是你！"张学良一下怔住了。眼前的赵一荻，头戴巴拿马凉帽，身穿一套时尚的白衣、白裤,脚上穿了一双红色的高跟皮鞋。她在这个碧绿如画的大背景下,更显得清纯妩媚、楚楚动人。他惊喜地叫了一声"一荻",立即向她扑去。

赵一荻也大胆地抓住张学良的手臂:"少帅!"两个人就像老朋友一样,毫无顾忌地抱在一起。

这时候,手拿球杆的伊雅阁笑吟吟地走过来:"赵小姐,你好。"

"你好,伊雅阁先生。"赵一荻转身和伊雅阁握手。

伊雅阁知趣儿地说:"赵四小姐,你和少帅好久不见了,聊聊吧,我们打球去了。"他朝张学良暗示地一笑,又跟赵一荻打了个飞吻,笑嘻嘻地走开了。

其实,张学良和谷瑞玉热恋期过后,就发现谷瑞玉有很多毛病。虽然她也是位有文化的知识分子,可说话有时爆粗口,办事出马一条枪。张学良除了对她热辣辣的激情之外,再也没有新鲜感了。今天,赵一荻的突然出现,让他感到耳目一新,似乎她才是他向往的人,他走过去拉着赵一荻走上廊桥,并肩坐在长椅上促膝谈心。

两个人从上次见面,谈到分开以后各自的生活,又从各自的生活透露出他们的情思,就像一对久别重逢的情侣谈笑风生。

张学良问赵一荻:"你能在北京住多少天?"

赵一荻盈盈一笑:"我有半个月的假期,如果你不想让我走,我可以多待半个月。"

"那不是耽误你学习了吗?"

"跟你在一起就是学习。"

张学良一把抓住赵一荻的手:"一荻,你想陪我?"

刚刚十六岁的赵一荻在爱情上的大胆已经超越了她的年龄:"我想永远陪你。"说罢,滑进了张学良的怀里。

张学良心痒难耐,再也控制不住自己了。抱着赵一荻,情不自禁轻吻起来。尽管张学良下决心不再拈花惹草,还是被情感的旋风卷进了爱河……

四

自从张作霖坐镇北京当了安国军政府大元帅之后,帅府上下优越感更强了,走路趾高气扬,说话都高一个调门儿。留守在奉天的于凤至却没有那么欣喜,相反,她心里隐隐地有一丝担忧:虽然公公现在已经差不多是中国之王,但是他出身草莽,仅仅是东北的一介军阀,能不能聚拢人心掌控全局,改变中国南、北军阀各自为政的混乱状况? 能不能在外交事务上与外国正常往来和睦友好? 汉卿能不能丢开花心不辱使命地辅佐父帅让他老人家稳坐江山? 就在于凤至满脑子问号的时候,张学良给她打来电话,声称父帅几天后过五十一岁生日,让她来京祝寿,同时享受一下福禄居的富贵生活。

张学良之所以主动献殷勤,是因为他在感情上对于凤至的亏欠。几年前去天津他纳了谷瑞玉,后来得到了于凤至的宽容、谅解。现在又抛弃践诺与赵一荻相恋,内心深处那种挥之不去的歉疚,让他惴惴不安。为了取悦于凤至,他还向夫人报告了由父帅张作霖"主演"的爆笑京城的滑稽戏。

几个月前,张作霖在北京怀仁堂召开新闻发布会,接待各国使节和中外记者。张作霖头顶英雄胆,身穿元帅服,腰挎佩剑,在会上,向各国外交使节和中外记者发表了一段生动而滑稽的讲话:"各位外国使者们,朋友们,中外记者们,早晨好。"说着,他向与会人员敬了一个军礼。接下去粗声大气地说,"本大元帅今天在这里举办新闻发布会,我要告诉大家,位于北京的安国军政府正式成立了,受各省督军、政要的拥戴,我张作霖任安国军陆海军大元帅,潘复任国务院总理。"

坐在张作霖后边的潘复立即起身向大家鞠躬,众人一片热烈的掌声。

张作霖下边的话就开始跑粗了:"本届政府是以提高百姓生活水平、让百姓安居乐业为宗旨。俗话说:'百姓有衣穿,你就是好官;百姓不挨饿,官就不白做;百姓不受冤,你就是包青天。'如果当官的不为老百姓办事儿,那还不如养几口大肥猪杀了还能吃肉呢! 是吧?"

在场的人笑着鼓掌:"哈哈哈……"

张作霖清了清嗓子,义正词严地说:"本届政府的外交政策一如既往。不过,我还有三句话要说:第一,你敬我一尺,我敬你一丈;第二,你不打我,我就不打你,你要打我,我加倍打你;第三,国家至上,疆土必收。谁敢占我一寸土地,我就叫它有垂必朽!"

一个记者挑剔地说:"大帅,说错了吧,应该是永垂不朽!"

"他妈了个巴子的,永垂不朽那是英雄。有垂必朽是狗熊,死了以后只能喂狗,你懂吗?"

在场的各路记者,并没有因为张作霖有失外交礼仪而感到大煞风景,倒是被他不拘一格的交流方式,引得开心大笑热烈鼓掌。

听到这可笑的消息,于凤至有种难以言表的兴奋和激动,她觉得父帅的发言虽然粗糙,没有循规蹈矩的外交辞令,但是他长了国人的气势,扬了国威,值得称赞。当晚,她欣然命笔,写了一首为公公点赞的诗句:

中原大地起风雷,

怀仁堂上显国威。

昔日屈辱随风去,

睡狮惊醒卧龙飞。

第二天,她找了一个作曲家为这首歌词谱上曲子,然后让闾瑛等几个孩子学唱。

几天之后,于凤至带着一女三儿,踌躇满志地来到北京为公公祝寿。在北京六国饭店张作霖的生日宴会中,于凤至让闾瑛领着几个弟弟,在钢琴的伴奏下唱起了她创作的那首歌为爷爷祝寿。当孩子们唱到"怀仁堂上显国威"时,张作霖心潮澎湃、满眼泪光。因为,他由一个草芥,几经奋斗一跃成为中国最高统治者的这个艰辛历程,实属不易,他哪能不老泪纵横? 于凤至见机行事,提醒孩子们:"赶快给爷爷祝寿。"

几个孩子满脸真情地高喊一声:"爷爷是个大英雄。"然后参差不齐地向张作霖敬了举手礼。

张作霖激动地走过去,赶紧抱起小孙子闾琪:"孙子,我知道你是怕爷爷当卖国贼。放心吧,不管是遇到多大的困难,我宁可把自己卖了,也不能卖国!"

闾琪照着张作霖的老脸猛地亲了一口,在场的人们泪花迸飞热烈鼓掌。于凤至觉得她匆匆写就的一首小歌,能激起公爹的家国情怀,不禁激动欣慰,满眼泪光……

<h1 style="text-align:center">五</h1>

张作霖坐镇北京以后,虽然有些军阀还跟他作对,但是北方基本安定。然而,在郭松龄反奉的时候,他跟日本人签订的《借兵密约》,还是他无法绕过去的一道硬坎儿。日本人催了多次,他支吾搪塞一拖再拖。田中内阁有位大臣已经看透了张作霖,他认为:"张作霖是中国的张作霖,不是日本的张作霖。想要把张作霖当成大

日本帝国在中国的一个分店经理的想法是十分荒谬的。张作霖可以小恩小惠做点让步,但他绝不会做中国的卖国贼。"仅仅这一句话,就把日本参谋本部几位大员惊醒了。大特务土肥原觉得张作霖根本就靠不住,更何况如今他翅膀已经硬了,完全可以跟日本的关东军分庭抗礼。这个从日本人手中买枪买炮的东北王,眼下已经变成了一只咆哮山林的大老虎。

在如何对付张作霖的问题上土肥原主张先礼后兵,先找张作霖威逼他兑现《借兵密约》,如果他一拖再拖,只能对他采取果断措施。这天,白川司令官与日本公使芳泽来到北京福禄居拜会张作霖,名义上看望,实际是登门逼债。

在福禄居的客厅里,芳泽与白川坐在张作霖的对面,杨宇霆站在一旁。

芳泽首先温文尔雅地一阵客套:"阁下,您做了陆海军大元帅之后,权倾北京、问鼎中原,真是风调雨顺啊!"接着,他笑里藏刀,"今天,我们是代表田中首相专程来拜会大元帅的。请看,这是田中首相赠给阁下的礼品,这可是日本高级塑金师精心制作的鎏金国宝。"说着,呈上一具鎏金的小孩儿玩偶——模样酷似张作霖。

张作霖看了一眼那个玩偶,不屑地说:"光腚小尕儿?哎呀,咋不给他穿条开裆裤呢?这么个牛卵子大的玩意儿,还有那么大的价值呢?我可真没看出来!"

芳泽见张作霖脸色冷淡,强作亲密地说:"大元帅阁下,您和我们日本政府交情甚厚,我今天来主要是跟你谈谈我们之间的过去……"

张作霖冷冷地一挥手:"公使先生,有话就说嘛,别拐弯抹角地兜圈子。"

白川看得出来,张作霖这是要跟他们撕破脸皮。对张作霖这样土匪出身的政客玩手段等于与虎谋皮,索性公开摊牌:"大元帅阁下,两年前郭松龄倒戈,我们之间签的《借兵密约》你总该记得吧?当时,要不是我们出手帮你打败郭松龄,恐怕您今天就不能坐镇北京了!"

张作霖软硬不吃:"那也不一定。郭松龄要推倒的是我,要抬举的是我儿子。你想想:我儿子要在北京当大元帅,能不把他爹接来养老嘛!"

白川仿佛是挨了一闷棍,极力耐着性子:"大元帅阁下,别把话扯得太远了,还是看看你自己亲笔签的密约吧!"说着,将密约原件递给了张作霖。

张作霖看都没看一眼,随手扔在了茶几上:"那天我喝醉了,醉酒的话能算话吗?"

白川气得顿时满脸铁青:"大元帅阁下,喝酒的时候说的话不算数,这文件上面还有你的亲笔签字,下面还有你画的勾呢。"

张作霖年轻时曾经闯荡江湖,不愧是耍赖的高手。两年前签订密约的时候,他就为以后反悔留了一手:"哈哈哈……司令官阁下你不明白的有？在我们中国枪毙人都画'√',这份文件当时就叫我枪毙了!"

"什么,你枪毙了？当时你不是说画'√'就是对号,对号就是承认的意思吗？"

"是啊,当时我就承认把它枪毙啦!"

白川气得吼道:"张作霖!没想到,你对我们耍这么大的滑头……真是太狡猾了!"

"你们日本人对我张作霖不也没少玩心眼子吗？"

"张作霖!我不得不代表田中首相提醒你:目前中国的局势动荡不安,蒋介石的北伐军和冯玉祥的国民军直逼京、津,奉天的学生和市民也闹了起来。大元帅前门拒友,可要提防后院着火哟!"

"我张作霖不是三岁的小尕儿,身上有几两肉、肩膀头子能扛几杆枪我自个儿知道!东三省是我的后院,那里冒烟、着火自有我们家人去救,不用外人心坎子挂笊篱——多捞(劳)!"

"阁下!我们担心你一旦打不过蒋介石的南方北伐军,到时候不好收摊儿……"

张作霖霸气地一拍脑袋:"咋的？还想要本大帅脖子上这块肉疙瘩啊!"

白川挑衅地说:"怎么,害怕啦？"

"屌!"张作霖勃然大怒,霍地站起身,将手中的翡翠烟枪狠狠地摔在了地上,"脑袋掉了碗大个疤瘌,我老张不吃这一套!"

芳泽和白川气得浑身直抖。

张作霖抄起那个小孩儿玩偶一把扔到芳泽的怀里:"我张作霖不是你们手里团弄的光腚小尕儿,想捏就捏、愿哄就哄,拿回去自个儿玩吧!"随后一拍桌子,"送客!"

白川、芳泽狠狠地一跺脚:"走着瞧!"两个人怀着"不报此仇不罢休"的愤怒,气冲冲地走了……

第十一章

一

奉军迅速崛起,张作霖坐镇北京,基本统治了大半个中国。有个想成为中国拿破仑的人,像吃了一颗钉子一样,内心惶惶、坐卧不宁。他就是民国时期大名鼎鼎的风云人物——蒋介石。蒋介石早年靠敏锐的政治嗅觉追随孙中山,后来凭借权谋之术在民国官场上纵横捭阖,以黄埔军校起家,在中国富庶的东南地区脱颖而出,一跃成为国民革命军总司令。

本来,因为争地盘,蒋介石与阎锡山、冯玉祥、李宗仁已经势不两立,如今一看张作霖成了气候,无疑是自己称霸中原的心腹大患。因此,蒋介石翻手为云覆手为雨,掉过头来对冯、阎、李极力拉拢诱惑,甚至许诺:"如果干倒张作霖,中国的地盘我们可以平分秋色。"号称倒戈将军的冯玉祥出于利益的考量,立即跟阎锡山、李宗仁与蒋介石结成了统一战线,组成了一、二、三集团军,对盘踞在北京的张作霖发起了猛烈进攻。

这个消息很快传到了奉天。留守在大帅府的于凤至听到消息以后,心惊肉跳,惴惴不安。原来于凤至一直主张张家父子老守田园,让东三省的人民安居乐业,福泰民安,反对他们兵发关内、称霸中原。现在一看,南边的老蒋联合冯、阎、李大举向北进攻,奉天城西不远处的日军频频军演,就是奉天城里都能听到隆隆的炮声。

万一日本人乘机动手，后果不堪设想。思之再三，她决定给张学良打电话，劝父帅收心敛迹，回到奉天，保境安民。

张学良一听说日本人又在奉天一带搞军演，更加担心前门进狼后院起火，立即与张作霖商量，要退回老家保境安民。当时张作霖虽然当了北京政府的统治者，一手遮天、一言九鼎，然而，动荡的形势也搞得他焦头烂额。蒋、冯、阎、李的集团军三面夹攻，势如破竹，张作霖已经连续丢了山西的平定、阳泉几处要地。另外，北京的学生们，因为他杀了李大钊，连续发起几次游行，高呼"打倒军阀，打倒张作霖"的口号，要讨还血债！如今，趁着全国陆海军大元帅这股热度还未降温，见好就收吧。所以，当张学良劝他返回老家时，张作霖很痛快地答应撤出北京返回奉天。

临行的前几天，张作霖亲自给张作相、吴俊升下达密令。让张作相派兵坚守从北京到山海关的这段铁路，吴俊升派兵坚守从山海关到奉天的这段铁路，坚决保护他的行车绝对安全。

吴俊升接到密电，立即派兵护路，山海关奉天铁路两侧十米一哨百米一岗，另外还调动一万大军，驻在几个要塞随时待命。

尽管张作霖以为自己的行程安排得十分精细巧妙，然而，他却忘了对中国垂涎三尺虎视眈眈的日本人，尤其是一年前在福禄居对白川、芳泽的莫大侮辱。虽然，现在白川司令官已经被召回，现任关东军司令官的村冈长太郎，是比白川还凶狠的主战派人物。在他看来，张作霖返回奉天是他们推行满蒙计划的最大障碍。张作霖凭着他手下的三十万奉军与现在的号召力，日本人别说是占领整个满洲，就是想占领东三省的一亩土地，张作霖也会用枪、炮跟他们对话。因此，他处心积虑地与土肥原密谋，想要在张作霖返奉的路上下毒手，除掉这个土匪出身、软硬不吃的大元帅，让东三省群龙无首。当时，日本内阁并不同意他们的暗杀行动，关东军竟冒天下之大不韪，绕开内阁，一意孤行，找到了被称为"东海魔王"的宫本大佐，秘密行动。

二

先期从北京返回奉天的寿夫人告诉留守的于凤至，帅爷后两天回来，让她做好安排。于凤至当时心里很宽慰，她认为只要父帅回来坐镇奉天，日本人就不敢轻举妄动，东三省就会安稳。为了迎接张作霖，军、政方面作了精心部署：奉天省长刘尚清已经组织政府官员准备到车站迎接;奉军参谋长荣臻派出警卫人员保护奉天车站的安全。大帅府中的于凤至更是紧锣密鼓地张罗着为公公接风。派钱辅廷到六味居,特地定制了两盒张作霖最喜欢的臭豆腐和酱茧蛹。派杜尚臣到金达莱狗肉馆买了一块脆皮狗肉。虽然一切准备停当,但她还是不放心父帅的安全,怕日本人背后搞小动作,又派钱辅廷打探日本守备队的情况。

　　狡猾奸诈的村冈长太郎,为了避免被奉军觉察到他们的"斩首行动",精心摆下了一个空城计。前几天,大张旗鼓地把日本铁路守卫队调离奉天前往大连,似乎表明他们对张作霖回奉天毫无知觉,漠不关心。

　　钱辅廷打探回来,把日本守备队撤出奉天的情况向于凤至报告,没有看破日本人阴谋的于凤至这才安下心来。

　　6月3日深夜,于凤至安排了第二天一早迎接父帅的诸多事情以后,不知为什么,她惴惴不安,直到凌晨还没能入睡,浑浑噩噩地做了一个梦。仿佛屋子里四处鼓起了一个个大包,这些大包就像膨胀的气球向她包围、挤压,而且越压越紧。她的身子几乎被压扁了,胸腔有一种窒息的憋闷。她"啊"的一声痛叫,忽地坐起来,伸手打开电灯。屋里很静很静,只有那只小花猫趴在猫架子上,乍惊乍恐地望着她。

　　于凤至轻轻地舒了一口气,抬眼看看墙上的挂钟,时针已指向五点。她知道:父帅很快就要到奉天车站了,她赶紧起来准备迎接。

　　于凤至下了床刚刚穿好衣服。突然,远处传来一阵巨响,她心里猛地一震,立即跑到窗前向外望去。只见西南方向浓烟滚滚,通红的火光烧红了半边天。于凤至赶紧给值班室的钱辅廷打电话,问:"怎么回事?"钱辅廷告诉她:"爆炸声是从皇姑屯那边传来的。有可能是皇姑屯车站爆炸了。"于凤至心里一阵狂跳,预感大事不妙,立即给刘尚清打电话问情况。

　　这时,寿夫人、卢夫人、许夫人以及其他家人都被爆炸声震醒。大青楼里人心惶惶,乱作一团:"皇姑屯那边爆炸了,是不是那边出事了?""是车站爆炸,还是火车爆炸呀!""要是火车爆炸那可坏了,帅爷还坐在车上。""赶快去打听打听,到底出了什么事啊?"

　　于凤至心乱如麻,但还是极力安慰大家:"我已经派遣钱辅廷打听去了,一会儿就有消息,大家别慌别慌,一会儿就有信儿了。"

　　刚刚惊醒的闾瑛、闾珣、闾玗、闾琪四个孩子赶紧跑过来,上去紧紧抱住于凤至,惊慌失措地说:"妈,是不是爷爷他……我好怕好怕……"

于凤至极力安慰四个孩子："别怕,别怕。爷爷是有大福的人,他没事的,他不会有事的。"

这时候,院子里传来一阵急刹车声。于凤至抬眼望去,钱辅廷、杜尚臣和几位副官从车上抬下来一个血肉模糊的人。随后,胳膊上缠着纱布的六夫人马月清跌跌撞撞地走下车来。

于凤至丢开孩子,诚惶诚恐地跑下楼去。她三步并作两步跑到车前,跟着他们把满身是伤的张作霖抬进了小青楼的一个卧室。

寿夫人、卢夫人、许夫人以及他们的儿女扑到奄奄一息的张作霖身旁,惊愕地疾叫:"帅爷(爸爸、爷爷)你醒醒,你醒醒啊……"

张作霖已经失去了知觉,仿佛是一炉即将熄火的炭灰,只有两只眼睛像是灰堆里两颗微弱的火星闪着一点微弱的亮光,表示他一息尚存。

寿夫人哭道:"帅爷,你可得挺住啊……钱辅廷去找大夫了,你可得挺住啊……"

张作霖翕动着嘴巴,看样子想说什么,却没有说出声来。

于凤至看出张作霖挺不多时了,赶紧问:"爸,你有什么话说呀?"

张作霖几次想说话,脸上的肌肉不断抽搐,嘴巴簌簌抖动。

寿夫人忍着眼泪说:"大帅呀!有什么话快说,快说吧……"

张作霖使尽了生命中仅有的一口气,终于从喉咙里挤出了一句话:"让小六子……早点回来……东三省不能……"然后,脑袋一歪,猝然死去。

屋里一片呼号:"帅爷你不能走啊!""爸爸,你再睁眼看看我们吧!""爸爸,你不能死,你不能死,你不能死……"于凤至仿佛遭雷击了一样,直挺挺地站在那里……

三

历史就是这么无情又是这么残酷,金戈铁马、南征北战的一代枭雄,虽然是利用日本人起家,但在中国主权上却坚守底线没有卖国的张作霖,就这样在一场恶毒的谋杀之中悲惨地死去了。

大帅府的一根擎天柱倒下了,天似乎塌了下来,大地仿佛在颤抖。一时间大青楼内哭声连连,悲气冲天。那个随着张作霖一路同行、被炸弹弹片划出一点轻微伤的马月清哭得更惨,几乎是呼天抢地,痛断肝肠。

于凤至好似乱箭穿心，但她从哭声中清醒过来，制止大家道："各位妈妈，别哭了！你们这么哭是想给别人报信吗？"

寿夫人觉得于凤至说得有理，她擦了一把脸上的泪水："凤至说得对，大家别哭了。现在外边的人还不知道帅爷是死是活，咱们这么一哭，他们肯定知道帅爷是死了。"

众人停止了哭泣，只有间瑛等几个孩子还在啜泣。

于凤至稳了稳紊乱的心绪，极力镇定地说："现在，究竟火车是怎么爆炸的我们还不清楚，是不是有人故意炸车，我们也不知道。我们不能光哭啊，得商量商量事情怎么办。五妈妈，你拿个主意吧。"

寿夫人果断地说："帅爷的生死事关东三省的安危，他的事一定要保密。从今天起，除了我和凤至、杜医官以外，其他人一律不得到小青楼，咱们暂且秘不发丧。"

在场的人啜泣着点点头。

寿夫人又说："赶快给小六子发电报，让他快点回来。"

于凤至吩咐钱辅廷："辅廷，你马上通过军用线给你姐夫拍个电报，让他快点儿回来。"

"是。"钱辅廷答应一声转身快步走出去。

其他人抹着眼泪相继走出，屋子里只有于凤至和几位夫人了。于凤至劝慰几位妈妈，现在只能节哀等汉卿回来。可几位妈妈最担心的是，张学良还在前线，三五天回不来怎么办？能瞒过初一还能瞒过十五吗？时间一长，能不暴露吗？寿夫人态度非常果断：那也得瞒着，谁都不能走漏风声，一定要等六子回来再说！安慰了几位夫人之后，寿夫人、于凤至立即请来奉天省长刘尚清、奉军参谋长荣臻，商量如何保密和做好善后，严防有人从中作祟。

两天之后，大帅府门前车水马龙，访客不断。日本驻奉天总领事林久治郎亲自造访，被寿夫人谢绝了。日本公使夫人也前来探视，被于凤至挡下了。东三省一些要员、政客要看大帅，被刘尚清、荣臻劝退了。不过，门前还有些鬼头鬼脑的人，有的装卖烟，有的装卖糖，不时地向大帅府院内窥视。

寿夫人一看着急了，又找于凤至商量："凤至，门外那几个不像是好人，很可能是日本人派的特务。他们钻心摸眼儿地打探帅爷的情况，奉天一些帅爷的老部下也不断地登门，有什么好办法让他们相信帅爷还活着呢？"

于凤至最担心的就是这个事情。张作霖在世的时候，有些老部下跟他情同手足,不让他们进大帅府,他们都会硬闯,拦也拦不住,思忖片刻,她计上心来:能不能跟六妈妈马月清商量,让她唱一出戏。

马月清一听让她唱戏大惑不解:"帅爷刚刚过去,我的心都死了,这个时候哭还哭不上溜呢,怎么还有心情唱戏?"

于凤至苦苦一笑:"我的意思是掩人耳目,就说爸爸好转了,想要看戏,六妈妈你穿上戏衣,在二楼凉台上给他唱一出。"

"好主意。"寿夫人十分赞成,"这两天我们可以出去宣扬,就说帅爷伤势好转,要听戏。再到街里大张旗鼓地买戏装,故意做出乐呵呵的样子。"

马月清叫苦:"这个时候我还能唱得出来吗?"

寿夫人:"唱不出来也得唱,而且要大声唱、高兴地唱,就是要让他们知道帅爷没有死,更没有大碍,还能听戏呢。"

马月清实在不想在张作霖尸骨未寒的时候出来唱戏,她痛苦万端地趴于凤至的肩上:"凤至,我唱……我唱……"

炸张作霖的车只是日本人颠覆东北的序幕,更罪恶的阴谋是一旦张作霖死去,便乘东北群龙无首的时候把奉天搞乱,然后以保护铁路为名,一举占领奉天。现在,张作霖喘着气被抬回了大帅府,是死是活不得而知,他们无法确定下一步行动。

在奉天小南街108号的日本驻奉天特务机关主任办公室里,土肥原正在听取炸张作霖列车的主要操纵者河本大佐和町野武马的汇报。河本大佐虽然十分得意而又心不落地,他知道张作霖坐的那节车厢已经炸飞,从山海关上车迎接张作霖的吴俊升当场炸死。张作霖满身是血,他回到帅府以后,不知道是死是活。作为张作霖的日本顾问町野武马了解到的是,现在帅府封闭很严,除了于凤至、寿夫人及医官以外,任何人都不准进小青楼。眼下,张作霖是死是活真的很难断定。

土肥原很着急,问町野武马还有没有其他办法,町野武马说他已经派几个人到帅府门前化装成小商贩、乞丐,混入人群观察动静……

土肥原缓缓站起身来:"那只能在外边看,里边的情况你还是不得而知啊。"

町野武马犯难地摇头:"除此之外,我一时还没想出什么好主意。"

土肥原手托着下巴若有所思地在屋里兜了一圈儿,然后陡然停步,问町野武马:"帅府大街的对面住着什么人?"

町野武马说:"是德国的一家公司。"

"太好了!"土肥原高兴地说,"德国人是我们的盟友,我们可以在那个公司楼上找一间房子,用望远镜观察帅府院内的情况。如果院内一片紧张,张作霖定死无疑。"

町野武马垂首听命:"咳,我这就去办。"

第二天上午,町野武马在帅府对面那个公司的楼上租了一间房子,他和另外两个特务站在窗前用望远镜观察帅府里边的动静。整个上午,帅府院内基本静悄悄的,用人们栽花的栽花、扫院子的扫院子、抬马桶的抬马桶。傍晌午,几个小孩子叽叽喳喳凑近大门口,临近门口还有一伙耍猴的,那猴子戴着面具,人不人鬼不鬼一步三摇,令孩子们捧腹大笑。

下午,大青楼突然传出动静。町野武马立即走到窗前向那边儿窥视。小青楼二楼的凉台上,马月清身穿戏衣开始唱戏。一个琴师坐在一边给她操琴,马月清转身拂袖,一脸笑意地唱着民国戏《花为媒》:

今日里到花园我们见了面,

我让你仔仔细细把花瞧。

你看看红玫瑰,

再看看含羞草。

你看看这藤萝盘架,

再看看柳弯腰。

你看看兰花如指,

再看看芙蓉如面,

看一看我这满园的鲜花美又娇。

走一步,凤展翅。

走两步,彩云飘。

五可走了一个连那连环步,钗环响亮,我的声啊声音高。

可笑你小小的书生为花颠倒。

意悬悬,眼灼灼,你魂散魄消……

楼上传来阵阵叫好声……

马月清憋着眼泪一直把戏唱完,然后,低着头跑进屋里,脱下戏装,一头扎在床上,她怕人听见,双手捂着嘴巴无声地哭了起来。

町野武马回到108号日本特务机关,失望地向土肥原汇报张作霖没有死,他要是死了,他的女人怎么会给他唱戏呢?料事如神的土肥原依然质疑:难道他们就不会以唱代哭,假戏真做吗?已经被马月清唱戏骗了的町野武马感到不可思议,你说他们唱戏是给别人看的?完全有这种可能。土肥原提醒町野武马:帅府中的寿夫人很有主见,张学良的夫人于凤至也是个很有心计的女人。她们完全可以用唱戏搞骗局掩人耳目,我们不能上当。还要想方设法探出真正的消息!

　　于凤至"大青楼唱戏"这一招确实迷惑了部分人,可遗憾的是却不能迷惑猴奸鬼灵的土肥原,假戏真唱这一招在土肥原那里失灵了。

四

　　张作霖皇姑屯被炸的消息,很快传遍了奉天城。不甘寂寞的姜亚凤,虽然被寿夫人骂得不敢再来帅府挑事,可人心毕竟是肉长的,听说张作霖被炸,她心里也不好受想探个究竟,又怕帅府不让她进去。正犹豫之际,那个熟悉姜亚凤的町野武马却找上门来,满脸赔笑地求她到帅府打听一下张作霖的伤势。姜亚凤好生奇怪:你町野武马是张作霖的顾问,为什么自己不去打听偏要我去呢?町野武马编了两个理由:一、大日本帝国跟张作霖之间是友好邦交,不便打听此事。如果你打听出来他没有死,我们可以从日本调来最好的外科医生,给大帅治伤。二、外交上的事情你不了解,我们日本人主动去说,容易产生误会。别人打探,不伤外交礼节。请你放心,我们不会白白地麻烦你的。然后拿出十块大洋放在姜亚凤的面前,说这是劳务费。

　　姜亚凤表面上百精百灵实际是个蠢货,町野武马巧舌如簧把她骗了。当然,她要去帅府打探,并不是为了挣这十块大洋,如果张作霖没死,赶快请来日本人治伤。她自认为这也是为张作霖的康复立了一功。

　　"行,我这就去。"姜亚凤爽快地答应了。

　　俗话说夜长梦多。一晃五天过去了,张学良还没有回来,而且音信皆无,帅府门前经常有人来打探张作霖的伤势。这伙人刚刚被寿夫人哄走,另一伙人又来了,于凤至又撒着谎劝退。

　　最令人头疼的是,其中有些拄着拐杖的奉军老伤员,他们真心关切大元帅的安危,由于他们资历不凡,态度蛮横粗暴:"我们这些人都是替大元帅卖命的,现在大元帅身受重伤，不让我们看看。万一哪天殡天了，我们就见不着他老人家了。快开门，让我们进去看他老人家一眼！不让我们进去，我们就坐在这里不走了！"十几个伤员索性横在门口的台阶上，好像是静坐示威一样齐刷刷地坐在那里。于凤至、寿夫人表面平静，内心焦虑。

钱辅廷问于凤至怎么办，于凤至立即找寿夫人商量。寿夫人一时拿不定主意，让这些人进吧，那就得露馅；不让他们进来，又怕他们过去与帅爷感情深厚，惹不起。想了半天想出了一个主意：再不咱们找个替身扮成帅爷跟大家见面？

于凤至担心，哪有长得像父帅的人呢？再说，就是能找到有点像他的人，熟悉的人一看也是假的。寿夫人忽然想起来，东陵区昇平里胡同有一个叫李二柱的人，跟帅爷长得差不多。因为他长得像又经常学帅爷说话的口气，人们都说他们是一个模子刻出来的。这个人要是一装扮，那就是帅爷。

于凤至觉得没有其他办法，事到如今也只有把"闭门谢客"变成"开门见客"了。她立即派钱辅廷把那个李二柱秘密找到帅府。

下午，帅府门前聚集了几十号人，姜亚凤也混在其中。他们敲门呼号喊叫："开门哪，我们要看看大帅，快开门！""我们看一眼就走还不行吗？我们只看一眼就放心了！"

门开了，满脸赔笑的寿夫人和于凤至走出来，寿夫人开门见山："各位兄弟：你们对帅爷的关心，这种心情我很理解。不过，前几天帅爷的伤势未好，医生说不能见客，我只好把大家拒之门外。今天，帅爷好了一些，要跟大家见见面。"

众人高兴地："太好了，那就让我们进去吧！""我们绝不打扰他老人家，看一眼就行，快让我们进去吧！"

寿夫人笑盈盈地说："我领大家进去，帅爷不能下楼，只能在二楼的凉台上跟大家见个面。不过，有两条规矩，我得告诉你们。"

一个伤员："寿夫人，有什么要求你快说，我一定遵守。"

于凤至客气地说："第一，大家都不能上楼，在楼下看看帅爷就行了；第二，帅爷身体毕竟受了伤，不能长时间坐着，跟大家说几句话，就让他老人家回去休息。"

几个伤员蹾了一下手里的拐杖："行，大帅能跟我们说几句话我们就满足了。"

院门大开，于凤至领着众人沿着甬道，走到了小青楼前停下脚步，混在人群中的姜亚凤翘首以望。

于凤至快步跑到楼上。片刻之间，钱辅廷、杜尚臣扶着假扮张作霖的李二柱，趔趔趄趄地走上凉台。寿夫人、马月清等几位夫人围坐在他身旁。

楼下的人们抬眼望去,凉台上的张作霖个头、眼睛、身材都是张作霖的模样,只是头上扎着绷带,只露了一条小窄脸,看不出来他整个相貌。

有几个人低声议论:"是张大帅,身体还行,没倒下。""倒是很像,只是露了半张脸,看不出他整个相貌。""光看半张脸不行,一会儿听他说话吧。"

一个挂着拐杖的军官一瘸一点地走到楼下,朝着楼上大声说:"大帅,你怎么样啊?看样子,你没伤筋动骨啊!"

坐在椅子上的李二柱一开口就是浓重的东北乡音,而且那语调跟张作霖的奉天海城味极其相似:"妈了个巴子,有人让我到阎王爷那儿去报到,可阎王爷说了,东三省的事儿还没办完,说什么也不收我,我只好回来好好地活着了。"

又一个挎着绷带的伤员嚷道:"大帅呀,你快点站起来吧,我们还想喝酒给你压惊呢!"

李二柱"嘿嘿"一笑:"妈了个巴子,你手头有几个钱儿呀,还请我喝酒?等着吧,后几天我好利索了,请你们喝酒。小子,你们别喝尿裤子就行。"

人们激动地鼓掌:"大帅,太好了! 有你这句话我们就放心了!"

一个年龄大些的老伤员流着眼泪说:"大帅啊! 你大难不死就是我们的福啊! 放心吧,我们一定要找出凶手,为你老人家报仇!"

众人激动地高喊:"一定为大帅报仇,一定要找出凶手……"

本来,这场由替身表演的公开见面会就要成功落幕了。然而,那个抢尖卖快的姜亚凤偷偷地溜到凉台上,走上前去,顺手掏出一包芙蓉糕:"大帅,我知道你不喜欢吃水果,就特意给你买了一包芙蓉糕,吃吧,可好吃了。"说着用手捧着,向李二柱奔去。她走到李二柱面前,惊疑地一顿:"呃……怎么……"

马月清蒙了,杜医官也惊呆了,钱辅廷、杜尚臣吓傻了。身后的几位夫人几乎把心提到了嗓子眼儿。

楼下的人两眼一瞬不瞬地看着走到大帅跟前的姜亚凤,姜亚凤似乎看出破绽,刚要问你是大帅吗? 于凤至急中生智,猛地一巴掌把姜亚凤送的芙蓉糕打落在地。

李二柱将计就计粗野地骂了一句:"妈了个巴子,你不知道我不喜欢吃甜的吗? 拿那个破玩意儿喂狗去! 走!"说着趔趄地站起身来,由钱辅廷、杜尚臣扶着走到楼里。

于凤至训斥姜亚凤道:"你这个人怎么这样,你看都把帅爷气走了,你是不是要诚心害他呀?"

姜亚凤如同一个霜打的茄子,一时不知道该说什么好……

人们散去之后,于凤至立即把姜亚凤请到一个房间,心平气和地告诫道:"刘嫂子,过去你一直排挤我,我没跟你一般见识。你背地里几次污蔑我,我也没有跟你争个高低上下。现在父帅是死是活,是关系到东三省安危的事情,日本人挖空心思地刺探,他们想干什么你知道吗?如果你出去乱说惹出大事,你就是有九条命也抵偿不了我父帅的一条命啊!"

仿佛是一根木棍重重地敲在姜亚凤的脊梁骨上,她周身震颤。

于凤至又语重心长地说:"我知道,因为你妹子进不了帅府,你恨我家老爷子,甚至也恨我。可你不能因为恨我就不顾大局吧!刘嫂子,做人不能不讲良心啊!"

别看姜亚凤拨弄是非,但是还有做人的底线:"妹子你放心,我绝不能出去乱说。"姜亚凤是这样说的,出去也是这样做的,她刚回到家不久,那个町野武马就去问她张作霖是死是活。

姜亚凤故意张扬地说:"张大帅只是受点轻伤,人活得好好的,当时不光我看见了,还有好几十个人都看见了,我们还唠了几句嗑呢。"接着,她又借题发挥,恶狠狠地骂道,"你说,是哪个缺大德的王八犊子这么坏呀!干了这样丧尽天良的事儿啊!张大帅是欺负他爹了,还是祸害他的妈了,平白无故炸他干啥呀!到头来人家还没死!他那良心一定是叫狗吃了!"

町野武马一脸懊丧地向土肥原作了汇报。眼睛里揉不进一粒沙子的土肥原仍然是半信半疑:"大帅府能不能搞一个替身蒙混过关?"

"你是说他们都看走眼了,公开现身的不是真正的张作霖?"

"那个于凤至狡猾得很。"土肥原一针见血,"你应该知道,张作霖目前是死是活,对我们大日本帝国非常重要,我们绝不能掉以轻心。中国有句话'堡垒容易从内部攻破',你能不能从帅府内部下手?"

町野武马像生怕这句话逃走了似的重复着:"堡垒最容易从内部攻破……"

五

张作霖的死活,一些跟帅府有关系的人都牵肠挂肚,唯有那个曾经被张作霖扫地出门的谷瑞玉心情十分复杂。一方面,她作为张家儿媳,公爹遭此横祸,也不能没有一点悲伤。但她更多的是幸灾乐祸:"你张作霖不让我进帅府,就够没情没义的了,还把我撵出帅府逼我远走。这还不算,郭松龄出事以后,你还派人到处抓我,要把我打成郭松龄的同案犯,你还是我的公公吗?纯粹是个没有人性的暴君!"

当时,东北有个风俗:没有正式过门的媳妇,如果在男人的老人死后去哭灵,不仅要身穿重孝,还要披上一条红纱,表示她还是一个没过门的媳妇。这天,谷瑞玉身穿一身白色孝服,脖子上扎了一条显眼的红纱巾,坐马车来到帅府的不远处,一下车她就捂着脸报庙似的放声大哭。

町野武马派来的假装卖烟的特务立即走向前去,看着这个哭声震天的谷瑞玉,想查出张作霖生死的真相。

谷瑞玉边走边号:"父帅呀,你咋死得这么早啊!是谁害了你呀?父帅呀!我一定给你报仇啊!"哭着说着,已经走到了大帅府门前。

卫兵上前把谷瑞玉拦住:"二少奶奶,你不能进!"

谷瑞玉就势撒泼:"你们这些小兵蛋子,为啥不让我进哪!我是堂堂正正的帅府二少奶奶。公公死了我来哭灵有啥不对的!滚开,让我进去!"她猛地推开卫兵挺身硬闯。

大帅府的门"哗啦"一声打开,于凤至满脸怒气地几步跨出门来,冲上去就给谷瑞玉一记耳光。

谷瑞玉捂着被打疼的脸,一声咆哮:"你为什么打我!"

于凤至厉声痛斥:"今天我就打你这个不懂规矩的东西!父帅活得好好的,你为什么前来哭闹?是不是仇恨他老人家,让他快点死呀?"

"什么好好的?我听说他刚被拉回帅府就断气啦!"

"胡说!前天大家都看见了,他还在小青楼上接见了前来探视的乡亲和朋友,还当场跟人们开玩笑呢。你为什么诅咒他?是不是因为他把你扫地出门,你就想趁机报复?"于凤至当即命令门前的卫兵,"把她给我赶走,赶得远远的,不准她踏进帅府一步!"

几个卫兵应声立即冲上去,七手八脚抓起谷瑞玉就往外拽,谷瑞玉一边挣扎一边歇斯底里地喊叫:"于凤至,你不让我进帅府,我饶不了你!我绝对饶不了你……"

这惊心动魄的一幕,让凤至心里一阵狂跳,她不知道这个生性狂放的谷瑞玉还要怎样发作……

第十二章

一

　　谷瑞玉怀着一腔委屈回到她住的地方。刚刚洗了脸、梳了头,还未坐定,突然有人敲门。谷瑞玉从门缝一看是于凤至,她一屁股坐在椅子上,死活不开门。于凤至站在门外重重地敲门,谷瑞玉这才气哼哼地打开房门。于凤至走进来,双膝跪地当面请罪:"妹子,大姐今天不该打你,你要生气就打我吧,你就打吧。"

　　"老公公死了,儿媳妇哭丧有什么错? 你为什么要打我?"谷瑞玉虽然是一腔愤怨,还是把于凤至拉了起来。

　　于凤至坐在谷瑞玉的对面,心平气和地先做了一番检讨。然后,有情有理讲起了她大闹大帅府的可怕后果。从日本人对东三省虎视眈眈,讲到了张作霖这次遇难;从日本人几次派人到帅府窥探,讲到了目前的危急形势。现在,汉卿还未回来,东三省群龙无首,如果日本人乘我危急之时,起兵攻占奉天,到那个时候,别说是大帅府难保,恐怕东三省都要大乱。谷瑞玉听到这里不禁倒抽了一口凉气,这才想到她到帅府门前哭丧,这是给日本人报信儿,大帅若死,会引来难以预料的滔天大祸。她肠子都悔青了,敲着自己的头苦疚地说:"大姐我错了,我不该到帅府门前哭丧,你放心,在哪里丢的我一定在哪里找回来,我绝不能让日本人知道老爷子已经死了!"

一心想要堡垒从内部攻破的町野武马,听说谷瑞玉到大帅府门前哭丧,就像穷人得了狗头金那般狂喜,没想到他还没把黑手伸进帅府,张作霖的儿媳就不打自招地爆出了内幕,他要去谷瑞玉的住处一探真假。就在他坐车路过大帅府的时候,发现谷瑞玉已经来到这里,町野武马立即停车,隐在一旁观察动静。

谷瑞玉穿了一套鲜红的衣服来到帅府门前。日本人看张家儿媳妇又来哭丧,就像几只苍蝇看见臭肉似的立即跟了上来,想探个究竟。谷瑞玉说:"你们以为我真的是孝顺,给他张大帅哭丧啊!呸!我那是故意诅咒他呢!其实,张作霖根本没死,他活得好好的,听说今天早晨还吃了半只烧鸡呢,我来哭丧就是要气死他!"

一个扮成烟贩的日本特务上前问道:"夫人,无论如何你也是张家的儿媳呀,你这么做就不怕他们骂你不孝吗?"

谷瑞玉"哈哈"一阵狂笑:"我孝那个老东西干啥!想当初,他不收我这个儿媳妇,还把我扫地出门。之后又派人到处抓我。我吃傻老婆药了,去孝顺他?"她抬头朝着院里大青楼又发狂作癫地大声骂道,"张作霖,你给我听好喽!我知道现在你活得好好的。不过,你早晚都得有那么一天。我这是提前给你哭丧,盼望你早点死!哈哈哈……"接着,歇斯底里般的一阵狂笑……

几个日本人你瞅瞅我,我看看你,摇头走开。坐在车上的町野武马懊丧地开车离开帅府门前。

马月清"忍泪唱戏"、姜亚风"帅府探风"都没有迷惑住十分狡诈的土肥原,而谷瑞玉这场"假骂大帮忙"却让土肥原这个猴精信以为真了。他刚听完町野武马的汇报,心灰意冷地下达命令:"你们把放在帅府门前的特工、密探都撤回来吧。现在张作霖没有死,也许伤势很重,有待观察。赶紧派人阻止返回奉天的张学良,绝不能让他返回奉天……"

二

隐瞒张作霖的死讯一晃又过去十来天,张学良还没回来,本来就风声鹤唳的大帅府,又蒙上了一层可怕的阴影。张学良根本没有接到电报,还是返回的路上出了什么大事?别说是坐火车呀!就是坐马车也该到家了!寿夫人急得心里乱蹦,于凤至也是昼夜难眠。如果再等几天不回来,她们就要崩溃了。

其实,张学良当日在滦州前线就接到帅府的报丧密电,由于前线战事胶着,需要他安排,北京政府有些外交上的重要事务,也急需他处理。他赶紧在滦州安排了战事,之后回到北京,两脚还没站稳就处理外事。一切安排停当之后,他才扮成普通士兵乘上了京奉铁路的火车返回奉天。火车还没驶进天津,他就发现日本军警凭着他们在铁路上的特权,无端挨车厢查验车票。张学良担心被日本人发现,火车到了天津,他匆匆下了车,长途跋涉走了三十公里,然后到下一站扒上一列货车。令他恼火的是,这列货车没有直奔奉天而是前往大沽。张学良苦苦地敲着脑袋,骂自己疏忽大意没有搞清行车的方向就盲目上车,无奈又下了车,等到返回的货车返回天津,又改乘开往奉天的客车。眼看他乘的火车快到皇姑屯站了,突然几十个日本军警凶神恶煞地走进车厢挨个盘查,张学良趁火车减速,从后节车厢跳下火车,步行返回大帅府。

张学良突然返回,使阴云密布的大帅府透进一缕阳光,人们大喜过望。

张学良来到张作霖的停尸间。钱辅廷掀起盖在张作霖身上的苫布,张学良一看见父亲满身伤痕的遗体,一阵头晕目眩,他"扑通"一声双膝跪地,把头伏在床头上,悲痛欲绝,放声大哭。

于凤至担心哭声引起麻烦,赶紧把他拉起来,张学良手捂着嘴巴回到老虎厅。于凤至关上房门,张学良依然泣不成声。

寿夫人与那三位夫人及张学铭、张学思等人匆匆跟过来,眼含痛泪劝慰张学良:"现在外人还不知道你父帅是死是活,你不能放声大哭,这样外边的人该知道了。"

张学铭抹着泪说:"大哥节哀吧。"

张学思拉住张学良的手哽咽地说:"大哥先别哭,等安葬咱爸那天,大家一块儿哭。"

张学良擦干了眼泪,悲咽着问于凤至:"咱爸死得太蹊跷了,有没有发现可疑的线索呀?"

于凤至说:"宪兵司令齐恩铭已经来过,他正在调查此事。"

张学良迫不及待地:"快把齐恩铭找来,说说情况。"

钱辅廷立即给齐恩铭打电话,齐恩铭很快来到帅府向张学良汇报,大帅出事之后,他们立即开始调查。从调查的现状分析,这次皇姑屯炸车案极有可能是日本人所为。当时吴俊升为了保护大帅,从奉天跑到山海关。三步一岗,五步一哨,据说一只兔子要过铁路都会被发现。要不是日本人干的,谁能到三洞桥下埋炸药呢?

另外,据当时在三洞桥附近站岗的一个士兵交代,6月3日半夜,有个自称崔世源的士兵,给他送了夜宵,他吃了夜宵之后就昏倒在铁路旁的草地上。凌晨五点多,一声巨响把他震醒了,他起来跑到三洞桥下一看,吴俊升被当场炸死,大帅被炸成重伤,整个车厢被炸得四分五裂。

张学良疾问:"那个人没说送饭的人是谁吗?"

"后来,我们找到那个连长进行了查询。连长说,他们根本就没有派人半夜去送夜宵。很可能是日本人冒充,他们在饭里下了迷药,趁他昏睡之中下手把炸药运到桥下。"

张学良恨恨地攥起拳头,手指"嘎巴嘎巴"响,由于过度愤怒,两眼跳着复仇的火星:"日本人杀死了我的父亲,我要找他们报仇!"说罢掏出手枪。

于凤至疾问:"你找谁去报仇?"

"我去找日本领事馆,让他们马上查出凶手!他们要不查出凶手,我饶不了他们!"张学良说着,怒冲冲地持枪向门外走去。

齐恩铭赶紧劝阻:"少帅,冷静啊!"

张学良:"不给我爸报仇,我张汉卿还是张作霖的儿子吗!日本人在我们奉军眼皮子底下杀人,我们还能装熊吗?"他一把推开齐恩铭向外冲去。

于凤至疾走过去,直挺挺地堵在门口:"汉卿,你不能莽撞,你应该明白,现在是非常时期,不能再惹事了!汉卿……"

张学良已经怒不可遏:"你别拦着我,躲开,别拦着我……"说着就往前冲,齐恩铭、钱辅廷二人冲上去一把将他抱住。

于凤至一字一顿地说:"汉卿,咱爸走了以后,咱们全家悲痛欲绝呀!为了不让日本人知道,我们秘不发丧,哭都不敢哭,叫也不敢叫,把眼泪往肚子里咽哪!谁不恨杀人凶手!谁不想给爸报仇!谁不想为父帅昭雪!可现在是时候吗?"

张学良顿住了,两眼一瞬不瞬地看着满脸泪痕的夫人。

寿夫人擦了把脸上的眼泪,劝道:"六子,现在虽然有一点线索,但是还不足以证明这事儿就是日本人干的。更重要的是,现在人心惶惶,奉军群龙无首,你得先稳住大局,然后再想法报仇。"

这些话仿佛醍醐灌顶,让张学良清醒了许多,他缓缓地跌坐在椅子上。

当天晚上,三天两夜没有合眼的张学良,就像一个长途跋涉而又精疲力竭的行者,到了目的地以后再也支撑不起来了,倒头睡在床上,就是九天惊雷也休想把他惊醒。

于凤至站在床边轻轻地给他脱下鞋子,这才发现他的脚上沾着淤泥,脚板上染着血迹。她赶紧给丈夫脱下袜子,没有招呼使女、婆子,从外面端了一盆温水,给张学良一下一下地清洗那双肮脏的脚。

沉睡中的张学良感觉有一股暖流涌遍全身,他好像舒服了,略微翻了一下身,又昏睡过去。

于凤至目光爱怜地看着丈夫,默默自语:"睡吧,睡醒了,咱们再商量怎么办?有多少大事等着你呢……睡吧……好好睡吧……"

张学良的鼻孔响起轻微的鼾声……

三

第二天上午,总参议杨宇霆来到帅府秘密吊唁张作霖。一进停尸间,他就双膝跪地老泪纵横:"大帅呀,你死得好惨啊!大帅,你为东三省兴旺发达,操了半辈子心,没想到为了家乡安危,刚从北京回来就遭此大难哪!东三省失去了一根擎天大柱啊……"说着,已经是泣不成声。

于凤至走上去劝慰:"杨总参议,节哀吧。父帅已经走了,我们再伤心痛苦,也哭不活他老人家了。"

杨宇霆跪地不起:"大帅呀,你走得太急了,也没留下一句话,东三省以后应该怎么办哪?"

张学良扶起杨宇霆,杨宇霆拭了一把眼泪,随着张学良、于凤至走进了老虎厅。

钱辅廷献上茶来。杨宇霆看了看目光哀哀的张学良:"大帅死得太惨了,到底是什么人要害死大帅,我们应该调查呀。"

张学良告诉杨宇霆,齐恩铭已经部署调查了,百分之百是日本人干的。其实,杨宇霆已猜到是日本人所为,现在没真凭实据,就是找到日本人他们也不会承认,他最关心的是张作霖死后东三省的政局:"大帅走了,东三省不能群龙无首啊!这样下去,如果日本人伸手,东三省必乱。"

张学良试探地问:"总参议,你认为以后由谁来主政东北呢?"

杨宇霆没有直接回答张学良的话,而是别有用心地讲今比古,给张学良讲了个故事。

大清朝的多尔衮，十七岁随皇太极出征，先后征讨了蒙古的察哈尔部，收降了蒙古的林丹汗王子额哲，并得到了传国玉玺。以后，松锦大战，他又立下了卓越战功。皇太极死了之后他被封为辅政王，辅佐皇太极第九子福临继位，被称为摄政王。就因为有多尔衮辅佐福临，大清朝仍是皇太极后人的天下。以后，清兵入关、逐鹿中原，成就了两百多年的大清帝国。

张学良明白了：杨宇霆绕了一个大圈子，到头来，他想当东北的摄政王，想要把他这个少帅当成小孩子顺治，一切听他的摆布。他想了想，又似笑非笑地问道："你的意思是让我主政，你来辅佐就能稳住东北江山？"

杨宇霆依然没有把话挑明，只是含混地一笑："我做什么不重要，行政权归你，你是东北行政委员会主任，我替你把握兵权，给你当靠山，帮你掌舵。"

张学良暗暗地骂道："好手腕呀！让我当傀儡，你手握兵权，这样下去奉军还是张家的天下吗？"他沉吟片刻又推托说，"总参议，谁来主政东北，是有关东三省安危的大事。我们只不过是闲聊，这事儿必须开会讨论决定，看看大家有什么想法。"

杨宇霆郑重地告诫一句："汉卿，不能再拖了，防备日本人下手啊！"

晚上张学良和于凤至夫妻二人面对面地坐下来，讨论杨宇霆今天吊唁时说的这个话题。

于凤至提醒丈夫：杨宇霆要主政，一定会有人拥护他。不过，这个人历来飞扬跋扈，不容别人。郭松龄那一派的人对他一直怀恨在心，他要主政东北，恐怕还要出现李松龄、王松龄。到那个时候，东三省就是一片乱局，更何况日本人还在旁边虎视眈眈。而且，除了本土派以外，那些少壮派也不能服他，于学忠、王以哲历来对他就有看法。

张学良认为夫人分析得比较透彻。不过，从有资历主政的人来看，张作相太厚道，主政不行，杨宇霆主政又怕引起矛盾，那么还有谁能主政东北呢？

于凤至响亮地说了一句："我看，只有你最适合。"

张学良惊诧而又欣慰地看着坐在对面的夫人，她一脸正气，光明磊落，没有一丝骄狂与虚伪："大姐，你不是情人眼里出西施吧？"

"我是伯乐抬眼看骏马。"自从张作霖死后，于凤至这是第一次开玩笑。

张学良既欣慰也有些担心："如果我子继父业，别人会不会说我是抢班夺权呢？"

于凤至说得非常强势："你这不是抢班夺权，是子继父业。如果有人说抢班夺权的话，我认为：这个班必须得抢，这个权必须得夺。其实，你这不是为了我们张家,而是为了东三省的安危抢班,为了东三省不发生乱局而夺权。说到底,那是不想让东三省的老百姓承受战乱之苦。"

张学良仿佛注入了兴奋剂,心里头有一股汪汪的热血上下翻腾,兴奋地朝门外高喊了一声:"杨梅!"

杨梅在门外应声迅速走进屋来:"少帅。"

张学良吩咐杨梅:"点燃高香,我和夫人要去跪灵。"

"是。"杨梅答应一声,迅速走开。

张学良、于凤至二人来到灵堂。杨梅把点燃的六炷高香分别送到张学良和于凤至手里,二人立即插香跪地,伏身叩头。

张学良眼含热泪,宣誓般地说:"父帅在上,您的儿子张学良今天向您宣誓,杀父之仇孩儿一定牢记,不是不报,时候未到。另外,孩儿向您发誓,东北大业我要担当,一定要让东北成为一块安宁的乐土,让老百姓安居乐业!"

四

于凤至为了东三省的大局稳定,一改过去不参政的承诺,开始为丈夫"跑官"。她先来找父帅的老臣张作相,向他陈述了当前东三省的形势,试问他:东三省应该谁主沉浮?张作相认为张学良主政名正言顺,并表示:我是大帅的老臣,辅佐学良,责无旁贷。于凤至心里有底了,接着又去找汤二虎,征询东北政权该谁来继任,汤二虎只说一句话:"除了小六子我能服谁?"接着她又找张景惠、万福林几位老将,他们都表示应该让张学良上位。于凤至对他们的支持连连道谢。

于凤至为张学良"跑官"的同时,杨宇霆也在紧锣密鼓地活动。他在家里大摆宴席,把死党黑龙江省省长常荫槐、亲信杨喜德、第三军团的刘邦昌、江苏参事李泮林等人请到家中,为他上位处心积虑地拉帮结伙。

席间,常荫槐、杨喜德、刘邦昌、李泮林差不多一致认为:张学良一抽大烟,二玩女人,不能主持军国大事!也许用不多久,日本人就可能染指东三省!要想保住东三省只能是杨宇霆有这个本事,无人能比!

杨宇霆缓缓地站起身来,在屋里兜了个圈子,悲天悯人地说道:"我能不能当那个多尔衮还是小事儿,大不了咱回家种田呗!我担心的是东北的大局呀!小六子才脱几天活裆裤啊!他要执政,日本人一定很快动手,我不能让东北的老百姓当亡国奴啊!"

几天后,张学良邀请奉军各路将领,到老虎厅开了一个决定东三省命运的会议。老将张作相、李景林、汤二虎、张景惠、万福林以及洋派的杨宇霆、常荫槐、杨喜德、刘邦昌、李泮林等,少壮派的于学忠、王以哲、白凤翔等应邀出席。

第一个发言的常荫槐,为了能让杨宇霆成为当今的多尔衮,他担心一开始就提出来有点露骨,先抛出了一个垫背的张作相,让他当跳板,然后再让杨宇霆上位。他张冠李戴,把奉军发展壮大的功劳几乎都放在张作相的名下,弄得张作相十分尴尬,在场的人也感到他是生拉硬扯往张作相脸上贴金。紧接着李泮林粉墨登场,也给张作相念几首夸大其词的赞歌,极力拥护张作相上位,而且说得头头是道,大有淹没张学良之势。最后,杨宇霆玩了一个"先捧后推"的把戏,假惺惺地说,他原来的想法是让学良子继父业,几个老臣辅佐。现在一听前边几位的发言,也改变了主意。学良年轻,毕竟缺少经验。张老将军是奉军的老将,本来他就是副总司令,由他执政有利于东北的安定团结,因此他同意张作相接任东北保安司令。其用意,还是以张作相压张学良。

坐在那里的张学良心里猛地一沉,他用征询的目光看看坐在前边的几位老将。

张景惠这个老滑头,历来就是看风使舵,一看形势有变,顺水推舟地说了一些模棱两可的话,会议陷入了僵局。

坐在一旁的汤二虎心里明白:他们是想把老实巴交的张作相先推出来当跳板,然后,看他不行再取而代之。一气之下霍地站起身来,粗言恶语地骂道:"妈的!这叫开的什么会呀!有些人竟放他妈的狗臭屁,听了都心烦!大家都知道,东北这块地盘是大帅和小六子领着咱们脑袋别在裤腰带子上打下来的,东北发展的空军、海军是小六子亲自创办的。没有他们张家父子,哪来这么强大的东北军,哪来的兵工厂?哪来的空军、海军?没有他们张家父子哪来我们今天的官帽子?我们这些人吃三喝四、吹五作六靠的是谁?我现在只放一句狠话:谁他妈的敢在这个节骨眼上耍鬼胎、玩邪的,对大帅不忠,对小六子不义,我汤玉麟这把枪可不是吃素的,大不了我再出去拉杆子,啸居山林!"说着,拔出手枪冲着窗外"啪啪啪"地连打三枪。

在场的人们一下子惊呆了。

汤二虎鸣枪闹会,果然改变了会议局势。张作相赶紧站起身来,郑重地表示:"主政东北的事我不能干,说实话我也干不了。现在大帅尸骨未寒,我们不能违背大帅的意愿,大帅临终前最后的一句话就是让小六子回来,那不明明白白就是让张

142

学良主政东北吗?"

青年军官王以哲慷慨激昂地说:"少帅有人脉、有智慧、有文韬、有武略,完全可以子继父业,由他主政东北,这是天经地义。"

青年军官于学忠立即站起身来激动地说:"少帅虽然年轻,可是在咱们奉军,尤论是几位老将,还是各路首领,不管是陆军还是海军、空军,都认为少帅主政东北,符合军心、顺应民意。老将军张作相,年事已高,不愿担此重任,我们完全理解,我的意见就让少帅主政,张作相等几位老将可以辅佐。"

接着一些人接连发声支持张学良,顿时成了会议的主流:"拥护少帅执政东北。""少帅主政,不仅合情合理,而且是足以胜任。""让少帅主政东北,我们放心。""少帅主政,能稳定大局,坚决拥护少帅担任东北保安总司令。"

汤二虎趁热打铁:"既然大家同意学良主政,赞成的鼓掌。"他首先带头鼓起掌来。

杨宇霆本来还想争辩几句,然而,会议却以风卷残云之势响起了热烈的掌声,张学良上位的决议就这样以绝对的优势通过了。

五

第二天,张学良以东北行政委员会的名义,首先发布了一个讣告:

> 中华安国军政府陆海军大元帅张作霖由京返奉,六月四日在皇姑屯车站附近惨遭车祸,经治疗后略有好转,后又因心脏病发作,于六月十二日不幸身亡,享年五十四岁。

东北行政委员会

一九二八年六月十三日

发完讣告以后,又以东北行政委员会的名义发了一个通告:

> 经东北行政委员会一致通过,任命张学良将军为东北保安司令部总司令兼东北行政委员会主席。

特此通告。

东北行政委员会

一九二八年六月十四日

张作霖不幸去世的讣告、张学良子继父业主政东北的通告发布之后,四海哀叹,全国震惊。有的惋惜,有的高兴,有的惊疑,也有的幸灾乐祸,更有人为张学良担心。然而,讣告、通告传到蒋介石耳朵里,却让这个指点江山欲望非常强的政客心乱神移、焦躁不安。他一时猜不出张学良走马上任对他蒋某人实现宏图大志,究竟是一桩好事还是坏事。

宋美龄听到这个消息反倒开心地一笑:"好事,好事啊!汉卿主政东北,对我们来说是天大的好事!"

蒋介石用狐疑含混的目光看着宋美龄:"你的老朋友当了东北王,你很开心哦,是不是前去祝贺一下呀?"

宋美龄依然陷在兴奋中:"张作霖被炸死应当是日本人所为,张学良主政以后,可以说是孤立无援。这个时候,如果我们伸出友谊之手,对他来说是莫大的安慰,也许日后能够化干戈为玉帛,促成合作,对你统一中华有利而无害。"

蒋介石沉思半响,认同地点了点头:"这个小家伙,日本人忌惮他,冯玉祥、阎锡山不买他的账,现在,确实是孤家寡人。如果张作霖真是日本人害死的,日本人对张学良绝对不怀好意。另外,他乳臭未干,下面那些老将也不一定服他。这个时候我们拉他一把,也能让他感到我蒋某人宽容仁厚,从而投桃报李。《孙子兵法》的'谋篇'说得好,'兵无常势,水无常形'。能因敌方的变化而取胜者为之神!如果那样,我们不用一枪一弹,就把这个小家伙征服了。"

宋美龄大喜过望:"你比我想得更高更远。"

"应该说,这是一个伟大的计划。"夫人的夸奖胜似美酒,让蒋介石心旷神怡,当即决定立即派员去奉天参加张作霖的葬礼。

六

经过十几天的煎熬和阵痛,惶惶不安的大帅府终于平静下来,张学良考虑如何安葬父亲。当时,在抚顺启动修建的大帅陵园,因工程复杂,一时半会儿不能竣工,灵柩只好暂时安放在大帅府的家庙中,待陵园建好之后再正式下葬。

令张学良没有想到的是,在于凤至和他商量如何举行葬礼的时候,杨宇霆主动找上门来,提出他要当大支宾,主持张作霖的出殡仪式,而且表示出殡一定要办得庄严隆重,以表达东三省老百姓对大帅的真切哀思和深切缅怀。

张学良心里虽然不同意杨宇霆主持出殡,但出于缓和关系的考虑,只好答应。

于凤至却从杨宇霆主动要求担任大支宾这件事上,察觉到了杨宇霆来者不善。她没有忘记小的时候,在老家常有大户人家婚丧嫁娶时,因为遗产或者继承问题,鸡争鹅斗甚至大打出手。还有古代帝王的子弟们因权力接续,动手杀亲。她担心杨宇霆移花接木,趁着出殡搞事。为预防不测,于凤至背地里神不知、鬼不觉地做了精心准备……

几天后,奉天城有史以来最排场的出殡开始举行。除了奉军各路将领之外,还有各省、市、区的代表,张家的亲属,于家方面亲属于凤彩、于凤翥,钱辅廷的家人钱丰泰(于凤至舅舅)、钱辅恩和钱辅桢(于凤至姑表弟)等都前来送葬。值得一提的是,蒋介石的特派代表张群,阎锡山、冯玉祥、白崇禧的代表也都先后到场。出殡时,白绫素幡,旗佩白穗,枪系白绸,马戴白花,和尚诵经,道士招魂,喇嘛作法,鼓乐队哀曲声声。浩浩荡荡的送葬队伍,在悲壮的哀乐声中奔向家庙。

杨宇霆为了让大帅灵魂升天,特地设了一个"走金桥银桥"的孝行仪式,这是当时东北的达官贵人最讲究的出殡习俗。所谓的金桥银桥,就是用十几块跳板搭成个一米多宽、十来米长的木桥。桥的一半,用金箔包裹木板称为金桥;另一半,用银箔包裹木板称为银桥。桥下面由杨宇霆亲自找来的几伙乞丐,他们扮成拦桥小鬼,手持钢叉、长戟准备"拦桥拷问"。

杨宇霆手里捧着一个装赏钱的木匣,领头登上金桥。其后是手持灵幡的大儿子张学良、大儿媳于凤至,其次是捧着张作霖遗像的二儿子张学铭,后边跟着的是寿夫人及三位夫人。张学良的第二位夫人谷瑞玉也披麻戴孝地跟在其后。由于她没有正式过门,虽然穿的是白色的孝服,脖子上却依然围着一条红纱巾。最后是张学成、张学思、张怀曦以及张家的孙男娣女。

送灵的队伍刚刚走上金桥头,桥下一伙"小鬼"手持钢叉拦住去路。一个"鬼头"用顺口溜拷问大支宾杨宇霆:

> 逝者过桥去天庭,
>
> 有问必答才通行。
>
> 一问他对待父母孝不孝,
>
> 再问他,为国为民忠不忠。

大支宾杨宇霆也用顺口溜回道:

> 大帅生前是孝子,

鞠躬尽瘁尽孝行。

一腔热血打天下，

呕心沥血爱苍生。

"鬼头"回头喊了一声："放行。""小鬼"收起钢叉后退一步。

杨宇霆喊了一声："赏钱!"立即从钱匣子里抓出一把"赏票"扔在桥下，"小鬼"们纷纷跑去，在地上争抢。

站在金桥上的于凤至，偷偷地看了一眼神色莫测的杨宇霆，不知道他下一步搞什么名堂，悄悄走下桥去。

送灵的队伍没走几步，又一伙"小鬼"从桥底下钻了出来，手持钢叉拦路拷问：

他金戈铁马闯一生，

杀过多少苦生灵？

当朝为官几十载，

手下是否有冤情？

杨宇霆又朗朗回道：

他为百姓除奸佞，

杀的都是害人精。

一生为官多清正，

手下从未有冤情。

"鬼头"高叫一声："放行。""小鬼"们收起钢叉后退。

杨宇霆又喊了一声："赏钱!"伸手抓出一把"赏票"扔在桥下。

"小鬼"们又分头去抢，你争我夺好不热闹。

杨宇霆率队刚刚走到银桥上面，一伙"小鬼"又跳了出来，用钢叉拦住去路：

大帅在世苦经营，

东北大地五业兴。

如今仙逝西天去，

江山大业谁继承？

杨宇霆回道：

大帅在世苦经营，

薪火相传一脉承。

今日仙逝升天去，

继位的就是张汉卿。

"鬼头"用一种贬低口吻唱道：

厚皮萝卜薄皮葱，

三月土豆愣头青。

千万同胞忧国难，

怎保江山代代红？

杨宇霆别有用心地沉沉一笑："这事儿我不好答，还是请继承人张少帅回答你们吧。"说着回头叫了一声，"汉卿，请。"

这个突如其来的变故，让张学良措手不及。他知道，按照老规矩，"小鬼"拦桥都是拷问逝者是否忠、孝、节、义，没有后人如何接班这种越轨的拷问，实属非礼。作为大支宾，杨宇霆非但不予驳斥，反而甩锅给他，这分明就是给他难堪。只好忍着气愤，不冷不热地回道："父亲尸骨未寒，我仍在悲痛之中，无法回答你们的提问，请你们大发善心，让父帅的英灵早点过桥吧！"

"不行！"那个"鬼头"口气强硬地说，"你必须回答我们的拷问才能过桥，这是多年来出殡的规矩。"

张学良顿时拉下脸来："你们这些拦桥的小鬼，不是拷问逝者吗？为什么问起后人来了？"

那个"鬼头"故意刁难："后人经不起拷问那就是不孝，就不能送逝者升天！"

张学良愤怒地回头高叫一声："钱辅廷、杜尚臣给我打鬼！"

钱辅廷、杜尚臣立即领着几十个士兵持枪冲过来。那些躲在桥下分钱的"小鬼""呼"地冲上来，疯狂地喊叫："打呀！"纷纷举起钢叉向士兵们扑去。一时间，钢叉架钢枪，官兵对丐帮，双方对阵，剑拔弩张，一触即发……

这时，于凤至引着一位身穿黑衣的男子走上金桥。那个黑衣男人手持一条又黑又粗的蟒皮鞭子，在空中"啪、啪、啪"甩了三响。

桥上桥下的人们一片惊惑，目瞪口呆。

第十三章

一

俗话说:"卤水点豆腐,一物降一物。"就在扮鬼的乞丐刁难张学良趁机整事儿的时候,隐在人群中的丐帮帮主祁老五手提黑蟒皮鞭子,几步蹿上银桥,朝闹事乞丐威风凛凛地抖起鞭子"啪啪啪"连甩三响,乞丐们就像耗子见猫似的立即俯身跪地,点头作揖:"祁爷,小的不知您老驾到,失敬,失敬……"

祁老五气势威严高声训教:"小子们,按照规矩你们扮成小鬼拦桥,不过是拷问逝者生前有没有什么罪过,然后放行就是了。你们怎么不按规矩行事,纠缠逝者后人,阻碍大帅的灵魂及早升天呢!实在是有损出殡的规矩,违背我丐帮帮规帮法,该每人抽你们二十鞭子!"

乞丐们连连叩头:"祁爷,小的们一时犯浑,做了出格的事儿,恳求您老高抬贵手放我们一马。"

站在桥上的杨宇霆,本来想暗地安排这些乞丐借着拦桥拷问,向张学良发难让他当众现丑,没想到祁老五突然冒出来,把这些闹事的乞丐吓得屁滚尿流。人们好生奇怪:不知是哪路高人未雨绸缪,使这场意外戛然而止?

为了顺利送张作霖灵魂升天,祁老五伸手从皮褡子里掏出一副哈拉把(乞丐用的乞讨骨器),两手敲打,扬声大气地唱起来:

奉天城，张大帅，

大马金刀有气派。

除奸灭匪打豪强，

闯完关里闯关外。

兴工办学修铁路，

对待百姓更爱戴。

身居高位不忘本，

吃饭时，大酱蘸着苦麻菜。

从来不抽洋人的烟，

嘴里叼着个旱烟袋。

严格管教树家风，

孙男娣女都不赖。

女的乖，男的帅，

个个都是栋梁材。

今日过桥升西天，

祝愿他，一路走好大步迈，

天堂里头还当大帅！

保护咱们东三省，

不打仗，不闹灾，

不改朝、不换代，

不让外人打进来，

东北百姓多康泰！

　　送葬场面峰回路转，桥上桥下顿时响起了一阵热烈的呼哨。祁老五举起蟒皮鞭子，往西一指，扬声高喊："大帅，你出了城门奔西走，一路走好，魂升西天哪！"

　　鼓乐大作。张学良打着灵头幡率领全家走下银桥……

　　丧事已毕，张学良回到家来感激地问于凤至，那个祁老五是不是她请的，于凤至这才告诉丈夫。自从杨宇霆提出出殡时要走金桥银桥，按着风俗找乞丐扮成小鬼拦桥拷问以后，她就担心乞丐闹事，于是派钱辅廷到奉天丐帮帮主祁老五那里，请他来压场子。张学良感慨夫人不愧是大家闺秀，见多识广。他用敬重的目光看着凤至："大姐，今天我才真正认识你。不仅是要修身、齐家，而且是要帮我兴东北、安天下呀!"

于凤至谦逊地一笑:"我是你张汉卿的夫人,咱们夫妻一荣俱荣一损俱损,我要不帮你,你娶我这个媳妇有什么用?"最后,她嘱咐张学良,"如今你是东三省的保安司令,你一举一动都关乎东三省的大局,今后要谨慎行事,不能盲目冲动,行吗?"

张学良也确实感到今天银桥上他一时冲动,几乎下场子打鬼,比较莽撞,也有失身份,对于凤至的批评心服口服。

二

奉天大帅府风暴已经过去,全家人从血与泪、悲与痛的困境中解脱出来。但是,强烈的阵痛之后,留下的哀伤还远远没有消除。特别是寿夫人,由于她跟张作霖恩爱至深,眼看着一个大活人猝然离去,几乎让她肝肠寸断,以泪洗面。那几位夫人更是饭不吃、茶不进,唉声叹气。

于凤至觉得,这样无尽无休的忧伤甚至比风暴更可怕,会让几位妈妈下半辈子都没法安生。她跟学良商量如何安排几位妈妈,必须让她们远离这个睹物思人的环境,用新生活排遣心中的愁绪。

张学良主张把几位妈妈送到天津。因为天津宜居,不仅有山有水,环境幽雅,而且还没有多少政治冲击。就在这个时候,二弟张学铭找上门来要跟张学良谈心。

张学铭虽然跟张学良是一母所生,但两人的性情却有天壤之别。张学良性格豪放颇讲义气,敢作敢为;张学铭生来内向,沉默寡言,貌似老实憨厚,肚子里却有小九九。张作霖在世的时候认为张学铭窝囊,偏重张学良忽略了张学铭。虽然也安排这个二儿子到讲武堂学习,之后又安排到卫队旅当营长,只不过是尽了一个当爹的义务,根本没有指望他有多大出息。所以,张学铭一直对父亲有意见,对大哥张学良也有点嫉妒。如今父亲死了,一切恩怨情仇都化为乌有。家里只有他这个大哥了,考虑再三,他决定找张学良,一来是做检讨,二来想讨个差事。就算得不到什么官位,也别浑浑噩噩地了此一生不是?

张学良见这个一奶同胞的弟弟要跟他促膝谈心,非常感动。他拉着张学铭的手推心置腹地说:"二弟呀,你不找我,我也要找你了。如今你在卫队旅也干了三四年了,不能总当个营长啊。我想推荐你到天津当警察局长,锻炼锻炼以后再回奉天,你看如何?"

有道是："警察局长,权力太广,手指一动,黄金万两。"张学铭受宠若惊,他万万没想到,大哥能推荐他干这么一个重要的差事,当即满口答应。

张学良又说："我想把几位妈妈也送到天津暂居,正好你在那里当警察局长,也好有个关照。"

张学铭当即表示:"大哥放心,我一定照顾好几位妈妈。"

第二天,于凤至就去找寿夫人、卢夫人、许夫人,劝她们跟张学铭去天津暂居。几位夫人也深深感到,大帅府处处都有张作霖的影子,处处都埋着她们的苦情;她们一进帅府大门,心里就难受;甚至一看见张作霖那匹马就想哭,一路过张作霖常常聚会的老虎厅就落泪。也许到了天津,能让那个山青海蓝的崭新世界冲淡她们的痛苦记忆。寿夫人第一个表态愿意去天津,几个夫人也一致认可。

马夫人怎么办呢? 她才二十几岁呀,能让这个一朵花刚开的女人守一辈子寡吗? 张学良和于凤至认为马夫人如果有心改嫁,情愿给她买一座小楼作为陪嫁。然而,令人大感意外的是马月清却提出:"活着是张家的人,死是张家的鬼,绝不改嫁。"张学良、于凤至没有料到,这个戏子出身的六妈妈,竟然是一位重情重义的忠门烈女,宁可孤老终身,也不改换门庭,另嫁他人。

帅府的几位夫人开始收拾衣物,打点亲友,安排子女,准备离奉赴津。就在这个时候,有两个人先后找到于凤至求情。

第一个是张学良的五妹,许夫人的二女儿张怀曦。张怀曦日前刚刚与前民国国务总理靳云鹏的儿子靳世兴解除婚约。母亲许夫人要带她去天津,再找一个合适的女婿,让她快点出嫁。可张怀曦根本不想做一个相夫教子的女人,她要走自己的路,想留在奉天到东北大学去深造,做一个有知识的时代女性,因此,恳求于凤至把她留在奉天。

第二个来找于凤至求情的是张学良的四弟张学思,他也是许夫人的儿子。这个不过十几岁的小男孩,腹有诗书,志向高远,他在奉天同泽中学读书,学习成绩位列前茅。他要留下来在同泽中学继续完成学业,日后像大哥那样干一番事业。许夫人却认为他年纪太小放心不下。

于凤至当时很为难,一个是小姑子,一个是小叔子,都是许夫人的膝下儿女。如果留下一个,情有可原,两个都要留下,怎能让许夫人放心呢? 然而,张怀曦与张学思却苦苦哀求,要求于凤至一定说服他们的母亲,甚至下跪给大嫂磕头。于凤至想了半天,终于想出了一个"围魏救赵"的办法,让闾瑛带领闾珣、闾玗、闾琪几个孩子去找四奶奶许夫人又哭又闹:"奶奶,你不能把五姑、四叔带走,我们离不开他们,他们要是走了,我们也不在奉天了,跟他们一块儿走!""我们不能让他俩走,奶奶你就留下他们吧!"

有人说:孩子的眼泪可以让冰冷的心变暖,也可以让强硬的心变软。许夫人一看孩子们哭成泪人似的,受不住了,当即答应:"我把你们五姑、四叔留下陪你们玩,别哭,宝贝,别哭了!"

于凤至向许夫人表示:"四妈妈,您老放心:我一定把五妹、四弟照顾好,让他们安心读书,及早成才。"

就这样,张学铭把几位夫人及其子女领走了。张怀曦留在东北大学学习,张学思也留下来继续在同泽中学读书。从此,于凤至把他们当成亲妹妹、亲弟弟一样看待,派两个丫鬟料理他们的生活,让他们安心读书。

家事有了头绪,于凤至开始安排自己了。她觉得如今张学良是东三省的主政,她是第一夫人,日后,帅府内外事务需要打理,迎来送往的社交活动一定很多。如果她才疏学浅,不懂时事将难以胜任。她向张学良提出要求:到东北大学听课,学英语,学经济,以求日后能成为张学良的贤内助。张学良痛快答应,亲自把她送进东北大学。从此这个三十岁的女人,除了安排家务照顾孩子以外,每天挤出时间到东北大学去听课。由于她内敛、包容,无论男女同学都欢迎这位平易近人的"嫂子同学"。

三

谷瑞玉自从上次到帅府哭丧以后,被于凤至一巴掌打醒。这时她才对自己的言行开始反思,觉得自己确实缺少理智,过于狂放。无论是大闹老虎厅,还是站队郭松龄,或者是帅府门前哭丧,都令人不齿。特别是近日目睹了于凤至"金桥治鬼"之后,觉得她贤达、聪慧、多谋善断,不愧是女中豪杰,难怪帅府上下对她交口称赞,张学良对她有尊有让言听计从。想想自己,她感到自惭形秽,特别是在国难家仇之际到帅府门前闹丧,使她无法面对张学良。张学良回到帅府知道她的所作所为,对她的感情转了一百八十度,这些天一次都没来看她,甚至打电话都不接。她谷瑞玉在奉天混得已经里外不是人了,二人的情感似乎走到尽头。既然你张汉卿对我无情,我还死皮赖脸地缠着你干吗?人活一辈子,何必一棵树上吊死人呢?谷瑞玉打算离开奉天。

这天,谷瑞玉吃完早饭正在屋里收拾东西,于凤至来了,令谷瑞玉大出意料的是:于凤至脸上竟然没有一丝高傲,也没有一句冷言恶语。她伸手从衣袋里掏出一张银票放在谷瑞玉面前:"妹子,这十万大洋的银票你拿着。"

"你给我钱干吗?"

"你过日子不得用钱吗?再说了,你要觉得住奉天不顺心,可以回天津买套房子,买台车子,再买些用品,在那儿先住下。等以后情况好转,我再去接你,让你光明正大地进帅府。"

谷瑞玉真的蒙了,她万没想到,于凤至竟如此宽厚仁德,真像一个大姐姐那样关心她这个不争气的小妹。她激动地一头扎进于凤至的怀里,流着热泪:"大姐,你为什么不骂我?为什么不打我?你打我两下,比什么都好受啊!大姐……"

四

一直想把东三省划入自己势力范围的蒋介石,在张作霖葬礼时首先抛出了一块敲门砖,派张群到奉天吊唁张作霖,跟张学良搭上了关系。眼下他觉得到时候了,该向张学良抛出橄榄枝了。恰好,这时他接到情报:现在,东北的日本人对张学良虎视眈眈,中原的阎锡山、冯玉祥蠢蠢欲动,东北军内部的杨宇霆也分庭抗礼,张学良近乎是孤家寡人。蒋介石一阵窃喜:"这个时候,这个小家伙一定要找朋友,寻求靠山。"他立即把张群找来,让他再去一趟奉天,给张学良烧一把火,让他委身于国民政府的门下,实现南北统一。

张群与蒋介石是同学,曾任孙中山大元帅府参军,现任国民政府外交部部长,是国民党元老,也是蒋介石最信任的智囊。他觉得为了民国政府的统一大计,他可以再去奉天说服张学良。不过,总得找个契机,有合适的理由啊。

这时,刚刚进入蒋介石政治圈子的戴笠给蒋介石送来了一份很有价值的情报:今年农历五月初八,是张学良夫人于凤至的三十二岁生日,张学良要给她大摆寿宴。蒋介石听了后泛起心思,这要是张学良的生日就好了,他夫人过生日我们去祝贺有点隔靴搔痒。

"不。"张群摇头一笑,"总司令,这个于凤至可不是一般的女人,她贤良睿智颇有心机。去年张作霖葬礼,乞丐们拦桥闹事,就是她提前下手力挽狂澜,平息了一场出殡的风波。虽然她不公开参政,但是在辅佐张学良方面可谓重要的智囊。因此,张学良把她视为女中诸葛,我们给她祝寿可不是隔靴搔痒,而是顺水推舟啊!"

"岳军(张群的字)老弟,高见。"蒋介石称赞地夸了一句,"你是个聪明人,我坚信你一定能征服那个小家伙。来,我们以水代酒,祝你成功!"蒋介石兴冲冲地端起茶杯,与张群轻轻地一碰,一饮而尽。

五月初八确是于凤至的生日,按照东北人的习俗,一个人不到五十岁是不能过寿的,张学良所以破例却有另一番心思。自从于凤至嫁到帅府以后,披肝沥胆操尽了心,劳苦功高。更何况他们成亲之后,虽然同床共枕,他暗地却拈花惹草,接纳了一个谷瑞玉还不算,如今又暗度陈仓跟赵一荻来往。想起来,实在是对不起这个把整个生命都交给他的结发之妻。因此,虽然不是大生日,张学良也想大操大办。一来弥补他的亏欠,二来也想叫外人看看,他对于凤至确实是忠心无二。

张学良吩咐钱辅廷、杜尚臣去奉天勺园订十桌酒席,排场要大,格调要高,菜要上乘,不管是山珍海味还是奉城特产,什么好吃就订什么,确保丰盛。

几天之后,于凤至的生日宴在勺园大厅开席了。于凤至的大哥于凤彩、二哥于凤翥及其夫人,张学良的四弟张学思,五妹张怀曦,奉军少壮派的王以哲、于学忠、白凤翔、孙鸣久等年轻军官,于凤至的大学同学,可说是宾客纷至喜气洋洋。蒋介石的特使张群主动登门参加这个极不寻常的生日宴,从场面来说,也给这生日宴增加了一道光彩。

宾客们推杯换盏,为于凤至频频祝福。

张群借着酒兴为于凤至祝贺:"张夫人,蒋先生闻听夫人三十二年华诞,特派本人前来祝贺,并送上一份薄礼,请夫人笑纳!"说着从身旁一个兜子里拿出一轴字画,捧给于凤至。

于凤至展开一看,是蒋介石亲笔仿照李白《金陵凤凰台》的小诗:

> 凤凰台上凤凰游,
> 凤去台空江自流。
> 金陵花草埋幽静,
> 巍巍南山成土丘。
> 期待金凤归来日,
> 大江南北共一秋。

于凤至表面上连声道谢,心想不知道蒋介石给她送这首诗是何用意。

张群一眼就看出于凤至的疑惑,笑盈盈地解释:"蒋先生听说夫人从小就有'凤命千金'之美誉,可称得上是女中豪杰、张将军之贤内助,为东三省的发展与安危呕心沥血。为此,他仿照李白的《金陵凤凰台》写了一首小诗,小成敬意。"接着,他既是奉承也是拉拢地说,"蒋先生把夫人比作一只金凤,一旦远离凤凰台,江水也滞留了,花草也枯萎了,终南山也变成了土丘。他希望有朝一日金凤能飞到金陵,大江南北共享一片蓝天。"

于凤至明白蒋介石是什么意思了,是想让她劝说张学良早日与蒋议和,然后把东三省纳入他的麾下,实现南北统一。当时不便多说,只是客气地说:"谢谢蒋公的美意。既然蒋公送了我一首《金陵凤凰台》,我也回敬一首,来而不往非礼也。"她立即命令杨梅、柳叶铺好宣纸,然后来到案前笔走龙蛇,当场赋诗一首:

凤凰台上凤凰游,

凤去台空江自流。

金陵花草斗奇艳,

关东瓜果正甜熟。

但愿天下皆芳草,

天顺地合成一秋。

"好。"张群首先叫好,在场的人们也随之鼓起掌来。

晚上,张学良、于凤至在卧房里,对白天跟张群的谈话仔细地研究了一番。张学良觉得:蒋介石这次派张群不远千里来为于凤至祝寿,是醉翁之意不在酒,是要借板搭桥,急着与东北军议和实行南北统一。如果跟老蒋议和实现南北统一,那将是一个什么后果? 于凤至认为:前有日本人蠢蠢欲动,后有冯玉祥、阎锡山要大动干戈,身旁有杨宇霆一伙分庭抗礼,再把伸出橄榄枝的蒋介石推到对立面,那近乎是四面楚歌。议和以后南北统一,诸多矛盾对立就减少了,只用对付日本人了。

一直在战火硝烟枪林弹雨中冲杀过来的张学良,对于内战感到深恶痛绝。奉军在第一次直奉战争死了两万人,第二次直奉战争虽然胜了,也是一将功成万骨枯。死去的官兵,都是我们的兄弟啊! 在中国的版图上,自己玩命搞窝里斗太可怕了! 所以,他真不想打内战了。

于凤至虽然觉得蒋介石也未必可信,但是鉴于目前的形势,建议张学良派人到南京去摸摸蒋介石的底,看看他到底要打出一张什么样的牌。

第二天,张学良派外事处处长王家桢随张群去了南京……

张群代表蒋介石来奉天为于凤至祝寿的消息,拐弯抹角地传到了杨宇霆那边,杨宇霆那几个小兄弟顿时炸锅。

由杨宇霆推荐当上黑龙江省省长的常荫槐总是感恩戴德,一马当先,他愤愤不平地说:"邻葛(杨宇霆的字),你是东北军的总参议,老师在位的时候,不管大事小情没有不征求你意见的。可这个小六子刚刚主政,就这么目中无人。南北议和这么重大的事都把你甩到了一边,我看他是想把你一脚踢开呀!"

李泮林更是火冒三丈:"这个小六子是想玩独的,他觉得你挡了他的道,所以有事也不找你。名义上你是总参议,实际上你都不如他的一个副官。如果今后他跟蒋介石穿一条连裆裤了,你这个总参议更是小菜一碟了!邻葛,咱们不能让小六子为所欲为横行霸道啊!"

杨宇霆思忖半天,一反常态地"哈哈"大笑,他这一笑倒把常荫槐笑愣了:"邻葛,你怎么还笑起来了?"

"我笑小六子太愚蠢!"杨宇霆收住笑容,脸上闪出一种狂妄的蔑视,"他就没想想,我杨宇霆在奉军干了这么些年,在东三省地面上虽说不是一手遮天吧,至少也能呼风唤雨呀!你小六子想甩掉我那不是痴心妄想吗?我今天不是说大话,奉天城我在东头一跺脚,西边半条街都跟着乱颤。我在东头打个喷嚏,西边有多少人都会感冒。他想跟我斗,他爹还没给他做出那根骨头!"

常荫槐:"那么说,这回你要出手啦?"

杨宇霆狠狠地撇了一下嘴角:"别看他支棱八翘不可一世,就凭那点脓水(能耐),还敢不买我的账?关键的时候我要一出手,他就找不着北!"

杨喜德愤愤地提醒道:"邻葛,我看张学良的夫人于凤至也是个祸害,最近发生的事情差不多都是她背地出的主意。"

杨宇霆轻蔑地一声冷笑:"哼,一旦小六子都自消自灭了,她于凤至能成什么气候啊?"

杨喜德:"我的意见:咱们得教训教训这个女人,让她替张学良背点黑锅。"

杨宇霆告诫道:"哎,你可不能胡来呀!"

杨喜德狡黠地一笑:"放心吧,我不会给你总参议惹什么麻烦的。"

156

五

辽北发洪水了,公主岭、梨树以及东辽河两岸的七个县被水淹得很严重。郑家屯更是一片汪洋,庄稼泡在水里,一些房屋落架倒塌,村民们只有在高岗上搭个窝棚,临时居住。

于凤至得到信儿以后,很快回到了老家郑家屯。然而,令她想不到的是,她的老爹"丰聚长"的老掌柜于文斗,在张作霖出殡之后,一股火生了一场大病,最后与世长辞了。于凤彩、于凤鸶两个哥哥考虑到张作霖惨遭不幸,帅府一片悲情,各种势力明争暗斗,张学良、于凤至日理万机、压力重重,这时候再让妹妹知道老爹去世,一定让她雪上加霜痛不欲生,决定日后再告诉妹妹。

于凤至听说老爹去世悲愤交加痛断肝肠,冷静一想,她也理解两个哥哥的苦衷。然而,眼下郑家屯灾情严重,容不得她儿女情长,她连饭都没顾得吃,就到老爹的坟头烧纸叩拜。然后,跟于凤彩、于凤鸶一起蹚着没膝盖深的大水,到乡下踏查灾情。

郑家屯西部的一个高岗上,是灾民的集中点。在一个窝棚前边架起了一口大锅,那个曾经受过于凤至救济的蒋嫂,带领女儿乔晓阳正添火加柴给灾民们熬粥。

乔晓阳一眼就认出蹚水走过来的于凤至,惊喜地叫了一声:"妈,你看谁来了?"

蒋嫂抬眼一看认出是于凤至,立即丢下手里的勺子,带着乔晓阳快步上前去:"老姑奶奶你回来了!""大姑你好!"

于凤至惊喜地说:"你们娘俩儿怎么在这儿?"

蒋嫂:"我家的房子也被大水淹了,我们娘俩儿就搬到这个居民点给大家做饭。"她回头指着腾腾冒气的大铁锅,"这不,我们正给大伙熬粥呢!"

于凤至经过询问才知道,晓阳前年就毕业了,去年考入了奉天东北大学,已经是二年级学生了。于凤至大喜过望,蒋嫂感激于凤至的恩典。要不然,女儿这样一个穷丫头,别说是考大学,恐怕饭都吃不上。于凤至关心晓阳上大学,问蒋嫂能否供得起。蒋嫂怅怅地打个咳声,趁势求助于凤至帮忙:"孩子在奉天念书,一个月得花不少钱,我如果能在奉天找点活干,一来离晓阳近了,娘俩儿能经常见面;二来,多少挣点钱供她念书,生活压力就轻了。"于凤至痛快地答应:"行,我回去的时候你们母女就跟我去奉天。""谢谢你了,姑奶奶。"蒋嫂感激地流泪了。

于凤至在受淹的村屯踏查了大半天,然后到了梨树、怀德,在当地官员的陪同下,一共查看了十几个居民点。她算计,这几个县大约受灾三千多户,一万五千多人口,每天至少得一万五千斤粮食。如果再帮助灾民修房子,没有三千万块大洋,很难解决这些灾民的温饱。虽然娘家"丰聚长"有钱,也难以承担这么高的费用。她陪嫁的两个钱庄,有些余钱都帮助张学良修建军港、买军火了,现在已经是囊中羞涩。怎么办呢?晚上,于凤至翻来覆去睡不着,想来想去想出了一个办法:回奉天请京剧大师梅兰芳搞募捐义演,动员城里的达官显贵、巨商大贾为灾区捐钱。

几日后,于凤至回到奉天。她把蒋嫂母女安顿之后,就找奉天省长刘尚清。刘尚清十分关心大辽河两岸的灾情,听了于凤至的请求,立即决定由于凤至牵头成立奉天省救灾委员会,在奉天公开募捐,省府全力支持。

救灾委员会成立了,梅兰芳也请到了。救灾委员会决定在奉天中山大戏院由梅兰芳领衔搞三场义演。

于凤至带头募捐,省府的太太们和社会名流纷纷捐款,先后捐了两千多万大洋。令她没想到的是,前来捐款的还有三十几个衣衫褴褛的讨饭乞丐。乞丐帮主祁老五将半袋子铜钱"哗啦啦"放在桌上,把于凤至吓了一跳:"你们这些讨饭的人哪来这么多钱?"

祁老五一身江湖豪气:"我们这些人都身住灰窝,走街串巷,凭着哈了巴、金钱板,求爹跪娘,是吃开口饭的,全凭百姓救济,才得以温饱。如今,乡亲们受灾了,我们不能去救灾抗洪,只能沿街义讨,为受灾的乡亲们讨俩钱儿,买点粮食吃。"

祁老五这一番掏心窝子的话,感动得于凤至两眼泪光。她万万没想到,这些靠着讨饭为生的乞丐,为了救灾还到各地义讨,实在是可歌可敬啊!

然而,正当于凤至为灾民们呕心沥血、奔走呼救苦心募捐的时候,一场剑指于凤至的阴谋神不知鬼不觉地秘密展开。

杨喜德是杨宇霆的忠实走狗,甚至杨宇霆被蚊子叮了一下,他都要痒痒半天。为了替杨宇霆出一口恶气,他背着杨宇霆干了一件蠢事。他暗地在黑道里找了几个无赖,在场面上捐了十几块大洋,在最后一场募捐义演即将开始的时候,他们以捐款人的身份趾高气扬地走进剧场。主持人刚刚公布完捐款人的名单,他们跳上舞台,气势汹汹地向于凤至发难。

一个络腮胡子男人歪曲事实,大肆煽动:"乡亲们,我们都受骗了,大帅府的夫人于凤至以为灾区捐款的名义,募捐了两千多万大洋,这些钱她都给了老家郑家屯,其他灾区没得到几个钱,这不是沽名钓誉、欺世盗名嘛!"

另一个瘪腮的男人也跳出来像狼犬一样地狂吠:"我是梨树县的灾民,听说于凤至募捐了两千多万大洋。我们那儿是一分钱也没有得到,这些捐款是不是都塞进她个人腰包了?"

又一个胖男人更加猖狂:"我是东丰县的农民,我们那里淹得很厉害,上万亩的农田都泡在水中,灾民们都断粮几天了。于凤至把捐款都给了她老家用了,这是假公济私,欺骗社会,我们不能答应!"

接着,台下一帮混混儿肆无忌惮地疯狂叫嚣:"于凤至假公济私,为张学良欺世盗名原形毕露!""于凤至利用善心为自己脸上贴金,罪不可赦!"

会场中,人们不知道事实真相,他们惊惑、狐疑又不知所以然。那几个流氓又趁机煽风点火,会场上乌烟瘴气甚嚣尘上,一片混乱。

第十四章

一

中国有句谚语:"诽谤有时不会让被害者受伤,反而让造谣者身败名裂。"尽管杨喜德挑唆那几个跳梁小丑在募捐义演大会上极尽污蔑造谣之能事,但人间正义没有缺席。被于凤至邀请的梨树、德惠、东丰三县的官方代表,对这几个流氓的卑劣行径十分愤慨,他们及时登台,用无可辩驳的真实数据回击了这些无中生有的诽谤。

为梨树县捐的五百万大洋已经拨到梨树县政府,怀德县接受的十万斤救济稻谷已经进入灾区,为东丰县捐献的一千套棉被已经发放到灾民手中。最后,郑家屯的官方代表公布的捐献情况,让在场的人们惊奋、感动。于凤至娘家的"丰聚长"粮栈已经为灾区捐献了十万斤上等稻谷,"丰聚永"酒厂为灾区捐出一万套新做的被褥,于凤至从她锦州钱庄里拿出五万大洋的真金白银,全都捐给了灾区。

会场上形势骤然大变,人们对那几个闹事者唇枪舌剑大加痛斥,这几个人无地自容,只好夹着尾巴灰溜溜地走开了。站在远处的杨喜德生怕自己暴露在光天化日之下,趁人不备偷偷地溜出会场。

杨喜德刚刚回到杨府,杨宇霆就劈头盖脸地臭骂了他一顿:"小德子,你办事儿也太他妈小儿科了,你以为,用那几个脑袋被驴踢了的蠢猪,只凭着道听途说的消息,就能给于凤至抹黑吗? 别说是那些救灾款于凤至没有给郑家屯,就算是给了她家乡的灾区,那又能有多大的污点? 我们的目的是把张学良拉下马,不是小孩子打架,往于凤至身上泼脏水扣屎盆子有用吗?"

杨喜儒的舌头好像被人咬了半截,干鸣鸣说不出话来。他的拙劣表演,给杨子霆帮了倒忙,反而给于凤至壮了脸,帮张学良抖了威。第二天,《奉天时报》头版头条刊载了题为《于凤至不忘桑梓,倡导募捐,灾区百姓吃饱穿暖》的文章,在奉天城内外引起了轰动。街头巷尾,人们交口称赞于凤至关心百姓的家国情怀。

时势造英雄,这个原来只是想在大帅府内修身、齐家的少夫人,如今却不由自主地走出帅府,成了社会上红极一时的名媛,名噪辽河两岸。

二

张学良派到南京与蒋介石谈判的代表王家祯回来了,他给张学良带来一个好消息。蒋介石不仅同意张学良提出的南北统一五点建议,让东北军据守东三省保境安民,而且还想提升张学良为国民革命军的副司令,协助他统率全军。

张学良阴沉多天的脸上,闪出了久违的微笑。鉴于目前形势,事不宜迟,张学良即刻召集东北行政委员会讨论易帜问题。

自从老帅遇难以后,于凤至一直有些担心:他这个不过三十的丈夫,虽然跟着父亲关内关外闯荡这么多年,但能不能像老帅那样掌控时局,直辖诸侯? 能不能稳住江山,让日本人不敢轻举妄动? 确实举步维艰。她作为夫人积极进取建言献计并不是为了抛头露脸地参政,而是为了分担丈夫身上扛着的重大责任。

于凤至建议张学良,先跟几位老将和王以哲等那些少壮派吹吹风。张学良告诉于凤至,他已经跟这些人都打过招呼了,他们一致同意南北统一,改号易帜。

几天后,一场讨论南北统一、改号易帜的会议开始了。东北行政委员会的所有成员以及各省的督军、省长齐聚老虎厅,郑重其事地讨论这个关乎东北三省前途命运的大事。

张学良先介绍了与蒋介石谈判的内容,以及易帜后东三省的前景。主要有三条:一、与蒋介石议和南北统一,停止内战利国利民。二、一个国家实行统一不再分裂,这是天经地义大势所趋。三、国家统一成为一体,日本人如果胆敢进犯,那就是全中国人民的敌人,势必全国共讨之。

讨论一开始,无论是几位老将,还是于学忠、王以哲等少壮派都强烈表示:这些年,他们金戈铁马南征北战已经精疲力竭,更何况目睹自己的士兵在腥风血雨的激战中,一个个做了枪下之鬼,让他们的心里流血,苦不堪言。如果能跟蒋介石实现南北统一,就此罢兵,不再有内战伤亡,这是他们最愿意看到的大好局面。为此,他们的发言形成一个主流,那就是,赞成与蒋介石议和,实现国家统一,全力防范日本人。

尽管常荫槐、李泮林等几个人抛出一大堆理由反对易帜,但在人们期盼和平这个大主流的冲击下,他们的发言只能是没有多大威力的噪音,改变不了会议的走向,张学良已是稳操胜券。

杨宇霆不同意易帜,并不完全是反对南北统一。他也深恶痛绝多年来的军阀混战,可担心的是:蒋介石老奸巨猾,他的葫芦里究竟卖的什么药?如果想摆脱日本人的威胁,又跌进了蒋介石设下的圈套,岂不是刚脱虎口,又入狼窝?然而,会议已经形成了无法撼动的群体意识。如果他还像一个跳梁小丑那样硬着头皮反对,必然是以卵击石,一定碰得头破血流。因此,他只能收行敛迹,等待时机,适时反扑。

1928年12月29日,张学良、张作相、万福麟、翟文选等人联名向全国通电:宣布遵守三民主义,服从以蒋介石为首的南京国民政府。从而标志北伐战争的结束,实现了中华民国的统一。

在蒋介石派出的代表张群、郭铁君的见证下,张学良在大帅府内举行了易帜仪式。东北各地同时降下了北洋政府的五色旗,换上了南京政府的青天白日旗。从这天开始,一直叫了二百多年的奉天城改为沈阳。

其实,真正害怕南北统一的并不是杨宇霆,而是一心想吞掉东三省的日本关东军。从张作霖被炸以后,日本关东军就想趁奉天群龙无首之际大动干戈。没想到张作霖死活不明,接着东北的权力像变戏法似的迅捷过渡,他们找不到理由无法下手。现在,张学良东北易帜与蒋介石搞南北统一,北虎南彪相拥抱团,势必给日本实现满蒙计划造成很大障碍。为此,土肥原派张作霖原来的日本顾问菊池到大帅府去打探情况。

菊池一筹莫展地告诉土肥原:"张作霖被炸之后,张学良对日本人深恶痛绝。这次会议搞得非常严密,他根本不可能走进帅府。现在杨宇霆跟张学良势不两立,如果把杨宇霆招安,让他成为我们的朋友,推倒张学良指日可待。"

土肥原沉沉一笑:"你是错看杨宇霆了。表面上他是一个日本留学生,跟我们日本人交往甚密,其实,他的骨子里还是铁杆的保土派,一心保护东三省。正因为他非常了解我们,才是我们最难对付的一个对手。他跟张学良有政见上的分歧,不过是一山难容二虎罢了,我们要控制满洲,不能把希望寄托在他身上。"

菊池不解:"我听说他去年还去过日本,而且交了不少朋友。"

土肥原弓着嘴角阴阴一笑:"本来张作霖被炸之后,我们想扶他上台,可当我们跟他密谈的时候,他一口就拒绝了。他说,'我们东北的事是我们内政,不希望你们日本人插手'。"

菊池迟疑地问:"机关长,我们该怎么办呢?"

号称是中国通的土肥原,给他讲了一个中国明朝的"离间计"。

明朝的关东大将袁崇焕是清朝皇太极的劲敌,皇太极几欲杀之而后快。由于袁崇焕当时杀了辽东名将毛文龙,引起明朝皇帝崇祯的震怒,想要杀袁崇焕又下不了决心。皇太极为了离间这对已经出现裂痕的君臣,抓住了明朝两个宫内太监,把他们送在一个房子里,又派另外两个自己的人住在他们的隔壁,故意大声造谣说袁崇焕早已私通清朝,密谋造反朝廷,然后又把那两个太监放回了宫中。皇太极的离间计果然奏效,崇祯皇帝一怒之下杀死了袁崇焕,帮皇太极消灭了一个劲敌。

菊池听完这个故事依然有些迟疑:"如果我们使用离间计,只能杀杨宇霆,却不能灭了张学良啊?"

土肥原沉沉一笑:"先除掉一个祸害就是我们的胜利,你不用着急,我们绝不会让张学良当第二个东北王。"

菊池信誓旦旦:"请机关长放心,我们一定想法除掉杨宇霆。"

土肥原掏出一把手枪"啪"地放在桌子上:"我们要设法让他们鹬蚌相争,最终渔翁得利!"

菊池双脚并拢,俯首听令:"明白……"

三

一直以来,杨宇霆被权力欲望迷住了心智,现在奉天易帜这场东北大地爆发的春雷却把他惊醒。这时他才感到,往日里在他的眼里只是个阿斗的小六子今非昔比,羽翼日渐丰满,已经成了臂力千钧的大人物了。尽管他和常荫槐带领几个追随者一再抵制,张学良却在激烈的博弈之中脱颖而出勇闯潮头,实现了南北统一。让他这个曾经被众星捧月的奉军大佬,败在一个小虎崽子手下,他确实窝火闹心。当然,他还是愤愤不服:"我杨宇霆反对张学良主政东北,反对他易帜,难道仅仅是为了我自己吗?张作相你们这帮老东西!王以哲这小崽子!为什么就跟小六子沆瀣一气,跟我作对呢?张作相,你们这帮老家伙糊涂啊!王以哲,你们这帮跟腚郎子愚蠢啊!……蒋介石本来就是一只老狐狸,这些年他玩了多少人?现在你们归顺在他的麾下,早晚有一天,被他姓蒋的吞了你们都找不着北呀!"

就在杨宇霆满腹抱怨的时候,常荫槐向他报告了一个令他鼓舞的消息:昨天晚上黑龙江的一个朋友来电话,说南北统一也算是一件好事,可蒋介石这只老狐狸不可信,咱们东三省,可别让他给玩了啊!我们不能听之任之啊!

杨宇霆如释重负地出了口长气:"那么说,不同意易帜的大有人在呀!"

常荫槐依然希望杨宇霆东山再起,奉承道:"邻葛,你可是奉军的老臣啊,你吆喝一嗓子会有多少人都当成圣旨啊,不能让小六子与狼为伍呀!"

杨宇霆把还没烧尽的烟头狠狠地按在烟灰缸里,狂傲地一笑:"其实,那天的会议上我是小试牛刀,试试小六子的火力。现在我明白了:小六子已经把几个老将还有几个少壮派收买了,我们必须改变策略。"

"我们不是已经把那些人笼络在一起,组成联盟了吗?"

"光组织联盟还不够,我们应该在长远问题上下手。眼下,不能追求一时一事的得失,要抓住东北三省的命脉,必须把铁路抓在手里。"杨宇霆狠狠地一攥拳头,"关键的时候就能卡住他的脖子。"

"邻葛,说得太对了。"常荫槐一脸希冀地,"铁路是东三省的命脉,只要把铁路抓在我们手里,那就是抓住了他小六子的命门啦!"

"老帅在世的时候,曾想让你掌管铁路交通,之后老帅走了,这事儿就搁置了。我想借着兑现老帅的遗愿,让你做东三省交通委员会主任,掌管东北铁路交通。"

常荫槐自鸣得意地竖起大拇指:"高!东北铁路要是抓在我们手里,那张学良就少了一个轮子。他再想唯我独尊吆五喝六的,东三省的事儿就由不得他了。"

杨宇霆狠狠地撇了一下嘴,下决心似的:"那我们就把铁路线抓在手里。"

从此,杨宇霆与张学良的对决开始升级了。杨宇霆为了拉拢他的党羽集中力量反对张学良,进而夺取东三省的铁路大权,以庆贺他父亲七十大寿的名义,邀请他的军方老友、政界幕僚、下属亲信到杨府给老人家祝寿。同时,也给张学良发了一封烫金的请柬,请君入瓮。

张学良接到请柬之后,有些犹豫,他不知道杨宇霆祝寿背后搞什么名堂,该不该去。于凤至从容地开导丈夫:"'天称其高,以无不覆;地称其广,以无不载;日月称其明者,以无不照;江海称其大者,以无不容。'杨宇霆毕竟是父帅的老臣,请柬都发给你了,不能不给人家面子,更何况他搞什么名堂你不去怎么能知道呢?"张学良觉得夫人说得在理,如期赴约了。

杨宇霆父亲的寿宴准备得相当隆重,宽敞的大厅里张灯结彩、披红挂花、高朋满座。特别是桂系军阀白崇禧、山西军阀阎锡山、西北冯玉祥的代表位列其中,宾客们谈笑风生,一团和气。

张学良跟于凤至携手走进大厅,杨宇霆、常荫槐以及那些党羽装作没看见似的依然旁若无人、推杯换盏,这大大地挫伤了张学良的自尊心。于凤至悄悄嘱咐丈夫,小不忍则乱大谋,张学良忍了。二人扫了一眼宾客,在偏远的一张桌子前坐下。最让张学良不能容忍的是,他们夫妻进来时连个扁屁都没放的杨宇霆、常荫槐,酒过三巡之后突然来到桌前,一唱一和地跟他大言不惭地要官儿:"少帅,老帅在世的时候答应让常荫槐出任东三省交通委员会主任,现在老人家走了,你子继父业,他老人家答应的事,你不能丢垃圾似的抛在一边吧?"

张学良非常清楚,铁路是东三省的命脉,谁掌握了东北铁路,谁就有了东三省的控制权甚至话语权。杨宇霆帮常荫槐争当交通委主任,是想跟他争夺半壁江山。他想了想推托道:"杨总长,常省长坐上黑龙江省省长位置没几天,现在又要当这个三省交通委员会主任,我个人怎么有权决定呢? 这需要东北行政委员会讨论决定才行啊!"

常荫槐讪着脸子似笑非笑地说:"东北行政委员会还不是你张汉卿说了算吗? 走那个过场就不用了吧!"

"六子你就别推辞了,老帅答应的事儿你要不办,你还是张作霖的儿子吗? 马上签字吧!"杨宇霆说着,伸手掏出一份写好的委任状,咄咄逼人地送到张学良的面前。

这简直就是在大庭广众之下逼他交权呢! 张学良强压火气:"我今天是给老爷子祝寿的,不是来给你们杨府办公的,想要官哪天到大帅府,咱们一起商量讨论。今天恕不奉陪,得罪了!"他拉了于凤至一把,"咱们走!"

在众目睽睽之下,张学良和于凤至不卑不亢、威而不怒地离席而去,大厅里立时静了下来。

张学良、于凤至压着心火坐车从杨府出来。路上,张学良埋怨于凤至:"我说不来参加这个寿宴,你偏要来。怎么样?我们进去了,人不搭讪狗不理。这还不算,他们还当着大家的面向我要官,简直欺人太甚。"

于凤至极力安慰丈夫:"你要不来,怎么能看到这个场面?他们请来的不仅有吉林、黑龙江、热河的一些要员,还有白崇禧、阎锡山、冯玉祥派来的代表。依我看,杨宇霆是要把一些对你有意见或者反对你的人笼络在一起,组成一个反张联盟。"

开车的谭海气愤地插话:"你们没看见吗?冯玉祥、阎锡山、白崇禧的代表都坐在首席了,却把你们夫妻排到了墙角。干吗呀?这不是故意把你们二人当成小菜一碟吗?"

张学良闭着嘴巴闷闷地出了一口长气。

轿车已经过了一片树林,突然,从树林里跳出来两个蒙面人,冲着行驶的小车猛地开了两枪。子弹虽然没有打中车体,却从车上面划过,发出刺耳的尖叫声。于凤至吓得双手抱着头缩在座位下面。

"有刺客!"谭海猛地加大油门,汽车加快速度向一旁拐去。

张学良立即掏出手枪,冲着车外一看,那两个人已经钻进了一片树林。就在这时,在半路上接应他们的钱辅廷、杜尚臣率队迅速跑来,轿车立即停住。

钱辅廷疾问:"咋回事儿?"

谭海答:"树林里有刺客。"

杜尚臣说了一声:"快追!"立即率队向树林里跑去。

回到帅府,张学良、于凤至坐下来分析这次刺杀事件的真凶。张学良认为一定是杨宇霆干的,除了他没有人能干这种卑鄙的勾当。于凤至却有点迟疑,方才在酒会上他还要官呢,怎么刚一出来就派杀手搞暗杀,这么做是不是太愚蠢了?聪明的人有时候也最愚蠢,他要官其实是一个幌子,他们真正目的是要掌握东北铁路的控制权,要东三省的半壁江山。

这时杜尚臣快步走进来报告:"少帅,那两个刺客我们没有抓到。不过,我们在树林里捡到了一把短枪,上面还染着一点血迹,一定是那个杀手受了伤,枪被打落在地了。"说着,把短枪递给张学良。

张学良一看是把狗牌撸子,枪柄上编号是1007。他立即抓起电话打给军械处,让他们查1007编号的这支手枪是哪个部队的。不过五分钟,军械处回电报告:经查 1007 是杨宇霆卫队的手枪编号。

张学良一巴掌拍在桌子上："怎么样？我说是杨宇霆干的吧，没错，现在物证都有了，他逃脱不了干系。"

杜尚臣愤愤地说："现在有了这把手枪，我们可以直接去找杨宇霆，要逼他交出凶手。"

于凤至摇摇头一声淡笑："没用，你去找他，他就说手枪丢了，你们找谁去证实？"

张学良想了想又冷静下来："尚臣，你先去告诉钱辅廷他们，这事儿暂时保密不能声张，对付杨宇霆我自有办法。"

"是。"杜尚臣敬了个军礼，转身走开。

杨宇霆在张作霖出殡时给张学良"挖坑"，在讨论易帜时又一再反对，已经让张学良忍无可忍。现在，不仅在寿宴上"逼宫"不说，而且半路"截杀"，更让张学良怒火中烧。在他看来，杨宇霆已经是他势不两立的死敌，不除必有大患。心地善良的于凤至却不想发生这种血腥的案件，杨宇霆毕竟是父帅的老臣，更何况他在奉军中有一定的威望，你杀了这样一个举足轻重的人物，也许会在奉军当中引起震荡。张学良一时拿不准主意，想用抛银圆决定杨宇霆的生死。结果抛了三次都是字面朝上，张学良认为这是天意，断然决定杀杨。

一直心慈手软的于凤至半辈子没做过横事儿，在处理杨宇霆的事情上，她相信天命：是啊，你杨宇霆请我们去给你父亲拜寿，不仅对我们视若无睹，还在大庭广众之下逼汉卿要官，汉卿答应回去研究，这已经是仁至义尽了，干吗还要派人半路截杀？这样的人要是留下来，汉卿还能保住命吗？东三省能不大乱吗？自作孽不可活，既然老天爷决定他死，留也留不住："汉卿你决定吧。"

事实是，土肥原为了离间张学良和杨宇霆，派人偷了杨宇霆卫队的一把手枪，制造了这起半路袭击事件，目的是一枪两鸟"激张杀杨"。这样一来，一方面除掉了奉军中的反日干将，另一方面也让张学良陷入不义之地——杀了他老爹的重臣。也许，日后就会让这个敢于冒天下之大不韪的东北少帅成为孤家寡人。

四

张学良经过慎重思考,决定把杨宇霆与常荫槐邀请到大帅府一起杀掉。他安排了杀手之后,吩咐谭海给杨宇霆打电话,声称少帅已经与几位老将商量,同意任命常荫槐为东北交通委员会主任,让他们来大帅府接受任命,授权签字。

在杨宇霆眼里,张学良的权术谋略,跟他相比本来就不是一个等级的。他这个东北军的小诸葛几乎用不了多少力气,就会让这个才脱几天开裆裤的小六子败在手下。为此他在电话里声称:近日偶感风寒,身体不适,不能与常荫槐去帅府接任,请求少帅直接下达任命常荫槐的公文确认。

张学良听到这番回答先是一惊,还没等回答,那边已经把电话挂了:"这老东西,难道真知道我要灭了他?"想了想抓起电话要找杨宇霆试探究竟。

于凤至一把将电话摁住:"汉卿,不能打。"

"我想告诉他,我让他们来不仅仅是接受任命,还要商量交通委员会的工作。"

于凤至半开玩笑地说:"你这是提着打狗棍子叫狗,那狗本来就害怕,你越叫那狗不是吓得越远了吗!"

"那怎么办? 这件事必须迅速解决,时间越长越容易暴露。"

于凤至给他讲了一个"放饵钓鱼"的故事:二十年前,老家"丰聚长"粮栈存了不少绿豆,已经存了一年多,本来想贱卖给顾客,可越是贱卖,人们越是不买。这就是上赶着不是买卖。后来,于凤至的父亲于文斗不光把绿豆贮起来,还找几个托儿嚷嚷着要出高价买绿豆,而且越吵阵势越大,造成一种抢买的趋势。于文斗一看要买绿豆的多了,这才把绿豆拿出来,两天就高价卖光了,挣了笔大钱。

张学良恍然大悟:"你别说,这真是个好主意,我们想办法欲擒故纵,再请君入瓮。"

正好,这天英国铁路工程师伊雅阁来找张学良。洮索铁路(洮南至索伦的铁路)准备开工,邀请张学良去参加开工典礼。修建洮索铁路是张学良主政东北以来,东北当局自己设计、自己修建的一条铁路。这条铁路一旦修成,就可以跟四洮(四平至洮南)铁路接轨,从沈阳经过四平再经过洮南,就可以到中国的北疆索伦了。如果再连上中东铁路就能从索伦辗转到北京。这对于东北的战略作用以及经济发展,是一条非常重要的生命线。张学良非常重视,安排一下工作,便同伊雅阁乘车去了洮南。

古罗马哲人塞内加说过:"生活好似演戏,成功与否,不在乎情节有多长,而在于演技有多高。"为了刺激杨宇霆、常荫槐的官欲,于凤至指使杜尚臣、钱辅廷找了三个托儿。第一个是奉天省交通委的刘喜奎,第二个是东北铁路临时代办处的宋有学,第三个是热河省的王建章。有意透风说他们几个人可能是交通委主任的人选,让他们到帅府跑官儿,制造一种抢官帽子的局势。

这几个人为了争得交通委主任,不仅三天两头跑到帅府游说找关系,而且贿选拉票求大家为他们说话。特别是那个刘喜奎,他大张旗鼓地摆了几桌酒席,还特地把常荫槐请去做客:"常大哥,我听说少帅要任命你当交通委主任,你不稀得干。这回,你就成全成全兄弟呗!咱兄弟处了这么多年了,没有交情还有人情呢,关键的时候拉兄弟一把吧!"

常荫槐吃惊地说:"你要当交通委主任?"

刘喜奎"嘿嘿"一笑:"大哥,不瞒你说,我听人说少帅想到我了,这可是出人头地最好的机会呀!我的哥呀!你帮兄弟说点好话呗!"

刘喜奎仿佛是把一块鸡骨头送到常荫槐的嗓葫芦里,让他吐吐不出来,咽又咽不下去,只好故作清高地讪讪一笑:"其实,我真不想干。行,你想干,我一定帮忙!"

"谢谢哥!"刘喜奎抱拳拱手。

散席之后,常荫槐都没顾得回家,立即来找杨宇霆:"我的总参议呀!交通委的人选,小六子已经另选别人啦!"

"什么,另选别人了?"杨宇霆大吃一惊。

"因为这是个肥缺儿呀!有几个人听说小六子要选别人,他们就像抢孝帽子似的争红眼啦!有的挖门子掘洞,有的托人说情,想抢这个美差呀!"常荫槐怕失去机会,心急火燎,说话时有些站立不稳。

杨宇霆心里猛地一沉,捏着下巴思量道:"看样子,小六子要把铁路交通委攥在自己手里呀!"

常荫槐急不可待地:"邻葛,我看咱们就别硬撑着了,赶快找他接受任命吧?"

杨宇霆"哼"地出了一口粗气……

于凤至这个"上赶着不是买卖"和以逸待劳的招数,果然奏效。一心想当交通委主任,急得猴跳似的常荫槐听说张学良回来了,立即打电话,首先自我检讨:"少帅,前几天你打电话让我和杨总长去接受任命,当时我也身患感冒卧床不起,没有去。今天上午听说你回来了,我赶紧给你打个电话,看看你什么时候有时间,方便的话,我们俩去帅府听你的指示。"

张学良心里暗暗一笑:"这两条老鲶鱼终于上钩了。"当即回答:"明天上午九点,我在老虎厅等你们。"

"好……好……好……"

张学良撂下电话,立即找副官谭海、刘玉清、李英毅,就如何处决杨、常作了精心安排。谭海几个人当场表示:"只要他们来,绝不能叫他们活着出去。"

第二天,杨宇霆、常荫槐真的乖乖来到帅府老虎厅。

于凤至身为大家闺秀,小的时候都不敢看家人杀鸡宰鸭,别人拍死一只蝴蝶,她都会痛心落泪。今天为了保护东三省的安危,为了张学良权力的稳固,她被卷进了权力角逐的旋涡,不仅参与而且要亲自见证这场血腥的绝杀。她担心杨宇霆这个长着八个心眼儿的老狐狸,如果杀他不成后果将不堪设想。她就像怀揣兔子那样心里忐忑不安。

墙上的时钟一秒一秒地向前走着,虽然点击声极其细微,可就如一把重锤似的敲在她的心上。时间过了十分钟,老虎厅那边还没有动静,她急得搓手挠心,想出去看看,刚刚打开房门又把它关上。然后,走到窗前心焦意乱地向院里看去。

院里一切非常安静,没有行人,没有吵闹。花园中的柳树在微风中轻轻地摇曳。树上的几只小鸟叽叽喳喳,像是在低低窃语。这安静的气氛跟于凤至恐慌的心理形成了巨大的反差。她有些按捺不住了,转过身向门口走去。突然,老虎厅那边"啪啪啪"传来几声枪响。仿佛那枪弹是打在她身上似的,她赶紧用手捂住胸口……

钱辅廷匆匆走过来,向于凤至报告:"大姐,杨宇霆、常荫槐两个人被击毙了。"

说不上是激动还是自责,于凤至身子一软倚在门框上……

五

杨府要为杨宇霆举办葬礼,张学良为了安抚杨家的人,偕夫人于凤至前去吊唁,不仅在灵前跪拜,还送上一副既是检讨又有解释之意的挽联:"讵同西蜀偏安,总为幼常挥痛泪""凄绝东山零雨,终怜管叔误流言"。然后,掏出二十万大洋的银票作为抚恤金送给杨宇霆夫人王秀怡,并表示一定照顾杨家儿女,让他们日后前程似锦。

然而,杨家失去了顶梁柱,这种撕心裂肺的伤痛,岂是挽联和二十万大洋所能抚平的?他们只能是哑巴吃黄连,有口难言。

杨宇霆、常荫槐被张学良处决这个爆炸性新闻,犹如一股突起的风暴,石破天惊。人们惊愕惶惑猜疑不解,有的说:"张学良杀得有理。"有的说:"杨宇霆死得冤屈。"是非曲直众说纷纭。

张作相、汤二虎、张景惠等几个老将听到这个消息以后,就像心坎上突然压了一块大石头,一阵心惊肉跳。这时他们才感到:张学良已经不是半年前一见面就点头哈腰称大叔、大伯的小六子了,与他爹张作霖比,手更黑心更狠,竟敢痛下杀手除掉他父亲麾下的重臣。慑于张学良在内忧外患之时大胆亮剑,他们只能顺情说好话:"杀得对!""杀得好。""给东三省除掉了一个祸害。"此后,他们更加小心翼翼暗自提醒自己:"今后可要多加小心,小六子比他爹还狠,可千万别惹这个小老虎啊。"张学良怒杀杨、常,不仅是灭了一个劲敌,也给他爹的拜把子兄弟以震慑,他们三缄其口,不敢轻举妄动。

奉军内部有相当一部分人怜杨惜常,认为杨宇霆只是狂妄自大、盛气凌人,仅仅是瞧不起张学良而已,够不上"死罪"。更有甚者认为杨宇霆就是东三省威慑日本人的一根定海神针,有他在东北军,日本人不敢轻举妄动。

各种非议传到于凤至耳朵里,这个向来处事谨慎的女人心里也开始划魂儿:"难道是我和汉卿莽撞了,杀错了杨宇霆?……"她不知道这次杨、常事件的发生是福是祸,更不知道以后东三省的政局是稳定还是动荡,她拉着张学良来到家庙,双双跪在张作霖灵柩之前。

张学良首先向去世的父亲谢罪:"爸,杨宇霆、常荫槐被我杀了。你儿子不是意气用事,也绝不是个人恩怨,我之所以这样做,完全是为了东三省的安危呀!"

于凤至也虔诚苦求:"爸呀!您的在天之灵保佑你儿子,保佑东三省吧……"

两个人俯身跪地连磕三个响头……

第十五章

一

这段时间，住在天津的赵一荻听说帅府发生了这些触目惊心的事情之后，一直牵肠挂肚惴惴不安，她跟张学良三天两头打电话询问情况，好言安慰。

张学良闲下的时候，也偷偷地跑到天津与赵一荻幽会，很快赵一荻就身怀有孕了。她刚刚十七岁，名义上还是个黄花闺女，当发现自己小腹微微隆起，怎能不心慌意乱？想了又想，决定去沈阳找张学良。临走那天，哥哥、嫂子把她送到车站，赵一荻来到沈阳，张学良惊奇而又惶惑，考虑再三，没敢把她接到帅府，在外边找了一所房子暂时居住。

赵一荻的父亲赵庆华，原是北洋政府交通次长，早就听说张学良是个风流将军，极力阻止女儿赵一荻与张学良来往。然而，赵一荻对张学良一往情深，魂牵梦绕，爱起来就放不下。赵庆华听说张学良这个风流少帅玩过不少女人，害怕他喜新厌旧，始乱终弃，甩掉赵一荻。女儿去沈阳后，他在香港《大公报》上连续五天发表声明："四女绮霞，近日为自由平等所惑，竟自私奔，不知去向。查赵家祠规第十九条及第二十二条，应行削除其名。本堂为祠任之一，自应依遵家法，呈报祠长执行。嗣后，因此发生任何情事，概不负责，此启。"赵庆华跟赵一荻"断绝父女关系"的真实目的是轰鸭子上架，让张学良就范。

这些年,张学良除了拈花惹草之外,真正属于他的女人只有于凤至、谷瑞玉和赵一荻,这三个女人中,他崇拜的是于凤至,爱的却是赵一荻。如果把于凤至比作一潭静水,谷瑞玉是一股激流,那么赵一荻就是一汪清泉。静水可以养生,激流给他刺激,清泉却让他享受甘甜,他喜欢赵一荻的明媚和清纯。虽然给谷瑞玉私立外宅,近乎闹得他人仰马翻,现在两人差不多分道扬镳。可是赵一荻来了,他还是顶着压力在大帅府外金屋藏娇。

这天,赵一荻又犯了小病,时不时地口吐酸水,她心里隐隐作跳。心想:如今自己已经怀孕,如果再不跟于凤至把事情公开,日后孩子出生,就更无法收场了。张学良来时,赵一荻忧忧悒悒地劝张学良跟于凤至把事情挑明,张学良也觉得不能再隐瞒下去了,痛快答应。

好事不出门,坏事藏不住。他哪里知道,于凤至早已经听说了。她怒不可遏:你张汉卿为什么就这样贪花恋色呀? 一个谷瑞玉刚刚打发走,你又找了个赵四。杨宇霆、常荫槐的血你还没有擦干净,竟然有闲心风花雪月?

张学良回家了,他怯生生地看了一眼夫人,没有坐下,在屋里走来走去却不说话。于凤至一眼就看出来他是为赵一荻的事局促不安,心里好气又好笑。暗道:"看你能憋到什么时候?"

张学良走到于凤至跟前,想要开口又难以启齿,一屁股坐在沙发上假装喝水。

于凤至假装糊涂地问:"汉卿,你在我身前转来转去的,是不是有什么话要说呀?"

"啊……这……"张学良一阵尴尬,"没事,没事……"

"没事,你在屋里转什么呀? 都把我转迷糊了。"

"啊,你那是昨晚上没睡好,要不然哪能迷糊。"

"可不是嘛!"于凤至借题发挥,"昨天夜里没睡好,半夜做了个噩梦把我气哭了。"

"做啥梦了? 你还气得那样?"

于凤至编着瞎话敲打丈夫:"梦见你背着我在外面娶了一个小妾。"

张学良如芒刺在背,慌然一动。

于凤至乜斜了丈夫一眼,接下去说:"你把她接到沈阳安排到外宅。我连连问你,你还跟我撒谎,把我气得大哭一场,早晨醒来枕头边儿还湿着呢!"

张学良心里的伤疤似乎被于凤至猛戳了一下,暗暗一颤,心想:"啊,她知道了?"便索性大胆地试探,"你做梦我纳了妾你就哭得那样? 如果真的纳了一个女人,你还不得闹翻天哪!"

"哪能呢?"于凤至以攻为守,话外有音,"我的男人张学良现在主政东北,是东三省首屈一指的大人物。现在老爸去世不久,又刚刚除了杨、常,日本人正隔岸观火,时局扑朔迷离,你哪能那么轻率地娶小老婆呢?"

"如果我真的娶了小,你咋办?"

"别开玩笑了!"

"不是玩笑。"张学良索性把话挑明,"大姐,我真的又纳了一个女人,她叫赵一荻,是天津人,她爸是原北洋政府的交通次长。"

"别说了,我不想听!"

"你不想听我也得说。"

"还是我替你说吧:她今年才十七岁,还是个孩子。她父亲曾在报纸上发表过声明,跟她断绝关系。她已经来到沈阳,现在就住在北陵。"

"这些你已经知道?"

"帅府上下都知道了,我于凤至又不是个聋子。"

"大姐,你说这事……"

"你能自己请神就能自己送神,别跟我说,我不听!"于凤至说着气哼哼地走进屋里,"啪"地关上了房门。

张学良上前急着敲门:"大姐,开门! 大姐,快开门……"

于凤至依靠在门上,一腔悲愤,眼泪哗地流了下来,她的整个身子滑落下来,无声地饮泣……

张学良满以为于凤至性情温顺心慈面软有话好说,没想到开始提赵一荻就碰了一鼻子灰。他不好意思面对赵一荻,只好草草地给赵一荻打了个电话让她等待。然而,赵一荻能等,她肚子里的孩子不能等啊! 不管是父母间发生了什么事儿,肚子里的宝宝却一天天地长大。不管你愿意不愿意让他生出来,他都要来到这个世界。又过了段时间,她已经是怀胎七月,再有两个月就要分娩了。实在是无奈,赵一荻只好硬着头皮自己走进帅府,拜见东北的第一夫人——于凤至。

躲在屋里的于凤至声称"身体不适"拒绝不见。赵一荻"扑通"跪在地上,隔着门喊话:"大姐,千错万错都是我的错。大姐,你就收了小妹吧!"

门里的于凤至依然无语……

赵一荻流着眼泪长跪不起:"大姐,小妹实在是走投无路,只好登门苦求大姐,孩子再有两个月就要出生了,你就可怜可怜这个孩子吧……"

门"哗啦"一声开了,于凤至双手捧着张作霖的遗像走出来。赵一荻一下子怔住了,这个凛然不俗的女人已经来到自己面前。

于凤至一脸严肃地问赵一荻:"你知道大帅留下的家训吗?"

"知道,张汉卿不能纳妾。"赵一荻对张学良毕竟是真爱,她把事情全揽到自己身上,"大姐,是我主动爱上了汉卿,而且如醉如痴穷追不舍。"接着,她又眼含热泪讲了父亲已经在报纸上"发表声明",扬言跟她断绝父女关系。现在她已经是身处绝境,无家可归了,说着已经泣不成声。

于凤至用怜悯的目光看着跪在面前的十七岁少女,看看她那隆起的腹部和她那满眼泪光。可能是由于怀着孩子,她脸色苍白,显得有些憔悴。于凤至心软了,她怅怅地叹息一声,比晚秋的风还要悲凉:"这个赵四小姐,比闾瑛才大三四岁,她还是个孩子呀!和父亲断绝关系,无家可归,我们再不收,她何去何从呢?"想了想,她用手拉起赵一荻,把她让进屋里,又较真儿地问:"你真心爱汉卿?"

赵一荻哽咽地说:"除了他,我宁可死也不嫁别人。"

"你为什么这样痴情?"

"因为他在我心目中是最好的男人,是个最有血性的大丈夫。"

于凤至感叹:"难得呀,你小小的年纪竟有这份真情!"出于可怜那个即将出生的孩子,也可怜这个为爱情痴迷失去自我的小女子,她来了个一百八十度的大转弯,当场表态收下赵一荻,不过她还留了一手:"我可以留你,不过你只能给汉卿当秘书,暂时不能住进帅府当夫人。"

赵一荻满口答应:"我只当他的秘书,永远不要名分。"

于凤至爱怜地看看一脸苦求的赵一荻,重重地叹息一声:"你先回住处吧,以后我给你安排。"

赵一荻恭恭敬敬地向于凤至行了大礼,又重重地说了声"谢谢",含泪走开。

十月怀胎,一朝分娩。不久,住在帅府外边的赵一荻就要生了。这个习惯呼奴唤婢众星捧月的赵四小姐,这时才感到做外室的凄凉与孤寂。宅内没有家人前呼后拥,身边没有亲人嘘寒问暖。如果张学良不来,她只能形单影只地手捂着大肚子在楼里徘徊。这个刚刚十七岁的少妇虽然没生过孩子,但她听说一个女人生孩子时候非常危险,甚至胎儿闷死在母亲的肚子里,母子双双丧命的事也偶有发生。这是多么可怕的鬼门关呀!她想打电话让母亲过来陪她,又一想母亲年迈不方便过来,何况父亲已经对她深恶痛绝了。她想让张学良陪她,又担心学良事情多无暇顾及。想来想去,既苦楚又害怕,伏在枕头上痛哭起来。

突然,有人敲门。赵一荻擦去眼泪,赶紧走过去打开房门。那个到帅府做用人的蒋嫂陪着于凤至走进屋来。赵一荻一愣,于凤至笑殷殷地告诉她:"你要生了,我和蒋嫂来接你。咱们帅府东侧有一座小红楼,原来是奉天省长王永江的住宅,让我盘了下来,你搬到那里去住。那里离帅府就一墙之隔,我和汉卿照顾你也方便。"

蒋嫂接下去介绍:"这座小楼是夫人自己掏钱为你买的,可阔气了。"

赵一荻百感交集,说不出话来。于凤至安慰她:"什么也不用说了,你今天就去产院,我和蒋嫂换着伺候你,等你出院了就搬进那个小红楼。"

赵一荻眼泪仿佛决堤的洪水"哗"地流了下来:"大姐,我真想管你叫一声妈妈呀……"

二

祸兮福所倚,福兮祸所伏。人就是在福与祸交替中历经幸福与痛苦,进而求得生存与发展。如果说张学良除掉了一个政敌,东北政局安稳了,现在又把赵一荻的事情公开了,是他们的福,那么接着又有一个祸事降临到他们头上。

于凤至的小儿子闾琪患了肺炎,而且病得十分严重,不仅咳嗽带喘,而且痰中还有血。于凤至害怕了,立即和张学良把闾琪送进奉天医院,虽然这家医院没有 X 光机,无法检验出孩子肺炎的程度,但是医生都千方百计地进行治疗。

这时,好久没露面的张学成赶来了。这些年他一直混得不好。大帅在世时为了锻炼他,把他派到吉林张作相的部下当了一名团长。令人气愤的是,这个浑小子却忘乎所以,仗着张作霖的权势胡作非为。因此,张作相一直没有提拔他。如今老帅死了,他知道张学良看不上他,为自己的前程,他只好硬着头皮来找那个一见他就烦的大哥。听说三侄子闾琪病了,为了讨好于凤至,主动联系日本顾问菊池帮忙,让于凤至带着闾琪到日本德仰医院,而且声称德仰医院有 X 光机,设备先进,能清晰地拍出肺部病灶。张学良一听十分反感:日本人把你老叔炸死了,你还让他孙子去日本人开的医院治病,你长没长脑子啊? 张学良坚决不同意到日本人的医院给孩子看病。于凤至只好带着闾琪来到一家德国医院,偏巧这家医院的 X 光机坏了,现正等着德国人来修,暂时也无法拍出间琪的病灶。

孩子的病比较严重,一咳嗽就是一大摊子血,不能再等了,于凤至上火嘴上起了一串大燎泡。

趁张学良不在,张学成又劝说于凤至:我大哥就是死心眼子!天下的老鸹不是一般黑,日本人也不都是坏蛋。再说,他和那个医院大夫还有点关系,他们能不好好给孩子看病嘛。孩子的病很严重,不能再拖了。于凤至一狠心,随着张学成带着间琪进了日本人开的德仰医院。

一个大夫把间琪领到 X 光室要给他拍胸片,间琪脱下上衣,站在 X 光机屏前等待操作。站在门外的于凤至心急火燎地盼着儿子快点出来,好看看儿子的病有多么严重。

突然"砰"的一声,屋里传出一声惨叫,于凤至大惊失色转身去推门,门反锁着,怎么也推不开。蒋嫂慌忙重重地敲打门板:"大夫怎么啦?快开门,快开门……"门开了,那个大夫一脸愧疚走了出来:"夫人对不起,X 光机爆炸了,孩子受了重伤。"于凤至和杨梅赶紧跑进去,扶起满身是血的间琪,喊叫孩子的名字。几个护士慌慌张张地跑进来,抬起奄奄一息的间琪,跑进抢救室。

尽管医院极力抢救,间琪因伤势过重,最终悲惨死去。于凤至椎心泣血,紧紧地抱住已经没有生命体征的间琪痛不欲生。

张学良回来了,他怀着一腔愤怒去找院长广田三野。广田三野歉疚地辩称:这台机器他们刚刚购进,不知何故,突然发生爆炸,医院已经把值班医生川岛开除。张学良怒火满腔,暴跳如雷,立即派谭海找川岛追查事故原因。然而,这个嫌疑人却偷偷地回国了。极力怂恿让间琪去德仰医院治病的张学成,一脸难堪地向张学良解释:"这事都怪我,我寻思这家医院有 X 光机,哪里知道机器还会出事儿啊!"

"啪!"张学良打了张学成一个嘴巴,两眼冒着怒火:"你张学成从来都没给老张家干什么好事儿,在外边儿三吹六哨,胡作非为!现在你又害了侄子,你简直就是张家的败类!"

张学成苦着脸子辩解:"我能害自己侄子吗?我也是一片好心想把他的病治好,没承想……"

张学良破口大骂:"滚,你给我远远地滚!"

张学成还想辩解,一看张学良那愤怒的目光,边走边在心里暗暗地骂道:"张汉卿,你根本就不配做大哥,你是我的冤家对头,我要让你看看,张学成离开你,能不能好好地活在这个世上!"

三

闾琪不幸死去,无法查出死因,不仅令母爱如山的于凤至痛苦不堪,就连那三个孩子眼睁睁地看着活蹦乱跳的小弟弟说没就没了,也难以接受,精神上的创伤一直挥之不去。特别是精神郁闷的闾珣,经常做噩梦说帅府爆炸了,吓得半夜坐起来大哭。于凤至很担心,她想赶紧让孩子们脱离这种可怕的梦魇。趁着暑假,要领着几个孩子出去散散心。正好这个时候葫芦岛军港竣工,要举行开航典礼。张学良带着于凤至和三个孩子,还有蒋嫂、杨梅、柳叶到葫芦岛参加开航仪式。

这天,海港上彩旗飘飘,锣鼓喧天。张学良携夫人、孩子登上军舰。在锣鼓洋号声中,张学良打响发令枪,几艘巡洋舰在鞭炮声中离开港口驶向大海。

张学良一家人站在船头,望着这远接着蓝天的大海。海上风平浪静,灿烂的朝霞把海面染红了,海面上一会儿涌起一片红波,一会儿又变成了碧蓝的海水。几只海鸥从远处飞过来,它们迅速地飞到海面上啄了一口又展翅高飞。几个孩子高兴地拍手叫着:"海鸥,海鸥……"

从来都漠然的闾珣望着高飞远去的海鸥,开心地笑了。

闾玕张着双手嚷道:"爸爸给我抓一只海鸥,我要海鸥,我要海鸥。"

懂事儿的闾瑛劝弟弟:"那海鸥长着翅膀在天上飞,爸爸抓不着它。"

张学良笑着哄儿子:"闾玕,过几天我领你坐飞机,咱们在天上抓一只海鸥好吗?"

闾玕高兴地跟着跳脚:"我要跟爸爸上天了!我要跟爸爸上天抓海鸥喽……"

蒋嫂、杨梅、柳叶看到两个小少爷玩得快活,十分高兴。

于凤至心里感到宽慰:大帅府这几年可以说是多事之秋。公爹被炸,家乡水灾,处决杨、常,闾琪惨死,一波未平一波又起,她压抑焦灼痛苦煎熬,就像一只小船在惊涛骇浪之中颠簸摇晃,甚至感到岌岌可危。然而,她与张学良并没有被压垮,而是逆水行舟劈波斩浪,终于闯过了一道道险关。如今,南北统一了,东三省风调雨顺,没有战争,丈夫张学良顺利掌握东北江山,一呼百应。于凤至就像一个身负重压的脚夫,如今身上的包袱卸掉了,感到一身轻松,她望着碧波荡漾的大海,一时心潮澎湃,心旷神怡……

张学良眺望远方,兴奋地吟了一首古诗:

> 玉帛朝回望帝乡,
>
> 乌孙归去不称王。
>
> 天涯静处无征战,
>
> 兵气销为日月光。

于凤至稍思片刻,脱口而出:

> 乱世生民身未安,
>
> 心系疆场夜难眠。
>
> 今朝幸喜归一统,
>
> 歇马息兵尽开颜。
>
> 将士笑,稚孥欢,
>
> 自由鸥鸟任海天。
>
> 但得苍生皆乐业,
>
> 且把军舰作游船!

张学良感叹地说:"我打仗真的打够了,如今天下归一了,战士解甲,马放南山,把钢铁兵器都熔化了,打造成犁铧给农民种地,那该多好啊!"

于凤至也向往地说:"军队不打仗了,大地没有烽烟炮火,一家人聚到一起,享受天伦之乐,那才是老百姓盼望的好日子。"

闾瑛凑过来:"妈妈,我知道爸爸吟的诗,是唐朝诗人常建的《塞下曲》,你咏的这首我怎么没读过呀?"

张学良嘿嘿一笑:"你妈妈是当代的李清照,出口成章,她刚做的诗你当然没读过了。"

孩子们一把抱住于凤至:"妈妈,妈妈,你真有学问!"

这时,一艘快艇驶在舰前,一个副官喊:"副司令,电报!"

张学良叫了声:"停。"

军舰缓缓停下,那个副官攀着舷梯匆匆地爬上军舰:"副司令,蒋总裁的电报。"说着,把电报递给了张学良。

张学良展开一看,顿时脸子沉了下来。于凤至问:"汉卿,你怎么不高兴了? 有什么事儿吗?"

张学良焦躁地说:"刚消停两年,又他妈要打仗了!"

于凤至一怔:"怎么又要打仗了? 谁跟谁打呀?"

张学良烦躁地敲打着电报:"阎锡山、冯玉祥攻打蒋介石!"

四

民国时期,各自为政的所谓督军司令其实就是军阀。他们热衷权力角逐,扩张地盘,总是处心积虑地想统治更多的地方,甚至称霸整个中国。张作霖如此,蒋介石如此,阎锡山、冯玉祥也是如此。

1930 年,也就是民国十九年,冯玉祥、阎锡山两个军阀反对蒋介石独裁政治,联合李宗仁自成一派,推举阎锡山为中华民国陆海空军总司令。还在北京成立临时政府,与南京的国民政府公开对立,并要破釜沉舟决战到底。岌岌可危的蒋介石,急忙发电报要求张学良出兵,帮他攻打冯、阎。

张学良当时有些为难。几个月前,冯玉祥、阎锡山就派特使游说张学良入伙,一同进攻蒋介石。张学良坚持中立态度,建议设立军事缓冲区进行调停。现在蒋介石来电,还要派宋子文、张群来沈阳与他共商征讨冯、阎事宜。出于对内战的厌烦,于凤至建议张学良象征性地出兵,做做样子就行了,几位老将也不大赞成出兵。

富有关东男儿血性、从来都是为朋友两肋插刀的张学良认为:既然易帜归顺了南京政府,就要维护蒋介石的权威,朋友有难岂能袖手旁观? 他断然决定救蒋介石一驾。几日后,派遣于学忠、王树常率第一、二方面军入关攻打阎锡山、冯玉祥。东北军和蒋介石的国民革命军南北两面夹击,冯玉祥、阎锡山终于抵不住关东铁骑而败退西北。蒋介石感觉张学良救了他一命,把他视为患难兄弟,所以以此发来邀请电,让张学良去南京参加四中全会。

1930 年 11 月 12 日,国民党在南京召开三届四中全会。蒋介石一连发了三次电报,邀请张学良赴南京参会。赵一荻自从成为张学良秘书以来,还没有跟张学良一起在重要场合亮过相。听说他要去南京开会,极力要求张学良带她同去。于凤至却以"孩子小,离不开母亲呵护"为由,不想让赵一荻随行。其实她心里认为赵一荻身份特殊,不想让赵一荻在官场上抛头露面。赵一荻却说:孩子虽小,有保姆照顾,她完全放心。虽然她不能以夫人的名义会见党国政要,但她是秘书,随汉卿同行也顺理成章。张学良本想带着赵一荻去南京,又担心于凤至怀疑他有亲有疏,就玩了一个平衡术:"行啊,你们两个人都去吧。一个是夫人,一个是秘书,同去南京没什么不可。"就这样,张学良带着于凤至和赵一荻坐专机去了南京。

蒋介石不仅为张氏夫妇举行了隆重的欢迎仪式,而且为张学良举办了一个特大的酒会。南京政府要员,国民革命军各路将领齐聚一堂,欢迎这位来自东北的少帅。特别令张学良人喜过望的是,蒋介石在酒会上郑重宣布:张学良为国民革命军陆海空副总司令,掌管东北、华北以及西北军政。酒会顿时掀起一片热烈的掌声。凭着父亲张作霖用血汗打下江山的张学良,扶摇直上,成为中国一人之下万人之上的二号人物,并且分管中国的半壁江山。对他来说既无愧于死去的父帅,又有自我优越的荣誉感,一时心潮澎湃热血沸腾。他激动地站起身来,庄重表态:坚决拥护中央,一定协助蒋总司令管理好东北、华北、西北军政事务,让中国长治久安。

善于借用亲情打政治牌的蒋介石,常在政界用拜把子的手段拉关系、搞圈子,南京国民政府中有些政要就是他拜把子兄弟。他深知张学良和他父亲张作霖一样是个重义气的人,如果把这一招用在张学良身上,就能永久控制张学良。于是,他不仅本人跟张学良插香为盟结为兄弟,还指使夫人宋美龄跟于凤至结成金兰之好,用"双线亲情"拴住这只胆大狂放的东北虎。

宋美龄明白:如果她能跟于凤至结成干姐妹,以后跟张学良往来,自然天经地义顺理成章。不仅满口答应,而且极力成全。

懂事达理的赵一荻,这些天一直规规矩矩恪守本分地出席会议,不显山不露水,于凤至与宋美龄的结拜,她十分支持。实际这次活动她一直处在于凤至的阴影下。

这天,宋府门前张灯结彩,喜气洋洋,厅堂内屏开龙凤,灯展辉煌;餐桌上山珍海味,美锦佳肴。

宋老太太倪桂珍坐在首席,左侧是于凤至,右侧是宋美龄。大姐夫、民国行政院院长孔祥熙,大哥、民国财政部部长宋子文,大姐宋霭龄分别坐在两侧。十几个丫鬟婆子穿着盛装恭候在两边为主子侍席。大厅一角,一支西洋式的管弦乐队吹管调弦准备奏乐。

结拜仪式开始,于凤至与宋美龄首先互换了兰帖。之后,二人走到倪桂珍席前,双双跪拜,祝老人家平安万福。祝贺音乐开始,一曲《紫竹调》悠然奏起,那优美动听的旋律使这个义宴美妙生花,喜气悠扬。丫鬟婆子们立即跪地恭贺宋美龄、于凤至义结金兰。接着,宋霭龄、宋子文、孔祥熙举杯庆贺:"祝美龄、凤至义结万年,亲情永继!"

蒋介石导演的这场"政治结义"搞得有声有色,热闹非常。酒过三巡,大家已经是酒酣耳热。于凤至端起酒杯,给宋美龄敬酒。论年龄,于凤至比宋美龄还大一岁,为了表示对宋美龄的尊重,于凤至甘愿做小妹:"姐姐,从今往后你就是我的同心姐妹了。凤至不才,希望姐姐谆谆教诲。汉卿虽然为人正义颇有血性,但他毕竟年轻,望姐姐在总司令面前多进美言,提携这个小弟。"

"妹妹,你这个话不是说远了吗?其实汉卿和我早就相识了,也算是好朋友,如今他和先生一个头磕在地上,你我又是金兰姐妹,咱们两家是双层亲属,哪有姐夫不帮助妹夫的道理呀?"

于凤至高兴地举起酒杯:"借姐姐的吉言,小妹与姐姐再干一杯。"两杯相撞,一饮而尽。

于凤至那张清秀的脸上顿时涌出一片红潮……

五

南京之行,张学良踌躇满志,载誉而归。睿智的于凤至以前对蒋介石一直持疑,她毕竟是初涉南京政坛,不知南京高层水有多深。然而,这次南京之行蒋介石无比的盛情慷慨义气,又搞了"双线结义",足以让于凤至春风得意,因此,她内心里那道防线,被那个干哥哥加干姐夫所谓的亲情融化了。她心悦诚服地叮嘱张学良:"今后一定维护蒋先生权威,稳定中国大局。"张学良更是承诺:"我一定支持蒋先生,把东北、华北、西北的事儿办好,让蒋先生放心。"

为了打理华北、西北的军务,张学良离开南京没有返回沈阳,带着于凤至、赵一荻来到北京,住进顺承王府。

几天后,张学良在顺承王府小西厅邀请各国外交官,举办了一个新闻发布会。各国外交使节听说东北少帅张学良主管东北、华北和西北军务,都想看看这个新官刚刚上任如何点起三把火,纷纷前来参会。张学良像一个演说家,在会上洋洋洒洒,慷慨陈词,宣称中华民国政府坚持友好邦交、互相尊重、平等相处的外交政策。最后还响当当地表示一定尊重保护外国使节,让他们在中国安全地工作,也希望外国使节为促进中外友好关系牵线搭桥。

张学良的讲话受到了与会人员的一致赞扬。散会时,张学良忽然发现美国外交官肯尼迪没到会。有人告诉张学良:"肯尼迪先生的左臂摔骨折了,虽然经过治疗接上了,但接口略有错位,疼痛难忍,想回国治疗,因伤情严重又不能坐飞机,身心非常痛苦,所以没来参会。"

于凤至听说美国外交官肯尼迪胳膊受伤,心里很着急。她想:一个外国人在中国受伤,远隔重洋不能和家人团聚就很难过了,还接骨错了位,如果不及时治疗校正,那只胳膊肯定就残废了。她忽然想起老家郑家屯西边的科尔沁中旗,有个蒙医巴图专治闪筋挫骨跌打损伤,传承的是祖传医术,妙手回春,手到病除。于是,提议请巴图给肯尼迪治病。

张学良劝阻夫人:外国人一般不相信中医,一旦发生意外,肯定招惹麻烦,他们的事情少管。于凤至却有另一番考虑:如今,张学良已不是偏安一隅的东北少帅,而是民国政府的首脑,今后势必要跟外国人频繁交往,如果能治好肯尼迪的骨伤,有助于促进中美邦交,又弘扬了中华医术。更何况,蒙医巴图已经治愈了几百例骨伤病人,他的技法炉火纯青,不会出现医疗事故。张学良虽未公开反对,但他心里不赞成夫人多此一举。

于凤至把巴图请来了,又将肯尼迪及其夫人安莉接到顺承王府,特地给肯尼迪夫妇腾出一间房子住下,让巴图给他治伤。

巴图长须散发不修边幅,可能是贪酒,酒糟鼻子散发着浓浓的酒气。他性情粗放,看完了肯尼迪的伤,一开口就放出狼烟大话:"你这骨头接歪了,如果再不治就得残废。除了我没人能治,张夫人把我请来了就算你肯尼迪福大命大了!"

巴图按照祖传疗法首先给肯尼迪用了麻药,待肯尼迪胳膊失去知觉后,他两手抓着肯尼迪的胳膊,一用劲"咔"的一声把错接的骨伤处掰开了,肯尼迪虽然没感觉疼痛,但吓得直咧嘴。站在一边的安莉看见这十分瘆人的治疗场面,心惊肉跳:"先生,你这么治疗就是给患者上刑啊……"

巴图把脸一沉:"我就是这个疗法,从我祖太爷那里传下来已经二百来年了,你要信不着就另请高明,家里边好多人等着我呢,我不缺你这一个病人!"

于凤至赶紧把安莉拉走:"夫人,咱们到那屋去休息,让大夫专心地给肯尼迪先生治伤吧。"安莉还想说什么,被于凤至拉出房间。

治疗后第一天,症状比较平稳,没有什么情况。第二天伤肢隐隐作痛,肯尼迪还能忍受。第三天,那条伤肢开始肿胀,而且疼得很厉害。安莉受不住了,急忙找巴图。巴图不以为意地摇头大笑:肿了好,那是排毒啊!毒排不出来伤能治好吗?

再过两三天毒排出去了,肿就消了。安莉虽然心里没底,但还是劝说肯尼迪忍着。又过了两天,肯尼迪的胳膊肿胀得更严重了,而且疼痛难忍,就像刀割的一般,让他夜不能寐。

安莉忍无可忍,又急又气地找巴图:"前天你说再挺个三两天就不疼了,今天已经又三天了,不仅疼得厉害,肿得比碗都粗了……"

巴图告诉她:"肿和疼那是好事儿。"

听说肯尼迪伤势严重,张学良、于凤至慌忙走来:"夫人,什么事发这么大的火呀?"

安莉愤怒地抗议:"这个乡野医生用那么粗野的疗法给我先生治伤,伤不仅没好,反而越发严重,我找他,他还蛮不讲理。我要向你们中国当局提出抗议!"

于凤至安慰安莉:"夫人,也许他的疗法跟你们美国大夫治疗方法不一样,效果如何需要一个过程,请你耐心等待。"

这时,杨梅匆匆走进,朝安莉告急说:"夫人,先生请你过去。"

安莉又愤愤地说了一句:"如果我的先生伤势出了问题,你们中国当局要承担责任!"说完一甩袖子,转身悻悻走开。

张学良顿时火冒三丈,冲着夫人大发雷霆:"你这个人就喜欢没事儿找事儿,肯尼迪有伤,就让他们自己想办法治疗嘛!你偏要给他找医生!现在美国与我们中国有外交摩擦,这事弄不好,就是严重的外交事件,你明白吗?"

于凤至赶紧解释:"我这也是为了他好呀,伤那么重,又不能坐飞机,时间长了骨头长结实了就没办法治了。再说,你刚刚主政华北、西北,应该跟外国人搞好关系,能跟美国人交朋友,对你的外交工作也有利呀。"

"什么对我有利?你简直是给我添乱!"这是于凤至结婚以来,张学良第二次跟她气急败坏暴跳如雷。

一直对于凤至心存感激并略有敬畏的赵一荻,想为于凤至讲情:"汉卿,也许是那个蒙医医术不高使得伤势加重,实在不行我们再另请医生。大姐是一片好心,你不应该对大姐发火。"

张学良想起赵一荻来沈阳的时候于凤至对他的痛斥,更是气不打一处来:"什么一片好心!我看她是哗众取宠,想显摆自己是能够拯救天下的圣母!"

"汉卿,别这么说。"赵一荻赶紧走过去,极为同情地安慰于凤至,"大姐别难过,一会儿我们想办法再找医生。"

于凤至虽然是委屈难过,但并不服输:"你放心,我认为巴图一定能给肯尼迪治好骨伤,退一步说,如果他治不好,出了什么问题,我就去国际法庭领罪。"

张学良几乎是吼叫:"哼,真是不知天高地厚,国际纠纷你领得了罪吗?"

第十六章

一

　　肯尼迪的伤势发作,只不过是一场虚惊,是"巴图疗法"起效前的正常反应,经过排毒之后有了大逆转。这令于凤至惊喜万分,她赶紧来到肯尼迪的房间。奇迹真的出现了!肯尼迪的骨伤处已经完全消肿,并且手腕已经微微能动了。

　　一个月后,肯尼迪骨伤完全愈合了,整个手臂与以前一样,能活动自如,他受伤的胳膊甚至已能提一个暖瓶。肯尼迪对巴图深表谢意:"巴图医生,你真了不起,在我的心目中你就是一位神医,只有伟大的民族才能产生这样伟大的天才。你的正骨疗法如果传到美国,我们美国人一定把你看成是神,你就是当今的普罗米修斯。"

　　巴图冷笑一声:"你现在把我看成神了,你夫人前些天还骂我是庸医,甚至向少帅提出抗议,让我给你偿命呢。"

　　肯尼迪不好意思地说:"我夫人性子急,说话生硬,请你原谅。"

　　安莉在事实面前愧疚地低下了她那高傲的头:"对不起,巴图医生,请你原谅我的莽撞和不敬。要不是你妙手回春,我先生的一只胳膊可就要残废了。我们要终生感谢你的拯救。"说到这儿,安莉双手合十向天祈祷,"万能的主啊,请宽恕你的女儿愚昧和偏执吧。我错把恩人当成庸医。请宽恕我的罪过吧。"

　　一场有惊无险的风波过去了。肯尼迪对于凤至特别感激和敬重,在他的心中,这个贤惠善良的张夫人是一个绝版的智慧女人。他激动地走上前要跟于凤至拥抱，于凤至礼貌地跟他握了握手。心性耿直的安莉按照西方人的道歉方式，既不文过饰非，也不过分自责，而是给张学良、于凤至送上一束百日菊，表示他们的友谊天长地久。更令人想不到的是，她根据中国风俗，要求跟于凤至结拜姐妹。于凤至愉快地答应了。

第二天，肯尼迪举行答谢宴，特意找来英国外交武官桑希尔做见证人。于凤至、安莉二人就按中国的方式拜天结义，成为一对跨海隔洋的金兰姐妹。肯尼迪高兴地说："张夫人，从现在开始你就是我的弟妹了。"

桑希尔纠正："什么弟妹？按照中国的辈分是小姨子。"

"对对对，小姨子，就是小姨子。"几个人开心地大笑起来。

二

中国的蒙医使一个美国外交官转危为安的传奇成为新闻，很快就在北京外国领馆区传开了。一些外国人纷纷议论："前几年北京虽然也有政府，可没有正经人管事，这回北京有真正的执政人了。""张学良对我们外国人特别关心，外国人有事他主动帮忙，可见，他是一个友好的将军，以后我们有事儿就找他。"

这天，英国领事邀请张学良到他的领事馆做客，于凤至身体不适，不能前往，张学良让赵一荻陪同。

每次出行，于凤至虽然像对待小妹那样关心她的生活，工作上指导帮助，但不希望赵一荻过分地抛头露面，张扬自己，赵一荻十分尊重这位母亲般的大姐，从来不在外人面前显示她的优越。有时张学良开会要她出席，她真像个秘书一样，身着职业装，一本正经地坐在一旁记录。一到晚间便主动回到房间睡觉，把热被窝让给于凤至。有些不该出席的场合，她也极力回避。实在寂寞想和张学良亲近，就偷偷跑到张学良房间，旋风般地扑上去亲一口，然后规规矩矩坐在一旁，从来不在于凤至面前跟张学良"起腻"。但是，她心里有一种说不出来的压抑。今天张学良让她陪同去英国领事馆出席活动，她就像关在笼子里的小鸟要放飞那样心花怒放，立即到梳妆台前打扮起来。

本来已经打扮得眉清目秀鬓影飘香了，她又在脖子上挂了一条流光溢彩的项链，在耳垂上戴一副元宝形闪光的耳坠，胸襟上别了一支玫瑰花胸针。

于凤至笑着走过来,虽然是告诫,却像长者对孩子那样亲切:"小妹,你名义上是汉卿的秘书,今天要去外国领事馆,打扮得这样俏丽,觉得合适吗?"

赵一荻有一些惶惑:"我打扮得过分了?"

于凤至一只手温情地拍了拍她的肩膀:"你原来打扮得已经很得体了,现在又是项链又是耳坠,还戴胸针,这和秘书身份不太相称吧?"

赵一荻脸红了:"大姐,我欠考虑了。"

于凤至怕伤她自尊,又夸奖地说:"你天生丽质,青春可人,很讨人喜欢。如果打扮过分,反倒把你的自然美掩盖了,看了扎眼。"

"我听你的。"赵一荻不仅摘下耳环、项链、胸针,还换了一套职业装,有些拘禁地走到于凤至面前,"姐,这样行吗?"

于凤至笑着看了她一眼,脱口赞道:"这样才是一个知性、有品位的女秘书。别说是男人,就是女人一看都喜欢哪!"

赵一荻孩子般羞涩地扑上去:"大姐,我再美也没有你美呀!"

于凤至像是抚爱自己亲妹妹那样把她搂在怀里,既是慰藉又是告诫:"小妹,你就参会去吧,不管别人怎么议论,你的公开身份是汉卿的秘书,一定要做得得体。"

站在一旁的张学良看到自己的两个女人那般和谐亲密,心里一阵热辣辣的。他万万没有想到,于凤至这般宽容大度,能像对待自己妹妹那样善待赵一荻。赵一荻那么尊重于凤至,言听计从。两个女人虽然也有微妙的摩擦,但她们心里毕竟都挂着张学良。

英国领事馆之行,再次展现了张学良的外交风度和光明磊落的秉性,让外国人感到这位副司令可亲可敬可为。

世上没有免费的午餐,这次英国领事所以邀请张学良到领事馆做客,是有事相求。

张学良刚刚回到顺承王府,美国外交官肯尼迪带着英国的外交武官桑希尔一脸焦灼地来找张学良。原来桑希尔在北京郊外打猎,误把一个农夫当成藏在树丛中的野猪开枪打死。死者家属把他告到北京法院,按民国的法律,外国人误杀中国人,至少要判十年监禁。桑希尔接到传票以后,吓得魂不守舍,赶紧去找领事想办法救他,领事便摆下盛宴款待张学良一行。桑希尔又求助美国外交官肯尼迪带他找到张学良,恳求帮他摆平误杀案件,并声称他国内还有夫人和孩子,如果他在中国坐十年监牢,他就得妻离子散。他宁可受罚,罚多少钱都可以,恳请张学良无论如何也得帮忙。

张学良当时很为难："桑希尔先生，这毕竟是一条人命啊……"

"张副司令，我相信你能帮这个忙，你费心吧。"肯尼迪朝着张学良深深地鞠了一躬。

张学良模棱两可地说："桑希尔，我可以给说说，不过你应该有两手准备，一是赔款，二是坐牢。"

当时的民国法院，不过是橡皮衙门，法律就是有权者手下的橡皮筋儿。毕竟张学良是中国的二号人物，分管华北、东北、西北事务，他为外国人求情，法庭岂能不网开一面？法官立即找死者家属调解，死者家属心里明白：人已经死了，你就是让那个误杀者偿命或者老死在监狱，自家死去的人也活不过来了，还不如多要点钱日后好好生活。经过反复考量，他们选择了要赔偿。要二十万大洋，必须三天内一次性拿到手，否则还要起诉。

事情总算有个转机，桑希尔十分高兴。然而，二十万大洋可不是吹口气就来的一笔小钱，他回到领事馆东挪西凑也只有十万大洋。一个远离家乡的外国人，就算是从家里汇款，至少也得半个多月，怎么也凑不齐呀！

怎么办？逝者家属已经让了一大步，张学良不能再去游说了。三天之内交不出二十万大洋，对方肯定起诉桑希尔，他的结果就是坐十年大牢。桑希尔感到上天无路入地无门，一阵焦虑。

贤良的于凤至又一次大发善心，她要帮助这个既可悲又可怜的外交官，帮他张罗点钱，救他一马，不能让他坐牢啊！

"你真是吃了一百个豆也不嫌腥，给肯尼迪治伤，差点酿成严重的外交事件。现在你又关心这个桑希尔，就不怕一片好心再惹一身腥吗！"

尽管张学良提醒，骨子里就与人为善的于凤至还是慷慨解囊，从自己腰包里拿出了十万大洋银票，让眼看就要锒铛入狱的桑希尔免去了牢狱之灾。

桑希尔百感交集，他不知道该对这位善解人意的中国女人顶礼膜拜还是伏身跪谢，他发自肺腑、无比动情地说："夫人，从你身上我看到了中国人的心胸，我想按照中国人的感恩方式跪地给你磕头，但是我认为那不是真正的感恩，我只能以一个天主教教徒的身份，向主祈祷：祝你一生平安健康，成为世界上最幸福的人！"他用手在胸前画了个十字，又诚恳地说："夫人，我希望上帝能给我一个机会，让我为你做一件有益的事情，哪怕是赴汤蹈火，我也愿意为你效劳！"说着又深深地鞠了一躬。

于凤至极其平静地一笑:"桑希尔先生,我们中国人讲缘分,在危难之时能伸手拉你一把也是我们的缘分,希望你今后以此为戒,别再发生这样的事情了。快到法院交钱吧!你能早日免除惩罚,这是我们的心愿。"

有人说:世界上的事情都有因果联系。于凤至凭着善心救了两个素昧平生的外国人,没想到这两个人却走进她未来的命局当中,演绎了一出出有喜有泪的故事。

三

张学良、于凤至外出数月不归,大帅府群龙无首,府内有一大摊子事儿需要处理。留守在帅府中的钱辅廷来电告急,于凤至立即乘车返回沈阳。

于凤至带着她的随从走了,顺承王府内室成了赵一荻和张学良的二人世界,一直在于凤至面前谨小慎微的赵一荻感到从未有过的自在与轻松。她不用再旋风般地扑到张学良身前偷偷地亲吻了,而是毫无顾忌地与张学良卿卿我我耳鬓厮磨。

时间过得很快,一晃一年过去了。这天晚上,张学良、赵一荻两个人依偎在沙发上,悠闲地听着京剧名家马连良的《甘露寺》唱片。桌子上的电话突然一阵爆响,张学良赶紧走过去接起电话,电话是东北军参谋长荣臻打来的,他向张学良报告了一个惊人的消息:兴安屯垦三团出事了,日本守备队已经派兵前去抓人。

"他们为什么去抓人?"张学良惊惑不解。

原来,日本人利用半路截杀离间除掉了反日老将杨宇霆之后,张学良离开沈阳坐镇北京,把一部分兵力调往中原。日本人想趁东北兵力空虚及早动手,首先要查明东北边疆内蒙古的兵力部署情况。土肥原派一个叫中村侍郎的间谍,以考察农业为幌子,到内蒙古兴安地区索伦一带侦察东北军兴安屯垦三团的军事部署。副团长董吾昆立即派人将其抓到团部进行审问,狂傲不驯的中村竟然在审问过程中夺下士兵的枪,打死两名看守,然后趁机逃跑。在追捕的过程中,中村拼命反抗,被士兵击毙。日本人趁机挑衅,派出一个连的兵力包围了屯垦三团驻地,逼屯垦三团交出杀人凶手,如果不交出凶手,就立即增兵逮捕团长关玉衡。

张学良听罢大惊失色,火冒三丈地要给驻守沈阳的王以哲打电话,让他带部队前往索伦击退包围屯垦三团的日军。在于凤至面前从来不敢参政的赵一荻,今天却公然提醒张学良,你现在是全国海陆空军副司令,处理中日关系一定要谨慎,这么大的事不能不向蒋先生报告。张学良还是给蒋介石打了个电话,请示如何应对。

接电话的是蒋介石的侍卫长王世和,他告诉张学良:总司令意见是中村事件必须克制,首先,派出调查团到兴安地区调查取证。然后,再采取适当的方法解决。

仿佛是一瓢凉水泼到了张学良的头上,满腔怒火被这瓢水浇得直冒烟。他愤愤地用手敲着桌子:"日本人都猖狂到这个地步了,明目张胆到我的军营里抓人,都骑着脖颈拉屎了,我还怎么克制?"想了想,他又给沈阳宪兵司令齐恩铭打电话,指示齐恩铭:"马上带人前往兴安地区调查事实真相。他妈的,如果那个中村确实先枪杀了我们的人,那就是他犯罪在先,我们不能退让,不能当熊蛋!"

四

于凤至从北京回到沈阳大帅府,帅府积压了一大堆事情需要她料理。北镇一千一百垧土地要收租,沈阳纺织厂利润要结算,沈阳小西门二百间房子要翻修。于凤至每日里东跑西颠地操劳打理,忙得脚打后脑勺。

这天一早,钱辅廷急匆匆地向于凤至报告,说兴安屯垦三团那边出了大事儿。于凤至一听,觉得形势不好,立即给张学良打了电话询问情况。

电话那边的张学良有点不耐烦:日本人确实包围了屯垦三团,我方拿出日本间谍中村绘制的部队位置、军力部署的地图,在铁证面前日本人无力反驳,只好蔫退。最后他以厌烦的口气训诫于凤至:"我已经不是十年前的小六子了,我知道日本人有几根黑肠子,你还是把大帅府管理好,让三个孩子好好地读书,帅府那边不发生什么事情我就烧高香了!"

这半冷不热的训诫,让于凤至产生了一种酸溜溜的感觉。怎么,有赵一荻在他身旁,就用不着我啦?

这时,从外面回来的杜尚臣慌慌张张地向她报告,日本人已经开始了侵略行动。一方面从大连、朝鲜悄悄地往沈阳调兵,另一方面又在沈阳远郊开始进攻演习。沈阳城那些达官显贵、将士的家属焦急惶恐,有的打电话询问,有的收拾软囊细物准备逃离。还有些将军家属担心日本人动手而惶惶不安,都想让她们在前线的男人快点回来,找一个安全所在暂居。

虽然张学良那番训诫让于凤至有点伤心,但是一直把东三省安危看得比自己生命还重要的于凤至,还是以大局为重。她觉得这个时候军官们的家属躁动不安,一定会动摇军心,当即决定让钱辅廷准备两桌酒席,把那些太太请来,安定人心。

9月18日晚,于凤至在大帅府老虎厅宴请沈阳城的将军家属。为了营造轻松气氛,她还特意安排留声机播放广东音乐《紫竹调》来舒缓大家的心情。席间,她端起酒杯一脸微笑地说:"各位姐妹,为了东三省的安危,我们的男人在前线守卫咱们的土地。作为将军家属,我们应该全力支持他们,让他们安心在外为国出力,你们说对不对呀?"

一位夫人担心地说:"夫人,我们这些人不是扯男人的后腿,眼下日本人又在搞军事演习,看样子是要打仗啊,我们不能不准备呀!"

又有一个太太一脸忧戚地说:"是啊,日本人要是打进来,咱们这些人还有好吗?咱们不能在沈阳挺着脖子挨刀啊!"

于凤至极做平静地安慰她们:"你们多虑了,咱们东北有三十万大军,还怕日本人吗?我跟汉卿通话了,放心吧,如果日本人要敢于冒险,我们就把他们打回老家去!"

参加宴会的太太们听了这番话,仿佛是吃了一颗定心丸:"要是这样我们就放心了。""是呀!我们北大营有万儿八千东北军,还怕日本的小小守卫队吗?来,喝,为了东三省干杯!""干杯!"酒足饭饱之后,她们心绪安定地回家了。

于凤至回到自己的卧房,一想起远在北京的张学良,心里就七上八下怎么也睡不着。虽然丈夫这些年在血雨腥风中几经磨炼,已经是不可小觑的一员勇将了,但是,比起老帅身陷绝境时力挽狂澜的铮铮铁腕儿,他还是差了一大截。她预感,现在日本人频频挑衅四处调兵绝不是好兆头,肯定是心怀鬼胎。学良万一不慎有所忽略,日本人趁机大打出手,后果不堪设想啊!想到这里她抬眼看看墙上的挂钟,时间已经是接近午夜,于凤至爬起来走到茶几前刚倒了杯凉茶,突然外边传来了一阵紧急的枪声。这个时候钱辅廷匆匆地跑到门外,疾声报告:"大姐,日本军队进攻北大营了……"

"啊……"于凤至身子一抖,手里的茶杯落在地上……

日本军队进攻沈阳北大营的晚上,张学良正在北京和平大戏院招待各国使节、领事,请梅兰芳出演《宇宙锋》。戏还没演完,副官谭海匆匆走进报告:日军今晚挑起柳条湖事件,之后又进攻沈阳北大营。张学良如闻炸雷,愕然站起,都没来得及跟各国使节、领事告别,就匆匆走出剧场。

原来,日本人想借"中村事件"挑起事端,进而发起全面进攻,侵占东北。尽管他们的阴谋没有得逞,但是仍然贼心不死。前几天暗地里从大连等地调兵向沈阳方面集结,张学良得到报告,火速给蒋介石发了一封请战的密电。一直害怕日本人兴兵起事的蒋介石,在北伐时就曾经与日本军方发生过"青岛惨案",后来妥协退让,不得不绕道北伐。从骨子里说,他忌惮日本人。更关键的是,眼下他的注意力集中在讨伐南方的共产党,怕中日开战顾此失彼,引起祸端残局难收。当即给张学良发了一封"铣电"(民国政府电报代码,一日一字:一日为"东",二日为"冬",三日为"江"……"铣"即为十六日当日代码)。

蒋介石"铣电"的内容大致是:无论日本军队如何挑衅,吾方不抵抗,力避冲突。吾兄勿逞一时之愤,置国家民族于不顾。当时张学良怀着对日本人进犯老家的仇恨,也有"将在外军令有所不受"的想法,但是冷静一想,他怯手了。前几天,他接到一封情报:远在北方的苏俄也在秣马厉兵,准备对东三省蠢蠢欲动。如果日本人挑衅我方还击,苏俄再借机下手。东海的豺狼还没有打走,北极的熊又冲上来两面夹攻。现在东北的驻军仅有十来万人,一旦打起来,必将是首尾难顾,四面楚歌,他陷入焦灼。想了一刹,最后用电报命令沈阳的荣臻:不能抵抗,忍为上,如果出现事件,可请国联出面调停解决……

很快日本军队就占领了沈阳北大营,东北军第七旅一枪没放就仓皇退出。沈阳城里人心惶惶怨声载道,民众大惑不解:"北大营七千多人的队伍,为啥一枪没放,就让五百日本兵占领了!""张学良为什么不下令抵抗,对日本人拱手相让?"

留守在沈阳的于凤至也满腹愤怨,她在电话里指责张学良:"蒋介石虽然是全国的统帅,你可是东北军的首领啊!你亲自下令不许抵抗,现在你的家乡被日本人占了,你情何以堪?如何面对东三省的父老乡亲?"她一气之下摔掉电话。

张学良仿佛被霜打了一样,无力反驳。稍思片刻,给第七旅打电话询问,第七旅已经旗倒兵散,找不到人了……

五

风声鹤唳,草木皆兵。日本人很快占领沈阳,大帅府的用人们害怕城门失火殃及池鱼,想离开帅府另谋生路:有的跟于凤至谎称家里有事,要请假告别;有的用人甚至连招呼都没打,就偷偷溜走了。更令于凤至伤心的是,那个被她看成姐妹的杨梅,也哭哭啼啼地来到面前:"夫人,我真不是害怕,也不是不想陪你,我妈确实病得不行了,我要是不回家,连给她端一碗水的人都没有,我想回家给她老人家送终。"

于凤至心里不禁有种酸辣的痛楚:"我知道,你家就你这么一个女儿,这些年你就像我的妹子似的照顾我,帮我伺候四个孩子,到现在还没有找男人,苦了你了。我没别的送你,给你三十块大洋,还有几件首饰。"于凤至说着,硬是把一包东西塞进杨梅的手里。

杨梅一汪热泪流下来,歉疚地说:"夫人,我不要,我一分也不要,我离开帅府真的对不起你,对不起你!"

"人都说天下没有不散的宴席,你我再好,也不能同老终生,你总得找个人家呀!"

"夫人……"杨梅有一种剜心的痛楚,紧紧抱住于凤至泣不成声。

面对这人心离散的局面,于凤至心里明白"国败家衰"是豪门没落的必然趋势。这个时候用人们都担心自己的命运,留人也留不住心,不如放他们走。想到这儿,她从银库里取出一大铜盆银圆,放在桌子上,把府内的杂役用人全都叫到老虎厅,苦笑着劝慰大家:"这些年你们为帅府尽心尽力,我代表汉卿谢谢你们了。"说到这里,于凤至朝众人行了一个大礼。她揩了一下眼上的泪花,又动情地说,"在这兵荒马乱的时候,你们当中有些人担心帅府不安全,想离开帅府,我完全理解。现在的帅府自顾不暇,你们又何必跟着遭罪呢! 这样吧,愿意走的都可以走,每个人二十块大洋,拿着回家去过日子吧。"

那些用人你看我我看看你,互相观望,无人上前拿钱。于凤至一脸苦涩地说:"怎么不拿呀,你们应该回家了,不能在帅府陪着我遭罪。快拿大洋吧!"

有十几个用人不好意思地走过去,怵怵探探地拿起二十块大洋,掩面走开。

蒋嫂痛楚万端地"扑通"一声跪在地上:"夫人,那些兄弟姐妹有家有业的,就让他们去吧! 我就是一个人,女儿晓阳还在沈阳念书,我不走。别说是日本人不敢把你怎么着,他们就是毁了帅府,我也陪你一块儿死!"

于凤至无比激动地拉起蒋嫂。又有十几个用人俯身跪地:"夫人,这些年我们没少得到帅府的恩典、夫人的关心,我们不走,日本人就是打进来刀按脖子,我们也不走。"

于凤至激动万分,双眼涌出一串热泪:"我的好姐姐、好妹妹、大哥、兄弟们,我代表死去的老爷子、在北京的张汉卿谢谢你们了!"说着伏身跪地。

"夫人,使不得……"杜尚臣赶紧走上去把于凤至拉了起来。随之,跪在地上的人们也都纷纷站起来。

于凤至动情地说:"你们这些坚决要留下的人,我也不能赶你们走。不过,要走的兄弟姐妹明天就回家吧。你们在帅府干了这么些年,有的男人现在还没有娶上媳妇,有的女人还没有找到婆家,应该回家过自己的日子去了。"说到这里,她朝着要走的十几个用人说,"兄弟姐妹们,大家晚上吃顿散伙饭,明天一早上我们就散伙吧!"

那十几个用人百感交集地流下痛泪:"夫人呀! 我们对不起你了……"说着纷纷扑上去拉住于凤至的手,大放悲声。

六

日军占领了沈阳之后,又兵分两路向南、北两个方向进攻。一方面,派出部队向吉林、黑龙江挺进;另一方面,又派出精锐部队攻打热河,企图冲过热河占领京津。已经撤出北大营的东北军散在外地,也有零星部队跟日本人对抗。特别是由沈阳警察局局长黄显声率领的两千多名警察,组成抗日义勇军,撤到外围顽强抵抗日军。黑龙江的马占山将军与日伪军决战江桥,在国内引起很大的震动。

张学良后悔,一时误判形势下达了不抵抗命令让沈阳失守,现在日军又向南进发,他立即给据守热河的汤二虎拍电报,命令他死守热河,绝不能让日本人南下。汤二虎虽然接受了张学良的阻击任务,却在背后骂娘:"北大营六千多精兵,一枪不放就让日本人给占了,现在又命令我守住热河,我他妈就这么一支部队,能挡住日本人吗?"他双腿跪地,仰天呼号,"七弟呀(张作霖)! 不是你四哥不敢打日本人哪,是我们兵力太少,打不过他们哪! 你要是在天有灵就助我一臂之力吧! 等把日本人打退了,我给你烧两丈长的高香……"

日军疯狂进攻,使得东北的形势急剧恶化。长春、吉林失守,热河岌岌可危,沈阳城风声鹤唳,一片哀愁。有的达官显贵带着软囊细物逃离,老百姓惶惶不可终日。沈阳城已经成为日本人的天下,大帅府几乎就像一座孤岛,在这动荡的时刻孤立无援,风雨飘摇。

沈阳虽然已经被日本人控制了,但那些分散的抗日士兵,不时地偷袭日军,沈阳城内日夜枪声不断。间瑛、间玗吓得不敢出屋,两手捂着耳朵藏在桌下。已经十三岁的间珣一听见枪声更是惊恐万状,躲在墙角缩成一团,甚至夜里外面出现枪声,间珣会突然惊醒,歇斯底里大叫:"别杀我! 别杀我……"

于凤至赶紧抱起儿子极力安慰:"间珣,别怕,有妈呢。没人敢杀你,他们不敢杀你……"

间珣指着墙角梦呓般地惊恐喊叫:"他们就是在那里要杀我! 妈妈,他们要杀我……"

于凤至立即拿起一把笤帚,假装打鬼似的猛地扑打墙角:"别怕,妈妈把他打跑了,打跑了……打跑了……"

间珣依然惊恐万状地依偎在妈妈怀里,一边哭一边浑身颤抖。

午夜,外边突然传来惊人的炮声。

这时间瑛披头散发地从屋里跑了出来,诚惶诚恐地说:"妈妈,日本兵是不是要进咱们家抓人呢? 我爸不在家,咱们被抓走了怎么办?"

刚刚被惊醒的间玗也哭咧咧地说:"妈,我好怕,我怕日本人把你抓走……"

于凤至心疼地一把将儿女揽在怀中,苦苦安慰:"你们别怕,日本人不会到咱家抓人,有妈呢,你们别怕!"

几个孩子六神无主地抱住妈妈,眼泪哀哀地说:"我们快逃走吧!""这里不能待了,我怕,妈,我怕,我们快逃走吧。"

如今,沈阳乱成一片,用人四散惊逃,日本人深夜疯狂,孩子们惊恐悲号,几乎让于凤至五雷轰顶,她内心悲愤地呐喊:"汉卿啊,你能不能打回沈阳保护大帅府,保护你的三个孩子……"

第十七章

一

日本是岛国,地域狭小,资源匮乏,近现代史中他们对外族多次发动侵略战争。现在他们之所以处心积虑要占领中国的东三省,就是要吞并这里的资源,使之成为推进战争的后方基地。日本军队侵占了沈阳之后,便迫不及待地把城内的银行、粮库、兵工厂以及其他设施,以军管的名义暂时窃为己有。

于凤至最担心的是大帅府内现有的财产,除了两万根金条、三十万银币以外,还有一些金银珠宝、名画古玩。为了保住这些财产,经过一番缜密的谋划,于凤至决定,将这些财产秘密转移到她从娘家带来的营口钱庄。多亏她未雨绸缪抢先一步,当晚派钱辅廷押着两辆大卡车,把第一批财产送出沈阳城。

第二天,日本人的一支搜查队气势汹汹地闯进大帅府,声称有几个杀害日本人的凶手跑进大帅府藏匿,他们要进去搜查。帅府的门卫面对上百支枪口诚惶诚恐,赶紧跑进大青楼向于凤至报告。

于凤至很清楚,日本人这是要抢夺财产,就凭他们几个护卫很难对付这伙气焰嚣张的日本人。这时候如果硬碰硬,也许会发生更大的不幸,更何况,她私下里已经把第一批财产转移。她满脸赔笑地把搜查队长加藤等请进帅府,大大方方地让他们进来搜查。

日本搜查队冲进大青楼后又冲进小青楼、小红楼，他们砸库撬锁、翻箱倒柜地一阵猛搜，半天只收了几大卡车绫罗绸缎、青瓷古董、软囊细物、名表挂钟，但是金条、银币、银票却无影无踪。加藤立即领了十几个日本人返回大青楼，"呼啦啦"地把于凤至围住。

加藤冲着惊魂未定的于凤至厉声喝问："夫人，东北军的金条、银币都是逆产的有，你把它都转移到什么地方去了？"

于凤至面对十几条黑洞洞的枪口，极力稳住心神："长官，我不过是帅府夫人，不是东北军的总管。且不说东北军留下的财产是不是逆产，就算你们要强抢硬夺也应该找准地方，这是大帅府又不是东北军军部。"

"你装糊涂。"加藤目光咄咄逼人，"整个东三省都是张作霖家的天下，还分什么东北军军部和大帅府，快说实话，你们把金条、银币转移到什么地方啦？"

于凤至还是第一次面对这些凶神恶煞的日本人，心里当然是隐隐作跳，但是她极力稳定自己，对这些恶魔绝不示弱："我们没有转移什么财产，你们现在装在大卡车上的这些东西，就是我们的全部。加藤队长，我们的家产根本就不是逆产，你这样疯狂掠夺，跟土匪、马贼还有什么两样！"

"夫人，我们不要争论这个话题了。"加藤挥手打断于凤至的话，"你赶快说，你们把金条、银币转移到什么地方去了？"

于凤至不卑不亢："我已经跟你说过了，我们没有转移财产。"

加藤两眼一瞪就像狼一样地吼叫："赶快把她带回关东军司令部！"

几个日本兵立即冲上去，七手八脚地要抓于凤至。一直站在旁边，吓得心惊胆战的闾瑛、闾珣、闾玗不顾一切扑上去抱住自己的母亲："你们不要抓我妈！""不要抓我妈！""我妈妈是个好人，不要抓我妈妈……"

刚刚从外边回来的杜尚臣猛地挡在于凤至的身前："我看你们谁敢动帅府夫人！"

日本人举起钢枪对准杜尚臣，穷凶极恶地吼叫："躲开，你赶快躲开！"

杜尚臣愤慨地举起短枪指向加藤："你们再敢撒野，我就用子弹跟你们对话！"

"你……"加藤豺狼一般地吼叫，"把他给我抓走！"

这时，那个久未露面的姜亚凤风风火火地走进屋来，献媚地向加藤报告："长官，我昨天晚上看见有几辆装满了箱子的大卡车从帅府北门开出来奔大连了，我估摸着大帅府可能是转移财产吧。"

加藤一看这个主动告密的女人，觉得不大可信："你为什么要主动揭发他们转移财产?"

姜亚凤两眼一夹挤出几滴泪:"长官,你们不知道,我跟他们张家有仇啊!特别是这个于凤至,进了帅府以后掐半拉眼珠子看不上我,她总是找碴儿收拾我,今天我要报仇!"

"你,真的看见他们把财产用大卡车运往大连啦?"

"真的。"姜亚凤起誓发愿地狠狠一跺脚,"我要是说谎,就让我头上长疮,脚底生疔,手指盖上冒脓!"

加藤号叫着把手一挥:"走,立即去追!"

十几个日本人丢下于凤至、杜尚臣,手持长枪随着加藤快步走出大楼。

姜亚凤一看加藤一伙走远了,走过去一把拉住于凤至小声地说:"妹子,我看你被日本人逼得要出事儿,就跑过来跟他们撒下这个谎,也不知道对不对,反正我把他们支走了。"

于凤至被姜亚凤方才的举动弄蒙了,不知她出于仇恨胡说八道,还是另有用意。现在她明白了,姜亚凤为了保护她是声东击西。于凤至惶惑地看着这个判若两人的快嘴女子:"刘嫂子,过去你恨我于凤至,今天日本人这样对我,你应该幸灾乐祸呀!"

"要是以前我备不住偷着乐,可现在我明白了,你于凤至心敞亮嘴积德,是个大好人。"接着,她一脸苦楚地讲起了思想转变的内因。

张作霖皇姑屯被炸后,日本顾问町野武马拿钱雇她到大帅府探听张作霖生死,尽管她跟日本人撒谎说大帅还活着,可町野武马还是认为她没说实话,三天两头去她家找她让她再探。姜亚凤的男人刘哥认为姜亚凤当了汉奸,姜亚凤辩称自己没有给日本人做事,刘哥骂她没有家贼哪能引来外鬼,一气之下,撇开她自己远走了。

姜亚凤一脸苦疚地说:"妹子,我以前做过对不起你的事情,现在帅府落难了,我再满嘴跑舌头胡说八道,那不是丧天良吗?今天要是能为你搪灾,也算是报答了。妹子,听我劝你一句:赶快离开沈阳吧。"

于凤至激动地叫了一声:"刘嫂子,我过去是错看你了。"她一把抱住姜亚凤,这对曾经的冤家,今天像亲姐妹似的泣泪交流。

二

　　热河失陷了,汤二虎败逃,黑龙江马占山的江桥抗战也接近败局。不久长春、吉林也被日军占领,全国舆论哗然。广西大学校长马君武在报纸上发表两首《哀沈阳》的讽刺诗:"赵四风流朱五狂,翩翩胡蝶正当行。温柔乡是英雄冢,哪管东师入沈阳?""告急军书夜半来,开场弦管又相催。沈阳已陷休回顾,更抱佳人舞几回。"接着,全国报纸铺天盖地骂声不绝,矛头直指张学良。骂北大营驻有六千东北军,却一枪没放地让日本人占领了沈阳,张学良罪不可赦。其实,马君武的这首诗有些捕风捉影。那时候影星胡蝶还不认识张学良,赵四和张学良那晚是陪外宾看戏。然而,败阵的凤凰不如鸡,这时身在北京的张学良已经是四面楚歌,几乎无地自容。

　　一向小鸟依人的赵一荻,有生以来都是顺风顺水地安然度日,没有经过大风大浪。"九一八"前,于凤至回了奉天,只有她一个人陪在张学良身边。日军进攻北大营时,她不知道鼓励张学良跟日本人开战,还是应该放弃抵抗另想良策。张学良下达"不抵抗"命令,使沈阳、长春、吉林失守,她自己认为她这个"秘书"有点"失职"。她认为,于凤至到来一定会骂得她狗血喷头。几日后,于凤至带着蒋嫂、杜尚臣和几个孩子来到了北京。

　　赵一荻像一个犯了错误的孩子,把于凤至迎到房里,站在一旁嗫嚅着说:"大姐来啦! 一路上还顺利吧?"

　　于凤至当时真有一肚子气,心想:"你作为留在汉卿身边的女人,为什么不阻止他下达不抵抗的命令呢? 你知道东三省的老百姓要过什么日子吗,你知道大帅府被日本人占领是什么下场吗?"

　　赵一荻哀哀地说:"大姐,咱们的大帅府也被日本人占了吧?"

　　于凤至没好气儿地说:"沈阳、长春都被占了,大帅府能好得了吗?"

　　张学良一副好汉做事好汉当的样子:"这个不抵抗的命令是我下的。一荻劝我,我也没听。天塌下来我一个人顶着,千错万错都是我的错!"

　　"不!"赵一荻一脸苦疚地责怪自己,"我是汉卿的秘书,应该给他提个醒。"说到这里,她有意开脱地说,"不过,当时蒋先生已经发来电报,强调力避冲突,我一时不知道该怎么办,大姐你就骂我吧! 我该骂……"

　　于凤至看看十分愧悔的张学良,又看看像霜打茄子一样的赵一荻,心想:如今东三省已经失守,一个小小的秘书,别说不一定是她的错,就算是她当时失职,你把她骂成一堆烂泥又能怎么样? 兽蹄踏破关东山,松江辽水尸骨寒,还是商量一下如何收复河山吧! 思忖片刻她平静地说:"要骂,就应该骂日本人。他们罪恶滔天,他们才是真正的豺狼,骂自己干什么?"

"可我没有劝阻汉卿下达不抵抗命令啊……"

"我相信汉卿不会丢弃东三省。"

"大姐!"赵一荻顿时泪眼婆娑,"没想到你这么宽容我……"

张学良敬仰地看着虚怀若谷的夫人,感慨地说:"大姐,这个时候很多人骂我恨我,甚至想杀我,有你这样一句话我就够了……"

于凤至稳了一下情绪又推心置腹地说:"汉卿,话又说回来了,有些人恨你骂你,完全可以理解。蒋介石老家在浙江,他的祖坟埋在奉化,东三省根本就不在他的心上。东北可是我们的老家呀! 那里有父老乡亲,有三千万同胞,有白山黑水。你作为东北军的总司令,别说老蒋不是在'九一八'那天下的令,就是在那天他下了不抵抗命令,你也应该振臂一呼去打日本人,怎么能一枪不放就丢了东三省呢!"

"当时我判断失误。我认为日本人只是挑衅,不敢轻举妄动,没想到他们穷凶极恶,突然发起进攻,造成沈阳失守。"张学良犹如一只困兽,咆哮着用手抓着自己的脑袋,"我是混蛋,我丢了沈阳,丢了长春,丢了吉林! 我该骂,该打,该死! 该枪毙!"说着,双手抱头哭不出声来。

赵一荻又抱怨地说:"'九一八'前两天蒋介石给汉卿下达密电,让他尽力忍耐,不与日军发生冲突,汉卿如果跟日本人开战,这就是违抗国家元首的命令啊!"

张学良苦楚地摇了摇头:"腿肚子疼就别埋怨灶王爷了,责任在我,是我一时糊涂。"

于凤至觉得在这个时候过分责难丈夫无济于事,应该鼓起他的勇气夺回东北。她从兜里掏出一份由抗日义勇军黄显声写的"誓死抗战,守土有责"的血书送给张学良。

黄显声仅仅是个沈阳的警察局长,他不甘心日本侵略东北,带领两千名警察组成抗日义勇军在沈阳外围抗战。张学良作为东北军的总司令,不能只是陷入自责的深潭,只有奋起抗日赶走日本人,才能洗刷"不抵抗"的耻辱。他当即给黄显声发了一封电报,鼓励他坚持抗日掀起高潮,然后又给蒋介石发一份电报:要重整旗鼓,全面抗战,收回失地。

三

这时候,作为中华民国政府统帅的蒋介石日子也不好过。虽然"九一八"当天"不抵抗"的命令是张学良下的,可是九月十六日针对日本人挑衅的那份"避免冲突"的铣电是他发给张学良的,如果曝光出来,他也脱不了干系。到那时,人们骂张学良是"不抵抗将军",也会骂他是"不抵抗领袖"。蒋介石考虑再三,给张学良打电话,要在保定会面。很快,张学良带着谭海乘车来到保定,蒋介石带着宋子文在他下榻处会见张学良。

一开始,蒋介石打出一张亲情牌,说:"你我二人一个头磕在地上,同命相连,唇齿相依。现在全国舆论沸腾,攻击你我二人。你我兄弟,可说是同舟共济。从全国利益考虑,为了党国的事业,我们应该想一个两全其美的办法。"

接着他的大舅哥宋子文,按照蒋介石事先的安排,劝张学良一个人背锅:"汉卿,你和蒋公还有我可是双料亲戚呀!一家人不说两家话了。东北被日本人侵略、热河失守你是责无旁贷,蒋先生也是难辞其咎。你们两人同乘一叶小舟,风大浪险时必须先下去一个人。将来风平浪静时再拉上船……你看谁先下船呢?"

"我看现在不是谁先下船的问题。"张学良虽然做了检讨,但又迫不及待地要求抗战,"只要中央及时给我补充枪支军饷,我决心重返前线,拼死一搏,哪怕是马革裹尸,也一定雪耻!"

蒋介石的目的就是逼张学良下野,怎么会给他补充枪支弹药和军饷呢?他搭了几句无关大局的闲话后,亮出他的底线:"现在日方的军力不可低估,我们不能盲目行动。其实,还有另一个隐患比日军更可怕,那就是共产党已在南方诸省做大做强,还要往西北发展,那将是揳进我们心脏的一根钉子,绝不能让共产党得逞。鉴于目前形势,我们不能顾此失彼。我不是不想抗战,不过,目前哪有那么多兵力消灭日军哪!东三省他们要占就让他们占着吧,我相信:有那么一天党国会收复失地。"

"那就甘心让东三省民众当亡国奴吗?"

蒋介石担心张学良这匹关东的野马挣脱缰绳,不听他使唤,立即给他戴了一顶高帽子:"汉卿,小不忍则乱大谋啊!我知道你是一个富有血性的关东汉子,重交情讲义气,敢为朋友两肋插刀。眼下,你就趁机到欧洲考察吧!抗战的事,我自有安排。你可以在欧洲多走几个地方,学习学习人家的军事科技文化,日后我一定把你请回来为国出力。"

这本来是蒋介石道貌岸然的道德绑架。尽管张学良心中不服,但在蒋介石和宋子文面前,张学良仿佛是个被缴械了的士兵,无法对付软硬兼施的两个对手。但是,他还雄心不死地一再争取:"蒋先生,我可以出国考察,不过,早晚我要起兵抗日,把日本赶出东北!"

蒋介石一声淡笑:"好,雄心可嘉,后会有期。"

四

张学良回到北京的第二天,蒋介石向全国发出通电:"东北三省不幸失守,张学良有不可推卸的责任,理应责罚。但他本人恳切要求自省,即日起,国民政府批准免去他本兼各职,赴欧洲考察。"

通电发出之后,全国一片哗然,哀叹惊疑惋惜不绝于耳。但大部分人认为张学良应该受到严惩。

这个消息传到北京的顺承王府,张学良一家人及其手下那些兄弟一下子炸了锅。

"啊,让汉卿下野?"赵一荻那张清秀的脸就像被霜打的倭瓜叶子似的,立即抽巴起来。她哀哀地看着于凤至,"大姐,汉卿就这样下台啦? 再没有挽回的余地了吗?"

于凤至一动不动地站在那里,一股愤世不公的怒气在胸中翻滚。

王树常、王以哲、于学忠还有孙鸣久等几位将领气愤不平地说:"老蒋太欺负人,拿副司令当替罪羊保他自己。我们不能答应!""要下野也应该是他蒋介石下,他作为全国的统帅,首先下达'不准抵抗'的密电,东北丢弃,热河失守,为啥偏偏让副司令下野,他当英雄?""副司令,你不能下野,我们找他说理去!"

将领们几乎异口同声:"副司令,坚决不能下野!""不能下呀!""我们找老蒋说理去!"

当时,于凤至对蒋介石这个有悖常理的决定也非常愤慨,但冷静一想,又回归到了理性。现在张学良已经被蒋介石解除了兵权,手下没有一兵一卒。蒋介石不给你枪炮,就带着几个弟兄拿着烧火棍去打日本人吗? 想了一会儿又朝着那些火冒三丈的兄弟安慰地说："各位兄弟，汉卿这段时间也太累了，大家难得一聚。我让厨房备几个菜，兄弟们喝顿消气酒，虽然汉卿暂时下野了，东北军的心不能散！"

很快一桌子丰盛的酒席备好，蒋嫂端着一个用红布盖着的盘子走进来，放到桌上。赵一荻伸手揭开盘子上的红布，人们一看不禁诧然一惊。原来盘子里盛的不是什么名菜佳肴，而是煮熟的几副猪苦胆。人们莫名其妙地看着煞有介事的于凤至。

于凤至趁机旁征博引地讲起一段故事："春秋战国时期，吴国国王夫差率兵击败了越国，越王勾践兵败被吴国的夫差押到吴国做人质。勾践是一个很有城府的男人，为了报仇雪耻，他屈身做奴忍辱负重。勾践为了告诫自己，晚间睡觉躺在草席上，并在他的卧室的梁上挂了个苦胆，不时地尝着苦胆的味道，提醒自己莫忘国耻。后来，勾践被放回越国，他励精图治，为了鼓励民众振国兴邦，他与人民一起耕田养殖，最终越国强大了，一雪国耻，把吴国消灭了。"最后于凤至语重心长地说，"现在，靠我们的义气和愤怒，无法改变这种败局，我们只有像越王勾践那样，卧薪尝胆，蓄势待发，才能把日本人打出东三省，撵出中国！"

张学良激动地跳起来："大姐说得对，我们已经吃了盲目莽撞的苦头了，不能再这样了。来，我先尝一口苦胆，不忘国耻吧！"说着夹起一块苦胆，含愤吃下。王以哲等几个人纷纷夹起苦胆送到嘴里，苦苦咽了下去。

五

好事成双，祸不单行。倒霉和苦难就像孪生兄弟，倒霉刚刚降临，苦难又接踵而至。辞职下野是张学良在被迫的情况下提出来的，然而，一旦成为现实，却让他苦不堪言。更何况，全国上下对东三省沦陷一片声讨。面对这重重的压力，张学良几乎崩溃。焦灼中，他偷着扎吗啡排遣痛苦。结果毒瘾又犯了，一天不扎吗啡就萎靡不振，生不如死。眼前这一切，仿佛是几面坍倒的大墙向于凤至压来。一向坚强的于凤至面无笑容，嘴挂忧伤，甚至无心吃饭。她不知道此时如何摆脱困境，一种茫然无边际的紊乱几乎将她压垮。

赵一荻更是痛心疾首："大姐，你可不能倒下去呀！汉卿烟瘾又犯了生不如死，这个时候你要倒下去，咱们家该怎么办呢？"说着嘤嘤泣泣地哭了起来。

在这种内外交困的时候，于凤至只能选择坚强：汉卿马上要出国了，怎么能让一个大烟鬼去欧洲考察？这不是给中国人丢脸吗？她考虑再三，决定给宋子文发个电报，请求他在上海帮助找一个外国大夫，张学良到那里去戒毒。

宋子文接到电报，很快就在上海找到了一个德国医生，他能帮助张学良戒毒。接到宋子文的电报，于凤至、张学良、赵一荻和三个孩子，还有蒋嫂、副官谭海、杜尚臣、刘玉清、李英毅几个人乘飞机来到上海。

由于宋子文的帮助，上海大佬杜月笙将张学良、于凤至一行安排住在浦江路44号的一个小院里。房子虽然不够豪华，但整洁敞亮，是个僻静之地。安顿好之后，宋子文请来德国医生米勒帮助张学良戒毒。

米勒戒毒的方法是"强制加药物"，除了每日里打针吃药之外，还要把张学良绑在床榻上，任凭他犯瘾之时呼号喊叫，痛苦挣扎，都不能放开，更不能给他一点毒品。这对张学良来说是一种不得不接受的酷刑，张学良痛下决心："不戒掉毒瘾，便杀身成仁。"于凤至、赵一荻只能眼看着戒毒中的男人痛苦不堪而吞悲忍泪。

这天早晨，于凤至刚刚起床，蒋嫂就慌里慌张地进来报告：门前放了一颗炸弹。于凤至、赵一荻吓了一跳，赶紧跑到门外抬眼一看，一颗枕头大小的炸药包，端端正正地放在门前，上边还有一封书信。于凤至展开一看，原来这是一封恐吓信："张学良，你三天之内不滚出上海，就让你死无葬身之地。"落款是"斧头帮"。

上海滩的地面上有个铁骨铮铮的王亚樵，他早年追随革命先行者孙中山。1929年开始，他联络安徽劳工组成斧头帮，后来喝号抗日铁血除奸团，专杀那些汉奸卖国贼。特别是"九一八"后，暗杀了日本上海派遣军司令官白川义则，连蒋介石、宋子文都被列入暗杀对象，在上海滩号称民国第一杀手，可算是威震黄浦江畔，令人心惊胆寒！王亚樵对一枪不放就把东三省丢给日本人的张学良本来就嗤之以鼻，眼下知道他来到上海滩戒毒，更是怒不可遏。因为张学良还算不上卖国求荣，王亚樵想给他留一条命，只是用这个炸药包向他发出警告，让他快点滚出上海。

赵一荻战战兢兢："这斧头帮都是些什么人，怎么这样凶恶！汉卿没有卖国呀，又跟他们往日无冤近日无仇，他们为什么这么恨他啊！"几位副官也愤愤不平："他们太猖狂了，副司令来到上海戒毒，井水不犯河水，他们为什么这样凶狠？""他们有斧头，我们有枪，他们真要敢来，我就不信咱们的子弹打不过他们的斧头。""对，我们绝不能让他们伤副司令一根毫毛。"

于凤至当时内心十分焦灼，斧头帮既然是下了逐客令，三天之后要是不走，他们一定会动手,怎么办呢? 想了想她决定求上海滩的青帮大佬杜月笙出头讲情。杜月笙在上海滩是个炙手可热的人物,只要他肯帮忙,斧头帮不能不给面子。

杜月笙原是上海浦东乡下的一个小混混,早年混迹十里洋场,几经钻营成了上海青帮老大。他虽然心狠手辣,可骨子里却有一种侠气,又想沽名钓誉,常常结交名人雅士、英雄豪杰。可能是他的出身和张作霖相似,都是土包子开花,从心里敬仰由土匪一跃而成为北京陆海军大元帅的张作霖,也崇拜刚刚三十多岁就成为中国第二号人物的张学良。所以,不仅主动帮张学良安排住处,还暗中指使手下保护张学良。现在,得知斧头帮要赶走张学良的事情后,这个上海滩的无冕之王感到这个事情非常棘手。斧头帮对汉奸投降派恨之入骨,他杜月笙去求情,也未必就给面子。

于凤至一见杜月笙默不作声,又极力恳切地说:"杜先生,有道是杀人杀个死,救人救个活。既然你把汉卿安排在上海了,怎么着也不能让斧头帮把他赶走啊。更何况汉卿绝不是卖国,前些天他和蒋先生会面,还提出坚决抗日,宁可马革裹尸也要把日本人赶出东三省!"

杜月笙想了想,跟于凤至商量:"夫人,我可以去斧头帮求情,不过你得跟我一块儿去。你是个女人,斧头帮再凶狠,对一个女人也不好下手,更何况,张副司令在'九一八'那些事儿,我也讲不清楚啊。"

于凤至觉得杜月笙说的有道理,她虽然内心恐惧,但是为了搭救苦命的丈夫,别说是去斧头帮,就是火坑也得往里跳了:"行,我去!"

听说于凤至要去斧头帮求情,蒋嫂和副官们坚决反对:"斧头帮是一群杀人不眨眼的恶魔,夫人要去那里太危险了。万一他们浑不讲理把夫人伤着了怎么办呀?""就是,听说那个斧头帮可牲性了,号称暗杀大王,抓住一个汉奸就把一条腿砍下来。不管怎么说夫人也是女人,怎么跟那帮野兽打交道呢?""不行,不行,夫人不能去!"

赵一荻也十分担心:"大姐,你还是别去了,万一那些人对你动手,汉卿没保住,再把你搭上,我们想哭都哭不出眼泪来啦!"

杜尚臣一脸深沉地叹了口气:"其实,我也不同意夫人去冒这个险,不过副司令面临危险,只有夫人可去化解矛盾,没有其他办法……"

六

听说于凤至要登门求情,斧头帮帮主王亚樵特地在院中摆下了刀斧阵。三十多位身穿中山服、头戴礼帽的刀斧手分成两排,站在通道两侧。一把把闪着寒光的板斧交叉地架在一起,宛若鬼门关,气势威严,令人心惊胆寒。

杜月笙带着于凤至坐车来到大门前,于凤至下车一看那杀气腾腾的刀斧阵,不禁倒抽一口冷气。

斧头帮的领班按着道上的规矩朝杜月笙一抱拳:"杜爷,你我两片云,南北不成群。不是一家人,不进一家门!"

杜月笙一亮扇子:"铁树不开花,安清不分家,铁树开了花,到哪哪是家。"说着,朝后堂隔空喊话,"王帮主,你这斧头阵是欢迎你杜大哥吗?"

斧头帮的老三陈海快步从上屋走了出来,皮笑肉不笑地说:"杜爷,你是我们斧头帮的贵客,怎么能用斧头欢迎你呢?"他假意虎起脸,朝着那些人吼道,"你们没长眼睛啊,杜爷来了还不赶快让路!"

刀斧手立即收起斧头,退到一旁,给杜月笙让出一条路。

杜月笙收回扇子,走过刀斧阵,回头朝于凤至说了一声:"张夫人,进来呀!"

陈海黑着脸挥手把于凤至拦住:"杜爷,你可以进去,这个张夫人不能进,她要想见帮主,必须在刀斧架下爬进厅堂。"

随之而来的杜尚臣刚想上前辩理,被于凤至拦住。

杜月笙一脸难堪:"兄弟,你也太不给我杜某人面子了,张夫人是我领来的,我大摇大摆地进去,她却爬着进去,这不是打我的脸吗?"

陈海依然冷着脸讪讪地一笑:"杜爷,张夫人怎么能跟你比呢?你是上海滩东头一踩西头都颤的大佬,她张夫人是历史罪人张学良的夫人,狼和狈不过是一丘之貉。"

于凤至觉得她受了委屈事小,救张学良事大。这时候别说是在刀斧阵下爬,就是钻狗洞也要义无反顾:"杜先生,你先进去,我进门前先替汉卿谢罪。"说着她面对北方,双腿跪地仰天高呼,"东三省的老少爷们儿,由于汉卿判断失误丢了东三省,让你们在日本人的践踏下受尽煎熬,今天我替汉卿向你们赔罪了!"她伏身下去,虔诚地叩了三个头。谢罪之后,于凤至、杜尚臣弓着腰穿过寒光冷气的刀斧阵,走进客厅。

太师椅上的王亚樵一身制服,正襟危坐,满脸铁青。身后的墙上挂屏中镶嵌着两把交叉的板斧,显露腾腾的杀气。他看了于凤至一眼,恶声恶气地问:"你就是张学良的夫人?"

杜月笙有意替于凤至说好话:"对,她就是张学良的夫人于凤至,这可是一位有良知的女士啊!她关心百姓冷暖,胸怀家国情仇。大辽河涨水,她蹚着没腰深的洪水救济灾民。日本人占领沈阳,为了保住大帅府,她大胆地与日本人对抗,差点被日本人抓走。如果是没有家国情怀的人,谁敢冒那么大的险哪!"

王亚樵审视着于凤至,那目光如同两把利剑:"张学良是个软骨头、窝囊废、花花公子!'九一八'日本人进攻沈阳,张学良为什么一枪不放丢了东三省?"

于凤至知道面对的是疾恶如仇的莽汉,这时,稍有不慎就有可能引起他的反感或者暴怒,只能是以柔克刚。于是顺眼低眉地承认:"张学良'不抵抗'的罪过,主要是他判断失误。当时,日本人挑衅,北边的苏俄蠢蠢欲动。他怕万一打起来,日本人和苏俄两股势力夹击,百姓惨遭涂炭。又怕蒋总司令骂他祸国殃民,所以,他是蓄势待发。目前,蒋总司令可能是考虑全国的形势,让他先去欧洲考察学习西欧的军事工业、军队战术。学良已经下决心,他从欧洲回来一定赶赴前线。宁可马革裹尸,也要把日本人赶出东三省。"

王亚樵咆哮地从椅子上跳下来:"他张学良要是有种,赶快返回东北打日本人。不然,那就是草包熊蛋臭狗屎!我们绝不会放过他!"

于凤至又苦苦乞求:"王帮主,汉卿现在深染毒瘾,他来上海为的是治病。病好了以后……"

"别说了!"王亚樵愤愤地一拍桌子又撂下狠话,"张学良必须三天之内滚出上海,他要不走,你们就等着收尸吧!"

于凤至还想说点什么,王亚樵把手一挥:"送客!"

陈海上去目光灼灼地逼视于凤至:"张夫人,走吧。"

于凤至知道:像王亚樵这样疾恶如仇的铁汉,你再说上百句都是多余的,临走时她说了句掏心窝子的话:"王帮主你也知道,我的公爹张作霖就是日本人炸死的,他的棺材还没落地,现在我们老家已经被日本人践踏,如果不报国恨家仇,我死去的公爹都不会饶他!东北的三千万老百姓也不会饶他!尚臣,我们走!"

王亚樵看着转身走去的于凤至,愤慨的双眼升腾着一团烟雾……

第十八章

一

张学良刚刚开始戒烟,烟瘾持续发作,他被折腾得死去活来。于凤至冒险去斧头帮求情,时过半天却迟迟不归,不知凶吉祸福!住在黄浦路44号的张家人心慌意乱惴惴不安。赵一荻担心于凤至遇到了麻烦,蒋嫂更害怕那粗暴野蛮的斧头帮扣下于凤至,几位副官义愤难压,他们要去斧头帮找于凤至,就是打破脑袋也要把夫人找回来。

忽然,有人报告:"夫人回来了。"

几个人快步迎出门外,把一脸疲倦的于凤至拥进房间来。赵一荻双脚还没有站稳,就急声急气地问:"大姐,怎么样? 斧头帮松口了吗?"

于凤至看了一眼神色焦灼的赵一荻,又看看一脸期待的副官,不想让他们担惊受怕,故作平静地说:"斧头帮哪能那么快就答应啊? 他们就是想答应,也得找个台阶下呀!"

赵一荻关切地说:"大姐,没伤着你呀?"

"没有,没有。你们看我这不是挺好的吗?"于凤至故作轻松地拍拍身子劝慰大家。

几个人看了看于凤至,内心有种不祥的预感,似乎感到于凤至在隐瞒什么。不便多问,都怀着忐忑不安的心情黯然走开。

于凤至来到了张学良戒毒的房间。毒瘾正在发作的张学良,双手被绑在床头,两条腿也用布条子捆着。尽管是五花大绑了,由于毒瘾发作他忍受不住,手刨脚蹬,疯狂地呼号喊叫,额头上流着热气腾腾的汗水。一看于凤至来到身边,张学良咬着牙逞强说:"我的烟瘾又犯了,折腾得死去活来,不过你放心,我不吸毒,我不吸毒,我绝不吸毒啦……"说着,浑身一阵抽搐,同时发出一种野兽般的号叫,"啊……啊……"

米勒大夫闻声跑来,立即打开药匣,拿出针管给张学良注射一支药液。

于凤至心疼地抚摸着张学良的额头,苦声安慰:"汉卿,你可得挺住啊,毒品就是魔鬼,你要再沾上它,你可就没救了。一定要坚持,坚持!"

张学良浑身颤抖强作刚强:"我挺住,我挺住,大姐,我能挺住。"

于凤至不忍心看张学良痛苦挣扎的惨状,忍着痛泪转身回到自己的房间,一头扎在床上,心如刀戳:"怎么办呢?汉卿已经开始戒毒,现在这个样子,怎能离开上海呀……"想到这里,她一肚子苦泪像决堤的洪水,从眼里涌了出来。饮泣一会儿她心里苦苦祈祷,"老天哪,你就给张汉卿留一条活路吧……让他把毒瘾戒掉……如果蒋委员长还不让他抗战,即使上山为匪,也要回东北把日本人赶走,老天,你大发慈悲吧……"她怕别人听见,把头埋在被子里,泣不成声……

有顷,门外有急迫的敲门声,于凤至拭去眼泪说了声:"进来。"

杜尚臣开门走进来报告:"夫人,杜先生来了。"

于凤至惊疑地一骨碌爬了起来,赶紧擦干泪水,下地走出门去。

于凤至在会客厅里见了杜月笙,杜月笙喜形于色地告诉她:王亚樵松口了,可以限期一个月,等汉卿戒毒完毕再离开上海。不过他提出的条件是:张学良把毒瘾戒掉之后,必须抗日。

这个消息几乎让于凤至喜泪顿飞,她无比感激地说:"杜先生,太好了!多亏你出面说情,要不然斧头帮是不会这样宽容的。"

杜月笙敬重地看了于凤至一眼,满口称赞地说:"夫人,是你的家国情怀和对日本人的刻骨仇恨,感动了那个王亚樵,我不过是在一旁打打帮腔说了几句话而已,真正的功臣应该是你。"

其实,王亚樵并不是鲁莽粗暴的一介武夫。他曾追随孙中山闹过革命,是一个有文化、有原则、懂情讲理的铁骨硬汉。他除了对那些汉奸卖国贼严惩不贷以外,从来也不乱杀无辜，更没有掠夺过别人的钱财。一开始，他所以对于凤至冷淡无情，完全是出于对张学良的憎恨。最后当于凤至抛出"我的公爹是日本人炸死的，我的家乡已经被日本人践踏，张汉卿如果不报国恨家仇，我死去的公爹不会饶他！东北的三千万老百姓也不会饶他"。就是这句话打动了铁骨柔肠的王亚樵。他觉得张作霖已经被日本人炸死了，不能对他的儿子赶尽杀绝。再有上海滩的一哥杜月笙一再求情，他才高抬贵手放了张学良一马，准许他在一个月内戒好毒再离开上海，但是必须抗日。

杜月笙带来的喜讯，仿佛是一阵春风吹散了笼罩在人们心头上的愁云，大家欢呼雀跃，喜笑颜开。

杜月笙走了。于凤至就像一位拼命跑到终点的运动员，已经疲惫不堪。她精疲力竭地躺在床上，已经无力起来了。

二

第二天，赵一荻想拉于凤至去十里洋场散散心，于凤至没有心情；赵一荻又想拉她去百乐门解解闷儿，于凤至也毫无兴致。下午，于凤至支撑着站起来，与蒋嫂来到黄浦江码头。二人坐在江堤之上，欣然地看着浪花奔涌滚滚向前的江水。江面上一艘艘满载客、货的轮船，鸣着长笛劈波斩浪地在她们面前掠过。不远处，有几只小船乘风扬帆驶向远方。于凤至心里涌起一种情思：川流不息的大江啊！你承载了那么多沉重的船只，夜以继日地向前流动，绕过暗礁险滩，把船送到彼岸。人为什么遇到困难往往就要搁浅呢？如果半路抛锚，这辈子还能到达目的地吗？想到这里，于凤至就像一个上满发条的钟表，霍地振作起来，领着蒋嫂意气风发地回到住处，立即找到米勒大夫，研究张学良的戒毒方案。

米勒大夫第一步是消除张学良对烟毒的依赖，第二步是让他排出烟毒。被烟毒折磨了几年的张学良，急于摘掉几乎让他身败名裂的烟鬼的帽子，忍受着撕心裂肺的折磨，咬紧牙关极力配合米勒，他以惊人的毅力战胜了毒魔，一个月以后破天荒地戒毒成功。

于凤至如释重负地出了一口长气："汉卿，你是我们的好丈夫，更是张作霖的好儿子！"她用热烈的拥抱，由衷地祝贺张学良戒毒成功。

这天，钱辅廷从郑家屯赶来上海，向张学良、于凤至报告了一个令人愤慨忧心的消息。日本人占领了郑家屯以后,以征军粮的名义把于家的几十万斤稻谷全部征收了,而且又征用于家的船队把这批稻谷运至营口,再装船运往日本本土。西辽河沿岸于家的"丰聚长"几处买卖和十几个码头上的粮栈、仓库已经停业。大哥于凤彩不肯忍受日本人的屈辱跟日本人抗争被他们打伤,二哥于凤翥也一股火病倒在床上。钱辅廷还告诉他们:如今日本人已把长春改为新京,成立了"满洲国",正肆无忌惮地对东三省进行血腥统治,家乡父老已经变成亡国奴了。

听到这些,于凤至心情沉重,恨不得立即让张学良拉着队伍打回老家,把日本人赶走。然而,已经下野的张学良,别说是指挥千军万马,就是动一兵一卒,也得蒋总司令批准哪!当即,于凤至建议张学良派钱辅廷回到郑家屯,千方百计迂回保护那里的亲戚和百姓,减轻日军压榨之苦。张学良叮嘱钱辅廷:"你回到郑家屯,要团结那里的进步人士,找机会组织起来一致抗日,保护家乡人民的安全。"

钱辅廷信誓旦旦:"放心吧姐夫,我坚决跟日本人斗争到底!"第二天,钱辅廷带着张学良、于凤至的嘱托返回郑家屯,开始了他的抗日活动。

三

张学良带着家人和蒋嫂出国了。谭海因为家里老母病危,只好留在国内,杜尚臣、刘玉清、李英毅三个副官还有翻译随行。

张学良考察的第一站是意大利,第二站是德国。到了柏林后,张学良领着赵一荻和三位副官考察德国的科技和军火工业,于凤至领着三个孩子到慕尼黑王宫参观浏览。她深深感到德国人重视历史,民族文化独树一帜,令人称奇。

离开德国,张学良一行又来到了英国伦敦。在英国,张学良有两个朋友:一个是帮他买军火的铁路工程师伊雅阁,另一个是在北京误杀中国农民的英国外交武官桑希尔。当时,桑希尔还在中国有事没有回来,张学良找到了回国度假的伊雅阁。

晚上,伊雅阁在白金汉宫大街上的凯伦大酒店给张学良一行接风。席间,伊雅阁非常热情:"少帅,你既然来到了伦敦,就多待一些时间吧,一年不够就住两年。反正蒋先生也不重用你,你何不在这里休闲度假,游山玩水呢?过些天,我领你去独具特色的格林威治小镇,再到英国皇家王宫罗马时期留下的伦敦塔、骑士桥游览。"

张学良淡苦一笑:"你们英国现在很安静,也适合休闲养老。不过,现在我们东三省老百姓水深火热,日本人已经建立了'满洲国',我的家乡父老备受煎熬,我怎么能在这里游山玩水乐不思蜀? 我真的想回去向蒋先生请缨,回东北打日本人哪!"

伊雅阁说了句英国谚语:"我们英国人有句话:山鹰的草窝被毒蛇占据了,山鹰一定要保护它的孩子。我知道,你担心的是你那些父老乡亲。"

于凤至怅怅地叹息道:"汉卿总想打回东北,把日本人赶走。可是他现在一没有部队,二没有军火。如果蒋先生不支持他抗日,他两手空空,用什么打日本哪!"

伊雅阁忽然想起来了:"少帅,前几年你让我在英国买军火,还剩下二百万大洋。你可以把钱带回去作为抗日的经费。"

张学良想起来了:"这笔钱可以买上两万支快枪,够装备两个师了。"

"那你就把钱带回去吧。"伊雅阁爽快地说,"过两天我就把银行的银票带来,交给你。"

于凤至当即建议:"汉卿,我看这笔钱先放到伊雅阁这儿怎么样? 现在还不知道蒋先生什么态度,如果他不支持你抗日,你在国内也买不到枪支弹药。以后你要是能拉起队伍,也可以用这笔钱让伊雅阁在英国买枪买炮啊!"

赵一荻也赞成:"大姐说得对,我们不能不留后手。"

"也是,伊雅阁兄弟,这笔款子我不想带走,我还有五百万大洋的银票,现在交给你,等以后我需要的时候你就给我买枪买炮。你要给我买最好的武器,我要用这些武器把日本人打出东北,赶出中国!"说着,张学良吩咐赵一荻,"一荻,你给伊雅阁拿张五百万大洋的银票。"

赵一荻打开兜子,拿出一张银票交给伊雅阁。

伊雅阁接过银票:"好,到时候我给你买一批最好的狙击步枪和射程最远的火炮,把日本人赶走!"他举起酒杯,"来,为将军以后回东北抗日,我们干一杯。"

"干杯!"

几个人的酒杯相撞,一饮而尽。

出国期间,虽然于凤至跟乖顺的赵一荻你敬我一尺我敬你一丈,形同姐妹,但是,"同夫两室"这种爱情的构架,即或双方不想发生纠葛,也会有微妙的隔膜,你不想闹矛盾,也会有不睦的小插曲。所以,两个人都怕伤着对方,那就是一种距离。尽管于凤至是善意,赵一荻有时候也多心。

赵一荻不仅当面答应"一定当好一个不出格的秘书",而且在实际生活当中和张学良保持了一定距离。除了星期六跟张学良同床以外,其余的晚间回到另外一个房间休息,很少跟张学良耳鬓厮磨。

晚上张学良一家人回到住处,聪明贤达的于凤至从赵一荻的眼神中看出了她对张学良的渴望。这时她才觉得:一路上,赵一荻很多时间都是独守空房,不禁产生了歉疚之情。"小妹,我得陪三个孩子。从今天开始,晚上你陪汉卿吧。"

赵一荻脸腾地红了,半开玩笑地说:"大姐,我是秘书,怎能陪将军同宿呢?"

"白天把秘书当好就行了,晚上又没人查夜。"

"大姐,你真是一位活菩萨呀!"赵一荻扑上去给于凤至一个感谢性的拥抱,然后红着脸走开。

张学良一行在英国参观高精科技、先进的军工、发达的工业、开放的文化,开阔了视野。他兴致勃勃,希望有朝一日重返东北,大力开发科技,兴办工业,让东三省飞腾成为富裕之邦。

于凤至的三个孩子一路上玩得很开心。他们曾经在意大利威尼斯乘船划桨,曾经在德国慕尼黑王宫浏览参观。但是,孩子们更喜欢英国伦敦。这个城市清洁恬静,特别是泰晤士河上的伦敦大桥庄严美丽,让孩子们流连忘返,啧啧称奇。姐姐闾瑛一直关心闾珣,每到一处都拉着他的手,怕他走失。令人高兴的是,闾珣这期间脸上常常挂着久违的笑容。他对于凤至一脸希冀地说:"妈妈,这里真好,要是能在这里念书,就什么也不怕了。"

于凤至轻声地问:"怕什么?"

闾珣脸上突然现出惶恐:"我怕日本人来,他们太凶了!"

于凤至笑盈盈地问几个孩子:"你们都喜欢这里?"

闾瑛比两个弟弟更懂事:"妈妈,我们在国内总是提心吊胆地过日子。爸爸下台了,有多少人骂他,有人还骂我是不抵抗将军的女儿,我害怕回国再发生什么事情,我们就在这儿读书吧!"

于凤至心里涌起万般苦楚,"九一八"留下的罪孽是何等的刻骨铭心,几个孩子心里留下的伤痛至今都无法平复。东三省本来是故土,可如今却变得有家难回。

晚上,于凤至跟张学良、赵一荻商量孩子们的事:"汉卿,今天几个孩子跟我说,他们不想回国了,他们害怕回国受到伤害。"

赵一荻抱怨地说:"别说是孩子,就是我都有点害怕,上海那个斧头帮多凶啊!要不是大姐苦苦求情,恐怕我们就得被打出上海,现在想起来还心惊肉跳的呢!"

张学良敲着脑袋愧悔地说:"一失足成千古恨,这都怪我呀!我的三儿子闾琪,不到十岁就死了。我不能再让孩子们有什么风险了,大姐你有什么打算?"

于凤至:"我想把孩子们留在伦敦,让他们暂时在这里读书,待日后国内社会安定了,再把孩子们接回去。"

"我看这个想法很好,孩子们在这里读书无惊无扰,我们回国也就放心了。"赵一荻十分赞成于凤至的想法。

然而,在陌生的英国,他们要把孩子送到最好的学校谈何容易?

四

英国驻华外交武官桑希尔结束中国的工作,返回英国了。他听说张学良一家来到伦敦,立即赶到张学良的住处探望张氏夫妇。当天下午便在海德公园附近一个名叫"中国地"的酒店,摆了一桌中国特有的满汉全席招待救命恩人。

桑希尔读书不多,十六岁扛枪当兵,直爽粗放,缺少斯文,他喜欢喝酒,每次喝酒都是先饮为敬。他端起一杯白兰地重情重义地说:"张将军,这就怪你了,你们要来英国为什么不事先告诉我一声,我陪你们回来呀!"

张学良客气地一笑:"桑希尔先生,我们这次出国考察,一开始先到意大利,然后又到德国,前些天才到你们英吉利,你当时还在华工作呢,怎么能麻烦你呀?"

"那有什么,我就是工作再忙也得回国陪你们呀!"桑希尔说到这里脸色立刻暗淡下来,"张将军你不知道,我们英国的外交部已经知道了我在中国误杀农民的事情,现在把我撤回来了。"桑希尔不想过多涉及工作上的事,话题一转诚恳地说,"你们一家人来到伦敦人地两生,有什么需要我帮助的,千万别客气。只要你们提出来,我一定全力效劳。"

张学良依然客气地一笑:"我们来这里只是参观游览,没什么事情叨扰先生的,今天你在这里设宴招待,我们全家非常感谢。"

"张将军你别客气。"桑希尔又不请自饮地喝了半杯酒,抹了一下沾满酒浆的嘴巴,开诚布公地说,"我在中国误杀了那个农民,要不是你给我摆平,你的夫人借钱给我补齐了那个农民的抚恤金,恐怕,我现在还在中国大牢里服刑呢!你们的救命之恩我不会忘记,我希望你把桑希尔当成最好的朋友!"

于凤至忽然想起了几个孩子上学的事,问桑希尔:"桑希尔先生,其实,我们真有一件事情想麻烦你,不知道你有没有困难?"

"夫人,有什么事你尽管说。"

"我家三个孩子想留在英国读书,想要找一个好一点的学校,我们人地两生,又没什么关系,不知道送到什么学校合适。"

"夫人,我们伦敦有一所最好的哈德斯学校,这是一个预备学校,学校还有高级班。"

"太好了,桑希尔先生。"

"这个学校都是一流的教师,一流的教学设备,优秀的教学成果。我们大英帝国的政府官员、军队高官、社会名流的子女都在这个地方读书,一般的人想出一万英镑送孩子进学校,都进不去。"

张学良:"看来这是个贵族学校。"

于凤至:"想进这个学校是不是太难了?"

"对别人来说那真是高不可攀,对我来说,那是轻而易举。"桑希尔信心满满,"你们不知道,我夫人的弟媳,按照你们中国的说法就是小舅子媳妇,就在这个学校当副校长,我这个姐夫送三个学生,她能不给面子吗?"

于凤至拍手称快:"桑希尔先生,你真能把三个孩子送进这么好的学校,可帮了我们的大忙呀!"

张学良一高兴喝了一杯白兰地。

历史真是人生缘分的魔术师,两年前于凤至凭着一颗善心搭救了萍水相逢的桑希尔,今天却变换了位置,桑希尔成了一个施救者,帮助于凤至安排她的三个孩子入学。

桑希尔当着张学良、于凤至的面信心十足地承诺要送三个孩子去哈德斯学校读书,但他却没有料到,夫人梅西能跟他唱对台戏。

十几年前桑希尔与梅西结婚成家,梅西一直不生孩子,桑希尔认为她生不了孩子,所以出国在外一直不带梅西,把她一个人丢在家里苦熬干修。偏巧,两年后梅西令人意外地生了个男孩儿,常年在外的桑希尔认为这个孩子是个野种,非但对这个来历不明的儿子疼爱不起来,有时还借题发挥找梅西的碴儿,骂梅西趁他不在家红杏出墙。梅西性情乖戾,也不是省油的灯,她对桑希尔更是疑神疑鬼,怀疑丈夫把她丢下八年,一定是在中国找了女人。因此,二人互相提防,经常吵架。现在,梅西一听说桑希尔要把张学良的三个孩子介绍到哈德斯预备学校读书,还要去求她的弟媳,她一脸不悦地说:"桑希尔,你知道那个哈德斯学校是一个贵族学校,一些英国人挖门子找关系,想把子女送去读书学校都不收。你一下子送三个中国孩子进这个学校,能办得到吗?"

桑希尔解释:"你不要忘了,那张学良是我的救命恩人。他们想把三个孩子留在伦敦读书,这点事情我都做不到,我还够朋友吗? 咱们英国有句话:'答应的事不办,比做小偷还可耻。'我都答应张将军了,现在办不了,让我怎么做人?"

梅西本来就和丈夫离心离德,一看丈夫对张家的子女那么热心,不禁心生嫉妒:"桑希尔,我们家的孩子你很少疼爱,为什么对他们的孩子这么用心? 你是不是看上张将军的那个女人了?"

"不准你胡说!"

"胡说? 那么我问你,你是我们家孩子的父亲还是张家孩子的父亲? 为什么给那个女人当孝子贤孙?"

桑希尔顿时恼羞成怒,冲上去猛地打了梅西一个耳光。

"你打我?"梅西一只手捂着被打疼的脸,跳着脚吼道,"你应该知道,我们大英帝国对那个张学良什么看法,他是个被万人唾骂的中国败将,到我们这里流亡,还要把三个孩子送进贵族学校,他不配!"梅西一甩袖子愤愤走开。

五

桑希尔对朋友忠诚,办事执着,承诺朋友的事情,千辛万苦也要完成。尽管他那个刁钻的妻子梅西一再当他的绊脚石,甚至跟她那个当副校长的弟妹添油加醋,不让她给桑希尔帮忙,桑希尔还是使出了浑身解数,挖门子找关系托人求情,终于把张家的三个孩子送进了哈德斯贵族学校,并且签字充任了担保人。

英国的小学,一般是七至十三岁的学生就读,分男校、女校。哈德斯设有高级班,相当于当时中国的小学和初中,学生年龄稍有放宽,学生可以从初级一直念到高级。已经过了十五岁的间瑛进了高级班(初中),两个弟弟进了初级班。然而,桑希尔的儿子——培尔也在这个学校读书,而且跟间珣是同班同桌。由于受梅西的指使,培尔非常蔑视间珣,有时诬赖间珣偷了他的铅笔,有时骂他是灰老鼠。本来就性情懦弱的间珣,吓得不敢正眼看他。

几个月后,张学良突然接到蒋介石从国内发来的一份急电。电报只有两句话:"形势突变,迅速回国。"这份突如其来的急电,引起了张家人的热烈讨论。

赵一荻天真地认为:目前,日本人在新京(长春)扶持溥仪上台成立了伪满洲国,中国国内民怨沸腾,要求立即出兵抗日,蒋介石如果没什么大动作,必遭万人痛骂。这个时候,蒋介石召张学良回国,肯定是让他率领东北军打回东北,把日本人赶走。

张学良虽然不像赵一荻那样坚信不疑,但心中也产生了一丝希冀:蒋介石为了保全地位,让他张汉卿一个人扛着不抵抗的罪名谢罪国人,应付了一年。如今日本方面对华有恃无恐,国内民怨沸腾。他老蒋再不出兵打日本,也真没法向全国人民交代了。

于凤至觉得事情没有这么简单,蒋介石之所以让张学良下野,就是不想让他抗日。如果他要抗日何必将学良派往欧洲。现在召他回国,而且电报就说"形势突变",这个"突变"究竟是让汉卿回国抗日还是另有玄机?眼下很难断定。想来想去,于凤至决定把三个孩子留在伦敦,她要跟张学良一起回国,万一发生什么不测,也好帮助拿拿主意。

张学良觉得蒋先生这人捉摸不透,说不上葫芦里卖的什么药。不过,于凤至跟他回去,三个孩子怎么办?于凤至意思是把蒋嫂留下来照顾三个孩子,何况还有桑希尔呢。但是,蒋嫂毕竟不是孩子的母亲,母亲长时间不在孩子身边,他们能不想妈妈吗?几个人为了谁留下陪孩子读书相持不下。

赵一荻没有忘记,"九一八"那天就她在张学良的身边,没能阻止张学良下达不抵抗的命令,铸成了历史大错,至今她还深深地遗憾。她猜测:于凤至现在所以要丢下孩子跟张学良回去,就是对她信不过。这个时候,她不得不表示出她不愿意与张学良单独在一起承担任何罪名:"大姐,要不这样吧,你跟汉卿回去,我留下照顾三个孩子。"

于凤至微微一笑:"一荻呀,间琳丢在北京都这么长时间了,孩子说不上怎么想你呢,我怎么能让你留下陪这三个孩子呢?你早就该回去看看孩子了。我看这样吧,我跟你们回去。三个孩子先让蒋嫂看着,等我们回去以后,国内没有什么大的变故,我再回来陪读。"

当时,张学良对于凤至有点反感,心想:在我张学良身上不就发生了一次"九一八"吗?你一朝被蛇咬,十年怕井绳,难道我这辈子就离不开你啦?但是,于凤至要坚持回去,他又无法阻拦,只好顺水推舟,同意先一起回去。

本来于凤至跟三个孩子已经说好了,她跟张学良回国,留下蒋嫂在伦敦陪他们读书,过一段时间她再回来。然而,当桑希尔开车要送他们去机场的时候,闾珣紧紧地抱住于凤至,说什么也不让妈妈走。

懂事的闾瑛眼含泪水劝慰弟弟:"闾珣,你就让妈妈走吧,姐姐在这儿跟你一起读书,姐姐一定让你开心。"

蒋嫂也赶紧劝慰:"大少爷,你放心,你妈回去了,有我在这儿照顾你,我一定让你们几个吃好睡好,不让你们受一点委屈。"

闾珣像是生怕母亲逃走似的抱住于凤至不松手:"妈,我好怕!好怕!我不让你走,我想妈妈,妈妈不能走。"

闾玗受了哥哥的感染,也跑上去抱住于凤至:"妈妈,我也不想让你走,你实在要走,就把我们带回去吧!"

在场的每个人眼里都闪动着惊惑,一时不知说什么好。

桑希尔看着两个死缠母亲不肯放行的孩子,也像被感动了似的说:"夫人,要不然你就留下吧,孩子们舍不得你呀……"

蒋嫂改变了主意,流着眼泪说:"夫人,既然两位少爷不让你走,你就留下吧。"

于凤至极力忍着内心的痛楚,噙着泪水:"我留下让汉卿自己回去,我放心不下呀……"

张学良心里一阵酸楚:"大姐,你放心,我绝不会再犯'九一八'那样的错误了,你就留下安心照顾孩子们吧。"

赵一荻也愧疚地表示:"大姐,'九一八'的事我刻骨铭心,再也不会失误了,我向你保证,等你回国,我要给你一个惊喜!"

于凤至泪光闪闪地看着赵一荻:"小妹,汉卿再也输不起了。"

赵一荻:"我理解,我们绝不能再输了。"

闾瑛看看紧紧抱住妈妈不肯松手的两个弟弟哽咽地说:"妈妈,前两天闾珣还怕你把他丢下偷着哭呢!你要走了,还不知道会发生什么样的事情哪,你就留下吧。呜呜呜……"由于心里酸痛,她忍不住哭出声来。

于凤至心中一阵刺痛,含泪扑上去,一把抱住张学良:"汉卿……保重啊,千万保重……"

第十九章

一

　　1934 年 10 月开始,中国共产党领导的中国工农红军,离开江西瑞金等革命根据地实行战略转移,开始了艰苦卓绝的两万五千里长征。一路上遭到国民党的围追堵截,三个方面军历时一年多,相继到达陕北,并在这里建立了稳固的陕北革命根据地,而且大有烈火燎原之势,燃红西北,蔓延华北。蒋介石一直把中国工农红军视为洪水猛兽,处心积虑要把红军消灭干净。

　　从欧洲回来的张学良踌躇满志,本想带领东北军跟日本人大干一场,可万没有想到,蒋介石非但没让他赴东北抗日,反而把他推向内战的前线。先委任他武昌豫鄂皖三省"剿匪"副总司令,后又派往西安就任西北"剿匪"副总司令代行总司令职,命令他率东北军打头阵围剿中国工农红军。一心抗日的张学良满腔的抗日热血一下子化为怨愤:"总司令,学良曾经寄身海外,但有三事尚不敢忘:一是国难,二是乡患,三是家仇。如今东三省已经变成伪满洲国了,那里的百姓饥寒交迫,水深火热。我们不出兵打日本人,反而要打仅占一席之地的共产党,是不是本末倒置啊?"

　　蒋介石板着面孔阴阴一笑:"汉卿,你看错了!日本人占领东三省已成事实。目前,他们正忙着实行所谓的东亚共荣、王道乐土,还没有足够的精力发兵南下。

可是，毛泽东领导的共产党和他们的中国工农红军，可不是仅仅占一席之地哟！他们是党国的心腹大患。如今他们已经在陕西宝安县吴起镇会师了，如不及时消灭，等他们成了气候，至少要占据我们半壁江山。"

张学良申辩道："共产党虽然来势凶猛，可他们毕竟是国人，我们打了这么些年内战，劳民伤财，损失惨重，民众苦不堪言。对于共产党，我们可以跟他们谈判嘛！"

"谈判？"蒋介石冷冷地"哼"了一声，"我们与共产党的分歧不是一般的政见不同，而是势不两立水火不容！"说到这里，他加重了语气教训张学良，"你知道吗，共产党的政治口号是打倒土豪、分田地，我、宋子文、孔祥熙，还有你们张家，还有各地的大地主、有钱的大户、城里的商家，都是他们打倒的对象。用他们的话说这是一个阶级推翻另一个阶级的政治斗争，我们绝不可掉以轻心哦！"

张学良顿了一下："我也不理解共产党的主张，可大敌当前，他们反对日本侵略，旗帜还是很鲜明的。"

"你不要听他们那套宣传！就凭共产党那些人马刀枪能打败日本人吗？也许趁我们出兵打日本人的时候，他们乘机兜我们的后路，抄我们的老家。所以，我们必须先安内、后攘外。消灭共产党以后，再集中兵力把日本人赶出华北，赶出东三省。"

"先安内，后攘外？"张学良对这个荒谬的主张很反感，"总司令，我看这个提法有些不妥，狼来了你先不打狼，却先打自己家里人，这狼不是变本加厉更凶残了吗？"

蒋介石强势地摆了摆手："汉卿，其他话你不要说了。你先率领部队把共产党消灭了，腾出手来，我再给你配十万大军去打日本人。"

张学良心有不服，还想跟蒋介石争辩，蒋介石摆出一副老大哥的架势："汉卿，你就任新职，重任在身，不要辜负我和党国对你的期待哟！"

蒋介石一再坚持他的"先安内、后攘外"的政治主张。强调：共产党才是党国目前最危险的敌人，必须消灭之以免除后患。当时两个人你争我辩面红耳赤，然而，决心要消灭共产党的蒋介石不改初衷，最后给张学良开了一张空头支票："对，日本人的国恨家仇一定要报，我会有安排。"

面对这位一意孤行的民国领袖，万般无奈的张学良只好带着赵一荻来到西安，住进了金家巷的张公馆。

在欧洲之旅期间，于凤至虽然像大姐一样善待着赵一荻，但是就连自己都认为自己是小三的赵一荻一直缩手缩脚，不敢在张学良面前撒娇卖乖。如今回到国内，有了属于她与张学良的二人世界,她完全可以放肆地享受久违的罗曼蒂克。然而,现实的变化打破了她的梦想,蒋介石不让张学良去抗日,反而让他去剿灭共产党,张学良苦闷彷徨,也让她陷入了一种挥之不去的迷茫之中。

张学良在她面前尽量显出一种乐观的心态:"一荻你不用担心,我张学良总有一天一定要打回东北,赶走日本人,让我的家乡父老重见天日。"

"好,你有这个态度,我就放心了。"赵一荻虽然也用一张佯笑的脸安慰张学良,但她知道张学良内心无法言表的苦楚。

张学良和赵一荻在西安刚刚安顿不久,就有两个人先后来找他。

第一个找他的是老部下——原东北空军办事处的冯克昌。前些年,张学良在筹建东北空军的时候,把冯克昌调到空军办事处担任技术室主任,冯克昌正直义气,工作负责任。"九一八"事变后,日本人相中了他的飞行技术,对其收买,他却毅然离职还乡。张学良下野出国去欧洲访问,蒋介石把东北空军归入中央管辖系列,划到杭州笕桥空军航校。待在家乡的冯克昌无人理睬,被打入另册。如今,听说张学良从欧洲回来出任西北剿总副总司令,便来到西安找张学良,想到笕桥航校供职。

张学良当时有些为难,虽然他表面上还是中国的"老二",冠冕堂皇的西北剿总副总司令,可由于"九一八"的失误,权势和威望已经大打折扣,再也不是吐口唾沫都是钉的张少帅了。要安排冯克昌到笕桥航校去当领导,军事委员会的航空处未必买他的账。

冯克昌看出张学良面有难色,歉意地说:"副总司令,给你出难题了。要不这样,我不去笕桥航校了,在你手下干点什么也行,你是我的老上司,咱们不隔心,哪怕是牵马坠镫呢!"

张学良又一想,他现在虽然剿共,但是以后一定回东北打日本,需要空军的支援,他在空军不能没有自己的亲信。于是给他的干大舅子宋子文写了一封推荐信,求他把冯克昌安排在航校。

冯克昌非常高兴:"副总司令,您真是我的老上司啊!我在空军里干半辈子了,对飞机有一种特殊的感情。能让我到航校工作,那是我一辈子的心愿。"他给张学良敬了个军礼,心满意足地笑着走开。

第二个来找张学良的是他的五妹——许夫人留在沈阳的女儿张怀曦。几年前,许夫人随着寿夫人去天津寄居之前,把张怀曦留给于凤至,供她在东北大学读书。如今她已经在东北大学毕业,想去英国伦敦的剑桥大学深造。听说张学良从英国回来住在西安,便匆匆找上门来。

在兄妹群里,张学良最喜欢这个追求上进的五妹子。自从怀曦离婚之后,一直不找男人,专心致志发奋读书,励志要成为当代女杰。更何况,张学良的三个孩子也在伦敦读书,怀曦要是去了英国也好互相照应。于是他便痛快地说:"正好你嫂子和三个孩子就在伦敦。那里有我们的朋友,你要是去了,他一定把你送进剑桥大学。"

张怀曦眉开眼笑:"太好了!我在那里读书,可以抽空帮助大嫂照顾三个孩子。"

几天后,张怀曦乘坐班机飞往伦敦……

二

20世纪30年代的英国正处在发展的鼎盛时期,相当一部分英国人有很强的优越感,觉得他们是当今世界上最高贵的血统,因而,顾盼自雄,盛气凌人,当然也影响了他们的下一代。

精神忧郁、性格懦弱的闾珣,自然成了在哈德斯学校读书的英国孩子歧视的对象。一天下课,闾珣与桑希尔的儿子培尔擦肩而过,一时不慎把培尔手中的一个小球弄掉了。受梅西影响的培尔,一直把闾珣看成另类,当即强硬地让闾珣把球给他捡起来。闾珣不捡,另外几个英国孩子气势汹汹地凑上来,挥着拳头威胁道:"捡起来!你要不捡起来,今天就别想回教室去上课!""你这个灰老鼠,竟然敢跟我们硬扛!""快捡起来,你要装凶,我们就打扁你!"

闾珣畏惧地看了一眼几个凶巴巴的孩子,委屈地捡起小球丢给培尔,然后抽身跑开。

闾珣跑到厕所,说什么也不出来,后来被老师叫出来,他一直站在院中不进教室听课。学校担心孩子发生什么意外,通知于凤至让他退学。于凤至无奈,只好又求助桑希尔帮她说情。虽然遭到梅西的婉言拒绝,但是不忘恩情的桑希尔不顾妻子的反对,以担保人的身份百般恳求,学校总算给了面子,闾珣没退学。

回家后,于凤至问闾珣为什么跑进厕所不回教室上课,闾珣怕那几个英国孩子报复,怎么问他都不说。于凤至知道,如果这样下去,闾珣不仅书念不好,恐怕精神要出问题。为了儿子能够安心读书,于凤至请求校方批准,征得老师同意,她到班里开始陪读。她每天领着三个孩子一起上学,然后走进间珣的教室,坐在间珣班级的一角,不动声色地听课。下课了,她和孩子们一起做课间游戏。

于凤至"入校陪读"几个月后,间珣发生了惊人的变化。他的精神大有好转,脸上出现了久违的笑容,每天都快快乐乐地上学,课堂上平心静气地听讲,放学后高兴地拉着妈妈的手回家。连续几个月,病情一直没有发作,而且学习成绩有了很大的进步。

一天班里举办故事会,其他同学都用英语讲演达尔文、牛顿、莎士比亚等一些英国历史巨人的故事。间珣虽然有点儿抑郁症,其实,他很聪明,讲演起来毫不逊色。他面对同学慷慨激昂、有声有色地讲起了中国明朝的英雄戚继光的故事:"戚继光,字元敬,号南塘,是我国伟大的民族英雄。在明朝年间,野心勃勃的日本人来到中国的东南沿海,烧杀掠夺,无恶不作。朝廷派戚继光到东南沿海抵抗倭寇,戚继光率队英勇杀敌,浴血奋战,在东海把日寇打得丢盔卸甲,在老龙滩把日寇杀得片甲不留。戚继光先后苦战十年,终于扫平了倭寇,确保了中国沿海的领土,确保了沿海百姓的生命安全。他的英雄事迹载入了中国光辉史册,千秋万代永远流传。"

"好。"在场的同学们报以热烈的掌声。

坐在角落里的于凤至仿佛是喝了一杯美酒那样,心里一阵滚热,激动得双眼闪出泪光。

当晚回家,于凤至让蒋嫂特地做了两个中国菜挂浆白果、锅包肉,祝贺间珣今天的讲演大获成功,为她争了气,为中国人争了光。

饭菜刚刚做好,张怀曦风尘仆仆地突然来到。一家人在异国他乡相聚,十分高兴。吃饭期间,张怀曦直截了当地说:"大嫂,我这次来,是想在英国读书,想进剑桥大学,我大哥说你能把我送进去。"

于凤至痛快地答应:"你要想在英国上学没问题,英国有个朋友,跟教育界很熟,他一定能把你送进剑桥大学。"

张怀曦高兴地拉着于凤至的手:"大嫂,我要能在这里读书,那就可以帮大嫂照顾三个孩子,这样,我们都有伴儿了。"

当于凤至问起张学良现状的时候,张怀曦神情立即阴沉下来:"大哥回去以后就被蒋总司令召见了,大哥要求去东北抗日,蒋总司令不准,却让他去西北剿共,我看大哥都上火了。"

于凤至惊讶地"啊"了一声："什么？蒋先生不让他打日本人，反而去打中国共产党？"

　　"大哥也不想打共产党，可又没有办法。蒋司令已经任命他为西北剿匪副总司令。他要不去，那就是违抗军令啊！"

　　于凤至吃不下去饭了，她放下筷子，想起那不堪回首的往事，心里一阵惴惴不安："九一八"汉卿放弃抵抗被全国声讨，全家人捶胸顿足愧悔莫及；日本人侵占了东三省，东北大地惨遭蹂躏，百姓水深火热苦不堪言；汉卿上海戒毒，斧头帮要把他赶出上海，是她挺身冒险恳求斧头帮放丈夫一马，并承诺：丈夫出国回来就去打日本。然而，事情的发展却恰恰相反。汉卿回国非但没有抗日，反而却指挥部队打自己人。此时此刻，她的心就像是被压上了一块石头，堵得几乎喘不过气来："不行，我得给你大哥发电报，不能打共产党，一定要跟蒋先生谏言。不把日本人赶出东三省，没法向全国人民交代。"

　　第二天一早，于凤至来到电报局给张学良发电报："日寇横行置之不理，枪对国人情何以堪？汉卿，千万别忘了我们的誓言哪！"

　　虽然这份电报只有二十九个字，可落到张学良的头上却极为沉重。他就像是个带伤的人，当别人戳到伤口的时候，本能地一阵剧痛。然而，人在矮檐下，岂能不低头？蒋介石是当今中国的霸主，副司令张学良岂能违抗军令自行其是，实在无奈，只好给于凤至回了一封电报："放心吧，忠心不改，抗日有期。"

三

　　已经把东三省变成伪满洲国的日本侵略者，一心想把东三省变成"全部日化"的殖民地，在对广大民众残酷盘剥横征暴敛的同时，大力推行奴化教育。他们编造了"天地内，有了新满洲，新满洲便是新天地"的"满洲国歌"，让学生们每天早操时齐声高唱，还要面朝东方向日本天皇陛下遥拜，高喊"天皇陛下万岁"，企图摧毁东北人的家国意识，忘掉祖宗。沈阳、长春、哈尔滨的一些大学、中学的学生们，不肯接受日本人的奴化教育，纷纷向关内逃亡。

　　这天，原沈阳东北大学的学生和沈阳同泽中学的学生们，流亡来到西安。他们来到金家巷张公馆门前，悲戚而愤慨地唱起了流亡之歌：

　　　　我的家在东北松花江上，

那里有森林煤矿,

还有那满山遍野的大豆高粱。

我的家在东北松花江上,

那里有我的同胞,

还有那衰老的爹娘。

……

九一八,九一八,

从那个悲惨的时候,

脱离了我的家乡……

门前巡视的杜尚臣听见这凄凉酸楚的歌声,难过得流泪了。想了想,立即走进去报告了张学良。

第二天,心怀家乡的张学良在客厅热情地接见了东北大学的代表。

原来流亡团队领头的青年教师,就是蒋嫂的女儿——于凤至扶持资助的乔晓阳,如今已是东北大学留校的年轻教师,这次关内流亡,她是首领。乔晓阳当着张学良的面,含泪控诉日本人践踏东三省的罪行:"张将军,现在的沈阳城工厂关闭,店铺停业,市场凋敝。东北大学、同泽中学已经被遣散。日本人肆无忌惮地搜刮当地财产,把大量的煤炭木材粮食通过大连港口运往日本,造成工人失业,学生流亡,居民流离失所,无家可归呀!听说你在西安,我们就投奔你来了。张将军哪!你救救东三省的父老乡亲吧!救救东三省吧……"

张学良心如火焚,苦楚地摇头叹息。

一个女生流着泪说:"张将军,日本人已经把东北大学解散了,又成立了什么建国大学,让学生们学日语,学东洋文化,崇拜日本天照大神。一个同学提出异议,他们就说是反满抗日,惨无人道地把他给杀了。读书之地,白色恐怖无所不在,我们只好流亡关内了!"

乔晓阳抹了把眼泪,又激昂地说:"张将军,现在东三省惨遭涂炭,你们的队伍赶快打回去,解放我们的父老乡亲吧!不能让他们生活在水深火热中生不如死啊!"说到这儿,这个二十多岁的青年教师难过得哭了。

这血泪控诉,让张学良心如刀戳,他恨恨地说:"同学们,你们放心,只要我张学良有一口气,我一定打回东三省,把日本人赶走!"

又一个学生信誓旦旦地说:"张将军,你要回去打日本,我们就参军。只要夺回东三省,我们愿意马革裹尸,赴汤蹈火!"

十几个学生代表情绪激越地扬起拳头："我们愿意拿起枪杆子跟日本人决战，哪怕是血染黑土地，战死在疆场！"

张学良一阵椎心泣血：这些孩子太悲惨太可怜了，日本人占领了东三省，他们不甘心做亡国奴，成群结队地来到关内流亡，现在已经是无家可归无学可上了，我张汉卿作为丢失东三省的罪人，没有理由不管他们！不久，张学良在西安城内选了两处地方，先后办起了西安东北大学和西安同泽中学，把那些流亡的学生安排在学校就读。

东北是东北军的老家！将士们看到东北的孩子们到这里流亡，又从他们那里得知家乡父老正处在水深火热之中。现在蒋介石非但不让他们打日本人，却命令他们把枪口对准共产党，他们实在是想不通。所以打起仗来心亏气短，刀懈枪怠，屡战屡败。崂山战役中，王以哲的 67 军 11 师两个团被歼，109 师在直罗镇战役中六千多人被俘。张学良不敢再打了，西北 17 路军总指挥杨虎城也偃旗息鼓，两个人"无令自主"地罢兵停战。

蒋介石发现东北军、西北军剿共迟缓，立即又下一道紧急命令，让张学良、杨虎城迅速行动，必须在三个月内消灭共军。张学良接到命令，立即请杨虎城来张公馆商讨战事。

杨虎城刀客出身，是一位豪爽刚正的西北汉子，对蒋介石"先安内，后攘外"的主张很有抵触情绪。虽然两个人都不想打共产党，但是过去没什么交往，都不知道对方的根底，所以见面一开始都互相试探。

张学良试探地说："虎城兄，我看你那边打的仗也没几场胜仗哪。"

杨虎城也半开玩笑地说："张副司令，我还想听你捷报频传呢！结果你跟我们差不多，跟中共交手也是败兴而归呀！"

张学良又装糊涂地说："是呀，我们的部队也是兵强将勇武器精良，怎么就打不过红军呢？"

杨虎城也装憨地一笑："汉卿老弟，你应该比我更明白是什么原因吧。"

"我不明白哟……"

"你是真不明白，还是揣着明白装糊涂呀！"杨虎城憨不住了，索性把话挑明，"共产党工农红军提出的口号是'耕者有其田，住者有其屋'，可以说是替天行道，所以得到老百姓的支持，连打胜仗。我们这是逆天而行，放着穷凶极恶的日本人不打，反而要打老百姓拥护的共产党。士兵不忍心向他们开枪，这仗能打胜吗？"

张学良虽然觉得杨虎城这话说得有点刺,却也十分在理:"虎城兄,你说得不无道理。但是,总司令命我们三个月内消灭共产党,你看我们应该如何应对呢?"

"要打他就亲自来指挥吧,士兵们厌战,我们当官的有什么办法?"

"你我不去前线督战,就不怕他扣上违抗军令的帽子?"

"不违抗又怎么办?我们总不能用枪口顶住士兵的后脑勺,逼着他们打一场不值得他们去卖命的战争吧?"

张学良既是玩笑也是提醒地说:"你这话要是让总司令知道,不把你关起来,也得扒下你的黄马褂。"

杨虎城无畏地身板一挺:"脑袋掉了碗大个疤!只要死后不变成一条摇尾巴的狗,再过四十三年老子还是一条汉子。"

仅仅十几分钟的谈话,张学良似乎嗅到了杨虎城的反蒋味道。他兴奋而敬佩地看着这个响当当的西北汉子:"老哥,你真不怕老蒋治罪?"

杨虎城讪然一笑:"兄弟,你要害怕就与共产党决一死战。总司令就等着你胜利的消息呢!"

张学良领悟地笑了,杨虎城也会心地笑了。

四

蒋介石接到国防部长何应钦的报告:张学良、杨虎城的部队连吃败仗,现已停战不前。蒋介石感到形势不妙,立即坐飞机来到洛阳。以做寿的名义,召集张学良、杨虎城以及阎锡山、白崇禧等各路将领来洛阳为他贺寿,实际是督战。

阎锡山、白崇禧等人纷纷举杯为蒋介石祝寿,什么"青松不老,福寿绵长""福如东海,寿比南山",各种溢美之词不胜言表。

蒋介石的侍卫长蒋孝先按着主子的授意,举起酒杯,先朝蒋介石祝福:"祝总司令心如明镜,头清眼亮。"然后他朝着众人含沙射影地说:"希望各位要效忠总司令,不要阳奉阴违。"

人们看着这个通过祝酒敲打别人的侍卫长,不知道他葫芦里卖的什么药。蒋孝先索性把话挑明:"有的人对党国不忠,对总司令不从,当面一套,背后一套。对这种人不能容忍!"人们明白了,这是蒋介石有意安排的"杀鸡儆猴",不知道今天他要拿谁开刀。

直性子的杨虎城一根肠子通到嗓葫芦:"总司令,我们东北军、西北军绝不是阳奉阴违,现在战势失利,实际是中国工农红军太厉害了!打起仗来势如猛虎。"

"你还夸他们?"蒋介石板起脸训斥道,"你杨虎城的17路军可以说是精锐之师,汉卿的东北军也是有名的关东铁骑,为什么打不过那些土枪土炮,你们不觉得可笑可悲吗?"

张学良忍着气解释:"总司令,不是我们打不过红军,是我们的士兵不愿意对自己人开枪。"

"自己人?共产党是自己人吗?他们从江西瑞金来到陕北,就是要跟我们争天下,改变中国的格局!你们为什么看不清他们的狼子野心?"

"就算他们要跟我们争天下,那也是内部问题,可日本人不仅仅是跟我们道不同的问题,而是要吞掉整个中华。最近有消息说他们已经发兵南下占领了山东,进攻天津。"张学良一想起流亡学生们的控诉更加愤慨,接下去越说越激动,"日本人在东北成立了以溥仪为傀儡政权的伪满洲国。东三省已是水深火热,民不聊生了。他们逼老百姓拿出口粮,上人头税。老百姓吃一顿大米饭都被打成经济犯,老百姓说一句牢骚话就说是反满抗日。日本人还在东北各地,成立思想矫正院,把一些对日本人不满的老百姓抓起来施以酷刑,有多少人被折腾得含冤死去呀!他们搞奴化教育,让学生早操时面向东方遥拜日本天皇,三省的百姓还有国格人格吗!"说到这里,国恨家仇几乎让他口无遮拦,"总司令啊,东北的学生不堪忍受日本人的压榨,已经逃到关内,他们无家可归,无学可上,唱着'我的家在东北松花江上,'到处流浪啊!我们作为国民政府的大员,再无动于衷,情何以堪啊!"

杨虎城愤愤不平地说:"东北人民被日本人欺压,正在受苦,我们是国民的政府啊!为什么不管子民死活,放着日本人不打,偏打中国工农红军呢!"

"我已经说过了,共产党的工农红军是党国的心腹大患。"

"可共产党也要抗日,甚至比我们还有决心,他们已经发表抗日宣言,要联合一切力量,组成抗日统一战线,扬言一定要把日本人赶出中国。"

"够啦!"蒋介石由于盛怒,脸有点扭曲,两只眼睛闪着霍霍的怒光,"你张学良、杨虎城到底是党国的将领,还是那些愚民的领头羊!对于那些诋毁政府的叛逆不打不抓,反而替他们鸣冤叫屈,你们还有党国将领的样子吗?"说着,他抓起一只酒杯,怒不可遏地摔在地上……

五

　　已经离开孩子两年的赵一荻,一直都想念留在北京的间琳。来到西安定居之后,派人把儿子间琳接到西安新居。离开母亲的间琳虽然有奶娘徐妈带着,但长期看不见妈妈,非常想念,那胖胖的小脸变得消瘦蜡黄。赵一荻见儿子瘦成这样极为心疼,尽量买好吃的给孩子增加营养。经过一段时间的呵护调养,间琳的身体有了好转。这天,徐妈打开果匣子,拿出一块芙蓉糕递给间琳:"这芙蓉糕是甜的,尝尝吧。"间琳拿起芙蓉糕,有滋有味地吃了起来。

　　门开了,张学良脸色沉沉地走进房来,看了一眼吃得津津有味的儿子干涩地一笑。

　　间琳亲热地跟父亲打招呼:"爸爸,爸爸。"

　　张学良心不在焉地点点头:"你吃吧,吃吧。"

　　赵一荻从张学良那张阴沉的脸上看得出来,他一定有什么大事压在心头,就吩咐徐妈:"徐妈,你带间琳玩去吧。"

　　徐妈知趣地拉起间琳向外走去。间琳边走边回过头来招呼父亲:"爸爸,你跟我一块儿出去玩吧,我要跟你一块儿玩。"

　　"你先去吧,一会儿爸爸出去陪你玩。"张学良应付了一句,缓缓地坐在沙发上。

　　赵一荻坐在张学良身旁,关切地问:"汉卿,发生了什么事情?"

　　张学良不想让赵一荻替他担忧,敷衍地淡淡一笑:"没发生什么,没事。"

　　赵一荻审视着张学良:"不对,平常你可心疼间琳了,一听他叫爸爸,你就把他抱起来亲了又亲。今天你回来,间琳叫了几声爸爸,你理也不理,一定有心事。"

　　"有什么事也不用你操心,我的事你解决不了,你去陪儿子吧。"

　　"不,你一定要告诉我到底发生了什么事情。"赵一荻认真地说,"我们在英国跟大姐分别的时候,我在大姐面前做了承诺,一定不让你再发生什么意外。你有什么事情说出来,咱们两个人商量商量啊!"

　　张学良重重地叹息一声,那叹息声充满了忧伤悲愤。

　　赵一荻催促他:"你快说呀,我都快急死了。"

　　张学良愤懑地摇了摇头:"这个老蒋也太固执了,他在洛阳举办寿宴,实际是逼我们打共产党。他怕我们按兵不动,干脆来到西安亲自督战,今天又把我和杨虎城骂了一通,说我们是阳奉阴违!"

赵一荻吃惊地说:"他还坚持打共产党?"

张学良愤愤地敲着桌子:"这简直就是倒行逆施,违背天理。为这事我跟他大吵一架。"

赵一荻也气愤不平:"老蒋太过分了,他这样就不怕受到全国人民的谴责吗!"

这时,杜尚臣快步走进屋来:"副总司令,钱辅廷来了。"

张学良一阵惊喜:"噢,快让他进屋来。"

片刻,灰头土脸的钱辅廷走进屋来:"姐夫、赵小姐,我可见到你们了。"堂堂五尺高的东北汉子,刚一见面就闪出泪光。

赵一荻:"钱大哥,你这是从哪儿来?这是怎么啦?"

张学良一看钱辅廷那副狼狈的样子,惊诧地问:"辅廷,你怎么像刚从土堆里爬出来似的,咋弄成这个样子?"

"哪是从土堆里爬出来的,我是从日本人的刺刀下跑出来的,差点把小命搭上。"接着,他像倾泻苦水似的讲起了这两年他在老家干的惊天动地的大事以及悲惨的遭遇。

那年,钱辅廷带着张学良、于凤至的嘱托,回到老家伊通县沙河子村,秘密地跟父亲钱丰泰(于凤至的大舅)商量如何打击日本人。钱丰泰出主意让他到满井子车站去找他的族弟钱辅恩、钱辅桢。其实,自从日本人占了满井子车站以后,钱辅恩、钱辅桢就没少受气。大前天,就因为值班时丢了一把铁道扳手这屁大点的事,钱辅恩被日本人骂了一顿,而且被扣发了一个月的工资。钱家兄弟暗地咬牙切齿:"不报此仇,誓不为人。"当钱辅廷说要组织抗日小分队向日本讨还血债的时候,他们举双手赞成,表示要跟着钱辅廷大干一场,绝不能让日本人任意横行。钱辅廷信心满满,第二天便串联全家族的十几个亲戚偷偷组织成立了反满抗日小分队。

夜里,钱辅廷召集小分队的人秘密到钱丰泰家里开会,在研究这第一枪怎么打的时候,钱辅恩提出了一个想法:这个满井子车站,是日军通向南满(沈吉线)的军事补给线上的重要车站,经常有日本战略物资在这里通过,如果抓住机会炸毁日本军车,这对日本人可是个严重的打击!钱辅廷对这个建议十分赞成。

这天,在车站值班的钱辅恩获得一条重要消息:有一列从哈尔滨开来的日本军火列车,夜里零点从这里通过。深夜,钱辅廷领着钱辅恩、钱辅桢等十几个人悄悄来到大桥旁,撬起道钉,把这段铁轨拆掉,然后,躲进青纱帐里观察动静。午夜时刻,果然那辆军列飞驰而来,刚刚驶到桥头列车就脱了轨,巨大的惯性使十几节车厢相互冲撞,爆炸声连天响起,车厢从桥上翻下掉进河里。当即,车毁人亡,一片狼藉。藏在青纱帐中的钱辅廷、钱辅恩等人欣喜若狂……

这起毁桥翻车事件引起日本关东军的震惊,日本宪兵队、伪满警察署派出上百号人包围了出事地点。新京(长春)宪兵司令部派老牌日特甘粕正彦来到满井子车站直接指挥破案,尽管他像一条咬人的疯狗似的调查暗访三天,却毫无线索。阴险狡诈的甘粕正彦就下令将满井子车站的职工全部逮捕审问,依然是一无所获。他立即专电向日本关东军司令部紧急报告,日本关东军总司令部从新京、四平调集的大批军警守备队,包围了钱辅廷老家沙河子村,把村里从十二岁到七十岁的男人一律逮捕,押进了县城。幸亏钱辅廷去郑家屯未归,得以幸免。

宪兵队把抓来的这些人逐一审问,那些无辜的农民虽然身上被打得伤痕累累,鲜血直流,却没有人说出真相。甘粕正彦一看成年人问不出什么,又审问孩子。他们把一个十几岁的小孩吊在梁柁之下,不仅棍棒抽打,还用刺刀逼着胸膛恐吓:"你要不说出破坏军车的人,死了死了的有!"一个十几岁的孩子,受刑不过哭哭啼啼地说出他仅仅知道的一点隐秘:"我就知道……从钱辅廷从南边回来……我爹就跟着他半夜出去……不知道他们干什么……"

甘粕正彦大喜过望,立即派宪兵四处追捕钱辅廷。钱辅廷闻讯不敢在老家躲藏,深夜跳出院墙,仓皇逃走……

甘粕正彦抓不到钱辅廷,索性把沙河子村二十三口人押到四平郊区的一个杀人场,逼着他们说出谁在幕后操纵,大家谁也不说。甘粕正彦恼羞成怒,第一个拿钱丰泰开刀,他咆哮着抽出战刀刺进老人的胸膛,钱丰泰一声惨叫瘫倒在地。此时,那些被绑的人竟忘了自己是日本人刀下的囚徒,不顾一切地冲着甘粕正彦愤怒地呼喊:"你们日本人就是豺狼虎豹,放着自己的国土不待,跑到中国地盘上横行霸道,你们不得好死!""你们这是伤天害理,不讲人道!""你们就应该翻车被炸死!""小日本,你们手里有枪可以打死我们,不过中国人不会饶了你们,就是到阴间做鬼也不会放过你们这些王八犊子!"

甘粕正彦歇斯底里地狂叫:"开枪打死他们,打死他们!"一排日本兵举起钢枪,一排子弹射向余下那二十二个人,他们身子晃了几晃倒在血泊之中。

讲到这里钱辅廷几乎悲愤欲绝,泣不成声。

赵一荻惊呆了,张学良怒僵了,整个屋子只能听见那满腔愤慨、刺戳人心的哭声。

张学良像只豹子似的突地跳了起来,他额头上青筋暴起,脸上肌肉猛烈抽搐,双眼几乎喷火:"小鬼子,我日你八辈祖宗!你们肆无忌惮地占领东三省,又惨无人道地杀了我家乡的人,我不把你们赶出东三省,我张学良就是狗娘养的!"

钱辅廷拭去眼泪,苦求地说:"大姐夫啊,我们不能再打红军了,赶快掉转枪口返回东北吧!不打跑日本鬼子,钱家死去的二十三个冤魂不散哪!咱们家乡的亲人和百姓就会继续暗无天日啊!"

张学良一只大手狠狠地抓着头发,由于过度激愤,他的另一只手在不停地颤抖……

这时,杜尚臣开门走进屋来,他一脸愤慨地向张学良报告:"副司令,东北大学和同泽中学的学生上街游行,总司令派兵阻截,蒋孝先打死了一名老师、两名学生。"

仿佛是颗炸雷劈在张学良的头上,让他猛地一颤:"啊,他们对学生开枪了?"

杜尚臣又气愤地说:"游行的队伍抬着一个叫乔晓阳的青年教师,还有两个学生的尸体,正往华清池那边走,他们扬言要向蒋介石讨还血债!"

赵一荻愤惑不解地说:"他们为什么向手无寸铁的学生开枪啊?太狠毒了!"

"走。"张学良迫不及待地冲出门外,连司机都没顾得招呼,驾车直奔西安城区驶去。

西安城通往华清池的大道上,游行的学生们举着"打倒独裁,血债血还"的标语,抬着乔晓阳等三个人的尸体,满怀仇恨,愤怒前行:"打倒独裁,讨还血债!""镇压学生运动,罪该万死!""国难当头,坚决抗日!""收复失地,夺回东三省!"愤怒的喊声犹如九天沉雷在大道上回荡着,又像一股强有力的旋风,把一些市民卷入这股愤怒的洪流中。他们攥紧拳头跟着学生们一起呐喊:"打倒专制,反对独裁,血债血还。"

张学良驾着车绕道飞到队伍前面,小车还没停稳,他纵身一跃跳下车来,几步跑过去把学生们拦住:"同学们停下,你们停下听我说……"

游行的队伍缓缓停下来,一个男学生既是愤怒也是同情地说:"张将军,我们知道你的难处,蒋介石是你的顶头上司,你不敢违抗。我们游行这不关你的事,我们要找蒋介石讨还血债。"

"同学们,你们不能去呀!你们的老师、同学被人打死了,你们痛心,我也非常痛心,非常难过。这件事,蒋总司令也许根本就不知道,是下边的人一时冲动开了枪……"

那个男学生愤慨地说:"张将军,蒋介石是国民军的总司令,他不下令谁敢对学生开枪?听说他来到西安已经住进华清池,我们一定要向他讨还血债!"

在场的学生们又激愤地喊起口号:"杀人偿命,血债血还!""蒋介石不偿人命,我们就血战到底!"

"同学们,你们要冷静啊!"张学良再一次恳求,然后走过去掀开盖在乔晓阳身上的白布单子,极为痛心地说,"大家可能还不知道,乔晓阳是我乡亲的孩子,她所以能考上东北大学都是我夫人于凤至资助的。她的不幸就是我张学良的不幸。不过,现在蒋总司令也在火头上,你们这个时候冲击华清池,也许会发生更可怕的事情,你们不能再流血了!"

几个学生愤怒地挥起拳头:"我们就要血战到底!"

张学良依然苦苦劝说:"同学们,我是为了你们的安全,你们不能这样冲动。我劝你们先返回,我去华清池找蒋总司令讨个说法,我一定要讨回公道,让死者安息。"

那个挑头的学生态度坚决地说:"不,张将军,这事情就不麻烦你了,你就把路让开,我们自己去,蒋介石不还血债,我们跟他拼了。"

"不行,你们不能去!"

"张将军,你快躲开!"

"不行!"

"躲开!"

几个学生冲上去抓住张学良,使劲往旁边拽,张学良猛地一挣扎,把几个同学推开又跑到队伍前面,泪光闪闪地说:"同学们,你们现在还是孩子,也都是我家乡的亲人,你们要冲进华清池也许就是一场恶战,我张学良不能让你们再流血了。"说着掏出手枪,放在地上,"你们非要冒这个险,就先向我开枪吧!"

学生们一时顿住了,不知所措地看着张学良。

张学良流着泪说:"由于我的失误丢了东三省,才让你们流亡到这里,现在又出现了这样的悲剧,这个罪过我来领。你们把我打死,就算我向东北人民谢罪,向死者致哀了!你们不要去了,千万不要去了,就向我开枪吧!"说罢,屈身跪地。

学生们痛苦而又茫然地看着跪在他们前面的这位民国政府的副总司令,低头哭了起来。

第二十章

一

英国伦敦的冬天非常寒冷,纷飞的雪花落到人们的帽子上、衣服上迟迟不肯融化。英国人并不因为冬天冷而猫在家里,越是冷,越会出来凑热闹。有的人在泰晤士河畔哈着白气悠闲地散步;有的人到牛津大街的店铺中买上一块血饼,尝尝血香的味道;有些青年更是冒着雪花在溜冰场上溜冰,感觉饿了就跑到火锅店里去吃芝士火锅,感受冰火两重天的刺激。然而,在这里陪读的于凤至根本没有闲情逸致赏雪、逛冬景,她每天都为三个孩子忙碌着,送孩子们上学,接孩子们放学,买菜购物,为孩子们改善伙食,晚上还要指导孩子们复习功课。

这天早上,对孩子微妙的变化都不放过的于凤至,忽然发现间珣装好书包却迟迟不去上学,经过再三追问,孩子才说出不想上学的原因。

原来,与间珣同桌的培尔一直暗暗地跟间珣作对,甚至有时还欺负间珣。一次间珣不慎碰掉了他桌上的作业本,培尔一气之下把间珣的作业本摔在地上,还狠狠地踩上两脚,骂间珣是灰老鼠。于凤至觉得:培尔如此粗暴野蛮地欺负间珣,是受了他母亲的影响,她想把事情告诉桑希尔,又怕这个性情暴躁的外交官对培尔动粗,对解决矛盾不利。所以就拐弯抹角地提醒桑希尔:这两个孩子是同桌,一定要成为朋友。不过有时也耍点小孩子脾气,都是小孩子之间的勾当,也别责怪他们。

桑希尔听出于凤至弦外有音,当面没说什么,回到家里硬是逼着培尔说出他欺负间珣的经过,然后大加训斥,让他面壁思过,还撂下狠话:"以后你再敢欺负间珣,我就把你赶出家门!"

素来一见桑希尔发怒两腿就软的培尔不敢跟父亲犟嘴,认口服输地说:"我不敢了,再也不敢了……"

从此,培尔一改往日对间珣的刁难,再也不对间珣横挑鼻子竖挑眼刁难了,反而有时还帮助间珣学习英语。培尔的友好让间珣放松了心情,精神大有好转。

晚上,间瑛、间珣、间玗笑盈盈地放学回来了,一家人刚要吃饭,门开了,张怀曦一身冷气走进屋来:"大嫂,我报告你一个好消息!"

"什么好消息?"

"国内发生西安事变了。"

"啊? 西安事变?"这个石破天惊的消息,几乎让于凤至目瞪口呆。

张怀曦伸手从书包里掏出一份《泰晤士报》递给于凤至。于凤至展开即看,报纸上标题是《中国西安发生事变》,下边的文章简述西安事变的经过:

中国东北军首领张学良与西北军将领杨虎城反对内战,要求蒋介石与共产党联合起来,共同抗击日本侵略者。张学良多次苦谏蒋介石未果。蒋介石反而要走马换将,撤掉张学良。1936 年 12 月 12 日,张学良与杨虎城对蒋介石突然实行兵谏,派亲信杀掉了蒋介石的侍卫官,闯进华清池。蒋介石惊慌逃走,被张学良的人在后山发现,当场抓获。曾经一言九鼎重权在握的蒋总司令,一夜之间变成了张学良的阶下囚,中国政局如何走向,扑朔迷离……

间瑛兴奋地一拍桌子:"太好了,爸爸真的干了一件大事,真是个大英雄啊!"

间珣不解地发问:"姐姐,什么事太好了,爸爸怎么当英雄了?"

间瑛兴高采烈地说:"蒋介石不抗日,逼着爸爸打共产党。爸爸这回扣下了蒋介石,以后抗日就没有阻力了。爸爸很快就会带着部队打回东北,把日本人赶走,这不是英雄吗?"

张怀曦兴致勃勃地补充道:"日本人占领东三省,咱们家乡的人受苦受难,你爸爸要打过去,把日本人撵走,东北就解放了,那里的老百姓就有好日子过了,我们就可以回老家啦!"

间玗天真地一笑:"太好啦! 回到沈阳,我又能到老边饺子馆吃老边饺子了,老边饺子可好吃啦!"

孩子们和怀曦高兴地议论着,就像个囊空如洗的穷汉突然中了头彩那样,他们热血沸腾手舞足蹈。于凤至心里憋了五年多的这口恶气今天总算一吐为快了:张汉卿,你不愧是张作霖的儿子,"舍得一身剐,敢把皇帝拉下马",是个大丈夫,终于让蒋介石低下了他那高贵的头颅。这一壮举,肯定改写中国历史,洗刷你那可悲可耻不抵抗的罪名!但是,她冷静一想又为丈夫捏了一把汗:"蒋介石可是当今民国政府的统帅呀!在一些人眼里他就是中国的天。张学良和杨虎城大闹天宫,把天捅了个窟窿,可以说是冒天下之大不韪。刚愎自用的蒋介石如果不答应张学良、杨虎城提出的抗日条件怎么办?对于这位民国政府的领袖,是关他,还是放他,还是杀他?中国的主流可是蒋介石的政府啊,中国大部分武装力量都是蒋介石掌管的部队,你长期关他,这些人能答应吗?你要是杀他,中国必乱!"听到这里,张怀曦心里边猛地一沉,她觉得嫂子分析得不无道理,如果蒋介石拒不抗日,大哥就像手里捧个刺猬,杀不敢杀,放不敢放,后果又将如何呢?于凤至抬眼看看墙上的挂钟,时针刚刚指向九点。她知道电报局还会有人值班,立即穿上外衣,要去电报局给张学良拍电报。张怀曦陪着于凤至,姑嫂二人踏着月光,穿街越巷,神色匆匆地来到电报局给张学良发一个加急电报。于凤至告诫张学良:"千万谨慎行事,权衡利弊,审时度势。"

二

其实,张学良敢于冒这样的风险扣押蒋介石,也是艰难的选择。蒋介石先是到洛阳督战,张学良、杨虎城不仅在会上极力劝阻,跟他争得面红耳赤,实际上对共产党的红军刀枪未动。蒋介石担心夜长梦多,索性御驾亲征,乘机来到西安住进了华清池的五间厅,咄咄逼人地催张学良与共军决战。已经铁了心抗日、停止内战的张学良,顶着蒋介石的震怒,先后五次力谏蒋介石停止内战,联合中共及一切爱国力量一致抗日,甚至竟哽咽流泪地哭谏。蒋介石这才发现如果不立即采取措施,他的"攘外必先安内"的大业就会满盘皆输。

蒋介石分析得果然不错,这期间张学良通过关系已经和延安共产党有了秘密接触,共产党的代表周恩来特意秘密来到西安,与张学良共谋如何让老蒋放弃先"安内"的错误主张,团结一切爱国力量,把践踏中国土地、残酷盘剥中国人的日本鬼子赶出中国。

这天,张学良突然从内线得到一个令人惊骇的消息,蒋介石已经秘密发电报,要把卫立煌调到西安接替张学良,如果这个计划得逞,不仅张学良、杨虎城岌岌可危,联合全国力量一致抗日的大计也将成为泡影。

危急关头,张学良当机立断,派出白凤祥率队,趁蒋介石熟睡之际武力冲进五间厅。尽管蒋介石在枪声中跳窗而逃,最后还是被孙鸣久擒获软禁起来。

这天,张学良接到于凤至发来的电报,心里微微一沉。但是他已经被一片赞扬声弄得忘乎所以,对于凤至的提醒有些不以为然。当时,先后有山西、湖南、贵州、四川、广西各省上千个群众团体和救亡组织给张学良发来贺电。电报里称张学良为中国的安危干了件惊天地、泣鬼神的壮举,让千百万人看到了中国的希望。桂系军阀李宗仁、白崇禧,四川的刘湘,云南的云龙也相继发来电报支持张学良反对内战,愿意联合抗日。

赵一荻看着各地发来电函,就像久旱的大地突然下了一场酣畅的桃花雨那样,让她心花怒放喜泪顿飞。她回想"九一八"那天晚上,由于没能阻止张学良发出不抵抗的命令,致使东三省沦陷,内心一直都像坐了病那样久久隐痛,郁郁不安。尽管于凤至没有抱怨她指责她,她却遭到万人唾骂。广西马君武的"赵四风流朱五狂"至今还让她一想起就心跳气短。上一次欧洲之行,于凤至是堂堂的第一夫人,她却像个夹包的小跟班,不敢出人头地。如今张学良大闹天宫,把那个一手遮天的蒋介石拿下,逼他联合抗日,无疑是扳回了一局,让沉闷了五年的悲剧反转成人间喜剧。真可谓是"西安大地起风雷,五湖四海展神威"。这改变中国命运的伟大壮举,也有她的一份功劳。共产党与张学良的秘密会晤,有时是她通风报信,杨虎城能与张学良联手,也是她与杨夫人谢葆祯密切沟通促成。虽然你于凤至辅佐汉卿,让他在老帅去世之后争得帅位;杨、常阻止易帜,你帮助汉卿除掉了二雄。我赵一荻在中国危难之际辅佐汉卿逼蒋抗日,也是汉卿的左膀右臂,功不可没呀!

张学良一脸兴奋地走进屋来,脱掉军大衣丢在沙发上。

赵一荻急问:"老蒋不同意联合抗日吗?"

张学良欣然一笑:"开始蒋先生不答应我们提出的六项条件。前天宋子文、宋美龄和端纳来了,经过几个人的周旋,蒋介石终于服软,答应停止内战联共抗日,西安事变和平解决了!"

"他蒋介石不会变卦吧?"

"蒋先生那样大的人物,怎么能够秃露反帐呢?何况还有宋子文、宋美龄担保。"

赵一荻开心地一笑:"太好了!蒋先生总算答应抗日啦!西安事变改变了中国

命运哪!"她一激动扑上去抱住张学良,猛地给了他一个激情的亲吻。

张学良坐下来,征询地说:"你看,蒋先生夫妻要回南京,我是不是给他带点什么礼物啊?"

赵一荻想了想:"明天是圣诞节,蒋先生和蒋夫人都崇尚西方文化、信仰基督教,我们可不可以跟他们一起过圣诞节,消除一下彼此间的隔阂呀!"

"这个想法好。"张学良赞成地说,"我明天一早就去见蒋先生和宋子文、宋美龄,请他们到我们公馆来过洋节,你准备圣诞节礼物吧。"

"好,我这就去安排……"

第二天上午,张学良来到蒋介石的住处,正好宋子文、宋美龄也在场。张学良真心诚意地邀请:"总司令、子文、蒋夫人,今天是圣诞节,我想请你们到我的公馆,大家一起过个洋节,请你们赏光。"

宋美龄高兴地说:"好,前几天你这个张大圣大闹天宫,把蟠桃会给闹翻了,我们这些人都没消停。行,今天坐到一起喝点洋酒,开开洋荤,也好开开心。"

"我看行。"宋子文也很赞成,他又征询地瞅了瞅蒋介石,"看看总司令啥意见。"

蒋介石僵木着脸子冷淡地说:"我看不必了,这段时间我精疲力竭,哪有心情喝什么洋酒,开什么洋荤哪,还不如早点回南京。"

"为什么这样急呀?"

"国府里有一大堆事情等我回去处理,我怎么能不急?我想午后就回南京。"

张学良又暗示地看看宋美龄,希望她能够劝劝蒋介石。宋美龄从蒋介石的目光里看出他对留在西安过圣诞节毫无兴趣。于是改变口气:"既然总司令这么着急回南京处理国务,就是摆蟠桃宴他也没有胃口,还是让他早点回去吧。"

宋子文本想缓和一下张学良与蒋介石的关系,就劝解地说:"国府那些事儿也不是一天两天的事儿,我的意见就再休息一天,跟汉卿再聊聊。"

蒋介石不悦地扫了宋子文一眼:"国府的事情不能再推了。你不愿意回去,你就去过圣诞节,我自己回南京。"

张学良问:"总司令打算什么时间回去?"

"今天午后。"

宋子文随声附和:"总司令着急回去,那就午后走吧。"

宋美龄默认地点点头。

张学良又请示:"总司令要回南京了,对汉卿还有什么指示?"

"指示我没有，倒有一个担心。"

"担心什么？"

蒋介石像是开玩笑，其实也是对张学良的敲打："我担心，你的下属不能用大炮打我乘坐的飞机吧？"

"总司令开玩笑！我的部下过去对你是有意见，如今你已经答应联共抗日了，他们不会对你不敬的。"仗义的张学良激动地冒了一句，"总司令要是不放心，我就送你回南京。"

"送我回南京？"蒋介石似笑非笑地看着张学良，"你就不怕到了南京之后，我把你扣下？"

张学良坦然一笑："我相信总司令不会这样做。"

"玩笑，玩笑。"蒋介石又把话拉了回来，"你张汉卿送我回南京，其实是你给我争面子，也是给你张学良以正视听。国府和军部那些人对你的这次行动很是愤恨，如果你送我回去，他们的疑虑也许就此打消了。"其实，这是蒋介石对张学良的又一次道德绑架。

宋美龄也赞成地说："这样也好。那咱们就在南京过个平安夜，我找一个东北的厨子，给你张汉卿做一盘红烧肉。"

张学良就势开了个玩笑："我是喜欢红烧肉，不过别红烧活人就行啊！"

"哈哈哈哈……"几个人都开怀大笑起来。

只有蒋介石笑得勉强，笑得吝啬……

三

张公馆大厅装扮得气象一新，正面墙上挂着一幅偌大的山水画，画中有雪山、草地、森林、梅花鹿和展翅高飞的山鹰，天花板下挂着一串串五彩缤纷的彩球。副官杜尚臣和刘玉清抬着一棵披红挂绿的圣诞树走进大厅来，端端正正地放在客厅中央。这个时候，穿着红袍戴着白领带的圣诞老人——李英毅手拿一根橄榄枝走进大厅。

赵一荻一看装扮成圣诞老人的李英毅，欣喜地问："英毅，今天你扮圣诞老人？"

李英毅笑盈盈地说："杜副官、刘副官说什么也不干，我只好接受这个任务了，请蒋总司令过圣诞节，不能没有圣诞老人哪！"

杜尚臣沉沉一笑:“我从来也没扮演过什么角色,我怕演不好啊。”

刘玉清一说话有些发倔:“我不想装成圣诞老人给蒋总司令送什么礼物,我一见他就心里犯堵……”

赵一荻笑吟吟地说:“蒋总司令已经答应联共抗日了,你们还生哪门子气呀?”

门开了,张学良带着一身冷气走进大厅,赵一荻迎上去:“汉卿,蒋总司令他们答应什么时间过来呀?”

张学良:“他们不来了。”

赵一荻一怔:“不来了?”

“他们马上要回南京。”

赵一荻不悦地噘起嘴:“这边已经把圣诞礼物都准备好了,他又不来了,让我们白白忙活了一场。”

张学良又吩咐三位副官:“你们三个赶紧回去收拾收拾,一会儿跟我去南京。”

三位副官诧然一顿:“我们跟蒋总司令一起走?”

“对,我们跟蒋总司令一起坐飞机,送他回南京。”

赵一荻迟疑地:“怎么,你要亲自去送他?”

杜尚臣提醒张学良:“副司令,你不能去呀!蒋介石这个人反复无常,你去南京以后,他万一把你扣起来怎么办?”

刘玉清更是反对:“副司令,他要走就自己走,你不能送,不能送啊!”

张学良挥手打断他们的话:“你们几个别婆婆妈妈的了!赶快去收拾东西跟我走!”

三个副官相互看了一眼,不情愿地转身出去。

赵一荻很担心地:“汉卿,我看你还是考虑考虑。蒋先生被你关了这么些天,不可能不记恨你……”

张学良依旧坚持说:“哎,我已经答应送蒋先生回南京了,承诺的事儿又出尔反尔,那我张学良还是条汉子吗?”

“你倒是条汉子,就怕蒋先生不是条汉子。如果万一……”

“我不怕万一。”张学良又坦荡地说,“君子坦荡荡,小人长戚戚。假使有万一,我张学良也无怨无悔。蒋先生总算答应了联共抗日,我这么干也值了。”说到这里,他怕赵一荻担心,于是安慰道,“一荻,你放心,宋子文、宋美龄两个人已经向我作出保证,一定让我安全回来。”他安抚地拍了拍赵一荻的秀肩,“你别担心,我后天就能返回来。”

"汉卿……"

"一荻……"

张学良捧起她的秀脸来了个长吻,然后提起皮箱,决然地向门外走去。

张学良离去之后,赵一荻缓缓地坐在沙发上,双手捧着那张忧虑的脸凝目沉思。这时亲自率队抓蒋介石的白凤祥、孙鸣久等人走进来:"赵小姐,副司令走了?"

"他去南京了……"

白凤祥着急地说:"赵小姐,你怎么能让副司令去送蒋介石啊?如果到了南京副司令被抓起来,你上哪儿去讲理呀?"

孙鸣久一语戳穿:"赵小姐,你不知道,其实,蒋介石恨死我们了,前天我给他送香皂,他还鼻子不是鼻子脸不是脸地问我:'你们打死蒋孝先是张学良亲自下令的吧?他张学良好狠哦!'你听听,蒋介石心里记着这个仇呢!"

另外几个军官也七嘴八舌地说:"蒋介石这个人太危险,不能送他呀!""副司令不该去送他,到了南京有危险哪!""副司令不能去呀,他不能去呀……"

赵一荻呼地站起身来,心里一阵火烧火燎:"白师长,给我备车,我马上去机场把汉卿截住,快快!"

"好!"白凤祥转过身,快步向外走去。

车备好了,赵一荻乘着车赶往机场。本来这辆吉普车已经开到九十迈了,她还嫌慢,不时地催促司机:"快开,快开。去晚了,飞机就快起飞了,就起飞了,快……"

司机加大油门儿,小车飞也似的向机场驶去。

吉普车开进机场还没停稳,赵一荻就跳下车来抬眼一看,机场空空,天空上有一架飞机直朝东南方向飞去。她心里猛地一阵急跳,后悔地说:"晚了,晚了,我来晚了……"

天空上那架飞机仿佛有一条红线牵着赵一荻的心,飞机越飞越高,越飞越远。她的心被那条红线勒得越来越紧,渐渐地几乎都喘不过气来。她生怕自己那颗心跳出来似的,用手紧紧地捂住胸口……

天空上的飞机已经钻入一片黑乎乎的云团,赵一荻后悔而又焦灼地用手敲打自己的额头:"我为什么当时不拦住他,我为什么当时不拦住他,我真蠢,我真愚蠢,为什么放他去南京啊……"

四

20世纪30年代的世界媒体虽然远不及现在这么发达,然而,中国的西安事变这个爆炸性新闻却很快传到世界各地。英国的《泰晤士报》等几家报纸,连篇累牍地登载评价"西安事变"的文章。有的赞成张学良的壮举,有的认为张学良莽撞,也有的干脆说张学良无法无天。这些甚嚣尘上的舆论,犹如乌鸦哨林赛着伴儿地鼓噪,让于凤至惴惴不安。一着急上火,乳房有些胀痛。这天,她到医院去做检查,没有按时到学校去接孩子。正好桑希尔到外交部办事,回来路过哈德斯学校,一看张家的三个孩子东张西望地找妈妈,于凤至根本没来。桑希尔热情地招呼他们上车,三个孩子刚刚坐定,梅西领着培尔从一旁走过来,冲着丈夫冷冷地发问:"桑希尔,咱家的孩子放学,你从来都不管,对别人家的孩子怎么这样上心,你犯的是什么病啊?"

桑希尔解释:"亲爱的梅西,我刚从外交部回来路过这里,看他们的妈妈没来接,想顺便把他们送回家去,不可以吗?"

"你是我们孩子的父亲,还是他们的仆人?"

"你也别忘了,我可是他们的父亲救过的罪人,他们在北京救了我一命,我顺便接他们几个孩子,这不是顺理成章的事吗?"

"哼,我说过多次了,你欠他家的人情,早已经还了。这三个孩子进了这么好的学校,没有我们从中斡旋、担保,他们能进得来吗?"

"这件事情,张夫人一直感谢我们。"

"还有张将军的妹妹来了,要去剑桥大学读书,又是我们托人求情,把她送进了这个名牌学校,难道还不够吗?"

"你怎么这样说话?"桑希尔有些动容,他要驳斥梅西,想了想又把话拉回来,"你们两个先等一等,我先把他们三个孩子送回家,然后我们再一起回家。"

"不行!"梅西气哼哼地冲着坐在车上的闾瑛黑着脸子说,"你们下车自己回家吧,我们要回家!"

一直看着他们夫妇吵嘴的闾瑛一时不知所措,梅西的恼怒才使她缓过神儿来,她拉起闾玗:"走,咱们下车。"

闾玗跟着姐姐下车,闾珣却两眼呆呆地坐在车里一动不动。

梅西冲着闾珣粗野地吼道:"你怎么还不下车!"说着伸手猛地拉下闾珣,闾珣一个趔趄摔在地上。

闾瑛心疼地扑上去:"闾珣,闾珣……"

俗话说:"一母生九子,九子各不同。"闾珣生性懦弱抑郁,闾玕有点像父亲张学良,血气方刚敢打敢冲,一看哥哥摔倒在地,他愤愤地冲了过去,猛地推了梅西一把:"你为什么这样凶,把我大哥推倒! 你为什么这样凶……"

梅西气急败坏地一把抓住闾玕的衣服领子:"你敢推我?"

"梅西,够了!"本来就一肚子气的桑希尔一怒之下伸出手掌,打了梅西一记耳光。

站在一旁的闾瑛愕然一顿:"啊……"

自从那天开始,闾珣脸上的快活凋谢了,一个活泼可爱的少年,变成一个失神呆萌的"哑巴"。他学不上了,书也不读了,一个人坐在床上大被裹着身子不敢见人。吃饭的时候,于凤至或是蒋嫂只能把饭碗送到他的被窝里,他摸着黑吃饭。就是大小便也要蒙着大被走进厕所。似乎整个灵魂已经被人掏走,剩下的只是失魂落魄的躯壳。

于凤至看着着了魔的儿子心如烈焰,苦不堪言。她担心儿子精神分裂,赶紧和蒋嫂一起把他送进一个天主教堂的病院。医生经过诊断,确定闾珣已经是一个忧郁症患者,再发展极有可能成为精神分裂症。

这天下午,于凤至从医院回到家里给闾珣取衣物。突然,收音机里一则骇人听闻的噩耗传了出来:"据中华民国西安消息,东北军将领张学良和西北军将领杨虎城联合发动兵变,软禁国民党军事委员会委员长蒋介石,并逼其抗日。在中共斡旋下,西安事变和平解决,蒋介石答应联合抗日。为了表示对民国政府首脑蒋介石的忠诚,张学良亲自把蒋介石送回到南京。然而,令人不解的是,张学良到南京后就被软禁,目前正等待军事法庭的审判。此讯引起世界各国媒体高度关注……"

仿佛是晴天霹雳击在于凤至头上,要不是她及时扶住床头,几乎就会被这骇人听闻的消息震倒。

蒋嫂急忙走过来:"夫人,怎么了?"

一种剜心的痛楚让于凤至几乎窒息,她手捂着"怦怦"乱跳的胸口,缓缓地跌坐在床上。

蒋嫂赶紧扶她坐稳:"夫人,你是不是心脏病犯了? 去医院吧?"

于凤至微微地喘息着,有气无力地摆摆手。

闾瑛和闾玗闻声走过来,惊慌失措地走上去:"妈妈,你怎么了?""你怎么了妈妈? 妈妈你是不是病了? 我们去医院吧!"

"没有……没有……"于凤至极力镇定地安慰孩子,"别害怕,妈妈方才可能是扭了身子,没事儿,没事儿。"

闾瑛看着一脸哀容的母亲:"你的脸为什么发白呀? 你是不是真的生病了呀?"

门开了,张怀曦一脸惊慌地走进来,一看于凤至那样子,惊愕地说:"大嫂,怎么啦? 你怎么啦?"

蒋嫂目光凄凄地告诉张怀曦:"刚才夫人从收音机里听到一个新闻,然后……"

"啊!"张怀曦明白了,"大嫂,你知道那个消息了?"

于凤至向蒋嫂摆摆手,示意她领着孩子走开。

蒋嫂心领神会,她回头招呼:"闾瑛、闾玗你们去写作业吧,让你妈静一静。"

闾瑛爱怜地看了一眼母亲:"妈妈,你有病就去医院吧,不要再挺着了。"

"我没病,没病。"于凤至怕孩子担心,勉强挤出一副破碎的笑容,"闾瑛,快年末考试了,去做作业吧。"

两个孩子答应一声,神情哀哀地走进他们自己的卧室。

张怀曦缓缓地坐在于凤至的对面,埋怨道:"我大哥怎么又犯傻呀?'九一八'他一时糊涂把东三省丢了,这两年他一直想打回关东把日本人赶走。因为蒋介石让他剿共他才实行兵谏,把蒋介石扣起来逼他抗日。老蒋既然表了态要联合抗日,他回去就回去呗,为什么还要送他呀!"

"你哥哥是什么样的人,你还不知道吗? 他从来都是那么重义气,敢为朋友两肋插刀。"

"我大哥太实在了,咋就看不透蒋介石是个什么人呢?"

"现在说这些都没有用了,我担心的是老蒋如果要报一箭之仇,授意军事法庭严办,你大哥的未来怕是……"于凤至不敢说下去了。

"我大哥戎马半生,指挥东北三十万大军叱咤风云,如今一下子变成了蒋介石的阶下囚,他怎么活下去呀?"张怀曦心里一酸,趴在桌子上哭了起来。

尽管她们姑嫂怕孩子听见,不敢大声说话,但还是让躲在里屋的闾瑛偷偷地听见了。她从屋里走了出来,朝着母亲急切地问道:"妈妈,我爸真的被蒋介石逮捕了吗? 妈妈你快告诉我,快告诉我呀!"

闾玗也苦着脸子急问:"妈妈,我爸爸是不是已经被抓进去了,变成了戴镣铐的囚徒了?"

于凤至极力掩饰内心的痛苦,假作镇静地对两个孩子撒谎:"你爸爸没有被逮捕,也没有进监狱,他现在在西安正准备抗日呢!"

闾瑛发急地一跺脚:"妈,你就别骗我们了,刚才你和姑姑说话我们都听见了,爸爸送蒋介石回南京之后被他们抓起来了,现在正等军事法庭审判呢!"

闾玗焦急地扯着妈妈的衣袖:"妈妈,你就不要隐瞒我们了,快告诉我们是怎么回事儿吧。妈妈,急死我了……"

于凤至觉得实在瞒不住,只好轻描淡写地安慰孩子:"闾瑛、闾玗,你们都是妈的好孩子,既然你们都听到了,妈妈就不瞒你们了。西安事变平息之后,你爸爸坐飞机去南京送蒋介石,确实被蒋介石扣起来了。不过,蒋介石就是想出出气,不管怎么说,他们是结义兄弟,他不会把你爸怎么样的。"

闾瑛问:"既然他不会对我爸怎么样,那为什么你们刚才说还要让军事法庭审判呢?"

"这也许就是走走过场吧。你们别怕,你爸没事儿,他没有事儿。"

闾瑛痛苦地流下眼泪:"妈妈,你赶快想办法救救爸爸,不能让他当囚徒啊……妈妈……"

闾玗也哽咽地说:"妈妈,我在书上看到那些囚徒的脚上戴着沉重的镣铐,走路都'哗啦哗啦'响,有的走不动,押他的人还用鞭子抽打。妈妈,可不能让我爸遭这样的罪呀……"

于凤至受不住了,满眼泪水把两个孩子搂在一起。张怀曦立即扑上去,一把抱住他们三个人,一家人呜呜咽咽地哭起来。

五

张学良不幸的遭遇,对于凤至在英国暂居的一家人几乎就是场灾难,于凤至、张怀曦和两个孩子(当时闾珣住院)就像失去了生命的支撑力那样茫然无助。现在,最要紧的是怎样才能拯救那个即将被法庭审判的亲人,让他转危为安。

于凤至知道,赵一荻虽然对张学良至爱情深,但她关系面窄,人单势孤,无法搭救张学良。现在,她必须回国找关系求朋友,哪怕是使出浑身解数,也要想办法把身陷囹圄的丈夫救出来。但是,三个孩子怎么办?现在国内形势如此严峻,她怎可能领着三个孩子一起回国呢？那么，把孩子们放在这里，由谁来照顾呢？更何况阎珣正在住院治疗，一旦治疗失败，就有可能进一步发展成为精神分裂。把这样一个病恹恹的孩子放在英国伦敦，她能放心吗？

晚上，于凤至安排两个孩子休息，她和张怀曦面对面地坐在床上，为孩子的事情发愁。外面纷纷扬扬地下起了雪，无孔不入的凄厉晚风从窗户缝"咝咝"地吹进屋来，一团团冷气四处弥散，仿佛要把二人包围。失神落魄的张怀曦突然打了个冷战，就是这个冷战让她惊醒。她大出意外地说，"大嫂，你把三个孩子交给我，我来照顾他们！"

于凤至哭笑不得："我的傻妹子啊！你正在剑桥读书，学校离咱们家又隔得这么远，来回至少也有十里地，你学习紧张，怎么能照顾三个孩子呀！"

"我可以辍学。"

张怀曦的回答让凤至大吃一惊，她惊惑地看着这位仗义的小姑子。"怀曦，万万不可！你再有一年多就要毕业了，要辍学，这书不是白念了吗？不行，我不能让你放弃学业陪伴三个孩子。"

"我暂时请半年假，这半年你也许能把营救大哥的事办妥，你回来以后我再复课，有什么不可以的呢？"

于凤至依然摆手拒绝："辍学半年你就赶不上功课了，再复学就得蹲级，我不能让你耽误学业。再说了，我要是半年回不来怎么办？听说剑桥大学休学一年，学校就会取消复课的资格。"

"那我就退学。"

"退学？"

张怀曦重情重义地说："嫂子，你为了我大哥丢下三个孩子，漂洋过海回国救他。我是三个孩子的亲姑姑，难道不读书就活不成了吗？"

"怀曦……"于凤至异乎寻常地激动，"你不能为三个孩子退学呀！"

"嫂子，你听我说。当年我妈去天津，是你把我留下来供我上东北大学，你既当嫂子又当妈，真心实意地照顾我。如今又把我送进了剑桥大学，你就给妹子一次报答的机会，让我替你照顾三个孩子吧！"由于过分激动，张怀曦眼里盈满泪光。

"怀曦……"于凤至一把搂住张怀曦，姑嫂百感交集相拥而泣。

于凤至决定把三个孩子交给张怀曦，她带着蒋嫂回国。临走前，她拉着张怀曦到医院与阎珣告别。

医生告诫于凤至，阎珣的病情虽然略有好转，但是经不起打击，如果再有什么刺激他还会犯病,并且会越来越严重。

于凤至拉着闾珣的手,温婉地跟儿子说:"闾珣,妈妈回国看看你爸爸,过些天就能回来。你放心,我不会在那里住得很久。"

闾珣惊惑地看着母亲,温暾地问:"是不是爸爸在国内出什么事儿了,你为什么突然要回去呀?"

"你爸爸没什么事儿,他现在很好,我就是看看他。我去是想把你的情况告诉他,你爸爸听了一定高兴的。"于凤至说到这里,对着儿子做出一丝佯笑。

"妈,你回去是不是就不来了?"

张怀曦赶紧安慰:"你妈妈怎么能不回来呢?你们在国外,她不回来能不想你吗?"

"回来,我一定回来。"于凤至掩饰地苦苦一笑,"我回来还要给你们带许多好吃的,沈阳的冰糖葫芦,天津的九股麻花,北京的肉馅火烧,这些都是你们最喜欢吃的。"

闾珣喥嚅着说:"妈妈,你走了我好害怕……"

"不用怕,我来照顾你们。"张怀曦一把拉住闾珣的手,"有姑姑给你做伴儿,你还不放心吗?"

闾珣回头四下看看,小声地说:"那个厉害的胖女人梅西要打我怎么办?"

张怀曦挺起腰板给侄子壮胆:"你放心,有姑姑保护你们,他们谁也不敢招惹你们的。"

闾珣生怕母亲离开似的,一把抱住于凤至的胳膊:"妈妈,我不想离开你。要不,我也跟你回国看爸爸。"

"你学习那么好,要是跟着我回去就耽误了功课呀!再说你身体现在还没有全好,一路上坐飞机换轮船,还要坐火车,上下一折腾你受不了。"于凤至说着一把将闾珣搂在怀里,她那温暖的胸怀让闾珣双眼暖出泪光。

张怀曦爱抚地摸着闾珣的头:"闾珣,你就放你妈妈走吧!你放心,我给你们做饭,我陪你们上课,我跟你们一起玩耍,每天都让你们快快乐乐地生活。闾珣,让你妈走吧。"

闾珣眼巴巴地看着泪光闪闪的妈妈,嘴巴微微地抖动着:"妈妈……"

"好儿子,妈妈走了。"于凤至拍拍儿子那消瘦的肩头,忍泪离去。

于凤至刚刚走到门口,闾珣又"呼"地跳下床来,疾走上去,一把将母亲拉住:"妈妈,你们回来的时候,什么东西都不要给我买了,就把爸爸领过来吧,我想爸爸了……"

于凤至看着闾珣那渴望的目光,心里像刀割一样痛楚。她噙着泪水,不让儿子看着她流眼泪:"能,一定能,我一定把你爸爸领回来,一定……闾珣你就等着吧……"

闾珣流着泪水说:"妈妈,你告诉爸爸,我想他了,让他千万过来呀! 千万过来,我想爸爸了……"

"他能来……"于凤至一狠心,推开儿子含泪走出房门,一路小跑来到走廊,倚在柱子后面,无声地痛哭起来……

第二十一章

一

张学良送蒋介石到南京后,被宋子文安排在他的别墅北极阁。

12月的南京天气很冷,鸡鸣山下雪花飘飘,玄武湖畔路静人稀,北极阁宋子文的别墅却是车水马龙、宾客纷至。有些官员、名士纷纷前来造访;有些记者来采访这位"刺破青天锷未残"的少帅,就西安事变请张学良发表看法;还有些市民等在门外与张学良合影留念,张学良成了受人推崇、红极一时的政治明星。到了第三天,形势突然发生逆转。北极阁路断人绝,门可罗雀。更奇怪的是:官方来人把随行的三位副官与张学良隔开,住所四周安排了所谓的"保安人员"。这时,张学良才觉得形势很不对劲儿,为什么几位副官不来陪他?为什么蒋介石没有召见?为什么对他青睐有加的宋美龄始终没有露面?更让他怀疑的是宋子文的脸色晴转多云,时不时流露出苦涩与尴尬。张学良心里有些发慌,想打电话给宋美龄,可屋里却没装电话。他正犹豫之际,宋子文神色沉沉地走进房来,张学良迫不及待地问:"子文兄,我想给美龄打个电话,西安事变已经和平解决,蒋先生答应团结抗战我才送他回南京,为什么他现在把我晾在一边,不找我商讨抗日大计呀?"

宋子文歉疚地一笑:"汉卿,我对不起你,美龄也对不起你。我们没有想到会发生这样的事……"

"怎么?"张学良看着这位神情苦楚的干大舅子,惊疑地问,"到底发生什么事了?"

宋子文掏出一张法院送来的传票,极为难堪地放在张学良面前。

"军事法院传票?"张学良惊叫一声,立即拿起来细看。

"明天军事法庭要开庭……传你到庭接受……审判。"由于过分尴尬,宋子文这句话好像从嗓子眼儿里爬出来似的。

这噩耗让张学良感到似乎在做梦,但是军事法院传票千真万确地摆在眼前。他浑身猛地一颤,跌坐在沙发上。

宋子文又嗫嚅着解释:"汉卿,你不要上火,也不要愤怒。因为蒋先生是一国之尊、三军统帅,你押了他半个来月,国府和军部有一些人愤愤不平,总得给他们一个出气的机会吧? 不过是走走过场而已。"

"走过场?"张学良愤懑地站起身来,"西安事变有些人想杀掉蒋先生,是我派兵把他保护起来;有的人要跟蒋先生算账,是我把他们赶走。你和美龄还有端纳都向我打过保证:蒋先生一定团结抗日,过往不咎,为什么我送他来到南京又要对我进行审判? 难道你宋子文也口是心非吗? 哈哈哈……"张学良仰起脸大声苦笑,"这个世界还有真朋友吗? 还有交情、诚信吗? 今后我还能相信谁呢?"

这刀锋一般的质问,让宋子文张口结舌无言以对,前几天张学良要护送蒋介石返回南京,宋子文和宋美龄一再承诺保证他的安全,蒋介石还大肆夸奖张学良够朋友。然而,来到南京之后,蒋介石却突然变脸,秘密指使把他软禁在北极阁。现在事态更加恶化,要对这个亲自送统帅安全返京的守护者兴师问罪,简直是把他置于不仁不义之地。面对张学良的挖苦,宋子文只能一脸苦涩地劝慰:"汉卿,你放心,就是法庭审判也不过是走个过场,给那些人出口气也就罢了。明天我跟你去法庭。"

第二天,敞亮庄严的军事法庭,几乎座无虚席。一些官员、记者以及反对张学良的人,都来旁听对中国二号人物的审判。宋子文也位列其中,主审法官李烈钧、朱培德、陆宗林等正襟危坐。

其实,主审法官李烈钧是国民党元老,在孙中山时期红极一时,当年张作霖要谒见孙中山都是他牵线搭桥,他和张作霖也算生前好友。然而,今天他却被历史的旋风卷到这个审判席上,将要审判老友张作霖的儿子——一个曾经吃过他给的爆米花糖的张家侄子。历史的奇缘真是扑朔迷离,滑稽透顶。

九点刚到,一身笔挺军装的张学良由两个法警拥着,挺着胸膛走进法庭,全场一片惊嘘。坐在审判席上的三位法官,似乎不敢正视这个特殊的犯人,害羞似的垂下眼帘。

李烈钧稳稳心神,公事公办地喝问:"来者报上姓名、职务、籍贯。"

张学良气宇轩昂:"生在中国大地,统领东北三军。要问我姓氏名谁?请问蒋委员长。"

"这是军事法庭。"

"军事法庭不归蒋委员长领导吗?"

"你应该知道,军事法庭是独立的司法机关,服从的是民国法律。"李烈钧不得不撕下窘迫的脸皮,正色审问,"张学良,你犯的什么罪,知道吗?"

"我不知道犯罪,只知道有功。"张学良的回答既是反击也是调侃,"日本人已经占领了东三省,并且成立了伪满洲国,东三省人民饥寒交迫水深火热。蒋先生西安之行,我劝他放弃内战,联合共产党一致抗日。蒋先生当时非常明智,与我缔结了抗日之盟。他承诺,很快就会联合各方面力量共同抗日,把日本人打出东三省。这是历史的转折,战局的巨变,应该给我和蒋先生记上一功,更应该颁我一个抗日大奖。"

李烈钧一脸严肃地怒拍桌案:"你在西安拘捕政府首脑,非法扣押领袖,是犯上作乱,叛党乱政,罪不可赦!非但不低头认罪,反而要领什么大奖,简直是无理取闹,戏弄法庭!"

"是谁无理取闹?是你们无视事实,违背正义,歪曲西安事变的真相,要把一个敦促共同抗日的人,打成叛党乱政的罪犯,你们不觉得有悖公理、有损良俗吗?你们就不怕引起亿万百姓的公愤吗?"

庭审席上一片骚动。有的人甚至要为张学良鼓掌,被法警制止。

张学良这一连珠炮似的反问,把李烈钧打得无力反驳,他想了想只好硬着头皮,装腔作势地指责张学良:非法扣押民国领袖就是大罪,不容抵赖。张学良当仁不让据理力争,声称他五次谏言蒋介石,蒋却一意孤行,放着日本人不打,偏要大搞内战。实在无奈的情况下,才把他"保护起来"逼他抗日,蒋介石对西安事变的四项承诺就是对西安事变的肯定。

张学良手握正义,字字如刀。李烈钧心虚气短,理屈词穷。

朱培德一看法庭审判场面尴尬,立即站起来,强行宣判:"张学良首谋伙党,对中华民国首脑劫持胁迫。经法庭核议,张学良犯'胁迫上官罪',判处有期徒刑十年,褫夺公权五年。"

李烈钧抄起失去公正的法锤重击一下："休庭！"

都说"正义不会迟到"，然而，在今天这貌似公正的法庭上，正义根本就没来。坐在听证席上的宋子文噤若寒蝉，旁观者一片惊叹。蒋介石亲自设计的"一手好牌"被张学良打出的"东风"弄得唐突而终，蒋先生赢了面子却输了民心。退场的人们，有的惊叹也有的愤慨，有的狐疑也有的斥责，还有的摇头失望。

大厅里的人都走了，两个法警催促张学良道："张将军，走吧。"

张学良犹如一棵挺拔的青松，不屈地站在那里一动不动。

法警又大声催促："张将军，马上要关灯了！"

张学良冷冷地说："我要看看黑暗的世界是啥样。"灯灭了，全场一片漆黑，张学良朝着茫茫黑夜发出一阵狂笑，"黑暗哪！你能抹杀白昼，抹杀光明，可抹杀不了正义和良知。我张汉卿要看看你能维持多久！哈哈哈……"

蒋介石在幕后操纵的法庭审判，堂而皇之地草草收场了。老谋深算的蒋介石又玩手腕，以总统的特赦权请求民国政府特赦张学良。咨文大意是：

张学良受异党蛊惑，无视国法，肆意妄为，叛党乱政，罪有应得。但当今国事多艰，扶危定倾，需才孔亟。该员年富力强，久经行阵，经此大挫，宜生彻悟。倘复加以衔勒，犹冀能有补裨，似未可遽令废弃，不为开善向上之路。念张汉卿主动来南京请罪，政府应该宽大为怀，予以特赦，是否可行，请再议。

国民政府主席林森心领神会，当即便以司法院的名义，下了一道裁定，把张学良的十年监禁改成"严加管束"。

中国人自古以来就有在文牍中玩弄字眼的本领，冷眼一看这十年徒刑，铁窗镣铐确实比较严重，却服刑有期；而严加管束，一不服苦役，二不戴刑具，看似减轻了，岂不知这里藏着秘密。"严加"可重，"管束"无期。可以押你十年、二十年，甚至终身监禁。

二

宋子文听了宋美龄对"严加管束"的解释，心情十分沉重。

宋美龄比她大哥更加愧疚。因为当时宋美龄不仅保证蒋介石团结抗日既往不咎，而且保证张学良来南京的安全，还要给张学良做红烧肉热情招待，这才有了张学良护送蒋介石回南京。现在真应了张学良那句话了："你别红烧活人就行了。"蒋介石这不就是"红烧活人"吗？不仅打了她的脸,也是用烧红的烙铁烫了她的心哪!

兄妹两人唉声叹气,商量了半天也没有商量出来营救张学良的最好办法。

这时,下人来报,张学良的秘书赵一荻来了,要求面见先生。

宋美龄慌了神儿,这位高贵超凡的第一夫人,此时此刻竟变成了不敢见人的避猫鼠,她抽身隐退,让大哥一个人来应对赵一荻。

宋子文将赵一荻请进客厅。赵一荻两脚还没站稳就急问:"宋先生,汉卿现在在哪里?"

宋子文难堪地告诉赵一荻:"汉卿已经被蒋先生特赦'严加管束',被送到浙江奉化溪口镇了。"

赵一荻悚然一惊:"溪口镇那里是个电网铁窗的监狱,还是渺无人烟的荒漠?"

宋子文又干涩地一笑:"那里既不是监狱,也不是荒漠,而是蒋先生的老家,一个山清水秀四季常青的绿洲。"

尽管宋子文把"严加管束"说得如此轻松,可聪明的赵一荻心里明白:就算溪口是个人间天堂,张学良也是一个不戴镣铐的囚徒。她苦苦哀求宋子文去找蒋介石求情,给张学良自由。

宋子文两条眉毛紧紧地皱到一起,大脸变得一片困窘:"赵小姐,我和美龄已经几次向蒋先生求情了,怎奈国府和军部的那些人要求严办汉卿,蒋先生也只能做到这一步了。"

这时,下人来报:"张学良的夫人于凤至来了。"

宋子文、赵一荻同时一惊:"啊!凤至(大姐)从英国回来啦!"

"好,你先把张夫人请到客厅,我去安排。"宋子文说罢,匆匆走出房门。

屋子里只剩赵一荻了,仿佛就像干枯的大地突然吹来一股春风,让孤立无援的赵一荻产生了一种由衷的惊喜和希冀。这位举足轻重而又有主见的大姐来了,无疑是一种不可低估的力量,但她冷静一想,又像是罪责临头,惶惶不安。她不曾想到:历史会出现轮回。"九一八"赵一荻在张学良身边,没能劝阻张学良下达不抵抗命令,丢失了东三省。五年以后又是她在张学良的身边,没能阻止张学良去南京护送蒋介石,致使张学良身陷囹圄。更让她感到愧疚的是,她和张学良从英国回来之前,曾经向于凤至一再承诺:一定不会让张学良再出现"九一八"那样的失误。如今张学良变成了阶下囚,她该如何面对既像大姐又像母亲的于凤至?想到这里,她的心像被什么东西吊起来似的忐忑不安。

宋家的下人引着于凤至和蒋嫂走进客厅,于凤至和赵一荻怆然面对。于凤至问责的目光,赵一荻愧疚的眼神,反复交错,默默对视,谁也没说话。

"赵小姐,你早就过来了?"站在一旁的蒋嫂打破沉寂,开了个话头。

"啊……"赵一荻这才缓过神儿来,朝着于凤至扑通一声双腿跪地,"大姐,我对不起你,我没保护好汉卿。你就骂我吧,大姐……"

于凤至心中涌起一团愤怨,心想:"九一八"时汉卿下达不抵抗命令,是你赵一荻在他身边,铸成了历史上无法挽回的大错。几年前欧洲之行分手的时候,你一再表示不会再发生那样的事情了。到头来,汉卿护送蒋介石去南京,你又没拦,让他身陷囹圄。你作为他的贴身秘书为什么不积极劝阻?他现在遭遇可悲的下场,你没责任吗?可话到嘴边她又顿住了:她赵一荻毕竟是一个不能力顶千斤的女人哪!张学良天不怕地不怕,别说是她,就是你于凤至在跟前就能拦得住吗?缓和了一下情绪,她凄声叫道:"起来,一荻你赶快起来。"

赵一荻眼里涌出愧疚的泪水:"都怪我,当时汉卿送蒋先生,我去机场追他晚了五分钟,我要是及时赶到,绝不会让他前往南京啊……大姐……"

"起来吧。"于凤至拉起赵一荻,又明达事理地说,"咱们家的事儿回去自己理论,别在人家这里折腾,叫人家笑话。"说着,又急切地问道,"现在汉卿是什么情况?"

尽管赵一荻声音低沉地告诉于凤至"汉卿已经被押往奉化溪口……"可这句话落在于凤至的耳朵里,几乎就是晴天霹雳,让她跌坐在椅子上目瞪口呆。

三

宋美龄听说于凤至来了,硬着头皮出来接见她这个干妹子。

宋子文引着于凤至和蒋嫂来到后堂,于凤至先走到宋老太太面前问安。

宋美龄一脸尴尬而又苦涩地向于凤至检讨:"凤至,三姐对不起你,我万万没有想到国府军部那些家伙对汉卿有这么大的愤怨,一致要求严惩汉卿。当时可急死我了,可又没办法……"

于凤至不动声色地看着她这个一脸愧疚责骂自己的干姐姐。

宋美龄趁势为蒋介石分辩:"原来法庭判汉卿十年徒刑,先生一听来火了。可是面对国府和军部那些人又不能大发雷霆,只好动用总统特赦权,写了一份申请,让司法院从轻处理。所以,才改成'严加管束'。"

宋子文的脸色比宋美龄更难堪："凤至呀！西安事变之后，是我和美龄还有端纳前去调和，说服蒋先生团结抗日，劝汉卿放了蒋先生。当时我们还向汉卿下了保证，对西安事变过往不咎。可法院判决之后，我恨不得替汉卿去顶罪呀！凤至，我真没脸见你呀！"

于凤至苦涩地一笑，虽然是表示感谢，却也是拿话敲打宋氏兄妹："相信大哥和三姐为汉卿出了不少力，操了不少心。我也知道西安事变之时，你们二位都是放蒋先生的保证人，在汉卿与蒋先生之间是一手托两家。汉卿今天的下场，往轻了说这是打你们的脸；往重了说，这也是让你们失去做人的尊严，你们能不尽力吗！"

这一句又打又拉的话，就像一把鞭子不轻不重地抽在宋子文、宋美龄兄妹的脊梁上，让他们几乎抬不起头来。于凤至话锋一转，说起了国外的舆论："其实，西安事变在英国震动很大。一些英国的上层人物都认为西安事变是中国历史上的重大转折，英国有几家报纸纷纷载文，称西安事变是蒋先生民族意识的自省。他放弃国内自我相残的失误，一致对外，共同抗日，要把日本人赶出中国，这将是中国历史上功不可没誉载千秋的伟大壮举。有些英国朋友甚至为中国的西安事变欢呼！"

宋美龄、宋子文兄妹心里五味杂陈，耳根子都被烧红了。

于凤至又说："我听赵一荻说，在西安，蒋先生亲自答应共同抗日，还承诺对西安事变过往不咎。现在汉卿被司法院打成罪犯，这不但是否定蒋先生在西安的承诺，也是蔑视蒋先生的权威。如果这样下去，全国军民以后还能信任他这个总司令吗？还能把他看成是一言九鼎的国家领袖吗？"

于凤至这番话，几乎让宋氏兄妹无地自容。

宋美龄红着脸难堪地说："凤至，在西安汉卿放蒋先生是我做的保证，他来南京也是我答应一定让他安全返回，现在这个结果，我……我恨不得跳楼啊……"

"凤至知道三姐用心良苦。不过，汉卿如今身陷囹圄苦不堪言，在国府里我又没有什么朋友。只有求三姐、大哥想方设法营救汉卿，还他自由，小妹求你们了！"说着站起身来，恭恭敬敬地给宋美龄、宋子文分别行了大礼。

宋子文为难地说："凤至，我们已经做了最大的努力，目前也只能这样了。"

"大哥，我把三个孩子丢在英国，匆匆忙忙回来就是为营救汉卿。"于凤至趁势话锋一转，又将了他们一军，"如果大哥和三姐觉得难度很大，那我就直接去找蒋先生。"

宋美龄当即撒谎："他前天去了湖南，不在家。"

"那我就去湖南找。"

"他从湖南还要去广西,然后由广西到广东,你上哪儿找去?"

"他就是走到天涯海角,凤至也一定要把他找到!"

于凤至这番步步进逼的话,让宋氏兄妹如鲠在喉。宋美龄看着这个表面贤顺却得理不饶人的干妹妹,再次推托:"凤至,你别着急。现在司法院也在火头上,过一段时间,他们对这件事淡化了,我们再找那些人斡旋斡旋。你放心,我们一定想办法还汉卿的自由。"

宋子文表态说:"有天大的困难,我们也得救汉卿。就算我们不顾亲情,也得讲讲道义吧。当初是我和美龄下了保证,汉卿才护送蒋先生来南京。我们不救汉卿,今后还怎么做人呢!"

于凤至觉得这个时候,就是磨破嘴皮子也无法改变残酷的现实,她重重地叹了口气:"既然哥哥姐姐这么说,那就听你们的! 不过,我想去溪口陪汉卿。过去他在位,大伙围着他都是众星捧月,前呼后拥。现在一个人戴着罪名背井离乡,我怕他一时想不开再发生什么意外。"

"你一定要去吗?"

"我一定去!"

宋美龄想了想爽快地说:"这事我答应你,一定帮你去溪口。"

四

宋美龄回到官邸见到蒋介石,刚一提出让于凤至去溪口陪伴张学良的事,蒋介石的脸立即阴沉下来:"张学良犯了这么大的罪,去那里是闭门思过,还要夫人陪同? 要不要再给他设三宫六院七十二嫔妃,让他开心取乐醉酒高歌呀!"

宋美龄虽然碰了一鼻子灰,并不灰心。因为这一次是她满应满许,一定让于凤至去溪口。如果再食言,如何面对于凤至? 她知道:对付蒋介石只靠女性撒娇做嗔那套,反倒会引起反感。索性用政治筹码撬开他那冷酷的心:"达令,我提议让于凤至陪护,并不是为个人私情,我是从大局上考虑的。第一,你把十年徒刑改成了'严加管束',已经让一些人看到你对张学良的恩惠,如果再允许于凤至去溪口陪护,更让人们感到你的宽容大度。第二,有于凤至跟在张学良身边启发他、开导他,有利于他反省悔过。之后张学良认清自己的罪过,再写个悔过书公开向全国人民承认西安事变是叛党乱政,那可是法庭使出浑身解数也办不到的呀。这不正是你想要的吗?"

"你是说于凤至去了能劝张学良悔过?"

"我已经跟凤至说了,让她去那里开导张学良,于凤至答应了。"

"这个于凤至到底是个什么样性格的人,我还真不大了解。"

"她是大辽河畔郑家屯一个商家的女儿,待人周详和善。别看张学良纳了赵一荻,可对于凤至却十分尊重,日常称她为大姐,她的话张学良言听计从。"

蒋介石想了想,摆手说道:"我饿了,吃完饭再说吧。"

于凤至几个人,被宋子文安排在北极阁张学良住过的那个房间。晚上,于凤至、赵一荻和蒋嫂三个人坐在一起商量去奉化溪口的事。

赵一荻觉得于凤至把三个孩子丢在英国,他们在那里人地两生无依无靠,更何况由于自己没有劝阻张学良去南京,才让张学良遭此大难,于情于理她都应该去奉化陪狱,不能让于凤至去受苦。

于凤至认为,尽管赵一荻没能挡住张学良去南京,她心中很有怨气,但是赵一荻的孩子闾琳年纪太小,不能长期离开母亲。自己的三个孩子虽然丢在伦敦,还有怀曦照顾,不至于发生什么事情。更何况她是张学良的第一夫人,丈夫有难她就该第一个站出来与他风雨同舟。

赵一荻还是坚持自己去奉化,让于凤至回伦敦。于凤至最后提出一个让赵一荻无法拒绝的理由:"我在南京熟悉的人比你多,我可以抽出时间走走关系,求他们出力搭救汉卿,让他早一点恢复自由。你就带孩子回天津吧。"

赵一荻觉得自愧不如,要论跟南京上层的关系于凤至有绝对的优势,只好点头默认。

于凤至又转过来劝蒋嫂:"蒋嫂,你已经离家好几年了,应该回老家沈阳看看。"

这时,赵一荻才想起来告诉蒋嫂,蒋嫂的女儿不在沈阳,她已经到西安了。"不过……她在西安事变前,带领学生们游行示威,被蒋介石的侍卫蒋孝先……杀害了。"

蒋嫂惊呆了,两眼直勾勾地看着赵一荻。

于凤至一把扶住失魂落魄的蒋嫂:"蒋嫂!蒋嫂!……蒋嫂……"

赵一荻含泪告诉蒋嫂:"事发以后,汉卿派人把晓阳的尸体运到沈阳,不知道现在是否下葬。"

于凤至打开兜子拿出一包现银:"蒋嫂,这五十块大洋你拿着,明天就回沈阳。

如果晓阳没有下葬，你就给她修个墓吧。"

蒋嫂撕心裂肺，痛苦万端，忍不住痛哭失声。

这时，一个用人走过来招呼于凤至："张夫人，蒋夫人电话找您。"

于凤至赶紧起身走到外间，接了电话。宋美龄在电话里告诉于凤至："蒋先生已经同意你去奉化溪口陪护张汉卿，不过有一个条件。"

"什么条件？"

"你到那儿以后，一定想法说服汉卿，让他老老实实在那里读书、反省。过一段时间最好能写……"宋美龄不好意思说悔过材料，只说，"写一个西安事变的经过交上来，这对他的未来大有好处……"

于凤至干涩地一笑："谢谢三姐。"

五

蒋介石把"严加管束"张学良的任务交给军统局长戴笠，戴笠是蒋介石最忠诚的亲信，也算是与张学良有过往之交的朋友。当年，蒋介石组织四维学会的时候，张学良是副会长，戴笠只是他手下的干事。两个人不仅没有什么分歧，相处得也算融洽。如今蒋总司令把管理张学良这样的任务交给了他，要是一般人绝对感到棘手，然而善于处理犬牙交错人事关系的戴笠，却把这个棘手的难题玩弄于股掌之间。他一方面坚决执行主子的命令，对张学良严加管束；另一方面又不能过分为难他这个原来的上司。小事上是兄弟交情，大事上毫不含糊，用笑脸加警棍管好张学良。为此，他特意把自己的亲信、军统特务刘乙光调来，担任张学良管理所的主任，并把溪口中国旅行社改成"张学良招待所"。表面上这个招待所是专门供养张学良的所在，其他客人一律赶走，整个招待所只有张学良一个客人。其实，这个招待所就是一座不设牢房的监狱，张学良就是个不戴枷锁的囚徒。白天在内部看守警戒的特务必须站在张学良住房十米远的位置。夜晚，则移到张学良寝室的窗外和门口。另外还有一个连的宪兵在远处警戒，他们三步一岗，五步一哨，形成了一个外围严密封锁的圈子，别说是张学良，就是一只老鼠也休想逃出这个罗网。

张学良与他的三位副官杜尚臣、刘玉清、李英毅来到这个用张学良冠名的招待所。副官住进一楼，全被下了枪，张学良住进二楼最大的一个房间。

从此，往日里大马金刀、东挡西杀的张学良被困在三五百米的圈子里，出门散步,屁股后都尾随三四个特务,实在让他感到憋屈和压抑。无奈之下,他只好找来杜尚臣给他拉弦儿伴奏,借机发泄,唱起了京剧《击鼓骂曹》:

谗臣当道谋汉朝,

楚汉相争动枪刀。

高祖爷咸阳登大宝,

一统山河乐唐尧。

到如今出了个奸曹操,

上欺天子下压群僚。

我有心替主爷把贼扫,

手中缺少杀人刀……

听到张学良唱京剧,管理所的特务张天石、李木子、陈尔东等从外边走来,上前围观。

张学良一看特务们来围观,唱得更加来劲儿:

有朝一日时运到,

拔剑要斩海底蛟……

这时,李英毅手提一个皮箱进屋来报告:"将军,夫人来了。"

张学良似乎没听清:"英毅,你说什么?"

"夫人从英国伦敦回来了。"

张学良一惊,急忙起身向外跑去。刚到门口,于凤至风尘仆仆地出现在他面前,张学良一下怔在那里。

于凤至抬眼看看失去往日神采的丈夫。他头发长了,嘴巴上出现了一圈胡楂子,脸也消瘦了许多,只是那双略微塌陷的眼睛还熠熠闪光:"汉卿,你瘦了!"

张学良这才缓过神儿来:"大姐,你怎么来了?"

杜尚臣礼让地说:"将军,快把夫人请进屋去,有话坐下说。"

张学良拉着于凤至走进房间,两个人在沙发上落座。于凤至抬眼看看这个房间,屋子虽然明亮宽敞,沙发桌椅床铺应有尽有,墙上还挂着几幅字画"君为臣纲""臣为君义""有罪当罚""有过责己",等等,都是一些让张学良老老实实反省、服服帖帖做人的昭示。于凤至明白了,这不是什么张学良招待所,而是一个逼着张学良悔过的思想矫正院。

杜尚臣、李英毅分别给张学良、于凤至端上茶来,然后抽身退去。

张学良问她是怎么过来的,到南京看没看见宋美龄和宋子文?于凤至简要地说了一下从伦敦回来的过程，以及在南京面见宋美龄、宋子文的始末。最后她难过地告诉张学良：赵一荻前几天也赶到南京找了宋子文，恳求宋子文营救张学良，甚至想来奉化为张学良陪狱，因为她孩子太小，就让她带孩子回天津娘家了。

听罢这些，张学良痛心疾首。当初不该不听赵一荻的劝阻，落得这样一个可悲的下场。既然赵一荻带着孩子回娘家也就放心了，不过于凤至来奉化陪他，留在英国的三个孩子谁来照顾？于凤至动情地告诉他，五妹张怀曦为了照顾侄子甘愿辍学，已经成为三个孩子的保姆。这时候，富有血性的关东汉子感动得哭了。他感到是他的冲动鲁莽，给家人带来了不幸和痛苦："怀曦呀，都是大哥连累了你……"

这时，刘乙光领着手提食盒的厨师走进房来，一见于凤至显得格外热情："张夫人你好。"

于凤至微微欠身："你好。"

刘乙光自我介绍："张夫人，我是这个招待所的主任刘乙光，前几天戴局长发来电报，说你要来，今天可算是把你盼到了。"

于凤至含笑感谢："刘主任，给你添麻烦了。"

"不麻烦，不麻烦。有您来给张将军做伴，我相信将军一定会心情舒畅，要不然他总发脾气……"刘乙光说到这里，又回头吩咐厨师，"快把饭菜端上来，张夫人一路走来肯定饿了，赶紧吃饭。"

厨师端上一盘红烧肉，一盘尖椒面肠，还有一碗酸辣汤，客气地说："请将军、夫人用餐。"

六

时间已经是 1937 年的 3 月，南京的迎春花都绽开笑脸喜迎春天了，可蒋介石那颗冰冷的心还留在冬天里。在他的黑色记忆里，西安事变是他一生中最惊险、最耻辱的一天。现在，虽然那个扣押他的小家伙已经被押到他的老家奉化溪口了，可他能不能老老实实反省自己呢？那里的特工能不能看住这头胆大包天的野驴呢？他知道张学良在南京政府也大有人脉，更何况他是东北军的领袖，东北军对他崇拜有加。万一有什么人把他救走，蒋某人不就得留下令人不齿的百年笑柄吗？正好这个时候，他的大哥刚刚过世。蒋介石在南京处理完国府的诸多事务后，便带着侍卫蒋孝忠回到溪口，一来为大哥烧"五七"；二来也想趁此机会察看一下张学良来到溪口以后的表现。

刘乙光担任看守张学良的重任,虽然是戴笠提名,但是张学良招待所的主任也是蒋介石御笔亲批的。一听说蒋介石回家了,刘乙光就像奴才一样来到蒋家,给蒋老先生补丧。

蒋介石问刘乙光:"张学良来到溪口表现如何呀?"

刘乙光垂手回道:"回禀总司令,张学良来到溪口以后并没有悔改之意,前些天吃中午饭,横挑鼻子竖挑眼,借机发飙骂我们:招待所做的饭菜就像奉化出生的那个人一样,嘴甜心辣不好吃。"

蒋介石微微一顿:"他这是指桑骂槐哟。"

"这还不算。"刘乙光继续说,"他还在房间里大唱《击鼓骂曹》,唱什么'有心替主爷把贼扫,手中缺少杀人刀'。委座,张学良这个时候唱这个是什么意思,你应该明白吧?"

蒋介石忍着怒气把话题转向于凤至:"于凤至来到之后,他有什么变化?"

"没变化。张夫人来以后,张学良好像更有了倚仗,有的时候,我们的人跟他出去散步,他就吹胡子瞪眼说,你们像跟腔浪子似的盯着我干什么!"

蒋介石缓缓地从藤椅上站起走了下来,边走边思谋:"看来这个小家伙真是不知天高地厚啊!我给他留一条命,他却对我恨之入骨,还唱什么'有心替主爷把贼扫,手中缺少杀人刀'。这是想将我杀死呀!这个死不悔改的东西,真是可杀而不可留哦。"

这时蒋孝忠进屋来报告:"委员长,孝先的媳妇袁静芝求见。"

这个蒋孝先既是蒋介石的侄孙子也是他的侍卫长,张学良搞西安事变的时候,白凤祥带人冲进五间厅,混战中被乱枪打死。一般的侍卫家属蒋介石肯定会拒之门外,而蒋孝先是他的侄孙子,侄孙子媳妇来找他,他不能不见:"叫她进来。"

刘乙光告退。袁静芝一身火气走进房来,流着眼泪跪在地上:"叔爷,你得让我给你的侄孙孝先报仇啊!"

"你想找谁报仇?"

袁静芝哭诉:"我听说指使杀害蒋孝先的张学良就住在中旅社,我想杀了他祭奠孝先的英灵!"

"呃?你想杀张学良?"

"此仇不报还等何时啊!他送上门来啦,叔爷!"

"这……"蒋介石闭着嘴巴向前走了几步心想:"这个袁静芝手无缚鸡之力,根本没能力杀掉张学良。不过,张学良冥顽不化,死不悔改。这个时候,让这个女人教训教训他也好。让他张学良知道,恨他的人大有人在,不忠于领袖,罪该万死!"但是,在下人面前他不能露骨地支持袁静芝行凶,便说,"国有国法,家有家规。张学良现在是严加管束,我怎么能同意你去杀人呢?"

"叔爷,孝先可是为了保护你老人家才被他们枪杀的,他还把你扣起来了。我杀了他也是为咱们蒋家除害,让孝先在天堂闭上眼睛啊!"

"孝先对我一向忠诚,在华清池,他是为了我才被张学良手下的狂徒给枪杀了,我实在心痛。你放心,对你和家人,我一定照顾到底。"说到这里,蒋介石话锋一转,"你想从我嘴里得到去杀张学良的指令,那是痴心妄想,我怎么会同意你杀掉张学良呢? 至于你要报仇,我就管不着咧……"

"可是没有你的许可,那招待所我进不去呀。"

"你何必在一棵树上吊死人呢?"

袁静芝皱了皱眉,忽地双眼一亮:"叔爷,叨扰了。"她朝蒋介石行了个大礼,转身走开。

这天上午,于凤至陪着张学良来到雪窦山上散步,信步来到入山亭。早春的雪窦山,一团团的冷雾在山腰上飘浮,使得这一脉起伏连绵的山峰更显出一种伤感和凄凉。忽然,雪窦山那边笙箫夹鼓,琴瑟间钟,一阵阵沉重的诵经声随风传来。

张学良好奇地问:"大庙那边干什么呢? 我们到那边看看。"

杜尚臣说:"可能有人超度亡灵。"

一直憋在中旅社这个困笼子里的张学良实在郁闷,很想找个机会散散心。尽管于凤至劝他别去凑那个热闹,他还是兴趣盎然地领着于凤至和三位副官向雪窦寺走去,跟在不远处的两个特务也随之走去。

雪窦寺大雄宝殿门前放着一张木桌,木桌上香烟袅袅,摆着蒋孝先的牌位。一伙僧侣乐队敲着高挑的大鼓,捧着笙管笛箫,鼓着腮帮子吹奏招魂曲。二十多个披着袈裟的和尚双手合十,诵念经文。

于凤至一看这情景,劝丈夫离开:"汉卿,我们的心够苦了,何必来到这个地方听这呜咽的哀曲添愁呢? 咱们回去吧!"

张学良不知这是袁静芝的哭丧计,悲天悯人地说:"你不知道,这位死者就是西安事变被白师长他们误杀的蒋孝先。我们应该向他的家属道歉,为他吊丧。"

"那就更不能去了。"于凤至走上去,拉了丈夫一把,"我们赶快离开,赶快离开。"

张学良坚持道:"你应该知道一个男人死去,剩下孤儿寡母实在是可怜。我们既然来了,怎么能不上前哀悼转身就走呢?"张学良推开于凤至,直奔灵牌走去。

就在这时,躲在一旁的袁静芝猛地冲了过来,抄刀向张学良前胸刺去。于凤至手疾眼快几步冲上去,义无反顾地挡住了袁静芝:"住手!"

"你是谁?"

"我是张学良的夫人——于凤至,有什么怨恨你冲我来!""这事与你无关,你赶快躲开!""光天化日之下,你为什么要行凶杀人?"

"因为他先杀了我的丈夫!"

"他怎么会杀你的丈夫!"于凤至凛然地挺起胸膛,"要杀你就来杀我!"

袁静芝歇斯底里大喝一声:"你躲开……"

于凤至岿然不动:"你赶快住手,有话我们坐下来说!"

"我跟你说不着!"袁静芝一闪身,绕到张学良身后举刀欲刺,危急中于凤至反身护住张学良,为丈夫挡刀。

袁静芝手持闪着寒光的匕首,眼看就逼近于凤至的胸膛,在场的人们都惊恐万状地大叫:"住手,快住手! ……"

第二十二章

一

张学良雪窦寺遇刺,于凤至挺身挡刀,跟随的特务一时惊慌措手不及。危急中,跟在后边的副官杜尚臣几步蹿上去,狠狠地掐住袁静芝的手腕子。这时候,几个特务冲上前七手八脚地抓住了袁静芝,将其强行拖走。这一场有惊无险的刺杀,在撕扯叫喊声中草草收场了。然而,于凤至的侠肝义胆,在中旅社却引起了一场不小的震动。

在那些特务看来:作为女性的于凤至看似端庄贤淑,仪态大方,还有一种让男人见了就心跳气短不敢招惹的尊严与圣洁。令人意外的是,在张学良危急的时刻,她却爆发出一身侠气,临危不惧,让袁静芝两手发抖不敢造次。原来,贤淑稳重的背后竟潜藏着英勇无畏!

刘乙光也佩服得咂嘴摇头,并暗自嘱咐自己:"过去真是看走眼了,这个女人可是一个柔里有刚、绵里藏针的刚烈女子,以后可要对她多加小心哦!"

张学良、于凤至两个人惊魂未定地回到中旅社,这时张学良才知道蒋介石已经回到溪口老家祭拜他死去的大哥。他找到刘乙光,要求面见蒋介石。当日下午,刘乙光来到蒋府的书房作了汇报。

蒋介石开口便问:"听说今天上午袁静芝刺杀张学良,于凤至为夫挡刀?"

刘乙光躬身回禀:"这个于凤至厉害得很,危急中义无反顾地冲上去挺身保护张学良,当时把袁静芝都吓傻眼了。"他提醒蒋介石,"委座,这个女人可不能小觑呀。"

蒋介石不无惊赞地说:"过去我们是小看她咧!原以为她是大辽河的一个大家闺秀,性情贤顺斯文,没想到能这样威武不屈哟。"

刘乙光点头称道:"这个女人平日里不显山不露水,爆发起来真像一头狮子。"

蒋介石提醒:"乙光啊,今后你们任务就重喽!绝不能让这个女子成为张学良的靠山和倚重,防止他们联手与我们对抗。对张汉卿的看管原则就是两句话:相对自由,严加防范。"

"属下明白。"

"你不一定全明白。"蒋介石板起面孔,"我说的是'相对自由'。意在'相对',尽力让他吃好喝好睡好玩好,张学良是一个不安分的人,最喜欢运动,可以给他建个网球场,还可以给他修个游泳池,他需要什么尽量满足他!"

"是。"

蒋介石又强调:"我所说的'严加防范',关键在一个'严'字。除了在他屋外派人看守,还要在外边设流动哨。"蒋介石想了想又加重语气,"这还不够,一定要控制他们的对外通信,凡是外边寄给张学良的信件一律检查,张学良夫妇向外寄的信件也要一封不漏地检查。如果他联系外界,信件不能邮出去!"

刘乙光说:"我们在小镇上的邮局已经设立一个检查点。还派了两个检查员,一个管邮信,一个管电报。"接着,他又请示蒋介石:"委座,张学良要求见你,怎么办?"

蒋介石沉思片刻:"你就说我有事要回南京,没时间见他了,希望他及早自省。"

"是。"

刘乙光回到中旅社,把蒋介石不见张学良的理由跟张学良学说一遍,又说:"委座还命令我们建网球场、建游泳池,千方百计办好伙食,让张将军吃好玩好,安心地修身养性。"

张学良苦着脸沉沉一笑:"蒋先生真是用心良苦啊。"

刘乙光走了,于凤至一语点破:"蒋先生是想用溪口的山水磨掉你的棱角,用山珍海味泯灭你的意志,还要用忠君思想给你洗脑。让你做一个游山玩水、乐不思蜀、忘掉国恨家仇、与世无争的闲云野鹤。"

张学良生气道："我爸活活地被日本人炸死，我的家乡东三省被日本人占领，那里三千万同胞遭受外敌的奴役，我张学良全然不顾，只顾游山玩水吃喝玩乐，我张学良还是张作霖的儿子吗？我还是个关东爷儿们吗？"

于凤至惆怅地叹了口气："汉卿啊，我们不能坐以待毙，得想方设法找人讨公道啊！"

"身在幽暗，还能找谁呢？"张学良挠着脑袋想了一会儿，忽地双眼一亮，"哎，找张群怎么样？"

"张群？"

于凤至这才想起蒋介石的智囊张群，曾经见过几次，确实印象不错。前些年她在沈阳过三十二岁生日的时候，张群作为蒋介石的特殊代表，给于凤至带去了蒋介石亲笔写的一首诗，那年她随张学良去南京参加国民党四中全会，张群对他们夫妇相当热情。还特地在南京金陵村大酒楼招待他们吃了顿饭。现在，他是国民政府的总参议，蒋介石身前的红人，只要他能向蒋介石进言，也许比宋子文和宋美龄更加让蒋介石听进去。"好。"于凤至一脸希冀，"晚上你给张群写封信，咱们明天一早就寄出去。"

"好吧。"张学良突然想起在伦敦读书的三个孩子，"唉，大姐，也不知道那三个孩子现在怎么样了，应该写封信问问情况吧？"

一直为丈夫安危操心的于凤至这才想起来，她已经离开伦敦两个多月了，不知道孩子们过得怎么样。

二

张学良、于凤至分别给张群和三个孩子写了信，由副官李英毅送到小镇邮局。这天特务队派到邮局来检查信件的李木子，是刘乙光的铁杆爪牙，刘乙光即便放个屁他都能当成圣旨，对于张学良的管束一向上心。当时，他把给张群那封信留下了，给三个孩子那封信退了回来，声称这种信件不准邮寄。

李英毅回到中旅社，把退信的事情报告了张学良，张学良顿时大发脾气，要找刘乙光理论。可偏巧，刘乙光有事外出不在中旅社。

第二天，于凤至声称到小镇上买日用品，带着李英毅来到小镇的邮局。今天值班的检信特务换成了张天石，张天石身为特务却跟李木子大不一样，表面上不苟言笑,其实性情随和。他悄悄告诉于凤至:"夫人,为了你们的安全,你们往外发出的信,不能暴露这里的地址,所以这封信不能邮寄。"

于凤至觉得张天石很和气,就和他商量:"老弟,能不能改个地址把信邮出去,我们这信你也检查过了,没写别的事儿,只是给孩子们报个平安。人心都是肉长的,哪个子女不想父母? 哪个父母不牵挂孩子? 你帮个忙吧……"

"这……"张天石一时有些为难。

于凤至一看张天石有点心软,索性用女人的眼泪感化他,继续道:"兄弟呀! 我们远在英国的大儿子还有精神障碍,有时候走出去几天找不回来。我已经离开他们两个多月了,不给他们报个平安,我怕他犯病啊……"于凤至说到这里,两眼闪着泪光。

可能是于凤至的眼泪感染了张天石,他想了想,回头四下看看,小声地说:"这样吧,你把信的地址改成宁波或绍兴。夫人,这事可不能跟别人说呀!"

"太好了!"于凤至随手掏出几块大洋,"兄弟,这五块大洋是我们对你的一点心意,请收下。"

张天石摆手拒绝:"夫人,我不要,不要。"他怕别人看见,"你们赶快走,赶快走……"

尽管张天石一再拒绝,于凤至还是把五块大洋硬塞进他的手中。

禁止寄信这件事,让张学良彻底明白了:这个溪口的中旅社就是一个外表光鲜内里黑暗的监狱。所谓的张学良招待所,就是一个没有铁窗的牢笼。他张学良被关在这里,却没有一般犯人应有的通信自由,他就是一个不戴手铐的囚徒啊!

晚上,夫妻二人坐在灯下,张学良唉声叹气地劝于凤至:"大姐,这中旅社太黑暗了,你就别在这儿跟我遭罪了,明后天就回英国照顾三个孩子吧!"

于凤至摇头苦笑:"我这次回国,一是怕你孤独给你做伴;二是想法营救让你恢复自由。现在你的事情还没有着落,我怎么能丢下你一个人回伦敦呢?"

"我一个人在这里受罪就够了,你何必在这儿陪我受苦啊?"

"你别那么想,我们给张群的信已经发出去了,我相信接到信后他一定会积极运作,帮这个大忙。"

"唉……现在的人都是势利眼,你有用的时候,甜哥哥蜜姐姐地上赶子巴结你。你没用了,人不搭讪狗不理。帮我这个下野的光杆司令还有什么用啊? 何况我现在已经是阶下囚徒,弄不好还会受到连累,谁敢冒这个险呀!"

于凤至信心十足:"不管怎么说,我不能丢下你,我不仅要陪你,还一定想法把

269

你营救出去。"

尽管于凤至几次安慰张学良,让他别放弃争取自由的机会,但她还是担心这个惯于我行我素的丈夫,受不了这种狗眼看人低的屈辱,怕他一时心灰意冷再做出可怕的事情。这天,于凤至陪着张学良去野外散步,游览一下雪窦山的风光,想让张学良开心。

奉化溪口山清水秀,它四面环山,绿树成荫,一条长长的剡溪从西部的龟山下绕来,沿着小镇的长街蜿蜒东流,给小镇添了一道美丽的风景。时间已是三月,残冬留下的寒气已经悄悄退去,远处山峦云遮雾罩,近处树影滴青流翠。雪窦山下溪水潺潺,袅袅薄雾依山而飘。

于凤至陪着张学良来到雪窦山上,远山近景尽收眼底。面对眼前的美景,张学良却突然产生了孤独感:"我一个指挥千军万马的将军,跑到这个和尚、道士敬佛修仙的背旮旯儿干啥来了!"联系当前的处境,他有种从来没有过的消沉与失落。二人脚踩铺着各种颜色石头的阡陌小道拾级而上,来到飞檐起脊的石碑亭前。忽然看到了墙壁上有一首苏轼题的绝命诗:"心似已灰之木,身如不系之舟,问汝平生功业,黄州惠州儋州。"

张学良触景生情,也伤感地吟了大明朝名将袁崇焕的一首绝命诗:"一生事业总成空,半世功名在梦中。死后不愁无勇将,忠魂依旧守辽东。"

于凤至从诗句里感到了些什么,她问道:"汉卿,你吟的这首诗是明朝大将袁崇焕的绝命诗,对吧?"

张学良凄然地点点头。

于凤至开导丈夫:"袁崇焕虽然是大明朝宁远的名将,但是他与你不同。他错杀了江东毛文龙,替努尔哈赤拔掉了揳在他们身后的一颗钉子。后来,尚可喜等一批大将反戈投靠了努尔哈赤,才使得袁崇焕走向败局。"

"我现在不也是一员败将吗?"

"可你手下那三十万东北军还在,他们就是你的坚强后盾,就算老蒋不放你,东北军也绝不会善罢甘休,肯定会有人想办法救你。"

张学良干涩地一笑:"但愿如此吧。"

"走,我们到山下看看。"于凤至担心那首绝命诗影响张学良的情绪,拉着丈夫赶紧离开这里。

二人走到阳坡,忽然发现土坑里一块石头下长着一棵没有完全被压死的植物。

于凤至伏下身去扒开上面的石头，下面露出了一棵杜鹃花。虽然它现在枝叶半枯，但是不屈的生命力让它尚存一丝生机。她似乎觉得这棵杜鹃与张学良有同样的命运，都是被一块大石头压在身上却没有枯死。于凤至倍感珍惜，她伸出双手小心翼翼地挖起来。

张学良却跟花草没有一点情分，毫无兴致地说："这么一棵快要压死的干枝条，你挖它干什么？"

于凤至感叹地说："它也是生命啊！虽然被石头压在下面，但一息尚存，茎上还保留着一片绿叶，难道你张学良五尺多高的男子汉，还不如它吗？"

"都压得这样了，还能活吗？"

"我要把它挖回去栽到花盆里，给它浇水，让它接受阳光，我相信一定能够长出青枝绿叶甚至开花。"

"那好，我也帮你挖。"张学良说着，俯下身去帮助于凤至挖出那棵杜鹃花。

于凤至摘下风帽，把杜鹃花放在帽兜里，二人快步向中旅社走去。

回到中旅社，于凤至找来了一个花盆，张学良在院子里挖了半盆黑土，把那棵其貌不扬的杜鹃花栽到了花盆里，又浇了一碗水，然后把它放在充满阳光的窗台上。

这棵受摧残的杜鹃花有救了，也许会活得青枝绿叶。然而，留在英国那三棵小花怎么样了呢？于凤至一边给杜鹃花松土，一边想着远在他乡的三个孩子……

三

中国有句俗语叫"儿行千里母担忧，母行千里儿不愁"。其实，这句话要看站在什么角度理解。在那陌生的国度里，母亲回国三个多月仍然音信皆无。尽管姑姑张怀曦每天都按部就班地送他们上学，接他们放学，一日三餐给他们做饭，抽出时间为他们补课辅导、洗衣服，甚至在孩子们郁闷的时候，带他们到泰晤士河畔去游览，但河面上能升能降的伦敦铁塔桥以及河畔的圣保罗大教堂，都无法排遣孩子们对母亲的思念。他们一直担心：妈妈回国已经这么长时间了，为什么还不回来？是不是爸爸出了什么大事？

命运多舛。人，往往是越发愁的时候越是有事给你添堵。近日，张怀曦的母亲许夫人发来电报："母亲病危，望请速归。"张怀曦离家六七年，一次也没有回乡探亲。如今母亲病危,她就是再忙也不能不回去看看母亲吧?

间瑛发愁,间玗也慌神儿了,就是闷声不语的间珣两眼也闪着一种茫然的恐惧。虽然间瑛已经是大姑娘了,但她从来没有一个人顶门过日子。如果姑姑走了,她既要上学读书又要照顾两个弟弟,更何况,一旦间珣发病就得安排弟弟住院。一个从来没有支撑过家庭的女孩子,如何面对这沉重生活负担渡过难关呢? 一边是需要照顾的三个孩子,一边是母亲病危,张怀曦分身乏术、一筹莫展。这天,桑希尔来了。这个英国人刚喝过酒,一说话满嘴冒着酒气。了解情况后,他满不在乎地哈哈大笑:"这有什么难的? 你就把三个孩子交给我好啦,赶快回国吧! 你放心,我会照顾好他们的。"张怀曦有点担心:桑希尔家住在海德公园附近,离这里很远,坐车至少也得一个小时。这么远的距离,就算是桑希尔长着一双飞毛腿,也无法每天往返三趟,照顾三个孩子,况且他每天还要按时上班。桑希尔却扬扬自得地告诉张怀曦:他已经把仅一墙之隔邻居的房子盘了下来,可以把三个孩子接过去到那里住。这样,他就可以像照顾自家人似的照顾他们读书和日常生活了。

事情走到这一步,张怀曦必须回国。只有把三个孩子托付给这个张家对他有救命之恩的英国人了,她暂时回家看看,等母亲的事情处理完毕,她再回来照顾三个孩子。

四

张怀曦回国了,间瑛、间珣、间玗被桑希尔接到家中,安排在只有一墙之隔的房子里。桑希尔的儿子培尔由于受到父亲的严教,不仅不那么苛刻地对待间珣了,而且还经常跟间玗打手球,成了张家孩子的亲密伙伴。可是梅西对三个孩子却心存芥蒂,她甚至暗下决心:一定要把他们赶走。

间瑛姐弟三人搬到这所房子也算舒适,屋里有两个寝室,一间厨房,另外还有小客厅、卫生间。生活的窘迫,使间瑛意识到了家庭主妇的责任。她每天早晨四点起来做饭,然后背起书包带两个弟弟上学。中午她到学校不远处的小食品店给两个兄弟买两份汉堡、烤面包或者炸薯条、肉馅羊肚与他们共进午餐。晚间,把两个弟弟领回家来,饭后做两个小时的作业,十点就寝,姐弟三人过得还算规律、平安。

不久,桑希尔换了一份新的工作,从外交部抽到战略物资局。正在照顾三个孩子的桑希尔,尽管极不情愿,但是为了生存,只得履新,离开伦敦到几百公里以外的一个军事基地任职。

有道是"老猫不在家，耗子上房笆"。一直克制着自己的梅西，总想出口恶气，这天机会终于来了。

晚上，闻瑛正忙着在厨房里做饭，闻珣和闻玕两个人在门外打手球。冤家路窄，偏巧这时梅西挎着一篮子鸡蛋走来。闻珣猛地击出一球，恰好球落在梅西的胳膊上，她的胳膊猛地一抖，篮子落地，一篮子鸡蛋摔得满地黄汤。梅西趁机发作，破马张飞地冲上去，像老鹰抓小鸡儿似的一把抓住闻珣："你为什么打我？"

闻珣慌忙解释："大妈，我不是故意的，我不是故意的。"

"这么宽的地方你往哪里打球不行，为什么偏偏往我的身上打？还说你不是故意的！"

"我没看见你过来呀？"

"我这么大个活人，你能看不见吗？"

闻珣害怕了："大妈……我们真不是故意的，我们真的没看见你过来！"

梅西恶狠狠地："难道你的眼睛瞎了吗？"

"他眼睛没瞎，是你眼睛瞎了！"闻玕冲上来维护哥哥，"这么宽的地方，你为啥不往那边走，上赶着往球上撞！"

梅西多天来积下的郁火一下子爆发："不是我眼睛不好使，是我们家桑希尔眼睛瞎了，他就不该把你们这几个灾星接到我们家来。"

"你骂谁是灾星？"

"你们就是灾星！你那个父亲触犯了国法，被中国政府软禁起来，你们几个小灾星来到我家，又搅得我们家庭不安，你的父亲是个大灾星，你们几个就是小灾星！"

闻玕一看梅西欺负哥哥，顿时火了："你是个泼妇，是一个无事生非的泼妇，桑希尔伯伯那么好，你还跟他吵架，你才是一个真正的灾星！"

梅西恼羞成怒，抓住闻玕拳打脚踢。

闻玕怒不可遏地抓起那个鸡蛋篮子，照着梅西打了下去，梅西顿时变成了落汤鸡，浑身上下淌满了黄汤。闻玕怕梅西还手打他，拉着闻珣快步跑进屋里，"啪"地关上门。

梅西一屁股坐在地上发疯似的号叫，邻居们闻声纷纷跑来，七言八语地议论："这家孩子怎么这样蛮横无理呢？把恩待他们的主人打成这样。""哦，不是孩子把她打成这样，是她欺负人家孩子。""她家把房子让他居住，就是再不好也不该打人家嘛!""他们两家到底是什么关系,我们说不清啊。"

门开了,间瑛惊慌地走出门来,上前拉住梅西:"大妈,都是我弟弟不好,一会儿我一定惩罚他们,大妈,你起来吧!"

梅西连哭带号地骂道:"你赶快把你的两个弟弟叫出来,我要教训教训这两条疯狗!"

间瑛"扑通"一声跪在地上:"大妈,都是我管教不严。我给你赔礼! 大妈,你要生气就骂我打我吧……"她满脸是泪,委屈得哭出声来……

围观的人们有的叹息,有的同情,有的摇头走开。

五

西安事变之后,蒋介石挖空心思要拆散东北军和西北 17 路军,想让他们形不成力量与之抗衡。所以,他以国防部部署抗日布局的名义,对张学良的东北军、杨虎城的 17 路军提出甲、乙两个军事调整方案。甲方案是"小拆小卸":东北军撤至甘肃,西北 17 路军移到河北,红军仍旧回到陕北,防区另定,中央军进驻潼关及咸阳。乙方案是"大拆大卸":东北军撤至安徽,西北军 17 路军移到甘肃,红军仍留在陕北,中央军驻西安。明眼人一看就清楚:蒋介石是想把东北军与西北军东、西分离,把他的嫡系部队打进西安。然后再慢慢把东北军、西北军拆散,进而彻底瓦解。

东北军在讨论蒋介石提出的两个方案时,引起了一场激烈的争论。开始,大多数人不接受老蒋的两个方案,坚持按兵不动。后来,王以哲、于学忠两个人主张可以接受甲方案,但不放弃抗日,最重要的条件就是蒋介石必须释放张学良。其实,自从张学良被蒋介石押往浙江奉化以后,东北军的将士一直要营救张学良,但苦于没有机会。现在这是个机会,绝不能错过。于是派李志刚、鲍文樾到南京找蒋介石谈判,强烈要求释放张学良,并拿出由东北军各路将领签名的"请愿信",以此作为砝码,逼蒋介石就范。

蒋介石既不同意东北军在甲方案上提出的附加条件,更不答应释放张学良。他当着东北军派来的代表拍案而起:"抗日在即,大敌当前,你们想跟国民政府叫板,那是以卵击石! 只要我下命令,用不了一个月就会消灭你们!"这场"红脖子汉"与"政治无赖"的会谈就这样无果而终。

李志刚、鲍文樾从南京国民政府出来，又转路来到浙江奉化溪口，探视张学良和于凤至。

二人在几个特务的监视下来到了张学良住的中旅社，张学良就像见到亲人那样无比高兴，立即吩咐厨房给他们备饭。

席间，李志刚说出蒋介石的态度，并转达了杨虎城、于学忠、王以哲的决心：如果蒋介石不答应释放副司令，东北军就坐镇陕西，死活不动。张学良和于凤至无比激动，他们深切地感到杨虎城和东北军那些弟兄时时刻刻都在关心自己。

感动之余，张学良十分大度地表示："为了让蒋介石能及早发兵抗日，东北军应该服从大局，听从调动。至于放不放我，不应该作为条件。"

鲍文樾着急地说："副司令，杨将军和东北军的弟兄们可一致要求委员长放你回去，我们才能听从调防命令啊！"

张学良苦苦一笑："我多坐几天牢少坐几天牢，没有什么了不起。问题是现在东北人民还在遭受苦难，抗日要紧哪！兄弟们，难道蒋介石不放过我，你们就不打日本鬼子了吗？"

李志刚和鲍文樾感动得流泪了："副司令啊，难得你有这样的胸怀，把个人的安危置之度外，一心想着抗日大局啊！"

六

自从钱家惨案，日本人杀死沙河村二十三口人后，还不收手，又把伊通县那起"毁桥翻车"事件归咎于于家的于凤彩、于凤翥，对于家的迫害更加猖狂。先是强行占领"丰聚长"粮栈和"丰聚永"烧锅；后是说于家早年有枪，有支援抗日的嫌疑，要掘地三尺找出他们反满抗日的罪证。于凤彩、于凤翥害怕全家再遭大难，一天夜里带领家人逃往天津避难。日本人之后又没收了于家的稻田和大辽河沿岸的买卖。日本商人吉本在郑家屯成立了一个新亚粮贸公司，用于家的土地种植水田，然后把打下来的稻谷成船地运回日本。逃亡的钱辅廷从北京赶到天津，告诉于凤彩、于凤翥，于凤至已经从英国回来了，现在正陪着张学良在奉化幽禁，具体在什么地方不详。钱辅廷提议："你们应该去奉化探望表姐和表姐夫。"一直惦记妹妹、妹夫下落的于凤彩、于凤翥特地购置了一些东北特产，先到南京找到宋子文，要求宋子文帮助他们去探望张学良和于凤至。宋子文立即找到戴笠，戴笠思考再三，最后答应让他们看一眼张学良和于凤至。

其实,戴笠与刘乙光早有内定规则:凡是拿戴笠用红笔批条的来访者准许与张学良相见;凡是戴笠用蓝笔批条的来访者一律不得见面。为了应付张学良的两位大舅子,戴笠耍了个滑头,用蓝笔批了条子。

当于家兄弟跋山涉水来到溪口,在中旅社外围岗哨前被特务李木子和陈尔东二人拦住。因为戴笠用的是蓝笔手谕,不准与张学良见面。尽管于凤彩、于凤翥哥俩儿苦苦哀求,李木子还是冷冷地拒绝:"我们这里没有张学良。"

"宋子文部长告诉我们他们在这儿啊,这里还有戴笠局长的条子。"

一听于家兄弟提到大名鼎鼎的民国财政部长宋子文,凶神恶煞般的李木子软了下来。这时,刚刚上任不久的副主任徐建业走过来,李木子赶紧征询地看着徐建业:"徐主任你看……"

徐建业是戴笠手下的忠实走狗,性格冷酷,脸总像丧门神似的。为了加强对张学良的管束,戴笠特意把他派到这里。他用冷峻的目光审视着于家兄弟,漠然地说:"这里没有什么张学良、李学良的。要见张学良你们找宋子文去,有条子也不好使,快走!"

于家哥俩儿执拗地不走,几个人正在剧烈地撕扯时,恰好张学良扶着于凤至走出来在门外遛弯儿。因为之前于凤至跟张学良打网球时崴了脚脖子,走动不便,张学良扶着于凤至一瘸一点地向这边走来。于家兄弟百感交集,望眼欲穿地看着久别的亲人。被风吹乱头发的张学良亦步亦趋扶着于凤至,于凤至步履蹒跚,不时地摸摸左腿。于凤彩、于凤翥心如刀割,泪如雨下,他们激动得要喊妹妹,徐建业、李木子恶狠狠地用枪顶住他们的后背:"住嘴,你要敢喊我就打死你!"

于凤彩脸上的肌肉猛烈地抽搐,嘴巴颤抖着,痛苦的泪水夺眶而出,但他那双泪眼一直注视着不远处的妹妹和妹夫……

张学良抬起头来,突然发现铁丝网外面有两个似曾相识的人正直勾勾地看着他们,不禁心头一紧:"那是谁呀?为什么这样看着我们?"

于凤至仔细一看,惊讶地叫道:"好像是我大哥和二哥。"她顾不得脚疼路荒,立即一瘸一点地向铁丝网那边奔去。

李木子、陈尔东厉声呵斥于家兄弟:"走,你们赶快离开,快走!"

于凤彩连连地哀求:"长官哪,让我们跟妹妹说句话,我们好不容易千程百里地来一回,就让我们见见面吧!"

于凤翥也求情:"长官,就让我们见一面吧,哪怕是五分钟也行,长官我求你了。"

徐建业一斜楞眼珠子,李木子、陈尔东心领神会:"快走!"二人凶神恶煞地推着于家两个兄弟,用枪逼着向远处走去。尽管于凤彩和于凤翥极力挣扎,最终还是被他们推走了。

于凤至跌跌撞撞地走到铁丝网前,于凤翥、于凤彩已经渐渐走远。

张学良惊诧地:"我看他们就是大哥和二哥。"

于凤至手扶铁丝网,焦灼忐忑地看着被逼走远的两个哥哥。其实,自从"九一八"后她已经七八年没见着亲人了,如今他们来到身边,却被特务强行逼走,她的心几乎就像被撕裂一样的疼痛。她知道,就是喊破嗓子他们也听不见了。于凤至哭了:"我哥哥来了,为什么不让我们见面呢……"

张学良咆哮:"什么他妈的张学良招待所,简直就是一个死囚牢啊!我找他们去!"

泪水模糊了于凤至的双眼,她紧紧抓住铁丝网的双手已被铁丝尖扎破,鲜血一滴一滴地落在地上……

第二十三章

一

满腔愤怒的张学良和于凤至来到刘乙光办公室,张学良一进屋就指着刘乙光的鼻子问:"刚才我夫人的两个亲人前来探望,你为什么不让他们跟我们见面?"

刘乙光假装吃惊地否认:"这是哪有的事儿嘛。张副司令,你是看错了吧!那两个人真不是夫人的什么亲戚,而是附近的刁民,他们是来闹事儿的。"

于凤至当即反驳:"刘主任,我看得十分清楚,来的那两个人就是我大哥二哥,当时隔得也不太远,他们是我的亲人,我怎么能认不出来?"

刘乙光叹息一声:"夫人,你是不知道啊!自从袁静芝那件事之后,戴局长就指示我们一定不让其他人进来,担心张副司令受到人身伤害。我们这样做,都是为了你们的安全呀。"

张学良挖苦地一笑:"嘿嘿,怪不得人们都叫你刘巧嘴子,死人也能说活了。我跟那些平民百姓远日无冤近日无仇,他们伤害我干个屁!"

本来是一派谎言,却被刘乙光说得有鼻子有眼儿:"张副司令,那两个人真是刁民,已经被我们送到小镇派出所审问去了,如果您不信,一会儿我叫他们来你当面问问。"

于凤至心里清楚,刘乙光要搞鬼一定编织得很严密,另外抓两个人就说是前来闹事的糊弄你你也没辙儿。中旅社里除了他们夫妇和三位副官以外,全是刘乙光一手掌控的特务,哪个人敢出来作证呢?唉,既然是在狼窝里过着这种暗无天日的日子,就没法跟豺狼争论出道理啊!忍了吧,警告他们一次也就罢了。

虽然事情过去了,张学良和于凤至也无可奈何地认了,但是里外装好人的刘乙光却觉得这事做得有点冷酷无情。然而,不许外人和张学良接触是上峰的命令,他作为戴笠麾下的一个马仔,怎敢抗命不遵呢?不过他还有点担心:如果今后张学良真正跟他拗起来,不听他的安排,麻烦就大了。号称"丧门神"的徐建业却十分强硬,他不就是一个不戴镣铐的犯人嘛,他敢闹事就给他戴上镣铐关他禁闭,看他还敢不敢折腾!刘乙光苦笑着提醒徐建业:"他是个什么样的犯人你不知道吗,他可是开着国防部军饷的高级囚徒啊!一不能关,二不能打,三不能骂,万一有什么闪失,我们吃不了兜着走。"尽管徐建业不服气,刘乙光最后还是决定他要缓和一下与张学良的关系,尽量减少他们之间的对立情绪,应该对这只敢挟持领袖蒋介石的东北虎恩威并施。

这天,刘乙光主动找张学良,声称天气晴好,要与张学良上山打猎,顺便游览一下溪口的山野风光。余怒未息的张学良开始不同意,于凤至却觉得丈夫这几天火气太盛,应该出去散散心,劝他上山玩玩,张学良答应了。

刘乙光领着张天石、李木子几个特务陪着张学良坐车来到溪口不远处的小青山下。这里是个天然的猎场,茂草繁花,树木成林,树下的草丛中藏匿着不少山禽野物。

一场看守与"犯人"的猎获开始了。尽管几个特务也都是射击的好手,然而,跟张学良一比还是相形见绌。他们五六个人一上午才打了三只野兔、两只山鸡。张学良一个人就打了六只野兔、四只山鸡,而且打山鸡的时候他先抬手一枪,把几只山鸡轰起来,然后趁着山鸡在空中飞翔,再连开两枪就把两只山鸡击落。特务们见状连连称赞,拍手叫好。

在刘乙光的心目中,过去的张学良就是个抽大烟嫖女人的风流少帅。然而,今天张学良超群的枪法却令他刮目相看了:他不愧是从战场上拼杀过来的高手。便笑着走过去,讨好地说:"张副司令,我服了,今天我真服了。"

张天石也脱口赞道:"张副司令真有两下子,能空中打鸟,而且开枪必中,真是难得一见。"

张学良得意地一笑:"你们今天只看到了我有两下子,还有三下子没亮出来呢!"

刘乙光兴冲冲地说："走,咱们到下边的小溪里洗洗手,然后回去把这些野物炖上,让大家尝尝张副司令打的猎物是什么滋味儿。"

张学良乘着兴致打趣儿地说："放心吧,这些野味儿身上还有热气儿呢,炖出来一定是香喷喷的。"

几个人下山,来到一条小溪边。这个小溪本名叫明溪,宋朝年间理学家朱熹来到此地,曾经在这里留下了"看来只在白云深"的诗句,朱熹的字号叫元晦,人们为了纪念朱熹,就把明溪改成了晦溪。

晦溪是九曲剡溪的一个支流,没有大河那种喧闹,只有盈尺细流潺潺流淌,冲刷着河底的卵石。溪水千百年的冲刷,千波万浪的捶打,让河床中的石块相互冲撞摩擦,时间久了,把河里的石头磨成了各种颜色、各种形状的卵石。这些铺在河底的卵石或白或黄,或黑或红,似团似蛋,似饼似球,五光十色,十分美观。

张学良一看溪底上铺着那些光滑美观的卵石,兴奋地叫道:"这里的鹅卵石太好看了!"

刘乙光顺口搭言借题发挥:"再有棱角的石头也架不住河水成年累月地冲刷打磨,时间一长棱角都磨圆了。"

"那倒不一定。"张学良走进小溪,从里边捡出一块有棱角的石头,"你看看,这块石头的棱角就没磨成圆的。"

"它可能是刚刚从山上冲到溪水里的石头,还没有经过冲刷打磨。"刘乙光又话外有音地说,"人都说,河里的石头磨得越圆,才能滚得越远,有棱角的石头只能在原地打磨磨,最后埋在泥里见不得天日哟……"

张学良似笑非笑地反问:"如果它要是一块顽石呢?"

刘乙光嘿嘿一笑,索性把话挑明:"张副司令,世界上就没有哪种顽石会挺得住浪打波推,早晚会磨成圆的。"

张学良又半开玩笑地说:"我可能就是那一块顽石,任凭你风吹浪打,我自岿然不动。我让你五十年,你就磨吧!"

"张副司令,你真要顽固不化?"

"我是茅坑里的石头又臭又硬。"

"哈哈哈……"刘乙光把话拉了回来,"张副司令,你怎么能是顽石呢?你是一块玉呀,一块和田玉。只要工匠雕刻,你就成为一块精美绝伦的玉器。"他生怕再说下去触怒张学良,又打着哈哈说,"哎呀!天都快晌午了,我肚子都抗议了,还是早点回去吃野味。走,副司令,咱们上车吧!"

二

于凤至、张学良在这个没有铁窗的牢笼里过着屈辱的日子,远在伦敦的三个孩子,面对的是母亲远在大陆,姑姑回国探亲未归,他们孤苦伶仃,度日如年。梅西为了发泄心中的积怨,借题发挥跟张家的两个男孩子大吵一架,闹得鸡飞狗跳,四邻不安。三个孩子为难的时候,抱在一起痛哭流涕。

然而,形势有了好转。桑希尔从外地回来听说孩子受梅西欺负以后勃然大怒,坚决要跟梅西离婚,还提出:"三天内你要不离婚,我就把你撵走,今后你永远也不许回到这个家!"

别看梅西貌似生死不惧的女汉子,过去,桑希尔一发脾气她就喋喋不休,还放出狠话要跟桑希尔离婚。现在,桑希尔毫不留情地跟她公开叫板,梅西色厉内荏,只好乖乖地认怂:"桑希尔,我错了,我是一时糊涂才做出这样的事情,你就原谅我吧……桑希尔,我亲爱的先生。"她后悔地敲敲自己的脑壳,臭骂自己是混蛋、傻瓜、蠢猪,甚至以死来威胁桑希尔,"桑希尔,你要不原谅我,我就在你面前自杀。"说着拿出一把刀子逼向自己的喉咙。

闾瑛闻讯带着两个弟弟赶紧来到桑希尔的家,跪在地上为梅西求情:"桑希尔伯伯,梅西大妈虽然脾气不好,可她对我们还是可怜心疼的。你不在家的时候,还替我们做饭,帮我接弟弟。你想想,如果她要是坚决反对我们,我们几个能住在你们家吗? 现在因为我们三个人,就把你们家弄得四分五裂,那不是我们的罪过吗? 桑希尔伯伯,如果你一定要跟大妈离婚,那我们还是离开这里吧! 只要我们走了,你家就平安了!"

闾玗、闾珣也流着泪说:"桑伯伯,你千万不要跟大妈分家,伯伯我们求求你了……你要跟大妈离婚,我们马上就走! 伯伯……"

三个孩子动情的泪水不仅感动了桑希尔,也感动了一向刁蛮的梅西。她虽然比较冷酷,但是人心毕竟都是肉长的。更让她万万没想到的是,一直被她看成是灾星的三个孩子,却在她求助无门的时候不计前嫌为她苦苦求情,她那冷酷的心立即化成了一串泪水:"桑希尔,你就原谅我吧,看在三个孩子为我求情的面上,我的心都要崩溃了! 桑希尔,是上帝把我们两个人安排在一起的,我们不能违背上帝的意愿,还是不要离婚的好,我求你了! 今后我对这三个孩子要是再有一点刁难,你就把我踢出这个家还不行吗？我求求你了！"说着，她伏在地上泣不成声。

桑希尔的盛怒变成了冰冷的问训："你说的是真心话吗？"

"我要是有半句假话，就让汽车撞死。"梅西再次流泪，"亲爱的，请你相信梅西吧！"

桑希尔心软了，但又告诫梅西："你这个人从来不遵守承诺。过去，你也表过态要好好地对待这三个孩子，可过不久又旧病复发，今后，如果你再这样，就是这三个孩子离开我们的家，我也不能接受你，永远不会接受你！"

"好，我在上帝面前发誓，一定把三个孩子当成自己的亲生孩子。"梅西表态很坚决，但她真的能改邪归正吗？

从此，张家的三个孩子情况确实有了好转。但是，间瑛依然有些担心：这个不遵守承诺、性情多变的阿姨会不会再让他们受气？母亲在国内陪父亲，姑姑还没有回来，他们只能听天由命了。

三

时间已经是 1937 年的盛夏，奉化溪口山野上，茶园一片浓绿，路旁的花草吐着沁人心脾的芬芳。

于凤至放在窗台上的那盆杜鹃花，经过三个多月的缓苗，已经重新长出了绿芽，只是被伤害得过重，还没有含苞吐蕊。她就像照顾孩子似的，每天给它松土浇水。这棵命大没被压垮的小花苗，就像孩子吸了母乳，抖动出片片嫩叶，展示它的生命和希望。

张学良缓缓地走了过来，感叹地说："这棵小花好像就是你的儿子，你成天精心地照顾，不知道它会不会辜负你的希望。"

张学良的话勾起了于凤至对孩子的牵挂。她放下喷壶缓缓地坐在床上，忽然想起了前几个月给间瑛发的那封写着假地址的信："也不知道这封信他们接到没有？"

"怎么会接不到呢？"张学良劝夫人，"别难过了大姐，有我五妹妹怀曦照顾他们呢，不会有事儿的。"

"你应该知道怀曦是剑桥大学的高材生，再读两年她就毕业了，为了三个孩子让她放弃学业耽误前程，我这个当嫂子的将是终身遗憾。"

张学良无可奈何地打个咳声。

这时,刘乙光拿着一张报纸似笑非笑地走进来:"张副司令,你的爱将、67军的军长王以哲被杀了!"

张学良愕然一愣:"你说什么?王以哲被杀了!"

"是啊。"刘乙光虽然幸灾乐祸,却表现出一副同情的样子,"王以哲让一个叫孙鸣久的人打死了。可惜呀,太可惜了!"

张学良一把抓住他的前襟:"你是不是造谣啊?孙鸣久怎么会杀王以哲呢?这不可能不可能,绝对不可能!"

"不信你看看这张报纸吧。"刘乙光把一份《南京时报》递给张学良,转身离开。

张学良展开报纸,一目三行地看着。

原来,李志刚、鲍文樾回到西安以后,向杨虎城和东北军的主要将领传达了张学良的意见:"副司令说要以大局为重,只要老蒋抗日,副司令情愿继续坐牢。"王以哲是个以大局为重的人,他认为既然张学良把个人的安危置之度外,让他们尽力及早抗日,大家还是要按照副司令的意见行事。如果顶着蒋介石的甲、乙两个整军方案不动,势必让老蒋找到借口,抗日大计不知要拖到多久,为此他同意"小拆小卸"的甲方案。这样东北军和西北军17路军既没有调得太远,跟延安共产党的红军都保持了实力,就能很快地走向抗日的战场。以孙鸣久为首的几个人,早就误认为王以哲不忠于副司令张学良。张学良被蒋介石软禁,他毫不心疼,反而支持蒋介石那个阴谋拆散东北军的方案,是地地道道的投降派,骂他的良心叫狗吃了。

王以哲当然不服,孙鸣久顿时火冒三丈,两个人越吵越激烈,孙鸣久一怒之下开枪把王以哲打死。号称是关东铁骑的东北军,爆发了历史上绝无仅有的一场火拼。这震撼朝野的罪孽的一枪,把孙鸣久自己打蒙了,把东北军的军心打散了,把蒋介石打笑了,把张学良打倒了。

"啊。"张学良一声痛叫,仿佛是一道被掏空了墙根儿的大墙,晃了几晃趔趄着瘫倒在沙发上。

面对眼前的一切,于凤至的心似乎都要碎了。她已经回国半年多了,非但没能营救丈夫,还眼看着他被历史的风浪拍倒在床上。难道,面对着遥遥无期的自由就坐以待毙吗?看到面色苍白昏昏沉沉的丈夫,一种不肯认输的坚强信念激励着于凤至:"不,我一定要为汉卿争夺自由,为正义奔走呼号,不能让这颠倒历史的魔咒毁了汉卿的一生。"当天晚上,她在昏暗的灯光下用秃了尖的钢笔,几乎是蘸着泪水,又给宋美龄、宋子文写了一封求救信:"汉卿一股火病倒了,他不能就这么含冤蒙羞苟且偷生啊!姐姐、哥哥发发善心吧!救救你的小弟张汉卿……"

四

继1931年"九一八"日本入侵东三省之后,他们很快操纵了河北、山东、山西、察哈尔、绥远五省,搞所谓的华北自治运动(亦称华北事变),妄图使中国的华北五省脱离中国版图。1937年7月7日,日本军队在北平西南卢沟桥附近演习时,借口士兵失踪,随即向中国守军开枪,并炮轰宛平县城。第二十九军奋力抗战,从而爆发了震惊中外的卢沟桥事变。日本方面趁机发动进攻,大有一口吞并整个中国的态势。蒋介石一改往日"先安内,后攘外"的策略,以抗日战争发起者的姿态向全国发表讲话:"其实,我们的抗日战争准备已久。但是,有的人荒唐蛮干,在不合时宜的条件下盲目抗战,只能是以卵击石。现在,才是我们发起进攻的最佳时期。如果放弃尺寸土地,那就是中华民族的罪人!我们有决心把日本侵略者赶出中国!"他这讲话是话外有音,就是想告诉人们:前半年的西安事变只不过是场闹剧,他蒋介石才是领导抗日战争的先驱。真实目的是明确否定张学良在西安事变中推动中国抗日的历史功绩。

历史已经进入了拐点,蒋介石暂时放弃了先剿共的主张。中国共产党根据国共两党达成的协议,于1937年8月22日将中国工农红军改编成了国民革命军第八路军,大部队立即奔赴抗日前线英勇作战。另一方面,发动广大群众在敌后搞地雷战、地道战、闪电战、游击战,运用各种招法袭击日军。"风在吼,马在啸,黄河在咆哮""大刀向鬼子们的头上砍去"的战斗歌声此起彼伏,全中国掀起了全面抗日的新高潮。

战讯传到了雪窦寺,人们兴高采烈,斗志昂扬,喜庆的鞭炮足足响了一天。张学良、于凤至更是欢欣鼓舞,让杜尚臣买了一挂千头长鞭,张学良亲手点燃鞭炮。

当晚,在张学良的房间里,五个人开了一个庆祝会。

张学良用木棍做了一把剑,副官杜尚臣拉起胡琴伴奏,张学良激情满怀地唱了一段《穆桂英挂帅》:

猛听得,金鼓响,画角声震,

唤起我破天门壮志凌云。

想当年桃花马上威风凛凛，

敌血飞溅石榴裙。

有生之日责当尽，

寸土怎能够属于他人？

番王小丑何足论，

我一剑能挡百万的兵……

唱罢，张学良来个大转身猛劈一剑，把立在旁边的一个稻草人打倒在地，前来围观的特务们鼓掌，喝彩。

接着，于凤至满怀激情朗诵了一首岳飞的《满江红》：

怒发冲冠，凭栏处、潇潇雨歇。

抬望眼，仰天长啸，壮怀激烈。

三十功名尘与土，八千里路云和月。

莫等闲，白了少年头，空悲切。

靖康耻，犹未雪。

臣子恨，何时灭。

驾长车，踏破贺兰山缺。

壮志饥餐胡虏肉，笑谈渴饮匈奴血。

待从头、收拾旧山河，朝天阙。

围观的特务情不自禁地鼓掌："好……好……"

中国掀起全面抗战热潮，给张学良注入了一种气冲云霄的激情。几天来，他近乎彻夜无眠，甚至半夜叫醒于凤至，谈他的看法。在他看来，蒋介石下令全国抗战，这是对西安事变的肯定，也是对他张、杨二人逼蒋抗日的肯定，大敌当前，蒋介石再没有理由继续对他进行软禁了。

于凤至倒觉得事情没有那么简单，蒋介石究竟打什么算盘很难猜测。张学良想立即向蒋介石请战，于凤至认为不妨一试。

第二天，张学良给蒋介石拍了一份电报主动请缨，恳求批准他上前线参加抗战，哪怕是粉身碎骨马革裹尸，宁可战死在沙场，也要把日本人赶出中国。电报发出以后，张学良就像一个赶考的举子盼中状元那样踌躇满志。头发也理了，胡子也刮了，军服也洗了，觉得原来那个武装带有点陈旧，特派副官李英毅到小镇皮鞋店上了色涂了油。然而，张学良跃跃欲试地等了一个多月，他发出的请战书却如石沉大海。他急了:"老蒋为什么不让我参加抗战呢?"

一直对张学良"发电请缨"心存希望的于凤至,这时才看清事实:蒋介石虽然与共产党合作全面抗战,但是他对西安事变依然保持着否定的态度。这就表明:如今他开展全面抗战并不承认是西安事变的功劳,而是他蒋某人的整个战略部署,他才是抗战第一人,才是全面抗战的英雄。你张学良搞西安事变扣押领袖就是叛党乱政,如果让你参加抗战,那就是给你翻案,他怎么会放你呢?

张学良愤惑不解:"没想到老蒋铁石心肠,过去在南北统一、中原大战时我救过他的命,他都忘了,现在想把我一脚踩死呀!大姐,现在全国抗战正是我赎罪的时候啊!过去丢了东三省的张学良若还蹲在这个老山沟子里游山玩水,不能上前线,我死了都闭不上眼睛啊!"

于凤至想了一刹,提出了令人意外的想法:"我有个主意,把我舍出来扣在这儿当人质,换取你到前线抗日。"

于凤至这句话说得很轻,张学良听到的却仿佛是一声惊雷:"什么?你替代我当人质!"

"我的意思是让你参加抗日,我留在这里坐牢,等你们把日本鬼子打跑了,你平安地回来,他们再放开我。"

"大姐,你怎么想到这个主意?"

"我认为只有把我押在这儿,老蒋才有可能放你走啊!"

"要是我参加抗战两年不回来呢?"

"那我就等你两年。"

"我要是三年不回来呢?"

"那我就等你三年、五年、八年,宁可把牢底坐穿!"

张学良惊呆了!他抬眼百感交集地看着妻子,千言万语如鲠在喉。

"怎么啦?为什么不说话呀?"

"三个孩子在英国读书,你在这里替我坐牢,孩子怎么办?"

"三个孩子要是听说妈妈为爸爸能上前线抗日,替爸爸坐牢,他们一定会自强自立,等爸爸胜利归来!"

张学良胸中有股汪汪的热血冲涌,两眼盈满激越的泪光:"大姐,我怎么能自己出去,丢下你在这儿坐牢呢?不能啊,我宁可死在这里也不能丢下你呀!"

于凤至一脸真诚地拉住了张学良的手:"汉卿,你能出去抗战就是大好事,全国军民联合起来把日本鬼子打跑,你的家仇也报了,国恨也雪了,'九一八'的罪过也洗白了,你在全国人民的心目中就能彻底平反了。我就是把牢底坐穿了也值!"

张学良激动得一把抱住于凤至:"大姐……"这个五尺多高的关东汉子,紧紧搂着夫人热泪涌流……

五

这天,蒋介石和宋美龄在官邸后花园草坪上休息,蒋介石躺在靠椅上看着报纸。宋美龄手拿一束梅花走了过来:"达令,你最喜欢的梅花开了。"说着,把那束刚刚开放的梅花插进茶几上的花瓶里。

蒋介石依然默不作声地看着他的报纸。

"什么新闻,让你这样全神贯注啊?"

蒋介石缓缓坐起来,悻悻地丢下报纸:"共产党一开战就旗开得胜,山西平型关大战,林彪首战告捷。我们国民军第11路军东去的路上,却遭到日军袭击,死伤三百多人。娘希皮!"

宋美龄弦外有音地开启了一个话题:"看来,我们国军是缺少战将啊!"

"就是啊,我国军里要有几个朱德、林彪、彭德怀就好咧!"

宋美龄借机推荐张学良:"达令,张学良不是已经向你请战了吗? 现在是缺人的时候,为什么不派他上前线呢?"

"你又推荐那个小家伙?"

"他是东北人,过去跟日本人打过交道,可能知道日本人的软肋。"

蒋介石不悦地扫了她一眼:"你这是让我打自己的脸吗?"

宋美龄讪讪一笑:"我不明白达令的意思。"

"你这个聪明的女人脑袋里也缺少政治。"蒋介石指责地点了点宋美龄,索性说出了他内心的秘密:他之所以把抗战拖到7月开始,就是不想承认打日本人是他张学良西安事变逼出来的,抗日是国民革命军整个战略部署。如果把张学良放出来,让他上前线抗日,那不就是公开承认西安事变是对的,他扣押张学良是错的吗?

宋美龄觉得蒋介石说的话也不无道理,但是,她还是替张学良说话:"张学良在请战书里说了,抗战胜利了,他还自觉回到溪口中旅社反省自己呀!"

"这就很难说喽。"蒋介石缓缓地站起来,两手背到身后边走边教训宋美龄,"抗战胜利了,张学良也打了胜仗,那他可就是功臣了。我有什么理由继续让他反省啊？到了那个时候，我只能给他赔礼道歉咧！"

这时，戴笠手里拿着一份电报匆匆走上前来："委员长，张学良夫人于凤至的电报。"说着，把电报递给蒋介石。

蒋介石展开电报一看，顿时皱起眉头。

宋美龄关切地问："于凤至在电报里说些什么？"

"看看吧。"蒋介石把电报丢给宋美龄，"这个女人……可真不简单咧！"

宋美龄匆匆看了几眼，大吃一惊："她要做人质，替张学良坐牢？"

戴笠："是的，她在电报里说，请委员长批准张学良去抗战前线，她要做人质，代替张学良坐牢。"

蒋介石厌恶地弓了一下嘴角："过去我们都看走眼了，以为她是一个商家女儿，贤淑温顺很少是非。现在看这个女人柔里有刚、绵里藏针，居然用红布裹着尖刀逼向我的胸口，真是可怕哟！"

宋美龄又试探地问："你想用她做人质吗？"

"哼，用她做人质？那就是十足的傻瓜！"蒋介石仰起脸发出一阵冷森森的阴笑，"嗬嗬嗬……"他攥起拳头狠狠地敲在茶几上，命令道，"雨农，你告诉刘乙光，今后不但要严加管束张学良，对那个女人也要等同对待，绝不许他们有什么小动作，如果她不听话，立即把她赶走！"

六

坐谈竟夜，快慰平生。西安事变中的重要人物——中共领导人周恩来一直牵挂张学良的安危，正想办法秘密营救张学良。他千里奔波秘密来到南京大禹村一号，找到了民主人士阎宝航。阎宝航虽然是蒋介石、宋美龄提倡的"新生活运动"的总干事，但一直秘密与中共保持联系，当时在南京朝野很有人气。周恩来同阎宝航二人谈到凌晨，从抗日救国谈到如何营救张学良。周恩来说："张学良将军是东北军的主帅，也是东北军的主心骨。他失去自由，对东北军影响太大，我们必须竭尽全力营救张学良。"其实阎宝航也是辽宁人，年轻时是张学良的朋友。他根据周恩来的指示，带领几位进步人士去奉化面见蒋介石，请求释放张学良，却遭到了蒋介石的拒绝。

回来后，阎宝航立即在南京组织"促蒋救张"的大游行。强烈呼吁蒋介石释放张学良,团结一切爱国力量全面抗战。这股营救张学良的浪潮越掀越大,汹涌澎湃势不可挡,从南京到上海,从上海到武汉,几乎席卷全国大中城市。

示威游行越演越烈,搅得蒋介石心烦意乱,为了避开这股浪潮,他想去四川峨眉山上躲躲清静。

侍卫长王世和早就听说张学良从英国买来的一架容克飞机性能好、乘坐舒适,建议蒋介石乘坐容克飞机飞往四川。蒋介石当即命令王世和:通知笕桥航校校长冯克昌,令他们做好准备,提前试飞,后日飞往峨眉山。

冯克昌原是张学良的老部下,飞行技术过硬,与张学良关系密切,张学良通过宋子文把他安排在笕桥航校,先当副校长,后来又升为校长,对张学良感恩戴德。去年,张学良在西安逼蒋介石抗日,冯克昌非常赞成张学良的义举。后来,张学良被蒋介石送到奉化,冯克昌背地里骂老蒋背信弃义翻脸无情。如今,听说张学良请缨抗战老蒋不准,更让这个血性汉子义愤填膺。特别是最近的南京大游行牵动着笕桥航校,学校内"还张学良自由"的呼声很高。冯克昌一直暗自琢磨,能为张学良做些什么呢? 现在一个绝好的机会找上门来:蒋介石准备去四川峨眉,要提前试飞。他毅然决定用这架飞机营救张学良,先把他送到香港,然后再转移到东北军中。

驾驶这架容克飞机的飞行员是美国人白尔和赖顿,都是张学良通过伊雅阁从美国请来的,一直跟张学良交好。当年张学良乘坐这架容克飞机去南京送蒋介石时,就是他们两个人驾驶飞机。白尔曾经以朋友口气提醒过张学良:"副司令,别去了,我怕你回不来呀!"到南京三天以后,他们又目睹蒋介石的特务严密封锁北极阁,不让他们面见张学良,他们两个人对蒋介石更是愤怨有加。只不过他们与中国政府签订的工作合同还没到期,暂时还不能回国。当冯克昌把他们找到办公室,秘密地说出营救张学良的"远飞计划"时,三个人一拍即合:"好,一定救出张副司令!"

当天下午,王世和来到航校要亲自参加飞机试飞。冯克昌想救张学良,有意支开蒋介石这个大管家,故意吓唬他:"侍卫长,这架飞机已经闲了一年,第一次试飞要验证安全系数,万一真出现意外,侍卫长可不能追究我们的责任哪!"

一直声称愿为蒋委员长赴汤蹈火的王世和,真有危险才不想为蒋介石卖命,立即知难而退:"你们自己试吧。不过,正式飞行时一定要保证蒋总司令的安全。"

七

请缨不准，替夫坐牢无果，让一心抗战的张学良、于凤至充满压抑。不仅如此，过去特务队把监视的目光对准张学良，现在他们夫妻全变成了监视对象，而且盯得很紧，几乎是风声鹤唳、草木皆兵。只要于凤至出门，马上就有两个特务亦步亦趋地跟踪。于凤至有时与人闲聊，就会有特务在一旁监视。夜晚，张学良跟于凤至已经就寝，常有特务趴在窗外听声。这些特务就像长在于凤至身上的毒疮，洗不净，甩不掉，赶不走，让于凤至实在心烦无奈。为排泄心中的郁闷，她只好提起喷壶浇灌窗台上那棵杜鹃花，给它松土，消愁解闷。这棵从山下挖回来的杜鹃花，如今已经长出几片绿叶，喷水过后更加青翠欲滴。在这岗哨林立的"笼子"里，仿佛只有这棵生生不息的小花，能给她心中添上一抹生机与企盼。

张学良匆匆从旁边走来，惊异地招呼："大姐，快往外面看看。"

于凤至抬眼向外望去，只见一架银白色的飞机徐徐下降，缓缓降落在不远处的草坪上。她惊异地说："这是哪儿来的飞机呀？"

张学良仔细一看，认出来了："这架飞机很像我的那架容克飞机。"

"是你的那架容克飞机！是谁坐着你的飞机飞到这儿来了，难道是蒋先生？"

"蒋先生怎么能坐飞机到这里来？"张学良索性打开窗子看去，不禁惊呼："冯克昌！"

"就是原来东北空军办公室的那个冯大个子？"

冯克昌率领白尔、赖顿等刚刚走到大门口就被警戒的李木子拦住。冯克昌急中生智，称自己是航空大队的大队长，今天给蒋委员长试飞，可飞机飞到这里出现了点问题。因为这架飞机是张学良从英国买来的，他也亲自驾驶过，想问问他飞机出过什么毛病。

李木子似信非信。徐建业突然走过来黑着脸拒绝："不行，你们说是给委员长试飞的，谁信哪！再说了，就算你是试飞，凭什么要找张学良？走，跟我到传达室，我给委员长侍从室打电话，问问有没有这回事。"

白尔、赖顿和几个弟兄当时捏了一把汗，惊慌地看着冯克昌。

冯克昌虽然也有些着急，但他极力镇定："你问侍从室干吗？直接找委员长不就得了！"

徐建业又严肃地说："少废话，跟我进屋打电话。"

冯克昌迟疑了一下，随着徐建业走进传达室。徐建业抓起电话，接通南京侍从室，他问王世和是否有为蒋委员长试飞这件事。王世和说有，委员长要坐这架飞机，让航空大队试飞。冯克昌怕他再问下去出现破绽，走过去一把夺下电话，随机应变地说："侍卫长，我是冯克昌啊！飞机飞到溪口发现点故障，我们停下来检查一下飞机有没有什么问题。顺便到旅行社找张学良问问，这飞机过去有过什么故障……啊，啊……我明白，不用他们招待，我们检查一下飞机就走……对。"不等徐建业接听，他就放下电话，装腔作势地用大话压徐建业："你们听到了吧？王侍卫长还让你们招待我们，不过我们没时间吃，问问张学良就走。"

对待主子极其忠诚的徐建业，这时误认为他们真是蒋介石的亲信不敢阻拦，只好让他们进大楼面见张学良。

冯克昌、白尔、赖顿几个人来到张学良的房间。白尔、赖顿几个人在外边大声说话，假装闲扯家常。在嘈杂声的掩盖下走进里间的冯克昌与张学良、于凤至小声低语："副司令，我们几个人是来救你们的。飞机就在外边，赶快收拾收拾，跟我们走吧！"

日夜都想自由的张学良，这时候却有些迟疑："现在特务们就在门外，能走出去吗？"

冯克昌神情紧张地告诉张学良："在传达室我已经跟王世和通电话了，你就假装上飞机帮助我们挑毛病，上了飞机我们就走。"

张学良担心："这里有宪兵连，飞机要起飞，他们一定开枪射击。"

冯克昌连连摆手："飞机底座坚固，他们打不下来。"

这时，白尔快步走进屋来，慌张地催促张学良：特务们正在院中密谋什么，如果再耽误就走不出去了。冯克昌急不可待地拉了张学良一把，让他快走。可叹的是，一直向往自由的张学良，此时却很是固执。他一副光明磊落的样子："我张学良搞西安事变光明正大。当初我是拔着腰板进来的，要走我也得挺着胸膛出去。私自逃走那就是越狱，我不能干！"

"你这是愚忠！"于凤至急不择言地斥责张学良，"蒋介石背信弃义，把你的忠诚当成愚蠢，你来到南京不过三天就把你抓了，你对他们还讲什么人间道义，论什么光明磊落呀！既然克昌冒着这么大的危险接我们来了，我们赶快走吧！"

冯克昌催促道："夫人说得对，你跟蒋介石还讲什么道义，我这是代表东北军，代表正义前来救你,赶快收拾收拾跟我们走。"

门突然开了,徐建业铁青着脸子走进屋来:"冯校长,刚才王侍卫长又来电话,委员长有指示,命你们赶快回去。"

冯克昌、白尔、赖顿傻眼了,于凤至瞠目结舌,张学良也惊呆了!他们不知道这次营救哪里露了破绽,如果被蒋介石看破,也许马上就要大祸临头……

第二十四章

一

全民抗战如火如荼,抗日前线的战斗异常激烈。但是日本人的疯狂有增无减,他们占领平、津,进攻上海,还不时地派飞机到江浙一带轰炸,闹得人心惶惶。

蒋介石虽然没有完全识破冯克昌营救张学良的"远行计划",但从中他发现了危险信号:溪口并非张学良的安全囚禁地。张学良一旦回到东北军,那将是他蒋某人最大的威胁。考虑再三,蒋介石指示戴笠:以躲避战乱为名,让刘乙光把张学良押往黄山暂避一时。张学良、于凤至对于转移大惑不解,对蒋介石唯命是从的刘乙光强调:"这是上峰的命令,日本人已经进攻上海了! 无论如何我们也不能让你们挨炸呀! 走,必须走!"

第二天,几位副官把张学良、于凤至的行李装上了汽车。窗台上那棵象征着生命的小花,几乎就像于凤至的孩子,每天被倍加呵护。虽然徐建业不准她带,于凤至还是强行把它抱上了汽车。刘乙光带着他的特务队、宪兵连乘坐三辆卡车、两辆吉普,登上了曲折艰险颠簸的逃亡之路。

从浙江奉化到安徽黄山,要穿过整个浙江省地界。东西四百五十多公里,首先要通过浙东地区。这里丘陵起伏,道路崎岖,刚刚下了个山坡,又要爬一个高岗,而且都是荒路。于凤至从小就晕车,经过这七弯八拐的折腾,不禁一阵阵强烈反胃。

早有准备的张学良,赶紧拿出一个洗干净的生土豆,让于凤至啃嚼土豆止晕。第一天于凤至咬牙坚持,总算熬了过去。第二天车队走进浙江中部的通衢盆地,可能是前几天这里下过暴雨,泥泞低洼路后来经过烈日暴晒变成了"圪垃道"。路上坑坑洼洼十分难走,小汽车一摇三晃上下颠簸。啃土豆解晕的方法不管用了,于凤至手捂着前胸连连暴呕,吐得她翻江倒海口苦咽干。

张学良立即叫停了车,扶着于凤至走下车来。三位副官慌忙走过来关切地看着浑身软瘫的于凤至。从来都把于凤至看成是家乡亲人的杜尚臣要背于凤至行走,于凤至摆手拒绝。

杜尚臣心疼地说:"夫人,你都吐成这样了。从老家郑家屯那儿论你就是我的大姐,兄弟背大姐走路有啥不可以的?夫人,你就让我背着走吧!"

经过张学良一再劝说,于凤至这才趴在杜尚臣身上,杜尚臣步履蹒跚地随着汽车向前走去。于凤至还是第一次趴在一个跟自己没有一点血缘关系的男人身上。尽管杜尚臣也有一股男人那种咸叽叽的味道,可是他那粗壮的肩膀、宽阔的后背,却让于凤至感到有一种亲近和信任。五黄六月,天上的太阳毒辣辣地晒到人的身上,几乎让人冒油。暴晒了大半天的土地,热如烤箱,走在路上几乎都烫脚。杜尚臣走了一段路已是汗水淋漓,把于凤至的衣襟都浸湿了。于凤至再也趴不下去了,尽管杜尚臣不肯松手,她还是从杜尚臣身上滑了下来,接着又是一阵强烈的呕吐。

刘玉清、李英毅两位副官慌忙走过来,他们要求接替杜尚臣背于凤至,于凤至坚决不肯。特务张天石、陈尔东看着可怜巴巴的于凤至,不禁心生怜悯,赶紧上前劝说:"夫人,你要觉得背着不行,我们大伙抬着你走。不然,这样我们什么时候才能到黄山呢?"

于凤至刚强地说:"那我就上车。"

张学良:"你一上车就更吐了。"

"再吐也死不了人。"

张学良急赤白脸地埋怨夫人:"大姐,你已经是四个孩子的母亲了,害的什么羞啊?你要不让他们背着,我来背你走。"说着,上前去要背于凤至。

于凤至执拗不过,只好趴在刘玉清身上继续随车前行。

大约走了二里多路,前边出现了一个大水洼,混浊的泥水几乎没过了车轮。一见那混澄澄的泥水,趴在刘玉清身上的于凤至又开始呕吐,这一次呕吐比前一次重,吐出来的胃液差点喷在刘玉清的头上。刚刚过了水洼,于凤至便从刘玉清的后背滑下来,有气无力地瘫倒在地。

张学良再也忍不住了,冲着坐在车上的刘乙光大发雷霆:"刘乙光,你他妈的为什么这样折腾? 是不是要把我们两口子送进地狱啊!"

本来就一直憋着火气的徐建业跳下汽车,气势汹汹地向张学良奔去,被张天石一手拽住:"主任,张副司令火气正盛,我们又遇到这样难走的路,这时候别火上浇油了。"

刘乙光斥责地丢了徐建业一眼,走上前去嬉皮笑脸地说:"张副司令,你要是怕颠簸我背你走,行不?"

"你背我走? 你个国军的少校背我,我劳不起你的大驾呀!"张学良依然火气十足地喊叫,"路这么不好走,我们就不能歇歇吗? 干什么这样拼命啊! 把我们折腾死了,你这个小鬼想找阎王爷报功领赏是怎么的?"

"看你这话说哪去了啊?"刘乙光顺情说好话,"那好,我们就听张副司令的,找个地方歇歇,歇好了再走。"他朝着司机下达命令,"过了大水洼,找个有树荫凉快的地方停车,铺上垫子,让张副司令和夫人躺一会儿……"

二

最近,蒋介石的心情并不太好。国民革命军发起了第一个抗日大战——淞沪会战。这场战役一直打了三个月,而且打得是空前惨烈,最后没能打过日军的二十多万人,不仅丢了上海,南京也陷落,国民政府不得不迁都重庆。这时,他才感到:麾下将领并非都是他的铁杆儿,国防部部长何应钦跟他同朝异梦,白崇禧、李宗仁更是离心离德,老西子阎锡山竟是阳奉阴违,冯玉祥更是想看他的笑话。除了陈诚、卫立煌,他也难再找出能征惯战的干将。

过去,每到时局变换的历史拐点,蒋介石都找几个通晓历史、善于析古论今的大师,开个咨询会,听听意见,借以提高领袖威望。为此他让国民党中央秘书长张群找一位大师,要当面请教。

其实,张群一直为不能解救张学良而发愁。接到于凤至和张学良写给他的信后,张群也曾想过跟蒋介石求情,可是话还没有完全说出来,就被蒋介石堵住了嘴:"张学良的事情还是免谈吧!"如果张群不知进退,还硬着头皮说这件事情,只能是自撞南墙,失去蒋介石的信任。现在机会来了,何不请那位对张学良颇有好感的资深历史学家——刘则天,趁机说服蒋介石让张学良出山?

刘则天是川渝七贤之首，早年参加孙中山的同盟会，后弃政从文，专于史学。他懂《易经》，善五行，长预测，上晓天文，下知地理，学富五车。不过，此人性情傲慢，我行我素。虽然"九一八"之后，他也骂过张学良是熊蛋、懦夫，但在西安事变后，他又改变了对张的看法，认为国难之时他敢扣押全国领袖逼蒋抗日，可称得是爱国将军。

这天，蒋介石在重庆南山云岫楼举行咨询会，除了刘则天，还有中央秘书长张群，行政院长孔祥熙、宋子文等政要。

蒋介石首先客气地来个开场白："则天大师通晓古今，熟谙时事，又可以预知未来，今天请你来研讨一下战争形势。目前，抗日战争已处于胶着状态。淞沪会战之后，中日又连打了几仗，我方并未获得大胜，想听听先生的看法，望多多指教。"

刘则天并不客气，张开嘴巴就无所顾忌地讲了起来。他从共产党抗日的连连告捷，讲到国军淞沪会战的失败，从国军的战败讲到战略失策："国军的淞沪会战打了一百来天，结果是丢盔卸甲，死伤惨重，就是所谓的抗战八百壮士，最后也落到了英租界的孤军营。战败的关键问题，就是缺少能征惯战的大将。"

蒋介石问："刘先生，你看何人还能够扛起抗日大旗，消灭日寇呢？"

刘则天借题发挥，从历史的角度大谈北方出身的几位历史巨人。辽代契丹王朝出了个辽太祖耶律阿保机，这位神勇皇帝，原来就是个部落首领，后来他统一八个部落，建成契丹帝国。这个游牧民族，凭着大漠铁骑，东吞渤海国，西打吐谷浑，称霸北方。金太祖完颜阿骨打与他的后人，凭借着勇猛彪悍，以风卷残云之势打到黄河，掠走了宋朝的钦、徽二位皇帝。最后他明确提醒蒋介石：历史上战争巨人大部分来自中国北方。

明察秋毫的蒋介石这才发觉刘则天要唱的是哪出戏，他后悔今天不该请这位政治狂人，可是又无法休会，只是冷冷地说："刘先生，我知道你今天要推荐的是什么人了……"

刘则天却毫不隐讳地趁机大肆吹捧张学良："张学良虽然还不是一个伟大的战略家，也没有气吞山河之勇，可是他有得天独厚的优势。他有父亲张作霖在东北经营了二十多年的底子，东北军装备成的海陆空三军，处于全国领先地位，中国的第一艘巡洋舰就是东北军打造的，东北的兵工厂是他首开先河。是他凭借关东铁骑在中原大战伸出援手，不然，你蒋委员长也不一定有今天。更重要的是他熟知东北的山形地貌，了解日本人在东北的弱点和软肋。如果将他派回东北军兜鬼子的后路，我军南北夹击，日本人必然遭到灭顶之灾，抗日的胜利指日可待！"

蒋介石厉声驳斥："可他却被法庭判了十年徒刑,后来是我特赦才改成严加管束,一个服刑的罪人怎能领兵上阵?"

刘则天索性一针见血："委员长,虽然张学良西安事变中扣押您,确实是个大过。不过,他事后不顾亲友劝阻,力排众议护送您回南京,这可谓肝胆相照啊! 这样一个有血性的汉子,为什么流放他乡不让他为国出力呢? 现在是国家用人之际,如果你能高抬贵手让他领兵抗日,张学良一辈子都会臣服在你的麾下,肝脑涂地,在所不惜。"

蒋介石愤怒地一拍桌子："休会,送客!"

宋子文几个人都慌了："委员长。"

张群赶紧走过去,拉了刘则天一把："刘先生,我们先走吧。"

"不,我最后再告诫蒋委员长一句。"刘则天咆哮得像一头雄狮,"委员长你就是割了我的脑袋,我也要说。如果继续独断专行,十年以后你将被赶出中国!"

蒋介石恶狠狠地猛劲一划拉,桌子上的杯盘茶壶"哗啦啦"掉在地上摔个粉碎。

三

张学良、于凤至被刘乙光的特务队"押"到黄山已经一个多月了,由于一路颠簸,曾经呼奴唤婢的大家闺秀于凤至,经不起这番折腾,病恹恹地躺在床上。刘乙光派人到小镇里请来一位老中医,经过诊断认为于凤至是由于一路颠簸发生暴吐,伤及肠胃,当即给开了三服汤药,劝她好好静养。

过去,都是于凤至照顾张学良,这回轮到张学良照顾于凤至了。尽管有三位副官轮流换班煎汤熬药,守在床前的张学良仍是不放心,亲自给于凤至端茶倒水,洗手擦脸,无微不至。

过了一段时间,于凤至的身体还没有完全好转。刘乙光匆匆走进房来,神色阴沉地告诉张学良:"张副司令,据可靠情报,日本人可能要轰炸黄山。为了保护您的安全,戴局长指示我们,要转移到江西萍乡。"

张学良顿时火冒三丈:"我夫人被你们折腾得大病一场,如今稍有好转,又要转移,她能走得动吗? 不走,日本鬼子要是来了,我正好跟他们拼了!"

刘乙光那张滑稽的脸就像变色龙,方才还一脸严肃,顿时又变成了一副笑容:"张副司令,你这不是说气话吗? 就你们几位人马刀枪,能顶住日本人哪? 我知道夫人晕车,今天我特意买了一副滑竿,让兄弟们轮班抬着走。"说着,他向外叫了一声,"抬进来。"

话音刚落,张天石、陈尔东两个人抬着一副铺着棉被的滑竿走进屋来。

刘乙光皮笑肉不笑地说:"你看这副滑竿上还铺着厚被呢!夫人躺在上面会很舒服的。"

张学良看了一眼放在地上的滑竿:"从黄山到江西萍乡几百里的路呢,怎么抬呀?"

张天石安慰张学良:"副总司令,这事你就别担心了。我们特务连、宪兵队有一百多号人,我们换着班儿抬,没问题。"

陈尔东也随声附和:"就是路再难走,我们也会安全地抬着夫人走到目的地。"

一直对他们夫妻横眉冷对的特务,宁可抬着于凤至也要转移,肯定是非走不可了。于凤至强撑着身子挣扎着坐了起来,有气无力地说:"汉卿,这是上峰的命令,刘主任也不敢违抗,要走就走吧……"

"你的病还没好呢!"

"我死不了。"于凤至刚强地挺起身,"我不用你们抬,还是坐车走。"

刘乙光恭维地一笑:"夫人不愧是张大帅府走出来的人!"

于凤至刚强地沉沉一笑:"你说错了,我这是可怜你们。我要是不走,万一发生什么意外,恐怕你的饭碗就丢了吧?"

刘乙光被于凤至这番话噎住了,抬起眼睛看看这个身体柔弱,目光却炯炯有神的将军夫人,不禁暗自叹道:"她真不是一般的女人……"

于凤至舒了一口气,穿鞋下地:"既然要走咱们就走,我不用抬。别说是坐车,就是爬我也能爬到萍乡,只希望你们今后对我们别那么刻薄。其实,汉卿搞西安事变没有错,不然,蒋先生能这么快就下令抗日吗?"

刘乙光只好点头咧嘴一笑……

第二天一早,杜尚臣、刘玉清、李英毅三个副官也把行李搬上了车。徐建业还是不让于凤至带着那盆小花,于凤至毫不退让:"这棵杜鹃是我从石头之下挖出来的,如今把它养大了,就像是我的生命,我必须带它走。"她推开阻拦的徐建业,硬是把花盆搬到了车上。

车队害怕路上遇见日本鬼子,不敢明目张胆地走大路,只能沿着荒无人烟的山路绕道前行……

红日西坠,暮色四合,远山近岭渐渐模糊。颠簸了一天的车队,走进了一个山沟里的小村。这是一个只有几户人家的贫穷村落,大部分房子是残墙断壁、茅庐草舍,缺窗少门,只有西头一家比较富裕,除了上房还有个厢房。刘乙光不敢再慢待,把张氏夫妇安排到这家的西厢房里。

房间不大,墙皮斑驳,有的露出了一块块土坯,炕上铺着一张苇席。昏暗的油灯忽闪忽闪的,使得本来就破旧的屋子更加丑陋不堪。张学良、于凤至经过一整天的颠簸太累了,简单地吃了点东西便躺下休息。

外边,无孔不入的晚风吹进破窗户,发出一阵刺耳的尖叫,使人感到凉飕飕的,心生恐惧。张学良拿起了军大衣盖在于凤至的被上。

尽管外边狂风大呼小叫地吹打纸窗,由于过度疲劳,于凤至还是睡着了。时至半夜,突然屋子一角发出了一声凄厉的尖叫。一只老猫叼着一只"吱吱哇哇"的老鼠跳到炕上,它在跳跃过程中不慎松了一下口,那只被咬的老鼠趁机逃跑,"刺棱"一下钻进了于凤至的被窝。

老猫追逐着血糊淋刺的老鼠,老鼠惊恐万状地在被窝里乱窜。

两个人都被惊醒。张学良赶紧划火点亮了油灯,掀起被子一看,褥子上染上了一条条肮脏的血迹,于凤至吓得抖成一团。老猫猛地扑过去,在枕头底下掏出了那只老鼠,一口咬住跳到地上。

张学良厌恶地把于凤至用的那条被子丢在地上,指着自己的被子说:"大姐,你用我的被子吧!"

于凤至依然惊恐地抱着头:"可吓死我了,还能睡得着吗?"

张学良歉疚地打个咳声:"都是我连累了你。要不然,你怎么会跟着我受这样的罪呢!"

于凤至苦笑道:"都怪你,当初你嫌我岁数大,长得又不洋气,干啥还要娶我呢?既然你娶了我,咱们就是一条船上的人,就应该有福同享,有难同当,风雨同舟。过去你打腰提气的时候,我也风光过嘛!"

"可现在……"

"祸兮福所倚,福兮祸所伏。今天受罪,也许明天就会得福了呢!"

张学良苦楚地哀叹……

第二天凌晨,远处突然爆发一阵枪声,接着有人急促地敲门,张学良一骨碌爬起来,急忙问什么事。外面敲门的张天石告诉张学良:"日本人在北边与我军交火了,我们必须快走。"

折腾了半宿的于凤至浑身倦怠,迷迷瞪瞪,眼睛还没有睁开,为了逃避战乱,只能是以惊人的毅力支撑起来,随着张学良爬上汽车。

押送张学良的神秘车队避开大路,沿着荒路奔往江西萍乡。车队很快进入了悬崖险峻的黑鹰山。山上怪石断壁,峻峰悬崖,鬼影幢幢,远处时而传来一两声野狼的嚎叫,时而响起山鹰的哀鸣,那犀利的怪叫令人毛骨悚然。

中午时分车队来到萍乡,张学良夫妇被安排在一个叫"绛园"的二层小楼上居住。这个住所是萍乡知名人士肖均绛自建的公馆,所以叫绛园。房子虽然只有五百多平方米,但它依山傍水,环境清雅,仿佛就是一处世外桃源。由于房间不多,这里只住着张学良夫妇和三个副官,还有刘乙光和他的特务队。徐建业和宪兵连只好住在远离这里二百米之外的一座小白楼里。这时,于凤至才发现,她那棵养了一年多的杜鹃花,不知什么原因已经夭折。一看那残枝败叶,心里顿时涌上了一阵酸楚。这是他们夫妻经过十几个月精心养护的杜鹃啊!如今已经根粗枝壮,竟然不幸在这场逃亡中夭折了。

刚刚安稳下来,于凤至便拿起一把铁锹与张学良到山坡上"葬花"。于凤至触景生情,信手拈来,吟了一首《葬花吟》:

> 花飞花落飞满天,
> 萋萋残花有谁怜。
> 枝枯叶烂心不死,
> 只盼土下有春天。

于凤至惆怅地叹息一声:"脆弱的生命,但愿你能重新生根发芽……"

张学良一脸酸楚:"有春天? 我们已经被老蒋幽禁两年多了,依然是暗无天日,春天何在?"

"汉卿,你应该相信正义就是春天。我父亲常说一句话,从黑夜往前走,未来就是亮天,太阳一定能出来。"

"等不及了呀! 真盼望这个时刻快快到来,我要参加抗战,早点儿把日本鬼子赶出中国!"

四

　　张学良、于凤至在转移的路上一个险情接着一个险情，远离他们的赵一荻日子更不好过，自从她离开南京以后，先是回娘家住了一段时间。后来日军大举入侵华北，天津不保。她担心殃及她和孩子闾琳，便领着保姆吴妈和闾琳转移到了香港，在新天街永兴里租了一套房子住了下来。刚刚安顿下来不久，闾琳就患了大叶肺炎，她带着孩子跑医院看医生忙活了几个月。闾琳的病情刚有好转，她本人又得了胃病，看病调养一折腾又是半年。原本一个如花似玉的妙龄少妇，被历史的风暴无情地抽打，如今已失去往昔的稚嫩和纯秀，乌黑的头发添了几根银丝，目光里含着消不去的惆怅，往日里那碧玉一般的天津美女，变成了一个神情憔悴的愁妇。世界上的女人，有的为权力而屈服，有的为金钱而倾倒，有的为事业而献身，赵一荻追求的却是一个"情"字。为了情，她不顾父亲与其断绝关系，冲破世俗的禁锢；为了情，她义无反顾地到沈阳去找张学良。如今，她那颗痴痴的爱心，没有因为张学良变成阶下囚而有一丝一毫的降温，她时刻都在想解救张学良。怎奈，一个柔弱女人，置身香港，人单势孤，有何德何能把已经掉进苦海的男人拉上岸来呢？只好把一切希望都寄托在上苍。每礼拜她都会到香港鱿鱼湾基督教会忠爱堂，为张学良祈祷平安。她只相信一句话，心诚则灵。

　　这天，赵一荻的父亲赵庆华来香港送三儿子赵强生上学，其实也是特意来看看女儿。当年，赵庆华跟女儿赵一荻断绝父女关系也是出于无奈。在他看来：女儿赵一荻追求的这个东北少帅，是个出了名的花花公子，他跟赵一荻的奇缘也许是一时的风花雪月，所以，才顺水推舟，来了一个赶鸭子上架的"声明"，目的是逼张学良就范。赵一荻后来理解了父亲的良苦用心，非但没有责怪，反而感谢老爹爹假戏真做，夯实了她与张学良的美好姻缘。

　　赵庆华看见一脸憔悴的女儿，顿时百感交集，父女相拥而泣。坐下来之后，赵一荻开口问父亲知不知道张学良的下落。赵庆华告诉女儿，由于战乱，浙江这个地方已经不安全了。据说，张学良被保密局从奉化送到了江西，具体在什么地方无从知晓。赵一荻听说张学良西行逃难，心里更加难过。又问父亲："爸爸，我身在香港，孩子小出不去。能不能打听打听汉卿究竟在哪儿，我去不了写封信也好嘛！"

　　赵庆华告诉女儿："前几个月我打听了，都说不知道。后来我又求人询问戴笠，戴笠说,为了保证汉卿的安全,现在很难说到了什么地方落脚,必须看看形势再定。"

赵一荻抹着眼泪:"这样下去何时是了啊,再不你就把孩子领回去,我去找他们。"

赵庆华叹息道:"你连他在哪儿都不知道,上哪儿去找啊?我回去到南京找找宋子文,让他打听打听再说。"

当晚赵一荻给宋子文写了一封非常特别的信,信皮儿上是宋子文先生亲收,信纸上只字未写,只有赵一荻的几滴泪痕。

赵庆华从香港回来,第一站来到南京。当时日本人已经占领南京,国民政府已经迁都重庆,赵庆华又转到重庆,找到宋子文。宋子文一看那封无字的信,心中泛起无限苦楚。虽然是一张白纸只有几滴眼泪,却胜过千言万语。它是赵一荻的控诉、抱怨、苦求,仿佛一颗炭火烫着他那愧疚的心。宋子文作为西安事变时释放蒋介石的调停人,张学良去往南京的保证人,至今非但没有救出张学良,甚至连张学良在哪里都说不清楚,他确实无法回答赵一荻的询问。

赵庆华说:"一荻知道你为了救汉卿费了不少心思,她很想知道汉卿现在在什么地方,还给他写了一封信,请你想法转给汉卿。"说着把信递给宋子文。

宋子文接过那封信,一脸惭愧地说:"赵部长,你放心,我一定能打听到汉卿在什么地方,想法把这封信转给他。你告诉一荻,我宋子文对不起汉卿,也对不起她。"

五

1938 年 4 月 29 日,日本侵略者为庆祝裕仁天皇天长节,动用了五十四架飞机轰炸湖北武汉,战争已经波及湖北、四川、江西。为了躲避战祸,根据戴笠的指示,刘乙光不得不再次押着张学良离开萍乡,经过苏仙岭前往湖南沅陵凤凰山下落脚。刘乙光事先派徐建业到沅陵凤凰山,把一个闲置多年、蛛网密布、灰尘满面的凤凰寺进行了一番清理修整。几天之后,疲惫不堪的于凤至和张学良住进了凤凰寺中粉刷一新的御皇楼,张学良夫妻住在楼上,三个副官住在楼下。

昔日香火缭绕的凤凰寺,如今萧条冷落,已经断了香火。大殿墙皮脱落,红柱斑驳。张学良担心过去生于闺院、习惯了鸟语花香的于凤至,看不了寺内的金刚罗汉。他想找刘乙光改换个地方,被于凤至劝阻:"现在我们每天面对的都是牛鬼蛇神,一些泥胎有什么可怕的。"

"你真的不害怕?"

于凤至一语双关:"看惯了,就不怕了。我们得学会跟牛鬼蛇神打交道,应该知道怎么对付他们,不能被牛鬼蛇神吓倒。"

"对,我们得想法对付牛鬼蛇神。"张学良领悟地笑了笑。

凤凰寺这个地方,虽然是荒山僻岭,地广人稀,但也得天独厚,景色非凡。凤凰寺后边背倚青山,前边三面临江,不远处的沅江,没有湍急的水流,又没有渔民狂捕滥捞,所以鱼类丰富鱼群密集。这里流传的一个民谣是:"沅江的水,天上的河,鱼儿要比星星多,闭着眼睛下水去,帽兜也能把鱼捉。"

刘乙光为了稳住张学良,特意雇了一个有经验的渔民陪张学良钓鱼。这里钓鱼都得用串钩,将六七只鱼钩系在一条鱼线下,一次可钓几条鱼。张学良郁闷已久,被这个渔民打开了心扉。他就像小时候喜欢爬大树掏老鸹窝那样,恋上了钓鱼,每天都坐着小船到江里去钓鱼。这一天,不知是他幸运还是鱼儿倒霉,仅一个上午就钓了百十条鱼。其中一条大鱼足有八斤。正好传来喜报:国军第一兵团,在万家岭消灭了日军的106师,打死打伤了三千多日军。为了庆贺万家岭大捷,刘乙光特意摆了一席鱼宴,也是对一直西迁的特务进行犒劳慰问。

张学良听说国军打了胜仗,特意让杜尚臣买了几挂鞭,放响庆祝。

晚上张学良喝多了,回到房间倒头就睡。不知道是一路逃难的压力,还是丈夫自由无期带来了苦恼,夜里,于凤至突然觉得乳房疼痛,而且痛得她睡不着觉。夜深了,睡在一旁床上的丈夫响起轻微的鼾声,她悄悄地爬了起来,走到窗前望着迷茫的天空。

天上一片乌云吞噬了圆圆的月亮,大地显得更加昏暗。一会儿,乌云退去,万里苍穹一片清辉。天上的星星犹如数不尽的银钉,密密麻麻地钉在灰色的天空之上,忽闪忽闪地眨着眼睛,好像在鸟瞰人间的善恶。

于凤至忽然想起了小的时候,母亲对她讲的一段神话:世上的每个人都是星辰转世,去世以后就会回到天上的那个星座。做的好事越多,那个星座就会越亮。于凤至迷茫地想着:"哪颗星星是汉卿?哪颗星星是我呢?我这半辈子经历了这么多苦难,做了那么多善事,死了以后一定能回到天上那个星座,也会更明亮。"

突然,从东南天上飞过来一颗流星,在夜空中画出一条弧线,然后消失在遥远的西北天边。

于凤至想起了母亲的另一句话:"流星就是犯了罪的星辰,被天神打下来让它落在世上消失。"她心里闪出奇怪而又悲观的念头,"我这一辈子,净做好事没做什么坏事啊,我跟汉卿虽然杀过杨宇霆、常荫槐,那也是为了东三省不分裂。天神哪,千万别让我变成流星啊!我的丈夫还在幽禁当中,我的三个孩子背井离乡还在英国读书,再给我十年,不,再给我二十年的时间吧!等汉卿自由了,三个孩子长大成人了,再让我陨落吧……"想到这里,她心里不禁一阵酸楚。

忽然,庙外的远处出现了一道亮光,犹如一个幽灵在黑暗中向前飘动,而且越来越近,渐渐来到庙前。

于凤至害怕了,走过去招呼张学良:"汉卿,快起来,快起来。"

张学良懵懵懂懂中翻了个身,又倒头睡去。

其实,那飘过来的不是什么火光,而是湘西一带的赶尸匠。领头的赶尸匠穿着道袍,提着一只灯笼,在前面引路,后边跟着能走路的七个"活尸"。他们头戴斗笠,脸罩神符,胳膊被麻绳连在一起,一个人跟着一个人,提线木偶似的踽踽前行。另一个赶尸匠手提鞭子跟在最后边,煞有介事,像在赶尸。气氛阴森诡异,令人恐惧。

赶尸匠们刚刚走到凤凰寺门前不远处,陈尔东等几个站岗的军警立即上前将他们拦住:"站住。"

赶尸匠的头人走过来躬身施礼:"军爷,我们是湘西的赶尸人,泸溪有几个当兵的在湖北万家岭战役中被日本人打死,我们受他们家人的委托,从万家岭把他们的尸体赶回故里。"

陈尔东惊惧地:"你们是赶尸匠?"

"是啊。"赶尸队头头恳求道,"军爷可能不知道,赶尸只能是在夜间走路,白天休息。现在天快亮了,我们想在大庙里休息一天,明晚再走。死者为尊,请放我们进去。"

"不行。"陈尔东一口拒绝,"这个大庙谁也不能住,赶快走。"

"官爷,我们只住一个白天,晚上就走。官爷,行行方便吧。"

陈尔东手持长枪厉声斥道:"少啰唆,快走,你们再不走,我们就不客气了。"

突然,那几个用麻绳牵着的死尸"诈尸"了。他们迅雷不及掩耳地扑过来,一把抓住陈尔东和两个军警用两手向脸上一捂,几个特务便中毒似的晕倒在地上。

趴在窗前的于凤至一看这些人已经把两个特务打倒,惶恐地招呼张学良:"汉卿快起来,来了一伙杀人的狂徒,快起来!"

已经被唤醒的张学良赶紧走到窗前,惊恐地向外看去。

这时,几个"诈尸"的人伸手捡起了陈尔东几个特务丢下的枪支,持枪向院里扑来……

于凤至不知道这伙人是抢劫财物的土匪,还是杀人越货的狂徒,或者是日本人,就是来杀张学良的。由于过度紧张,一时不知所措:"汉卿怎么办?是不是赶快招呼招呼刘乙光啊!"

第二十五章

一

星夜,歹徒扮成赶尸匠偷袭凤凰寺,被于凤至发现,紧急中,张学良找刘乙光报信儿转身要走。于凤至一把就拉住张学良:"来不及了。"她急中生智顺手从床底下拿出昨天剩下的一挂鞭炮,"快点着它报警吧!"

张学良赶紧划火点燃鞭炮,麻利地从窗户向院中扔出去。一时间鞭炮炸响,星火乱飞,把沉睡中的军警惊醒。手持枪支的刘乙光及二十几个特务慌慌张张地从楼里跑了出来:"怎么回事儿? 是谁放的鞭?""出什么事儿了?"

张学良疾声大喊:"有坏人把站岗的人打倒了,把枪抢走了,快追呀!"

于凤至也随之大喊:"他们往西边跑了,赶紧去追!"

刘乙光率队急匆匆跑出大门,飞步向西追去。当时的鞭炮声也把住在不远处小白楼里的宪兵惊醒,歹徒们刚刚跑到十字路口,就被徐建业领着宪兵迎面截住。后边刘乙光率人追了上来,前后两面夹击,这伙歹徒走投无路乖乖就擒。

经过审讯才知道,原来,湘西一带,从清朝以来就匪祸连连。如今,日本人进攻湖北,战火波及湖南,一些惯匪借机打家劫舍,杀人越货。一个叫小白龙的土匪绺子,听说凤凰寺这里有带枪的黑狗仔(当地人管军警都叫黑狗仔)。白天他们不敢来,便在夜晚化装前来偷袭,企图抢夺枪支。

事情过后,刘乙光真有点儿后怕,如果这次不是于凤至、张学良及时放鞭报警,说不定要酿成大祸。他们特务队玩忽职守,饮酒作乐,岗哨遭袭,枪支被夺走,军统局戴笠局长知道轻饶不了他,多亏张氏夫妇救了一把,才使他免受了一场处分。

张学良担惊受怕地折腾了半宿,直到天亮也没睡着,第二天为了放松心情,二人来到了凤凰山散心。

凤凰山是湘西的一座奇山,它北临沅水,山崖陡峭,东南群山连绵,奇特的山体貌似凤凰展翅,因而得名凤凰山。凤凰山顶有个揽山亭,飞檐斗拱气势不凡。周围古木参天云雾缭绕,环境清雅宛若仙境。

张学良、于凤至来到揽山亭,落座在一块大石头上,欣赏着青山松岭雾霭霞光,顿觉满眼生辉。张学良望着这奇山幽景,感叹地吟了一首小诗:

卿名凤至不一般,

凤至落到凤凰山。

深山古刹多梵语,

别有天地在人间。

于凤至觉得这时应该让丈夫振作精神,坚强地活下去,随即也吟了一首诗:

正襟危坐待天光,

两鬓依然尽是霜。

愿作须臾阶下鬼,

何妨慷慨殿中狂。

凭加谤辱神不变,

旋与衣冠语盖庄。

莫笑老夫轻一死,

汉卿留取姓名香。

然后,二人拿起铁铲,在揽山亭旁栽下了一棵湖南有名的五角枫。

这时,刘乙光满脸挂笑地来到跟前:"夫人、张副司令,昨夜多亏你们二位救了乙光一把,我真的不知道该怎么感谢你们才是哟!"

张学良半开玩笑地说:"你要感谢?好啊!那就把我放了吧。"

"哎哟,我的张副司令啊!我就是有两个脑袋也不敢放了你呀!"刘乙光苦笑着说,"不过,我真的感谢你们二位。是你们急智示警,我们才能及时地赶出来抓住这伙土匪,要不然可坏了大事了。夫人,你想吃天鹅肉,我派人给你抓去;就是想吃老虎眼睛,我也找人给你抠去,我一定要好好地感谢你们。"

于凤至沉沉一笑:"刘主任,大是大非我们分得清。虽然你对我们管束得严厉,不过也是执行上峰的命令。那几个歹徒打昏岗哨,抢夺枪支,实属大逆不道,我怎么能容忍这些坏人呢!"

"夫人真是品德高尚啊!"

"你要感谢那就不必了,只希望你今后对汉卿能宽厚一点,给他一些自由。"

"好,凡是兄弟能做到的,我一定做到。"刘乙光又征求意见说,"不过,你二位总得让我表示一下呀!"

张学良说:"刘乙光,这笔账先欠着吧!以后有你还人情的时候。"

"行,老弟日后一定报答。"刘乙光还是第一次毕恭毕敬地给张学良、于凤至行了一个军礼。

从那天起,一种从未有过的和谐气氛出现了。刘乙光偷偷放宽了对张学良的限制,除了让张学良在凤凰山游览之外,还破天荒地用两个排的宪兵保护张学良,坐车来到芷江岸边侗族聚居地——风雨桥游览观光。

刘乙光担心发生意外,把桥上的客人全部赶走,风雨桥上只剩下张学良夫妇和三位副官以及随他们来的军警。

侗族是个重礼仪讲文明的少数民族。侗族的风雨桥既是过河的木桥,也是过路人休息纳凉的歇脚亭。桥下有一口大缸,里边盛满清水,还有几把木瓢,路过的人渴了,可以随便畅饮。桥头上挂着一把把雨伞,下雨天,路过的人不用给钱就可以打伞继续赶路。桥柱上挂着一双双新编的草鞋,路过的人要是鞋子破了,可随便穿上新编的草鞋奔走他乡。

张学良夫妇第一次看到侗族社会的文明与和谐,兴奋得眉飞色舞。三位副官以及随来的军警,有的打起雨伞,有的穿上草鞋,有的人本来不渴,也用木瓢舀了半瓢清水,"咕嘟嘟"地喝上几口,真正品味到在侗乡生活的爽心畅快。

忽然,不远处传来了女人的歌声。于凤至、张学良等人举目望去,只见不远处的吊脚楼下,有一群头戴银饰身穿织锦的侗族姑娘,用六声部合唱一首名为《春蝉之歌》的侗族大歌。尽管没有指挥,没有伴奏,她们的六个声部却是那么井然有序,节奏分明,柔美动听:

> 凡凡张卡,尧多美嘎,
>
> 伦朗塞孝听,多嘎伦朗塞孝敢中卡嘛,
>
> 郎朗朗里郎朗朗里,郎朗朗里郎朗朗……

透各三月伦朗申,吊曼亮板。

伦朗当申听又对嘛,郎朗朗里郎朗朗……

看惯了东北蹦蹦戏的于凤至、张学良还是头一次领略侗族姑娘的这种出奇的音乐风采。于凤至喜出望外:"刘主任,能不能把她们请过来,让我们好好欣赏欣赏啊。"

"行。"刘乙光刚要派人去请,忽然,远处传来一阵急促的枪声。

徐建业慌张地跑来:"刘主任,一定又是土匪抢劫,我们快走吧!"

"快走!"

就这样,于凤至带着兴犹未尽的遗憾,坐车离开了风雨桥。车队走出挺远了,她还回头看着那些惶惶散去的侗族姑娘,仿佛刚才那极具特色的歌声,还在她耳边萦绕……

二

1939 年秋季,全球性战争的旋风越刮越激烈,无比疯狂。以纳粹德国、日本、意大利王国的三个法西斯轴心国为主体,联合匈牙利、保加利亚、罗马尼亚王国等仆从国家为一方;以美利坚合众国、苏维埃社会主义共和国、英吉利大不列颠爱尔兰联合王国、中华民国为另一方的全球性大规模战争——第二次世界大战越演越烈。从大西洋到太平洋,先后有六十一个国家和地区二十亿以上的人口,卷入了这场万恶的战争。规模之大,战斗之惨烈,历史之罕见。纳粹德国启动五十架飞机,动用了飞行炸弹,对英国昼夜进行轮番轰炸,英国伦敦成了第二次世界大战的重灾区。市民们心惊胆战寝食不安,为了避免被炸死,不得不在家附近挖起防空洞,一旦听到城市警报,他们就捂着脑袋奔走呼号地钻进防空洞避难。

这时,已经被调到国防部战略物资储备局工作的桑希尔,往前线押运抗战物资,经常不在家。

回中国天津探望母亲的张怀曦,见到母亲病情大有好转,由于惦记留在伦敦的三个孩子,就与母亲痛别返回了伦敦。当她看到间瑛把家里打理得有条不紊,孩子们的衣服整齐干净时,非常高兴。懂事知理的间瑛,担心姑姑荒废学业,一再劝说张怀曦放心回到学校读书,她完全可以支撑这个家。当时,剑桥大学为躲避战祸已经迁到伦敦的郊区。张怀曦尽管有点不放心,但她要回到学校读书。

那个讨人嫌的梅西却意外地主动要求照顾三个孩子,而且起誓发愿地表示一定会照顾好。

其实,自从上次梅西跟间玕、间珣大打出手之后,受到桑希尔离婚的威胁,梅西心里也发生了一点变化。她担心,如果再跟张家三个孩子搞不好关系,指定会被桑希尔扫地出门。为此,她极力跟这三个孩子和平相处。但是一个人要弃恶从善,让人们改变看法也绝非容易。梅西本想要讨好间玕、间珣,甚至做上一些好吃的送去讨好两个孩子,极力做笑容可掬的样子。然而,她笑得僵硬做作,让人感到虚假。间珣和间玕对于梅西以往的恶行刻骨铭心,反倒认为她是黄鼠狼给鸡拜年——没安好心,有时候她来了甚至不给她开门。

一天夜里,德国纳粹飞机又来轰炸伦敦,伦敦当局用响彻十里的防空警报向公众报警。刺耳惊心的警报声把沉睡在床上的梅西惊醒,她赶紧爬起来,拉起培尔慌三火四地跑到隔壁去敲间瑛他们的房门。

间瑛闻声赶紧叫起两个弟弟,随着梅西、培尔及社区的人们钻进了防空洞。

防空洞里一片昏暗,有人打起手电,洞里才有了光亮。这个宽不足两米长不过十几米的洞里挤了一百多人,基本上像是大锅蒸馒头似的密密麻麻,摩肩接踵。人们惊恐万分,谁也不跟谁说话,外边不时传来飞机刺耳的尖叫声和爆炸声。

突然,一个炸弹落了下来,大地在颤抖,人们惊恐万状地相互抱着,发出一阵尖叫。梅西像一只老母鸡似的想把几个孩子搂在一起,可间珣、间玕却像躲瘟疫似的把她推开,不让她搂抱。

间瑛申斥两个兄弟:"间珣、间玕,别这样,快向梅西大妈靠拢。"

间珣依然不听劝告,尽管培尔拉他,他还是生挪硬挤地把身子移到一旁。

外面又是一阵强烈的轰炸,大地在颤抖,防空洞上边"哗哗"地往下掉土。人们惊恐至极,有的缩成一团,有的互相依偎在一起低声哭泣。梅西想拉住间珣,但他已经离得很远,无论梅西怎么伸展手臂也够不着他。

大约半个小时过去了,外边响起了解除空袭的警报声。人们如同获释的兔子,争先恐后地挤出洞口。间瑛回头一看,那熙熙攘攘乱马营花的人流当中却看不见间珣。她着急了:"间珣呢?间珣哪里去啦?"

培尔说:"也许他挤在前面了,我们出去找找他。"

梅西着急地说:"快找找他!"

梅西、间瑛、间玕、培尔四个人挤出洞外,一直等到最后一个人走出来,也没看见间珣。

梅西几个人匆匆跑回了三个孩子的住所,破门而进,屋里一片昏暗。

间瑛害怕了:"大妈,间珣没有回来呀。大街上还是战火纷飞的,他上哪儿去了?"

梅西心头一紧,这可是桑希尔不在家,她第一次看护张家的三个孩子!万一出了什么意外,桑希尔不会饶过她的。她急忙想了想:"我们分头去找,说什么也得把他找回来,走!"

伦敦大街上,没有熄灭的火还在燃烧,被炸倒的楼房残墙断壁,尘烟缭绕,一片狼藉。夜空里弥漫着刺鼻的硫黄味儿。梅西、间瑛、间玗、培尔分成两伙寻找,他们边走边喊:"间珣,你在哪儿啊?""大哥,你在哪儿啊?""间珣……"

街道上只有弥漫的烟雾,死一般的寂静,一只失去主人的小猫,蹲在残墙断壁的楼下,发出楚楚可怜的哀号。

"大哥……大哥……"间玗害怕地失声大哭……

三

英国战乱仍然持续,中日战争进入了白热化。1939年秋,一心想吞并中国的日本,不仅占领了武汉,而且不时地轰炸湖南、江西,大有攻克重庆之势。蒋介石担心在凤凰山囚禁的张学良被日军劫走,指示戴笠把张学良押至远离战火的地方,张学良一行被押到贵州修文的阳明山。

阳明山也叫龙场驿,是明代大学问家、思想家、哲学家、曾任兵部主事的王阳明下野流放之地。当年他仗义执言,触犯朝廷被贬到龙场驿做了驿丞。其实,就是朝廷交通站的一个头头儿。王阳明刚到此地没有住处,便住在龙岗山下的一个山洞中。所以,这个山洞被称为阳明洞,后人又在洞外建筑一座阳明祠,张学良夫妇就被安排在阳明祠大殿的一个偏房里。

为了保证张学良的安全,在戴笠运作下,省府新派来一位属于戴笠嫡系的县长,目的是配合特务队保护阳明祠。阳明祠内有几班特务轮流守卫,阳明祠外每隔五十米就有宪兵连的士兵看守,县里守备队派出了一个连的兵力在龙岗山下巡逻,里里外外组成三道看护网,把阳明祠团团围住。

阳明祠院落比较狭小,特务队下令张学良只能在直径不过五十米的院子里遛弯。张学良虎落平川心情压抑,总想发怒但无处可发。

看着丈夫困兽犹斗的样子,于凤至心里十分难受。一上火,乳腺病越发严重,有时候竟然流出一种夹带血色的脓液沾在内衣上。她害怕了,立即把病情告诉了张学良。

张学良要给宋子文发电报让于凤至出去治病,被徐建业阻拦。张学良一气之下,大骂徐建业"禽兽不如"。对张学良积怨有加的徐建业忍不住,想要对张学良动手,被刘乙光制止。刘乙光觉得,上峰早已有意要把于凤至赶走,现在她得此怪病,正是时机,于是同意张学良发电报。

身在陪都重庆的宋子文接到电报,立即回电:"汉卿,我在重庆暂不能回上海,让凤至到上海找我的管家,他一定效力。"收到宋子文电报后,刘乙光主动献殷勤,派陈尔东和新来的女军医刘霞陪于凤至去上海看病。事不宜迟,第二天,于凤至由杜尚臣、陈尔东、刘霞几个人陪同,坐火车到贵阳再转乘飞机,来到上海宋子文的家。

于凤至一行刚到这里,宋家的管家就告诉于凤至:"有个东北来的蒋嫂要面见夫人。"

于凤至十分惊诧:"蒋嫂怎么找到这儿来了?"

原来蒋嫂回到老家以后,给女儿乔晓阳修了坟立了碑,本想在老家谋个营生,一看日本人在郑家屯穷凶极恶,今天逼出荷粮,明天抓劳工,后天又逼壮年去修工事,乡亲们惶惶不安,都过着提心吊胆的日子。她考虑于凤至把孩子丢在英国去奉化为少帅陪狱,想替于凤至去伦敦照顾那三个孩子,就提着包袱几经辗转,从沈阳转到北京,又从北京来到上海找到宋子文的家。宋子文的管家告诉蒋嫂,已经接到宋子文的电报,于凤至要到上海治病。蒋嫂听到以后,焦急地等待于凤至到来。

这一对心心相印的主仆,离别三年,又在这种倒霉的情况下见面了,二人抱在一起百感交集。

于凤至非常感谢蒋嫂对她这个已经家败势衰的主子一往情深,但是,现在都不知道在英国的三个孩子住在哪里,怎么去照顾他们?她担心蒋嫂跟着她遭罪,劝蒋嫂还是回东北老家。蒋嫂含着热泪说:"夫人,现在你就是我唯一的亲人,死活我也得陪着你啊!夫人,你要不嫌弃就让老奴伺候你吧。"

蒋嫂的质朴,使于凤至再次动情:"我的好姐姐呀!我就是死,也愿意跟你死在一起,我是怕你跟我受苦啊……"

"我愿意跟你受苦啊!夫人……"

于凤至一把抱住蒋嫂,二人紧紧抱在一起,流下一串晶莹的痛泪……

第二天,宋子文的管家领着于凤至、蒋嫂、杜尚臣、陈尔东、刘霞一起到一家德国医院。医生通过化验,又查看于凤至的体征,脸蒙上了一层不易察觉的阴影。趁于凤至不在跟前,蒋嫂悄声地问:"大夫,夫人得的什么病?"

当医生说出那个可怕的字眼"乳腺癌"时,几乎把蒋嫂、杜副官吓蒙了!就连特务陈尔东、刘霞都大为惊叹:"天哪,张夫人为什么得这样的绝症啊!"

杜尚臣恳求医生,千万不能把病情告诉于凤至。医生考虑再三,把诊断书改成了"乳腺炎"。

尽管蒋嫂、杜尚臣等一直瞒着于凤至,然而,于凤至还是从他们遮遮掩掩的话语当中,从恍惚慌张的眼神里,以及诊断书上后改的字,发现了他们不敢说的秘密:"我得的不是好病啊!"

于凤至回到阳明祠。张学良问她得的什么病,于凤至故作不以为意地说:"乳腺炎,吃几服药就好了。"

杜尚臣知道于凤至的病情不能拖延,偷偷地将实情告诉了张学良。仿佛天塌下来似的,张学良惶恐至极,一种深切的负罪感让他痛悔不已:"她这都是因为我呀!本来生活得好好的,丢下三个孩子从英国跑回来陪我受罪,才得了这样要命的病。老天爷呀,你为什么这样无情啊!"

四

张学良、于凤至担心对方知道病情以后痛苦,都遮遮掩掩,互相隐瞒。一提到于凤至的病情,张学良就闪烁其词,于凤至也话到嘴边避而不谈。

张学良背着于凤至给蒋介石拍了电报,告诉他于凤至得了乳腺癌,需要到美国治疗,恳求批准她去美国。

于凤至暗地里给宋美龄拍了一个电报,声称自己身体不好,已经无力陪守张学良,恳请她在蒋介石面前求情,准许赵一荻前来陪守。

张学良知道目前国内的医疗手段落后,只有美国有新的疗法,夫人的病必须去美国治疗。然而,大洋彼岸的美国,远隔千山万水,举目无亲,求谁来帮助呢?他忽然想起了美国的外交官肯尼迪。肯尼迪在中国时,因为骨折用了于凤至推荐的蒙医接骨疗法,出现了误会,但于凤至跟他夫人安莉不打不成交,到头来肯尼迪伤势痊愈,两个女人还结成金兰姐妹。如果于凤至去美国治疗求他们帮助,他们肯定不遗余力。张学良立即给宋子文拍了一份电报,要求他联系已经回国工作的肯尼迪。

于凤至一直牵挂在英国的三个孩子。这两年,她曾给孩子们写了几次信,由于他们搬进了新住址一直没有收到回信。她只好冒昧地给在剑桥大学读书的小姑子张怀曦写了一封信,痛苦地告诉张怀曦,她本人可能得了绝症,时日不多了。不知道现在三个孩子在哪里,生活得怎么样,恳求怀曦在适当的时候能把孩子领到美国,最后让他们见上一面。最后她写道:"妹子,为了照顾三个孩子,你宁可辍学,你的大恩大德我们永远都不会忘记。也许嫂子这辈子没有机会报答你了,下辈子当牛做马我也要报答妹子。你要照顾好三个孩子,等你大哥出来。在这里我拜托了⋯⋯"

一天,张学良突然收到宋子文发来的电报,一是告诉他,蒋介石已经同意于凤至去美国治病;二是他已经通过美国外交部找到了肯尼迪,肯尼迪答应,只要于凤至前去美国治病,他们夫妇一定全力相助。张学良喜出望外,赶紧把这个消息告诉于凤至。这本来是两个喜讯,可是于凤至听了以后却高兴不起来。她似乎觉得,此次离开有可能是与丈夫的决别,再也不能陪着丈夫过那种虽然是艰难困苦,却是心心相印的日子。她用近乎绝望的目光看着张学良:"汉卿,三年前从英国回来我就有一个愿望,一定把你营救出来。三年过去了,你还没有自由,我不甘心哪!既然你联系好了让我去美国治病,我想在临走之前亲自去趟重庆找找蒋先生,死活也要给你讨个说法。"

张学良凄苦地一笑:"大姐,你现在身体不好,重庆虽然比南京近很多,可这条路不好走啊,而且日本人还在轰炸,你在路上一旦发生危险怎么办?"

"没事儿。"于凤至毅然决然地说:"如今三年多了,你的事依然没有一点头绪,我们不能坐以待毙,不讨个说法,我闭不上眼睛啊!"

"大姐,你知道什么了?"

"汉卿你就别瞒我了,我知道自己得的是什么病,此病是绝症,去了美国也不一定治好。也许我在这个世界上没有多少时间了,你就让我最后为你的自由奔波一次,哪怕是死在蒋先生面前,我也要为你讨个公道!汉卿,让大姐最后再为你跑一趟吧!"

备受煎熬的张学良,这个时候已经无法拒绝夫人的无比真诚,他走上去,双手紧紧抱住凤至那消瘦的肩头,用两眼闪出的泪水来倾泻他心中的感激和痛苦。

五

张学良陪着于凤至来到了刘乙光的办公室。于凤至当场提出两个要求:一、要面见蒋介石为张学良讨自由;二、要求把赵一荻找来陪护张学良。刘乙光为了报答"放鞭炮报警"之恩,立即给戴笠拍了电报。虽然戴笠执行蒋介石严加管束的意图一丝不苟,但他毕竟和张学良朋友一场,不仅把这份电报原封未动地呈给蒋介石,而且还走夫人路线,把这件事告诉了宋美龄,目的是请宋美龄在蒋介石耳边吹风。

于凤至自从在溪口伴狱以来,几次给宋美龄写信发电报,请求她向老蒋求情释放张学良。宋美龄也曾几次跟蒋介石吹枕边风,婉转地劝他还张学良的自由。蒋介石骂她吃里爬外,以后不要干政。宋美龄再也不敢跟蒋介石提及有关张学良的事了。如今,她的干妹妹得了绝症生死难料,于情于理都不能坐视不管。为此,她只好硬着头皮跟蒋介石求情。蒋介石本来就怀疑有于凤至陪伴张学良,只能助长张学良的嚣张气焰,不利于他"悔过自新",于凤至要去美国看病,正中下怀。于是,答应和于凤至对话。当宋美龄又提出第二个请求:让赵一荻去阳明祠陪张学良时,蒋介石立即拉下脸来:"你应该知道,有于凤至在他身边刮邪风,张学良一直都心中不服!如果走了个孙悟空再来个猴儿,张学良还能悔过自新吗?还能承认西安事变是他的罪过吗?"

宋美龄忍不住了:"你这么做,就不怕有人骂你是专制独裁吗?"

蒋介石不屑地一声冷笑:"权者必专,不专无制;王者必独,不独必亡!党国不是维持会,政府不是聚义厅!"

一早,于凤至刚喝过张学良熬好的汤药,刘乙光一脸挂笑地走进来:"夫人,蒋委员长关心你的身体,不想让你长途跋涉去重庆,你可以到贵阳用省政府的专用电话与委员长对话。"

于凤至惊喜过望,尽管不能与蒋介石当面对话,能通电话沟通也是十分难得。

第二天上午,刘乙光派张天石、陈尔东开着吉普车拉着于凤至、蒋嫂前往贵阳。于凤至一行在李木子监督下,来到了贵州省政府电讯室。蒋介石的专线接通了,蒋介石一开始对于凤至十分客气:"凤至啊!听说你身体不好,现在怎么样啦,要不要赶快去美国看病啊?"

于凤至回应："委员长对我的关心,凤至没齿难忘,不过我今天打电话是有事要跟你请示。"

"你说。"

开始,于凤至并没有急于为张学良讨说法,而是从蒋介石与张学良的关系上启开了话题。她从东北易帜,讲到南京国民党四中全会张学良与蒋介石结成兄弟之盟;从蒋介石被阎锡山、冯玉祥打得损兵折将,讲到张学良仗义出兵临危救场,保住了蒋介石的统帅位置;从"九一八"以后替领袖背锅下野出访欧洲,讲到西安事变。最后她不卑不亢地质问蒋介石:"委员长,西安事变以后全国掀起抗战高潮,就算张学良扣押领袖有错,为什么不让他戴罪立功去打日本鬼子?"

蒋介石阴笑着反驳于凤至:"汉卿已经反省三年多了,可这三年他并没有悔过之心哪。对西安事变的劣行一点也没有反思,你不知道,政府、军部的人对他意见很大咧!"

于凤至一语戳穿:"委员长,西安事变你已经肯定了,他还反思什么? 你不是根据西安事变的承诺,动员全国全军向日本人宣战的吗? 委员长,我没说错吧?"

蒋介石口气变得强硬起来:"1937年'七七事变'之后,我宣布全国进入抗战,那是我整个战略部署,跟西安事变没有一点关系。"

于凤至寸土不让:"既然你说'七七'抗战跟西安事变没有关系,为什么要在西安事变之时承诺全面抗战呢? 既然全面抗战跟西安事变没有关系,你为什么在西安事变之前不攻打日本人呢? 既然全面抗战跟西安事变没有关系,为什么你暂时放弃'先安内,后攘外'的主张,一反过去的偏见,联合共产党共同抗日呢? 委员长,能给我一个合理的解释吗?"

蒋介石本想当场发作,当怒火涌到喉咙的时候,他又极力平静下来,心想:于凤至已经是一个要死的人了,对于这样一个病妇大发雷霆,显得他太没领袖气度。他立即转怒为笑,送了一个空头人情:"好啦,凤至呀! 我们就不要争论西安事变的是非了。不管怎么说,汉卿也是我的结拜兄弟。当时,他是被共产党利用跟我作对,我相信他会反省自己的。你放心,我会尽量恢复他的自由,你还是快点儿到美国看病去吧。"说到这儿,挂断了电话。

虽然这是蒋介石言不由衷的承诺,可对于凤至来说也是一种安慰剂。当天下午,她乘车返回了阳明祠。

六

于凤至要走了。刘乙光主动要为她饯行:"夫人,你就要去美国了,就让兄弟安排一顿酒席为夫人饯行吧。"

于凤至淡淡一笑:"刘主任,现在你就是准备皇家御宴,我能吃得下去吗?还是免了吧。"

张学良忽然想起来:上半年去芷江的风雨桥游览,听到那些侗族姑娘唱的六声部侗族大歌,由于土匪的出现,于凤至失望地离开了。最近,他听说贵州天柱山下也是侗族之乡,那里的侗族男女也擅长唱山歌。当即,向刘乙光提出要和于凤至去天柱山听侗族男女对歌。

刘乙光想了想,讨好地说:"夫人身体不好,我看就别折腾了。我派人把天柱山歌手请过来,在这里对歌让夫人开心岂不是更好?"

于凤至向来喜欢诗词歌赋,那天风雨桥听侗族歌至今还余兴未尽。眼下,自己要离开故土远走异国他乡,更何况未来祸福难料,离开之前能享受一下侗族文化,也不枉来贵州一次,因此十分赞同。

第二天刘乙光派张天石、陈尔东乘车去了天柱山。

张学良、于凤至风雨同舟二十四年。为了呵护张学良,于凤至挺身赴难,辛苦陪狱一千多个日日夜夜。现在,夫妻即将分别,千言万语,日短话长,二人促膝谈心了大半天。最后张学良拉着于凤至的手,嘱咐道:"大姐,你去美国看病需要人陪护,我想让蒋嫂、杜尚臣跟你去。肯尼迪那边已经联系好了,你去了以后他一定帮你住院。我个人的想法:如果你在美国治疗痊愈以后,就不要回国了,先把孩子带到美国暂时定居。待我自由以后,一定披挂上阵返回东北,打走日本人,然后接你们回老家。"

于凤至拿出那包离娘土放到床上。她解开红布,里边的黑土虽然少了许多,但还释放着大辽河那种腥腥的气息。她含泪劝告丈夫:"汉卿,这是我嫁到帅府之前母亲给我的'离娘土',她嘱咐我不要忘了家乡。无论时局如何变化,一定要保重自己,留得青山在,不怕没柴烧。等把日本人赶走之后,哪怕是你解甲归田,咱们也返回东北老家,那是生我们养我们的地方啊……"

这时,蒋嫂喜气洋洋地进来报告:"将军、夫人,赵四小姐来了!"

张学良、于凤至喜出望外,赶紧下地迎上前去。赵一荻手提着皮箱走进房来,三个人面对面地站着,他们心酸苦涩激动,一肚子要说的话全哽在喉咙之中。

良久,赵一荻深情而又酸楚地叫了一声:"大姐……"

于凤至也激动地叫了一声:"小妹……"

赵一荻丢下手中的皮箱,扑向前去一把将于凤至抱住。张学良情不自禁地奔过来,搂住两个女人,三个人搂在一起,热泪涌流。

站在一旁的蒋嫂含着眼泪招呼一声:"赵小姐,坐下吧。"然后提起皮箱放在一旁。

张学良、于凤至、赵一荻分别落座。赵一荻拭去眼泪,关切地看着一副病容的于凤至。

于凤至关切地问:"一荻,你过来了,孩子怎么办?"

赵一荻拭去眼泪告诉于凤至。原来,在香港领着孩子避难的赵一荻,接到宋子文的电报后心急如焚,决定立即回来接替于凤至。但是闾琳还小怎么办呢?思考再三,她给英国铁路工程师伊雅阁拍了电报,想把孩子送到他那里寄养。伊雅阁向来重情重义,当即回电答应:"一定照顾好孩子。"就这样,她又求助曾经是张学良私人顾问的端纳,把闾琳送到英国。端纳是西安事变中放蒋的调停人之一,张学良被蒋介石囚禁,他无力恢复张学良的自由,自认为欠了张学良一个难以弥补的人情,只能用送孩子来回报赵一荻。

张学良又问:"老蒋同意你来陪我吗?"

赵一荻重重地打个咳声,讲起了她为了能来阳明山费的一番周折。于凤至要去美国看病,正合蒋介石心意,他很快就答应了。当宋美龄提出让赵一荻陪张学良时,蒋介石一口八个不行,宋美龄没辙儿了。过去很少在官场上抛头露面的赵一荻,顶着蒋介石拒不接见的压力,毅然决然地闯进了他的办公室,向这位领袖苦苦求情。蒋介石阴沉着脸,几乎要打雷:"汉卿在那里是读书思过反省,于凤至陪他三年,汉卿非但没有反省,反而变本加厉跟政府作对,你不能再去干扰他了。"

性情单纯的赵一荻过去很少跟人玩什么心眼儿,这次她不得不跟这个死不开面的委员长要起了手腕:"委员长,于凤至大姐在那里做了些什么我不知道,不过为了帮助汉卿思过,我特地买了一本《弟子规》。"说着,从兜子里掏出一本《弟子规》放到蒋介石面前,接着她又说,"我个人认为:中国人讲'君为臣纲,父为子纲',你是委员长,就是君父,汉卿是你的下属,就是子民。《弟子规》'入则孝'篇说得好,'亲爱我,孝何难,亲憎我,孝方贤'。亲人喜欢我们的时候,爱很容易。当亲人不喜欢我们,甚至反对我们,管教很严的时候,孝顺亲人才是真正的正人君子呢!"

蒋介石听罢微微一顿:"你真想说服张汉卿老老实实地反省?"

赵一荻恭恭敬敬地一笑:"我这次来,之所以给他带来了这本《弟子规》,就是劝他给蒋委员长当个好弟子,听委员长的话,好好反省自己。"

蒋介石顿时喜笑颜开,爽快地吩咐戴笠:"立即派人把赵小姐护送到阳明山,一路上不准出现任何问题。"

听到这些,张学良惊喜地说:"真没想到你这个小家雀儿,还把老家贼给耍了?"

赵一荻生怕于凤至有想法,解释道:"大姐,为了能让蒋先生准许我过来,没办法,我只能对他说假话了。"

于凤至半开玩笑地说:"人都说老虎也有打盹儿的时候,蒋先生却让你赵一荻给灌迷糊了。"

"哈哈哈……"三个人都笑了。这是近日来他们绝无仅有的开心一笑。

七

晚上,一场别开生面的山歌晚会在阳明祠小院儿举行。天上星光闪闪,西斜的弯月洒下一片清辉,阳明祠院中架起了一堆噼啪作响的篝火。

张学良一家及其随员,还有特务队、宪兵连的人,除了站岗执勤的人外,围坐一周,这个一派肃然的小院儿,增添了从未有过的喜庆。

首先开场的是芦笙舞,八个身穿彩服的侗族青年手捧芦笙,边吹边跳,那浑厚壮美的芦笙曲,狂放健美的舞姿,令人兴奋神往。

在动听的音乐声中,一男一女两位歌手分别由东西两侧出场。男歌手洒脱刚健,女歌手落落大方,他们亮起嗓子唱起了侗族情歌。

女歌手柔情地唱道:

> 糯米做饭黏又黏,
>
> 甘蔗熬糖甜又甜。
>
> 既是哥哥把妹恋,
>
> 刀砍火烧也要连哪……

男歌手也动情地唱道:

> 高山顶上一块田,

木桶提水种三年。

打下粮食集市卖，

买件花袄给妹穿。

女歌手有些惆怅地唱道：

别了呀——

妹要随父去西江，

水上打鱼养老娘。

今日离别告哥知，

隔山隔水两茫茫。

男歌手也失落而眷恋地唱道：

别了妹——

死别容易生别难，

不知何时再团圆。

有心借个支天柱，

支住太阳不落山。

在场的人们，听着这凄楚动听的歌声，都用钟情的目光看着这对难舍难离的夫妇。歌声勾起了于凤至的心事，她感同身受地默默听着。

女歌手走上去与男歌手牵着手，难舍难离地唱道：

别哥别到鸳鸯河，

双手捧水给阿哥。

哥一口来妹一口，

泪水倒比河水多哟……

男歌手拉着女歌手，充满眷恋地唱：

送妹送到分水沟，

眼看分水双泪流。

泪落水中鱼叹气，

听到哭声树低头。

这淳朴真情而又勾人情思的歌声，如一曲圣乐在人的心境中流泄。

坐在那里的张学良受不住了，索性拉起于凤至的手，眼里盈满泪光。于凤至心里一酸，热泪涌上眼帘，她极力噙住泪水。

这时几个女歌手一齐走上前来，围着男歌手充满深情地唱道：

心上人儿要离开，

只怕妹妹不再来。

两眼望穿难得见，

不知何时花再开呀……

凄美的歌声仿佛裹着悲怨与凄凉走进于凤至、张学良的心中，引起共鸣，似乎有一腔泪水在胸中翻涌，于凤至百感交集地牵着张学良的手走到场子中间，极力抑制内心的酸楚，含泪唱道：

姐姐离别西洋走，

天不留来人难留。

隔山隔水情难断，

殉情也要共一丘。

张学良也泪光闪闪地唱道：

大洋彼岸万里远，

分别时难见亦难。

只盼七七天河配，

我与大姐把手牵。

于凤至知道去美国治疗也许九死一生，此去与丈夫一别，也许是诀别。所以，唱出绝世苦恋的心声：

彼岸虽隔万里远，

水不相连心相连。

若是天不遂人愿，

阿姐化蝶等百年。

张学良双手抱住于凤至的双肩，二人无比深情地唱道：

等百年，等百年，

百年共渡一条船。

四海之水能流尽，

你我心河永不干……

众歌手被张学良和于凤至的真情打动，围上前动情地复唱：

等百年，等百年，

百年共渡一条船。

四海之水能流尽，

你我心河永不干咧……

在场的人们眼含热泪为于凤至、张学良鼓掌。就连那一直敌视张学良和于凤至的徐建业、李木子也情不自禁地鼓起掌来。

坐在一旁的赵一荻再也控制不住自己，跑到场子外边的八角枫树下，手把着树干失声痛哭……

人们都散尽了，篝火快要熄灭了，院中缭绕着缕缕青烟。张学良、于凤至还在紧紧地拥抱着，久久不肯松开……

星星躲在远天抽泣，月亮钻进云层呜咽……

第二十六章

一

1940年仲春,中华大地已是万物复苏,春意正浓。然而,寰球并不同此凉热,美国纽约的春天却姗姗来迟。于凤至带着杜尚臣、蒋嫂乘坐飞机来到纽约,大西洋彼岸的风还裹着丝丝凉意。

于凤至来到美国之前,张学良跟肯尼迪夫妇已经约好,他们亲自接机,并安排于凤至住进纽约的哈尼克斯教会医院。虽然这家医院不是纽约最大最好的医院,但在治疗乳腺肿瘤方面堪称全美一流,有较好的专业医生和医疗设备。

哈尼克斯教会医院肿瘤科大夫希尔顿,高高的个子,戴着一副深色的眼镜,脸色像石板一样僵硬清冷,不苟言笑。不了解他的人,还以为他清高自负,傲气十足。当肯尼迪向他介绍于凤至是中华民国有名的少帅张学良的夫人时,希尔顿不屑一顾地说:"我是白衣天使,不管你是上帝的公主,还是乞丐的弃儿,都一样看病。"很显然,他根本不买张学良的账。

经过一天的系列检查,希尔顿断定于凤至患的是乳腺癌。

于凤至超乎寻常的平静。自从半年前,她发现自己得的不是好病以后,她经历了有生以来最绝望的痛苦,再听到癌症时,也泰然处之了。

于凤至用不太娴熟的英语问希尔顿:"希尔顿医生,我的疾病应该怎么治疗呢?"

希尔顿回答非常简短:"手术。"

"手术?"于凤至心中隐隐一跳。

希尔顿严肃地道:"夫人,我们知道,乳房就是女人的第二张面孔,从某种意义上来说,甚至比面孔还重要。我们的手术将从乳房侧面入手,分次取出乳房里的肿核和肿块,还能保留夫人的身材美,你的男人还会喜欢你的。"

经过肯尼迪、安莉、杜尚臣、蒋嫂一再劝说,于凤至虽然对希尔顿这个动小手术的治疗方案有点胆怯,但她知道,要想治病,这痛苦的一刀她是躲不过去的,于是同意了。

第二天早晨,于凤至被肯尼迪、安莉、蒋嫂、杜尚臣抬上一架平板车,两名护士握着她的手走进一条漫长的走廊。于凤至有生以来第一次经历这么大的手术,她惴惴不安地躺在车上,双眼望着天花板上迅速移动的清冷灯光。忽然,过了一道门槛,那闪着白光的门一开一合,把肯尼迪、安莉以及蒋嫂、杜尚臣隔在门外,她心里猛地一跳,似乎进入了一个黑暗的深渊。

于凤至的手术做得很顺利,一个小时之后当护士把她推回病房,躺在病床之后她才感觉前胸手术的部位生疼,但还能忍受。

肯尼迪现在美国外交部是亚洲事务助理,他妻子安莉是外交部亚太事务局的秘书,工作都很忙,他们把照顾于凤至的工作交给了蒋嫂、杜尚臣就匆忙回去上班了。

术后的于凤至一直在卧床,白天有杜尚臣照顾,晚间蒋嫂陪宿。于凤至连身子都不敢翻,一躺就是一个多月。现在,她的伤口基本愈合,多日未见天日的于凤至起来,要到外边散步。

时值初夏,休养区里绿草茵茵,宛若绿毯,各种颜色的鲜花开得正艳,裹着海洋湿气的微风吹到脸上,令人心旷神怡。杜尚臣推着轮椅上的于凤至来到草坪上,于凤至想站起来自己走一走,杜尚臣停下轮椅,搀扶着她走到一个凉亭内,于凤至缓缓地坐在一个木墩上。

这时,有两个穿着病号服、亮着光秃秃头顶的女人走进凉亭,坐在了于凤至的对面。

于凤至惊惑地看着她们光秃秃的脑袋,客气地用英语问道:"夫人,请恕我冒昧,你们为什么要剃光头?"

一个女人唉声叹气地说:"夫人,不是我们要剃光头,这是用化疗药品之后头发自己掉光了。"

"化疗?"

另一个女人苦楚地说:"我的右侧乳房患了癌症,已经全部切除了,后来化疗半年就开始掉头发,现在一根毛也没有了。唉,我那个丈夫都管我叫秃子,闹得我都不想活了!"

于凤至心里头微微一震:"化疗这么厉害……"

那个女人看了一眼于凤至隆起的前胸,羡慕地说:"这位女士,还是你运气好啊!没有动大手术,没有经过化疗,感谢上帝的恩赐吧!"

杜尚臣怕她们再说下去伤着于凤至的心,赶紧说:"夫人,外边有点凉了,我们回去吧。"说罢,搀着于凤至走出凉亭。

杜尚臣扶着于凤至刚刚走回病房,蒋嫂就提着饭盒走进来:"夫人,吃吧。这是特意在附近饭店买的火鸡汤,人家说吃火鸡大补。"

于凤至拿起汤勺还没有喝上几口,希尔顿医生一脸严肃地走进病房:"夫人,请你冷静,有个不好的消息要告诉你。"

于凤至愕然一惊,目光慌怵地看着没有一点笑容的医生。

希尔顿顺手从衣袋里掏出一张单子:"经过化验,夫人的乳腺里还有癌细胞,如果不及时消灭它,就会很快扩散到淋巴或其他组织中,后果将不堪设想!"

于凤至心里"怦怦"地一阵猛跳:"你的意思,是要把左侧的乳房全部除掉?"

"是的,夫人。不仅要切掉你的左侧乳房,手术之后至少还要经过两年的化疗。化疗你了解吗?"

"两年化疗?"于凤至一想起在凉亭里那两个秃头女人说的那可怕的话,心里更加惶恐,"要是做了化疗,我是不是也像那些做化疗的患者一样,头发会全部掉光?"

希尔顿说:"不仅头发要掉光,而且还有可能经常恶心呕吐,这是化疗的副作用,你必须承受。"

仿佛是阎王爷对于凤至发出的最后通牒,于凤至脸上顿时一片惨白。

希尔顿爱怜地看了于凤至一眼,又征询地说:"如果你同意切除左侧乳房,我立即做准备,下个星期你就可以上手术台了。"

于凤至哀哀地恳求:"希尔顿医生,就不能再用保守的疗法治疗了吗? 我相信你会有办法的。"

"我无能为力。"希尔顿的话依然是硬邦邦的,"如果你不想手术,那你就去找外星人吧! 也许,另外一个文明世界比我们的医疗技术更先进。不过,目前在我们美利坚,不,应该说在全世界,也找不到什么保守疗法能除掉你身上的癌细胞。"

于凤至内心震颤,不知道怎样回答这个比法官还冷酷的美国医生。

希尔顿又催促道:"夫人,你快给我一个答复,不能默不作声。"

曾经的堂堂东北第一夫人,曾经以光鲜秀丽的姿容出现在各种场合的于凤至,现在不仅要失去左乳房,还要变成秃头,即将变成丑婆子。半辈子都光环闪闪、出人头地的于凤至,无法接受这个残酷的现实。她一脸悲苦而又不好意思地说:"希尔顿医生,那我就不做了。"

"为什么?"

"我有晕眩症,经常呕吐,如果再进行化疗,我实在受不了。"

"你是怕失去美丽吗?"

"我失去了乳房,要变成秃头,还要整天呕吐过日子,活着还有什么意义吗?"

"你是要命,还是要美?"

"两个都要,美也是尊严,美也是人的第二生命。"

"好,那你就留着你美的尊严吧。"希尔顿生气地一摆手,"如果你这样决定,今天就可以出院了。"

于凤至果断地说:"那好,下午我就办理出院手续。"

"夫人再见。"希尔顿二话没说,转身走开。

杜尚臣受不住了,走过去急切地劝道:"夫人,你不能出院,千万不能出院……"

蒋嫂也苦苦哀求:"夫人,你大老远漂洋过海跑到这里,不是为了治病活命吗?病还没好怎么能出院呢?"

于凤至苦楚焦灼惶惑,想了想,依然拒绝……

二

于凤至去美国一个多月音信皆无,张学良心急火燎。他不知道肯尼迪有没有安排她住院,夫人是否已经做了手术。赵一荻劝解张学良:"大姐在十几年前帮助过肯尼迪,肯尼迪一定能尽心竭力帮助她住院。可能是刚刚住院,眼下还没有什么好消息告诉你吧。"

这时,刘玉清进来报告:"副司令,你的四弟张学思来了。"

"啊,四弟来了?"张学良感到十分突然,但又十分惊喜,刚要出去,张学思手提着皮箱风尘仆仆地走进房来:"大哥!"

张学良激动地扑过去,一把搂住四弟:"学思,我做梦也想不到你能来呀!"

张学思兴奋而又激动地拉着大哥坐在沙发上,讲起了这些年他的情况。

几年前,张学思经大哥介绍来到南京中央军校,顺利地进入了第十七期预备班学习。之后,张学良发动了震惊中外的西安事变,被蒋介石押到奉化溪口幽禁,张学思对大哥的不幸遭遇十分愤慨。不久,中共地下党在南京发起了"反蒋救张"大游行,血气方刚的张学思不仅参加了游行,还跳到车上挥动拳头发表演讲,强烈谴责蒋介石背信弃义、无理扣押张学良的恶行。宪兵队立即将他逮捕,押进南京监狱。后来经过中共南京地下党,以及张学思的校友多方通融、极力保释,他才得以出狱。1938年,他离开军校到延安投奔共产党,经周恩来亲自批准到抗日军政大学学习。他这次来阳明祠,实际是受周恩来委托,传达中共领导人对张学良的告慰:一是请张学良保重身体;二是中共领导人不会忘记他这个老朋友,一定想办法让他获得自由。为此,张学思到重庆找到了宋子文,以同胞兄弟探亲的名义来看望张学良。宋子文找戴笠让他放行,张学思才来到这里。

张学思突然造访,刘乙光、徐建业如临大敌。他们不仅加强了岗哨警戒,还以保护张学思为由,派李木子、陈尔东做"临时保卫"。这两个特务不仅吃饭、散步、闲聊时与张学思形影不离,就连睡觉都不让他们兄弟同床,由李木子、陈尔东轮班陪睡,一点也不给哥俩儿私聊的机会。张学思已经来两天了,张氏兄弟只能唠唠家长里短等一些无关紧要的闲话,心里想唠的嗑一句也没唠上,兄弟二人心急如焚。

赵一荻更是着急,她考虑张学思这次来找大哥,一定是有话非说不可。如何把特务支开让他们哥俩儿单独对话呢?她思谋半天,终于想出了一个"拴狗放人"的妙计。

第二天上午,李木子、陈尔东两个人刚刚来换班,赵一荻满脸赔笑地提出要跟李木子、陈尔东打牌。张学思、张学良明白赵一荻的用意,借口不会打麻将,便把李英毅叫来给他们凑数。

开始,张学良、张学思分别站在赵一荻、李英毅的背后指指点点,赵一荻为了让李木子入境,有意给李木子点胡,让他赢了几把,李木子面前的赌资摞了挺高,越发来了兴致。趁着李木子赌兴正浓,张学良偷偷地给了张学思一个眼神,哥俩儿悄悄来到里间的书房,假借看书,在纸上写字传递信息。

张学思写道:"周恩来先生派我到这里探望你,他希望你保重。"

张学良写道:"谢谢周先生。"

"中共领导人现在正组织力量对你实施营救,让你获得自由。"

"共产党真够朋友,你回去一定代表我感谢他们。"

外间,李木子刚刚又胡了一把,忽然警觉地回头一看,发现他们两个人在书房里看书,刚要站起来去看个究竟,被赵一荻一把拉住:"李警官,别走啊!你赢得大满贯,我都快输光了,怎么也得让小妹捞上几把吧?"

李木子推开:"快晌午了,应该吃饭了吧?"

赵一荻笑道:"李警官,咱们再玩两圈儿,你要是继续开胡,今天午餐我请客。"

李英毅趁机敲打李木子:"兄弟,你一个男子汉大丈夫,赢了几把就想揣钱走人哪。这样太不讲究了!别忘了,赵四小姐兜里的钱还没输光呢!"

陈尔东一把拉住李木子坐下:"咱们再玩几把,你要是再赢下去,咱们就让赵四小姐请客。"

李木子又往书房那边看了一眼,见张学思、张学良二人正默默地看书,又坐下玩了起来。

书房里的张学良赶紧在纸上写道:"目前全国抗战是什么形势?"

张学思写道:"目前,全国各界支持东北人民抗战。东北长白山上有抗日联军,其他各地抗日组织也是遍地烽火。"

张学良写道:"群情激愤,太好了!"

突然,外间传过来赵一荻报信儿的叫声:"李警官,你真的不玩啦?"

"不玩了。"接着响起来"哗啦哗啦"推牌的声音。

张学良赶紧把字条揉成一团,塞进一个抽屉里,假装平静地看书。

李木子快步走过来,审视地看了他们一眼:"哟,张副司令,现在快十二点了,该吃饭了吧?"

张学良立即收起书,朝着张学思叫了一声:"走,吃饭去。"便和张学思随着李木子向外间走去。

赵一荻突发奇想设计的这场"拴狗放人"赌局,表面上是李木子赢了几个小钱,其实赵一荻才是真正的赢家。

三

希尔顿是个外冷内热的人,表面上他那张脸很少见过笑容,让人感到很冷酷,其实,他是最关心体贴患者的医生。尽管于凤至一口拒绝乳房切除手术,果断地离开了医院,但是,希尔顿对这个万里求医的中国女人却很关心。晚上,主动给住在华盛顿的肯尼迪打电话提醒他:于凤至拒绝做乳房切除手术,根据她癌细胞扩散的程度,如果不及早切除,存活时间不会超过两年。

肯尼迪接到希尔顿的电话以后,与妻子安莉分别请了假,第二天一早,开车从华盛顿来到纽约。当时,肯尼迪跟安莉有分工,他去找希尔顿了解情况并商量对策,让安莉找到于凤至的临时住所,劝她重回医院做乳房切除术。

安莉走进于凤至的房间,抬眼一看不禁吓了一跳,原来一个端庄秀丽的中国美人竟然瘦得脱了相:有红似白的俊秀脸庞变得有些枯黄,丰满圆润的两腮塌陷了,嘴角上出现了细如发丝的两道浅纹,那炯炯有神的双眼变得晦涩并藏着悲哀。昔日的少帅夫人,竟变成了一脸憔悴的病妇。

“凤至,你受苦了。”安莉走上去,一把抓住于凤至那清瘦的手。于凤至情不自禁地搂住安莉,顺势扑在她的怀里,无声哽咽。

安莉慢慢地把于凤至扶起来,两个人落座在沙发上。安莉拭去泪花,轻声问道:“凤至,你不想做手术,到底怕什么?”

于凤至目光怯怯地看着这位美国的干姐姐,一时不知如何回答。

蒋嫂苦笑着替于凤至解释:“安莉夫人,女人的心你应该明白的,如果动了手术,把乳房切了还要化疗,头发可能都会掉光,夫人能不害怕吗?”

“是有点可怕。”安莉同情地叹息一声,又解释,“不过,女人的美再重要,也没有生命重要。如果你的乳腺病不做切除术,两年以后若有什么不幸,那时乳房头发再漂亮还有用吗?”

于凤至本来是担心自己变丑,却另外找了个反驳的理由:“姐姐你知道,四年前,我从奉化溪口迁徙到黄山,又从黄山迁移到萍乡,最后转移到贵州修文。这一路上差点把我的肠子都吐出来了。如果化疗两年,不用说别的,就是这个呕吐就会把我吐死!”

“我相信医生一定有办法。”安莉轻轻地拍了一下于凤至那消瘦的肩头,劝慰说,“听姐姐一句话,你就是不为自己的生命着想,也该想想还被软禁的汉卿将军,也该想想在英国读书的三个孩子呀! 凤至,为了汉卿,为了孩子,你应该做这个切除手术。”

这番扎心窝子的话,让于凤至难以抑制的悲情化成了一汪泪水,从眼里流了下来:“姐姐,别说了……你别说了……”

这时,肯尼迪似笑非笑地走进屋来。

安莉赶紧催促丈夫:"肯尼迪你来得正好,劝劝凤至吧! 她还不想做切除手术。"

肯尼迪颇有风度地朗朗一笑:"张夫人是最睿智的人,孰重孰轻她比我们清楚! 还用劝吗?"

于凤至满眼泪光地看着神清气爽的肯尼迪,她不知道这个颇具绅士风度的美国男人,在这个时候故意吹捧她到底有什么用意。

肯尼迪看了看手表:"现在快十二点了,我们先去吃饭吧。晚上,请夫人参加一个活动,开开心。"

安莉:"什么活动?"

"是一个舞会。请张夫人参加,你去了后肯定会感到快乐。"

于凤至婉言谢绝:"肯尼迪先生,我不会跳舞。"

肯尼迪一笑:"你不用跳舞,坐在那儿看大家跳就行了。有人说,看跳舞比自己跳舞更能愉悦心灵。这是一个由中年绅士与夫人们参加的化装舞会,很有趣味,你不要拒绝。"

杜尚臣、蒋嫂劝慰:"夫人去吧! 你也应该开开心了。"

于凤至什么话也没说,像是默许了……

离哈尼克斯医院不远,有一条僻静的街道,街道深处有一座白色的小楼,门上挂着一个木牌,上边标的英文是 AB 俱乐部。晚上,一些身着燕尾服的男士和一些身着晚礼服的夫人,牵手揽腕笑逐颜开地走进这里的舞厅。

舞厅不大却富丽堂皇,天花板上吊着美式吊灯,窗户上低垂着天鹅绒的帷幔,舞池里打蜡的地板油光闪亮。周围是一排排井然有序的茶座,每个茶座上摆着百威啤酒、爱士堡、威士忌,还有各种口味的饮料。

肯尼迪、安莉与蒋嫂、杜尚臣拥着于凤至走进舞厅,在一个茶桌前坐了下来。

舞会开始了,那些风度翩翩的中年男士和打扮时尚的夫人双双走进舞池,搭肩搂背地跳起交际舞。肯尼迪也搂着夫人安莉走进舞池,随着轻快的舞曲跳了起来。

灯光逐渐微暗并开始旋转,爵士音乐美妙而动听,舞者们随着轻快的旋律快速旋转,整个大厅酣歌妙舞流光溢彩,香风弥漫恍惚迷离。

一曲终了,肯尼迪、安莉回到茶座中,于凤至带头为他们喝彩。

肯尼迪拿起酒瓶,斟了两杯葡萄酒,递给于凤至一杯,笑道:"夫人,喝一杯。"

于凤至点头一笑，浅浅地喝了一口葡萄酒。

这时，身穿西装的希尔顿先生从一旁走过来，于凤至有些惊讶："希尔顿先生，你怎么来了？"

希尔顿指了指那些跳舞的人："他们都是我的患者，我来是想检验一下我的医疗成果。"

于凤至一怔："什么，他们都是你的患者？"

"对，都是癌症患者。有的患的是宫颈癌，有的患的是前列腺癌，有的患的是胰腺癌，有的患的是乳腺癌，现在都已经恢复健康了。"说到这里，希尔顿脸上闪出一丝笑意，这是于凤至接触他以来，第一次看到他的笑，笑得虽然古板，却也令人开心。

希尔顿抬起手招呼一旁的几位妇女："天使们，请你们到这边来，我给你们介绍一位中国的朋友，好吗？"

那几个穿着礼服、珠光宝气的女人笑着走了过来："希尔顿医生，你好。"

希尔顿指着于凤至向她们介绍说："夫人们，这位是来自中国的一位患者，方才她夸赞你们，为什么化疗以后头发还那么好。你们能向她展示一下吗？"

那几个女人伸手把头上的发套摘了下来，亮出了她们光秃秃的头。

于凤至惊诧道："哦，原来你们的头发掉光了！"

一个女人问于凤至："夫人，你觉得我丑陋吗？"

于凤至脱口赞道："不，你很美，心里更美。"

女人又自我夸耀地说："只有心里美，才有外在美。我们美国的作家海伦·凯勒，出生九个月后就失去了视力和听力，她一生却写了几十部书，是我们美国最著名、最美的女作家。"

另一个女人自我炫耀地说："别看我失去了乳房，又是个光头，哈佛大学一个讲师还给我写了情书呢！他说我的气质很美，愿意跟我谈恋爱。"

又有一个妇女直言说道："其实，我们光头并不丑陋，只是那些厌恶光头的人，他们的心才丑陋呢！"

于凤至朝着希尔顿歉疚地微微鞠躬："希尔顿医生，对不起，明天我可以回去住院吗？"

希尔顿朗朗一笑："那张病床还给你留着呢！"

四

求生的渴望,会让处在危难之中的人捐弃前嫌相互救助;生死瞬间的相遇,也许会唤醒灵魂深处的良知。几个月前,英国伦敦被德国法西斯轰炸,间珣出防空洞失踪,间瑛和间玗几乎找遍了住地附近的所有街道、胡同、废井弃库、墙角旮旯,也没有找到间珣,最后,是梅西和培尔从一个被炸毁的破房里,找到了蜷缩在墙角的间珣,梅西把间珣背回了家。从此,一直把梅西当成恶妇,看一眼就觉得可怕的间珣,再看见梅西的时候多了几分好感。

最近,间瑛正准备考大学。晚间放学以后,她还要留在学校在老师的指导下复习功课,很晚才能回到家。一心想跟张家的三个孩子搞好关系的梅西几乎成了张家的主妇,每天都要给三个孩子做饭。

间珣有时看到在厨房里为他们忙得满头大汗的梅西,也投以感谢的一笑,尽管他笑得有些吝啬,甚至连句感谢的话都没有,但可以看出他对梅西已经消除了敌意,这让梅西很是宽慰。

这天刚刚放学,德国纳粹数十架轰炸机像恶魔一样飞到伦敦上空狂轰滥炸。街上的人四处逃窜,一片呼号。间瑛还没有放学,梅西赶紧拉着间珣、间玗和培尔三个孩子钻进了不远处的防空洞。

这次,飞机轰炸的地点距他们避难的防空洞很近,投下的炸弹威力强大,蹲在防空洞里的人,几乎都觉得天塌了似的,整个大地都在震颤,吓得那些孩子犹如被狼咬了的雏鸡,惊恐地大叫,惶恐地钻在老母鸡的羽翼下。梅西一看间珣、间玗吓得浑身发抖,一把将他们揽在怀里:"孩子,别怕,有我呢! 别怕……"

龟缩在梅西怀里的间珣,似乎觉得梅西那宽大的胸膛暖烘烘的,这种感觉他小时候有过。当他有什么委屈或者是害怕的时候,母亲就把他搂在怀里,用母爱的胸膛给他温暖,给他宽慰,让他释放恐惧,增添勇气和力量。今天,这个过去跟他结怨的老女人,胸膛比母亲的还宽大还温热。这时他才觉得,有梅西的呵护,非常安全。

又有一颗炸弹落了下来,大地在轰鸣,防空洞上边"哗啦啦"地往下掉土,一块块鸡蛋大小的土块石头,一股股细土落在梅西的头上身上。她生怕掉下来的碎土伤着孩子,索性脱下上衣把三个孩子盖住。

刺耳的尖叫声渐渐远去,听声音是飞机走远了。间珣慢慢抬起头,一见头上身上落着石渣土屑灰头土脸的梅西,他的眼睛潮湿了。

"孩子别动!飞机还会回来的。有我护着,你们别怕!"梅西居然像母亲一样紧紧地搂着他们,不让三个孩子离开她那温暖的怀抱。

间玗还是从梅西怀里挣脱出来:"亲爱的大妈,飞机飞走啦!"

梅西诧然一怔:"什么?你叫我什么?"

"亲爱的大妈呀。"间玗不好意思地看着梅西。

间珣也动情地说:"大妈,谢谢你。"

梅西的心里一阵灼热,无比激动地看着间珣和间玗:"可爱的孩子,你们两个能再叫我一声大妈吗?"

间玗征询地看看间珣,两个孩子几乎同声地叫道:"大妈……"

"上帝呀!你听到了吗?孩子们叫我大妈啦!"梅西两眼闪动着激动的泪光,"我太高兴了!你桑希尔伯伯回来,我就告诉他,两个孩子管我叫大妈啦!"她心花怒放,照着间珣、间玗那沾满灰尘的脸蛋,分别猛地亲了一口。

两个孩子腼腆地笑了,培尔也笑了……

五

一个月后,经过二次手术的于凤至乳房伤口愈合,开始化疗。尽管那个烫皮烧肉的电灸让于凤至忐忑不安,但是已经走出阎王殿、不怕鬼门关的于凤至,再也不会那样"谈化疗色变"了。为了远在异国的孩子,为了追求已久的救夫信念,就是再疼再苦,她也要忍受。

这天,肯尼迪和安莉又从三百六十里之外的华盛顿赶来探望于凤至。安莉为了让她这个干妹子尽早恢复健康,特地买了鱼油、奶酪、果汁等一大堆保健品。肯尼迪更懂得于凤至的精神需要,给她带来一大堆画报、华文报纸和书籍,让她排遣病床上的无聊和枯燥。

希尔顿告诉肯尼迪夫妇,于凤至的乳房切除术做得非常成功,经术后化验,身体内的癌细胞已基本消除,现在只是通过每周一次的化疗,把癌细胞彻底消灭干净,再不复发。

肯尼迪夫妇走了。晚上,躺在床上的于凤至信手拿过一张华文报纸,有一搭无一搭地浏览。忽然,一则惊人的消息赫然入目。

从 1940 年 9 月 7 日到 1941 年 5 月 10 日,纳粹德国对英国伦敦连续进行了 273 个昼夜的大轰炸,全英国超过 4.3 万的市民被炸死,10 万间房屋被炸弹摧毁,英国伦敦成为第二次世界大战遭受轰炸最严重的城市之一。

仿佛眼前突然跳出了一条张着血盆大口的蟒蛇,让于凤至心惊肉跳浑身发抖,那张给她带来震惊与痛苦的报纸飘摇落地……

杜尚臣弯腰从地上捡起了那张报纸,展开一看他明白了。随即安慰于凤至:"夫人,你不用担心,有帅府五小姐张怀曦在伦敦照顾小姐和少爷,他们不会出事儿的。"

于凤至这时想起她离开阳明祠之前张学良的话:"你到美国治病,病好了,就把三个孩子接到美国吧。你们已经有三四年没见面了,应该团聚了。"

向来就尊敬崇拜于凤至的杜尚臣,一直把帅府第一夫人看成是一位通晓世事的女神。更何况,张学良派他随于凤至到美国治病,他就是理所当然的护花使者,就应该为于凤至排忧解难。当即,恳求地说:"夫人,就让我去伦敦把小姐和少爷接过来吧!你放心,我一定会找到他们,让你们母子团聚。"

于凤至觉得,这些年杜尚臣对张学良一直忠心耿耿,对她本人更是爱护有加,是最值得信赖的男人。如今,英国伦敦那边险象环生,由他去看看三个孩子,就是接不过来也好心中有数。当日,她给桑希尔写了一封亲笔信,并把他家的地址和联系电话告诉了杜尚臣。

第二天,杜尚臣带着于凤至的重托,搭乘航班来到英国伦敦。他凭着刚刚学会的半生不熟的英语,连打听带询问,一直到暮色降临才来到桑希尔家门口。杜尚臣礼貌地敲了敲门。

梅西板着面孔走出来:"你找谁?"

杜尚臣客气地一笑:"我找桑希尔先生。"

"他不在。"梅西的话比她的脸还冷,"你找他有什么事吗?"

"这位女士,我是张学良夫人于凤至派过来的,想看看她家的三个孩子。"杜尚臣一边说着,一边掏出于凤至那封亲笔信呈给梅西。

梅西看都不看一眼:"我不认识中国字。"

"她写的是英文。"

"英文谁都可以写。"梅西又审视地看了一眼这个陌生的中国人,冷冷地说,"我怎么知道这封信就是张夫人写的,怎么就知道你是张夫人派来的呢?"

杜尚臣说:"夫人,请你理解我们的心意。你让张家三个孩子出来,他们一定会认识我。"

"他们不在这儿。"

"他们去哪儿了?"

"我为什么要告诉你呢?"

杜尚臣耐心地解释:"夫人,还是告诉我他们住在什么地方吧! 我想看看那三个孩子,夫人请你帮帮忙嘛!"

梅西依然警惕:"你说是张夫人派来的,谁知道你是不是个骗子。"

"不!"杜尚臣由于一时焦灼,慌不择词,"夫人,我真是张夫人派来看孩子的。你不能这样蛮横,赶快找来三个孩子让我们见面!"

"他们已经搬走啦,搬走啦!"梅西"啪"地关上房门,转身回到屋里。

杜尚臣拍着门板大声叫嚷:"夫人你不能这样,我们有话好说,开门,你快开门!"

梅西打开门上的小窗,冲着杜尚臣下了逐客令:"你赶快离开,再不离开我就要报警了。"说完,立即关上了小窗。

杜尚臣就像撞了南墙的一头小牛,怔怔地看着那个关得紧紧的铁门,焦灼、气愤又无可奈何⋯⋯

第二十七章

一

杜尚臣无功而返,这消息对于母子分离四年多,几乎是望眼欲穿的于凤至来说,真是痛心疾首始料未及。她不知道梅西是不是真正呵护孩子,担心孩子被骗走,还是心怀鬼胎,压根儿就不想交出三个孩子;她也不知道三个孩子是平平安安地生活在伦敦,还是发生了什么意外? 难道是梅西故意隐瞒真相? 想到这儿,于凤至再也坐不住了,从病床上爬起来,在屋子里走来走去苦苦沉思。

这时,曾经在中国给张学良开过飞机的美国飞行员白尔突然到医院探望于凤至,白尔跟张学良很要好,于凤至和三个孩子也曾坐过他开的飞机,来往于北京、沈阳,两个人很熟悉。几句寒暄之后,当白尔听到梅西拒不让三个孩子和杜尚臣见面之后,生气地说:"这家人为什么这么不讲理? 家里人去了为什么不让见孩子? 我在华期间认识桑希尔,我去找他一定能把三个孩子接过来。"

白尔主动要去伦敦找三个孩子,对于凤至是一个很大的安慰。

第二天,白尔带着杜尚臣坐飞机到了伦敦,找到了桑希尔的家,可让人万万想不到的是,这次更惨! 不知道梅西是有意回避,还是突然发生了意外,不仅没有见到三个孩子,桑希尔的家也莫名其妙地搬走了。问了几家邻居都说不知道他们的去处,白尔、杜尚臣只好败兴而归,于凤至寻找三个孩子的线索就这样中断了。

不久,化疗的副作用在于凤至身上显现了,她这才发现前额的头发已经变得稀疏,甚至可以看见裸露的头皮。一直把颜值视为第二生命的于凤至,不禁一阵酸楚。

这时,蒋嫂走来,把一顶刚用毛线织成的欧美式五彩小帽端端正正地戴在她的头上:"夫人,你看这顶小帽,戴上合不合适?"

于凤至对着镜子一看,那精致的五彩小帽扣在她那鸭梨形脸上,前额的斑秃看不见了,但是她脸上那一道浅纹与憔悴的眼神却遮不住啊!她一下子摘下小帽丢在一旁,趴在床上痛哭失声。英国伦敦战况紧张,三个孩子生死不详。仿佛是一瓢冷水泼在于凤至的头上,她那颗曾经充满期待的心,似乎被这个可怕的消息冻结了。

二

最近,国内的抗战形势大为不利,武汉失守,日军又轰炸贵阳、重庆。蒋介石担心张学良住的地方暴露,命令戴笠立即转移张学良。戴笠很犯难:张学良从奉化溪口到阳明祠已经换了五个地方了,现在几乎是无处可去。蒋介石指示:既然暂时无处可去,那也要严加防范。今后不准张学良向外传递什么信件,外人一律不准去阳明祠探视张学良,就是国府的要员要去那里也要严控!戴笠命令刘乙光、徐建业不仅加强了岗哨巡逻,而且对来往的信件管理更加严密,凡是张学良写的信一律不准发出。最近,于凤至从美国刚刚寄来一封信,刘乙光担心张学良看信以后又要回信,索性在信封上贴了张字条,上写"此地查无此人",原信退回。

一年多时间,一直没有收到于凤至音信的张学良心里非常牵挂她的病情。晚上给肯尼迪写了封信,想打听一下于凤至治疗的消息。可由于特务作梗,放了两天就是寄不出去。

刘玉清突然想出一个主意:"副司令,你把这封信交给我,我让卫生所的军医刘霞代邮。"

张学良很惊讶:"刘霞?你说的是陪大姐去上海看病的那个刘军医,她能帮我们邮信吗?"

"能。"刘玉清很肯定。他之所以敢答应让刘霞帮助邮信,是因为这里有一段不为人知的故事。

原来，刘霞和刘玉清两人老家在山东潍坊，东西两院是邻居。小时候小名叫石头的刘玉清经常跟刘霞在一起玩耍。那年，刘霞随着当兵的父亲去了南京，此后两个人就再也没有见过面。刘霞在南京军校卫生班学习以后当了军医，刘玉清随家人逃难来到东北，长大后当兵做了张学良的警卫。命运就像魔术师，硬是把两个看似无缘相遇的人巧妙地编织在一起，让这对青梅竹马在这个魔窟里不期而遇。

从此，刘玉清常常借故看病偷偷来卫生所，趁没有外人的时候，唠他们童年的往事。有时候，刘霞还悄悄地给刘玉清送些食品。

当刘玉清把张学良的那封信交给刘霞的时候，刘霞一时有些胆怯。她知道，如果偷偷给张学良代邮信件被刘乙光知道，就是不坐牢也得被开除。

刘玉清索性打开信封，让刘霞检查信件。刘霞一看这仅仅是张学良通过肯尼迪问候于凤至的一封平常信，没有什么不可告人的秘密，当时就答应了。

没想到隔墙有耳，这件事被别有用心的李木子发现了。李木子为什么暗地监视刘霞呢？这里隐藏着另外一个"天使遇魔鬼"的故事。

别看李木子平时对张学良黑脸疯似的一丝不苟，对待女人他可挺会怜香惜玉。尽管刘霞其貌不扬，但毕竟是个女人。每当刘霞从他身边路过，女人的香气刺激着李木子，让他春心荡漾。

一天，李木子喝了一点小酒走进卫生所，借着酒精发作那股冲劲儿，一把搂住刘霞就要亲吻。刘霞恼羞成怒，猛地扇了他两记耳光，并且当场撂下狠话："李木子，你这个狗东西！以后再敢放肆，我就上告到军统局，不让你蹲三年大牢，也得扒下这身皮！"

以后，李木子把刘霞当成最大的威胁，担心她告发，便偷偷地监视刘霞，一心想抓住她的什么把柄，就是不能报那"两掌之仇"，至少也能让她闭嘴。机会终于来了。刘玉清让刘霞给张学良寄信的事，被李木子窥见了。当天，他就向刘乙光打了小报告，说刘霞通敌，而且无中生有地说刘霞不仅给张学良偷着邮信，还暗地里通风报信儿，让他们逃跑。刘乙光冷着脸说："你空口无凭，应该拿出证据才有说服力。"

第二天，刘霞藏着张学良那封信，离开阳明祠前往修文县城买药。她刚刚走下一座白石桥，李木子就从一片树林里跳了出来："站住！"

刘霞一看站在面前的李木子，不禁一阵恶心："怎么树林子里还有癞蛤蟆叫啊？"

李木子一声恶笑："不是癞蛤蟆,是一条拦路的疯狗。"

"你想干什么?"

"我要进行全身搜查。"

"你没资格搜查我!"

"因为你带着张学良的密信。"

"你……"刘霞有些愕然,但是在魔鬼面前她绝不能示弱,"你给我滚一边去!我是上街去买药,哪有什么张学良的信件,胡说八道!"

"少废话!"李木子气势汹汹地走到她的身前,"把手伸开让我检查。"

刘霞荞着胆子叫号:"你要是查出有张学良的信,就算我通敌。你要是查不出来什么,姑奶奶可饶不了你!"说着伸展开双臂,让李木子检查。

李木子先搜她的兜子,掏了半天也没找出什么有价值的东西。然后,粗暴地在刘霞的身上乱摸,摸遍了全身也没有搜出信件。

"张学良的信在哪儿? 他的信在哪儿?"刘霞猛地扬起手臂,左右开弓连打了李木子几记耳光,转身走开。

李木子捂着被打得红肿的脸,恨恨地看着走远的刘霞,双眼几乎冒烟。刘霞没走多远,李木子忽然想起什么似的歇斯底里地大叫:"刘霞你别走! 那封信就藏在你的裤裆里,站住!"

刘霞理也不理,加快脚步向前走。李木子疯狗一般,不顾一切地扑上去把刘霞按到地上。两个人撕扯着滚在一起,从道旁滚到草滩,又从草滩滚到土坡。挣扎之中,刘霞一时失手扣动了扳机。一颗子弹划过李木子左肩,顿时流出一股殷红的鲜血,刘霞一下子惊呆了。

李木子趁势挥起拳头,狠狠地一顿暴打,把刘霞打昏。他这才发现刘霞那蹬掉的鞋壳里边藏着一封信。他赶紧打开一看,果然是张学良的亲笔信,他的脸上闪出狰狞的目光,想了想一把夺下刘霞的手枪冲着倒在地上的刘霞猛开了两枪。

李木子虽然抓到了刘霞私自帮张学良寄信这所谓通敌的证据,按规定,他应该把刘霞押回驻地,交给上司刘乙光处理。他未经允许,擅自开枪把刘霞打死,实属违纪。按照当时的军统惩罚条例,至少也要坐牢八年。然而,李木子却借着他左肩被子弹划伤为由,编了一套鬼话,把罪责全都推到刘霞身上:"刘霞带着张学良的密信进城,我在后边秘密跟踪,她发现我在后边跟她,就先开枪打伤了我的左肩。然后,趁势逃跑,后来我拼命追赶,她逃跑不及畏罪自杀。"

这个漏洞百出的谎言,连五岁孩子都能听出破绽,可好大喜功、从来对上司报喜不报忧的刘乙光,岂能给自己抹黑?更何况他一直把李木子当成指哪儿打哪儿的鹰犬。凡是得罪人装黑脸的事,李木子都替刘乙光蹚浑水一马当先。因此,刘乙光便掩盖事实给戴笠打了一封掺糠加水的报告,称刘霞暗地通敌畏罪自杀而不了了之。

老话说"雪里埋孩子能埋几天"。尽管刘乙光一压再压李木子杀死刘霞的事,还是让刘玉清产生了怀疑:刘霞怎么能畏罪自杀呢?一定是李木子搞的鬼。他咬牙切齿,暗暗攥起拳头,发誓一定要为刘霞报仇。

一天,日本飞机饿鹰一般地飞到了修文县狂轰滥炸。当时,刘乙光不在家,徐建业指挥军警人员和张学良、赵一荻等钻进了他们早已挖好的防空洞避难。要发泄郁愤的刘玉清顺手拿起一块带尖的石头,狠狠地在洞壁上刻下了"雪仇"两个字。

李木子当天就向徐建业告了刁状,说刘玉清一身反骨仇视党国,他在防空洞里写了"雪仇"两字,就是想要向党国报仇。徐建业一怒之下把刘玉清关了禁闭。

张学良听说之后火冒三丈,尽管赵一荻、李英毅一再阻拦,他还是怒气冲冲地闯进了办公室,愤怒地质问徐建业:"姓徐的,你小子为什么禁闭我的副官?"

徐建业也毫不示弱:"因为他仇恨党国,要向民国政府报仇雪恨。"

张学良厉声反驳:"他写了'雪仇'二字,是仇恨日本鬼子,难道你徐建业是二鬼子吗?"

徐建业咬着牙根狠狠地吐了一句:"张副司令,别忘了,你现在是什么人,别的将军都在前线打仗,你却在这里被人看着吃喝玩乐。你应该知道自己的斤两,对我们客气点。"

张学良火了:"我夫人去美国看病已经一年多了,我写封信问候一下你们都不准邮递,你们特务队比阎王殿还凶狠,比小鬼还恶毒。你小子有啥资格跟我讲客气二字,在我眼里你都不如一条狗!"

"你再说一句!"

"说一句算什么?我打你这个王八羔子养的!"张学良怒不可遏地顺手抄起一个拖把猛地一扫,桌上的杯盘"哗啦啦"落在地上。然后,他又抄起拖把向电话砸去。

徐建业顿时拔出手枪,面目狰狞地直指张学良。一向被认为是"小女人"的赵一荻,今天却突然爆发出一种无所畏惧的勇气。她几步跨到张学良面前,毫无惧色地厉声叫道:"姓徐的,住手!"

徐建业两眼几乎冒火："他这就是造反,我有权果断处理!"

赵一荻毫不示弱："就算他是造反,那也要蒋委员长亲自处理。你胆敢开枪伤着我们,小心戴笠局长要了你的脑袋!"

张天石跑进屋来,一把抱住徐建业："徐副主任,千万别冲动,千万别冲动……"

赵一荻目光坚忍地挺身傲立,徐建业气得两手发抖。

三

纽约的深秋是美国最佳的季节,东部南部大西洋沿岸湿漉漉的海风吹过来,令人感到神清气爽。由于三个孩子失踪,于凤至心情跌落到低谷,她似乎觉得美国的深秋比中国的初冬寒冷,心里总是感到凉哇哇的。

这天肯尼迪和安莉来了,听说白尔、杜尚臣二下伦敦还是没能找到孩子,而且连桑希尔的家都不知去向,肯尼迪自告奋勇："夫人,让我去找桑希尔吧。"

于凤至忍着痛泪哽咽道："他家都搬走了,你上哪儿去找啊?伦敦城有几十万人家,在那里找孩子不是大海捞针吗?"

肯尼迪重情重义地说："夫人,为了你们母子团聚,别说是他搬家,就是在人间蒸发,我也要找到他的灵魂,你就让我去吧!况且伦敦是英语系的国家,我在那里的外交界还有认识的人,我比尚臣老弟他们方便些。"

安莉也劝慰地说："凤至,你就让肯尼迪去找孩子吧。你不知道,你在肯尼迪的心目中比我都有位置,他把你看成一位最高贵、最值得崇拜的女人,为你做事他是心甘情愿的。"

于凤至脸上闪出一丝勉强的笑容："我真不忍心麻烦肯尼迪先生。"

安莉开导她："凤至,张将军不在你身边,有另外一个男人要帮你做事,你应该感到幸福。"

肯尼迪制止地摆摆手："你不要说这些话。"转对于凤至恳求,"夫人,还是让我去吧,我相信一定能找到桑希尔。"

第二天,肯尼迪带着杜尚臣前往伦敦。

其实,桑希尔之所以搬家并不是逃避,而是为生活所迫搬到了郊区。桑希尔回国之后,工作变动,一直心情不好,性格也变得暴躁乖戾,经常酗酒。一天晚上夜色朦胧,他酒后驾着车赶回营地。在一个岔路拐弯时,由于超速驾驶,撞伤了两个人。

不知道桑希尔怎么这么倒霉,十几年前在中国误杀农民差点坐牢,现在又酗酒开车肇事致使两人残疾。按照当时英国的法律,酒后驾车伤人,不仅要赔偿伤者昂贵的赔偿金,还要坐三年大牢。这几年他的运气不好,生活每况愈下,手中没有多少积蓄,只好卖掉了包括张家三个孩子住的所有房子,拿出比法院判决还要多几倍的三十万英镑,跟伤者家属私了才免去一场牢狱之灾。然而,被酒精泡昏了头的桑希尔,没有丧失做人的底线,不仅没有把张家的三个孩子赶走,而且让他们搬到自己的新居,两家人住在一起。按照他的说法:"这样,照顾孩子更加方便。"

张家的三个孩子已经习惯了独立生活,不想寄人篱下。闾瑛私下里偷偷地在外边找房子,后来被梅西发现,不让他们搬走。最后由于闾瑛一再坚持,还是租下了剑桥大学附近凯乐路63号一所二室一厅的小平房,张家的三个孩子搬进这个新居。

这时的张怀曦已经从剑桥大学毕业,而且有了爱人,两个人在爱丁堡找了一份工作。由于闾瑛已经长大成人,完全可以领着两个弟弟独立生活了,张怀曦隔一段时间回到这里,看看她的侄女和侄儿,给他们一些安慰。

这天,桑希尔回到了他的新家。这个从一位外交官一下子跌落成运输小队长的英国男人,虽然性情粗暴,好酗酒闹事,但对张学良家的三个孩子视为己出。刚一到新家,他就问梅西三个孩子怎么样了。梅西喋喋不休地告诉他:三个孩子搬到了凯乐路63号以后,她经常去关照,他们生活得很好。不过,半年前有个中国人来了,说是身在美国的张夫人派来的,要接走三个孩子,梅西认为他是个骗子。

性情粗犷的桑希尔有时看问题很简单,他觉得张夫人既然去了美国,为什么不能来英国看看她的孩子呢?更何况他们照顾孩子已经七年了,张夫人不来道一声感谢就要把三个孩子接走,不是她本人太无情,就是那个人是个货真价实的骗子,想把孩子骗走。

梅西又愤愤地"哼"了一声:"太不拿我们当人了。"

突然有人敲门,梅西走上去打开房门一看,是以前来过的那个中国人,还有一个她不认识的人,不禁大吃一惊:"啊!你们……"

肯尼迪自我介绍:"我是美国外交官肯尼迪,是桑希尔先生的朋友,这位是张学良将军的副官杜先生,你们可能认识。"

杜尚臣朝着梅西客气地点头一笑:"夫人,你好。"

梅西冷冷地说:"怎么又是你?"

桑希尔从里屋走出来,脸色冷得像一块石板:"肯尼迪先生,你过去是我的朋友,不过,你现在是来跟我要人的对吗?"

肯尼迪解释:"桑希尔先生,你听我说……"

"我不听。"桑希尔由于误解于凤至,粗暴地一挥手,"肯尼迪先生,请你原谅我的不敬,张家的孩子不在这里,你们走,你们赶快走!"

肯尼迪朝着桑希尔轻轻一笑:"桑希尔先生,我知道你们英国人最热情好客,我们俩老相识难得一见,难道连一杯咖啡都不让我喝吗?"

桑希尔:"我们以前是朋友,如果你改日再来,我用英国皇家的波尔多红酒招待你。"

"桑希尔先生,你误会了。"肯尼迪又解释地说,"我们今天不是来接孩子的,是代表张夫人来感谢你们的。"

"感谢?"

"是感谢。张夫人说,这七年你们夫妇为她的三个孩子付出了很多辛苦,尤其是伦敦大轰炸,三个孩子平安无恙,你们是用真爱守护着这几个孩子。"

杜尚臣接下去说:"所以,张夫人非常感谢你们。"说着从兜子里拿出一件贵重礼品——护子观音,双手捧着放在桑希尔眼前,"在我们中国,观音就是圣母,就是最具慈爱的天神,我们夫人要把这个用中国和田玉材料制作的护子观音送给你们。就是说你们夫妇是天使,在三个孩子有难的时候,实心实意地守护他们,只有你们才配得上接受这件珍品!"

肯尼迪又开诚布公地说:"桑希尔先生、夫人,我再说一句:我们今天不是接孩子的,是专门代表张夫人感谢你们的。实话告诉你们:我们拜谢了你们就走,根本不会见那几个孩子……"

余怒未息的桑希尔把那个护子观音一下子放到杜尚臣的手里:"这么贵重的礼品我承受不起,你们把它拿回去!"

肯尼迪:"桑希尔先生,张夫人委托我们远渡重洋来拜谢你,你贸然拒绝,这可不体面哦!"

桑希尔气哼哼地一摆手:"张夫人居高临下,能在美国养尊处优,为什么就不能亲自来看看孩子?我说了,我没有资格承受这份礼物。"

肯尼迪郑重地告诉桑希尔:"你错怪张夫人了,我明确地告诉你,她得了癌症,已经做了两次手术,现在还在美国住院化疗……"

梅西一惊:"啊……"

桑希尔依然固执地摊开两只手："肯尼迪先生，你就不要骗我了，那么健康的张夫人怎么会得癌症？你们走吧，我不想听你们解释！"

肯尼迪、杜尚臣二人无可奈何地僵在那里……

四

不知是历史的照应还是命运的捉弄，于凤至和赵一荻的经历中出现了极其相似的交叉与重演。八年前，在雪窦寺袁静芝行刺张学良时于凤至挺身挡刀，已经成为特务队宪兵连的历史佳话。然而，让人们意想不到的是，八年之后，张学良怒砸办公室徐建业拔枪相对时，小鸟依人的赵一荻却挺身而出为张学良挡枪。这出人意料的壮举让住在阳明祠的所有军警大受震动。高官得做骏马任骑的时候女人为他献身可以理解，而今他已经是一个不戴枷锁的囚徒，两个女人依然一如既往忠贞不渝，生死关头为他挺身而出。张学良到底有什么秘密武器能让这两个娇弱的女人为他倾倒，甚至为他去死呢？

这个谜只有赵一荻心里有答案，那就是发自心底、来自骨髓、从内到外的真爱。过去，在赵一荻的心里一直为她在"九一八"对张学良"失劝"，西安事变中又对张学良"失拦"而愧疚，这一次挺身挡枪，似乎挽回了些什么。她心里产生出一种从未有过的欣慰并有了一个想法：别看我是个女人，完全可以保护张学良的安全，不需要刘玉清、李英毅两位副官抛家舍业地在这儿跟我们受罪了，应该让他们回家！

张学良也非常赞同赵一荻的这个想法。当天下午他把刘玉清、李英毅找到房间，真挚地说："玉清、英毅，你们两个人已经跟我这么久了。三年前我就想让你们回家，你们不走。现在蒋介石把我囚禁在这个老山老狱里，看情形没有放我的意思，你们就别在这儿跟我受苦了。我给你们每个人一百块大洋，回家孝敬双亲，合家团圆吧。"

刘玉清没那么多冠冕堂皇的话，实实在在地说道："副司令，现在这个时候，我们怎么能丢下你呀！我走了，你有危险怎么办？大家兄弟一场，要生一块儿生，要死一块儿死……"

赵一荻劝慰地说："玉清、英毅，依我看，老蒋要是想杀汉卿，汉卿活不到今天。现在看，特务队也不敢把汉卿怎么样，你们就放心地走吧！这里有我呢，我一定保证他的安全。"

其实,李英毅早已经有了回老家的念头,只是碍于他跟张学良多年的上下级情分,不便提出来。听了赵一荻这句话,他哀叹一声:"其实,我家只剩一个老娘,现在她也七十来岁了,还有一身病,连饭都做不了,要不是为了她老人家,我真不想离开你们。"

刘玉清说:"英毅,你家有老娘你就回家吧! 我不走了,我的老娘老爹早就过世了,那个水性杨花的娘们儿也跟别人跑了。我现在是腿肚子上贴灶王爷——人走家搬,在哪儿都一样。"

刘玉清坚决不走,张学良只好拿出一百块大洋的银票给了李英毅。当晚,又特地吩咐厨房备饭给李英毅饯行。

刘乙光非常清楚,最近蒋委员长曾经给戴笠局长下指示,一定严密封锁阳明祠,不能有半点疏忽。李英毅从奉化溪口开始一直陪伴张学良,知道张学良被软禁的很多秘密。如今他要离开,不仅再次暴露了这个地址,更可怕的是会暴露他们那些见不得人的勾当。刘乙光不敢断然决定放行,当即给戴笠拍电报请示如何处理。

戴笠回电就两句话:"保证张的安全,其他无须考虑。"他这份电报中没有一个"杀"字,却在潜台词中暗示刘乙光"格杀勿论"。

第二天,一心想回家孝敬老母的李英毅,背上行李满怀希望地登上了返乡之路。他有一种困鸟出笼的喜悦:"今天我到贵阳上车,再有十天就能回到家中看老娘了! 老娘啊,你不孝的儿子回来了!"

李英毅心情舒畅地刚刚走下白石桥头,又是在那片树林里,又是在那个路口,又是在刘霞被杀的地方,李木子忽然从树林里跳了出来,冲着快步前行的李英毅"啪啪啪"连开了三枪,李英毅一声惨叫,饮弹倒地,这个陪了张学良二十多年的副官刚刚走出牢笼,竟神不知鬼不觉地消失了……

第二十八章

一

　　磨难对于弱者是走向死亡的坟墓,对于强者则是激发壮志的沃土。于凤至与死神擦肩而过,丈夫遭多年囚禁,儿女不得团聚,她屡经坎坷却越挫越勇。如今,她身体大有好转,掉光的头发又长出了黑茸茸的发丝,呕吐也基本停止。虽然还没有恢复到术前的花容月貌,不过,气质依然不减当年。为了救丈夫,为了抚养三个孩子,她不想死,不敢死,也死不起。只能调动自身残存的生命与病魔进行殊死搏斗,激活那些还没有凋谢的细胞努力新陈代谢,因而延续了生命,活出了新生。

　　这天,安莉带着一个女朋友来看于凤至。这个女朋友叫乔斯,是个美、非混血。她身材标致,脸庞微黑而又好看,那一双大眼睛就像一对黑宝石那样熠熠闪光,是个典型的黑美人儿。十几年前,她是《纽约时报》一个小有名气的记者,曾在北京见过张学良几次。尽管她不大赞成张学良搞西安事变,但是对张学良的崇拜并没有因此打折扣。前几年,由于她在新闻报道方面过于追求新闻的爆炸性,有几篇报道失真,后来被报社解雇。乔斯的人生信念是:此处不养娘,还有养娘处,处处不养娘,娘就走奇路。从此,她华丽转身,从新闻记者改行做房地产,凭借她对时事的敏感和嗅觉,还有她敢闯敢干的创业精神,在房地产行业当中观市场、看行情、买地皮、建楼房,从一窍不通的文人,发展成为一个小有名气的地产商。最近听说张学良的夫人于凤至在这里住院,特地跟着安莉前来探望。

于凤至听说乔斯去过中国,并与张学良有过来往,对乔斯倍感亲切,两个人坐在沙发上谈起了往事。乔斯性情爽快,问于凤至需要什么样的帮助。

于凤至也不见外,她告诉乔斯:现在病已经基本痊愈,每个月只做一次化疗,没有必要住在医院里花费昂贵的医药费了,想在附近租一间房子,自立门户。乔斯十分慷慨,要租房子,她就有。离这儿不远的哈德逊河畔有一套别墅一直闲着,让于凤至搬过去就是了。安莉拍手叫好,因为哈德逊河畔离这个医院不远,化疗康复都方便,她劝于凤至搬去住。于凤至觉得,尽管乔斯与张学良是熟人却没有深交,住她的房子可以,但一定要付租金。可乔斯坚决不收:"夫人,你现在是困难时期,我那个房子闲着也是闲着,怎么能要租金呢?那房子里的家具炉灶都是现成的,你什么也不用买,明天就搬过去吧。"

尽管于凤至一再提出不能白住,乔斯还是坚持不收租金。最后安莉搞了个折中:"我看这样吧,凤至你先住着,等以后你的情况好转再感谢乔斯。"

几天后,在乔斯的帮助下,于凤至几个人搬进了哈德逊河畔的那座小黄楼。

乔斯的小黄楼在别墅区,有一番独特的风景。楼后面是郁郁葱葱枝繁叶茂的雪杉,面对的是碧水清流的哈德逊河。白天在河面上飞翔的一只只鱼鹰"嘎呀嘎呀"竞相嬉戏,一会儿飞到蓝天,一会儿又潜回水中,叼起条小鱼远远飞去。夜晚,有几只忙了一天的渔船靠岸停泊,渔民们在岸边燃起渔火,边喝着酒边弹起野洋琴,唱起他们心中憧憬未来的渔歌。

于凤至过去在医院里边,每天所看到的多是愁眉苦脸,听到的是唉声叹气,呼吸的是来苏水的气味。住到这里,仿佛是进了另一个世界,享受安宁和静谧,没有病中的呻吟,呼吸着新鲜的空气,因此快活了许多。现在她只有一个信念,就是争取早日恢复健康,先把孩子们接过来,母子团聚。

二

这天,于凤至刚从医院复查回来还没有坐定,忽然,外面有人敲门。蒋嫂赶紧过去打开房门,桑希尔夫妇领着培尔和张家三个一身新装的孩子,令人意外地跨进门来。

这突然而来的惊喜，几乎让于凤至手足无措："啊，桑希尔先生、梅西女士，你们怎么来了？"

间玗不等桑希尔寒暄，泪花顿飞地跑过去一把抱住母亲："妈，我们可见到你了……"

间瑛激动得眼里一汪喜泪，扑上去拉着母亲。

只有间珣原地不动，似哭似笑地看着母亲，热泪在眼圈里打转转。

于凤至亲了亲女儿，爱抚地拍了拍已经长高的间玗，朝着桑希尔夫妇热情地说："桑希尔先生、梅西夫人，快坐，快坐。"

"张夫人，感谢上帝，你恢复得很好啊！"桑希尔客气地说着，与梅西落座在沙发上。

蒋嫂献上茶来。

于凤至十分感激地说："桑希尔先生、梅西夫人，真没想到你们二位能领着三个孩子过来，我还真想过一段时间，等身体恢复差不多了，去伦敦拜访你们呢！"

桑希尔说："孩子们刚刚毕业，知道他们想念母亲，我就跟梅西把他们带来了，你们母子已经分开八年，应该团聚了。"

于凤至一看手表已经是时近中午，立即领着桑希尔夫妇、培尔和自己的三个孩子，还有蒋嫂、杜尚臣来到别墅区一家高档酒店，为桑希尔夫妇举办欢迎午宴。

酒店房间的布置虽不豪华，但是宴席却非常丰盛，除了美国的名菜醋椒火鸡、巧克力火锅以外，还有英国的奶油鸡、意大利的火腿、西班牙的酥肉，可说是欧美地区的合餐。

于凤至为培尔夹了几块醋椒火鸡，接着满怀谢意地举起酒杯："桑希尔先生、梅西夫人，感谢你们夫妻千程万里地到美国送孩子，请接受我对你们夫妇的欢迎和祝福。来，我们先干一杯！"

在座的人立即举起酒杯向桑希尔夫妇敬酒，几个杯子轻轻一碰，桑希尔喝了个滴酒不剩。

间瑛立即给桑希尔、梅西斟酒。

酒过三巡，几个人唠起了三个孩子的事情，一向有话直说的梅西，不藏不掖地道出了为什么不让三个孩子见杜尚臣的理由，她说：她不是不想放手三个孩子，当时她是很生气，七八年了，张夫人不在孩子身边，是自己和桑希尔的帮忙照顾，三个孩子才得以平安度过这些年。尤其在那几年德国法西斯对伦敦惨烈轰炸，她就像一只呵护幼崽的老母鸡，宁可伤到自己也不让孩子受一点伤害，你张夫人既然来到美国了,为什么就不能到英国看一下孩子,对我们说一声谢谢?

桑希尔觉得梅西的话还有怨气,他解释:"当时她不知道你有病,在美国治疗。要知道你有病住院,怎么也会让孩子来看看妈妈呀!"

于凤至苦笑着解释:"当时杜副官怕孩子们知道我有病担心,没有说我在住院治疗。"

桑希尔接着说:"你这几个孩子,读书非常用功,学习成绩也很好,当时正忙着准备毕业考试,梅西怕惊扰孩子耽误他们学习,又怕去的人是骗子,也没有让他们见面。现在几个孩子都毕业了,间瑛要报考大学,间珣、间玕要报考高中。所以,我们就把他们送过来让你们母子团聚。夫人,对不起,你们母子晚见面了半年。"

"千万别这样说。"于凤至有些歉疚地说,"是啊! 没想到我这三个孩子给你们添了这么多的麻烦。梅西,真是辛苦你了。汉卿要是知道孩子们在你们抚养之下都已经毕业了,生活得这么快乐,一定会非常高兴。来,我代表汉卿再敬你们一杯!"

坐在桌前的间珣,突然端着酒杯站起身来:"妈,先让我敬大妈、大伯一杯吧!"

木讷的间珣突然要给桑希尔夫妇敬酒,让大家吃了一惊。

间珣眼含着一汪泪水愧疚地说:"大妈,过去我恨过你,也骂过你,还跟培尔吵过架。可你还是像心疼自己的孩子一样心疼我,保护我,今天间珣给你赔礼了。这杯酒我干了!"说着,把半杯酒喝得一滴不剩。

人们都用惊赞的目光看着这个虽然有病却不失良知的孩子。

梅西一激动,也喝干了一杯酒。

于凤至又亲自给桑希尔、梅西斟满了酒杯,深情道:"桑希尔先生、梅西夫人,你们夫妇把三个孩子当成亲生的一样抚养了八年,这八年,你们不知花费了多少心血,付出了多少辛苦。德国纳粹对英国伦敦进行了八个月的轰炸,死了四万多人,远离亲娘的三个孩子却都毫发未损。如今他们又毕了业,安安全全地来到了我的身边。我们中国的语言丰富,可是,我却找不出最恰当的词汇来表达感谢。只能带领三个孩子,按照我们中国人的礼节向你们二位表示谢意了。"说到这里,她回过头叫了一声,"孩子们,赶快给我们的恩人下跪磕头。"于凤至说着,首先带着三个孩子面对桑希尔、梅西伏身跪地。

桑希尔惊呆了,梅西赶紧走过去,一把拉起于凤至。

于凤至眼含着热泪,至诚至敬地说:"孩子们,谁言寸草心,报得三春晖呀! 给我们的恩人磕三个头吧!"

三个孩子立即伏下身去,朝着桑希尔、梅西连磕三个头。

梅西百感交集,上前一把抱住间珣:"我的好孩子,你在我身边好好赖赖地住了八年,今天真要分开了,我真舍不得你们呀!"

间珣哽咽地说:"大妈,我不会忘记你老人家对我们的关心,大妈,间珣也是你的儿子……"

培尔上去一把拉过间珣,两个孩子就像生离死别那样,紧紧抱在一起失声痛哭。

于凤至、梅西都被感动得哭了,在场的人也都落下了眼泪……

三

三个孩子终于回到了于凤至的身边,于凤至心里却很愧疚。八年的时间,孩子们缺失母爱,作为母亲她应该怎样补偿孩子们心灵的创伤,让他们享受一下久违的天伦之乐呢?她问三个孩子:"你们想吃点什么,要点什么,玩点什么,快告诉妈妈,妈妈一定让你们享受一下咱们母子见面的快乐。"

间瑛没有吱声,间珣傻傻地笑,间玗却提出了一个奇怪的想法,他想坐花车畅游一下纽约。"坐花车?"于凤至不理解儿子的意思。间瑛给妈妈解释:坐花车,是英国17世纪留下来的一种古老的习俗。所谓花车,就是两匹马拉着一辆马车,马脖子上戴着串铃,车下系着响钟并插满鲜花。英国的一些贵族富豪常常在喜庆的日子里,一家人坐着花车畅游景点。他们认为坐在这17世纪留下的马车上畅游风景,要比坐在新式的轿车上更古朴、更优越、更具贵族式的生活风度。

第二天,杜尚臣从英国人开的一个旅游公司雇了一辆花车,于凤至带领一家人高高兴兴地坐在花车上,在叮咚悦耳的铃声中开始畅游纽约。他们首先来到烟波浩渺的海边自由岛,浏览了当今世界有名的第二雕塑——自由女神像,那座高四十六米的古典希腊美人,庄严静美,让人望而生畏。然后,又来到全世界最著名的纽约证券交易所,观看大楼前六根古希腊式的廊柱和楼上的大理石雕塑。接下来,又来到了帝国大厦,那栋建筑壮观雄伟气势磅礴,抬眼望去,楼上的小人几乎就像蚂蚁一样。傍晚,于凤至领着孩子们来到了哈德逊河畔,看岸边渔火,倾听渔民们弹着野洋琴,渔歌唱晚,品尝篝火烤熟的小鱼,孩子们吃得非常开心。

不久,在肯尼迪、安莉和乔斯的帮助下,间瑛考入了哥伦比亚大学,间珣、间玗考入了中学，于凤至真正完成了在纽约的安家落户。

这时，于凤至觉得三个孩子已经来到美国，基本上合家团圆了。晚上就把蒋嫂、杜尚臣叫到一起，想让他们回老家："蒋嫂、尚臣，你们陪我来美国已经三年多了，现在我的病基本好转，孩子们也回到了我的身边。你们抛家舍业陪了我这么些年，也该回家了。我打算给你们每个人三百块大洋，过几天你们就离开纽约回国吧。"

蒋嫂不想走："我的老家没什么人了，回去还依靠谁呢？你现在虽然病情好转，三个孩子念书也需要人照顾，家里的许多事情还需要料理。等我老了迈不动腿的时候，你不让我走我也要走。"

蒋嫂这番话语，令于凤至心里一阵灼热："蒋嫂，我不是撵你们走，我是考虑到我不能再拖累你们了。"

"不是拖累，是依靠。夫人，要是没有你，我一个孤老婆子活着还有什么意思啊？"说到这儿，蒋嫂哽咽了。

于凤至不再劝说蒋嫂了，她转身问起杜尚臣："尚臣，你呢？"

杜尚臣讷讷地说："夫人，从心里说我也不想离开你，副司令所以让我来美国，就是要保护你的安全。你现在刚刚立住脚，我怎么能丢下你回家呢？"

"你都快四十了，现在还是个光棍，应该回家娶妻生子了。"

"我不想娶女人……"

"你可不能一个人过一辈子呀，你回去吧。我现在基本好了，还有蒋嫂帮助，我不会有什么事儿了，你就放心走吧！"

尽管于凤至诚心诚意地劝杜尚臣回老家，杜尚臣担心于凤至一家人的安危，还是不想离开，最后于凤至又提出一个想法："最近我在报纸上看到世界反法西斯战争如火如荼，日本帝国主义岌岌可危。听说国内的抗日形势一片大好，各地都点燃了抗日烽火，日本人已经是四面楚歌，待不长了。你们回去看看老家怎么样了。如果沈阳、郑家屯都和平了，你给我来个信儿，我真想带着孩子回家看看。"

杜尚臣想了想："好吧，不过我有个要求：明天，我再跟你们全家合个影，留个念想行吗？"

于凤至痛快地答应："那有什么不行。"然后她把三个孩子叫到跟前，几乎是下令道，"从现在起，你们对待蒋妈就像对待我一样，她是你们的蒋妈妈，明白吗？"

三个孩子朝着蒋嫂亲切地叫了一声："蒋妈妈！"

蒋嫂激动得满眼泪光。

第二天,于凤至带着蒋妈(从此蒋嫂改称蒋妈)、杜尚臣和三个孩子来到一家照相馆。于凤至、蒋妈、杜尚臣三个人坐在椅子上,三个孩子站在他们的后面,照了一张全家福。

两天以后,杜尚臣珍藏着他与于凤至一家人的合影,乘坐国际航班从纽约起飞。当飞机升空通过哈德逊河畔上空之时,坐在弦窗前鸟瞰下面隐约可见的小黄楼,他双手合十默默地祝福:"夫人,再见吧!祝你生活幸福,早和副司令团聚……"

四

命运中悲剧与喜剧交替是常有的事,在人生的旅途上,绿灯过去可能就出现红灯。于凤至跟儿女团聚,可以说是时来运转。不过,刚刚过上一年多的好日子,厄运又降临到她的头上。这场厄运的源头,来自闾珣的期末考试。

别看闾珣有时精神忧郁,却绝顶聪明记忆力超强,一页书看两遍就不忘。可能是由于回到母亲身边的原因,他的学习成绩也直线攀升,期末考试他以压倒性的分数考了班上第一名,碾压过去一直稳居班级第一的美国学生迈克。一直都以"考试王子"自诩的迈克,唯恐别人超过自己。出于嫉妒,他在下课的时候骂闾珣:"你有什么了不起,自己的爸爸还在中国坐牢,不过是个罪犯的儿子。"

闾珣不肯受辱,跟迈克吵了起来。迈克非但没有收敛,而且骂得更凶:"别看你飞得很高,可在我眼里,就是一只令人讨厌的嗡嗡乱叫的苍蝇。"

闾珣一怒之下扇了迈克两记耳光,就是这两记耳光让闾珣惹祸了。校长不知道闾珣有精神病史,不问青红皂白,在全体学生早会上严厉批评闾珣:"不守规矩,殴打同学,如果下次再犯,一定开除学籍!"

闾珣一口恶气憋在心里,两天之后就犯病了。这一次的症状比前一次更严重,不是大被蒙头,而是时不时地要偷着出走。吃饭的时候去便所,趁人不备偷偷溜走了。于凤至、蒋妈、闾瑛、闾玗几个人满大街寻找,最后在车站把他找到。一问他,他说要去找爸爸。

夜里睡觉的时候,闾珣趁大家睡熟了,又偷偷地爬起来开门溜走。连睡觉都睁一只眼睛的于凤至赶紧叫起蒋妈追了半条街,才把他追回来,一问还是去找爸爸。

于凤至忧心忡忡,这样下去,孩子早晚要失踪。第二天,索性把他送进了一家精神病院封闭治疗。

这个时候于凤至已经是囊中羞涩了，几年的乳腺癌治疗所用的昂贵费用，以及家人的生活费，把积蓄花得所剩无几。如今，五口人的生活费，三个孩子读书的费用，每半年一次的癌症复查，这一切花销几乎让她捉襟见肘。现在，闾珣入院又是一笔大的医疗开支。可是在这个人地两生的国度，她应该去哪儿借钱呢？肯尼迪夫妇为了帮她，已经多次慷慨解囊，她本人已经无法再张口。乔斯是个新认识的朋友，人家已经把别墅让给你居住，还能蹬鼻子上脸地跟人家借钱吗？

　　正为难之时，于凤至忽然想起来：十几年前她和张学良的欧洲之行，张学良曾经给英国铁路工程师伊雅阁留下一大笔钱，让他给东北军买武器。之后，张学良搞西安事变，武器还没买到手，张学良就被软禁了，这笔钱依然还在伊雅阁的手里。如今跟他借钱，他绝不会拒绝。

　　这位大辽河畔的于家大小姐，小时候几乎拿大洋当毽子踢，进了奉天大帅府，更是花钱如流水。大辽河闹水灾，她举办募捐义演，自己带头捐了三千块大洋；日本人进攻沈阳，她慷慨解囊，为帅府每个杂役发了二十块大洋，打发他们回家过日子。如今，这个出手阔绰的东北第一夫人却要伸手向别人借钱，她能张开嘴吗？然而，手头拮据差不多揭不开锅了的现实，脸面又有多重要呢？她苦笑地叫着自己的名字："于凤至啊于凤至，委屈你了。为了孩子，为了这个家，也为了汉卿，你只能是硬着头皮忍辱屈尊上门求讨了，唉……"想到这里，她难过地流下了眼泪。

　　第二天，于凤至安排好了家事，带着蒋妈乘坐飞机来到英国伦敦。然后，通过外交部查询伊雅阁的家庭住址。当来到伊雅阁家门前时，她的脚步变得沉重了，看着那扇涂着黑漆的大铁门，望而却步。

　　蒋妈征询地看着于凤至："夫人，我们进去吗？"

　　一种卑微感令于凤至心虚气短。蒋妈一声长叹，上去按响了门铃。

　　从院里走出了一个身材高大、骨骼清瘦、黄发碧眼的英国女人（伊雅阁的妻子玛丽）。这个女人虽然不十分漂亮，却有一种与生俱来的高贵。"这位女士，你找谁？"玛丽目光高冷地望着于凤至。

　　于凤至客气地一笑："我找伊雅阁先生。"

　　"不在家。"玛丽又自我介绍，"女士，我是他的夫人，有事可以跟我说吗？"

　　于凤至礼貌地点了点头："夫人，我们是从美国来的，中国的张学良你知道吧，我是他的夫人。"

　　玛丽轻轻地一笑，笑得很严肃："啊……知道，我知道，快进屋。"说着，客气地打开大铁门把这两个人引进房内,女佣献上茶来。

玛丽误以为于凤至就是赵一荻:"夫人,你是来接孩子的吧?"

于凤至知道赵一荻的儿子闾琳在她这里,笑着说:"我不是来接孩子的,我是想看看孩子。"

玛丽向于凤至介绍闾琳的情况,话语里似乎在叫苦又像是报功:"孩子来我们这里以后,一直想家,每天都哭着叫妈,我和伊雅阁怎么哄劝也无济于事。之后,我们领着他到各地旅游,爱丁堡的古城、海德公园、阿斯温泉、英格兰原始火山、温莎堡英国女王夏宫,足足玩了一个多月他才安定下来。后来,我们担心孩子住在华人区看见华人又想家,就把家搬到清一色英国人居住的河东区。还请了一位英语教师专门教他学英语,把他的名字也改成了克尔。现在他已经是个地地道道的英国孩子了,几乎忘了中国,忘了他的母亲。"

于凤至听到这里心里一阵酸楚,本来是中国的孩子,张学良的后代,为了避难来到英国,不仅丢掉了母语,连母亲也忘记了,这是张家的耻辱,还是社会的悲哀?她想了想说:"夫人,你为了我们张家的孩子,操了很多心,我代表汉卿和我妹妹赵一荻,感谢你。"

"你妹妹?"

蒋妈解释说:"这位夫人是张学良将军的第一夫人于凤至,她不是闾琳的生母赵一荻。"

"啊,我还以为你是克尔的母亲呢!"玛丽自嘲地一笑,又不好意思地说,"敬爱的于夫人,请原谅我不礼貌,既然你不是克尔生身妈妈,也不想接孩子,你最好不要与他公开见面。要不然,一见到你们也许会勾起他对母亲的思念,你们走了之后我们不好安慰他,麻烦会很大哟!"

"夫人的意思是……"

"我的意思是:你们想要看看克尔可以。正好他要放学时我去接他,你们就偷偷地看他就可以了。"玛丽又征询地摊开两只手,"夫人,我的意见你们可以接受吗?"

于凤至本是来借钱的,没想到伊雅阁不在家,她遇到这个高冷的女人,一开始就进入了别扭的误区,让她无法开口。于是,她只好说:"好。夫人,伊雅阁先生什么时候回来呀?"

"他去了意大利,最快也得一个月。"

"一个月?"于凤至的心一下凉了,这么长的时间她等得起吗?

玛丽看看手表:"呀!快十一点了,我要去接孩子了。"英国人很少拘于虚礼,也没有那么多的客套,"夫人,走吧。我们一起到学校,你偷偷地看一看吧!"

玛丽这个满脸赔笑的逐客令,让于凤至很是尴尬,她迟疑地站起身来:"好,谢谢夫人。"

蒋嫂暗示地捅了于凤至一把,意思说怎么不开口啊,于凤至本来已经准备好借钱的话,被一种羞耻感堵在喉咙中。就这样,本来想借钱的于凤至什么都没说离开了伊雅阁家。

五

历史嬉笑怒骂地转了一大圈又回到了原点。1945年秋季,中国抗日战争取得全面胜利之后,蒋介石撕毁与中共的和平协议,对中国共产党发起了全面内战。已经在抗日战争中发展壮大的人民解放军,势如破竹所向披靡,首先取得了上党战役的胜利。又在邯郸、平溪、津浦几次战役中连连取胜,把蒋介石的国军打得狼狈不堪。中国共产党相继建立了华中、冀鲁豫、中原、山东、晋察冀、东北、陕甘宁等解放区,搞得蒋介石颜面尽失。此时,他最恨的就是张学良、杨虎城。在他看来,要是没有这两个人发起西安事变,提出联合共产党共同抗日,共产党早就消灭殆尽,怎么会有今天这么强大呢?他担心一旦共产党取得胜利,张学良会被中共利用,不由得起了杀心。

杀人无数的军统头子戴笠,从青岛乘飞机回南京,因漫天大雾,飞机坠毁命丧黄泉。接替他的是军统的老牌特务、副局长毛人凤,这个国民党军统的第二魔头,老谋深算,要论凶狠比戴笠有过之而无不及。他遵照蒋介石的旨意,指使刘乙光把张学良押往重庆,准备在途中秘密处死。

这时,张学良、赵一荻还有刘玉清已经从贵阳被押到开阳,然后又从开阳押到桐梓,不到半年,他们又搬了三次家。

这天,刘乙光走进张学良的房间:"张副司令,蒋委员长担心你在这老山沟里受苦,要请你去重庆,你这好日子就快到了,嘿嘿嘿……"

张学良始料未及:"去重庆……"

"重庆可是我们的陪都啊,那里是国府所在地,你的老朋友差不多都在那里,你去可能就自由了。明天我让后厨备上一桌酒席,给你们二位饯行。"

刘乙光走后，赵一荻觉得势头不对："他们突然这样盛情，是不是心怀鬼胎，不会是送我们上路吧？"说到这里，她啜泣起来，"你搞西安事变，逼蒋介石抗日。如今，全国光复了，老蒋还要送你上路，真是死不瞑目啊！"

张学良苦苦一笑："我看值，我搞西安事变就是为了停止内战，共同抗日消灭日本鬼子。如今，国共联合把日本鬼子打跑了，东三省也光复了，我的意图实现了，就是命丧黄泉也他妈值了！"

这时，张天石悄悄地打开房门，闪电般地走进屋子，然后立即关门，诡异地告诉张学良："张将军，现在你们要走了，有件事情我想告诉你。半年前你的夫人来过一封信，他们怕你们看到以后回信，暴露了咱们的地址，就把原件退回去了。"

张学良急不可待："那信里都说了些什么你知道吗？"

"这信我看过，信中不过是向你道个平安，说她的乳腺癌手术很成功，几个孩子也接到了美国，她和孩子们团聚了。"

犹如沉沉暗夜突然出现了一道耀眼的阳光，让张学良大喜过望，他满眼泪花地说："太好了，太好了，我张学良祖上有德呀！大姐福大命大造化大！她的病已经好了，跟孩子们也团聚了。"

心情激动的赵一荻试探着问张天石："天石，你怎么敢把这样的秘密告诉我们，就不怕他们说你通敌吗？"

张天石沉沉一笑："我有点怕。不过从良心上讲，又不能不说。"

其实，张天石虽然是军统的特工，可他的姐夫却是中共地下党，在国民党中央党部工作。可能是受姐夫的影响，他开始向往正义，虽然保密局经常给职员洗脑，但他的正义感并没有被邪恶的力量泯灭。更何况，在他看来，张学良搞西安事变是为了团结各族人民一致抗日，何罪之有？他只不过是吃东家的饭不得不给东家干活罢了！他知道保密局的密令，眼看张学良、赵一荻二人就要登上不归之路了，出于良知，他就冒着风险提醒张学良："张将军，你们这次去重庆，可要保重啊，多保重啊……"

突然门开了，李木子持枪走进屋来，用枪逼着张天石，恶狠狠地说："张天石，徐主任真的没看错你，你果然是个共产党。"

张天石愕然一怔，支吾道："啊，我是来通知张将军，让他明天上路啊！"

"嘿嘿，收起你那套鬼话吧。"李木子恶狠狠地说，"告诉你，你那个中共地下党的姐夫已经暴露了，刘主任早就盯上你了，你小子跟党国离心离德，背地里鬼鬼祟祟吃里爬外，你就是个潜伏在军统中的共产党。"

张天石这才知道姐夫暴露了,刘乙光、徐建业已经把他打入另册,像监视犯人那样监视他。由于过分的激怒,他几乎忘掉了自己的生死,冷冷地一笑:"你高看我了,我现在还真不是共产党。不过那是我追求的目标,你李木子不过是一条狗,丧心病狂地给蒋介石卖命,今天我要送你回老家。"说着,就要掏枪。

李木子赶紧扣动扳机,一枪把张天石打倒。早就恨透了李木子的刘玉清无法控制此时的愤怒,他立即抓起一个花瓶,照准李木子的头颅猛地砸了下去,李木子头破血流倒在地上。

这时,徐建业带领几个人突然冲进屋来,抬手就是一枪,把刘玉清当场打倒在地。

赵一荻几乎吓傻了,张学良两眼眦裂地冲上前去,抱起满身血渍的刘玉清痛声大叫:"玉清,玉清……"

六

尽管蒋介石要杀张学良的命令是秘密下达的,还是被权倾朝野的宋美龄知道了。想当初,西安事变过程中张学良放蒋送蒋,都是在她斡旋下方得以解决。如今日本人被打跑了,这个不讲情义的丈夫,贪抗日之功,还要杀死张学良。为此,宋美龄义无反顾地强力劝说蒋介石释放张学良,蒋介石却骂她误国。她一怒之下跟蒋介石大吵了一架,赌气回了娘家。

在重庆的临时公馆,宋子文听到了"杀张"的消息。此时此刻,他对蒋介石更是义愤填膺。兄妹二人一合计,决定演出一场"怼蒋双簧",逼蒋介石改变主意放张学良一马。

当天,宋子文按照宋美龄的主意,来到蒋介石的官邸。蒋介石开口就问:"美龄回娘家了,她到底想怎么样?"

"不是她想怎么样,而是你想怎么样。"一向对妹夫客气敬畏的宋子文,此时却态度大变,"你想想,当初西安事变是你承诺既往不咎,我和美龄才向张学良下了保证。如今,你已经关了张汉卿差不多十年了,就是出气也该出完了。令人无法接受的是,你非但不放人,还要把他杀掉,你这么做让我们如何做人?"

蒋介石冷冷地说:"你也应该知道,没有他张学良搞西安事变,提出联合共产党抗战,那中共早就消灭了,还能在抗日战争中发展壮大吗? 没有他张学良怎么会有今天这样的恶果！"

宋子文索性把话摊开："张学良在西安事变中提出联合共产党及各界爱国民众共同抗日，你也同意了。这样，我和美龄才能跟张学良作保证，既往不咎。现在你要杀他，把我们置于何地？要推到万人唾骂不仁不义之地吗？"说到这里，宋子文直接抛出了他和妹妹早已准备好的撒手锏，"你既然不让美龄在世上好生做人，她维护你的权威还有什么意义。你别忘了，中国有句俗话，兔子急了还咬人呢！"

"她想怎么样？"

"你真要杀张学良，美龄就去美国，你就不怕你那些见不得人的事儿被抖搂出去吗？"

仿佛是被一条又粗又重的鞭子狠狠抽在脊梁骨上似的，这位国府领袖下意识地微微一抖。其实，在蒋介石的心目中，宋美龄的美丽时尚睿智练达，以及她在外交、平衡关系方面超凡脱俗的能力，在朝野上下是绝无仅有的。更何况国民政府与美国方面的关系，都是她巧妙周旋促进事成的。如果宋美龄翻了脸，不仅让他失去了一个得心顺手的好内助，一旦他的那些丑事折腾出去，跟美国的关系将会大打折扣。更可怕的是，他一言九鼎的领袖形象将会瞬间崩塌！想到这里，蒋介石跟宋子文缓和一下情绪，口气温和地说："你让美龄回来吧，我们有话好说。"

宋子文逼问一句："你到底会不会杀张学良？"

蒋介石敲着桌子："我是让她先回来，有话好说！"

七

按中国民俗转眼快过春节了。居住在美国的华人过春节也十分热闹，他们也像中国大陆人那样包饺子、放鞭炮、贴福字、穿新衣服，互相祝福，一些华人团体还组织耍狮子、舞龙灯、燃放礼花等大型活动。

闾玗见别的华人家门前挂走马灯，也跟妈妈吵吵要买走马灯。于凤至知道：自己囊中羞涩，在美国要买中国的走马灯，会花很多钱。只好苦心地哄儿子："你爸爸在国内被囚禁，不能挂走马灯庆贺，咱们做个回马灯，让你爸爸回到咱们家一起过年。"

闾玗高兴地说："好啊！"

为了儿子高兴过年，于凤至这个曾经衣食无忧的东北第一夫人，竟自力更生，破天荒地扎起了"回马灯"。她自己削起了竹签子,笨拙地扎灯架子,一时不慎把手扎了,当时冒出一股鲜血。她心里一阵酸楚:这要是手头有钱,何必自己硬逞刚强拙手笨脚地扎灯呢? 然而,大过年的,她不能流泪,硬是把灯架子扎好,用白绫子在外面包上,里面扎上了一匹能逆时针转动的走马。当闾玗乐颠颠地把那个染上了母亲鲜血的灯笼挂在门外的时候,于凤至默默地叨念:"汉卿啊,回马灯我都挂上了,你什么时候能回来跟我们团聚呀?"

闾瑛知道妈妈想念爸爸,盼望他回家,她不敢明哭,偷偷地抹了一把眼泪。

蒋妈开门走进屋来,愁眉苦脸地说:"夫人,闾珣的住院费又花光了,大夫催我们交费呢!"

"交费……"于凤至一顿,"得交多少钱?"

"医生说至少也要交五百美金。"

"五百美金?"

闾瑛知道妈妈钱袋子里没有钱了,扭身从兜里掏出一百美金,呈给于凤至:"妈妈,我这里有一百美金,先交上去吧。"

于凤至惊诧地看着女儿:"闾瑛,你从哪里弄的钱哪?"

闾瑛吞吞吐吐地说:"这是我攒的,从你给我的钱中攒下来的。"

"不对!"于凤至一语戳穿她,"我给你的钱都是有数的,不会剩这么多钱,你是不是有什么事瞒着妈妈?"

闾瑛一看母亲那灼灼的目光,只好实话实说。其实,闾瑛发现家里没有钱了,日子过得很拮据,想为妈妈分担困难。虽然正在攻读博士学位,却背着母亲去做家教。这家的女主人非常刁钻,常常因为孩子学习成绩不佳而责怪闾瑛。一天,那孩子趁闾瑛没注意偷偷溜掉了,女主人责备闾瑛不好好管教孩子。后来孩子虽然找到了,她却把闾瑛给辞了,而且扣了她的酬金。闾瑛心里委屈,又不敢回家告诉妈妈,只能偷偷地抹泪。几天之后,她又找到了一家酒店,放学后到那家酒店去刷碗洗盘子才挣来这么点钱。

于凤至看着那沾着女儿汗渍的一百美金,心里一阵酸楚:"孩子,咱们家里再穷也不能让你打工受罪呀!"

闾瑛苦笑:"妈,我已经长大了,应该帮你。咱们一家人不能饿肚子呀!"

于凤至心似油煎,她拉着女儿的手:"闾瑛,在美国找工作,需要很高的知识。只有学问高深才能出人头地,明白吗? 我的女儿……"

闾瑛心里难过,趴在母亲的身上哭泣道:"妈妈,我看你太苦了。"

从来都不屈服于命运的于凤至,噙着泪水刚强地说:"间瑛,有人说过,弱者本身就是犯罪,他的罪过是自己没有变成强者。我们现在是有点困难,可眼泪冲不走贫穷,痛哭也吓不走困难。你要相信妈妈,我就是伤筋断骨,也要挺着把你们几个培养成才!"

　　间瑛抬起眼睛,激动地看着刚强不屈的母亲,心里一阵滚烫滚烫……

第二十九章

一

有谚语说:"再暗的黑夜只要你朝前走,迎接你的肯定是黎明。""天大的乌云总有被风吹散的时候。"就在于凤至生活陷入困窘的时候,一位财神爷突然降临。这天下午,英国朋友伊雅阁突然出现,给走投无路的于凤至带来惊喜:"伊雅阁先生,你怎么来了? 这不是在做梦吧?"

"当然不是在做梦。"伊雅阁还是十多年前的潇洒样子,一说话满面春风,"夫人,我们十多年没见面了。我很想念你,这次特地来看你,你还好吧?"

于凤至高兴地请伊雅阁落座:"伊雅阁先生,前些时候,我曾经去过伦敦,想看看你,你不在,太遗憾了。"

伊雅阁不好意思地告诉于凤至:这几年他一直在意大利、加拿大,帮助那里修铁路,不知道于凤至已经定居纽约。前几天过新年回家,夫人玛丽才告诉他,于凤至去看闾琳以后就走了。他觉得有些失礼,立即给肯尼迪打电话,问了于凤至的情况和住处,这次是特地登门拜访:"夫人,我那可笑的夫人对你失敬了,请你原谅。你的病好了吗?"

"基本好了。"于凤至温和地一笑,"只是每半年还要进行一次复查。"

伊雅阁关切地问:"夫人,在美国治病需要昂贵的费用,孩子来到这里又要上学读书,带来的钱应该是快花光了吧?"

于凤至窘笑后索性实话实说:"伊雅阁先生,我自己看病、大儿子住院,还有生活费、孩子们读书花费实在很大,不瞒你说,现在我已经是囊空如洗捉襟见肘了。"

"我估计你是没钱了。"伊雅阁开诚布公地说,"夫人,你也知道,张将军过去在我这里留下两笔钱:一笔是买军火的,一笔是日后备用的。如今,张将军被蒋介石囚禁,这钱我无法退款,正好你现在用钱,我就把这笔钱交给你。"

于凤至感谢地说:"先生,我现在是缺钱。不过买军火的款子我不能拿,因为那是公家的钱。汉卿给你留下那笔钱我也不能拿,因为赵一荻的孩子还在你那里,也需要花钱。我是想跟你借点钱,日后必还。"

伊雅阁哭笑不得地说:"夫人,东三省都是你张家的,还分什么公款私款哪!"

"不,我这个人公私分明,只要是公款,我一分都不拿。"

尽管伊雅阁一再要把钱还给于凤至,于凤至坚决不收。伊雅阁爽快地说:"那好,就算我借给你的,先给你一百万英镑,折合八十五万美元,也值你们国家的三十万大洋了。其余的款子等张将军自由了,我一并奉还。我在纽约银行有汇票,走,我们去银行取钱吧。"

于凤至激动得立即站起,深深地向伊雅阁鞠了一躬:"谢谢伊雅阁先生,是你救了我们全家呀!"

伊雅阁雪中送炭。这一百万英镑如同一根救命稻草,于凤至不仅交了间珣的住院费,交了孩子们的学费,也使她本人半年一次的乳腺病复查正常进行了。过去由于经济困难,于凤至不得不接受乔斯施舍的别墅,尽管那个房子宽敞明亮,又处在哈德逊河畔锦绣风光中,但她总觉得心里压抑仰人鼻息,她看不惯乔斯那种救济穷人时趾高气扬的做派。她不能这样长久地寄人篱下,应该有一个真正属于自己的家。

那个救难的"菩萨"乔斯听说于凤至要买房子,轻蔑地责怪她:"你的日子都难过呢,还买什么房子? 就住在我这里算了,我又不收房费。"

尽管乔斯大发慈悲之心阻止于凤至买房子,可从来也没有受过别人歧视的于凤至,接受不了乔斯那种居高临下的怜悯。她朝着乔斯淡淡地一笑:"感谢乔斯小姐对我的照顾,不过,你这里离孩子的学校太远。我想买一所离学校近的房子,方便他们上学。"

乔斯依然是救苦救难的架势:"既然你不想继续接受我的帮助,那就随便。以

362

后你有什么困难还可以来找我哦。"

于凤至讪讪地一笑:"谢谢乔斯小姐……"

于凤至一狠心在乔斯别墅不太远的地方买了一幢平房,房子有一百平方米,五六口人完全可以住下。从来都没干过繁重家务,更没干过装修的于凤至,起早贪黑带领蒋妈和两个孩子亲自粉刷墙壁、油漆门窗,还在院中开辟了两个花畦,铺了一条甬道,扎了一道栅栏。虽然超常的劳作让她身心疲惫,她却感觉到自己创造了生活,还真有一种劳而所获的幸福。

二

不久,杜尚臣从国内回来又给他带来了三个消息。

第一个消息是钱辅廷的死讯。前几年日本人还没有倒台的时候,钱辅廷又跑回东北发动家乡人民抗日,被日本鬼子一路追杀并在北京被捕。日本人惨无人道地把他活埋在北京近郊的黄土岗上。于凤至听到这个噩耗,几乎是撕心裂肺,她万万没有想到,娘家的亲属为了报国恨家仇几乎惨遭灭门,表弟钱辅廷竟这样惨死!

第二个消息是喜忧参半:张学良没有死,现在已经被蒋介石转移到台湾幽禁。于凤至听到这个消息就像是吃了蜂蜜拌黄连一样,心里既甜又苦。喜的是汉卿没有死,捡了一条命;悲的是丈夫被押到台湾,说明蒋介石根本就不想放过张汉卿,在那个远离大陆的孤岛上,不知道他还要遭受什么样的屈辱与折磨。

第三个消息是:东北全境已经解放,沈阳、郑家屯已经回到人民手中。现在大帅府完好无损,归人民政府经管,当地政府希望张学良及家人回到沈阳居住。

听到这个消息,于凤至几乎是心花怒放。是啊,东北是生我养我的地方,我们不能总在外面漂泊,应该落叶归根。杜尚臣提醒于凤至,将军现在还在台湾,如果夫人回大陆,谁来营救少帅呢?于凤至心里一沉,她知道,如果能接触到美国上层社会并奔走游说,也许张学良自由就有日可待。倘若她带领全家返回大陆,不仅丢了拯救张学良的线索,也可能激起蒋介石的痛恨,对他扼杀到底。

两个人商量了一阵子,最后于凤至决定暂时不回国。但她还是劝说杜尚臣:"尚臣,我劝你还是返回老家吧。我给你一笔钱,你找个女人,安个家,你不能孤苦伶仃一个人过一辈子。"

"夫人,我不想成家了,现在你身边没个男人,领着三个孩子过,实在是不容易。这些年,我跟你们老张家风风雨雨地搅在一起,有欢喜也有仇恨,有忧愤也有悲伤。你们张家的事情,就是我杜尚臣的事情。"

"可你不能跟我们一辈子呀?"

"夫人,你要不嫌弃,我就做你的保镖吧。少帅一时半会儿出不来,我就在这儿保护你们母子。等他自由了我再离开你们。你放心,只要我有一口气,绝不能让美国人欺负你!"

"尚臣……"激动万分的于凤至几乎忘情地扑上去,当她走到杜尚臣身前的那一刻,又顿在那里。尽管于凤至没有拥抱杜尚臣,杜尚臣却觉得周身一阵灼热,仿佛整个身子都被于凤至的热度融化了,他两只手悬在半空,目光热切地看着停在那里的于凤至……

三

张学良和赵一荻已经被刘乙光和特务们押到台湾两年多了,住在新竹县五峰乡桃山村井上温泉一座日式的黑瓦农舍当中。这里群山环绕,层峦叠翠,门前溪流潺潺泉水叮咚,很像一个山清水净与世隔绝的世外桃源。住地不远,还有常年冒着热气的温泉,真可谓风景这边独好。然而,这里又是张学良被软禁以来最寂寞、最孤独、最渺茫的陌生之地。

两年前,由于战事失利,蒋介石作了退守台湾的准备。首先把国民党暂时用不着的机关和内务部队迁到台湾与民争利,因而当地居民十分反感,掀起了历史上有名的"二二八"争取民主运动。台湾人民高呼"反专制""反独裁"的口号,想把占领台湾的国民党赶走。

当时,井上温泉看守所没有粮食,刘乙光派警官熊仲卿、司机龚永玉开着吉普车到小镇上购买酒、肉、米、菜。当地的暴民抢了给养,还砸了吉普车。熊仲卿、龚永玉只好躲开暴民,到偏远的农家买了一些红薯和地瓜充饥。

这些年,刘乙光凭着对张学良严加管束的功劳,用张学良的苦难和屈辱染红了自己的肩章,从中校晋升为少将。现在的刘乙光凭着肩膀上扛的那颗金豆豆,顺理成章地把妻子葛大凤和三个孩子带到了台湾。

当初,台北市市长陈仪来井上温泉曾经一再嘱咐刘乙光,让张学良、赵一荻住在宽敞明亮的上房。刘乙光却以他们家人多为理由，把张学良两个人安排在偏房，自己住进了上房。刘乙光为了能多领一份军饷，就让葛大凤当厨师，负责给张学良、赵一荻及其家人们做饭。当时缺米少肉，葛大凤只能用南瓜红薯莴苣清江菜等做两菜一汤。一到吃饭的时候，她家那几个孩子就先凑上饭桌，狼吞虎咽地满桌子划拉，把菜抢得精光。一贯细嚼慢咽的张学良和赵一荻还没有吃上半饱，饭菜几乎没有了。赵一荻只好用贵重的衣物、首饰跟当地居民换点鸡蛋，饿了用水煮上几个鸡蛋，给张学良和她本人充饥。

一两顿饭可以承受，张学良、赵一荻两个人不能总挨着饿混日子。实在无奈，赵一荻去找葛大凤："刘嫂，你做饭再多放点米多放点菜，不然我们吃不饱。"

因为长得丑陋，葛大凤从来就把漂亮的女人看成是怪物，压根儿就不用好眼瞅赵一荻。她一赌气炒了一大锅菜，尽管那三个孩子一上桌子就猛吃狂抢，还是剩了大半盆。葛大凤端着剩菜来到张学良的房间，冲着赵一荻大吵："赵四小姐，都怪你非让我多做菜不可，现在剩下了半盆，你不是怕饿着肚子吗？ 这些剩菜你都给我吃喽！"

赵一荻顿时来了火气："我是让你多做点菜，可你也不能做这么多呀！剩下的让我都吃掉，我又不是猪，你还讲不讲理呀？"

葛大凤没好气儿地说："哼，跟你一个犯人家属还讲什么理？"

赵一荻最不愿意听"犯人家属"这几个字："你说谁是犯人家属？"

"你不是犯人家属跟张学良来这么远干什么？ 这里又不是百乐门，也不是六国饭店。这是个不挂牌的监狱，好人谁到这里来！"

赵一荻顿时火冒三丈："你给我滚出去，快滚！"

"你寻思我乐意看你那漂亮脸蛋儿啊！"葛大凤抱起大盆，把盆里的菜全都扣在桌子上，然后悻悻地走出去。

赵一荻想冲出去跟她辩理，被张学良一把拉住："一荻，你别跟她一样，她是个半疯子。"

赵一荻站在那里，呼呼地喘着粗气，二目生烟……

张学良又劝解："她一犯病什么事儿都干得出来，没办法，你跟她说话她听不进去，忍着吧。"

赵一荻憋气窝火而又无可奈何，趴在床上大哭起来……

四

极具侵略野心的美帝国主义,原本是想支持蒋介石企图控制中国,没想到这个老蒋被共产党打得落荒而逃,于 1949 年龟缩到台湾。美帝贼心不死,又支持南朝鲜李承晚挑起朝鲜战争,想拿朝鲜当跳板进而侵略中国,被中国人民志愿军打得丢盔卸甲,以死伤十五万多人的代价告终。美国新总统艾森豪威尔却把失败的怨恨发泄在自己人身上。当时,美国国会议员麦卡锡极度仇视中国,他拉拢一些不明真相的国会议员,支持艾森豪威尔对美国政府中亲华的外交官进行了一次大清洗。位居外交部亚洲事务助理的肯尼迪及其夫人安莉也未能幸免,不久就被踢出了外交部。为了躲避政府那些反华官员的白眼,他们夫妇只好迁至纽约,在曼哈顿区买了一幢别墅,把家迁到这里定居。

这天,于凤至到肯尼迪纽约的新家造访,参观了他们的住宅以后,安莉拉着于凤至在客厅里坐了下来,关切地问:"妹妹,你现在孩子也到一起了,家也安了,身体恢复得也差不多了,以后想干点什么呀?"

于凤至思量说:"我打算身体恢复好了以后,找一个学校当中文教师,教美国的孩子学习华语。"

安莉感慨地说:"你应该知道,美国就是一个金钱世界,要想过好日子就得有钱,没钱是寸步难行啊!"

"是啊,我的家日子安定下来了,不能让汉卿老死台湾哪!我得找个工作挣点钱,准备营救汉卿。"

别看安莉是个外交官,她还真有点经济头脑,颇有见解地说:"其实,依我看,钱存在银行里只是个减法。我们在理财方面应该学会乘法。"

"姐姐,你这可是神话啊!"

"不,这是现实。妹妹,你看过华尔街那个金融大厦吧!那就是美国的证券交易所也叫股市,是美国人发财的地方。有的穷光蛋一夜之间就挖了一桶金,有的炒股一年就变成了亿万富翁。"

"什么,那里真有一夜暴富的神话?"

安莉得意地一笑:"不瞒你说,我已经开始炒股了。"接着她津津乐道地讲了一大堆一夜暴富的故事,最后她提醒于凤至,"妹妹,在美国,你要想救张将军,就得有钱,没有钱你只能仰天长叹。"

虽然于凤至出生在商业世家,从不缺钱花,可前两年,她连儿子的住院费都交不起,这才让她体验到了穷的滋味儿,对钱产生了一种连她自己也说不清楚的兴趣,但她还有点迟疑:"我没有炒过股啊!姐姐。"

"我不是想现在就拉你去炒股,是想让你跟我去看看美国人做发财梦有多么疯狂刺激!"

"那好,我也去开开眼界!"

第二天,于凤至坐上安莉的轿车,好奇地来到了纽约证券交易所。一进屋,她就被那个接近疯狂的场面震撼了。在交易平台期货处,有三位记录员高高地坐在椅子上,那些为金钱角逐的股民,忽而分散开来,忽而聚拢到一起,潮水般地涌来涌去,大厅里一片喧嚣。特别引起于凤至注意的是个瘸了一条腿的美国男人,就像在大海里挣扎着的一条鱼那样在激流中穿梭,累得满头大汗。过一会儿,安莉走过去就陷入了旋涡式的浪潮之中,完全被人头攒动的人流淹没……

于凤至只好躲进角落,看着眼前这个为金钱发狂的世界。这个时候,她想起了有位哲人的话"金钱就是一根伟大的魔棍"。是啊!就是这个魔棍让人们变成了钱魔,变得这样疯狂,他们挤得满头汗水气喘吁吁,在人群里挣扎呼喊吵叫。不过,如果没有这次缺钱的阵痛,她也许会嘲笑和鄙夷,但是,当下只觉得他们好玩。

一个多小时之后,安莉还没有从人头攒动的人群里走出来。那人山人海的大厅几乎是蒸笼一样,冒着腾腾热气,于凤至觉得一阵口干舌燥,她赶紧走出去到附近的冷饮店喝了瓶汽水,吃了盘冰淇淋。当她刚刚返回大厅,安莉一脸汗水,喜气洋洋地走了出来:"凤至,我今天赢啦!一上午就拿下了五千美金!"

于凤至惊喜地看着一副赢家模样的安莉:"五千美金……"

"你知道五千美金是什么概念吗?在美国,就是一个劳动最艰苦的矿工,每天才挣一美金,一年才挣三百多美金,这五千美金的价值是一个矿工十几年的工资噢!"

于凤至惊呼:"啊?姐姐,你一天就变成了财神爷啦!"

这时,一个瘸腿的美国男人走过来,朝安莉笑着问道:"安莉夫人,你今天赚了一大笔,是不是该请客啊?"

安莉得意地说:"好,尤利先生,明天一定请你。"她回过头指着于凤至说,"这不,正跟我妹妹介绍经验呢,我劝她也来参加炒股。"

瘸腿男人尤利扭头一看这位中国古典美人,惊惑地一动:"她是中国人?"

安莉兴致勃勃地介绍："她就是中国大名鼎鼎的张学良将军的夫人——于凤至。"

不知为什么，尤利那张方才还喜笑颜开的脸顿时冷了下来，"哼哼哈哈"地应付了一句，转身走开。

五

于凤至的父亲于文斗是民国初期东北富商，曾支持张家父子修洮昂铁路，建葫芦岛军港，但他却有条家训：女不经商。然而，为了生计，为了孩子和丈夫，一直恪守家训的于凤至经过一晚上的反复思考，决定离经叛道进入股市，就算那里有惊涛骇浪她也要闯上一闯。

次日清晨，于凤至随着安莉走进了人山人海的股票交易大厅，在安莉的指引下买入了三百股。刚刚投下不久，标牌上就显示那只股缓慢下降，一直在中位上徘徊，直到中午依然没有上升的势头。安莉说："这个股已经变成了懒汉股，不可能回升了。"她担心下跌，劝于凤至赶紧抛售。第一次下海，没有经验的于凤至就像第一次下水的孩子，很怕走进漩涡被水吞没，只好匆忙抛售，幸好亏得不算多。

晚上于凤至带着一身倦意走回家来。闾瑛听说妈妈差点赔了老本儿，就规劝道："妈妈，你天生就不是个经济人，那炒股就是赌博，我看你还是别炒了。我们家不是还有点儿存钱吗？再说，我已经毕业了，现在正在找工作，如果能找到工作，我可以养家糊口。"

于凤至苦涩地一笑："我们家里存那点钱，是准备救你爸爸用的。现在，你虽然毕业了，就是找到工作，你能挣几个钱？"

"你炒股危险太大。"

尽管女儿一再劝退，于凤至仍旧不甘心，决定再试一把。

闾瑛只好怅怅地说了一句："妈，既然你决心已定，就随你便吧！"

第二天，于凤至一大早就来到证券交易大厅，正好安莉也到了。两个人一合计，选择了一个安莉认为是最有潜力的牛股，一下子买了五百股。没过半个小时这个股开始上涨，于凤至心里几乎乐开了花，周身血管都有点发涨。可是两个小时之后，这股开始下跌，整个大半天都是在低位震荡。于凤至一看如果再跌就要跌到底部，不赶紧抛售，也许会血本无归。当即卖出，这次投入几乎让她赔了一半。

于凤至头一次下海就喝了一口苦汤,差点被股市的惊涛骇浪搞得沉舟灭顶。她拖着疲惫的身子,脚步沉重地返回家中。这个刚强的女人怕女儿伤心,强作笑容地对女儿说:"妈妈回来了,吃饭吧。"

闾瑛发现妈妈的笑里藏着忧伤:"妈,你是不是赔了?"

"没赔,没挣。"于凤至虽然是在笑,但那种笑容已经破碎了。

"妈妈,你一定是赔了!"闾瑛一针见血,"我想知道你赔了多少。"

这话触到了于凤至的软肋。她无法回答女儿的追问:"是赔了,不过赔得不多。"

闾瑛坐在母亲身旁,苦苦规劝:"妈妈,你别炒股了,我已经找到工作了,日后我养活你。"

于凤至心里非常清楚,闾瑛已经是哥伦比亚大学的助教了,而且有了恋人。就算有了工资,也该有自己的家独立生活了,怎能让孩子养她呢?

"妈妈……"闾瑛疼爱地拉住母亲的手,"你这半辈子,经历了人生最艰难最痛苦的岁月,在国内跟爸爸陪狱吃了那么多的苦。之后来到美国,又在生死关头跟病魔做斗争。你已经伤不起了,妈妈你放心,你不挣钱我也能撑起这个家,也能救我爸爸。"

于凤至看着稚嫩中却透着刚毅的女儿,心里不禁激动:"闾瑛,你真是妈妈的希望。不过,妈妈不忍心委屈你呀!"

"妈妈……"闾瑛一把拉住于凤至的手,泪如雨下。

第二天肯尼迪领着安莉来了。这个虽然离职却风度犹存的美国绅士,大大方方地把两千美金放到于凤至面前,慷慨地说:"夫人,你今天还是去炒股吧。这两千美金是我给你的,你赢了可以还给我,输了就算我给你交的学费。"

于凤至霍然一怔:"肯尼迪先生,怎么能让你出钱,我去炒股呢?"

安莉解释:"你现在能去炒股,完全是被我拉进去的,其实,肯尼迪的目的是想让你给我做伴儿。"

肯尼迪补充道:"也是想让你帮她拿拿主意。"

安莉接下去说:"既然你给我做伴儿,我赚了就见面分一半吧。"

于凤至哀哀地一笑:"你赚了是你有本事,我赔了是我没有经验,我不能拿你的钱。"

"你再玩一回,就有经验了。"

"不,我不想玩了,姐姐,我不是股市里的虫儿。"

肯尼迪依然热心地劝说:"我们美国有句谚语,小鸟三次试飞才能顺利升空。"

见于凤至还是不肯收钱,安莉安慰地说:"凤至你不知道,肯尼迪非常关心你,他听说你昨天赔了非常心疼。你放心,有一个好心的男人支持你,你就大胆地干吧,一定能赢。"

肯尼迪也趁机鼓励:"中国不是有句话叫胜败乃兵家常事嘛!"

肯尼迪与安莉的盛情和鼓励,使从来不服输的于凤至再次鼓起勇气。她怀着战之必胜的信心,第二天一大早,就来到证券交易大厅和安莉研究投哪一股。安莉主张让于凤至投一个牛股,这个股两天都是上涨。于凤至考虑再三却选了一个价位不高的"懒股",这个"懒股"几天来一直在盘整,升得不高,降得也不大。尽管安莉一直劝阻,于凤至还是投了五百股。

于凤至一头扎进摩肩接踵的人群当中,她就像投进大浪里的一顶草帽,在漩涡中打转奔腾。安莉十分担心,这个不知深浅的中国妹妹,万一被大浪淹没就会一蹶不振啊!

这个股一上午都在均价线上跌宕,涨了三分又降了两分,安莉害怕下午大跌,劝于凤至赶快抛售。

于凤至却觉得这个股一直在中位上盘旋,看出它有飙升的潜力,要等待机会。

几天之后,这只股一直是涨三退二,无大的起色。安莉还是劝她趁着盈利抛了,于凤至坚持不抛。这天早上,奇迹出现了,不断更新的记事板上,这只股突然蹿升,安莉又来劝她抛售,于凤至觉得这只股还在稳稳地上升,动力十足还有潜力。就说:"大姐,我看这只股票还不到抛的时候,再等等。"

"哎呀,不能等啦!这只股从昨天下午一直都在高位,已经涨到顶了。你不懂股市行情,抛售,快抛售吧!"

"不,以我的直觉,认为它还能上涨。"

安莉有点恨冰不化水的感觉,讪讪地看了于凤至一眼,闪在一旁。

又过了两个小时,于凤至的这只股又涨了十几个点,开始在高位盘整了。于凤至断定它要下跌,立即抛售出去。这次凭着胆识赌了一把的于凤至,一单赢了五千美金,是安莉的三倍还多。

原以为自己对股市先知先觉的安莉,对于凤至刮目相看了:"凤至妹妹,这回我得拜你为师了!"

几个美国股民纷纷走过来,用嫉妒的眼光看着这个年过五旬但风采不减的中国女人。"为什么她一到股市就出奇制胜,一下子挣了第一桶金,成为整个股市的翘楚呢?""是她的运气好,还是她本来就是个股市奇才、商海精英呢?"

这时那个瘸腿尤利,从一旁转过身来厌恶地说:"什么奇才?她不过是瞎猫碰到死老鼠,我们这儿是伟大的美利坚,怎么能让一个中国人到这里来捞金?"

为什么这个男人对素不相识的于凤至有这么大的仇恨呢?笔者后面再说。

六

在接下来的日子里于凤至忙得不可开交,凌晨四点她就起床帮助蒋妈给全家做饭,安排间珣上学。然后耐心地安抚间珣,劝他不要出走。八点,她就赶往那座让她挖了第一桶金而且依然充满魅力的金融大厦。不知是老天照应,还是凭她神机妙算的悟性,连续一个月她基本都是赢家,只有一次失误两次平手。接二连三地挖了第二桶金、第三桶金、第四桶金,仅半年就赢了二十万美金,不仅碾压了她的股市导师——安莉,而且成为证券交易所中引人注目的一颗新星。

钱袋子鼓了,有了营救张学良运作的资本,于凤至一狠心花钱买了一辆轿车。之后,她一边炒股一边展开了营救张学良的活动。在美国她要想营救张学良,唯一的途径就是在报纸上制造舆论,打动美国上层向蒋介石施压。然而,在那样一个亲蒋势力占上风的国度里,要想在报纸上揭蒋介石的短,并非像在墙上涂鸦那么容易,只能靠找人脉走关系。于凤至知道,乔斯原来是《华盛顿邮报》的记者,一定熟悉报社的主管,尽管她讨厌乔斯那种救世主般的清高,只能是硬着头皮恳求她帮忙。

乔斯愿意扶困救危,并非出自本性善良,而是有意炫耀,借以显示人脉强大人格高尚。她非常愿意看到别人需要她帮助时那种乞求的目光和恭维的笑脸,欣赏自己救世主般的优越感。于凤至求她,她满口答应了。

第二天,乔斯领着于凤至找到了《纽约时报》副总编哈里森。一听于凤至要在报纸上发表文章,为张学良的自由呼吁,他微微一顿,不想蹚这浑水。后来乔斯一再暗示于凤至不会亏待他,他才毫不隐讳地要求于凤至出资,让他们全家周游列国。他要考察埃及胡夫金字塔、柬埔寨的吴哥窟、巴比伦的空中花园,还有中国的万里长城。当时,一家人游览世界这几大奇迹,至少也得两万美金。虽然于凤至的腰包已经鼓起来了,但哈里森这个"不办事先花钱"的苛刻条件也让她担心:"两万美金拿出去了,如果他事情没办成,一拍屁股就不认账了,那不是掉入陷阱了吗?"

乔斯咂着嘴嗔怪于凤至:"你们没钱的人就是这么心胸狭小,以小人之心度君子之腹,他那么有名的总编不会骗你钱的。"

于凤至实在看不了乔斯那种傲慢的目光,但是为了自己的丈夫,只能是隐忍地一笑,决然地打开钱包……

有钱能使鬼推磨。尽管哈里森不想插手张学良的事情,但是吃人家的嘴短,拿人家的手软。不久,哈里森周游列国之后,说话算话,顶着压力在《纽约时报》推荐发表了于凤至亲自操刀写的《张学良及西安事变》的文章。文章从两件事上揭露蒋介石的卑鄙嘴脸:一是"九一八"之前蒋介石给张学良发去的避免中日冲突的"铣电",指示张学良"尽量忍让,避免冲突"。三省沦陷,张学良又代蒋受过流亡欧洲。二是日本人吞并东北图谋华北时,中国岌岌可危,张学良发动西安事变逼蒋抗日,蒋介石答应了四项条件要联共抗日。可是趁着张学良护送他回南京之际突然变脸,给张学良定罪,一押就是二十年,至今幽禁孤岛台湾,不给一点自由。这些行径有损领袖威严,令人发指。

这篇内容坚实、语言犀利的文章发表之后,让不明真相天生好奇的美国人眼前一亮,在美国政坛引起了不小的轰动。美国主流社会的一些人才知道西安事变的前因后果,以及张学良被囚禁台湾的真相。有的人立即在报纸上发表文章,指责蒋介石背信弃义,不讲民主大搞独裁专制。这些消息传到台湾,几乎引起了一场政治地震。一向爱惜羽毛的蒋介石听到这些闹心伤肺的消息,又气又恨,彻夜难眠……

"祸兮福之所依,福兮祸之所伏。"于凤至为张学良呼吁自由有了良好开端,厄运又随之降临。当时,间珣犯病住院,成天捧着张学良的相片思念爸爸。这天,那张相片找不到了,他误认为是对床的一位患者偷走了,一气之下把那个患者的药盒扔进了痰桶。院长本来就想把这个难以治愈的患者赶出医院,这回找到了借口,下令:"张间珣今天必须离开医院!"

于凤至无奈,赶紧给那个患者赔偿了损失,把间珣领回家来。回到家里的间珣病情越来越重,成天捧着爸爸的相片喃喃自语:"爸爸……爸爸……"有时候在午夜,他会突然爬起来,惊恐地大叫:"爸爸,你在哪里!你在哪里……"

于凤至几乎崩溃了:"老天爷呀!难道这个苦命的孩子,就没有救了吗?哪里还有灵丹妙药,快救救我的间珣吧!"

不久,宋子文领着夫人张乐怡从法国迁居纽约。本来蒋介石离开大陆之前,宋子文已经是广东省省长兼蒋介石的行辕主任了。然而,由于他们之间政见不同,再加上在关、放张学良的问题上产生了裂痕,在一次"党产之争"的矛盾中,宋子文发泄郁愤大骂蒋介石独裁,蒋介石怒飞茶杯,差点给宋子文的脑瓜子开瓢儿,至今他的额头上还有一道隐约可见的伤疤,从此,二人分道扬镳。宋子文根本没有随蒋介石去台湾,先是到法国住了几年,最后又从法国转移到了美国纽约,在河东区买了一套别墅。经过一段时间的打探,得知于凤至的下落,特地前来探望。

几经寒暄之后,宋子文当着于凤至的面一脸愧疚地检讨:"凤至,大哥对不起你。我虽然多次努力都没能让汉卿获得自由,真是不堪回首啊!"

于凤至非常理解宋子文的难处,同床共枕的宋美龄都不能改变蒋介石的死硬态度,宋子文岂能让蒋介石大开天恩呢?

当宋子文知道间珣患的是精神病,已经成了于凤至心理沉重负担的时候,他出了一个非常大胆的主意:既然孩子想他爸爸,就应该让他去台湾与汉卿见面,这样也许就能打开孩子的心结,病情会有所好转。当天下午,他就给宋美龄拍电报,恳求妹妹想法说服总统蒋介石,允许间珣去台湾与张学良见面,救救这个可怜的孩子。

第二天,宋美龄回电告诉宋子文一个好消息:台湾西部的高山族有一个中医,专门用他的土办法治疗精神病患者。中央警卫营有个连长患精神分裂症,这个老中医用针灸加服药的方法,真就治好了这个连长的病,现在已经能正常工作了。

第二天,宋子文又来劝说于凤至,让她赶紧把间珣送到台湾。于凤至非常感谢宋子文的真诚相助,但还有点担忧:台湾是蒋介石的天下,汉卿仍然在那里幽禁,我再把孩子送过去,会不会有闪失呀?

令于凤至万万没有想到的是,几天之后宋美龄突然发了一封回电:"我明天飞往纽约,为孩子治病的事与凤至见面。"于凤至上一次跟宋子文见面时,得知宋美龄为了营救张学良,也花费了不少心思,要不是她力保,张学良也许在蒋介石撤退台湾之前就做枪下之鬼了。无论是她们干姐妹的关系,还是她对张学良的恩德,于凤至都应该欢迎她这个干姐姐。

第二天,于凤至特意在帝国大厦餐厅举办盛宴,款待从台湾过来的宋美龄,同时还邀了宋子文、张乐怡夫妇作陪。

宋美龄这次纽约之行,名义上是复查她在十几年前由一场车祸造成的骨髓炎,实际是另有所为。几经寒暄,她转入正题:"凤至,我听大哥说,你家大儿子间珣精神不好,总想念汉卿。正好,台湾有一个老中医专治精神病。"接着,她把那个老中医如何治好卫队营连长的病,有声有色地描述了一番。

于凤至苦苦一笑,但又有些迟疑:"闾珣的病比较严重,在纽约最好的精神病院都治不好,我担心一个台湾的中医能不能治他的病。"

宋美龄知道于凤至担心的是什么,把手搭在于凤至的肩上:"凤至,如今汉卿在台湾没有完全的自由,也不能完全怪蒋先生,国府里面那些对汉卿余恨未消的要员一直不肯放过他。可话又说回来了,就算是蒋先生有点遗怨,也不能拿一个孩子报复吧? 你不知道,先生还是很讲义气的。"

宋子文觉得这正是张学良与蒋介石修好的机会:"凤至,你就派人把闾珣送到台湾吧! 说不定经过老中医的治疗,他们父子见面,病情也许真能好转。不能错过这个机会呀!"

张乐怡也帮腔:"凤至呀,别犹豫了,赶紧把孩子送过去吧!"

宋美龄又安慰于凤至:"我的意见,让孩子去台湾治疗一段时间。现在汉卿和赵一荻在那里生活得很好,他们自己种菜养鸡栽果树,小日子过得蛮有味道嘛! 说不定孩子去了还不愿意回来呢! 你放心,我一定不会让闾珣受委屈。"

宋子文劝说,张乐怡安慰,宋美龄保证,让于凤至那颗胆怯的心开始动摇。她激动得举起酒杯:"三姐,有你们这些话我就放心了。来,咱们把这杯酒干了。"她一下把那杯已经落进泪水的白兰地喝个滴酒不剩。

于凤至哪里知道,这是蒋介石设计的一场政治交易,自《纽约时报》发表《张学良与西安事变》的文章之后,蒋介石就开始担惊受怕,这样一篇文章在美国就起了那样的轰动,引起了对他不利的社会舆论。如果有人再抛出"九一八"之前他发给张学良的"铣电",说不定美国那边就得炸了窝,搞不好也许把他甩掉。因此,派人急查带过来的东北军档案,又让特务偷着搜查张学良带去的书籍资料,却没有查出这份"铣电"的蛛丝马迹。他分析:这份电报很可能就在于凤至手里。所以,当宋美龄向她提出于凤至想把孩子送到台湾治病跟张学良见面时,他当即满口应承。不过蒋介石提出一个条件:只要于凤至交出那份"铣电",保证她的儿子顺利来台湾治病,并安全地让他们父子重逢。宋美龄此次从大西洋彼岸来美国,就是带着这项使命,让于凤至乖乖地交出令蒋介石心惊肉跳的那封"铣电"。

晚上,于凤至略有醉意地回到了家中,闾珣听说妈妈打算让他去台湾见爸爸,高兴得一把拉住凤至,急切地说:"妈妈,你是想让我去台湾见爸爸吗?"

于凤至醉眼蒙眬地看着一脸急切的儿子:"你真想去找爸爸吗? 那台湾离这里太远,妈妈不放心啊!"

"妈妈你就放心让我去吧。"闾珣一扫往日的沉闷和忧郁,几乎变成没有病的乖孩子,"妈妈,我一听说你让我去找爸爸,我的脑袋就不昏沉了,心里也敞亮了。妈妈,我去了台湾一定把爸爸给你领回来,让咱们全家团聚!"他又恳求地拉着于凤至的手:"妈妈,你就放心让我去吧。妈妈,我求你了……"

　　为了满足儿子的急切与渴望,于凤至当即做了一个错误的决定:让杜尚臣带着间珣去台湾。

第三十章

一

宋美龄这次来美是要跟这个二十年没有见面的干妹子做一笔政治交易,尽管这个角色她并不心甘情愿,但想保持荣誉或位置,必须不折不扣地演下去。

就在杜尚臣和闾珣将要离开纽约的那天晚上,宋美龄又在帝国大厦餐厅回请了于凤至。不过,这次她只跟于凤至一个人对酒私聊。唠几句闲嗑之后,宋美龄开始摊牌了:"凤至,我听说有一份二十年前蒋先生发给汉卿的电报在你手里。"

"电报?"于凤至惊异地一动,"什么电报啊?"

宋美龄轻描淡写地说:"就是'九一八'前蒋先生给汉卿发的那个'铣电'。其实,都过了这么些年了,已经没有用了,你能不能把那份电报给我呀?"

于凤至狐疑地看着一脸佯笑的宋美龄:"三姐,你这次来纽约原来是找我要那份'铣电'的呀?"

"不。"宋美龄红着脸解释,"我说过了,这次来纽约是复查骨髓炎,顺便看看你,再商量一下让孩子去台湾看病的事。凤至,那封电报在你手里吧?"

于凤至干涩地一笑:"我一个妇人家,手里哪有什么'铣电'呀?"

"你就别骗姐姐了,实话跟你说吧,那份电报在你手里不一定是好事。你想啊!现在国府里那些人所以不想释放张汉卿,都认为你是拿着这份'铣电'要跟蒋先生

376

算账,非常抵触。如果你把它交给我,我给他们看看,对汉卿倒是件好事,也许能早一天获得自由呢!"

于凤至明白了:宋美龄这是拿着国府的人做借口。其实,蒋介石最怕这份电报,所以才用给孩子治病来换取这份"铣电"。她想了想依然否认:"三姐,你也知道,汉卿过去一直不让我参政,怎么会公器私用,把电报这样重要的东西让我保存呢? 电报真的不在我手里。"

宋美龄认为于凤至跟她耍滑,索性软硬兼施:"凤至,你是个聪明人,这次蒋先生能让孩子去台湾治病,还让他跟汉卿见面,可是真心的。如果你不拿出这份'铣电',你让蒋先生怎么想呢? 是不是有一天还把它抛出来攻击蒋先生啊?"

"三姐,你这是逼我吗?"

"我这是为了你好,为汉卿好。"

"既然为了汉卿好,你就应该劝蒋先生把汉卿放了;既然为了我好,你我之间就不应该讲什么条件。"

宋美龄目光灼灼逼人:"你不能不考虑孩子。"

于凤至怒不可遏:"我不让孩子去台湾治病还不行吗?"

"可他已经上飞机了。"

"我也可以把他叫回来。"于凤至起身立即拿起衣服,转身就走。

宋美龄疾叫:"凤至,你听我说,你听我说……"

于凤至愤愤地走出餐厅,头也不回地向外走去。

然而,为时已晚,当于凤至开车来到机场时,杜尚臣、间珣坐的航班已经飞向大洋上空钻进云层。于凤至眼望着渐渐被一大团鳄鱼形状的乌云吞没的飞机,心里一阵狂跳,眼前变得一片昏黑,不由自主地打了个趔趄,要不是及时扶住车门就栽倒在车下了。

二

第二天上午九点,杜尚臣、间珣坐的飞机在台北机场降落。令人惊惑的是,接机的不是张学良,也不是井上温泉的代表,而是几个不知来历的女人。她们非常热情,谎称张学良、赵一获有事来不了,让她们代为接迎。几个人引着杜尚臣、间珣走进停车场,将二人送上轿车就抽身走开了。杜尚臣当时纳闷:她们既然是接机的,为什么不一同前往？轿车驶出机场刚刚走进市区，车子便拐了个弯直向近郊北方驶去。杜尚臣更加持疑：张学良住的是新竹县井上温泉，不是在西南吗？我们为什么往北行驶？不是越走越远吗？司机含糊地回答：那边修路，现在是绕道行驶。

轿车驶出市区依然一直向北边行驶。杜尚臣感到形势不妙，这里可能有诈。赶紧招呼司机："喂，停车，赶快停车！"

司机理也不理，开了快挡向北直行。

杜尚臣知道已经误上贼船，但是在这个紧急关头，他不能拉着间珣跳车，怎么办呢？他急速思索着如何逃离这场危局。

轿车走进一个小站，突然停下来。坐在车上的另一个男子冷冷地对杜尚臣说："你下车吧！孩子的事儿由我们安排，不用你管了。"

杜尚臣警惕地说："我是来送孩子的，孩子还没有看到他的爸爸，也没有看病，我不能丢下孩子就走！"

那个人蛮横地一翻眼珠子："我说了，孩子交给我们不用你操心了，你明白吗？"

杜尚臣审视着这两个凶巴巴的男人，当时他想跟这两个人硬拼，又怕伤着间珣，急思一刹，又婉转地说："这样吧，不用你们送孩子见他的爸爸了，我们自己走。"说着，要拉间珣下车。

那个男人立即挡住杜尚臣："你赶快走吧！在这个小站，你可以乘坐汽车回到台北。然后返回美国纽约，孩子你不用管了。"

杜尚臣怒不可遏地一把抓住那个男人的衣领："你们要干什么？赶快放我们走，不然我就跟你们拼了。"

司机麻利地掏出手枪，逼住杜尚臣的脑袋："你赶快下车，你不下车，我就打死你。"

间珣吓得魂飞魄散，惊恐地大叫："杜叔叔，我怕，我好怕呀！"

杜尚臣怕吓着间珣，焦急地琢磨对策。那个男人猛地把杜尚臣推下车，然后，"啪"地关上了车门，开车就跑。

杜尚臣从地上爬起来的时候，轿车已经跑得很远了。他听见从轿车里传出间珣那凄惨的哭叫声，心如刀戳，一个踉跄跌倒在地……

其实，蒋介石授意毛人凤搞的这场绑架，并非是要害一个无辜的孩子。宋美龄去纽约之前，蒋介石满应满许让间珣来台湾治病，并让张学良与儿子见面，目的是用间珣换取那份"铣电"。后来接到夫人宋美龄的电话，得知于凤至不承认手中有

"铣电",他又改了主意:先把间珣送到老中医那里,检查一下他是否有精神病,之后再逼于凤至就范。你不交出"铣电",就别想让你的儿子见到他的父亲张学良!

毛人凤的爪牙跟张学良一毛钱关系都没有,谁管他孩子的安危呀!把间珣送到老中医那里以后,他们就进城下馆子逛窑子开心取乐,把间珣治病的事儿丢在了脑后。那个老中医是私人诊所,怎么能够看得住如惊弓之鸟的间珣呢?

间珣进入这个中医诊所之后,看谁都像恶人。他还没有住上两天,趁人不备就偷偷地逃跑了,老中医赶紧派人四处寻找,足足找了两天也没有找到。

几天之后,宋美龄回到了台北,立即打电话问毛人凤:"间珣现在在哪里?"

毛人凤不敢说出实情,在电话里闪烁其词,把罪过扣在那个老中医和间珣头上:"我们想给那个孩子看病,然后再让他们父子见面,就把他送到那个中医诊所,没想到那个中医诊所管理不善,张学良的儿子又不配合诊治,趁人不注意偷着逃跑了,我们派人找了两天也没找到下落。"

宋美龄的脑袋像爆炸似的一阵轰鸣,当年,张学良送蒋介石回南京,就是她与大哥宋子文打的保票,结果张学良被南京扣押,直到台湾仍然没有自由。如今,他的儿子有病,又是宋子文和她担保把孩子送到台湾,可悲的是孩子失踪,她该如何跟好友张学良、于凤至交代呢?尽管那笔政治交换没有做成,也不能伤害一个孩子!

宋美龄立即找蒋介石,质问他,为什么不先让孩子见张学良,为什么放到中医诊所没人管?蒋介石为开脱自己,假惺惺地在电话里大骂毛人凤:"蠢猪,我本想先让那个老中医给孩子看病,然后再让他去见张学良,没想到你们把事情搞得这么糟糕,怎么会这样?娘希皮!"

宋美龄苦不堪言:"达令,我想不到,事情会成这样。早知道如此,我绝不会去找于凤至,我对不起她呀!"几乎是半辈子没哭过的宋美龄,这次却气出了眼泪。

蒋介石立即摇响电话,给毛人凤下令:"毛局长,你立即派人去找张学良那个孩子,必须找到!活要见人,死要见尸!"

三

张学良和赵一荻被软禁在"每天只听小鸡叫,半月不见有人来"的井上温泉,经过几年的磨难,生活有了好转。台北市市长陈仪知道张学良住在厢房以后,又一次催促刘乙光，让张学良、赵一荻搬进正房，每个月还增加了五十元新台币的生活费，提高了生活待遇，赵一荻再也不用从山民那里买鸡蛋充饥了。

这天，刘乙光喜形于色地来找张学良："张将军，有个好消息告诉你，你的大儿子张闾珣要来台湾看病，政府安排让你们父子见面。"张学良好像听笑话似的不相信：一向对他持严格管束态度的蒋某人，会大发慈悲做出他张学良连做梦都不敢想的事情吗？刘乙光却十分认真地告诉他："你儿子真的来了，这是上边通知的，你就好好安排安排跟儿子见面吧！"

犹如一声春雷驱散了压在张学良心头上的浓雾，眼前闪出一道曙光。他就像范进中举那样，扎撒着双手癫狂地呼叫："真的，我儿子来了，我儿子要来了！"

赵一荻虽然觉得这件事情来得突然，但这是刘乙光的正式通知，不会有假，她立即收拾出一间房子，拆洗被褥，为闾珣的到来做了周到准备。

二十多年没见着闾珣的张学良，从这天开始就睡不好觉，吃不好饭，心里就像起了风长了草，喜气冲冲而又惶惶不安。一会儿到门外看看，一会儿到大路上瞅瞅，几乎是望眼欲穿。可是，路静人稀的大道上却没有一个人影。

张学良着急了，赶紧去找刘乙光，刘乙光已经知道闾珣失踪，只好闪烁其词："也许是什么事情耽误了吧，再等等。张副司令，别着急。你再等等……"

张学良哪里知道，闾珣此时正在遭受一场从来没有的生命危机。

闾珣从中医诊所跑出去，到一块玉米地里藏了起来，饿极了就摘下一穗玉米扒下外皮儿，狼吞虎咽地啃玉米棒子。下雨了，闾珣把上衣蒙在头顶，蹲在玉米棵子下边避雨。那瓢泼大雨把他浇成了落汤鸡，田里满垄沟子都是雨水，他已经没有地方待了，只好走到田边的一条土埂上坐着。

第二天清晨，一个农夫来地里看他的庄稼，一瞧坐在田埂上昏昏欲睡的人，吓了一跳。走上去一摸那人脑袋热得滚烫，赶紧报官。

毛人凤派出的人接到报告，立即派人把闾珣送到医院抢救。医生检查诊断是大叶肺炎，由于失去最佳的抢救时机，已经生命垂危。

毛人凤依照蒋介石的指示，匆忙补上一场父子相见的镜头，让张学良跟儿子闾珣在医院见面，目的是不给张学良、于凤至留下不让他们父子见面的口实。

当张学良被刘乙光一伙带到病房时，闾珣已经奄奄一息了，尽管张学良苦苦恳求医生"救活我的儿子，救活我的儿子"，闾珣还是没有看他爸爸一眼，就无声无息地离开了人间。

张学良悲愤欲绝，一把抓住刘乙光的衣领疯狂地大叫："都是你们作的孽，害了我的儿子！你们这些狗东西给我儿子偿命,给我儿子偿命!"

刘乙光苦咧咧地解释:"张副司令啊,你冤枉乙光了,你孩子怎么来的我都不知道,我怎么能害你的孩子啊?"

"那你说他怎么死了,他怎么死了! 是不是蒋先生他们害的?"

刘乙光赶紧替他的主子洗白:"你也冤枉蒋总裁了,其实总裁已经派人把他送到老中医那里去了,可你那个儿子趁人不注意跑到农田里藏了起来,天上下雨地里潮湿,他得了急性肺炎,所以医院抢救也没抢救过来。张副司令,这都是命啊!"

张学良用拳头砸着自己的额头,仰天长啸:"张汉卿,张汉卿啊! 你连个病儿子都保护不住,你算什么父亲?"他悲痛欲绝,泣不成声。

十多年前,赵一荻由于没能阻止张学良去南京送蒋介石,遭到了于凤至的诟病。然而,十多年后的今天,于凤至被那伟大而又可怜的母爱迷蒙了心智,主动把儿子送去台湾,让那一场令人遗憾终身的历史悲剧重演。心中非常痛苦的赵一荻,这时候也埋怨起于凤至来:"你于凤至那么聪明睿智,怎么也犯了跟我同样的错误呢? 想当年我没拦住张汉卿,让他去了南京被关押这么多年。现在你怎么把这个病儿子送到蒋介石的手里呢? 看来愚蠢的不仅仅是我赵一荻,还有你于凤至。大姐,你太傻了呀!"

第二天,刘乙光又向张学良、赵一荻报告了一个噩耗,在井上温泉不远处的一座险峻的石崖下边,发现了杜尚臣的尸体,看情形他是遭到歹徒的抢劫,身边什么东西也没有,外衣都给扒走了。

这一连串的打击,让张学良卧床不起,赵一荻只好和刘乙光等人一起把杜尚臣、闾珣的尸体火化了。事后,赵一荻把闾珣的骨灰抱回来,问张学良怎么安置。

张学良目光哀哀地说:"就把它放在我的房间吧。"

"活人的房间怎么能放骨灰呢?"

"你到别的房间去住,我跟儿子一个房间。"

"你要跟死去的儿子住在一起?"

张学良哽咽地说:"我离开闾珣二十来年了,活着没陪他,他死了就让我陪陪他吧……"

赵一荻心里一酸,眼里蒙上了一片泪光。

四

闾珣和杜尚臣死去的消息很快传到美国,宋子文听到以后扎心刺肺地难受。他立即给宋美龄拍了电报质问:他们(蒋介石等人)为什么把孩子弄死了? 宋美龄回电却为蒋介石开脱,称先生本来要给孩子治病,可万没想到他从医院偷着逃走了,找到以后,他已经病入膏肓,无法抢救,实属意外。宋子文一气之下撕了这个不能自圆其说的电报。他还有什么脸面将这噩耗直接告诉于凤至呢? 只好先告诉闾瑛。

已经是哥伦比亚大学助教的闾瑛,经母亲于凤至同意,跟懂七国语言的东北老乡陶鹏飞恋爱,并简单地举办了婚礼。闾瑛从宋子文那里得到闾珣和杜尚臣的死讯,几乎是悲痛欲绝。陶鹏飞安慰闾瑛:人都死了,你就是哭坏了身子,死去的人也活不过来了。我们不能光想死者,还要想活着的人,咱们商量一下怎么跟妈妈说吧。闾瑛以为,妈妈这些年够苦的了,要知道杜叔叔跟闾珣都没了,她能受得了吗? 陶鹏飞主张先不告诉于凤至,隐瞒一段时间,找个机会再说,闾瑛同意了。

世上没有不透风的墙,闾珣的死讯被安莉知道了,这个心直口快的美国女士,竟毫无隐瞒地把这件事情告诉了于凤至。

这个噩耗如九天惊雷,把于凤至一下子打傻了,她僵尸一般定在那里。良久,又癫狂地一阵傻笑:"呵呵呵,他们两个人都死了,不能吧? 他们两个人死了,嘿嘿嘿……哈哈哈……瞎话,是瞎话……"

安莉赶紧劝慰于凤至:"凤至,事情已经发生了,节哀吧。"

于凤至像醒狮一样疯狂地站起,歇斯底里地喊叫:"不,我要去找他们,他们没有死,没有死!"说着,梦呓般地拿起小背篓背在身上转身欲走,"我去找他们,他们没有死啊! ……"

安莉一把将她抱住:"你不能去,你去了也回不来,你不能去……"

"别拦着我,你走开。"于凤至推开安莉疯一般地向门外走去。

蒋妈快步跑过来:"夫人,你上哪儿去,你上哪儿去?"

"别拦着我,我去找闾珣,我要去找尚臣!"于凤至癫狂地大笑,"你们骗我,他俩根本就没死,我一定把他们找回来。"她趔趄地扑向门外,刚走到院中一个踉跄倒在地上。

蒋妈赶紧扑过去,抱住昏厥在地上的于凤至,痛苦万端地疾叫:"夫人! 你醒醒啊……"

安莉仰天长啸:"我敬爱的上帝呀,魔鬼为什么把这么深重的灾难压在一个女人的身上,难道她受的折磨还不够吗?"她痛苦不堪,撕心裂肺地哭了起来。

当日,安莉和蒋嫂把于凤至送进医院,经过医生检查认定于凤至是应激反应,没有实质的病变,开了点药就让她回家了。

在安莉看来于凤至的精神压力太大了,全家的担子都压在她一个人身上,应该用美国人开放的交友方式,找个男朋友分担一下她的精神压力,就直言不讳地说:"凤至,你交个男朋友吧,有个男人跟你共同承担,你的压力就减轻了,我怕你被压垮。"

于凤至大吃一惊:"姐姐,你的意思是让我找个男人?"

"不不……"安莉笑着解释,"我劝你找男朋友,不是夫妻,是朋友明白吗? 你要有个男朋友他会心疼你,有什么心事两个人聊一聊,闲着的时候,两个人找个地方开开心。不能总是被孩子丈夫股市挣钱这些事情困扰,你应该寻找自己的快乐和轻松啊!"

于凤至一声苦笑:"姐姐,我们中国女人讲的是操守,我与汉卿是至死不渝的夫妻,我离开大陆的时候曾经山盟海誓,怎么能在这里找男朋友自己寻开心呢?"

"你有个男朋友不影响你和张将军的夫妻感情。你作为一个女人,不能几十年没有男人的陪伴,过着那种寂寞孤独的生活,太枯燥,太折磨人了。"

"姐姐,你的观点我接受不了。其实,我一点都没有感到枯燥,汉卿在台湾需要我来营救,孩子刚刚走出学校需要成长,为了他们我还有很多事情要做,我想寂寞都没有时间哪!"

"凤至,我这是可怜你,心疼你呀!"

于凤至谢绝地拍了拍安莉:"姐姐,谢谢你,真的谢谢你。"

安莉走了。蒋妈拿着一封信走进来:"夫人,这是杜副官给你留的一封信,你看看吧。"

于凤至吃惊地说:"杜副官给我留的信,啥时候写的?"

蒋妈解释:"其实,这封信还是他去台湾之前留给我的,当时他嘱咐我,如果他要是在台湾回不来,就让我把这封信交给你。"

"啊……"于凤至似乎觉得,此信很可能有杜尚臣心里藏着的秘密,立即接过来展开细看。

夫人:

　　我明天就领着间珣去台湾了,也许一去就回不来了。我有几句心里话讲给你:少帅被蒋介石囚禁以后,你丢下孩子去到那个罪恶之地为少帅陪狱,之后又身患绝症来到美国。用你那惊人的毅力战胜病魔,以百折不挠的精神闯股市、进商海,如今你已经成为赢家。连美国人都称赞你是传奇女子,巾帼英豪! 说句实在话:我很崇拜你,也非常爱慕你,甚至愿为你付出一切,哪怕是赴汤蹈火鞠躬尽瘁。我说不出这是一种什么感情,可能是敬仰,也许是爱慕吧? 你有一点好事我都喜悦,你有一点不痛快我都牵挂,看你落泪,我的心也在哭。然而,我是少帅最信任的人,你是我最敬重的人。我没有一点非分之想,更不能玷污你的圣洁与崇高,只有默默地祝福你。祝你最后与少帅天缘相会,白头偕老。假如我去台湾真的回不来,你说一句'很想我',我在天堂就满足了。

尚臣泪书

于凤至的心都要碎了,一种无以言表的激动与痛苦,几乎让她哭不出泪来,她把那份藏着一个男人脉脉深情的信纸,贴在隐隐作跳的胸口之上。一时间,桩桩难忘的回忆,如汩汩泉水涌动,又像一圈圈涟漪在脑海里慢慢地展开。

当年,于凤至在奉天东北大学读书,杜尚臣开车送她,于凤至开门把一个日本人手中的水果袋碰掉在地上,日本人当场发飙。杜尚臣为保护于凤至,打倒了那个日本人。后来,被日本守备队抓去关了两天,他无怨无悔……

在奉化溪口,袁静芝欲刺张学良,于凤至为夫挡刀。当那个泼妇把刀指向于凤至的时候,又是杜尚臣挺身挡住于凤至,他无畏无惧。

在溪口去萍乡撤退的路上,于凤至由于晕车呕吐,坐不了汽车。杜尚臣背起于凤至,蹚过没腰深的河水,累得满头大汗,气喘吁吁,一过河就跌倒在河岸上。

于凤至到美国治病,杜尚臣精心护理,无微不至。为了接三个孩子,他去伦敦曾经受到梅西的冷落和驱赶,最后三个孩子终于回到她的身边……

杜尚臣为于凤至所做的一切,已经超越了一个副官应有的付出,超越了一个仆人对主子的忠诚。就是这样一个朴实敦厚默默奉献的男子,却没有一点非分之想,没有一句不守本分的言行。于凤至真后悔:"为什么杜尚臣健在的时候,没有认真地对他说一句感激的话呢? 没有像对待自己的兄弟一样给他一点温暖呢?"她觉得对不起这位好心的男人、忠心耿耿的副官。她如乱箭穿心,痛悔不已……

第二天,于凤至做了个决定,要为杜尚臣在纽约花钱买一块墓地,为他建一个衣冠冢,纪念这个为她鞠躬尽瘁的副官。

正在康奈尔大学攻读博士学位的闾玗,听到哥哥的死讯之后,无限悲痛又义愤填膺。这个与他父亲张学良有同样血性的青年,抹去了眼泪,跟妈妈要钱,他要去台湾查找杀害大哥闾珣的凶手为大哥报仇。

于凤至知道,闾玗是个天不怕地不怕的愣头青,愤怒之下,说不定会干出什么傻事,就劝阻儿子:"闾玗,你还年轻,就安心地好好读书吧,你要真能博士毕业,这就是你爸爸和妈妈的心愿,你哥哥的事你就不要管了。"

闾玗恨恨地说:"我爸在台湾关着,杜叔叔死得不明不白。我大哥死得那么惨,难道我们张家后代没人了,就这样无声无息地忍着?"

于凤至一把抱住儿子:"杜叔叔和你大哥死得是很惨,蒋介石在台湾一手遮天哪!你爸爸还在他的手下关着,你去了又有什么用?我一时糊涂已经失去了一个儿子,不能再失去你了。听妈一句话,这个仇不是不报,是时候不到,你不能以卵击石逞匹夫之勇。"

尽管闾玗表面不跟妈妈争论,但骨子里却仇恨未消,他暗自发誓:一定要去台湾把杜尚臣和闾珣的死因搞清楚,不报此仇,他不甘心。

闾玗在康奈尔大学虽然学的是理科,但他从来不是一个墨守成规的书呆子,他对驾驶汽车情有独钟。七岁的时候就曾经偷了张学良的车钥匙把车开走,险些撞在大树上。在英国读书的时候,他又偷偷开走邻居家的轿车,在街上绕了一大圈儿,差点惹下大祸。可是,这个对汽车驾驶已经痴迷的年轻人,并没有因为这些吸取教训。最近,常常偷走妈妈的轿车在大街上行驶,甚至遭到了美国交警的处罚。于凤至担心他开车肇事,索性把车钥匙藏在兜里,不让他开车。其实,去年闾玗就报名参加了汽车俱乐部,业余时间学驾驶汽车。不久,他就比较娴熟地掌握了驾驶技术,星期天常驾车到郊外。闾玗确实有驾驶的天赋,如今已经成了能驾驶赛车的车手。春天,他参加了一次纽约市环线车赛,成功入围前八。他知道明年春天,纽约将要举办越野车环城大赛,大赛的奖金是五万美金。如果他能夺得第一名,去台湾的旅费就不成问题。到那时候,妈妈就是拦他,他也要偷偷地前往台湾,一定把杜叔叔和大哥的死因查个水落石出。

五

　　闾珣之死,本来是蒋介石一手造成的。但这位蒋公却道貌岸然自圆其说:"我答应于凤至把孩子送到台湾来看病,允许他与父亲张学良相见,已经兑现了承诺。可是那个孩子不老老实实地住院治病,偷着逃到野外,染上了疾病,抢救无效而死,并非因我所致,我蒋某人也算仁至义尽咧!"这套说辞,只能愚弄他的铁杆儿粉丝和跟屁虫,却平息不了台湾有识之士对他的怨气和愤怒。闾珣惨死之后,又有一股反蒋浪潮风生水起,而且这种舆论已经波及美国上层社会。有些人认为,张学良为了团结抗日搞西安事变却遭到蒋介石长期幽禁,现在又迫害他的儿子,简直惨无人道,应该马上给张学良平反。

　　这时候,蒋介石才真正感到舆论压力的可怕,如果不把西安事变搞成连张学良自己都认罪的铁案,他在台湾的公信力就可能大打折扣。为此,他绞尽脑汁冥思苦想,终于想出了逼张学良认罪的妙计。

　　前些年抗战的时候,张群曾在蒋介石的咨询会上,推荐狂放文人刘则天大放厥词,惹得蒋介石大发雷霆。然而,张群毕竟是他的首席幕僚,这些年,为了追随蒋介石,无论是在大陆还是台湾,他使出浑身解数为其出谋划策,应该是劳苦功高。从某个角度讲,张群就是蒋介石的"怀刀"、第一谋臣。所以,蒋介石招张群来到他的官邸喝茶。

　　客套之后,蒋介石抛出心中的计划,想让张群劝说张学良写一份西安事变的忏悔录,承认搞西安事变是共产党背后的挑唆,破坏了民国政府的抗日大计。这样一来,不仅平息了台湾反蒋势力掀起的风潮,也让美国人别再说三道四。于凤至就是真的抛出那份"铣电"也无足轻重了,因为西安事变再次被定成铁案。

　　张群刚刚举起茶杯又缓缓放下了:"总裁,这事可很难哪!"

　　蒋介石狡黠地一笑:"不难,我能找你这个诸葛亮吗?"善于把人玩弄于股掌之间的蒋介石,有意大夸张群历史上的功绩,最后又假装重情重义地说,"知我者岳军弟,帮我者张群也。"

　　张群考虑再三,想趁机给张学良争取点自由。虽然答应了,却提出个条件:"这件事情我可以跟张学良说,不过,你不能让我空手套白狼啊。"

"你想怎样？"

"张学良是个拧种,你让他对西安事变悔过,那就是戳他的脊梁骨。我的意见先不提'忏悔'两个字,让他写检讨性质的回忆录。另外,你不给点自由,他一定会死扛到底。只有放宽对他的管制,让他感到很快就能恢复自由,他受到感动才能承认西安事变的错误。"

蒋介石思忖片刻终于松了一点口:"这样吧,你可以告诉毛人凤、刘乙光:张学良门外的岗哨暂时撤掉,看守的人可以在外边巡逻,另外井上温泉这地方也太荒僻了,可以迁到台北,在复兴岗找个地方住下,这样,他会老朋友也就方便多了,这些条件放得够宽了吧?"

张群心里窃喜,他毕竟给张学良这个老朋友争了一点自由,当即表态:"好吧,我明天就去找张学良。"

蒋介石开心一笑:"祝你成功。"

六

儿子的死让张学良心情跌落到最低点,他再也看不下书,也不打羽毛球了,每天躺在床上,眼望天花板痴痴无语,万念俱灭。

赵一荻觉得,尽管她与汉卿命运多舛,看不到自由的曙光,但总得活下去呀!为了让张学良振作起来,打发这没有盼头的日子,她找到附近的青年农民阿田来帮忙,在不远处的荒地上开了一块菜地,种上了茄子、豆角、黄瓜、西红柿。又扩大了原有的鸡栏,在村民那里买了几只鸡,还通过阿田买了两只母羊拴在门前的树上。赵一荻每天拉着张学良种菜、喂鸡、放羊。从此,不仅有菜吃,有蛋吃,有奶喝,这个曾经前呼后拥的副司令回归到了田园,过着日出而作、日落而息的生活。他的一腔愤怨和苦恼,都被田园的劳动生活冲淡了。

这天,张群突然造访井上温泉。自从张学良被押到台湾以来,也有些官员和朋友前来探访,可像张群这样的要员来访,还是头一回。张学良心情愉悦,吩咐赵一荻亲手做菜,招待这个二十多年没见过面的老朋友。

张群看看他们经营的菜地、鸡栏和羊圈,慨叹地说:"难得呀!汉卿你过着这样的日子,不仅能养鸡、种菜,还自力更生、丰衣足食,我真没有想到。"

张学良苦溜溜地一笑:"那怎么办?我死又死不了,活又活不好,不能不自己想办法混日子。"

"汉卿啊,好日子就要来了。"

"哼,我的好日子都被旋风刮跑了。"

赵一荻的饭菜做好了,三个人围在桌前开始推杯换盏。张群为了能让张学良顺利地写这个"悔过书",修补张学良与蒋介石的关系,极力给蒋介石摆好:"汉卿,别看蒋先生这些年没有来看你,可他对你也是时刻关心,他担心你在这个荒山僻壤孤独寂寞生活不便,这次我来之前他特意让我转告你:准备让你迁到台北,在那里找个舒适的地方安居。"

仿佛在冰冷的冬天,突然听到了春雷,让张学良茫然大惊:"什么? 蒋先生让我搬到台北?"

张群炫耀地说:"台北现在四通八达,生活方便,应有尽有。还有党国和东北军的一些老朋友都居住在那里,哪个老朋友想要探访你也十分方便。"说到这里他又奉承,"你要是迁到台北,那就是跟党国的元老住在一个城市,这是对你高看一眼哪!"

蒋介石突然伸出了橄榄枝,张学良有点莫名其妙,是福是祸? 是凶还是吉? 他审视着眼前这个一脸赔笑的张群,一时不知如何表态。

赵一荻既是高兴也有点疑惑:"蒋先生真想让我们迁到台北,不会说说罢了?"

"怎么会呢? 这是蒋先生亲口对我说的,让我正式传达给你们。"接下去张群开始对张学良进行有攻有守的劝说。为了消除张学良对蒋介石的敌对情绪,他谎称国民党一些元老因为张学良对西安事变没有一点反思耿耿于怀,如果张学良能写一份对西安事变有点反思性质的回忆录,那些人看了也就自消自灭了。张学良听到此话迟疑地反问张群:"反思性的回忆录? 反思性的回忆录怎么写?"

张群故意轻描淡写:"比如有没有人背后挑唆,扣押党国领袖对全国有什么影响,另外你所以扣押国府领袖是不是当时为了东北军的军饷。"

张学良顿时火冒三丈:"这不是放他妈的狗臭屁吗? 我逼蒋先生抗日哪是为了军饷,那是要报国恨家仇!"

两个人谈话陷入了僵局,这一场老朋友重逢的酒局变味儿了,屋子里弥漫着疑云闷雨。

坐在桌前的赵一荻赶紧打破这个僵局,客气地说:"张先生,汉卿所以对写这个材料有些抵触,主要是觉得这个材料很难写。写轻了,怕蒋先生那里通不过;写重了,他又不想违背事实违心说话。你也知道,汉卿做事从来都是丁是丁卯是卯,没说过假的。"

张群不愧为官场高手,他善于巧妙地扭转僵局,索性打感情牌。跟张学良报苦地说:"汉卿,我这么做都是为了你好!别说现在了,就是抗战时为你的自由,我也没少呼吁,甚至差点砸了我的饭碗哪!"接着他悲愤地讲起了刘则天闹会的往事,"那是十几年前抗战的关键时刻,当时蒋委员长开了一个战事咨询会,为了能让你走出禁地上前线去打日本人,我推荐刘则天在会上主讲。受我的背后指使,刘则天建议蒋先生让你带队出征抗日。"

"让我出征抗日?"

"是啊,我想你是东北人,熟悉东北地情,推荐你率队绕道东北兜日本人的后路。为此,惹怒了蒋先生。当时有些国府要员认为刘则天是我请来有意攻击蒋公的,他一生气甚至要把我扫地出门。汉卿啊!为了你的自由,我可是煞费苦心,差点儿引来杀身之祸呀!我能坑你吗?"

张群的几句煽情话,让张学良心里一阵滚烫,这位义气为重的关东汉子几乎热泪盈眶。

赵一荻两眼也潮湿了:"张先生,真是难为你了,为了推荐汉卿,你冒了那么大的风险,实在是感激不尽。"

张群一看这二人都被打动了,索性乘胜进攻:"汉卿啊,我让你写这个材料,没有一点个人私欲,我完全是为了你呀!难道你想一辈子待在这个荒山野岭,不想争取自由了吗?写个回忆录就这么难吗?"

张学良低下头,怅怅地叹息一声。

赵一荻立即表态:"张先生你放心,汉卿一定能写这个材料,一定能写好。"

七

多天以后,张学良与赵一荻两个人经过反复修改,基本上叙述史实又略加自我批评的回忆录完成,并转到了张群手里。在蒋介石的亲自指导之下,几个御用文人经过了一番剪裁改头换面,一份《西安事变忏悔录》被炮制出来。文章以张学良的口吻,对西安事变进行了深刻的反省,诸如"当时我被别人利用,而不自觉,一时迷惑……""立志救国,反而误国,想救民,反而害民……以致酿成巨祸,百身莫赎,中国今日之浩劫。不悉祸迁何日。其罪,固在良之一身……"

不久,这篇篡改后的《西安事变忏悔录》便在《希望月刊》上发表了。尽管蒋介石下令此消息对张学良封锁,张学良还是知道了。他气得七窍生烟,要去台北找张群问问为什么篡改他的回忆录。刘乙光不准,张学良怒不可遏,一气之下大闹井上温泉,砸了刘乙光的电话。然而,任凭他再咆哮发飙也改变不了笼子外的世界。那份中了病毒的《忏悔录》以张学良认罪的方式公之于世,抹杀了西安事变的正义内涵,而流毒台湾。

《西安事变忏悔录》很快传到了美国,被一家报纸转载,于凤至看到之后,仿佛苍穹突然变得混沌一样,让她十分迷茫。她不理解张学良为什么要写一篇否定西安事变的狗屁文章,立即给宋子文打电话,问他是否知道详情。

宋子文不知道这篇文章的出笼内幕,但他认为,最近台湾政治阶层有一股反蒋介石潮流,有些人出于对蒋介石独裁的憎恨,肯定西安事变的伟大功绩,指责蒋介石对张学良没完没了的幽禁。也许是蒋介石偷梁换柱,以张学良认罪的方式否定西安事变,平复这场舆论危机。

宋子文的话提醒了于凤至,要还原历史,给张学良洗白,就只能发动第二次舆论之战,从正面肯定西安事变的历史功绩,肯定西安事变就是肯定张学良,就是肯定真理和正义。所以,第二天,她找到《纽约时报》的副总编辑哈里森,要求再一次展开舆论大战。然而,令她没有想到的是,曾经为她发表文章的哈里森受到国会议员麦卡锡的攻击,现在处境很尴尬,已经被调离总编室,当了挂名记者。

于凤至在美国唯一有指望的舆论平台被拉黑了,近乎上天无路、入地无门。就在她救夫之路大受阻截的时候,突然接到了肯尼迪的电话:安莉有病住院了,很想念于凤至,让于凤至立即去医院见面。

安莉最近一直在股市里奔波,由于股市震荡,致使她劳心伤情,心脏病发作进了医院,她的病比较严重,爱妻如命的肯尼迪一直在床头守护,形影不离。

于凤至走进病房,一看安莉那憔悴的面容、消瘦的身体,心疼地拉着她的手说:"姐姐,你有病入院为什么不早点告诉我,我也好来陪陪你呀!"

肯尼迪客气而礼貌地说:"夫人,你的事情太多了,我们不忍心麻烦你。"

安莉有气无力地说:"前几天我就想告诉你,可是肯尼迪说你现在心情不好,不想让你为我操心。"

于凤至惊异地看看肯尼迪:"先生,你怎么知道我心情不好啊?"

肯尼迪直率地说:"张汉卿已经写了《忏悔录》,蒋介石还不放过他,你的心情能好吗?《先驱日报》上发表的消息很多人都看过了,我怎么会不知道。"

于凤至为丈夫辩解:"我认为事情不像报纸说的那样。那个所谓的《忏悔录》一定是蒋介石搞的鬼。"

肯尼迪打抱不平地说:"夫人,那为什么不揭露他们呢? 不能让他们的阴谋诡计蒙蔽世人。"

"先生,不瞒你说,我已经去找过《纽约时报》的副总编哈里森了,我想求他发表一篇文章揭露真相,可哈里森已经不在总编室了。"

肯尼迪平静的脸庞顿时闪出气愤之色:"你不知道哈里森被国会议员麦卡锡整掉了。这个麦卡锡一直反华,前几年就是他鼓动艾森豪威尔把我们一批亲华的外交官肃清了,现在又支持蒋介石反攻中国大陆。他说哈里森发表你那篇文章违背政府的意志,不适合做报社总编,所以报社把他调出了总编室。"

于凤至凄然地摇头:"我没有别的出路,只能通过报纸发声,揭露事实真相。现在这条路走不通了,真是再也想不出别的办法了!"

肯尼迪拧着眉头想了想,忽地双眼一亮:"我倒想起个人来,这个人很有正义感,对中国的问题看得比较客观,他就是国会议员理查德,也是我的朋友。"

于凤至微微一震:"找国会议员?"

"是呀,一个报社副总编的能量与国会议员的能量相比,那差距可就大了。议员可以联名把议案提到国会呀!"

于凤至觉得此事有点高不可攀:"先生,我们是不是想得太高了?"

"夫人,这种事情你就得往高了想,往大了搞。"肯尼迪又讲起了要找理查德的理由,"据我所知,这个理查德对蒋介石一直有看法,如果汉卿的遭遇让他感动了,也许会串联几个议员搞成议案。我们只有这一条路了,不妨试试。"

肯尼迪的鼓励,给于凤至增添了勇气,她决心再闯一把。不过安莉现在病中,这次来本想陪护安莉,她不但不能陪护,还要拉走她的爱人去帮自己做事,实在是不忍心。安莉非常同情于凤至的遭遇,病恹恹地说:"凤至,你就让肯尼迪帮你跑一跑吧。"

肯尼迪本想帮助于凤至,又担心安莉没人照顾:"我走了,你有事怎么办?"

安莉:"你放心,我死不了,你帮凤至去吧! 救张汉卿要紧。"

于凤至双眼闪着泪花,返回来激动地吻了一下安莉清癯的脸颊:"姐姐保重,过几天我一定来陪护。"然后,随着肯尼迪走出病房。

八

国会议员理查德是纽约市一个科研单位的高级工程师,为人正直,仗义执言。过去,张学良就任中华民国陆海空军副司令主政北京时,他来过中国也见过张学良。当时的美国,扶蒋派与反蒋派的矛盾比较复杂尖锐,一般人不愿意蹚这个浑水。因此,肯尼迪给他打电话说张学良夫人于凤至想见他的时候,理查德声称有事太忙,婉言相拒。

肯尼迪并没有灰心丧气,决心帮人就帮到底:"他不想见,我们就到他家去。我就不信,晚上他不回家休息!"

肯尼迪的真挚和热忱,给了于凤至勇气。傍晚,肯尼迪开车拉着于凤至,来到理查德居住的那个高档小区。因为这小区内住的大多是权贵或社会名流,一般车辆不准进入。肯尼迪只好把轿车放在停车场,领着于凤至走进一条巷路又拐了一个弯儿,来到理查德住宅的铁门之前并按响了门铃。

一个女仆从院里走了过来,声称理查德不在家,拒绝开门迎客。肯尼迪、于凤至只好来到一棵雪彬树下,耐心等候。

忽然,不远处响起了滚滚的雷声,片刻之间,天上下起了大雨,站在树下的两个人无处藏身,衣服被大雨浇湿了。于凤至冷得有点瑟瑟发抖,肯尼迪脱下外衣披在于凤至身上,他本人躲在树下任凭风吹雨打。

于凤至抬眼看看已经被大雨浇成落汤鸡似的肯尼迪,不忍地说:"肯尼迪先生,我看这雨停不下来了,我们还是回去吧?"

肯尼迪用手抹了一下脸上的雨水:"夫人,既然来了我们就等着,我相信理查德一定会回来。"

这时,天空又"咔嚓嚓"地滚过一声惊雷,豆大的雨点落在肯尼迪身上噼啪作响。望着浑身滴滴答答淌水的肯尼迪,于凤至百感交集,泪水混着雨水模糊了她的眼帘……

第三十一章

一

纽约是个多雨的城市,雨季每个月至少有十天下雨。不知是命运的安排还是苍天有意考验肯尼迪对于凤至的忠诚,这天雨下得格外大,瀑布似的大雨冲刷着大地、屋檐、墙壁,树下"哗哗"冒泡的雨水流过来,淹没了于凤至的皮鞋。这时,那个女仆突然从小楼里跑了出来,打开铁门向他们高喊:"先生、女士,我们家老奶奶让你们进屋去休息一下,快进屋吧。"

于凤至、肯尼迪顾不得客气,顶着大雨跟着女仆走进小楼。

理查德的母亲是个善良的美国老人,年轻的时候去过中国,见证过中国妇女的贤良和忠贞。听肯尼迪介绍于凤至的情况后,她感慨地说:"你们中国女人对丈夫的忠诚实在是可贵。你来到美国,一直为营救丈夫而奔走,实在让我感动。你们等等,一会儿理查德回来,我一定让他帮助你们。"

于凤至很是感动:"大妈,谢谢你,谢谢你了。"

大约半个小时以后,理查德披着雨衣走进房来,他脱下雨衣挂在门后,一抬眼发现了肯尼迪和于凤至坐在屋里,不悦地说:"肯尼迪先生,你怎么还领她找到我家?"

还没等肯尼迪回话,老太太虎起脸,责问儿子:"理查德,他们打电话找你你不接电话,去单位找你你不见,不到家来找上哪儿去找? 你是不是官做大了看不起平凡的人啊?"

理查德烦躁地解释:"妈妈,你不知道这里的情况。张学良现在在台湾,我们美国人管不了台湾的事情,更何况,我仅仅是个议员。"

老太太又训斥儿子:"你管不了台湾的事,还不能说句公道话吗? 你这个议员就是代表人民讲话的。张夫人虽然是中国人,可她现在住在美国,也是美国籍的居民,你就应该为正义发声,为苦难呼喊。不这样,还要你们这些议员干什么?"

肯尼迪趁机向他们母子讲起张学良从大陆到台湾的遭遇,以及蒋介石在台湾独裁专制镇压人民的暴行。还没讲上几句,理查德就厌烦地拦住了他的话头:"肯尼迪先生,这只是你个人的看法,别的事儿我可以帮忙,这事儿我不能插手。对不起,请你领着张夫人立即离开。"

有人说男人做事是给女人看的。肯尼迪信心满满地领着于凤至来找理查德,原本想给她一个惊喜,没想到办事谨慎的理查德,居然不给面子。肯尼迪被打了脸十分恼火,他拿起衣服带着于凤至气冲冲地转身欲走。美国老太太走上前把他们拦住,然后,对着理查德大发雷霆,骂儿子胆小怕事,冷酷无情。

一看理查德被老人家骂得不再吭声,于凤至见缝插针地讲起了张学良半生的遭遇。她从西安事变兵谏,讲到蒋介石答应全面抗日;从张学良护送蒋介石回南京,讲到奉化被管束;从大西南颠沛流离,讲到被押至台湾幽禁;从台湾人民掀起"二二八"反蒋专制独裁浪潮,讲到台湾各界强烈呼吁蒋介石还张学良自由,再到蒋介石指使军警拿起屠刀疯狂镇压平民。最后连声质问:"理查德先生,美国号称是最讲民主、自由、人权的国家,为什么会支持一个大独裁者? 他无理扣押张学良二十多年,是讲人权吗? 他一手遮天唯我独尊,是讲自由吗? 他疯狂镇压台湾百姓,是讲民主吗?"

于凤至的血泪控诉,让理查德无言以对,缓缓地低下头思索。

肯尼迪趁机给理查德淬火加钢:"理查德先生,我认为,我们美国上层社会有些人支持蒋介石的独裁专制就是对民主的亵渎,就是对自由的扼杀,就是对人权的践踏! 你作为一个有良知的国会议员,应该坚持正义。"

美国老太太再次激励儿子:"理查德,你听见没有,你身为一个有正义感的国会议员不能沉默了,应该站起来发声了! 应该伸张正义!"

理查德想了一会儿,口气缓和了:"你们不了解我们美国议会的程序,在国会必须有十人以上议员提议,才能形成议案递交国会。我看这样:过几天我找几个人,让他们听听张夫人的陈述,如果他们都认可你讲的事实,我可以串联他们做成议案呈交国会讨论,可以吗? 肯尼迪先生、张夫人。"

本来已经是黯然落幕的剧情却突然反转,让于凤至看到了一丝曙光。她恭恭敬敬地谢了理查德,又谢了那位有正义感的老母亲,满怀希望地随肯尼迪离开了这座小楼。

路上,肯尼迪提醒于凤至,理查德很可能要搞一个答辩会,不知道他要安排一些什么样的人,在美国,亲蒋支蒋的大有人在。如果有麦卡锡那样的反华议员参加,答辩会将是一个对牛弹琴的会,他们不会支持。于凤至心里一时沉重,她觉得面临的将是一场胜败在此一举的严峻考验。如果自己不能征服政治偏见,他们很可能大做反面文章,对营救张学良造成适得其反的结局。

二

开弓没有回头箭,要做的事情,头拱地也要做完,这就是于凤至的一贯追求。为了答辩会,于凤至开始精心准备,不仅把西安事变前后事件作了全面梳理,还买了几本有关美国历史的书籍浏览,研究美国的政治人文和历史。

三天后,由理查德主持的答辩会,在他办公大楼内的会议厅开始了。参会者有几个议员、政客,联合国人权委员会负责亚洲事务的观察员——东欧成员国的罗马尼亚人阿列思库也到会,还有几家报纸的新闻记者。肯尼迪最担心的一幕出现了,那个麦卡锡带着他的几个随员出席了。这无疑给成败在此一举的答辩增加了难度,肯尼迪为于凤至捏了一把汗。

于凤至一看麦卡锡傲慢鄙夷的表情及另外几个人刁钻的眼色,知道他们来者不善,肯定鸡蛋里挑骨头。明显感到自己处于劣势,便暗暗鼓励自己:绝不能临阵退缩,成与不成在此一搏了!

理查德宣布会议开始。于凤至大大方方地站在桌前,开始了有理有据有声有色的陈述。特别是她讲到张学良"六谏蒋介石",敦促蒋介石抗日的时候,神情慷慨,语言铿锵;讲到了张学良护送蒋介石去南京被蒋软禁的时候,她语言愤慨满眼含泪;讲到"七七卢沟桥事变"后,幽禁中的丈夫宁可马革裹尸也要上前线抗日,于凤至又以人质做抵押为丈夫请缨的时候,激昂壮烈,悲声感人。

坐在首席的理查德面呈赞扬之色,肯尼迪心情激动带头为于凤至鼓掌,坐在一旁的麦卡锡那张老脸冷若冰霜,拉得老长。

接下来,进入提问环节。一个戴茶色眼镜的男记者,提出质疑:"于女士,据我所知,蒋介石并不是由于张学良搞西安事变才发起全面抗战。其实,把日本人赶出中国,他早有准备。先安内、后攘外只是他的战略考量。张将军作为蒋先生的下属,打乱了领袖的战略部署,粗暴地扣押一国首脑,实属犯上作乱,就应该受到相应的惩罚。"

于凤至不卑不亢,据理以驳:"先生,我不太了解你们美国的历史,但我也知道一点美国的反侵略战争。1775 年,英国曾发动了殖民战争,要把美国变成他们的殖民地。当时你们美国国内也有很多派别,也有一些矛盾。时任陆军大元帅的华盛顿将军却放下国内的争端,团结全国人民,又联合法国、西班牙、丹麦几个国家一同抗英,终于在 1781 年打败了英国殖民者。从此,美利坚合众国宣告独立。如果那个时候,华盛顿先生纠缠在国内矛盾之中,不联合各方面力量抗击英国,恐怕你们美利坚就会变成英吉利的殖民地了。先生们,西安事变之前,日本人已经占领了东三省,作为全国领袖的蒋介石那时为什么不抗战?而是在西安事变之后他才抗战?这就是西安事变促成了中国历史伟大的转折,蒋先生按照西安事变提出的'团结各方面力量,一致抗战'的纲领,才最终取得抗日战争的胜利。"

那个戴眼镜的记者"哼哼"两声,默默坐下。

另一个记者站起来:"于女士,据我所知,蒋先生去台湾之前杀死了西安事变中的另一主谋——杨虎城,并没有杀张学良。张学良从大陆到台湾,并不是非法软禁,而是读书反思。前些时候,张学良写了一份《西安事变忏悔录》在台湾《希望月刊》上发表,他都承认自己受了共产党的诱惑才发动西安事变,你却说他是为了抗日,难道当事人的现身说法不能说明问题吗?"

坐山观虎斗的麦卡锡用稳操胜券的目光看着于凤至,他想看看于凤至如何回答这道难题。

于凤至不疾不徐稳稳一笑:"这位先生,台湾报刊为什么发表这篇所谓的忏悔录我不知道,但有人说这篇文章不是出自张学良之手。不过有件事令人怀疑,一些台湾的正义之士,要求官方公布张学良的原件,可官方一直不敢公布。如果真是张学良写的《西安事变忏悔录》,他们何怕之有?所以,台湾民众、各界有识之士都认为这是蒋先生暗箱操作炮制的一篇文章,所以,才做贼心虚。除此之外还有别的解释吗?先生。"

"你……你是说这篇忏悔录是另外炮制的?"

"不是另外炮制的,为什么不敢公布原稿?"

一个女政客又提出一个问题:"于女士,我知道,张学良将军这些年所谓的软禁只是个传闻。其实,他只是在一个地方读书反思。他住的都是先人留下的豪宅,每顿饭吃的都是盛宴。住地还建造了游泳池、网球场,还有一个排的兵力保护他的安危,他并不是一个所谓的囚徒。另外,听说张将军每年的花销都能养活一个团,这哪里是幽禁,简直就是颐养天年嘛!"

面对荒唐的提问,于凤至提醒自己,此时绝不能乱了阵脚,镇定一下,她有条不紊地反驳:"这位女士,我在大陆为张学良陪狱三年有余,其实他住的大半是孤山古庙,并不是什么先人豪宅。换句话说,他就是住豪宅,那也不过是个外面披着鲜花的铁笼子,地上铺着红地毯的监狱。你说是一个排的兵力看守他,太少了! 实际上是一个特务队,再加上一个宪兵连,总共有二百多人。尊敬的女士,世上的人谁不渴望自由? 谁不希望无人牵绊? 假如每天有里三层外三层上百支枪口对着你,不许你走动,就是每天吃皇帝御宴,睡王室的象牙床,你愿意过那种提心吊胆的日子吗?"

这个女政客闹了一个大红脸,不再问下去了。

于凤至又妙语连珠乘胜追击:"至于说张学良每月生活费都能供养一个团的说法,我不知道是否真实。我只知道他每天三顿饭,每顿饭只是两菜一汤。夜里睡的是硬板床,和普通人没什么两样。购买衣物、生活用品都是自掏腰包。他被押到台湾时,因为没有粮食吃不饱饭,还用细软首饰换过鸡蛋充饥呢! 至于能养活一个团的经费,究竟花到了何处鬼才知道!"

会议室掀起一阵骚动,有的人交头接耳窃窃私语;有的人点头称是,承认事实;有的人板着面孔,依然冷漠。

唯独人权观察员阿列思库,不动声色地听着于凤至的陈述。

麦卡锡忍不住了,目光霍霍地站起来,质问于凤至:"夫人,我想请你回答一个问题。你说蒋先生独裁专制,暴行累累,为什么台湾人民还选他为中华民国总统呢? 你这么说不就是指责台湾人民愚昧,侮辱台湾人民盲从吗?"

于凤至这才感到,人一旦有政治偏见,看什么问题都是颠倒黑白。面对这个刁顽的对手,只能揭露事实本质,粉碎他们的偏见:"先生,台湾只是中国的一个省,那里有省长、市长。请你想想,现在大陆九百多万平方公里的土地都在人民的手里,台湾只是偏南一隅。全中国的老百姓没有选他,他却滑天下之大稽自称是中华民国总统。一个没有全国民众选的总统,不就是占山为王吗? 难道这样一个名不副实的山大王,你们也支持吗?"

麦卡锡虽然恼羞成怒,却碍于大庭广众面前不能发作:"夫人,张学良和蒋先生的矛盾是中国的内政,我们美国人无权干涉,请你收回梦想吧。"

于凤至当仁不让:"先生,看问题应该放下偏见,要用良知和理性去衡量事情的尺码,称出它的是非。你们既然无权干涉中国内政,为什么还要支持蒋介石呢?"

麦卡锡理屈词穷,他回头叫了一声:"走。"尾随麦卡锡而来的几个政客立即起身随着他走出会议室。

理查德看看悻悻走去的几个人,眼里闪出愤懑的神情:麦卡锡怎么能这样没礼貌? 答辩会还没开完怎么擅自退场呢⋯⋯

三

麦卡锡提前离去,拆了理查德的台。理查德觉得于凤至的陈述言之凿凿,掷地有声,他准备了一份《对蒋介石的不信任案》的提案,串联其他几个议员想要上呈国会。麦卡锡知道后,也拉几个议员从中作祟,最终这份提案没能形成。但是,于凤至精彩的答辩却征服了一些政客和在场的记者。他们在理查德的支持下,分别在《纽约时报》《华盛顿邮报》等各大报纸上发表了《西安事变始末》《张学良被软禁的真相》等文章,在美国政界引起了不小的震动。

特别是阿列思库,对蒋介石多年扣押爱国将军张学良、践踏人权的做法深恶痛绝。他以亚洲事务观察员的身份,向联合国人权委员会递交了一份《关于敦促台湾当局恢复爱国将军张学良自由提案》,在联合国人权委员会成员国中引起较大反响。

消息传到了台湾,近乎是政治地震。台湾各界人士对蒋介石的非议和指责不断发酵,很多人甚至骂蒋介石是当代暴君。这个时候,已经担任"总政治部主任"的蒋经国有点慌了神儿,立即去找蒋介石汇报:"父亲,这个于凤至为什么有这么大的威力? 怎么能把美国议员和联合国人权委员会的人动员起来,在美国兴风作浪为张学良喊冤叫屈呢?"

其实,蒋介石听到此信之后更不淡定,但在儿子面前,却不能显出惊慌:"我们都低估了这个女人的能量,早知道她这么能煽动,就不该放她去美国治病!"

蒋经国请示父亲:"现在看来,有一些美国上层人士对我们看法并不好,特别是联合国人权委员会参与鼓捣这事,会让我们这个成员国很没面子。能不能对张学良的管制再放宽一些?"

　　晚年的蒋介石是个更爱惜羽毛的人,他心里清楚:虽然于凤至在纽约造势还没有在美国形成气候,但联合国的影响不可低估。如果他蒋某人对张学良的管制依然故我,也许会在台湾和美国进一步引爆舆论,给他造成更大的麻烦,为了保持晚节,他终于松口了:"现在毛人凤已经死了,保密局撤销了,以后张学良就归你管了,你应该有个设想。"

　　蒋经国试探地说:"我想把看管张学良的特务队改成保安队,今后不再设岗,只在外围监视。另外,政府要改善他的居住环境,还可以资助张学良自己建房子,让他有一个属于自己的家。"

　　蒋介石未置可否,只是提醒儿子:"不管你怎么改,对那个东北虎的管制绝不能取消啊!"

　　几天后,蒋经国下达命令:让张学良、赵一荻由井上温泉迁往台北复兴岗的新城旅社。不久,张学良和赵一荻被刘乙光送到新城旅社,后又改称"少帅禅园"。

　　这天,刘乙光突然接到命令,他被调离"少帅禅园"另行安排工作,上峰派一个叫段玉奇的人来这里负责。

　　主管看守张学良二十多年的刘乙光心里明白:他是张学良的笑脸冤家,即将离职,张学良肯定幸灾乐祸,不嗤之以鼻也要骂他个狗血喷头,令他大出意料的是张学良非但没有趁机落井下石,反而要给他饯行。

　　席间,刘乙光喝干了一杯酒,疑惑地问:"张副司令,我现在下台了,你怎么不骂我,反倒还要请我喝酒啊?"

　　"请你喝酒,我是要感谢你呀!"

　　"哟,那可折杀乙光喽……"

　　"我是真心感谢。十多年前我在贵州修文阳明祠得了阑尾炎,按规定必须上报军统局批准方可外出。你为了及时救人就没有请示,用小车拉着我赶奔医院。还背着我进的抢救室,要不是抢救及时,我这条老命早就交待啦!"

　　"可是,这些年我对你的管制一点也没有放松。扣留你的信件,不准你的亲戚探视,白天黑夜地监视你。乙光亏欠你的太多了呀……"

　　"我现在不是活得好好的吗?"

　　"那是你的命大。"

"来,喝杯酒。"张学良举杯与刘乙光碰了一下,二人一饮而尽。

刘乙光眼里闪着泪光,愧疚地说:"张副司令,我就要走了,说句实话,你现在虽然自由多了,可是要想彻底解放还不太可能,我劝你沉下心来,好好保养自己吧!是非成败转头空,别争论谁对谁错喽!没事儿好好读读蒋夫人给你的那本《圣经》,把灵魂交给上帝吧!"

张学良用手摸摸放在一旁的《圣经》,怅怅地叹息道:"是啊,我也寻思了,蒋先生没杀我,也算是手下留情了。再争论谁对谁错也没多大意义了,读读《圣经》颐养天年吧!"

"希望你多保重。"

"你为军统效力二十多年,酸甜苦辣咸都尝到了,希望你有一个好的归宿。"

"大哥呀!"

"兄弟……"

不知道是历史的误会还是人性复归,昔日,两个冤家对头现在却摒弃前嫌,紧紧搂在一起抱头痛哭。

第二天,蒋经国领着接任刘乙光的段玉奇来到"少帅禅园"。张学良知道今后他归蒋经国管了,试探地说:"蒋主任,我今后就在你的手下了,对我这个不安分的人,用不用戴上手铐啊?"

"汉卿叔,这是哪里话,"蒋经国笑吟吟地说,"今后你就自由了。特务队全撤了,我给你配的是保安队,是为你服务的保安员。"

张学良半开玩笑地说:"哎哟,真感谢你的关照,把特务队变成了保安队。不过,兄弟媳妇和弟妹,不管怎么叫也都是那个娘们儿。"

"哦,那不一样,特务队是监视你的,保安队是负责你的人身安全,周到服务。"蒋经国为了安慰张学良,又讨好地说,"现在你住在这个旅社,虽然宽敞,但不方便,我的意见,你可以在复兴岗选个地方盖所房子。你的钱要不够,政府资助,你应该有一个属于自己的家了。你看看,选个地址吧!"

张学良思考了一下,他说:"我的意见,在复兴岗的南阳坡。"

"那里不远处可是一片墓地呀?"

"我儿子间珣的墓地就在那里,我可以给儿子做伴儿嘛!"

"汉卿叔,人和鬼不能同居哟。"

张学良揶揄地一笑:"哼,有的时候鬼比人好,有些人还不如鬼呢!"

蒋经国尴尬地咧咧嘴:"汉卿叔还真能开玩笑。"

四

这两年,为营救张学良,于凤至一直跑官场,找报界,奔走呼号。余下的时间又跑股市,忙得不可开交,只能抽时间去探望抱病在床的安莉。这天早晨,她突然接到肯尼迪的电话,告诉她安莉突发心脏病死了。于凤至心急如焚,立即赶赴教堂出席好友安莉的葬礼。

美国的葬礼跟中国的葬礼不一样,吊唁的人们包括逝者的亲属,没有捶胸顿足的哀号,也没有涕泪交流的悲怆,仿佛逝去的人要出门远行那样,人们为她送行。在悼词中,并没有充满悲伤地大讲逝者的丰功伟绩与怀念之情,而将逝者生活中的有趣的事情讲出来逗人一笑,好像是有意冲淡人们悲伤的情绪。

安莉跟于凤至心心相印,于凤至能够浴火重生,都是安莉的启蒙与无私的帮助。安莉的故去,无疑让凤至撕心裂肺痛苦不堪。她听主持人在这种场合念悼词讲笑话,大不理解。不好意思在众人面前流泪,便跑到教堂后面,躲在大树后饮泣。

满脸憔悴的肯尼迪,拖着沉重的脚步走过来,像大哥一样安慰于凤至:"凤至,你不要过于伤痛,安莉的故去是要上升天国,我们不能以眼泪相送。"

在于凤至的心目中,这位离职的外交官,也是她人生旅途中幸遇的一位男神。她闯股市赔个底朝天的时候,是他慷慨解囊帮她挖了第一桶金;为了救张学良,又是他领着她去找国会议员理查德,被浇成落汤鸡,终于感动了理查德的母亲说服儿子,才为她举办了那场答辩会。尽管答辩会没有完全达到预期,但是它产生的能量和效应,却让蒋氏父子受到重重的一击,给了张学良一点自由。现在,她在极度悲伤的时候,肯尼迪前来安慰,更令她感到这是个充满爱心的男人。

于凤至哽咽地说:"姐姐走得太早了,由于近日太忙没能来陪护,真是对不起姐姐……"

肯尼迪平静地告诉于凤至:"安莉去世的时候,已经很难说出一句话来,但她还是嘱咐我,让我千万要像对待她一样照顾你。"

于凤至没理解这句话的弦外之音,感动地说:"姐姐,眼看你自己要走了,还那么关心我、牵挂我,真让我……"她哽咽着说不下去了。

"你放心,夫人,现在安莉走了,我也没什么牵挂了,我会全心全意地照顾你的,绝不会让你受苦。"

"谢谢……"于凤至看看手表,"肯尼迪先生,时间不早了,我们还是去火化场吧!"

"走。"肯尼迪引着于凤至转身向教堂走去。

于凤至跟着肯尼迪从安莉的尸体火化到骨灰入棺,然后,又把铜棺送到了殡仪馆骨灰楼,忙了一整天。晚上,才疲惫地返回家来。

这天,已经娶妻的闾玕领着他的妻子陈树珍赶回家来。儿媳陈树珍非常贤顺,见了婆母十分尊敬和亲热,她向婆母报告了一个好消息:父亲张学良自由了,并拿过《纽约时报》递给婆母。于凤至展开报纸细看,只见一篇题为《张学良自由了》的文章赫然在目。文章介绍张学良在台北复兴岗自己建了房安了新家,闲暇的时候还可以去台北会老友,观看京剧。于凤至看罢,不相信地摇摇头:蒋介石怎么会突然立地成佛,对张学良放松管束呢?闾玕分析,是妈妈那次惊动美国政坛的答辩影响了台湾舆情,趋于社会舆论压力,蒋介石不得不后退一步。

于凤至提醒闾玕:"事情没那么简单,蒋介石可能就是放宽管束的尺码,做做样子给社会看看罢了,他不会彻底放松管制。"

闾玕想了想说:"妈妈,你说得也对,不过我还是想去台湾看看我爸,看看他是不是真的自由了。"

由于闾珣的死,于凤至对台湾依然心存戒心,当即劝说儿子:"你不用去,你爸爸一定能写信告诉我们真相。"

"他不知道我们的地址啊?"

"他会通过别人打听,他能找到宋子文,就能知道我们的地址。"

陈树珍知道婆母是担心闾玕的安危,劝解地说:"闾玕,妈妈不想让你去台湾,也是有道理的。大哥在台湾死得很惨,你去了妈妈不放心。爸爸要是自由了,一定能来信告诉妈妈的。"

闾玕没有吱声,但是他的心里却没有被母亲和妻子说服,他暗想:"不管你们怎么说,我一定想法去台湾看望爸爸。"

两年前,闾玕参加了纽约汽车大赛,夺得第四名,有三千美金奖励。下个月美国赛车协会将在纽约举办全国越野车大赛,这次奖金更加丰厚,第一名是两万美金,就是第四名也能获得一万美金。乐于挑战敢于冒险的闾玕,决定参加这次越野大赛。即使能夺得个第四名,他也可以带上一万美金去台湾看望爸爸,不用妈妈一分钱。为了能见到父亲,他决心冲刺一把。

这次越野大赛,是在纽约市北面的山区,时间是新年前。严酷的冬季,道路崎岖,雪漫山丘,行车难度大。为了备战这次越野赛,阎玗下了一番苦功夫,早晨四点起床就驾车进山,一直练到中午才回来。他一连练了几个星期,依然不敢在雪地里提速。

这天,他又很早起床,爱人陈树珍说今天有雪,不想让他去练车。阎玗说:"下刀子也得练。不练怎么能夺得冠军呢?"尽管他的妻子一再劝阻,但急于成功的阎玗还是驾车来到了北山。

凌晨,天上下起鹅毛大雪,呼号的北风裹着雪粉在空中漫卷,阎玗驾着赛车爬上了一座雪山,雪山上没有路标,到处是一片银白。道路变化多端,在视线里忽高忽低,时而看不见边际,时而又近在眼前。前面是个坡陡弯急的山岗,突然有辆载重的卡车迎面驶来,阎玗来不及减速,赛车被重卡车撞飞,顿时车毁人伤。

当于凤至闻讯来到医院抢救室的时候,儿子已经昏迷不醒了。早已来到这里的陈树珍拉着婆婆的手痛哭失声:"妈妈……阎玗是为了赛车挣钱去台湾看望爸爸,才冒险练车的呀!没想到闯下如此大祸,这下人残废了!"

于凤至眼干无泪,失魂落魄地坐在长椅上。不过五年的时间,大儿子死在台湾,二儿子又变成了植物人,再坚强的人也经不起这灭顶之灾。当晚,阎瑛和丈夫陶鹏飞从旧金山赶来,把痴痴无语的母亲接到家中。

这个时候,蒋妈已经老了,于凤至把她当成老姐姐留在家里,又雇了一个菲律宾姑娘艾达当保姆。于凤至病倒了,阎瑛、陶鹏飞和陈树珍,几个人轮班护理昏迷不醒的阎玗,家里只有保姆艾达照顾于凤至。

在肯尼迪的眼里,于凤至是当今世上最智慧最贤达的女人,他愿意为于凤至献出自己余生中所有的爱。这个老外交官闻讯赶来,一扫往日的拘礼和客套,就像于凤至的家人一样毫不顾忌地照顾于凤至。不仅给她端水、喂药,每天都给于凤至买美国的名小吃,什么椒盐面包、火腿蛋卷、煎猪排、炸海皮虾等。为了给于凤至消炎去火,还给她买了清淡的苹果沙拉、青豆蛋糕、冰雪西瓜。仅仅几天时间,就把美国的十大名吃买了个遍。另外,让于凤至更无法接受的是,肯尼迪毫不介意地要住在于凤至家里,帮助保姆艾达料理家事。

肯尼迪这种超乎寻常的关照,过度的体贴,几乎像一个丈夫照顾妻子那样亲热无忌,却让于凤至诚惶诚恐。她惶惶地从床上爬起来,直言谢绝:"肯尼迪先生,不用。我家有保姆,用不着麻烦你,你不用来了,不用来了……"

肯尼迪一副至诚的样子:"凤至,你们家是有用人,可她不是你的亲人,我们是朋友,是亲人。我一定不会让去世的安莉失望,要照顾好你。"

于凤至已无法接受这种越格的真挚:"先生,我有女儿女婿儿媳,你来我家照顾我不合适,明白吗?从明天开始,你就不用来了,好吗?"

尽管于凤至对肯尼迪委婉地下了逐客令,然而,这个一片赤诚的老外交官依然是憨态可掬:"这有什么,你女儿女婿还有儿媳,他们照顾闾玗无法脱身,我现在没有事,来照顾你是人之常情。更何况,我们已经是最亲密的朋友了。"

这"亲密"两个字几乎把于凤至吓了一跳,她完全是一副拒绝的口气:"你还是别来了,千万别来了。先生,我不需要你这种帮助……"

"你是不是怕有人说什么闲话?"

"不,不是怕什么闲话……我是……"

肯尼迪挥手打断了于凤至的话:"凤至,他们愿意怎么想,就让他们想去。我想照顾你是出于真心,未来也许我们……"

这时电话铃响了,女仆艾达赶紧去接电话,"……啊……啊……"地应了两声。放下电话,她一脸悲哀地告诉于凤至:"夫人,您的儿子闾玗在医院过世了……"

噩耗如同惊雷,于凤至"啊"的一声尖叫,立即昏厥过去。

肯尼迪毫不避讳地扑上去,两手紧紧抱住于凤至,大声叫道:"夫人……"

五

颠沛流离了大半生的张学良,地方没少住却没有自己的家。蒋经国终于开恩,他就自己投资在复兴岗一块闲地上盖了所房子,与赵一荻搬进了属于自己的新居。简易的三层小楼,谈不上阔绰奢华,但房子干净明亮,院子宽敞利落。门前一块三五十平方米的草畦,他与赵一荻可以种菜除草间苗浇水,憋得要死的枯燥的生活,总算有了新的营生。

最近张学良心情较好,经常跟赵一荻到不远处的基隆河上游的一个小溪去钓鱼,他惊奇地发现这个小溪与奉化溪口的晦溪相似,溪流河床上铺着或圆或扁五颜六色的鹅卵石。他好奇地从河床上捡起一块白色球形卵石捧起来欣赏,顿时想起了二十年前刘乙光的一段话:"河里的石头磨得圆,才能滚得远。"张学良指着一块有棱角的石头跟他争辩:"那块石头也在水里,怎么有棱有角呢?"刘乙光一笑:"那块石头可能是刚刚从山上冲下来的,不过,多少年以后,它也会磨得圆圆的。"张学良当时跟他犟:"有的石头就是磨不圆。"

刘乙光半辈子说的大都是屁话,就这句话说出了人生的真谛。在生命长河之中,人就像河里的石头,冲撞擦蹭厮磨,最后大部分变成了没有棱角的卵石。然而可叹的是,认为有的石头一辈子磨不圆的张学良也逃不出这个规律。他跟蒋介石斗了半辈子,也没能斗出个酸甜。他渐渐地收锋敛锐随遇而安,捧着宋美龄送给他的那本《圣经》潜心研读,把自己的命运交给了上帝。

张学良颇有感慨,他把那块白色卵石带回家里。

这天,二十多年没跟张学良见过面的宋美龄,突然驱车来到复兴岗。宋美龄望着谢了顶的张学良,张学良看着风韵不减当年的宋美龄,二人内心一阵酸楚,百感交集。

宋美龄伤感地说:"汉卿啊,你有点老了!"

张学良有意夸奖宋美龄:"你还很年轻啊!"

"什么年轻啊?我已经变成老太婆喽!"宋美龄自嘲地说了一句,又笑着说道,"汉卿,我带来了两瓶茅台,今天咱们喝个重逢酒吧。"

"好,好。"张学良立即吩咐赵一荻下厨备菜。

饭菜很快做好了,几个人围坐在桌前,开始了聚餐。

宋美龄忽然发现桌子底下的那块白色卵石,好奇地问:"汉卿,哪里来的这样奇妙的石头啊?"

张学良沉沉一笑:"河里捡来的,你看这块卵石玲珑剔透,磨得多圆哪!"

"哎,它被河水磨得光滑如玉别致美观,好看得很噢!"宋美龄虽然也是重复类似刘乙光那些话,却透露出对人生的感叹,也是对张学良的劝诱,"其实,人生就跟这块卵石一样,磨了一辈子,棱角都磨掉了,什么兴衰荣辱,什么输赢胜败,什么是非恩怨,一切都过去,最后都变圆了。蒋先生还不是这样,虽然对你有些成见,现在他不是还你自由了,应该高兴吧。"

张学良明白,这种所谓的自由,不过是把监管的房间换成了自己的住宅,把看守换成了保安,他还可以会见亲属、老朋友,还可以到台北大剧院看顾正秋和徐霞演的京剧。不过,张学良想离开复兴岗,还须经段玉奇上报到政治部批准。外边来探视的朋友,也须持有上方签发的批条,这是真正的自由吗?然而,已经被历史潮水磨圆了的张学良，似乎默认了这种隐形管制，似笑非笑地说："这比以前好多了。"

宋美龄惋惜地摇了摇头："可惜呀，这一天来得太晚了。"说到此，她岔开话题，"汉卿，我听说，最近你一直读我送给你的那本《圣经》。"

张学良颇为自得地向宋美龄介绍："《圣经》里有马太福音、马可福音、路加福音和约翰福音，可以说是一本天书。它不仅是写给犹太人的，也是赐予世界人民的福音。只有把命运交给上帝，才是最好的人生啊！"

赵一荻补充说："汉卿已经把《圣经》读了好几遍了。有的段落都能背下来，还经常给我讲《圣经》里的故事呢，基本就是一个基督教徒啦！"

宋美龄高兴了："太好了！汉卿，今天是礼拜天，一会儿跟我去教堂参加礼拜吧！"

午后，宋美龄拉着张学良、赵一荻来到台北教堂。早已接到宋美龄命令的牧师周联华，热情地接待了这对现在还不是夫妻的伉俪。然后，把张学良、赵一荻领进了教会的唱诗班。

这是一间不太大的礼堂，室内庄严，陈设神圣。一位身穿圣衣的女士，跳动的双手弹奏着钢琴，二十几个穿着唱诗服的教徒随着那充满神韵的琴声，唱起了赞美诗，张学良、赵一荻情不自禁地随之唱了起来。

宋美龄一看张学良那副入迷的样子，十分高兴："汉卿，这才是你真正的自由啊！"

六

人生没有一帆风顺的赢家，世上也没有永恒不坏的捞钱金桶。进入20世纪60年代，美国的经济进入衰退期，影响了股市的运行。最近，万头攒动的金融大厦开始冷清，股市进入低迷状态，股民们摸不着也看不透它的运行规律。已成为股神的于凤至也连连失手，于凤至觉得目前股市行情变幻莫测，想就此收手。

一天，好久未见的乔斯来看于凤至。她穿着最时髦的外套，手腕上戴着劳力士手表，手指上戴满了红、绿宝石或钻石戒指，极力在于凤至面前显示富有。这几年由于纽约城市建设已经饱和，没有发展空间，在这里赚不到大钱，她选择到洛杉矶搞房地产。洛杉矶是个即将崛起的新型城市，城市发展空间很大。破旧的房屋、废弃的土地、荒弃的田园到处可见，乔斯刚刚来到这里就大赚了一把。

于凤至当时就想,既然纽约股市不景气,自己能不能也转行到新兴城市洛杉矶开发房地产呢?

乔斯疑惑地看着于凤至:"夫人,你现在就一个人,手里也有一些钱,年纪又这么大了,还挣钱干什么呀?"

于凤至似笑非笑:"我挣钱,主要是想把汉卿迁到美国,以后有机会再回大陆。"

乔斯似乎不大赞成她去洛杉矶发展:"你们中国人不熟悉美国,想在这里发财,很难哟。"

"你们美国有些商人到别的国家去发展,后来成为万人垂涎的富翁,我们中国人就不能在美国发展,成为美国的华人富翁吗?"

乔斯一笑:"你真想去洛杉矶搞开发?"

"是不是你又多了个竞争对手呀?"

"我倒希望有你这样一个对手,没有竞争就没有发展嘛!"

于凤至谦逊地说:"其实,我是想跟你学习。乔斯,你不收我这个学生吗?"

"可以的。"乔斯很不赞成于凤至转行房地产,"可以"这两个字说得很勉强。然后,又话不由衷地说,"夫人,你什么时候要去洛杉矶,就给我打电话,我来接你。"

"谢谢。"

送走了乔斯,于凤至一个人坐在屋里反问自己:我是不是变成老财迷了? 不,我于凤至绝不是财迷,我要为中国人争口气!你乔斯藐视中国人,说中国人没有几个在美国发财的,我就是想让美国人看看,中国人不是熊蛋! 中国人也能在美国成为赢家!

电话铃响了,是肯尼迪打过来的。这个近日来一直对她穷追不舍的老外交官,用极其亲和的口吻发出了邀请:"凤至,后天中午,我在帝国大厦黄金海岸餐厅安排午宴,请你务必到场,我有重要事情要跟你说。"

"呃?"阅尽沧桑的于凤至不禁微微一震,她知道肯尼迪的用意。从心里说,她对这个老外交官有好感,无论是对朋友的真诚,办事的执着,还是端正的人品,肯尼迪都无可挑剔。他年过六旬,绅士风度却不减当年,是一个不可多得的男人。然而,却有一把"爱情剪刀"热辣辣地铰着她的心,让她无法承受。于凤至跟张学良风雨同舟几十年,眼下学良还在台湾蒙难,她怎么能离开丈夫,跟另外一个男人结成情侣呢? 令她十分为难的是,她面对的是一位忠厚诚恳,这几年一直为她鞠躬尽瘁甚至赴汤蹈火的大恩人,她应该怎样拒绝呢? 历经磨难几度生死都没有退却的女人,此刻脑子里一片紊乱。

第三十二章

一

两日之后,肯尼迪在帝国大厦的黄金海岸餐厅为于凤至安排了一个求婚盛宴。这个失去爱人的外交官,一直被于凤至端秀的容貌、刚毅的性格和令人敬慕的气质所倾倒。过去他极力规范自己的言行,对心中的女神没有一丝的不敬,现在他不想再寂寞下去了。于凤至一进餐厅,就被肯尼迪那独具匠心的安排大感惊叹。房门上挂着两只彩灯,室内挂着一串串五颜六色的彩球,桌上铺着一块极有喜庆色彩的苫布,上面摆着一盆花开正艳的康乃馨。六十已过的肯尼迪,穿着一套笔挺的深蓝色西装,里边系着一条玫瑰色的领带,脚上的皮鞋擦得油光瓦亮。于凤至走过来,肯尼迪立即起身,非常礼貌地来个吻手礼。

两个人开始喝了一杯酒之后,肯尼迪满脸赔笑,直呼其名:"凤至,你知道今天我为什么要请你吃饭吗?"

于凤至温婉地一笑:"你不是说有重要的事情要跟我说吗?"

"是的。"肯尼迪索性开门见山,"今天我要向你求婚。"

于凤至明知故问:"先生,你不是跟我开玩笑吧? 我是一个有丈夫的女人,而且汉卿又是你的朋友,你怎么能在我和汉卿没有离婚的情况下向我求婚呢?"

"我们美国人的爱情是开放的,一个男人喜欢一个女人就可以公开求婚,这并不是你们中国人所说的插足。即使暂时我们不能成为夫妻,可以先做情侣,时机成熟了我们再正式结婚。我的情感中不能没有你……"

"可是我和汉卿是一对亲密无间的夫妻呀。"

"你们的夫妻关系已经名存实亡,赵四小姐陪了张汉卿二十多年,两个人已经是实质性的夫妻了。"

"不,赵一荻刚进帅府的时候就跟我说过一辈子不要名分,只做张汉卿的秘书。更何况我和汉卿是从小的结发夫妻,那些年我们携手共难风雨同舟,我不能背叛他,跟他的朋友结婚或者成为情人。"

"你这是愚贤。"肯尼迪由于激动,说话急不择词,"一个女人的幸福应该是跟心爱的男人住在一起,恩恩爱爱共度时光。你跟张汉卿远隔重洋,老死不相往来。况且,那个蒋介石一辈子都不会放过他。你一个人过着没人疼爱孤苦伶仃的生活,你不觉得这是受罪吗? 我敬爱的凤至女士。"

"我感到很幸福,这么些年,那么多的困难波折、艰难险阻也没有拆散我们的恩爱。你应该知道,忠贞不渝是中国女人的美德。"

"你这是在恪守中国的封建礼教,三从四德。"

"你理解错了,这绝不是三从四德,而是坚守做人的底线和品格,也是坚守女人的良知。"于凤至虽然是反驳,却很温婉,"我跟汉卿,虽然是远隔千山万水,却心心相印万里牵情,我绝不会辜负他,他也绝不会辜负我。"

"凤至,你太自信了吧?"肯尼迪一笑,伸手从兜里拿出一张报纸放于凤至面前,"你看看吧,这张《纽约时报》上边转载了一条台湾的消息。文章说,赵一荻陪张学良将军二十多年,他们同呼吸共患难生死相依,已经成为实质性的夫妻了。这上边还有一张照片。"

于凤至拿起报纸一看,上面确实有张学良与赵一荻的合影。他们站在绿树繁花的山下瞭望前方,赵一荻一只手搭在张学良的肩上,亲密无间,十分恩爱。

于凤至摇头一笑:"先生,你想看这种相片,我还有很多。我领你去看看吧!"

"哪里有相片?"

"走。"于凤至起身,引着肯尼迪来到她早已准备好的隔壁包房,在那里等候的女仆艾达立即打开房门,肯尼迪抬眼一看,顿时目瞪口呆。

屋子四周的墙上挂满了放大的相片和画像,可谓琳琅满目。每一张照片都珍藏着一个故事,每一张画像都蕴含着一片心酸:张学良、于凤至的"结婚照",他们并肩而立,喜笑颜开;张学良与于凤至的"乘船照",二人站在船头远望茫茫大海,谈笑风生;张学良与于凤至的"登山照",两个人牵手揽腕艰难攀行、亦步亦趋;于凤至的"惊险画",为了保护张学良于凤至以身挡刀;张学良的"爱妻照",逃难时,于凤至呕吐不止张学良抱她上车;张学良跟于凤至的"患难照",二人并肩坐在石头上面对幽禁生活仰天长叹,照片上写着张学良为于凤至书写的患难诗:

> 卿名凤至不一般,
>
> 凤至落到凤凰山。
>
> 深山古刹多梵语,
>
> 别有天地在人间。

肯尼迪的一脸兴奋顿时黯淡下来:"凤至,你是想以这些照片向我拒婚吗?"

于凤至温存地反问:"先生,你看了我和汉卿的这些照片,还有心思跟我求婚吗?"

这一张张风雨同舟、生死相依的爱情记录,犹如一团流火烫着肯尼迪的心,他没有勇气再向于凤至提出非分之想了。

于凤至想用至高无上的亲情来淡化肯尼迪一往情深的钟爱:"肯尼迪先生,安莉是我的姐姐,我从来都把你当成最尊敬的姐夫、可敬的大哥。你对我的热忱和帮助,我实在是无法酬谢。今天,我就正式拜你为大哥吧。大哥在上,受小妹一拜……"说着就要俯身下跪。

肯尼迪一脸失落地干涩一笑:"夫人,不必了,都怪我自作多情,向你提出了这个让你为难的无理要求。对不起,我不该这样做,我失陪了。"说着朝于凤至行了个礼,然后又重重地看了于凤至一眼,失落地转身离去,步履那么沉重,神情那么沮丧。

于凤至望着沉沉走去的恩人,心中愧疚而无奈,一串泪珠从眼角滚落下来,缓缓地跌坐在椅子上。

艾达走上去,一把将她扶住:"夫人……"

二

纽约这个让人浴火重生也让人痛苦伤怀的城市,如今却给于凤至增添了意外的苦恼。她在这里切除了乳房战胜了病魔,开启了新的人生;她在这里走向股市,凭着敏感和睿智挖到了第一桶金,并从此一发不可收,成了股民们羡慕的股神;她在这里买了房子,有了自己的家,有了归属感。然而,不幸的是她在这个城市先后失去了五位亲人:大儿子闾珣和杜尚臣从这里出发去往台湾,走向人生末路;二儿子闾玗在雪岭上练车,车祸丧命;情同姐妹的安莉因突发心脏病,与世长辞;另外,服侍她三十多年,与其患难与共的蒋妈也走到生命尽头,悄然而去。最近,由于对肯尼迪的拒婚,这个对她忠心无二的老外交官也拂袖而去。现在,于凤至开始讨厌这个城市,似乎看到与这几个人有关的地方,她都要揪心般地痛。

闾瑛来了,她劝母亲搬到旧金山和他们同住。现在她和鹏飞都有工作,挣的钱也不少,完全有能力为母亲养老,于凤至却不想抽身隐退在女儿家颐养天年。闾瑛不理解母亲:"现在你已经有了一笔不菲的积蓄,一个人还要拼命挣钱忘我工作,还有用吗?"于凤至虽然年已六旬,却心高气傲:"人生在世光为了吃饭穿衣吗? 不,人活的是一张脸,活的是一口气呀!癞蛤蟆一蹭一挪也吃也喝,兔子一蹿一跳也吃也喝,干啥不当凤凰不当龙呢!"她的想法是,趁现在还没到七老八十,去洛杉矶开发房地产,多挣点钱,适当的时候把丈夫接到美国暂时住下。以后,再绕道回大陆,回东北老家看看,给公公张作霖修修坟茔。她是想让他们美国人看看,咱们中国人不是孬种,在美国也可以腰缠万贯,成为他们当中的富豪!

闾瑛知道母亲的脾气,她想要做的事情,会一条道走到黑,只好随她去。不久,于凤至变卖了纽约的房产,带着女仆艾达来到了洛杉矶,住进了乔斯的家。

世上的人千奇百怪,各具风骨。有慷慨的,有吝啬的,有乐于助人的,有挖空心思占便宜的,而乔斯却是另外一种怪人。在于凤至危难之时,她出手大方,把自己的别墅让给凤至甚至不收租金,以此来显示她的优越和豪爽。现在,她救济过的于凤至发迹了,跟她几乎站在一条平行线上,还要跟她一样搞房地产开发,成了她的竞争对手。虽然她还像对待老朋友一样让于凤至住在家里,好吃好喝地招待。可是在于凤至向她讨教搞房地产的经验教训时,她大多讲的都是房地产的风险。就是开着小车拉着于凤至去城外看地皮,也浮光掠影走马观花,不是说这个地方不好,就是说那个地方价高。颇具慧眼的于凤至已经看出乔斯跟她离心离德,找个借口从乔斯家中搬出来,找了个旅馆住下。

这天,艾达开车拉着凤至到城外转悠。小车驶进近郊,于凤至发现一个大院子门前立着一块木牌,上面写着"此屋出卖,房屋六万美金,院子七万美金,非诚勿扰"。于凤至立即叫停,她走下车来观察这个大院。院中有五间砖房的农舍,墙皮斑驳房屋破旧,样子狼狈。院子大约有两千多平方米,荒草萋萋,坑洼不平。

于凤至漫步走过去，朝着站在前面的两个男人问："请问二位谁是房主？"

"我是。"一个男人迎了上来，他是房子主人。

于凤至客气地问："先生，请问你，这院子一共有多少平方米呀？"

房主："两千八百平方米。"

"房子加院子，一共是十三万美金。先生，你的标价是不是有点高啊？"

这时，站在旁边的长脸男人没有好气儿地说："你这个中国人，怎么不懂道上的规矩啊！我们正在谈论房价，你插什么嘴！"

于凤至看出来了，他是几年前在金融大厦炒股时遇见的那个瘸腿男人。那个时候他就对于凤至炒股冷嘲热讽阴阳怪气儿，于凤至不明白，这个男人平白无故为什么对她充满敌意。

瘸腿男人说出话来又臭又硬："你要买地，就到你们中国去买，为什么到美国来买地？"

于凤至当仁不让："这位先生，你这话没道理呀。你们美国人不也是到中国买过房子买过地吗，我到美国买地有什么不可以的？何况，我已经获得绿卡，是美国的公民了。"

瘸腿男人暴躁地说："你这个中国人就是太狂妄了，离开股市又来这里抢地皮，想发财，滚回中国去！"

突然，有个中国人走过来，上去拉住瘸腿男人："先生，请你礼貌一些。她是美国公民，你有什么权利，她就有什么权利！你知道这位夫人是谁吗？她是中国名扬四海的张学良将军夫人——于凤至。"

瘸腿男人轻蔑地一笑："张学良的夫人？张学良现在是蒋介石的阶下囚，他夫人只能是罪犯家属！"

于凤至气愤地刚想争辩，被那个年轻人拉住，他笑着对于凤至说："干妈，我们走，别理他！"

"干妈？"于凤至吃惊地看着这个见义勇为的年轻人，"你是谁？为什么叫我干妈？"

年轻人殷殷一笑："我是萧朝智啊，干妈！"

"你是朝智？"于凤至惊喜地拉着萧朝智的手，"真没想到我们娘俩儿在这种场合见面了！"

萧朝智解释："我是去街里办事，正好从这里路过。"

萧朝智的父亲叫萧振瀛，早年在奉军服役，跟张学良的关系很好。萧振瀛为人正直,看不惯杨宇霆的军阀作风,更看不惯奉军里的腐败,曾经骂过张作霖有眼无珠,纵容军棍不识好人。后来,杨宇霆知道,添油加醋地到张作霖那里告了萧振瀛的刁状。张作霖一怒之下,要对萧振瀛军法处置。张学良立即偷着给萧振瀛送信儿,萧振瀛带领家人匆匆逃跑才免遭一劫。当时,十来岁的萧朝智感恩戴德,拜张学良为义父,认于凤至为干妈。几年后,萧振瀛领着儿子在重庆办了一家大通银行。萧振瀛去世之后,萧朝智又到台湾办了一家大通分行。跟父亲一样正直的萧朝智看不惯蒋介石集团的专制和腐败,一气之下转到了美国经商,现在是洛杉矶东北同乡会的总干事。偏巧,今天跟三十多年未见面的干妈相遇。

于凤至一见仪表堂堂的萧朝智,心情激动:"朝智,幸得你家虎口脱险,免遭劫难。人世沧桑啊!我们能在美国见面,真是三生有幸。"

萧朝智眼窝湿了:"干妈,我一直很想你和干爸。前几年我去台湾想见干爸,那些人死活不让见。后来听说你在美国,不知道你住在哪里。今天总算见到你了,我是你的干儿子,你有什么事情,我都尽力去办,我一定孝敬你老人家!"

于凤至擦擦眼泪:"我现在住在一家旅馆里,以后有事找你。"

萧朝智诚恳地说:"你的干儿子住在这儿,还是别住旅馆了,搬到我那里多方便哪!"

在这个陌生的国度里,于凤至又有了一位亲人,真让她欣喜万分。

三

当天,萧朝智把于凤至接到家中,像对待自己亲妈一样招待这位干妈。一切安顿好之后,于凤至盘算昨天看的这个院子该不该买,不禁想起父亲于文斗买地的故事。

那是在民国初期,父亲于文斗带着全家人从山东来到了大辽河畔的怀德县。当时,掌管科尔沁中旗的达尔罕王,要把西边外的四百垧荒地便宜卖给于文斗。于文斗知道西边外的地老天荒交通闭塞没有商机,他看好了怀德县和郑家屯另外两块地。怀德县大泉眼村水源丰富,可以种水田;郑家屯紧靠大辽河可以建立码头,开展航运。为此,他花大价钱买下了这两块地皮,并在大泉眼村种水稻,在郑家屯办了"丰聚长"粮栈,建立了自己家的船队。把大泉眼生产出来的大米装在船上,沿着大辽河运往外地,后来成了东北有名的富商。

昨天看的这块地皮,虽房屋陈旧、草地荒芜,但有潜在商机。因为不远处,正在建设迪斯尼乐园和一处跑马场。未来,这里可能发展成为一个文化游乐区。到那时候地皮的价值也可能翻倍,现在要买下来,几年之后就是一笔不菲的财富。想到这里,她当即下定决心:就算是花大钱也要买下这块地皮。

两天之后,于凤至领着艾达来到了农舍,农舍的主人一口价还是十三万美金,少一分也不卖。有胆有识的于凤至,一分钱也没砍,当即与房主签订了协议,把这块有潜在价值的地皮买到手里。

此事让乔斯知道了,这个时候她才真正地意识到:这个中国老太太,初到美国就能翻云覆雨,在上下震荡的股市成为高手,确实胆识过人,以后搞房地产也必然是赢家。她再也不会是自己的朋友了,而是个真正的竞争对手,必须防范。

萧朝智陪着于凤至、艾达对那个农舍进行了一番简单修整,然后就搬了进去。于凤至知道,虽然现在她买到了这个院落,可她不能抱着个金饭碗等着天上掉馅饼。要想法把这块地盘活,一来能有些收入,二来也给这块地做做广告,目的是日后销售出去。

萧朝智是银行家,对房地产当然是触类旁通。他建议干妈把这个院子建成临时性质的果园。现在,一些有钱的人都认为果树上了化肥就失去了原有的味道,很想吃原汁原味的瓜果,办个果园一定能火。

都说是桃三杏四梨五年,于凤至觉得这些水果时间太长。萧朝智提议种植葡萄,葡萄生长期快,两年就能结果。于凤至觉得这个主意好,决定要办一个葡萄采摘园,让顾客来这里自行采摘,满足顾客自食其力的愉悦心情。实际她是想“挂羊头,卖龙肉”,借着果园搞招商,找机会出售这块地皮。

几天后,萧朝智雇了几个农夫,平整了小院的土地。然后,又请了一位农艺师在小院里栽埋上了金手指、赤霞球、红宝石等品种优良的葡萄苗。

四

花开花落,一晃两年,于凤至的采摘园开园了。一架架的葡萄悬在架上,滴青流翠含甜吐蜜,让人垂涎欲滴。顾客们闻讯而来,边吃边采谈笑风生,采摘园几乎成了放松心情回归自然的乐园。

于凤至为了营销这个大院,在院外插上广告牌写着:"本采摘园,日前生意红火。此院暂不外卖,买者免开金口。"这个此地无银三百两的广告,却产生了意外的效应。原来人们不知道这个院子要外卖,可"暂不外卖"却提醒一些富有商业头脑的买主。由于附近的迪斯尼乐园很快建成,相应的配套文化娱乐项目必然蓬勃兴起,这块地皮肯定成为商家必争之地。从此,一些开发商纷纷登门前来洽谈购买,于凤至依然吊着他们的胃口:"暂时不卖。"

　　就在于凤至的小院子备受房地产商青睐的时候,那个没有抢到这块地皮的美国瘸腿男人尤利捶胸顿足,后悔当初缩手缩脚,让于凤至抢先了一步,这个狭隘偏执的美国人,并没有检讨自己鼠目寸光,缺少雄才大略,反而把于凤至视为仇敌。

　　1950 年,美国疯狂发动对朝鲜的战争,当时血气方刚的尤利,怀着必胜的信心和要当英雄的冲动来到朝鲜战场。有一次他带领一个小分队偷袭中国人民志愿军的军火库,被志愿军出其不意及时反击,他们大败而逃。想当英雄的尤利也变成了狗熊,左腿被三八大盖枪打了三个眼儿,成了二级残废,不久就退役回国了。他不理解:凭着现代化武器的美国士兵,却被饿了吃炒面、渴了饮雪水的中国人民志愿军打得丢盔卸甲。他非但不反省他们的侵略行径,反而把自己的可悲下场化作种族仇恨,甚至仇视所有的华人。头几年,他在纽约金融大厦炒股,发现于凤至挖到第一桶金就嫉妒地大骂:"你们中国人为什么到美国来捞钱,滚回去!"眼下,在洛杉矶的房地产市场上,于凤至又抢了他的生意,更让他仇上加恨,憋气窝火,一个人跑到酒吧里喝闷酒。

　　这时,乔斯端着一杯葡萄酒似笑非笑地走过来:"尤利先生,是不是你要买的地皮被别人抢走了,在这儿借酒消愁啊?"

　　尤利微微地一顿:"乔斯小姐你怎么知道?"

　　"嘿嘿,眼看那块地皮你要到手了,却被人花大价撬走了,那个女人比你气派大哟!"

　　"我想不明白,我们美利坚的地盘为什么让中国人来捞金?"

　　乔斯本来是使坏,却装作善意地提醒:"尤利先生,你是不知道那块地皮的背景啊!据说那个地方,在百年之前曾经是一个古战场,地下埋着上万具尸骨与头颅。你想想,哪个房地产商会傻到这种地步,在尸骨成堆的地皮上盖房子?"

　　尤利很吃惊:"你说的这是真的?"

　　乔斯闪出一丝奸笑:"这件事你知我知,外人要知道了,这块地皮就死定了。"说罢又跟尤利碰了一下酒杯,暗示地看了尤利一眼,款款走开。

尤利如获至宝,一阵狂喜……

五

这天早上,于凤至正收拾房间。艾达出去买菜,刚走到门口又慌慌张张跑回来向于凤至报告:"夫人!不知道什么人在咱们家的院外插了一个牌子!"

于凤至赶紧来到院外一看,在她那个广告牌旁边又立了一个木牌,用英文写了两句狠毒的话:"此地,原来是古代的杀人场,地下埋着许多鬼魂,这是个罪恶之地。谁在这里建房,必遭祸殃!"

于凤至诧然一愣:"我在这里人地两生,也没得罪人,是什么人给我使坏?"

艾达提醒:"夫人,把这个牌子摘掉吧?"

"不。"于凤至令人意外地吩咐艾达,"你去把笔、砚拿来。"

艾达转身走进屋去,有顷,拿出了一支毛笔和一个墨盘。于凤至提笔饱蘸墨汁,首先把那木牌上的几句黑坏话打了一个"×"。然后,在下面用英文写道:"先生,你的谣言太狗血了!就因为你要买此地,我不卖给你就造谣污蔑。既然这是个罪恶之地,你为什么几次要花大价钱买它呢?买不到手就信口雌黄,可耻荒唐!"

俗话说:"狗血虽然脏臭,但可以拿来做肥料。"聪明的于凤至懂得这个道理,竟然把这个诋毁性语言变成了极富吸引力的招商广告。尤利想给这块地抹黑,却给于凤至帮了大忙。有个地产商看到了这个广告,主动去找于凤至,一开口就给一百万美金。于凤至说:"少了二百万美金我不卖。"那个地产商毫不吝啬地掏出二百万买下这个小院……

一天晚上,萧朝智陪于凤至在林荫大道上散步,他们边走边聊着张学良在台湾的事情。

萧朝智问于凤至:"干妈,你不想回大陆吗?"

于凤至向往地说:"怎么会不想,一直想回老家,连做梦都想吃八大泉眼种出来的稻米。"

"那为什么不回国呢?"

"还不是为了你干爸吗?"于凤至叹息一声,"现在台海对峙,我要是回大陆,你干爸还有机会自由吗?"

萧朝智领悟地说:"是呀,蒋介石根本不想放我干爸,即使给他一点自由,也不会让他回大陆。"

于凤至意味深长地说:"所以,我想多挣些钱在这里给你干爸和你赵姨买所房子,让他们先到美国,然后再绕道回国,看看我们的关东。"

萧朝智赞成地说:"你这是曲线救国啊!"

这时,后边突然飞来一辆小车,那辆车就像醉汉一样扭扭曲曲地向于凤至撞来。于凤至想躲开已经来不及了,萧朝智急中生智,猛地揽着于凤至滚下路旁的壕沟。

小车疯狂地呼啸着从他们身边滑过,险些把不远处的一个老人撞倒,然后一溜烟儿逃离了。

于凤至毫发未伤,她拍打拍打身上的尘土站了起来。这有惊无险的冲撞,让于凤至如梦方醒:"看样子这辆车是冲我来的,要不是及时闪开,也许当场就丧命了。"

萧朝智惊疑地拧着眉头:"这究竟是什么人干的呢?"

于凤至想到了那个尤利,但她没有证据。

萧朝智担心地说:"干妈,在美国做生意也是险象环生啊!你得多加小心。"

于凤至整了整衣襟,坦然一笑:"没什么,干妈已经是死了一回的人了,还怕死吗?既然有人想把我撞死,我还非得活出个人样来给他看看不可!"

六

时间进入了20世纪60年代中期,年过七旬的蒋介石已近垂暮之年,俗话说"人之将死,其言也善"。可他对张学良的憎恶却不因年迈而衰减。名义上他把张学良的监管交给了儿子蒋经国,实际上他一直在幕后掌控,蒋经国不过是个提线木偶。

这天,蒋介石突然得到一个令他挠头的消息:于凤至又一次发迹,在美国洛杉矶大搞房地产,搞得风生水起。还准备先把张学良接到美国,然后再绕道返回大陆祭祖探亲。这是蒋介石最不愿意看到的结果,他把宋美龄叫来商讨如何对付于凤至的"曲线救国"。

宋美龄试探地问:"怎么?你还想扣张学良一辈子吗?"

蒋介石摇着头:"你应该知道,在大陆共产党的心目中,他张学良就是千古功臣。当年,我们在撤到台湾之前,中共方面提出,要用俘获的十名国军将领换取一个张学良,我都没干。现在怎么能放他回大陆和共产党搅在一起? 那必定会闹得我蒋某人晚节不保,这是万万不行的,绝不能让他回大陆啊……"

"你想怎么样?"

"反正我蒋某人的面子不能丢,晚节必须保! 只有让张学良跟于凤至离婚才能切断他们的联系,我们才能有理由阻止张学良去美国。"

"让他们离婚?"宋美龄心里顿时沉重起来,她听宋子文说过,于凤至心中只盼与张学良团聚。在美国,有个曾经救过于凤至的命并帮她发迹的外交官,对于凤至苦苦追求,都被毅然谢绝。现在要拿刀子割断她与张学良二十多年的苦恋,作为于凤至的干姐姐,她如何下得去手啊! 然而,她的命运紧紧地与这个国民党的领袖绑在一起,一损俱损一荣俱荣,如果蒋介石遗臭万年,她的日子好过吗?

蒋介石目光灼灼地看着宋美龄,又用训诫的口吻说:"我们绝不能让这只东北虎跑回他的老家再咬我一口,你赶快想办法让他们离婚!"

宋美龄惊愕地看着一脸阴鸷的蒋介石……

七

沧桑半生、孤悬幽境、自由无望的张学良感觉很累了。这几年他潜下心来研读《圣经》,基本上被基督教教义征服。他把自己的命交给了上帝,一心想做一个虔诚的基督教徒,死后走向天国。不过,他现在还没有经过教会洗礼,还是一个编外的教徒。

这天是教堂的礼拜日,教会要给一批新入教会的信徒洗礼,张学良、赵一荻一大早就驱车来到教堂。

洗礼仪式开始了,几十个穿着浴衣的新教徒来到水池边,准备受洗。穿着圣袍的牧师周联华,首先领着这些教徒朗诵洗礼词,朗诵后,周联华就像天神赐福那样,伸出那双肥厚的手掌,为新教徒施"按手礼"。然后,领着这些人走进圣水池,用双手捧起圣水,一个一个地淋在他们的头上。

这批新教徒带着无比的幸福感走出圣水池。站在岸边的张学良拉着赵一荻赶紧走过去问周联华:"周牧师,我们什么时候接受洗礼呀?"

周联华沉沉一笑:"张将军,你应该知道,主的子民都是一夫一妻,你身边有两个女人,这是违背教规的,无法给你洗礼。"

张学良、赵一荻惊愕地一震:"啊! 有两个女人不能入教会成为信徒?"

"是啊。"周联华的面孔变得严肃起来,"主把一夫多妻看成是淫秽。淫秽是不能洗掉的本罪,有本罪的人怎么能进入圣洁的天国呢? 现在你只有跟于凤至离婚,与赵一荻女士正式结婚,才可以洗礼。"

"离婚?"张学良周身一震,一脸惶惑地看着周联华,"周牧师,没有别的办法吗?"

周联华摇摇头:"我说了,有两个女人的信徒不能洗礼。"

赵一荻苦着脸向周联华解释:"周牧师,你不知道,当年我到奉天大帅府,跟于凤至姐姐有过承诺:永远不要名分,一辈子给张汉卿当秘书。"

"那你们不要加入教会了,就过一夫二妻有悖天伦的日子吧。抱歉,我无能为力。"周联华冷冷一笑,转身欲走。

"不!"赵一荻一把将他拦住,恳求地说,"周牧师,你不能把我们关在教会的大门之外呀!"

这时,宋美龄不疾不徐地从一旁走了过来:"一荻,你别难为周牧师了,一夫二妻是不能加入教会的。别说是汉卿,就是当年蒋先生,也是跟那个陈洁如解除了婚姻关系之后,才加入教会。"

"夫人。"赵一荻又反问宋美龄,"你觉得汉卿跟姐姐离婚,这公平吗?"

"我觉得不公平的是你。"宋美龄貌似公允地说,"于凤至在二十多年前就去了美国,现在只顾在美国发财,已经忘记汉卿。是你无怨无悔地陪汉卿二十多年,现在你连个名分都没有,你太苦了,有多少人为你鸣不平啊!"

宋美龄这句"暖心"的话几乎让赵一荻流泪:"夫人,大姐在美国也不容易,那个乳腺癌差点儿要了她的命,后来她为了保住张家的血脉,又在美国奔波。"

宋美龄说:"可你为了汉卿也没少付出辛苦啊! 汉卿现已年过六旬,身体还这么壮实,你才是他们张家真正的功臣,无人能比。"

站在一旁的张学良木讷地看着两个女人争论离婚的事情,心里非常苦楚:"夫人,让我跟大姐离婚……我无法接受……也做不出来……"

宋美龄又劝:"跟于凤至离婚,你不忍心。让一荻一辈子没有名分,上不了你们张氏家族的家谱,你就忍心吗? 她为了你可是消耗了整个青春哪! 汉卿,你还是替一荻想想吧!"

周联华趁机给张学良加温:"张将军,你不能为了对得起于凤至就伤害赵小姐,应该还她一个公道啊!"

张学良瞠目结舌如鲠在喉,他怎会忘记这么些年他跟于凤至的深情厚爱?尤其是他被押到奉化以后,于凤至不顾安危前来陪狱,从溪口陪到萍乡,从萍乡陪到大西南,受尽屈辱多次遇险历尽艰辛。最后,忧劳成疾折腾出了乳腺癌,为治病不得不漂泊在异国他乡,拖着病身找到三个孩子,又为他的自由奔走呼号。两个人分别的时候山盟海誓:若是天不遂人愿,化蝶等百年!今天,他如何忍心跟结发之妻一刀两断?这不是拿刀在扎他的心吗?

赵一荻更是五味杂陈。想当年,自己初到奉天,跪在于凤至面前要求进帅府,承诺一定不要名分,当一辈子秘书。现在刚刚过完上半辈子,她不仅要了名分,而且还要把于凤至打到另册。这种背信弃义的勾当,她如何做得出来呢?然而,张学良不跟于凤至离婚,就不能接受洗礼,永远是一个编外教徒。赵一荻为了逃避这无法抗拒的精神压力,要求宋美龄帮她获准去美国看自己的儿子闾琳。

宋美龄认为这是一次感化赵一荻的机会,就说:"你去外国汉卿谁来照顾呢?这样吧,我让驻美大使黄显帮助联系,让闾琳来台湾看你们。"

"也行。"赵一荻走不出去,只好答应了。

伊雅阁原来住在英国,后来怕闾琳的身世暴露,为了孩子的安全和前程,又从英国迁移到美国,定居在旧金山。闾琳在加州大学毕业以后,在美国航天署刚刚工作。他十来岁离开了母亲,二十年来一直在伊雅阁夫妻的关怀之下长大成人,一句汉语都不会说。经宋美龄协调,他随着伊雅阁来到台湾。尽管张学良、赵一荻对这个二十多年未见面的儿子百般疼爱关怀备至,然而,令人意外的是,闾琳对父亲母亲表面上也算亲热,但有时脸上闪出一丝不易察觉的忧愁,心事重重,并不开心。赵一荻担心地问伊雅阁孩子怎么回事,伊雅阁毫不避讳地告诉赵一荻:闾琳在国外生活了这么多年,一直以为父亲和母亲是正式夫妻,来到台湾才知道母亲并不是父亲的正式妻子。难道我是母亲的私生子吗?闾琳心中郁郁不快。

赵一荻听了伊雅阁实言相告,一阵难堪:是啊,现在孩子已经三十岁了,母亲和父亲不是正式夫妻,让他如何面对世人呢?

伊雅阁推心置腹地劝说赵一荻:"赵小姐,于夫人已经离开张将军二十多年了。这些年你一直陪护张将军,事实上你已经是他的妻子了。于夫人来不了台湾,张将军也去不了美国,他们夫妻关系已经名存实亡。更何况于夫人现在已经进入暮年,身边也该有个伴儿了,如果张将军与她解除婚约,我看对于夫人也是一种解脱,你也有了圆满结局。"

赵一获一脸苦涩:"伊雅阁先生,你可能也知道,当年我对大姐有过承诺,一辈子做汉卿的秘书,不要名分的!"

不知是受了宋美龄的暗示,还是猜到了台湾对待张学良的内情,伊雅阁苦笑着告诫道:"赵小姐,据我所知蒋先生最怕的是于夫人把张将军拉到美国,如果张将军跟于夫人不离婚,张将军先去美国,然后再返回大陆的可能性很大。这是蒋先生绝不想看到的,他无法控制于夫人,可能就会对张将军下手。蒋介石是枭雄,不想让自己的威名受到什么威胁,懂吗!"

赵一获诧然一惊:"你是说汉卿要不和大姐离婚,就可能有生命危险?"

"蒋介石要保持领袖风范,什么事情做不出来?"

赵一获心里猛地一沉,脸上闪出一片焦虑和惶惑……

第三十三章

一

有位哲人说过:"机会不会上门来找人,只有人找机会。最能干的人并不是等机会,而是运用机会、摄取机会、征服机会,以机会为奴仆的人。"富有商业天才的于凤至,敏锐地看到洛杉矶的迪斯尼乐园初具规模,迪斯尼冒险乐园和米奇卡城也相继竣工,好莱坞影视城已经成为美国首屈一指名震全球的影都,外地的商家争先恐后纷至沓来,这里的房地产一定随着这波发展一路走高。她立即抓住商机连续买地皮又适时抛售,很快成了当时小有名气的地产商。然而,那个把于凤至视为竞争对手的乔斯却每况愈下,她花了一笔大钱买了块空地,亲自操刀在这块地上建起了大楼,刚刚建完却突然倒塌,她血本无归还欠下了一屁股外债,抱病住院。于凤至闻讯,赶紧带着礼品到医院探望乔斯。这个原来居高临下的大老板,一下跌落成债务缠身羞于见人的地步。她认为于凤至会落井下石,也会给她点颜色看看。所以,于凤至来访,她冷言冷语:"我知道现在你发财了,怎么还屈尊下驾前来看我这个倒霉的人呢?"

于凤至十分诚恳地说:"想当年,我在纽约有病初愈无处落脚,是你无偿地借给我房子,使我有了安身之所。近年,美国金融市场衰退,我想改行,又是受到你的启发才来到洛杉矶发展。我对房地产行业一窍不通,要不是你的点拨和指导,哪能赚到钱？实际上你就是我的引路人和导师,导师病了,学生不来看看,对吗?"

乔斯自惭形秽:"夫人,你还不知道吧? 我刚刚建成的大楼坍塌了,这下子我可赔惨喽! 我差不多要变成穷光蛋了呀……"

于凤至赶紧走过去,一把拉住乔斯的手安慰道:"妹子,你不是穷光蛋,你手里依然有资本。你的金饭碗打了,可金子还在。你可以推陈出新点石成金。"接着,她出了一个连乔斯做梦都不曾想到的好主意:现在影都好莱坞要拍战争片,正愁找不到合适的拍摄基地。乔斯如果能跟好莱坞影都合作,把那片倒塌的破楼变成摄影基地,估计几年就能收回成本,发展下去也许能赚大钱。最后她极为慷慨地说:"如果你要担心手里缺钱,就从我这里拿,你挣了就还,赔了就算我给你交学费了。"山穷水尽的乔斯听了于凤至出的金点子,像被打了一针强心剂,心胸豁然开朗,心想:"难怪她能在险象环生的股市成为新星,又在波谲云诡的房地产市场打出一片天地,她太有智慧太有胸怀了! 简直就是料事如神!"当时,乔斯想把她怂恿尤利给于凤至小院插上诽谤广告牌的事告诉给于凤至,可话到嘴边又打住了。她激动地扑上去,一把抱住于凤至,"姐姐,妹妹对不起你,真是对不起你……"

于凤至知道这句"对不起"是什么含义。她抱着浑身有些颤抖的乔斯安慰道:"乔斯,你过去是我的朋友,现在也是我的朋友,今后永远是我的朋友。我们中国有句话:滴水之恩当涌泉相报。我来美国时是你帮了我,即使我再富贵也绝不会忘记你。"

"姐姐,你真是天底下少有的好人,你们中国的女性真伟大! 你今天是来救我的呀! 你是让倒下去的乔斯起死回生啊!"乔斯紧紧地抱住于凤至,泪如泉涌……

二

这天,间瑛和陶鹏飞向母亲报告了一个喜讯:台湾政府要在台北阳明山举办一个华裔学人振兴台湾研讨会,邀请海外精英,主要是美国的华人学者到台北阳明山参会,帮助台湾振兴经济出谋划策。陶鹏飞接到了邀请函,间瑛决定随丈夫赴会,目的是想探望父亲张学良。

于凤至不知道蒋介石又玩什么把戏,但她觉得女儿借着这个机会,看望三十来年未见的父亲是一件好事。萧朝智还有间玕的妻子陈树珍及儿子闻讯赶来,几个人都支持间瑛和陶鹏飞去台湾赴会,给父亲问好,同时表示,请间瑛夫妇放心,他们一定照顾好于凤至。几个人站在自家的别墅前拍了张全家福，于凤至让女儿带给张学良。

这个美其名曰的阳明山华裔学人振兴台湾研讨会，不过是蒋介石打的一手政治牌。随着中国大陆崛起、世界经济的发展，台湾已经成为孤家寡人，发展的空间越来越小。蒋介石想利用这个机会网罗海外，特别是美国的华人精英。一是让他们为台湾经济社会发展出谋划策；二是拉近与美国的关系。这个会议名义上是七天的会，开了一天就草草收场，其余时间是用车拉着这些人游览日月潭、阿里山、大鲁阁、台北故宫等，游山逛水吃喝玩乐。

刚刚到会，闾瑛就向主办方提出申请，要求到复兴岗去看望父亲。这个敏感问题主办方不敢做主，只能层层上报。蒋介石接到报告就批一句话："时机不适，不宜见面。"闾瑛非常焦急，后来按照母亲的交代，她找到了张群，求他帮忙。

自从蒋介石利用几个文人，篡改张学良的《西安事变反思录》发表以后，愤怒的张学良曾经写信骂过张群"背信弃义，不够朋友"。张群也无颜面见昔日的老友，甚至路过复兴岗都绕道而行。现在，张学良的女儿恳求他从中斡旋去见父亲，这正是他以功补过的机会。为此，他硬着头皮去找蒋介石，不遗余力地苦苦说情。

一开始蒋介石固执己见依然不准，张群仗着多年好友的面子，半是劝说半是威胁："举办这个华裔学人振兴台湾研讨会，就是要笼络海外的学者精英，让他们知道台湾是一个自由的社会，希望他们能来这里建功立业，振兴台湾。如果张学良的女儿想见她的父亲都不准，那些与会的学者精英怎么看我们台湾？你用这么大的代价开这个研讨会，不是前功尽弃了吗？"蒋介石没有反驳，张群乘势吹风："我们的报纸一再宣传说张汉卿自由了，事实上他的女儿来了都不准相见，美国人怎么看？老百姓、各界人士怎么看？人言可畏哟。你就不怕影响你的声誉吗？"

蒋介石若有所思地转了一圈儿，烦躁地一挥手："那就叫他们见吧……"

这天上午，天高云淡，水静风清。天空的雁阵拉着"咴嘎"的长鸣飞向远方。坐在车上的闾瑛心情特别急切，她跟父亲已有三十来年没有见面了，不知道有多少心里话要跟父亲倾诉，有多少痛苦或甜蜜的事情要跟父亲回忆分享。她恨不得给轿车插上翅膀，一下子飞到父亲的面前。

轿车驶近复兴岗70号，门开着，闾瑛心窝子一阵急跳，抬眼向里边望去，只见两位老人蹲在院内的花畦里，佝偻着身子在拔草。父亲已经谢了顶，移动的双脚有点蹒跚，赵一荻也失去了往日的芳华，变成了半老徐娘。闾瑛和陶鹏飞赶紧下车，他们不想突然惊动两位老人,站在那里百感交集地看着正在劳作的他们。

可能是车门声响惊动了张学良,他拄起拐棍慢慢地挺起腰来,眯起眼睛望着不远处的两个年轻人。

闾瑛激动地喊了一声:"爸爸。"然后,纵身扑过去一把抱住张学良,"爸爸,我可见到你们了……"她顿时热泪盈眶。

张学良愣了一下:"这不是在做梦吧?"他仔细地端详着女儿,"你是我的闾瑛!你是我的闾瑛……"

"爸爸,我是闾瑛。"

"我的苦命女儿啊……"张学良顿时老泪纵横。

赵一荻惊喜地说:"闾瑛啊,你怎么来了?"

"赵阿姨你好,我们来阳明山开会,主要是来见爸爸。"闾瑛当即向父亲和赵一荻介绍了自己的丈夫陶鹏飞,"这是我的爱人,你们的女婿陶鹏飞。"

陶鹏飞朝着张学良和赵一荻行了个大礼:"爸爸好,赵阿姨好。"

赵一荻拍了拍手上的灰土:"走,进屋去。"说着,引着两个人走进了厅堂。

张学良和闾瑛、陶鹏飞分别坐在沙发上,赵一荻给他们沏茶。

张学良用手擦了一下有些苍老的双眼,目光楚楚地看着这个仪表堂堂的女婿:"听说你的老家也在东北?"

陶鹏飞恭顺地回答:"我是辽宁凤凰城的人,曾经在您办的那个沈阳东北大学读书。'九一八'以后不甘心在东北当亡国奴,就跑到关内,以后又到美国留学。"

闾瑛补充说:"他想在美国学到知识之后,再回来报效国家。"

张学良高兴地点头,又问女儿:"你们在美国跟你妈住在一起吗?"

"不,我妈妈住在洛杉矶,我们两个人住在旧金山。不过,我们经常去看我妈。"

"你……你妈还好吧?"

"我妈妈很好呀!"闾瑛立即拿出一家人在别墅前拍的全家福照片递给父亲,"爸爸,这是妈妈用自己挣的钱买的一栋别墅,你看看妈妈是不是老了。"

张学良指着照片上的萧朝智,问:"这位是谁呀?"

"他是萧朝智,萧振瀛的儿子。"闾瑛又指着照片,"这是闾玗媳妇,这是他们的儿子。"

"好……好……"张学良手托照片,匆匆地看了几眼,又把照片放下,感叹地说,"都这么些年了,你妈也真不容易呀!培养你们念书,参加了工作,又成了家。她自己还创下家业,她太辛苦喽。"说罢,感叹地摇了摇头。

本来闾瑛有许多话要跟父亲说,可是令她奇怪的是,父亲对以往的事情没有什么兴趣,对母亲的生活状况也没有更多的询问,似乎另外有什么心事似的欲言又止。他说了几句心不在焉的闲话,然后从抽屉里拿出一封信递给闾瑛:"我这里有一封写好了的信,你拿回去。告诉你妈,我祝她幸福。"

闾瑛一看这封信已经封了口,就半开玩笑地说:"爸爸,你和妈妈还有什么秘密呀?"

张学良干涩地一笑:"也没有什么秘密。不过,你们不能看,一定把它交给你妈妈。"

闾瑛忍不住地问:"爸爸,你跟女儿还有什么话说吗?"

张学良淡苦地一笑:"你和鹏飞来到这里我就高兴了,我女儿长大了,又找了一个好女婿。唉,我还以为这辈子看不见你们了呢……"说到这里,他的双眼又蒙上了一层泪光。

闾瑛双眼也潮湿了,她刚想说什么,扎着围裙的赵一荻走进来:"闾瑛、鹏飞吃饭了,有话咱们边吃边聊,今天我特地做了几个东北菜,你们尝尝赵阿姨的手艺。"

张学良拭去眼上的泪花:"好,今天我就陪着姑爷喝几杯酒。"

陶鹏飞、闾瑛黯然神伤地随着张学良走进餐厅。

原来,闾瑛满以为他们父女见面,就是不哭个一塌糊涂,也会津津乐道地倾诉这些年的苦辣酸甜。没想到,吃饭的时候父亲对过去的事情很淡漠,大多是说他读《圣经》的心得。回到住处,闾瑛索性把信拆开,一看信上的内容她就像触了电似的一声惊叫:"原来这是父亲给妈妈商量离婚的信哪!他为什么要离婚哪!"

陶鹏飞吃惊地说:"什么?爸爸要跟妈妈离婚?"

闾瑛惊得浑身抽搐:"爸爸是疯了还是傻了,简直就是不可思议呀!不行,我要去找爸爸,问问他为什么提出离婚?"

"我们去一次,蒋介石都勉强批准,难道你还要找蒋介石吗?再说了,爸爸所以要提出这样一个问题,一定有他的考虑。"

"那怎么办?这封信要交给我妈妈,她能受得了吗?这对她是天大的打击呀!"

经过陶鹏飞极力劝说,闾瑛终于淡定下来。二人商量决定,暂不把信交给母亲。闾瑛在这里给父亲写封信,劝他回心转意……

会议结束,他们就乘机返回了美国,首先来到洛杉矶拜见母亲。闾瑛心情压抑,她没有让母亲看到父亲那封信,而且极力平静地告诉母亲:爸爸和赵一荻在台湾过得还算安稳,现在自己盖了房子,有了一个真正属于自己的家,门前岗哨全撤了,生活上比过去自由多了。不过,现在他们要出去依然有保安跟随,有客人会见也要官方批准。这次,他们要不是求张群帮忙,根本就见不到爸爸。

于凤至摇头叹息:"我就知道,老蒋不会给你爸爸真正的自由。这几年,我在房地产上奔波,你们都不理解。我就是想多挣点钱,将来给你爸爸买一处好的房子,适当的时候把你爸和你赵阿姨接到这里来生活。以后再绕道返回大陆老家,看看东三省三千里江山,看看大帅府,看看大辽河、大泉眼,看看咱们的乡亲父老。"

闾瑛问母亲:"听说蒋介石怕你拿出那份'九一八'之前他给我爸爸发的'铣电',所以才不敢杀他?"

陶鹏飞求证道:"妈妈,你手里真的有那份'铣电'吗?"

于凤至淡淡地一笑:"我手里哪有什么'铣电'哟!蒋介石怕我揭他的老底儿,逼我交出那份'铣电'。为了保护你爸,我也是瞒天过海、无中生有吓唬他。'九一八'不抵抗丢了东三省,你爸难辞其咎,所以后来搞西安事变就是为了洗刷罪过。唉,千秋功过后人评说吧……"

三

春风裹着暖意吹走白雪皑皑的冬天,比弗利山的阳坡上泛出依稀可见的绿衣,春天悄悄地来到了洛杉矶。

这几年于凤至的房地产生意搞得风生水起,先后买到的几块地皮都高价出手,实实在在地赚了几大笔钱,现在正筹划买一栋高级别墅,准备把张学良、赵一荻接过来居住。

这天,于凤至心情极好,吃过早饭,准备去比弗利山看一所房子。突然,门铃响了,艾达走上去打开房门。从台湾来的张群带着随员小张走进房来。

张群朝着发愣的于凤至一笑:"夫人,还认识老朽吗?"

于凤至仔细辨认一下,认出来了:"你是张群先生,岳军兄吧?"

张群夸赞她:"夫人聪慧过人,真是好记性。"

"快坐,快坐。"于凤至客气地把他们让到沙发上,艾达献上茶。

于凤至笑着问道:"张先生不顾年事已高,不远万里来到美国,一定是为公家办事儿吧?"

张群笑容可掬:"哦,老朽来美国是专程看望夫人。"

"你特地来看我,那可让我受宠若惊,实在担当不起呀!"

张群又半含半露地说:"另外,我是受汉卿委托,跟夫人谈点私事。"

于凤至心里一紧:"跟我谈什么事情呢?"

张群感到话难以出口,但他还是硬着头皮转入正题:"夫人哪,汉卿在一年前给你写的信,看到了吗?"

"信? 我根本就没看到什么信。"

"啊,你没看到啊?"张群伸手从兜里拿出一份离婚协议书,送到于凤至面前,"夫人看看这个吧!"

于凤至站起身来,拿起离婚协议书急切地看着。当看到张学良提出跟她离婚字样的时候,犹如五雷轰顶,头晕目眩。那些密密麻麻的字就像跳蚤似的在纸上恍惚乱跳。她身子一晃,跌坐在沙发上。

张群一看于凤至那张惨白的脸,惊慌地说:"夫人,夫人……"

艾达赶紧上来扶住于凤至:"夫人,夫人怎么啦? 怎么啦……"

这是于凤至有生以来最痛苦的时刻,五脏六腑都在翻卷……

张群赶紧劝慰地说:"夫人,冷静,请你冷静。"

于凤至极力稳住自己的心神,她像是生怕心脏跳出来似的,一只手紧紧捂住胸口。

张群有些嗫嚅地解释:"汉卿这几年一直在潜读《圣经》,非常渴望成为基督教的忠实信徒。可惜呀,因为他有两个女人,不能洗礼入教。实在没办法,特地派我来跟你商量能不能离婚。"

于凤至缓了一下情绪,凄苦地一笑:"你这个满腹经纶的饱学之士,不觉得这个理由荒唐嘛! 我是他张汉卿敲锣打鼓,从大帅府正门抬进去明媒正娶的少奶奶,赵一荻只是他的秘书,怎么能说一夫二妻呢?"

张群讷讷地说:"夫人,可事实上他们同居二十多年了,已经是事实夫妻了。"

"同居二十多年她也不是明媒正娶的夫人,有什么资格逼我们同甘共苦五十年的老夫老妻离婚哪?"

"这不是赵四小姐的意思。"

"那就是蒋先生的意思,对吗?"于凤至单刀直入,"蒋先生要想切断我和汉卿的关系,也得找一个能说得过去的理由。这个理由太无耻太荒唐!"

"这也不是蒋先生的意思。"

"难道是你的意思吗？张先生你应该知道，那些年，汉卿与我相依为命、生死与共。他去奉化被软禁，我在英国丢下三个孩子前去陪他；后来，我来美国治病，生活艰难经济拮据，我不仅把孩子拢到了一起，还为他的自由奔走呼号；现在我有钱了，还希望他有一天能到美国来，我们共享天伦之乐。张汉卿再心狠也不该跟我离婚吧！"

张群苦楚地摇了摇头："夫人哪，就是你这个奔走呼号才害了你的婚姻。这事儿你不懂，赵一荻懂。"

坐在一旁的小张插话劝说："夫人，你应该知道，你和张将军的夫妻关系已经名存实亡了。他根本就来不了美国，你也去不了台湾，你们夫妻天各一方，还有什么意义吗？"

于凤至当即反击："是他蒋介石造成我们天各一方的！我们夫妻情分不在远近，恩爱也不在距离，在我心目中，汉卿永远在我身边。"

小张不厌其烦地："夫人，现在陪在张将军身边的可是赵一荻，她已经陪张将军二十多年了，这可是痛苦艰难的二十多年哪！现在连个秘书都不是，只能说是一个保姆。你不能霸占这个位置不让别人坐吧？"

这句话刺痛了于凤至本来就愤慨的心，她目光灼灼厉声反问："你说这番话代表谁？"

"我不代表谁，我只是个助理。"

"你为谁助理，为蒋介石吗？我告诉你，离婚不离婚是我们家的私事，你一个旁观者插什么嘴，操哪门子心？你给我滚出去，滚！"

"夫人，你不能这么无理呀！"

"哼！我已经是六十多岁的人了，从来没遇见过你这样不懂事理的东西，我家的私事跟你有什么关系？是哪个主子让你这个奴才来当说客的？你告诉他：要离婚，我于凤至不同意！滚，你们给我滚。"说着，于凤至怒不可遏地抓起一个茶杯，愤怒地摔在地上，崩起来的碎片差点儿划了小张的脸。

张群慌忙地站起来："夫人，我们走，我们走。"他抹了一把头上的汗水，拉着小张慌慌地走出房门……

四

　　闫瑛和陶鹏飞闻讯,匆匆从旧金山赶来劝说母亲:"妈妈,你千万不能上火,更不能生气,这事儿咱们商量商量。"

　　于凤至依然怒气未息:"我真没有想到,她赵一荻能来这么一手。当年她父亲跟她断绝了关系,她又要生孩子,走投无路,是我收留了她,还掏钱给她买了小红楼。她答应我一辈子不要名分,现在却来挤对我。这不是恩将仇报、以怨报德吗?"

　　萧朝智极力劝阻于凤至:"干妈,是不是干爸和赵阿姨有什么苦衷啊?"

　　闫瑛抹着眼泪告诉母亲:"妈妈,前年我跟鹏飞去台湾,爸爸就给你写了一封信,我们怕你受刺激,就没有给你看。"说着她从兜里掏出那封信递给于凤至。

　　于凤至接过信看了起来,信里基本上是三个内容。一是对于凤至这些年对张家的贡献,从奉化到大西南三年多的陪狱,以及来到美国以后为他的自由呼号奔波,表示深深的谢意。二是诉说这些年赵一荻为他付出的艰辛、遭受的磨难,以及为他消磨了大好青春的感叹。三是解释一下他要离婚的理由:第一,加入教会不能一夫二妻;第二,为了他,陪狱二十多年的赵一荻至今还没有名分,以至于儿子闫琳都想不通而感到自卑。信的最后,张学良说了一句最彷徨最无奈的话:"大姐,我实在不忍心向你提出这个不该提出的问题。不过,我们不离婚,不仅仅是不能洗礼的问题,恐怕还有人对我们下毒手啊!现在,我的生死已经不重要了,我担心的是给你和孩子们留下永久的伤痛!大姐,我想哭都流不出眼泪了。你放心,我们永远是我们,这事儿怎么应付由你来决定,我每天还是唱《四郎探母》。"

　　从这封信里可以看出,夹在两个女人中间的豆饼丈夫张学良,把皮球踢给了于凤至。你答应离婚对赵一荻也算事情圆满,你不答应,这不怪我,是于凤至不同意离婚。

　　一种从未有过的酸楚煎熬着于凤至,使她陷入极度的困惑与迷茫,她苦苦地思索着:她把自己和赵一荻放在一个等量的天平上,拿人心比自心。赵一荻本来在香港生活得还算安逸,可于凤至患了乳腺癌以后,赵一荻压抑内心的痛苦,把七八岁的孩子送到英国,自己赴难到大西南陪着张学良度过了艰苦屈辱的岁月。之后又陪着他来到孤岛台湾受尽了磨难,一个女人的二十多个春秋,几乎是耗尽了青春。现在连个名分都没有,孩子都感到是一种屈辱。她作为大姐,不给赵一荻一个

430

名分,这公平吗?

间瑛拭去泪水,同情地劝说:"妈妈,这些年赵阿姨为了爸爸受了不少苦。押在台湾之前,蒋介石想要杀爸爸,是赵阿姨为爸爸挡枪,才使爸爸幸免。到了台湾以后,开始没有粮食,净吃红薯,赵阿姨拿出自己的首饰跟当地的农民换粮食,才让爸爸吃上了米饭。可现在,她仅仅是爸爸的保姆,也太悲哀了……"

于凤至痛苦地咬着嘴唇,仿佛是乱箭穿心。

陶鹏飞劝慰地说:"妈妈,这事儿你再考虑考虑。"

萧朝智也说:"干妈,别着急,这事儿放几天再说。"

于凤至缓缓地站起来,脚步沉重地在屋里走了一圈儿,果断地说:"不用考虑了,明天你们把那个张群找来。"

间瑛一震:"妈妈,你想在离婚书上签字吗?"

于凤至重重地叹息一声:"这都是命啊!我认了,成全你赵阿姨吧!"

"妈妈!"间瑛不知道自己是该痛苦还是该激动,她百感交集扑上前去一把搂住母亲。母女紧紧搂在一起涕泪交流,在场的陶鹏飞和萧朝智潸然泪下……

第二天,于凤至不仅在那份凝聚血泪的离婚书上签了字,还给赵一荻写了封信交给张群。

张群回到台湾之后,把于凤至那封信交给了赵一荻,赵一荻激动地展开信细看。

一荻妹惠鉴:

回首逝去岁月,汉卿对我的敬重、对我的真情都难以忘怀。其实,在中国以汉卿的地位,三妻四妾也不足为怪。可是他到底是个品格高尚之人,他为了尊重我,始终不肯给你应得的名分。间瑛和鹏飞带回来汉卿的信,他在信中谈及在基督教受洗之时不能有两个妻子,我听后十分理解。事实上,二十多年的患难生活,你早已成为汉卿的真挚伴侣,我对你的忠贞表示敬佩。现在我正式提出:为尊重你和汉卿多年的患难真情,我同意和汉卿解除婚姻关系,并且真诚地祝福你们早日缔盟,恩恩爱爱,偕老百年,永不分离。

特此专复,顺致君安。

姐:凤至

赵一荻心里一阵滚烫,她捧着那封信,眼泪就像决堤的洪水……

原地莲花未伴老,后来梨花替海棠。1964年7月4日,六十四岁的张学良和五十一岁的赵一荻在杰米·爱尔窦先生公寓,由陈维苹证婚,宋美龄主持,举行了一场喜不起来的婚礼。参加婚礼的只有张群、王新衡、何世礼、张大千等寥寥几个老友,张学良与赵一荻两个人,从相爱到结婚整整三十八个春秋。

按当时的习俗,新郎新娘本该坐在敞篷轿车上,跨街越巷盛仪威行地回家。然而,张学良不想张扬,只跟赵一荻牵手返回家中。

五

于凤至离婚了,张学良跟赵一荻结婚了。

这个爆炸性的新闻很快在美国传开了,比弗利山下山上住着的豪门权贵们这时才知道,在他们这别墅区买了新住宅的中国富婆,原来就是大名鼎鼎的张学良的结发妻子——于凤至。她苦等了丈夫二十多年,为了营救在台湾幽禁的丈夫,她艰苦奔波,百折不挠,挣得是盆溢钵满,结果却被离了婚。人们都为她感叹,也都想见见这位传奇的中国老太太。

于凤至形式上跟张学良离婚了,心里还记着张学良那句话:"我们永远是我们。"为了让张学良能来美国,她不惜重金,在比弗利山上好莱坞明星住宅区里买了著名影星伊丽莎白·泰勒的一幢高级别墅,留给张学良和赵一荻。

当于凤至领着艾达,走在通向比弗利山上的红松树林之间小路的时候,那些好莱坞影星纷纷跟于凤至热情地打招呼:"夫人,你好。""夫人,你真伟大!""夫人,你是当代的女神!"

奥斯卡金像奖获得者——著名影星朱丽兰·楼德鲁斯,好莱坞当红影星却尔登·西斯顿等人争着抢着跟于凤至合影。这个命运多舛的中国老太太,成了比明星还耀眼的美国女神。

然而,跟于凤至最亲近的女仆艾达,却跟那些明星的观点大相径庭,她心直口快地说:"夫人,我认为你就应该跟张将军离婚,因为你们已经有二十多年不在一起了,今后也未必就能在一起。一个女人死守着空房,其实就是对自己生命的惩罚。"另外,她还埋怨于凤至,"夫人,早知道你跟先生离婚,还不如跟那个老外交官结婚了,他是一个多么有绅士风度的人啊!"

于凤至一声苦笑:"我根本就不想嫁给外国人。"

"我听说陪你来美国的一位副官对你也非常好。"

"你不懂,他只是我的一个小兄弟。"

"夫人,听说在中国,有个受追捧的人变蝴蝶的爱情故事?"

"是的,一个男人叫梁山伯,和女朋友祝英台二人真心相爱。梁山伯到祝英台家去求婚,遭到了拒绝,含情而死。后来祝家逼女儿祝英台另嫁他人。在送亲的路上,祝英台去给梁山伯哭坟,由于过度悲伤,当场死亡。此后,两个人变成了一对花蝴蝶,比翼双飞。"

"这个女人是不是傻呀? 世界上男人很多,为什么非痴迷一个人呢?"

"唉,这不过是一个故事,世上不可能人人都为了爱殉情,甘愿变成蝴蝶。不过,一个社会天天都有人闹离婚,一个国家遍地都是离婚者,这个国家和这个民族还有希望吗?"

艾达讪笑着摇了摇头:"夫人,请你原谅,我真不理解你们。"

于凤至知道:持这种观点的并不是艾达一个人。很多人认为她是愚贤。"我就是我",何必要求大家都投赞成票呢?

六

1990 年 3 月 17 日,在美国奋斗了五十年,也期盼了五十年,一心想把张学良接到美国,然后转回去大陆家乡探亲的于凤至,已经病入膏肓。这个不平凡的女人,十四岁"小荷初露尖尖角",十九岁嫁到奉天大帅府,历经近百年的沧桑,跨越两个世纪,用她那无比惊人的毅力,在异国他乡创造了惊世骇俗的人生传奇,最后竟孤独终老。这一天,闾瑛、陶鹏飞、陈树珍,还有干儿子萧朝智,赵一荻的儿子闾琳齐聚床前。

于凤至骨瘦如柴,脸上没有一丝血色。但是,不屈的两眼却像夜间沙漠中两盏还没完全熄灭的灯,闪动着依稀尚存的余光,最后动用了仅有的一点力气留下遗嘱:"我已经灯尽油干,你们不要悲伤……生老病死乃是老天注定,概莫能外。我要说的第一件事就是,咱们现在虽然住在美国,但中国大陆才是我们的家,东北才是我们的祖居地。无论走到哪里,不能丢掉我们的根。第二,我虽然跟你们父亲离婚了,但我还是你爸爸的妻子,你们不能埋怨父亲,更希望你们善待赵姨妈。是她在你们父亲最困难的时候,冒着艰险来陪护你们父亲,而且一陪就是五十多年。以后我走了,她就是你们的妈妈。你们要当着我的面喊一声赵妈妈好……"

陶鹏飞看看闫瑛,闫瑛看看陈树珍、萧朝智,几个人流着泪说:"赵妈妈好!"

闫琳受不住了,泪眼滂沱地痛叫一声:"大妈……"

"能再说一句吗……"

"赵妈妈好!"在场的儿女流着泪水,大声重复一句。

于凤至哆哆嗦嗦地从身旁拿出一个信封和一个红布包,嘴唇颤抖着说:"这里有我写的一首诗,是我一生的奋斗与企盼……这红布包是我结婚的时候,你姥姥给我包的离娘土……现在……就剩这么一点儿了……你们把它撒在我的坟墓前吧……"

在场几个人再也忍不住了,痛苦万端地扑上去:"妈妈……"都泣不成声了。

那个濒临破产逆势崛起的乔斯,特地赶来探视这位为她点石成金的大恩人。她拉着老人那干枯的手,流着痛泪说:"大姐,你是我们美国人心目中的创业榜样。你不能走啊,不能走啊……"

于凤至生命耗尽,最后她动用全身所有的力气只说了一句:"我跟命运较了一辈子劲,不喜欢眼泪。我走了,你们不要用眼泪送我……"说完微微一笑,慢慢地闭上了眼睛……

这个与邪恶拼斗、与病魔抗争、与命运博弈、与张学良旷世绝恋七十多年的传奇老人,最后用坦然的一笑,告别亲友,定格生命!

闫瑛与陶鹏飞遵照于凤至的遗嘱,把她葬在比弗利山下的玫瑰公墓。在墓碑上刻下了于凤至亲笔楷书"张于凤至"四个大字。

晴空万里,春风和煦,青草发芽,玫瑰公墓前一片宁静。

闫瑛、陶鹏飞、闫琳、陈树珍、萧朝智以及他们的子女,于凤至生前好友——已经是耄耋老人的希尔顿医生、伊雅阁、乔斯手捧黄菊肃穆地站在墓前。陶鹏飞拿起一把铁锹,在墓前挖个土坑,萧朝智把那包离娘土放进坑里,然后培上。

闫瑛悲切地说:"妈妈在世的时候写了一首叫作《梦回关东》的水调歌头,现在妈妈走了,大家朗诵这首词送她老人家上路吧!"

陶鹏飞立即把词单发给家人。

萧朝智朝于凤至墓地眼含痛泪地说:"干妈,我们现在就朗诵你的《梦回关东》,伴你升天……"

于凤至的儿女们手捧词单抑制着内心的悲痛,齐声朗诵:

赢鹤倦飞久,

憔悴战孤贫。
良朋胜友安在?
骨肉苦离分。
欲诉冤情错迕,
雨诡风谲路障,
愁锁断肠人。
绝地谋雄起,
瘦骨挺寒门。

驱病魔,
积财富,
救至亲。
殚精竭虑、白首营邸待将军。
纵使钗折镜破,
践守化蝶约誓,
天地鉴节贞。
梦饮关东水,
魂系故乡根!

苍山哭泣,绿水呜咽,百草低头,一朵白云似乎流着痛泪躲到天边默默饮泣……

于凤至的儿女们仰天呼喊:"妈妈,你半生梦回关东,现在魂归故里吧……"

震撼人心的回声在空中萦绕飘荡,久久不息……

2021 年 7 月 15 日定稿

后 记

应当说写于凤至传奇是我的使命,完成《凤鸣绝响:于凤至大传》书稿我已经八十八岁了。

从 20 世纪 80 年代末起,本人创作长篇小说《张作霖传》《吴大帅传奇》《关东雪》,就积累了跟于凤至及家族有关的故事、史料。经过二十多年挖掘,形成《凤鸣绝响:于凤至大传》故事脉络和人物情节。两年前,小说创作启动,在张健、于艳华参与下,作者团队围绕于凤至的一生,在众多史料、寻访笔记的基础上抽丝剥茧,制定故事大纲。又三易其稿完成了长篇小说,现付梓在即,心终于可以平静下来了。

国内以张学良、张作霖为主的故事有多部,虽有于凤至,但都淹没在情节之中。《凤鸣绝响:于凤至大传》主人公就是于凤至,立意是要写出一个有着深厚家国情怀的女人,展现她的睿智、坚韧、百折不挠的不凡人格和人生传奇。力争做到:故事鲜为人知,各色人物粉墨登场,情节悬念迭生,情感荡气回肠。其中,于凤至的情感经历、她与赵一荻和谷瑞玉的纠葛、她的陪狱历险及在美国的奋斗史、于氏家族命运走势等均为首次披露。

在本书成书过程中,策划编辑陈静女士精心指导,朋友王雷热忱帮助,一并感谢。

作者　张国庆

2021 年 7 月 28 日

图书在版编目（CIP）数据

凤鸣绝响：于凤至大传/张国庆,张健,于艳华著. --郑
州:河南文艺出版社,2022.10

ISBN 978-7-5559-1329-0

Ⅰ.①凤…　Ⅱ.①张…　②张…　③于…　Ⅲ.①长篇
小说-中国-当代　Ⅳ.①I247.5

中国版本图书馆 CIP 数据核字（2022）第 089445 号

选题策划	陈　静		
责任编辑	俞　芸		
书籍设计	刘婉君		
责任校对	赵红宙　夏晓远		

出版发行	河南文艺出版社	印　张	27.5
社　址	郑州市郑东新区祥盛街 27 号 C 座 5 楼	字　数	491 000
承印单位	郑州印之星印务有限公司	版　次	2022 年 10 月第 1 版
经销单位	新华书店	印　次	2022 年 10 月第 1 次印刷
纸张规格	700 毫米× 1000 毫米　1/16	定　价	68.00 元